U0585021

一书一世界。
愿你在这里舒展心怀，
畅快遨游古今未来！

辰东

网络文学
名作典藏丛书

神墓

精修典藏版

07

——万年动荡——

辰东 ◎作品

作家出版社

《网络文学名作典藏》丛书

总策划

何　弘　张亚丽

主编

肖惊鸿

统筹

袁艺方

主编的话

《网络文学名作典藏》丛书聚焦网络文学，遴选名家名作，工于精修校订，集于精品丛书，力图成为记载中国网络文学成长的历史见证，和致敬中国网络文学发展的一座里程碑。

网络文学名作的实体出版极为重要。这是扩大网络文学影响力、推动网络文学经典化的重要途径，也是展现网络文学成果、引领大众阅读和传播以及拉动文化产业发展的有力手段。

在中国作协的支持下，网络文学中心领导和作家出版社领导担纲总策划，落实主编责任制，确定经过时间验证和社会公认的名家名作，组织精修团队，在作家本人参与下，与责编共同负责精修工作。

回顾网络文学发展历程，这样的一套丛书是前所未有的。精修，意味着与作家的高度共识，意味着对作品的深度把握，完成去粗取精、去伪存真的过程，以实体出版的"固化"形式，朝着网络文学经典化、精品化的目标迈进。精修团队本着为作家负责、为读者负责的态度，重视作品的文学性、思想性，尊重读者的阅读体验，为新时代网络文学高质量发展贡献出集体智慧。

愿更多的读者阅读它、检验它。愿中国网络文学真正成为新时代文学的一座高峰。

肖惊鸿

2021 年 5 月 18 日

《神墓》精修成员

总负责人
肖惊鸿　袁艺方

修订
安迪斯·晨风　安　易　王　烨

校订
田偲堂　王　颖　贾国梁

目录

第一章

数载沉浮

跨界大战，一战功成，伏尸百万！第五界震动，辰南之骂名更甚于黑起。在第五界人眼中，辰南是一个冷血残酷的修罗魔王，应当群起而攻之。德猛虽然素有计谋，但对于这一切始料未及，虽然除去了大敌，但是他们这一方在第五界的名声直落而下。唯一让他感到安慰的是，百万生灵被屠之罪全部被扣在辰南的头上，他被认为是帮凶，罪名远轻于辰南。

对于这个结果，辰南默然，没有什么可说的，杀了就是杀了，无须辩驳。虽然他所做之事可保人间与天界太平，但是于第五界芸芸众生来说却罪孽深重。是非功过，他早有所料。赞誉不可及，骂名能想象。此刻，最为愤怒的莫过于黑起一方的另外几位君王，奈何他们皆被对方阵营中的几位君王缠住了，有心提刀去杀辰南，却分身乏术。君王一怒天地动！在这一日，四位君王怒火破太虚，与德猛一方的人战得更加惨烈，整片第五界都能感应到那寒冷的杀意。第五界暗流波荡百万里！

"接下来去杀阿里德！"德猛眼中绽放出两道冷光，犀利如剑，在这一刻这个面色白净的君王如毒蛇一般狠辣。"第五界是否已经平衡？"辰南心中自问，他想杀黑起一方不假，但是如果让德猛一方因此而独大，绝非善事。无天之日过后，天界与人间积弱，无法与第五界抗衡。眼下不能让这一界任何一方掌控局势，唯有这一界较长时间内都处于混乱中，才能使人间与天界安宁。

辰南道："眼下你们不需要我的力量，已经占据上风。"听闻辰南此话，德猛摇了摇头，道："我方的最强者可以牵制太古七君中的头号人物，但是对方还有一个黑起，这个人太强势了，无人能敌！他一旦陷入绝境，彻底发狂的话，足以抵得上三位君王。大战至今，没有人敢逼他陷入疯狂绝望之境。但是，如果到了最后的大决战，那是不可避免的。现在再灭掉两人，我们才算彻底地扭转了乾坤！"

辰南虽知德猛所言多有水分，但黑起的确太过强势，也许再帮他们灭杀掉一人才算真正的平衡吧。最后黑起脱困，与之拼杀。"去杀阿里德！"辰南做出了决定。阿里德是太古七君中的另类，舍神兵不用，化山川草木为兵，有草木山石的地方，就能够祭炼出他的临时神兵。高手可以化万物为兵，那是一种境界。但是，阿里德并非是因达到这种境界而如此。他自修武之日起便如此，他有一种天赋能够拘禁草木与灵山之精魂，临时祭炼成兵。

当辰南与德猛杀到时，阿里德与德猛一方的君王已经拼得伤痕累累，在大草原上空洒下无尽血雨。德猛一方的君王为了死死缠住阿里德，不让他去救援尼仲，已经战得元气大伤，早已摇摇欲坠。德猛与辰南来得可谓正是时候，那名君王没有任何犹豫，飞快离开了战场，觅地疗伤而去。

阿里德身高一丈二，肤色微黑，棕色乱发，难掩不凡相貌，他四肢修长，腹背雄健，像一头择人而噬的神豹一般，双目中透发出凶戾的光芒。"是你，你杀死了松赞德布，杀死了尼仲！黑起，黑起他怎样了？"阿里德立身于大草原上空，愤怒地盯着辰南，他的身躯在微微颤抖。他已经在辰南身上感知到了已故的两位君王的死气，这是他的一项绝学。

辰南没有说话，德猛森然冷笑："黑起也死了！"他有意激怒对方，若阿里德方寸大乱，接下来德猛便会暴起发难。"我恨！"阿里德并未露出太过愤慨的情绪，他冷冷地凝视着辰南道，"我见过你，刚刚从通天七柱下脱困的时候，你就在附近。我真该在那个时候杀死所有人！没有想到一只微不足道的虫子，到了后来竟然吞噬了两位君王。我恨绵绵不绝！"阿里德虽然没有心神大乱，但是从他最后的话语中不难看出他的真实恨意与怒火。

"不会绵绵不绝，虽然不会刹那即止，但一天足够了！"虽然辰南在说这些话时很平静，但是可以感觉出他坚定的必杀之念。"哈哈，不错，杀尼仲用了一日，杀你阿里德一日也应该够了！"德猛冷森大笑。到了现在，没有什么话可说的，阿里德大喝："大地腾龙，地煞剑！"下方那一望无际的大草原上突然裂开一道大峡谷，一块如山岳般的巨石自地下如天龙怒啸一般腾空而起，带动着无尽的地煞之气冲上高天，地煞剑同时劈向辰南与德猛。

辰南的方天画戟横扫，与那地煞剑猛烈击撞在一起，山岳般的巨石瞬间被劈成两段。但是两块巨石再次冲来。辰南冷笑，所谓的地煞剑虽然被阿里德操控，但是依然难以承受方天画戟的劈杀，两段山岳崩碎成无数块巨石。漫天巨石并未坠落，承载着阿里德的力量，再次向着辰南攻去。"嘿，一化二，二化四……化成千千万万，这样就能撼动我吗？"辰南冷笑。这一次，方天画戟暴涨到千百丈，辰南站在原地未动，用力抢开来，如翻江倒海一般，天地震动，所有巨石全部化为尘沙。

只是尘沙依然不散，自四面八方汇聚而来，漫天都是沙粒。这可不是寻常的沙石，一粒足以洞穿精钢铁板，它们凝聚了阿里德的神力，同时汇聚了无尽的地煞之气。"冰封三万里！寰宇尽灭！"两道法则同时出口，地煞剑立时告破，无尽地煞之气被冰封于一座如山岳般的冰山中，而后爆碎。辰南手持凶戟，与它合二为一，穿过重重碎冰，快速朝着阿里德袭去。

"哈哈，阿里德你的末日到了！"德猛大手提断剑，也冲了上去。如果辰南与德猛单独一人对上没有重伤的阿里德，那胜负真的很难说，但是此刻阿里德重伤在身，根本不可能是他们的敌手。阿里德真的担心自己也被灭杀。毕竟他被封印了无尽的岁月，如今又是重伤之身，所谓的永恒不灭之体，此刻恐怕也非常脆弱了！尼仲便是前车之鉴。

"亿万草羽逆惊天！"阿里德大喝。整片大草原之上无尽的野草全部冲空而起，高天之上顿时绿光大盛，而下方的草原则已经光秃秃，入眼是一望无际的黄土。漫天的绿草如一道道绿羽箭一般，向着辰南与德猛攻去。"阿里德，你真的不聪明！修为到了你我这般境地，真以为靠这些草木就能够杀死对手吗？"德猛冷笑着，手中断剑一经划出，半片虚空的绿草神箭都被湮灭于无形当中。辰南更是惊人，方天画戟一扫，虚空都要崩碎，这些绿羽箭即便承载了阿里德的力量，也难以保存下来。

"天杀剑！"阿里德再次大喝。本是晴空万里的高天，随着他的喝喊，在短短一瞬间忽然乌云密布，魔云滚滚翻涌而来。黑暗的天空中，数十把璀璨神剑在黑云中不断狂劈而下，想要斩杀辰南与德猛。"这才像点样子！"德猛几次遇险。天杀剑乃是阿里德的一种绝学，以魔云聚集天地精气，凝聚成天杀剑，专破君王之肉体！只是对上一人或许还有些效用，但是此刻面对两大高手，阿里德倍感吃力，他知道难以奏效。

果然，随着辰南手中方天画戟一破百破，碎尽乌云中的神剑，打散了漫天的魔云，让高天再次恢复为晴空万里。阿里德知道今日处境堪忧，道："世人皆知我阿里德化山川草木为兵，无须也没有必要祭炼神兵。但是，有谁知道我阿里德乃是惜兵之人，从不愿将神兵外现。嘿，知道我用神兵之人都已死去了，不知道今日之后还能不能保守秘密。"

"轰"的一声巨响，高天之上突然雷鸣电闪起来，无尽的血雾突然弥漫开来，天色瞬间暗淡无光。七口神剑如七道神虹一般，从暗淡的血雾中撕裂而出，冷森森的剑刃透发出刺骨的杀意，快速向着辰南与德猛劈斩而去。"该死，这个家伙隐藏实力！"德猛顿时脸色一变。这个时候，七口神剑没有向着辰南而去，全部径直朝德猛袭杀而来。一道道无匹的剑刃划开一道道空间大裂缝，组成了一道无法突破的剑阵，德猛根本无法躲避。

"该死！"德猛惊怒，他的断剑竟然被七口神剑搅碎了！君王肉体也被搅碎，灵魂遭受重创，德猛惊恐无比。七口神剑在暗淡的血雾中简直无坚不摧，如此轻易就毁灭了德猛的肉体！这突兀的变故顿时让辰南一阵吃惊，如果方才七口神剑攻向他，那么此刻恐怕他也将遭受重创。

"很遗憾，本来这次我准备灭杀的是另一位君王，但是我知道他最大的本领是逃生。而你又引了强大的帮手来替换他，让我隐忍到现在啊。"阿里德冷冷地道，"即便我身死，也要拉上一个君王陪葬！"

德猛暴怒，在剑阵中快速重组了身体，但是根本无法突破而去。七口神剑似乎禁锢了这片空间，七道神芒纵横冲杀，再次粉碎了他的肉体，他的灵魂再遭重创。辰南提着方天画戟，舞动出天风，透发出冲天煞气，杀了上去。但是阿里德早有准备，已经立下死志，死也要拉上德猛，他拦在了辰南的身前，与他大战起来。

"啊！"德猛第三次遭受重创，凄惨地大叫，居然无法逃出这片剑阵，心中恐惧到极点。即便他乃是不灭的天阶高手，但是如果不断受创，元气大伤至最低点，恐怕也难逃一死。辰南虽然想救德猛，但是眼下被阿里德缠住，根本无法脱身。现在，他不得不暗叹，太古七君皆不凡，想除掉任何一人都要付出惨重的代价。如果不是那尼仲形神早已近乎毁灭，恐怕也不会让他们没有付出任何代价就杀死。

德猛此刻真的恐惧到了极点，原本胜利在望，但是此刻却遭遇杀身之祸，他没有想到阿里德隐藏的绝杀竟然如此厉害。阿里德一边与辰南大战，一边对德猛冷笑连连，道："世人皆不懂我，我乃是世间最惜兵之人，却被人误传。嘿嘿……"德猛即便平日素有计策，但是此刻也丝毫没有办法，他很想破口大骂，世人误他啊。

阿里德道："紫风、大空、云望、烈刚、虚妄、立杀、孤胆七口神剑，乃我七魄所炼，德猛你根本逃不出去。"德猛听闻这些话语近乎绝望，七口神剑与对方七魄相连，真是性命交关啊。辰南尽管对德猛没有什么好感，但是此刻却很想救他出来，只是阿里德拼死阻挡，一个君王相阻，他根本无法冲过去。在第七次被毁灭肉体、重创灵魂之后，德猛悲啸起来，大喝道："看我如何破你剑阵！"高天之上，德猛再次重组好肉体后，快速分化出几道魂影，迎向了七口神剑。

"以我两魂五魄断你七剑！"德猛疯狂地厉吼。被逼到如此境地，若想活下去，必须要有所取舍了，德猛发狠自废魂魄。君王的两魂、五魄那是何等的概念，七道魂魄影迹快速冲向了七把神剑，高天之上迸发出千万道光芒，在一瞬间震散了满天的血云，同时狂风大作、阴风怒号。两魂五魄终于缠上了七口神剑，魂断、魄碎、剑折，高天之上传出阵阵凄厉的吼啸之音！

德猛以牺牲自己两魂五魄为代价，终于折断了七口神剑，冲出了剑阵。他的身躯不断地颤抖，口中更是鲜血不断地向外涌动而出，整个人快变成一个血人了。阿里德也是险些崩溃，七魄随着七剑折断，他遭受了难以想象的重创，被辰南一戟劈碎。他快速在远空重组身体，发疯一般将七口断剑召唤回去，七剑全部融入了他的身体，他竭尽全力地想要保下七魄。另一边，德猛同样疯了一般，疯狂地聚集自己的两魂五魄。

两败俱伤啊！

"辰南，拜托你了，我要去疗伤。"德猛片刻都不想耽搁，飞快消失在了天际，今日他的损失太大了。辰南没有说话，直接向阿里德杀去。到了现在，阿里德有心无力，根本无法再战！他不想就此死去，开始疯狂逃命。这一日，辰南之凶名震五界，杀得太古君王阿里德飞天遁地，惶惶不可终日。这是何等的威势啊，要知道太古君王那是永恒不灭的主宰者啊，连天都敢去击杀，今日竟然被一个青年高手杀得上天入地，到处逃窜，这简直不可想象。

辰南的身影成了一道不可磨灭的印记，深深烙印进第五界许多高手的心中。血屠百万生灵，击杀君王尼仲，此刻再次追杀阿里德，辰南这不败之身深深撼动了整片斗战圣界。盖世大凶人！这是第五界所有人对辰南的评价。

君王阿里德急如丧家之犬一般，他不想死，想活下去，因为他不甘，他遭受过封印，元气始终未恢复过来，他不想这样死去！只是，时间，他没有时间！最后，上天无路，入地无门，阿里德逃到了空间之门，毫不犹豫地从自己的内天地中摄出五万生灵，血祭连接两界的通道，他要跨界逃去。他想进入人间界，己方的几位君王都被缠住，根本无力救他，也许唯有另一界的黑起是他最后的救命稻草。他知道人间界与天界的强者进入了第三界，除了辰南之外应该没有厉害的敌手，以黑起能够独抗三位君王的本领，应该能够救他。

在空间之门前的一场激战，让阿里德几近毁灭，但是辰南终于未能拦住，自己也遭受了创伤。阿里德发疯一般逃进了空间之门。辰南再一次领教了太古君王的可怕，他无比担忧地追杀了进去。

跨界之战，跨界大追杀！

阿里德与辰南从空间之门冲出后，当场又是一场大战，守候在不远处的天鬼被惊动。按照辰家人事先的请求，他用记忆水晶将这些画面传回了天界与人间各处。人间、天界、月亮之上，所有人都震惊了。不过接下来所有人又长出了一口气，因为是辰南在追杀阿里德。君王阿里德亡命飞逃，终于寻到了黑起的气息，但是看到十三杆千丈高的大旗和北斗伏魔阵时，他近乎绝望了。短时间内，黑起根本无法破困而出。

阿里德道："黑起你破困而出后立刻返回第五界，不然我们所有人都得死！""吼——"盖世君王黑起狂啸震天，奋力冲击绝阵。"黑起你要替我报仇，将这一界屠戮干净！"阿里德喊完这些话语，快速向着远空逃去。如今他已经知道自己必死无疑，元气大伤，灵魂近乎毁灭，辰南肯定能够灭杀他。只是，他不能白死！

法祖没有去追杀，依然监控黑起。辰南焦急无比，临死的君王之强大超出了他的想象，现在他已经受创了，对方存了死志与他大战，那是非常可怕的。一座都城在望，阿里德残忍地笑着，快速飞了过去。

城内车水马龙，叫买叫卖声不绝于耳，热闹繁华无比。这是东方的一座大城，人口不下三十万。太古君王阿里德，翻手为云覆手为雨，即便修为近乎毁灭了，但是将三十万生灵同时灭杀，还是不会废去多少力气的，只要七把断剑齐出，这座城市会很快成为废墟！只是，他改变了主意，没有亲手毁灭这座大城，他身化万千，而后他的身体粉碎了，魂力冲进了三十万生灵当中。

整座城市瞬间静了下来，死一般地安静，而后传出了直上云霄的吼啸之声，三十万人齐声喝喊："辰南，我看你如何杀我！"辰南心神俱震，犹豫彷徨，眼看将灭杀对方，却出了如此变故。"哈哈！"阿里德大笑，三十万生灵不断飞上高天。他知道难逃一死，但是定要给辰南留下千古骂名，让他为千万人所恨！他毫不犹豫地灭杀了所有人的心神，让所有人都成了他的化身，在这座大城与辰南对峙。

"哈哈哈，绝路，绝路啊！"辰南悲凉大笑，《太上忘情录》让他少了许多希望，眼下又面临如此选择，真是两难啊。不杀阿里德是不可能的，一旦他修复七口神剑，等待黑起脱困而出，那么所有人都得死！只是他若灭杀三十万生灵，注定世人皆将唾弃他，必然会留下千古骂名。

"轰！"天空中一声巨响，阿里德以大法力将一幅幅可怕的图像倒映在天空中。画面中辰南血屠百万生灵，残忍如盖世魔王！"辰南你在第五界大肆杀戮，视普通生灵如泥狗，现在怎么心软了？"阿里德残忍地笑着。

毒计！辰南默然，他无法否认，第五界的事情，如果现在隐瞒，日后也会传到这一界。看到辰南沉默，阿里德笑得更加猖狂，还有一日，黑起就要脱困了。辰南心中悲凉。"宁留千古骂名，永遭世人唾弃，成为不赦恶人，今日也要灭杀你！"辰南愤怒悲啸，手中方天画戟横扫而出！

血，是天地间唯一的色彩。这一日，天界与人间皆震动！在第五界血屠百万生灵，在人间界血杀三十万生灵，辰南之名妇孺皆知。辰家老一辈悔恨无比，如果没有天鬼的记忆水晶跟随，也许事情会隐瞒一段时间，现在……

这一次，辰南没有等到三日就失去了八魂的力量，阿里德在临死前反扑，七口断剑全部刺入了他的身体，虽然最后身体重组完毕，但是来自一个君王的灵魂之力还是让辰南近乎毁灭。他已经无法去对抗黑起，也无法去关注第五界君王。千古恶名加身！

当辰南走进一座城镇时，所有人惊恐逃避而去。当他化身成另一个样子出现时，他听到所有人都在谈论他这个冷血嗜杀的残暴屠夫："羊杀了狼，染了狼的血，也沾了羊的血，从此成了恶狼……"

辰南感觉身体疲倦，心中更是凄冷到极点。终于，他倒在了一片深山中。

月亮之上，四祖与五祖暴怒，事情完全超出了他们的意料。太古君王阿里德控制三十万普通百姓与辰南大决战，被辰南屠戮得干干净净，这件事的影响力太大了，无论天界还是人间，几乎所有人都在谈论。人们不可能知道，那三十万人早已被阿里德灭杀了心神。即便是众多修者也以为，那些人不过是被阿里德控制了心神而已。

在众多修者看来，辰南的手段未免太过激烈了，实在有些过于冷血残暴。当然，多数的修者还是比较理解的。毕竟，如果不立刻消灭这个太古君王，一旦让他逃走，那简直是不可想象的大灾难。

真正让四祖与五祖头痛的是，天界与人间的普通百姓竟然得知了这件事情。这超出了他们的预料。天鬼所传回的画面，仅仅传送到了各处修炼之地，根本没有投放到普通人那里去。在那关键时刻，不知道是谁，竟然以大法力让所有的画面清晰地浮现到了整片天界与人间各地！这是一场难以想象的大风暴！

在亿万生灵眼中，辰南毫无疑问是个十恶不赦的恶魔，是一个盖世修罗魔王！如此残杀百余万生灵，这简直是磬竹难书的滔天罪恶！磬南山之竹，书罪无穷，绝东海之波，流恶难尽！史上如此嗜杀之人，唯有两人能够与辰南相提并论，一个是屠杀四十万神魔的黑起，另一个就是杀亲、杀己并杀敌的魔主。只是，这两人之凶名只在修炼界盛传，而辰南之凶名竟然传入了寻常百姓中。

辰南所做之事，原本是可保天界人间数十年安稳的天大功劳，但是世人根本不了解。众口铄金，积毁销骨！修炼界总共有多少人呢？在亿万生灵中不过沧海一粟而已。如今辰南冷血残暴之名，就已经在寻常人中传播，到了后世那将会愈演愈烈，即便所谓的真相也会彻底湮灭。

四祖愤恨地劈碎了一张书桌，道："人心难测，人心不古啊！"他知道尽管修炼界许多人都非常理解辰南的所作所为，但是必然还会有不少人推波助澜，故意诋毁辰南。五祖叹了一口气，道："近来，辰南还有我们辰家风头太劲了，有些人心中不舒服啊……"旁边站立的七祖道："大丈夫昂然立于天地间，无愧于心足矣。任他千古骂名，随风而过。辰南无愧于天地间，即便惹来骂名又如何？大不了就做一个魔主样的人物！"

五祖道："都已经到了这种境地，天界与人间的某些人居然还有工夫内斗，真是让人无语啊！"蓦然间，四祖感觉脊背一阵冰凉，喊道："黑手又出现了！"五祖似如梦方醒一般，一阵吃惊，道："似乎……真的是他的手法！"七祖疑道："黑手是谁？"五祖道："一只神秘的无形黑手，总是在乱世中，于关键时刻推波助澜……"

辰南在一片荒寂的山脉中醒来，八魂力量已经离体多时，虽然躯体看似无恙，但是他感觉五脏六腑都疼痛欲裂。君王阿里德七口断剑全部刺进了他的身体，如果不是八魂在身，太古君王级强大的魂力早已让他灰飞烟灭了。他慢慢站起身来，感觉身体阵阵虚弱，爬上一座山巅之际，已经是一身虚汗。

眺望着远处一座座城郭，他心中感慨万千。人生一世，草木一秋。荣辱兴衰，转瞬更替。辰南知道，自己完了，体内脏腑皆裂，魂脉皆伤，恐怕命不久矣。回首见，豪情万丈，挥戟裂天，纵遇松赞、黑起，也敢兵锋相向，热血洒青天。转瞬间，身残体虚，千古骂名加身，心神疲惫，黯然身退，凄冷荒山间。

天都敢去刺杀的君王怎能愧于千古威名，纵使被封印千万年，元气亏损至低点，临死反击，依然让辰南身残魂伤，将消亡。大战来临前，种种征兆让辰南皆有末日之感，原以为可能将丧命于黑起之手，不想魂断另一君王手中。

瓦罐不离井口破，大将难免阵前亡，自古如是啊！回想过往种种，荣耀与遗憾交织一生。弯弓射巨龙，逆天七魔刀斩绝世，一日灭八绝，龙腾万里大战东土皇族，勇入永恒的森林，大闹十八层地狱，血战天界……太多太多了，直至，灭杀太古君王，跨界大战，豪情壮志，热血染青天。荣耀至极，急转直下，宁留千古骂名，永遭世人唾弃，也要无愧于心，挥戟血屠百万生灵。凶名也罢，威名也罢，终究曾经屹立于绝巅，俯瞰三界众生。

"我不是好人，但我也不是恶人，该做的我已经做了，剩下的事情，我有心无力……"辰南站在绝巅，眺望着远方的大地，久久默默无语，大事已经做完，他再无力出手。这个时候，他感觉心神疲倦到了极点。七把断剑乃是太古君王七魄祭炼而成，灵魂的力量最为可怕，它们已经深深侵入辰南血髓中，外物外人根本无法救他。他感觉到了力量在飞快消逝，用不了多久他就会成为一个废人，或许不久之后身体也将崩溃，他彻底从这个世间消失。

心有遗憾啊！许多事情，他都无力再去做了。父亲、母亲，苦历万载，终未能相见。不过，知道父母平安在世，他虽遗憾，但也安心了。雨馨，渐行渐远，永远的遗憾。他多么渴望在最后的有限时光中，再次见到那曾经的纯真笑颜。但是，他知道他没有能力去做什么了。生命源泉啊，多少天阶高手都无法寻到，如今他这废残之人，又到哪里去寻呢？

"当你老去的时候……还能够想起一个叫雨馨的女孩……"辰南喃喃自语，"是的，永世不可磨灭。但是，我很想救你啊！只是现在……我什么也做不了……"应该回到月亮之上，但是他却不想回去，想一个人静静地走过最后一段岁月。对于梦可儿，他心中感觉亏欠太多，即便相见又如何？能够改变什么吗？龙儿，他非常想看一看，抱一抱。只是，他不想徒增伤感，让他的生死永远成谜吧，让孩子永远有一个希望。

龙舞……纳兰若水……四祖、五祖、大魔、潜龙、玄奘、南宫仙儿……一个又一个人的面孔浮现在他的眼前，最后定格在紫金神龙、小凤凰、龙宝宝身上，辰南无声地叹了一口气。他感觉自己像一头孤狼般，当衰老之际就会远离同伴，独自静静地走进深林，为自己选择安葬之地。辰南打开了内天地，放走了俘虏的所有天使，让他们将那颗蓝色的心脏送到月亮之上。最后，他仰天一声长啸，似乎在发泄着心中抑郁之气。

凶兵方天画戟被他抓在了手中，这天下第一凶兵似乎也感觉到了英雄末路般的悲凉，不断颤动着，发出阵阵鸣啸。辰南利用残余的神力，舞动方天画戟，劈砍出滔天杀气！最后，方天画戟化成千丈之巨，发出最后一声魔啸之音，被辰南插入大山之上，屹立如铁峰。后羿弓、裂空剑、困天索……这些瑰宝一阵哀鸣，被辰南全部打到了方天画戟周围，围绕着凶戟不断旋转鸣啸。随后，辰南大步离去。

秋风萧萧，满山残叶飞舞，这是一个万物凋零的时节。三天的时间转瞬即逝，盖世君王黑起，大破十三杆千丈魔旗，冲破北斗伏魔阵，凶焰耀天地。天界、人间所有修者心惊胆战！不过，黑起并没有血屠百万生灵，他只发出了一声震天的魔啸，快速冲向了那连接第五界的空间之门。千古魔君，杀回了第五界！料想中的伏尸遍野、血流万里的场景并没有出现，两界修者长长出了一口气。这一次的危机，总算躲过去了，但是下一次呢？没有人知道，唯有祈祷第五界两方势力永远平衡。

法祖罗凯尔这个监视魔王黑起，并最后亲自注视魔君离去的天阶高手，被浩浩荡荡的神灵大军迎回了西方天界。天界、人间的众多修者，都一直在西方神域共商大计对付第五界，眼下精神系的祖神回归，立时被众人推举为共主。这一次，法祖罗凯尔功劳确实很大，但是显然被众人尊过了头。有些人当然会记得，那个手持方天画戟的东方青年，纵横于天地间，跨界大战，血溅天地，谁都知道他以一己之力到底立下了多大的功劳，但是一股暗流在涌动，没有人愿意提起他。

月亮之上，四祖与五祖愤怒了，大声咆哮着。但是，他们又很快冷静了下来，无形的黑手随他去吧。眼下，最要紧的是找到辰南。只是，数日过去了，辰南像人间蒸发了一般，消失得无影无踪。唯有那留下的千丈凶戟，屹立于绝巅之上，几件瑰宝哀鸣沉浮于左右。在没有寻到这些神兵之际，辰家人还不算担心，以为辰南是因为屠戮百万生灵，心中有结，想要独自静处一段时间。但是，当按照天使的指引，来到那片山脉中，寻到辰南留下的魔兵之时，任谁都知道有大变故发生了！四祖与五祖命人严密封锁了这个消息，死都不能透露出去分毫！

月亮之上，紫金神龙愤怒地吼啸："法祖他算什么啊，共主？这卑劣的家伙，靠吞噬妖祖金蛹的灵力才活下来的混蛋，都成英雄了。他有什么功劳？龙大爷我不服！"小凤凰有些忧郁地道："辰南哥哥怎么还不回来呀，他不会有危险吧。"难得地，平日调皮的龙宝宝露出了郑重之色，严肃地道："我们准备行动吧！"

"父亲怎么还不回来呀？"

"应该有事缠身吧。"

仅仅七日，辰南直接从神王巅峰，滑落至第六阶境界，体内神力在飞快地流逝，原本乌黑的长发中，竟然露出根根白丝。他自语道："即便没有改变容貌，也没有人能够认出我了吧，再过一段时间神力彻底消失，气息彻底大变样，我真的彻底淹没在这茫茫人海当中了。"这是一个秋风萧瑟的季节，那场旷世大战已经由修炼界传到了人间，法祖成为救世主般的人物，出乎了辰南的意料。但是，这又如何呢？辰南迎着瑟瑟的秋风，踏着无尽的落叶，大步向前走去。

在凄冷的秋风中，辰南从一座城镇，走向另一座城镇，他在漫无目的地流浪，孤寂的身影略显落寞，虽然身躯挺得笔直，但是望着那背影，不知为何总给人一股悲凉的感觉。抛魔刀，弃凶戟，黯然隐退，叱咤风云的岁月，永不再来，已成为过眼烟云。纵横天地间的强者，如今已经是废残之身。从巅峰坠落深谷，辰南没有发狂叫嚷，面对这一切他始终默默无语，不停地从一座城镇走向另一座城镇，永不停止地流浪。

辰南体内神力流逝的速度很快，仅仅半个月，他又从第六阶境界跌落至第五阶境界，按照这个速度下去，他处境堪忧！明明是神彩奕奕的青年，但容貌已经像一个三十几岁的人，发髻间更是多了不少的白丝。辰南如今不再当自己是一个修者，他正努力融于茫茫人海中，只是他不知道在有限的岁月中还能做些什么。天地间开始飘落下雪花，辰南单薄的衣衫随着寒风而猎猎作响。进入寒冷的冬季之后，他经常咳嗽，时常咳出血迹。

太古君王的七魄完全粉碎，化成绝杀剑魄，爆发出堪称毁灭性的力量，连辰家八魂都遭重创。八魂离体之后，辰南没有当场死去，已经算是一个奇迹。现在，他的身体确实虚弱到了极点，虽然依旧挺得笔直，但步履已经不再像先前那般稳健。

东大陆有三个大国，西部的楚国，北部的拜月国，南部的安平国，余者为诸侯小国。当然，三个大国并非绝对霸主，因为在那遥远的北方，拜月国的国境之外，在那片大草原上还生活着一群游牧民族。虽然没有立国，各个部落分散居住，但这的确是一个强悍的民族，他们不时南下侵扰拜月等国。在嗜血的游牧强者眼中，南方的民族如同他们圈养的羊羔，每个时节都要南下劫掠一番。

在这个冬季，辰南来到了拜月国，在边境附近他看到了流离失所的百姓，看到了一幅幅家破人亡的凄惨场景，以及那烧杀抢掠的马背民族呼啸而去的背影，他忽然觉得在最后的生命岁月中有些事情可以做了。他成了一名特殊的边关老兵，头上已经有了不少白发，而且咳嗽时带血迹，本不可能被招为边兵，但是当他一拳打碎一块石碑时，他被破格录取了。

　　尽管这个时候，辰南已经由五阶之境，降到了三阶境界，但握着久违的长刀，他感觉自己的血流在加速，那颗孤寂的心仿佛也焕发了少许活力。说到底他是一个修炼者，无论怎样刻意忘却，但是骨子里的铮铮战意，是不可能彻底磨灭的。

　　从此，边境上出现一个老兵，一个不死的老兵！虽然病患在身，但是每次都从尸山血海中顽强地站起。冲在最前，退在最后。虽然身体废残，气血虚弱，再也无法震慑天地间，但是在一次次的生死洗礼中，他似乎找到了生命的最后归宿之地。再也无法与黑起那般的人物大战了，但是他要让自己心中的不灭战意，活在另一片战场！不再万众瞩目，不再受人关注，现今他默默杀敌。

　　三年过去了，这个身体一日不如一日的老兵，眼见支撑不了多久了。没有人知道这个头发都已经斑白的"中年人"，曾经是那个敢与盖世君王黑起刀锋相向的风云人物，人们不会知道他曾经叱咤天地间的往事。在这三年中，辰南气血更加亏损，虽然死亡的吞噬有所减慢，但是现在他神力已经彻底衰竭，战力已不过一阶。曾经能够徒手裂敌的老兵，现在动作越来越迟缓，身体一日差于一日，但始终不肯退离战场。边关所有军士无不心中发涩。

　　一位将军实在不忍这位杀敌无数的老兵最终身死沙场，不止一次下调令，提升他的军衔，让他远离战场，但都被老兵拒绝。"烈士暮年，壮心不已！"那位将军，虎目蕴泪。将军不知道辰南的过去，但知道他定然有着难言的往事，多少知道些他的心绪——战死沙场！

　　是的，辰南要将残命留在战场。他知道不可能再与黑起一战了，但作为一个曾经震慑天地间的强者，战死是他最好的归宿，这是他最后的心愿！不过，最终他没有实现战死沙场的心愿。身体一日衰弱于一日，最后他已经和普通人没有任何区别，看到那些含泪的士兵追随在他左右为他挡刀之后，辰南黯然离开了战场，远离了边关。

头发花白，憔悴的容貌像四十岁，衰败的身体像迟暮的老人，士兵含着热泪为他送别，辰南带着一把孤刀，默默离开，留下一道孤寂落寞的背影。又是三载过去了，虽然死亡的吞噬真的放缓了，但是辰南也真的非常衰弱了。现在他的体质已经远远比不上寻常人，他走遍了整片东土大陆，但心中颇想去看看的几个重地，始终未去。

直至第七年，他预感到岁月无多才决定去看一看。神魔陵园，他本想作为最后一站。由这里而生，便由这里而亡吧。不能死在战场，回归原点也是一种不错的归宿。但是，最终他将神魔陵园作为了第一站，既然选择默默死去，那么就让生死永远成谜吧，不让朋友神伤，不让孩子悲恸。在神魔陵园看看足矣，自有他乡埋骨处。

第二站，他很想去昆仑玄界百花谷，但是他却不能去，最后唯有一声长叹。无法去百花谷，辰南拖着衰弱的身体，来到了雁荡山，这里有着他最美好的回忆，当初就是在这片山脉中，相逢了那个纯真的女孩。望着那丹崖怪石，飞瀑流泉，他默默无言。他在附近的小山村住了两年之久，追忆着那曾经的往事。

最后，辰南唯有一声叹息，离开了雁荡山。他觉得愧对雨馨，发誓要将她复活，尽管一次次地努力，但终究未能改变什么。现在更是没有任何能力。还有许多地方想去看一看，但是到了如今他已经没有那样的体力了，气血亏损，身体虚弱到了极点，很难长途跋涉了。

直至第十年，辰南才一路艰辛地来到了楚国都城，也许该去西土看一看。虽然知道，很有可能在一两个月后，死在路上，但是唯有不停地走下去，他才能心中平静。神龟虽寿，犹有竟时；腾蛇乘雾，终为土灰。"或许，还未出离楚国，我就要死了吧？"辰南自语。

秋风已尽，天地间飘起了鹅毛大雪，白茫茫一片，整片大地银装素裹，又是一个寒冷的冬季。辰南衣衫褴褛，蓬头垢面，在冷冽的寒风中，咬着别人施舍的干冷馒头。如果说心中不苦涩，那是不可能的！毕竟他曾经纵横于天地间，威震三界。跨界大战，追杀得太古君王都惶惶如丧家之犬。不过，他并没有失落多久，如今这废残之身，这样的遭遇并不是最可怜的，还有许许多多的人，比他还要困苦不堪。

曾经高高在上，从来没有体验过这种滋味，现在他倒是有了一些感悟。回首往昔，一幕幕悲欢离合，虽心有遗憾，但人生如梦，谁能一路高歌？皎洁的月色下，大地之上白茫茫一片。辰南在楚国都城外的雪地上，踩着厚厚的积雪，向着二十里外的小镇慢慢走去。路过楚都，面对这样的雪夜，他回想起了某些往事。当年，也是这样一个夜晚，他曾经与一位故人，在那个小镇一起看雪赏月。

龙舞还好吧。辰南还记得，在那个雪夜，龙舞脆弱地哭泣，向他倾诉着与潜龙的种种往事。如今，生命不久矣，路过故地，他想去看一看。十年过去了，辰南已经沦为平庸百姓，再没有关注过仙神的事情，他已经不知道曾经的故人今夕如何。后半夜，辰南精疲力竭，来到了这座小镇。这里似乎没有发生过丝毫变化，简直与当日所见一般无二，这多少令辰南有些诧异。

镇外那家客栈孤零零地矗立在雪地中，辰南来到这里之后一阵感慨。十年了！这里景物依旧，但是人却已不似往昔。昔日，修为未曾大成之际，轻轻一纵也可以轻易飞到房顶。今日，他只能无言地坐在雪地上，仰望着那轮明月。"龙舞，祝你一生平安快乐。"辰南看着空中的明月，自语道："下一站就去西大陆……"

无声无息间，屋顶上多了一道绝丽的身影，如那广寒仙子降临凡尘一般，她轻轻坐在了房脊上，目视明月，一双眸子充满了水汽。"十年……我在这里等了你十年，从来没有离开过半步。"她虽然没有望向辰南，话语也很平静，但眸中分明有晶莹的泪珠滚动。辰南非常吃惊，没有想到会在这里遇到龙舞，对方竟然在这里等了他十年！

龙舞泣道："你到底还是来了，终没有让我失望。""姑娘你认错人了。"辰南费力地站起，虽然话语保持平静，但心中却很苦涩，头发花白，虚弱的身体有些佝偻，他简直就是迟暮的老人啊，他在雪地中头也不回地远去。"容貌被改变过，而且衰老了，神力也已经消失得无影无踪，气息完全大变样。但是，我知道一定是你！从你踏进这个小镇的一刹那，我就知道是你来了！"龙舞双目湿润，大声地喊道，"为什么会这样，到底发生了什么？你给我站住！"

"姑娘你认错人了！"辰南踉踉跄跄向前走去，但是身虚体弱，竟然栽倒在了雪地中。龙舞如广寒仙子般飞来，无言地流泪，扶起辰南，颤声道："为什么会这样？""姑娘你认错人了……"辰南想撤回手臂，但是没有成功。"为什么？为什么会这样？！"龙舞再也忍不住，失声痛哭了起来，"当年那个为了小晨曦，施展逆天七魔刀，劈杀五阶绝世高手陶然，敢与千军对抗的豪情男子哪里去了？十年前那个手持方天画戟，纵横于天上地下，敢与盖世君王黑起大战的英伟男子哪里去了？你曾经睥睨天下的壮志豪情呢？为何不敢面对我这样一个弱女子！"

辰南默默无语，慢慢转过了身躯，也曾经痛哭过，但早已没有泪。龙舞大声地哭泣着："辰南，我知道在你身上肯定发生了无比痛苦的事情，但是你不应该逃避啊！无论发生了什么事，无论你变成了什么样子，在我眼中你永远都是原来的你……"辰南道："我从来没有逃避过……"

月色凄冷，雪夜寒冽。寒冷彻骨的月色下，白茫茫的雪地上，似乎笼罩着一层薄雾，充斥一股令人心酸的凄怆气息。十年，相逢！辰南身躯佝偻，双鬓皆白，额上已爬满了皱纹，昔日那双犀利的眼眸，此刻已经浑浊不堪，十年无情岁月令他衰败到了极点。

任谁也不会想到，这个风烛残年的"老人"也曾经叱咤于天地间，有着一幕幕惊心动魄的往事。十年前，自从他决定如孤狼般独自远去，就不打算再见任何一位故人，只想一个人静静地找到一个埋骨处。而今，身体废残，气血衰败，落魄至如此境地，他更不想遇到任何熟人。如今，龙舞一句："十年……我在这里等了你十年，从来没有离开过半步！"让辰南深深悸动！

十年过去了，龙舞的容貌未有任何改变，依然是那样清丽出尘，只是那双眸子中却有着一丝孤寂与凄然，令绝美的龙舞看起来是如此黯然神伤。"十年，辰南，我到底还是等到了你。"龙舞哽咽着道，"你果然还活着。"感天动地，辰南浑浊的双眼，也有晶莹在闪动！

昔日，龙舞神采飞扬，风采自信，今日泪眼婆娑，一副凄然的神态，让历经十年沧桑的辰南忽然涌起一种想哭的感觉，曾经有一个女子竟然在这个地方苦苦等候了他十年！但是，他到底还是没有流泪，经历得太多了，想哭也早已没有泪水，只能道："龙舞……我知道……谢谢！"

龙舞望着他无声哭泣。"龙舞，我……"想到自己命不久矣，可能会让龙舞更加伤感，辰南不知道该如何开口了。"辰南……看到你现在的样子，即便你不说，我也已经明白了。"龙舞颤声道，"十年前的那一战，你定然遭受了难以想象的重伤，你不愿大家看到，抛下方天画戟，丢下神兵宝刃，从此黯然远去……我能想象十年来你所遭遇的苦楚沧桑……"

龙舞是一个聪明的女子，能够感觉到辰南的十年心境，也猜到了辰南的命运，她哽咽着道："月有阴晴圆缺，人有悲欢离合。但是，最后的路，我跟你一起走……"说到这里，她已经语不成声。辰南如何能拒绝？他怎能拒绝！他微微露出一丝苦笑，道："曾经最潇洒的龙舞为我伤心落泪，我死也无憾了。"看到他苦中作乐的苍老笑容，龙舞眼睛再次湿润。

十年前一战之后，辰南杳无踪迹，许多人都在寻找他的下落。但是，容貌大变样，神力消失，他的废身残魂气息彻底改变，他完全变成了另一个人，没有人能够寻到他的点滴线索。辰家人下死命令，任谁也不能走漏消息，他们虽然积极想办法，甚至冒着生命危险去丰都山，去寻找失去辰南压制的天鬼，但是天鬼也只能被动被辰南召唤，不能主动感知主尊的所在。人们料定他必然要去一次昆仑玄界，整片昆仑山都分散着辰家的子弟，但是辰南最终未去。

十年前，龙舞也曾经于各地寻找辰南，但一无所获。随后，她便来到了这座小镇，一个人凄然寂静地等待。她不仅是一个重情的女子，更是一个聪慧的女子，她知道辰南如果真的在躲避众人，那么有些地方他虽然想去，但却不可能踏足一步。龙舞能够再次遇到辰南，不仅是因为她真心地等待，还因为她的聪慧。

辰南乃是在人间东土长大的，在人间有着许多让他难以忘怀的往事，必然对人间充满了感情。他若要隐退，定然不会上天界。而偌大的东土，楚国占据了东大陆版图的四分之一，其都城更是通往西大陆的必经之路。辰南如果在人间游历，有四分之一的概率会来到楚国，如果要去西土，更是要经过楚国都城。楚国都城二十几里外的小镇，于龙舞来说有着特殊的意义，她曾经在这里失声痛哭，向辰南倾诉着伤心往事。如果辰南来过楚国，如果他是一个重情之人，如果心中有过她的影子，理应来这里看上一看。

当然，龙舞是在赌！如果辰南来过楚国，而不曾停驻过这里，那么说明她在辰南心中应该很轻很轻，即便今后于他处再相遇，也只能是普通朋友。龙舞曾经在心中问过自己，是否要去其他地方等待辰南呢？她最后在心中说了"不"字，唯有在这个看似不重要的地方等到辰南，才是最完满的！

十年后，同样的雪夜，同样的明月，同一家客栈，两人重逢，坐在当年的房脊上，仰望着那片灿烂星空。龙舞静静聆听辰南十年来的生活，老兵、衰老的流浪者……她眼中的泪水不断无声滚落，直至辰南讲完很久，都难以平静。从高高在上的强者，跌落到最底层，此中悲凉想想便觉凄然。

辰南道："龙舞，你要答应我，不要将遇到我的事情告诉任何人。"龙舞定定地看着他，最后终于点头答应。最终，辰南并没有去西大陆，龙舞不让他去。十年来发生了很多事情，但是辰南如今已经不可能再进入修炼界了，龙舞几次想说什么，但是都忍住了，而辰南也没有问。既然无法再挥刀向天，知道之后徒增烦恼，那就彻底地和修炼界绝缘吧！看着辰南佝偻而衰老的身体，龙舞心中酸涩无比，她知道辰南的生命将在两个月后到达尽头。

在接下来的一个月，龙舞始终陪在辰南身边，他们一同流浪，一路向北走去，龙舞想要看一看辰南想埋骨的塞北战场。不过，在来到边关要塞前时，龙舞忽然消失了一日。当她再次回来之际，辰南发现她脸色苍白，有些憔悴。"龙舞，你怎么了？"此时的辰南还有半个月的寿命。

"辰南，我不想你死……"说话间，龙舞封住了辰南的穴脉，而后强行将一颗神王丹击碎、炼化，打入了辰南的体内。"天阶高手的魂魄所造成的伤害，一个神王的真元，也能够延续你一到三个月的生命。"整整三个时辰之后，辰南才被解开穴脉，他的气色明显好了许多。辰南道："龙舞……你杀了一个神王？你无须用这种方式延续我的生命，我一到三个月的命要让一个神王的死来换，代价实在太大了，我承受不起！"

龙舞坚决道："是我哥哥潜龙杀的。你无须内疚，这是该杀之人，发生了许多事情，你不了解。总之，我不会滥杀无辜的。"辰南道："但是……龙舞，你如果这样做，我会觉得自己是一个负担，让你以这种方式为我续命……""辰南……"龙舞哭了。辰南再也说不出话。

两个月过去后大地回春，寒冷的冬季终于过去了。嫩芽、绿叶抽枝而出，辰南与龙舞早已从塞外回到了内地，他们的栖身之所是一片美丽的田园。四周一片生机勃勃，草色黄绿，野花烂漫。辰南虽有迟暮感，但在这样的环境中，身体也仿佛恢复了些许活力。然而，当龙舞再次带回一颗神王丹之后，他们的宁静被打破了。能够再为辰南延续三个月的生命，龙舞自然非常高兴。只是当她离开这片田园，去采购日常所需时遇到了大麻烦！

一道人影似流星一般，从远空飞来，拦住了龙舞的去路。一个身高一丈五的魁伟男子，双目中涌动着无尽的怒火，大声吼道："终究被我寻到了，杀我族强者的人，没有想到是你们兄妹！嘿嘿，这可是你们先动手的，别怪我不客气。"龙舞有些吃惊，显然没有预料到被人跟踪，不过她更多的是担忧，辰南就在不远处的茅屋中，如今他的身体如此虚弱，这……

身高一丈五的男子残忍地笑道："原来这里有一个伤者，你居然拿我族强者的神王丹来为他续命，我让他立刻去死！"他猛力一挥手，后方两道身影迅若闪电，扑向了前方的茅屋。龙舞花容惨变，急忙阻止，但是身高一丈五的魁伟男子亲自挡住了龙舞，他残酷地冷笑道："你早应该知道得罪我族的下场！眼睁睁地看着他去死吧。"

龙舞拼命攻击，想要冲过去阻挡，但是她的修为显然远远不是眼前这个强者的对手，被对方轻易化解并拦住。"不！"龙舞发出了撕心裂肺般的尖叫，看到那两道人影冲进了茅屋，但是却无力阻挡。身高一丈五的魁伟男子仰天大笑，神态无比快意。然而，片刻后他收敛了笑容，露出了无比凝重的神色。冲进茅屋的两人竟然如石沉大海一般，没有发出点滴声响！

半刻钟过去了，茅屋内依然平静如常，高大的男子脸色骤变。龙舞也惊疑不定，随后渐渐露出欣喜的神色，辰南午睡时的均匀呼吸声依然还在！"将我的两个手下，无声无息间灭杀，这个人果真强大啊，没有想到这里竟然隐匿着一个强者！"高大魁伟的男子，不再理会龙舞，他神色凝重，一步一步走到了茅屋前。

龙舞更是快速冲了过去，冲进茅屋中她看到辰南在里间安然熟睡，而在他的床下竟然躺着两具尸体，他们全部死不瞑目！两双眼睛睁得大大的，似乎看到了极其惊恐的事情。"什么？！"身高一丈五的男子，看到两人的死状后，不禁倒退了两步，而后快速冲到近前检查两人的身体，最后震惊地道："竟然……是被吓死的！"他双目如电，猛地向着躺在床上的辰南望去，喝道："你是谁？！"

辰南从梦中醒来，看了看面露忧色的龙舞，又看了看地上的两具尸体，以及身高一丈五的强者，虽然有些吃惊，但很快冷静了下来，问道："你是第五界的人？"对方道："不错，你是谁？"辰南离开床铺，对着他道："想动手的话，冲着我来吧，与龙舞没有关系。"

身高一丈五的男子陡然间杀机毕露，但不知道为何，他突然感觉到一阵心悸，有一种非常不好的预感。身为神皇级强者，这种感觉绝不会有错，他快速飞退而出。而茅屋的千米之外，一个手持死神镰刀的青年男子，浑身都处在黑雾中，他轻声自语道："小舞到底救了怎样一个人？恍惚间，我为何会感觉到有一个盖世大魔魂在咆哮！"

十年，发生了太多的事情！

辰南对此一无所知，但是当看到第五界的强者出现，说着流利的人间语，他知道天地已经有变故发生！第五界的强者已经融入人间与天界很长时间了。两名第五界的强者为何会惊吓而死在屋中，辰南对此根本不知晓。那名神皇级高手，虽然退了出去，但是并没有走远。面对如此大敌，龙舞还未达至神王级的修为，肯定远不是对手。

如果是辰南自己在此，他会选择从容战死，这是他最好的归宿。但是，有龙舞这样一个重情的红颜知己跟在身边，他绝不可能让她受到丝毫伤害，他想破例召唤天鬼来灭敌。不过，并未容辰南召唤天鬼，第五界的神皇强者已经遇到了敌手。一个全身都隐在黑雾中、透发着无尽杀意的强者，手持一把巨大的死神镰刀，静静地站在千米之外，冷冷盯着来自第五界的神皇。

"死神潜龙！"身高一丈五的第五界强者，双目中迸发出两道仇恨的光芒，寒声道，"你们兄妹未免太过分了，竟然敢猎杀我族神王强者，你们这是对我第五界豪雄的赤裸裸挑衅，如此惹出的后果一概由你们负责！"

"你们不过是第五界的一族而已，能够代表整个第五界吗？即便你代表了又如何，我潜龙杀第五界之人不需要理由！"身处死亡冥雾中的青年强者，正是辰南十年未见的潜龙，不得不说魔主功参造化，他临去第三界前打入潜龙体内一道魔种，让他在十年间从神王之境晋升到了神皇领域！潜龙的性格与以前已经大不相同，过去他如邻家大男孩一般阳光灿烂，现在他就是行走暗黑间的死亡收割者，整个人充满了惨烈的绝杀之气！

"嘿嘿，说到底你们这边的人还是不服气啊！很好，就让我莫汉森看看你这个新晋神皇到底有何本领吧！"莫汉森狰狞地笑着，一丈五的躯体爆发出噼噼啪啪的响声，浑身的骨节在剧烈抖动，整个人仿佛又高了一头，身上的肌肉也更加鼓胀，如同一座小山一般，他的手中出现一把绿光闪烁的阔刀，遥指潜龙。

微风拂动，浓重的死亡冥雾被吹散了一些，露出了潜龙那英气逼人的面容，挺拔的身躯充满了杀意，手中的死神镰刀雪亮得刺人心魄。"杀！"莫汉森一声喝喊，朝着潜龙飞去。潜龙身躯岿然不动，但手中死神镰刀在刹那间暴涨百倍，长达数百米，周围有无数怨魂在挣扎哀号，快速向着莫汉森收割而去，撕裂出一道道暗黑的空间大裂缝。十年的时间早已让天界与人间的众多高手彻底了解了第五界强者的法门，知道与他们大战万万不可用能量光束攻击，唯有实质的碰撞才能最有效地杀伤对方。

莫汉森手中猛力挥动着绿光森森的凶刀，"铿锵"一声劈在巨大的死神镰刀之上，顿时火星迸射！很快两位神皇级高手大战在了一起，飞上了高空，高天之上两道人影化成了两道光束，在飞快地移形换位，以常人难以想象的速度激烈对抗。

辰南与龙舞站在茅屋前仰头观望，如今辰南修为尽毁，天阶肉身也早已衰败，浑浊的双目再也看不清这等层次高手的激战身影，只能听到凶刀撞击的可怕声响。正是因为这种声音，让他能够如亲眼所见一般，感知到两人大战的迅疾动作。神皇级大战，让辰南那久久干涸的战意在慢慢复苏，恍惚间他仿佛回到了当年热血拼杀的战场。

潜龙与莫汉森两人皆在用绝杀，恨不得立刻灭杀对方于刀下，比之正常的大战惨烈了很多。大战持续了半个时辰后血光迸现，潜龙发出一声大叫，一条手臂划出一道血线，翻飞向远方。"哥哥……"龙舞惊叫，眼泪滚落而下，就要飞天而起。"不要去！"辰南出语相拦。与此同时的短短一瞬间，高天之上血光迸现，莫汉森那只持着凶刀的右臂被潜龙右手中的死神镰刀割下。

莫汉森惊怒交加，发出震天吼啸，敌手很残酷与可怕，竟然用这种两败俱伤的打法！不过，显然对方心性冷酷，早有算计，用左臂换他持兵的右臂，明显占据了主动与上风。这一切都发生在一刹那，莫汉森身为神皇级强者，当然能够复原那失去的臂膀，但是潜龙不可能给他时间！这等亡命般的决战，争的就是一刹那间的先手，潜龙怎么会给他机会呢！他任左臂血水横流，右手中死神镰刀横劈竖斩，划出一道道死亡的轨迹，惨碧阴森的镰刀刃无情而残酷地划开莫汉森的胸腹，使他伤上加伤。

高天之上，两大高手皆在浴血厮杀，鲜血不断洒落而下。到了现在，莫汉森已经彻底处于下风，尽管咆哮连连，但是终究难挡潜龙锋芒！他拼着再遭重创，用那条完好的左臂生生扭断了死神镰刀，但是潜龙的连环杀显然早有预谋，专门噬杀神皇高手的死亡匕首，在下一刻插进了莫汉森的胸腔中。伤势尽管严重，不过对于神皇来说，绝不可能毙命。但是，莫汉森连连遭受重创，败局已经不可逆转！

随后，潜龙的双腿被轰断，带着大片的血水翻飞了出去，而他也成功踢烂了莫汉森的神皇之体。最后，潜龙以被轰碎半边身子为代价，彻底灭杀了莫汉森的神皇魂魄，他完好的右手中牢牢地抓住一颗碧绿色的神皇丹！"男人要对自己狠一些！"辰南用听觉"观看"完这场战斗，不禁如此感叹。如果正常进行大战，鹿死谁手很难说。潜龙如今真的化身成了一个死神！

飘散在高天之上的残碎血肉快速重组在潜龙的身上，不过他的脸色有些苍白，尽管肉身恢复了，但终究伤了元气，毕竟敌手是一个不下于他的神皇啊。龙舞快速冲了上去，心疼地落泪道："哥哥，你每次都如此不爱惜自己的身体，我真的很担心……"死神般的潜龙，那似万年未融化的冰冷脸色，露出了一丝笑容，道："放心吧，我知道深浅。我不会先你死去，没人照顾你我不放心。"化开当年的心结，兄妹二人的感情更深了，不过已经由朦胧的淡淡爱恋转化成了浓浓的亲情。

潜龙随龙舞降落在茅屋前，他双眸似电冷冷地凝视着辰南，随后手持修复的死神镰刀，围绕着辰南不断走动，露出如临大敌般的凝重神色。辰南静静地站在那里，一动也没有动，龙舞则叫道："哥哥，你这是在干吗？他是……我最好的朋友，你不要对他充满敌意。"

"为什么会这样？！衰败不堪的躯体……体内空空如也，灵魂近乎废残，生命即将走到终点。"潜龙似乎充满了疑惑，凝视着辰南，对龙舞道，"方才我明明感觉到了一个无比邪恶而又强大的魂魄在他体内不断地咆哮，这是……怎么回事？！"龙舞不解地望着潜龙，道："哥哥，你在说什么呀，他、他的身体很差，生命、生命已经……"说到这里龙舞黯然神伤。

这个时候，辰南转过身躯，目视潜龙，沉声道："你说的可是真的？在我的体内感觉到了一个邪恶而强大的灵魂？"潜龙道："不错，一个可怕的魂魄，邪恶而又强大无比！""杀死我！"辰南的话语无比坚决，让龙舞无比震惊，同时也让潜龙愕然。"辰……你在说什么！"龙舞走到辰南近前，拉住他一条手臂，道，"你在胡思乱想什么，不要多想！"她的脸色黯然，非常担忧。

辰南道："生固欣然，死亦无憾。我所经历的事情，也算得上一个完整的人生了，欢乐过，也痛苦过，见多了悲欢离合，体验了人世百态。就这样死去，也没有什么遗憾了。"看到龙舞泪流满面，辰南劝慰道："龙舞，你听我说，我并不是怯懦地放弃，是因为不得不如此。我早就应该猜想到，只是未料到如此之快。你哥哥潜龙的感应绝对没有错，我体内一定隐伏着一个邪恶而强大的魂魄，当我慢慢衰老死去，他便将重生复活，这不是我愿意看到的，一定要将他扼杀在萌芽中！"

"你是……辰南！"潜龙显得很激动，丢开了死神镰刀，冲上前来紧紧地拉住辰南的手臂，道，"你……怎么会变成了这个样子？我早该想到是你，不然小舞何至于如此神伤。"辰南知道无法隐瞒，很平静地道："潜龙，谢谢你如此关心，我现在废残了……"

处理完屋内的两具尸体，潜龙认真地听着辰南讲述这十年经历，感慨万千，道："十年，发生了这么多的事情，我一直在想你何时出现，有朝一日与你共同杀进第五界。只是，世事难料……"龙舞脸上挂着泪痕，黯然地望着辰南，哽咽道："你所说的《太上忘情录》可是真的？难道你真的要被取代？"

"是真的。"辰南虽然不愿看到龙舞伤心，但是却也不得不说出实情。不然以后如果出现一个恶魔般的辰南，爱他所恨，恨他所爱，毁灭一切与他有关的人事物，那种悲惨可怕的后果，即便他死去，也难以心安。"我不相信，一定有办法可以解决！"龙舞伤心欲绝，拉住辰南的一条手臂，忍不住哭泣出声。曾经阳光灿烂的龙舞，十年后与辰南相逢以来，哭泣的次数，比之以往总和还要多，让辰南黯然惭愧无比。

"神龟虽寿，犹有竟时；腾蛇乘雾，终为土灰。我这一生，不算平凡。这样死去，死而无憾。尤其，在生命的尽头遇到你……"辰南明白龙舞的心意，但是生命无多，他始终无法也不能回应，不然他死后会让龙舞更加伤心。不过，此刻看到龙舞如此神伤，他终究还是露出了一丝心语。即便龙舞平日聪慧无比，但是此刻她却显得如此无助，如玉的容颜满是泪痕，不断喃喃道："有办法，一定有办法……"

潜龙忽然大笑了起来，道："小舞你哭泣作甚，辰南他不会有事！""什么？！哥哥你在说什么，你说的是真的吗？"龙舞激动地站了起来。辰南也诧异地看着潜龙。平日潜龙脸色冰冷，此刻难得地露出暖色，道："你们不要忘记我师父是谁，是千古魔主！他曾经对《太上忘情录》极其推崇，如果是一部杀死自己的功法，我师魔主绝不会大加称赞。辰南，你放心地活下去吧，有朝一日定然会峰回路转！你所说的前车之鉴，我认为那是一个不明朗的过程！"

潜龙看着辰南与龙舞，非常强势地道："另外，我今日要为你们做主，今日要让你们成亲！"语气非常坚决与强硬。"潜龙，你……"辰南想要说些什么。龙舞显然也没有料到自己的哥哥会如此直接而又强势地说出这些话，不禁叫道："哥哥，你……"潜龙打断了他们，非常严肃地看着辰南，道："辰南，我问你，小舞对你如何？十年默默守候，无怨无悔，重逢那日，你可曾感动过？一个女子，无怨无悔，等了你十年，你是不是要一直沉默下去？"

想到龙舞，辰南心中有的只是感动，什么也说不出了。潜龙再次面对龙舞，道："小舞，你的心意，辰南已经明白。但现在他身体衰败，你是否嫌弃他了？""没有……"龙舞哭泣道。"那好，我为你们做主，就在今日成亲。辰南，你不要说什么生命将不久矣。你以为这样做，是为了小舞好？这样会让小舞更加难过。我不想你们之间留下什么遗憾！若有真情，不在朝朝暮暮，一天可当作一生！"潜龙无疑非常强势，知道如果他不介入，两人不可能真的走到一起，他雷厉风行，不容两人多说，就为他们做了这样的决定。

事实上，潜龙说出了那番话语，辰南与龙舞已经默认。两个人的婚礼很简单，三间茅屋内，一位客人既是兄长，又是证婚人，简单的山野粗茶淡饭，如此而已，平平淡淡。简单的婚礼过后，潜龙哈哈大笑道："我不能让我的妹妹那如仙子般的容颜，整日面对一个白发苍苍的老者。这颗神皇丹与两颗神王丹你们收好，可以为辰南延长三五年生命。我会在最短的时间内，让辰南扫除暮气沉沉之态。"

"哥哥，你不要……"龙舞知道潜龙要去杀神皇，杀神王。潜龙道："放心，哥哥不会去冒险。另外几个好战狂人，手中应该有不少战利品，我去要来！"

在临去前，潜龙单独与辰南话别，道："辰南，希望有朝一日，能够与你共同作战。《太上忘情录》，我师父他……""你师父没有说过那样的话。如今我与龙舞成婚，你知道我不会再轻易杀死自己，对吧？"辰南定定地望着潜龙，心中唯有感动与感激。潜龙道："但我师父说过另外一些话。《太上忘情录》很邪异，若想修炼非要看遍人世浮沉，体验尽人生百态不可！"辰南叹道："这恐怕又是你自己说的吧。"

"不是！"潜龙非常认真地道，"这是我师父的话，当然这只是他的推断而已！辰南，我会想办法为你延续生命，但你自己要相信自己。再来十年又如何？我希望你这断剑能够在滚滚红尘中重新接续，且磨砺出万丈光芒。有朝一日，你我一同打进第五界，凭什么总是让他们打过来！"

辰南道："潜龙，谢谢你。我不会放弃的！我会在万丈红尘中炼心！"

辰南和龙舞成婚了，但这场婚礼更像一种对残缺遗憾的补偿，更像是一种久久等待的心愿的兑现。他们不可能如青年男女那般风花雪月，浪漫温情。历经种种磨难后，对于现在的他们来说，感情已经是一种沉淀，是一种相扶前进、慢慢度过最后残年的短暂旅程。

无论是辰南自己还是龙舞，都知道辰南前路暗淡，这个世间能有多少可杀的神皇与神王供他续命呢？他的生命犹如那风中的残烛，随时可能会幻灭于无光的夜风中。尽管辰南对潜龙言道，永不放弃！但是，他知道现实就是现实，不会以任何人的意志为转移。永不放弃、永远进取是一回事，然而残酷的事实却是另一回事。在生命的最后尽头，他希望能够留给龙舞一些欢乐，能够留给她一些值得回忆的愉快往事。即便他立刻死去了，也不至于让龙舞遗憾。

辰南不会忘记雨馨，也不会忘记月亮之上的龙儿，以及那个让他心怀愧疚之情的梦可儿。他不是所谓的"情圣"，更不是流连风月的花花公子，成婚不过是一个"交代"、一种"补偿"。残生不会很长，有限的几年，彻底了却一桩心愿，给十年相候的龙舞一个结果。

在走向生命尽头前，辰南不会放弃，在最后的有限岁月中，他将以积极乐观的态度走过短暂的人生。若要体验尽人生百态，非进入万丈红尘不可。告别了短暂的田园生活，辰南与龙舞在东大陆开始流浪。龙舞掩去了绝世仙颜，如今也是白发苍苍，与辰南看起来像两个夕阳西坠的老人。

在接下来的一年中，辰南不是刻意地而是自然地融入百态人世中，如普通人那般劳作，用自己辛劳所得，换取生活用品。他曾经在楚国做过货郎，背着竹筐中的百货，走在各个乡村中叫卖。可能晚年还如此辛苦的老者甚少，众人怜悯他老年凄凉，辰南的货郎生意还可以，完全能够维持他与龙舞的生计。

当然，有时也会遇到地痞恶霸，那时免不了竹筐被打翻，百货被抢走，甚至还要被暴打一顿。龙舞虽然在暗中出手阻止，但是依然阵阵心酸，当年的强者竟然沦落至如此境地，白发苍苍、身躯衰败，被泼皮无赖羞辱。龙舞能够想象辰南在过去十年中的种种遭遇，这样的事情定然少不了，但是辰南与她诉说十年往事时，却始终一字未提。想到这些，龙舞就有一种想落泪的感觉。

对此，辰南只是感慨道："这就是生活啊，这样的故事每时每刻都在发生，大千世界有此遭遇的寻常百姓不在少数。"纵横天地间时，众多强者们不会想到寻常百姓的种种艰辛，世间有此境遇者，绝不在少数。做过走街串巷的货郎后，辰南随后又做了一名屠夫，帮人屠宰牲畜，这即便是在人间，也是一种极其低贱的工作，为人所恶，被人轻视。虽然年老体弱，但是从沙场中走下，他对刀的掌控，在市井中还是少有人能及的，他的生意也可以。

"仗义多是屠狗辈！"生活在这个圈子中，接触到这样的人，辰南不得不如此感慨。受辰南的影响，龙舞居然开了一家豆腐铺，被辰南笑着打趣道："年老的豆腐西施。"最初的心酸感觉过去后，龙舞也渐渐适应了这样的生活，在辰南乐观的情绪影响下，她感觉如此平平淡淡也是一种幸福。

忘记曾经的天界大战，忘记曾经的浴血搏杀，这样平安普通的生活让龙舞深切体会到寻常人的小幸福，不要征战，只要温饱足矣。当然，无论哪里也有丑陋的一面。当辰南与龙舞离开楚国，在拜月国运送药材贩卖时，遭遇一伙强盗洗劫，两个月的辛苦付诸流水。龙舞渐渐融入了这个社会，那时如寻常人般气得浑身颤抖，就要动用仙人级的力量，不过被辰南阻止了，他道："现在我们是普通人，就当被洗劫了，寻常人有许多的快乐，但有时活得也很辛苦啊。"

此后，辰南他们从一个地方，流浪到另外一个地方，贩夫走卒的生活都曾体验过。他们就这样流浪着，身份不断地变化，体验了人世诸多的酸甜苦辣，见过了太多的悲欢离合。从繁华的一国都城，到贫瘠的乡村小路，从人流熙攘的内陆，到千里无人烟的塞北大漠……他们的足迹遍布了少半个东大陆。

三年流浪过后，辰南与龙舞在晋国的一片田园暂居了下来。常年的流浪，他们已经身心俱疲，需要一段时间来休养。经历了许多的酸甜苦辣，体验了种种人间生活，这个时候的辰南龙舞与之前相比，淡定与从容了许多。龙舞不得不感叹，做一个寻常人，人生体验比之仙神单调的生活要丰富太多了。总的来说，这三年的流浪生活，欢笑远远多于苦难，当然这可能与她的心境有关。辰南也深有体会，泡一杯清茶，坐在庭院中，面对三两株翠竹，仰头望一望飘浮而过的几朵白云，心中感悟颇多。

也许这种心境能够用一些话来形容："宠辱不惊，看庭前花开花落；去留无意，望天空云卷云舒。"当然，这种心境还不能说明辰南已经尝尽了百态人生，这种感悟只能说明他比以前更加成熟了。不过，这种平静祥和的心境并没有保持多久，就被潜龙打破了。

这个时候，潜龙寻到了他们，他为辰南带来了第二颗神皇丹，以及数颗神王丹。此时的潜龙周身上下的煞气更加浓烈了，死神之称真的很恰当。潜龙以神皇级大法力炼化这些丹丸后，将生命元气打入辰南体内，再次为他续命。做完这些，潜龙看着辰南，有些感慨地道："你变了很多，看来哪一天我厌倦血战了，也应该融入这滚滚红尘中磨砺一番。"

对此，辰南笑了笑。一阵沉默过后，潜龙有些犹豫，张了张嘴，几次想说些什么。辰南道："潜龙你想说什么就直说吧。"潜龙沉着道："十三年了，修炼界发生了太多的事情。你既然已经融入尘世，那些事情本不应再对你说，那样做只能让你徒增烦扰。但是，今天是一个特殊的日子，有一件事情无法对你隐瞒。"辰南道："潜龙，你说吧。"

潜龙放下龙舞递给他的一杯清茶，道："今日法祖罗凯尔将要攻打月亮之上的辰家。"辰南一阵皱眉，对他来说法祖罗凯尔是很久远的名字了，十三年过去了，想必他已经彻底恢复到太古巅峰时的状态了。

"他攻打辰家，是因为当初我之故吗？"辰南很清楚法祖的品性，那绝对不是一个高尚的人，从他吞噬妖祖金蛹的灵力一事，足以看出他卑劣的本质。"龙儿今日将应战!"潜龙说出这句话语后,辰南眉头皱得更深,双拳紧握了起来。最后,他站起身来,立在窗前,长长叹了一口气。龙舞明白他的心境,有心杀敌,奈何无力。

"你要去看看吗?"潜龙问道。"去!"辰南霍地转过了头,做出了这样的决定。"我也去。"龙舞站在了他的身边。"现在应该还来得及。"潜龙拉起他们来到庭院,而后冲天而起。神皇级的修为令飞行速度如风驰电掣一般,潜龙带着辰南与龙舞,很快沿着空间通道进入了天界。

十三年了,再入天界!

辰南想起了昔日的大战,久远的记忆一一浮现于心间。法祖罗凯尔今日攻打辰家,早已闹得两界皆知,众人隐约间知道这与辰南有关。辰南消失十三年了,没有人知道他的去向,昔日那个大战绝世杀神黑起、跨界追杀太古君王的青年,犹如石沉大海一般,当年一战之后杳无音信。

没有人看好辰家,失去了辰南,辰家恐怕危矣。尽管众人知道,辰家有一个小天阶,虽然几次露脸大战,但是那毕竟是一个孩子啊!稚嫩的他怎么能够抗衡太古时期就威震天下的一代高手法祖呢?

一个小小的身影飞出了月亮,进入了天界上空,虽然十三年过去了,但是龙儿的成长与其他孩子大不相同,他若想成年,似乎需要极长的时间,现在的他看起来不过五六岁的样子,稚嫩的小脸充满了童真之色。他,现在还是一个小童啊!宽大的衣衫也难以掩饰他单薄的身子,粉嫩的小脸上满是倔强之色,他的双手持着辰南昔日的凶兵方天画戟,巨大的凶戟与他弱小的身躯显得很不相称。

龙儿一双如黑宝石的大眼中闪烁着坚毅的光芒,以稚嫩的童音喝道:"法祖,我不会输,我替爸爸出战!"这本是一个粉雕玉琢的稚嫩孩童啊,他竟然要面对法祖这等太古强者!龙儿啊!辰南心中酸涩,眼神黯然。

"辰家果然无人了。"法祖大笑道,"竟然派出个童子来!"当年被推为共主,追随者可谓无数,他这个太古时期的精神系法祖,被许多人当成了一个大靠山。在他身后不远处,追随着许多的神魔,甚至有第五界的高手，众人一齐大笑。龙儿咬了咬嘴唇，小脸上满是坚毅之色，认真地道："我不会输，我不会给爸爸丢脸！"似乎想起了辰南失踪的伤心事，龙儿双目中有晶莹的泪光闪现。"哈哈！"法祖狂笑。

一片通过记忆水晶投放而出的影像出现在高天之上，里面四祖冷声喝道："罗凯尔，你欺我辰家现在无人，那好，等千百年过去后，我希望你还能笑得出来。我辰家进入第三界的强者回归之日，就是你授首之时！"法祖虽然还在笑，但是他身后大批的追随者却有些笑不出了。辰家，不说别人，光是那个辰战，就足以震世！

"千百年后的事，千百年后再说吧！今日，我先灭了你们这不听从号令，游离在两界之外的孽众！"法祖向前冲去。与此同时，龙儿小小的身影，挥动着巨大的方天画戟，舞动出漫天的煞气，也向前杀去！

"寂灭轮回！绝灭太虚！三千大世界！刹那永恒！……"高空之上，响起了龙儿稚嫩的声音，方天画戟舞动天风，八魂的法则一一施展而出。天界观战的众人看着那瘦小的身影在天地间纵横冲杀，与法祖大战连连，所有人脑中都情不自禁浮现出昔日那个追杀太古君王的青年强者的身影。恍惚间，他们仿似看到了辰南！

只是，八魂经过一次次的召唤，几次严重受创，早已远远不及往昔了。龙儿虽然成功让八魂附体，但是威力远远比不上当初。瘦小的身影几次被法祖强大的魔法攻击，轰击得口吐鲜血翻飞出去。但是，龙儿是倔强不屈的，虽然不敌，还是不断向上冲。

一次！两次！……五次！……龙儿单薄的身子，早已让鲜血染红了，原本粉嫩的小脸惨白无比。但是他倔强地一次次冲上去，舞动着那杆凶戟，始终不肯退缩。月亮之上，许多辰家人都哭了。

远离战场的高空，辰南咬破了双唇，泪水虽然早已干涸，这个时候他双眼中也不禁有晶莹的光在闪动，双拳更是早已攥得发青！"吼……"一阵阵低沉的咆哮之音在辰南体内透发而出。潜龙震惊地望向他，他再次听到了三年前那个大魔魂的吼啸。龙舞满脸泪痕，也看向辰南，她也听到了那沉闷的嘶吼。

辰南自己也感觉到了，咆哮道："你躲在哪里？给我出来！"忽然间，辰南眼前景物大变样，他感觉进入了一片混沌虚空中。前方一个满头白发但面容却非常年轻的"他"，正在对着他邪异地笑着，给人一种非常邪恶的感觉。"是你，邪恶的第二辰南！"辰南立刻知道，眼前之人定然是太上忘情的产物。"不错，是我！这是我们的神识之海。"年轻的辰南邪恶地笑着，"想要救他吗？哦，我忘记了，他也是我的孩子，想要救我们共同的孩子吗？"

辰南知道这个邪恶辰南，定然不会白白出手，他不想耽搁时间，立时大吼道："说，你有什么条件？""你就是我，我就是你，没有谁比我更了解你。"邪恶辰南道，"我知道你的底线，我也不想废话。今日，斩断几根束缚我的精神枷锁。"说完这些话，他与辰南之间爆发出一片璀璨光芒，数十条精神凝练而成的锁链显现而出，连接在辰南与邪恶辰南身上。

邪恶辰南残酷地冷笑道："我才觉醒而已，你是知道的，以后我定然会斩断所有锁链，没有人能够阻挡我！但是，我有些迫不及待了，今日你先帮我斩断几根吧。哦，不要怀疑，现在你是主体，主动权还在你手中，很容易做到的。"辰南没有任何犹豫，掌刀滑落而下，五条精神锁链应声而断，他喝道："马上把龙儿给我救回来！"

"仅仅救回来那么简单吗？"邪恶辰南露出一副嗜血的表情，双目中邪光大盛。辰南道："快去！"在潜龙和龙舞震惊的目光中，一道人影快速自辰南体内冲出，那竟然是一个与年轻时的辰南一模一样的男子，不过他的双目实在太过邪恶了，且满头白发，这是与辰南的最大区别。光芒一闪，那道人影消失。

龙儿已经神志不清，当他再次口吐鲜血被轰飞时，忽然看到一道熟悉的影迹出现在视线中，他的小脸露出了震惊与无比欣喜的神色，随后他便彻底昏迷了过去。邪恶辰南带着龙儿，破碎虚空，消失在观战者的眼前，飞快出现在辰南的身前。潜龙与龙舞简直不敢相信自己的眼睛。辰南颤抖着伸开双手，从邪恶辰南手中接过龙儿。浑身是血的龙儿小脸显得楚楚可怜，陷入昏迷中后，不断地喃喃着："爸爸，你在哪里，你什么时候回来啊，龙儿好累啊……"听闻此话，辰南再也忍不住，泪花浮现而出。他猛地转过头来，对着邪恶辰南喝道："给我杀死法祖！"

"如你所愿，你不仅能够亲眼目睹，而且能够体验到那种杀人的快感！"邪恶辰南残忍地笑着，"你我精神相连，你会如身临其境一般，跟自己亲手大战一样！"说完这些，邪恶辰南忽然化作一道光芒冲进龙儿的体内，而后又快速冲了出来。"毕竟我还是不完全体啊，还是需要八魂的力量！"说完这些话，邪恶辰南冲天而起。而这个时候，辰南感觉仿佛自己冲天而起一般，邪恶辰南没有说谎，此刻他们是相通的，等同于他在大战！

无声无息间，法祖背后的虚空破开了，一把绝世凶戟劈落而下，法祖顿时被劈为两半！当然，这不可能灭杀他，他飞快重组身体，无比震怒地凝视着来人。如今，这已经分不出是邪恶辰南，还是原本的辰南，他手中握着那把血肉相连的凶戟，流着泪仰天大笑道："哈哈哈哈哈哈……"这震天的笑声如奔雷一般，震得无边的虚空都崩碎了。

法祖身后的神魔无不变色，昔日纵横天地间的青年竟然现身了！"我回来了！"辰南仰天吼啸，满头白发随风乱舞。手中方天画戟，更是发出阵阵欢快的鸣啸，煞气充斥天地间！辰家封存十三年的后羿弓、裂空剑、玄武甲、困天索、石敢当皆发出阵阵鸣啸，而后全部爆发出直冲霄汉的光芒，冲出月亮，向着辰南飞来！

昔日，纵横天地间，血杀万里的青年强者再次出现，当真让所有人震惊到极点！所有人都还清晰地记得，当年辰南跨界大战，灭杀太古君王，屠戮百万生灵的可怕画面，许多人都感觉到了一股无比冷冽的杀意。邪恶辰南仰天长啸，这是发自骨子里的冷酷嚣狂，摄人心魄，不可一世！他的周围魔焰滔天，仿佛最为可怕的恶魔，突破了牢笼的捆缚，终于可以重见天日，为所欲为了。

当年一战之后，辰南石沉大海，杳无音信，所有人都以为他可能不存在于这个世上了，定然是被第五界的凶残君王暗中残害了。但时隔十三年，消失已久的辰南竟然再现于世，怎不让人震惊？！

十三年前，辰南大战盖世君王黑起，灭杀太古君王松赞德布与阿里德，惊心动魄的血战画面再次浮现在众人的心间，恍惚间浑身染血的辰南从十三年前的时空隧道中一步步走来。十三年过去了，再现于世的辰南整个人透发出一股让人不寒而栗的可怕气息。那满头狂乱舞动的白发，以及那不可一世、睥睨天下的眼神，让所有人都感觉阵阵胆寒！

邪恶辰南嚣狂至极点，他立身于虚空中，单手持绝世凶兵方天画戟，缓缓转动躯体，那雪亮刺目、逼人的戟刃随之慢慢转动，横扫八方，竟然逼指每一个人！凶戟所向，无人不胆寒。法祖罗凯尔也已经变色，没有想到辰南出现了，在他的认知中，这个后辈委实有些可怕，他可是亲身见证了当年的一战。对于辰南的修为，了解可谓甚深，他知道今日难以善了了。

一场血战无法避免！邪恶辰南透发出的是一种可怕的"势"，整个人如一个盖世大凶魔一般，周围魔焰滔天。法祖身后那些人被惊得连连倒退，不断远去。方天画戟似乎活了一般，昔日的主人归来，让这杆凶戟的灵魂在颤动，透发出冲天煞气，遮蔽了高天之上的云层。邪恶辰南神态嚣狂，威势凌人，镇住了在场所有人，法祖的后方已经没有人影了，给罗凯尔造成了无比强大的压力。

"罗凯尔，十三年了，想不到你竟然如此长进，与我的孩儿战在了一起，你果然好本事啊！"在这一刻，已经说不清这是邪恶辰南，还是那原本的辰南，他们精神相通，既有邪恶辰南的嚣张跋扈，也有原本辰南的沧桑愤慨。

法祖罗凯尔脸色一阵青一阵白，最后厉声道："辰南你来得正好，本就是想要找你算账的，但你一躲就是十三年，今日新账旧账一起算。""哈哈哈哈哈……"邪恶辰南大笑，狂态毕露，笑声作罢，冷冷地道，"正有此意，今日要血染天地！"就在这个时候，后羿弓、困天索、裂空剑、石敢当飞至。

"好！好！好！"邪恶辰南连连说了三个好，与此同时远空中抱着龙儿的辰南说了同样的话，从本质上来说他们现在的确是精神相通的。"不愧是我的神兵啊！竟然自己寻来，不过今日暂且不用你们，他日定让你们大放光彩。"辰南将几件瑰宝又传回了月亮。

月亮之上沸腾了，辰家众人没有想到，消失十三年的辰南竟然显现出了踪影，所有人都激动无比。一座秀丽的峰峦之上，梦可儿白衣随风而动，静静地观望着记忆水晶传回来的画面，脸上满是清泪，龙儿终于平安无事，而辰南又出现了，让她的心湖难以平静……澹台璇与天界雨馨依然客居月亮之上，不过闭关五载还未出现，现在根本不知道外界发生的事情。

天界某地。"嗷呜！"紫金神龙一声嚎叫，顿时让方圆数十里鸡飞狗跳，大吼道："出现了，出现了！"小凤凰也惊叫连连："辰南哥哥终于出现了，呜呜……""偶米头发！真的、真的出现了！不要激动，我们三个现在是教主，不能太过表露出情绪波动……"龙宝宝显然不可能保持住平静。天界某片高空，大魔、玄奘也激动无比。天界各地，南宫仙儿、东方长明、西方的神灵、东土的强者，许多人都露出了各自不同的神色……

简单概括，那就是震惊、震撼。

邪恶辰南露出了无比残酷嗜血的神情，双目中凶光大盛，一声喝喊过后，手持方天画戟，直接崩碎了虚空，出现在法祖罗凯尔身前，凶戟力劈而下。"后土獠牙盾！"土系守护兼攻击魔法随着法祖的喝喊，快速凝聚成形而出。一面巨大的盾牌，上面满是獠牙般的锯齿，透发着蒙蒙黄色光辉，挡在了法祖身前。这乃是土系魔法中最强大的天阶魔法之一，本应阻止辰南前行。但是，邪恶辰南面对此攻守兼备的土系魔法，根本没有停下来的意思。

他如大恶魔般发出一声咆哮，双目中的凶光更加炽烈了，白发被前方的魔法风暴吹得狂乱舞动。无视后土獠牙盾！他持着方天画戟，一往无前地向前冲去。后土盾崩碎了，但是几颗坚不可摧的獠牙也刺入了他的身体。邪恶辰南没有片刻停留，风驰电掣般冲过，瞬间冲到法祖的身前，浑身染血残忍地笑着，手中方天画戟狠狠刺进了法祖的胸腔内。

法祖惨痛地大叫了一声，恶狠狠地咒骂道："疯子，恶魔！"他根本没有想到，辰南一上来就是如此两败俱伤的打法，实在太疯狂了，简直就是一个嗜血残暴的凶魔啊！辰南的左肋、右大腿、左肩之上，各穿着一根黄色的锋利獠牙，让他浑身鲜血淋漓，但是他似乎根本没有感觉一般，就这样冲杀了过来，一戟将法祖给挑了起来！远处，所有观战者都傻眼了，这真是残忍的打法啊！同时，让人更加感觉辰南的可怕，十三年未见，辰南似乎变得无比凶残。

邪恶辰南用凶戟挑着法祖，疯狂地催动功力，不断地向着法祖的灵魂冲击，他以大法力短暂地禁锢了周围的空间，法祖罗凯尔虽然激烈挣扎，但终究还是被辰南崩碎了身体。仅仅一个照面而已！辰南的大战方式，简单残忍，但却实用，他所受的创伤远没有法祖重。远空众多观战者心中都在冒凉气，眼前这个辰南太疯狂了，他此刻居然目露凶光，露出了无比兴奋与享受的凶悍神色，这简直就是一个恶魔啊。

"哈哈哈哈哈……"邪恶辰南浑身是血，但却在不住地狂笑，给人一股极其森寒的感觉。他在第一时间捕捉到了法祖罗凯尔重组身躯的位置，方天画戟崩碎虚空如匹练般劈至。"冰雪守护！"法祖愤怒地咆哮，他发觉辰南竟然如亡命之徒一般，根本不顾忌自己是否会受到伤害。漫天冰雪向着辰南封印而去，同时无数的冰矛透发出万丈神芒，向着如恶魔般的辰南穿透而去。

方天画戟舞动天风，劈开一道道巨大的坚冰块，扫去漫天的冰雪，崩碎无数杆冰雪神矛。尽管又被五六杆冰矛插入身体，但是邪恶辰南一往无前地冲了上去，方天画戟猛力劈砍而下。依然是两败俱伤的打法，辰南浑身上下被洞穿了七八个前后透亮的可怕血洞，全身鲜血横流，血洒高天。但是手中方天画戟却无可阻挡地劈下，直接将法祖劈为两半，画面血腥残酷无比。

与十三年前相比，今日的辰南实在疯狂得让人害怕，所有人都感觉到了他的凶狂。即便是法祖都感觉有些怯战了，眼前的白发狂魔凶残得让他有些胆战心惊，他还从来没遇到过如此疯狂之人。"哈哈哈哈哈……"邪恶辰南双目中凶光大盛。此刻他嚣狂的笑声是如此可怕，让所有人心中都在冒凉气。

"好，就该如此！"月亮之上，四祖用力地拍碎了一张桌子，兴奋而又有些冷森地喊道，"太古法祖也没什么大不了的！对付魔法师就是要如此敢拼命才可以，就是要近身缠斗，以命换命！""打得好啊！"五祖也踹碎了一张藤椅。附近的广场，群情激动的辰家子弟面面相觑，顿时稀里哗啦一顿乱踹。

天界高空，邪恶辰南与法祖大战无比激烈，狂风怒吼，乱云涌动。这可不是简简单单的天地异象，狂风怒啸时，那简直能够吹碎巨山，刮走山岭！乌云涌动，更是遮天蔽日，浓重的黑云如果作用到地面，直接会赤地千里，毁灭一方水土！天阶强者的大战声势浩大，恐怖到极点。

　　辰南与法祖杀得昏天暗地，法祖经历最初的不适后，终于不再那么被动，虽然邪恶辰南那双如野兽般的双眼让他感觉很不舒服，但是远距离攻杀之后，他便没有再像开始那般遭受过重创了。绝对不能太过靠近！这是法祖发的死誓，那个疯狂的凶兽太可怕了，天阶强者中的亡命之徒！

　　"天火炼狱！"法祖大喝，这是他近年得意的火系天阶禁咒，释放出这道恐怖的魔法之后，整片天空一片通明，虚空都仿佛燃烧了起来。这道魔法，他有信心可以给辰南造成重创！然而，辰南并没有冲过来，也如魔法师般吟唱："冰封三万里！"辰家八魂的法则瞬间打出，虽然八魂的力量消散了很多，但是依然可以为辰南撑开一片冰雪通道，灭尽前方向他冲来的"天火炼狱"，他再次持凶戟朝着法祖杀去。

　　法祖罗凯尔就像火烧了屁股一般，跳起来一个瞬间移动，横飞出去数里之遥，大喝道："永恒圣光！"漫天都是圣光，白茫茫一片。"绝灭太虚！"辰南再次打出八魂法则的力量，与那永恒的圣光近乎相对的毁灭力量，无尽的黑色云雾涌动，向着圣光淹没而去。法祖罗凯尔暗暗生气，口中天阶禁咒魔法不断。高天之上像是沸腾了一般，被邪恶辰南与法祖罗凯尔轰击得能量风暴疯狂肆虐，可怕的力量让所有神魔都避退。

　　那偶尔飞泻而出的一道能量流作用到下方的高山之巅，瞬间就会吞噬掉半座山峰，如此可怕的天阶毁灭性力量，没有人敢以身试法。但是，法祖终于慢慢发现了问题。辰南的绝对战力并没有他高，但是对方却隐隐有克制他之势。他每一道魔法都以精神系魔法相辅，但是却根本难以奈何对方分毫。最后，法祖更是打出了自己最擅长的几道精神系天阶禁咒。"心灵风暴""心有灵犀""心神俱碎""一恸千古"，那简直是一场精神领域的顶级豪华"大宴"，可怕的精神魔法让遥远天际的许多神魔都精神错乱了，但是辰南硬是挺了下来。

"哈哈哈哈哈……"辰南持着方天画戟，朝着法祖杀去，魔焰滔天。现在，法祖最怕辰南的笑声，每到这时亡命之徒定会拼命，让他感觉毛骨悚然。说出去任谁也不可能相信，堂堂法祖已经对辰南的笑声有些过敏了！最终，辰南又以两败俱伤的打法将法祖劈碎了一次。这让罗凯尔羞恼惧怕到极点，跟这个疯子战斗，实在束手束脚，有一种无力感。

"法祖，你不要妄想动用精神魔法对我偷袭了，实话告诉你，这个世间没有任何人能扰乱我的意志！我所修习的玄功，就是在精神的不断升华中前进！也许，该有个了断了。"辰南大喝道，"北斗伏魔！"听闻此话，法祖条件反射，想起了十三年前黑起被封印的场景，漫天的魔法攻击涌上高天，无尽的能量骇浪狂暴涌动。同时，他口中也大叫着："天外陨石！"他要召唤天外陨石，来对抗辰南的北斗伏魔。

这是一场激烈的大对抗，七道从天而降的星光，瞬间照耀天地间，如七道灭世天罚一般，让众多神魔惊骇！璀璨光柱，在法祖周围狂乱劈舞，将那些魔法能量全部轰散了，最终又击碎了所有的天外陨石。法祖被逼无奈，打出一道五系混合魔法，风、雷、水、火、土五大元素力量，凝聚成一个五芒星阵，最终化解了七道通天之光。

"哈哈！"这次轮到法祖大笑了起来，他竟然如当年的黑起一般，轰散了北斗伏魔七道神光，虽然与如今八魂的力量衰弱有关，但是也足以说明他的魔法修为精进了一截，他道："北斗伏魔不过如此，待我彻底练成太古六芒星阵、七芒星阵，那根本不在话下！"不过，法祖得意的笑声还没有来得及进一步扩散，他立刻大叫了起来，又一道星光轰至了。

"北斗第八星！"邪恶辰南冷酷地笑着。"北斗七星怎么成了北斗八星……"法祖在惊恐的咒骂声中，身躯被轰成两段。辰南凶焰滔天，冷森森地喝喊着："再来！北极帝星！"又是一道星光从天而降，这道星光的力量，显然辰南还不能完全控制，准头偏了不少，即便这样，星光触碰到法祖之后依然将他轰碎了。很长时间，法祖才在远空凝聚出肉身，这九道星光让他遭受了重创，他知道今日无法再与辰南一战了，再也顾不得什么颜面，逃之夭夭！

"哈哈哈哈哈……"邪恶辰南狂笑震天。这恐怖的笑声惊得法祖差点栽落下云头，劈手朝后急忙打出无尽的魔法能量。辰南并没有立刻追赶，以大神通消失在众人眼前，而后出现在龙舞、潜龙他们的身边。方才的大战，本体辰南等同于亲身参与了，恍惚间一半为他主导。此刻，他抱着龙儿，浑浊的双眼充满了慈父溺爱的神色，看到邪恶辰南到来，他才抬起头来。

龙儿在梦中不断喃喃出的话语，让他的心都碎了。"爸爸，龙儿想你……爸爸，你在哪里呀？爸爸，龙儿每天都刻苦修炼，但是，我打不过法祖……爸爸你什么时候回来啊，龙儿很累，战斗不下去了……"邪恶辰南道："你命不久矣，今日我就好事做到底吧。让你死前当个英勇的慈父，给孩子留下个好榜样。"

辰南似乎知道他要做什么，将龙儿递给了他。邪恶辰南接过龙儿，崩碎虚空而去。在远空，邪恶辰南似乎想起了什么，怒道："该死，方才是怎么回事，难道我是真心成全他，不可能！他控制了我的心神？也不可能！可恶，算了，将死之人，就成全他吧。"

他唤醒了龙儿，做出一副慈父状。"爸爸、爸爸你真的回来了！"龙儿一把抱住了邪恶辰南的脖子，他的小脸上满是泪水，不断地呼喊着，"爸爸，呜呜，你终于回来了。龙儿很想你，你还是和以前一样，仅仅是头发变白了而已……爸爸……"远空，苍老的辰南脸上也满是泪水，遥望着远空。"为什么你自己不去唤醒他？"潜龙问道。苍老的辰南没有说话，浑浊的双眼一眨不眨地望着远空，只是他早已无法看到什么了……

龙儿泣道："爸爸，你这些年在哪里，为什么不回来？"邪恶辰南道："爸爸在战斗，无法脱身！龙儿，现在我带你去，看我怎样打败那法祖，你要认真学习……"远空，邪恶辰南让龙儿坐到了自己的肩头，平稳而又威势凌人地朝着法祖追去，当真如俯视众生的主宰者一般。这让龙儿欣喜地欢呼着，尽管小脸上还挂着泪水。只是，他不知道一个苍老的背影，却在那远方一直望着这个方向。

法祖暴怒，邪恶辰南太轻视他了，居然弄个小鬼来观战，如此战斗，仿似在指点小孩子一般。他几次回头继续血战，但是都再次落荒而逃。龙儿小脸上兴奋地闪现出红色的晕光。邪恶辰南提着方天画戟，一路追杀法祖，从东方天界进入西方天界，而后又到人间界，将法祖追得上天无路、入地无门。

　　两界震惊！

第二章

太上唤魔

邪恶辰南追杀得法祖上天无路入地无门，方天画戟化成千丈长，巨大的戟刃闪烁着幽冥冷森的光辉，摄人心魄。所过之处，无论是仙人，还是凡人，无比惊骇，这个狂人，实在太过疯狂了。尤其是天界的神灵，心中更是震惊到极点。当年一战之后，辰南失踪，法祖被推为共主，这些年来天界发生了太多的事情，法祖之威名已经深入人心，但今日法祖却被昔日的青年强者追杀得如此狼狈逃窜，实在让人瞠目结舌。

法祖真实战力在辰南之上，但是太上忘情功却隐隐克制他，让他憋闷不已。他不断地反扑血战，不断地受到重创，最后只能在天界与人间逃亡。他已经兜了一个大圈子了，从天界到人间，又从人间回到了天界，最后他甚至想飞向天界外的那片星空去，但是最终打住了想法。因为太古一战之后，星空已经成为一片死域，那里有着太多的未知玄机，法祖可不想憋屈地不明所以地死去。

"辰南，你真的想对我斩尽杀绝吗？你就不怕虎视眈眈的第五界打过来吗？要知道你我二人目前可是这边仅有的两个能与他们一争高下的天阶高手啊！"法祖实在被追杀得痛苦不堪了，不然也不会说出这么没水准的话来服软。

"哈哈，笑话，因为天界有了你，才致使第五界不敢打过来吗？你以为你是魔主，还是独孤败天啊？！"邪恶辰南冷声斥责，其实他很想说，第五界的人打过来又如何？能奈我何？待我进化到终极境界，还怕谁！但是龙儿在身边，邪恶辰南并没有如此说。"北极帝星！"这是

《太上忘情录》中的玄功，北极星光自天外飞来，一道璀璨的光柱狂轰向法祖。同时辰南手中凶戟似天龙出海一般，狂啸着劈了下去。

法祖展开血系魔法，在空中留下一大片自己的血雾，总算顺利逃了出去，不过却狼狈不堪。"杀！"邪恶辰南如入魔了一般，仰天长啸，更加疯狂地追杀法祖。遇上这样的恶敌，法祖只能不断心中咒骂。龙儿小脸红扑扑，他坐在辰南的肩头，兴奋地握着小拳头，充满了幸福感。当年他才出生不久，没有与辰南相处几日，辰南便离去大战黑起了。一别多年，但在龙儿的心中，辰南始终没有变，还是以前那个好父亲，虽然在成长的过程中没有享受过父爱，但他从来没有怨过辰南，总是期盼辰南早些回来。

今日两界修者震惊，法祖可是太古时期就已经名传天下的强者啊，现在号称两界共主，居然被消失十三年归来的辰南追杀得狼狈逃窜，这实在让人有些惊惧，尤其是那些跟随在法祖身边、曾经想攻打月亮的神灵。在法祖被追杀得无路可逃之际，人间界突然爆发出一股极其强盛的"势"，而距离邪恶辰南与法祖不过百里之遥，他们皆在第一时间感应到了。

他们的神色同时骤变，因为那里竟然是原来的杜家玄界所在地，不用多想也知道是第五界来人了。法祖的脸色阴晴不定起来，而邪恶辰南最终却是大笑了起来，现在邪恶为主导，他才不会管那么多。法祖没有迟疑，向着那个方向快速飞去，如果来人是黑起他自认倒霉，但如果是与他有联系的另一方人马，那么他的转机到了。故地再临，这里残山孤立，乱石铺地，一片荒凉无比的惨淡景象，乃是当年最为激烈的大战之地，如今已成了一片孤域，没有人愿意涉足这里。

一个身高一丈、身材颀长、面如书生般的第五界强者立身于空间之门前方，惊异地注视着快速飞来的两大天阶强者。最后当他看到辰南之际，立刻露出了惊喜的神色。"辰兄，是你，真的是你吗？"他无比亲热地喊道。"德猛兄！"辰南还没有说话，法祖先大叫了起来，如遇到大救星一般快速冲了过去，他知道转机到了。这么多年来，他与第五界德猛这方的人联系颇多，不仅因为要自保而出手去相助过他们，还允许德猛一方的第五界子弟进入西方天界避难。

"法祖，你这是怎么了？"德猛虽然在这样问，但是精明的他怎么会看不出辰南在追杀法祖呢。随后他热情地迎了上去，大笑道："辰兄，一别多年，我曾经寻你好久啊，真的为你担心了好长时间，以为你出现了什么意外呢。哦，这是我可爱的侄儿吧，哈哈，真是虎父无犬子啊，小小年纪竟然是个小天阶了，真是让人难以置信啊！"德猛高兴地大笑着，显得无比热诚。

　　但是，邪恶辰南却只是笑了笑，不要说他现在邪恶为主导，就是辰南亲身在此也不会多感冒。对方看重的是什么？还不是他强绝的修为，想要拉拢他去灭黑起而已，所谓的真情实意，不过是表面功夫而已。

　　"哈哈，当年忙于修炼，不想一眨眼十三年过去了。"邪恶辰南也大笑着。"伯伯，你是来帮我们抓恶人的吗？那个坏蛋想要攻打我们居住的月亮。"看似是孩子话，但龙儿却是很聪明地在封德猛的嘴。"这个，嘿嘿，法祖怎么成坏人了呢？"德猛刚想说的一些话被龙儿堵了回去，"他可是我们一方的战友，要知道当年对付黑起时，他也出了不少力啊。你们怎么会闹成这样呢？"

　　"这就要问他了，为何趁我不在，想要灭杀我家人！"邪恶辰南冷笑连连。德猛回过头来望着法祖，道："你这个玩笑开得可大了，看，辰兄都当真了。我们都很想念辰兄，当初不是说好了，做个假戏而已吗，好将辰兄请出来，但是你做得太逼真了吧？看，辰兄都信以为真了。"

　　法祖回过神来，干笑着："嘿嘿，玩笑开大了，嘿嘿。"他有种想一头撞死的冲动，堂堂法祖何曾这样憋屈地应付着这等拙劣的谎言，三岁的孩童都能够看得清，但是这确实是一个能够让德猛介入而进行调解的借口，以及他能够留下些许面子的台阶。"我可不认为这是什么玩笑！"邪恶辰南冷笑着，早已动了杀心，怎么可能任两人几句话就揭过呢。

　　"辰兄，这真的是一场误会啊！"德猛一副诚恳的态度，道，"当初你消失不见后，发生了太多的事情，我确实和法祖说过，想个办法将你寻出来，不过他弄巧成拙了。"当然，德猛知道以上话语不会起到半点作用，急忙转移了话题，道："辰兄，这一次我来人间，可是有要事找你啊。对了，你可能不知道当前的形势，我简要地对你说说吧。

当年，你灭杀尼仲、阿里德，实在帮了我们的大忙。随后，我们趁黑起回归前，再次合力灭杀一人。当黑起回归后，我们着实昏天暗地地大战了一番啊。后来，就连法祖也被我们邀入了第五界。六位天阶高手，多年努力，终于将黑起一方三位君王封印。但是，现在……"

听闻这些话，辰南没有什么感觉，但法祖有些坐立不安了。他参与了后来封印黑起三人的事件，与他们乃是死敌，如今似乎有不好的消息传来，焉能不担忧。德猛看辰南居然神色不变，接着道："三重镇有瑰宝的古阵，已经被黑起三人破去了一重，如今随时可能会冲出啊。这次我来，就是想找你们商议此事。"

"等我杀了法祖，再与你商论。"邪恶辰南油盐不进，一心想杀法祖，透发出的杀意将远空一行路过的飞鸟都直接灭杀了。"辰兄，真的不能杀法祖啊，如今大敌当前，我们不能内讧。"德猛的脸色不再那么笑意绵绵了。"那又如何？我就是想杀他。"邪恶辰南丝毫未将德猛看在眼里。德猛传音道："辰兄，你的境地其实很危险啊，你想想你不过三日强大的时间而已，时间一到便将失去一身力量。我想你不愿意结下大仇吧，让人等待你虚弱的时刻……""你在威胁我吗？"邪恶辰南冷冷地看着德猛。

"不是，我只是在好心提醒你啊。你想你真能够彻底灭杀法祖吗？他毕竟是不死不灭的太古强者，就算元气大伤，你只能封印他。一旦他脱困而出，日后等你虚弱时刻来报仇，不是天大的危险吗？再说，第五界的事情很棘手啊！"德猛耐心地暗中劝导着。邪恶辰南根本没有听进去，但是与他精神相通的本体辰南，却不得不思量了起来。并不是他杀不死法祖，而是因为德猛所说的威胁。那可不是来自法祖啊，那是来自德猛一方，对方在提示他，现在翻脸的话那真是结下大敌了。

"该死！"邪恶辰南感觉精神又遭侵袭，被本体辰南掌控了。这种境况，在短暂的半日内，发生不止一次了。他真的很怀疑，这到底是怎么一回事。那个衰老的本体辰南，明明将要死去了，为何还会有这样的潜力呢？就算本体辰南还是为主体，与他有着千丝万缕的精神联系，但是也不可能在邪恶之体中强行抢夺过主导啊？！"答应他！不然，我不会让你进化到完美的终极境界。"本体辰南的话语在邪恶辰南脑海中回响。本体辰南顾虑很多，不为自己着想，也要顾及亲人与朋友，不能轻易与德猛一方闹翻。

在这一瞬间，邪恶辰南也想了很多，他乃是《太上忘情录》的产物，他绞尽脑汁在思虑着，将死的本体辰南何来的潜力？直至，他想起了辰南体内的另一种功法——《唤魔经》！"是它，唤魔、唤魔，难道真的能够唤来一个魔不成？"邪恶辰南的面色有些不好看，深深地皱着眉头，露出了思索的神态。看在德猛与法祖的眼里，这无疑是辰南松动了，德猛急忙再次开始劝慰。

衰老的辰南在潜龙的帮助下立于虚空中，有些伤感地望着远空，但是心神已经去了万里之外，他在时刻关注着邪恶辰南的思绪，在邪恶辰南心中大喝道："如果你还有点良知，就不要乱来，你毫无顾忌地杀人，但是大敌却会找龙儿他们报仇。如果你嗜杀，以后可以换个身份，随你去杀戮，但眼下不要连累龙儿！"

辰南与邪恶辰南精神相通，已经得知"潜力之说"，对方竟然在思量着《唤魔经》！但是，辰南自己却根本感知不到任何力量，唤魔心法早已停辍多年了，难道当中还有什么隐情不成？辰南大吼道："邪恶的本性，你在我体内生存成长，你如果不怕我灭杀你汲取力量的来源，尽管胡来吧！"

邪恶辰南到底还是妥协了，对着德猛与法祖开口道："好吧，今日就当作玩笑！""可是……"龙儿小脸涨得通红，想要说些什么。看到他如此，本体辰南的思感直接通过邪恶辰南对龙儿传音："龙儿，当忍则忍，再说我们根本没有吃亏。你还小，回去让四祖给你分析其中的缘故。""不用四祖分析，我都知道。以后，我会努力修炼的，早日提高自己的修为。"龙儿点头回应。

德猛道："哈哈，既然是一场误会，那么大家现在又是朋友了。法祖你还是在西方天界开一个盛大的赔罪宴会吧，借此也向两界的神灵解释一番。""应当的。借此一为赔罪，二也为你接风洗尘。"法祖皮笑肉不笑地应道，心中着实怒火汹涌。然而就在这时，辰南手中方天画戟蓦然间闪烁出一道惊人的冷芒，一道璀璨的光芒瞬间将法祖崩碎了。这是本体辰南与邪恶辰南一致的行动。

德猛冷冷地看着辰南，在远空迅速重组身体的法祖更是愤怒地咆哮着。"哈哈，开个玩笑而已，不想过头了，哈哈……"辰南大笑。龙儿则眨动着大眼，握紧了小拳头。用对方的方式狠狠地回击，令辰南感觉非常爽快。

西方天界神域内，美丽的天使翩翩起舞，阵阵霞光云雾缭绕在一片仙园内，芝兰开放，神光闪耀，奇花盛开，瑶草铺地，将这里映衬得格外神圣与祥和。今日，西方天界法祖宴请贵客，整片神域都被布置得无比欢乐祥和。法祖与辰家不过是一场误会而已，与辰南一战更是早已定下的一场切磋。这则消息飞快传到了两界修者的耳中，着实让许多人愕然。不过没有人多说什么。谁也不愿意得罪仅有的这两三个天阶强者。

修炼界众人对德猛并不陌生，这个第五界的君王不是第一次来西方天界，他与法祖曾经合作过数次，尤其是西方的神灵对他更是早已熟知。这一次，宴会来了太多的神灵，使宴会成了开放性的，地点定在了一片仙园中。

南宫仙儿娇笑连连，在仙园中各路神灵间穿梭着，她很喜欢西方这种宴会，绝世媚态颠倒众生，不断对着宴会上的神灵放电，许多人都被她迷得不知东西南北。大魔不可能不来，他端着一杯香醇的美酒，在人群中寻找着故人。玄奘和尚满嘴流油，自己一个人躲在角落里大快朵颐，那些被他呼唤来不断送酒的天使皆吃惊地望着他，这是哪里的野和尚？另一边亦魔亦佛的青禅魔佛，还有与他和好的弟子佛祖，可都是只吃素斋啊。东方长明、混天小魔王、好战狂女李若兰等也都来到了这里。

仙园内芝兰瑶草随处可见，沁人心脾的清香让人阵阵陶醉，再加上高空中美丽的天使，舒展着绝美的舞姿，这里的确赏心悦目。宴会按照西方的规格进行，许多东方的神灵很不适应，尤其是偶尔被人邀请共舞时，更是显得有些尴尬，男性还好一些，东方的女性神灵，除南宫仙儿以外，显得有些不知所措。

"偶米头发！"龙宝宝一双大眼亮晶晶，在远空注视着宴会中的佳肴仙酿，咕噜咽了一口口水。小凤凰小声问道："小龙哥哥，我们也去吗？可是，我们是邪教教主啊，我们去了不会被人知晓身份吧？"龙宝宝纠正道："神说，我们是正义而仁慈的大教，不了解的神灵在嫉妒我们，因为我们用十年创造了一个奇迹，比他们的信徒多。你也是教主，不能够随意这样说话，你要每日在心中大喊我们是正义的！"

紫金神龙的双眼也在注视着那片仙园，他嘿嘿笑道："今日看到了许多熟悉的面孔，真是大聚会啊，我敢肯定有美妙的事情将发生。""痞子叔叔，你也去吗？你可是被许多西方神灵通缉的恶棍啊。"小凤凰有些担忧地问道。紫金神龙道："去，而且是光明正大地去。我手刃仇人，怎么成了恶棍了呢！奶奶个熊的，龙大爷我是谁，我怕过谁？一定要去！"小凤凰点着头，认真道："是的，是的，现在许多人在说话时，都这样说，'我是流氓龙我怕谁'！"紫金神龙："……"

宴会的主角，邪恶辰南遇到了大麻烦，当然并不是来自外界，麻烦来自他的内心！他竟然在邪恶之体内，发现了《唤魔经》运转的气息，这实在太让他震撼了！要知道他乃是太上忘情奇功在辰南体内运转不辍而蜕变出的邪恶之体，体内一直流转着太上功法，邪恶体内根本没有、也不应该不可能有唤魔心法，但是今日他有些惊惧了。

邪恶辰南气道："该死的，太上忘情乃是世间第一奇功，难道还压制不下唤魔？哼，难道还真要唤来一条魔不成？在我体内生成？该死的！"本体辰南也来了，不过在他的要求下，进入仙园前，龙舞与潜龙便与他分开了。现在，没有人认识他，谁都不知道这个白发苍苍的老者才是真正的辰南！

天使侍者小心地伺候着他，没有人敢轻视进入这里的修者，谁都知道凡是有信心进入这里的神灵，都绝不是寻常之辈。辰南要了一杯红酒，慢慢穿过人群，独自一个人在仙园的一片角落散步。然而就在这个时候，一个小小的身影向他跑来，竟然是龙儿！

龙儿道："老爷爷……"老爷爷？辰南心中一颤！粉雕玉琢的龙儿，眨动着大眼，迷惑地看着辰南，道："好奇怪哦，老爷爷，我看到你后，不知道为何心里好难受，我感觉你像我的亲人一样。"辰南心中一阵滚热，同时有些发涩，俯下身来，道："也许我们投缘吧。可以让老爷爷抱抱你吗？"

龙儿看着白发苍苍、身躯佝偻、无比衰老的辰南，小脸上满是同情之色，认真地点了点头，道："当然可以，我感觉老爷爷很亲切。"辰南满是溺爱之色，小心地将他抱了起来，在这一刻他心中充满了兴奋的感觉，这是自己的儿子啊，一个小天阶强者，大龙刀前身的另类重生者！

这让身为父亲的他深感骄傲与自豪，他知道龙儿有朝一日定然能够大放异彩，他日成就不可限量。面对亲生骨肉，辰南心中无比激动，血浓于水的亲情啊，这是他生命印记的传承，但是就这样如此近距离地抱着龙儿，他却不能相认！这是一种莫大的痛苦！

"老爷爷，我真的感觉你好亲切啊，我感觉你仿佛是我最亲近的人一般。"龙儿用小手抚摸着辰南满是皱纹的脸颊，一双黑宝石般的大眼满是迷茫之色。"呵呵！"辰南苦涩地笑了笑，道，"我们投缘，也许上辈子我们真是父子呢，呵呵……""是吗，也许真是这样啊，说不定前生我们真是最亲的人。"龙儿认真地点着头。"是啊，我想我们可能真的是父子呢。"辰南微笑着，心中却很不好受，道："老爷爷做梦都想有你这样一个好孩子啊。"

"老爷爷，我感觉你似乎很伤心，你怎么了？"龙儿仰着小脸询问道。辰南心中确实波澜起伏，摇了摇头，道："没有啊，今天能够见到龙儿这么可爱的孩子，老爷爷感觉很高兴。""老爷爷，你认识我，你知道我叫龙儿？"龙儿注视着辰南。

辰南心中激动之下，险些露出破绽。他无言地叹了一口气，面对亲生骨肉却不能相认，他感觉很不好受，开口道："龙儿小小年纪，却能够大战法祖，许多人都看到了那精彩的战况，老爷爷当然也看到了，所以知道你是谁。"正在这个时候，龙儿目光一滞，望向不远处。辰南顺着他的目光看去，发现了无比熟悉的影迹。

紫金神龙这个老痞子越来越帅气，更有男人味道了，三十几岁的样子，很符合小女生的审美观。不过他光站着不动还好，现在一旦露出言行，立刻显露出了痞子本性，流里流气地哼着小调，在仙园内左顾右盼，且打着响指。在他不远处，金黄色的小皮球龙宝宝依然如当年那般，没有丝毫变化，小东西似乎很喜欢现在的样子，早已能够化成人形，但从来不肯那样做。

此刻，它正在忙得不亦乐乎，一只金黄色小爪子高举着一只酒杯，频频跟旁边的神灵碰杯，同时另一只小爪子快得在空中留下一道道残影，不断地向口中塞美食。看得旁边的神灵眼睛都直了，尤其是那些天使侍者，他们发现即便动作再快，也难以跟上龙宝宝的速度，小东西就守候在餐车的附近，那是上来一车吃光一车啊。

"哦，神说这鹅肝不错，喔，这牛排也很好，火候很到位。"小东西边吃边喝，口中还不忘品评一番，同时对着旁边那个跟他碰过几次杯、但早已看得发傻的神灵道："来，我们再干一杯。喂，你想什么呢？怎么能够在宴会中走神呢，这是很失礼的仪态，这样很不好哦！"

"干、干杯……"那个神灵的双眼光顾着看小龙另一只以光一般的速度塞食物的小爪子，碰杯过后他才如梦方醒，有些气愤地转过身去，愤愤地道："从来没见过这种吃法，还说我不顾仪态。""嗨，高贵而美丽的小姐，你好啊，很荣幸见到你，我们干一杯。"那名神灵被小龙气走了，小东西又开始对正在走过来的一名女性八翼天使眨动大眼。

"好可爱的小龙宝宝哦！"女性八翼天使看到小龙可爱滑稽的样子，顿时爱心泛滥，愉快地跟它碰了下酒杯，而后还不忘摸了摸小龙。不过紧接着她像是想起了什么，道："你、你不会是当年的四个大盗之一吧，而且近年来、近年来……"而后踉踉跄跄急忙走开了。龙宝宝道："嗨，美女不要走啊……"

不远处，小凤凰看到紫金神龙与龙宝宝这个样子，感觉自己好没面子。她已经化成了人形，眼下是一个七八岁的小女童的模样，漂漂亮亮，非常可爱，如精致的瓷娃娃一般。不过，此刻却因为小龙和紫金神龙的缘故，她显得羞羞答答，非常秀气地小口喝着仙露。

"老爷爷，我给你介绍三个朋友，他们、他们很特别，不过却是我最好的朋友！"龙儿似乎感觉有些不好意思，因为痞子龙和龙宝宝的表现实在有些过分。"好啊。"辰南没法拒绝龙儿的要求，同时他也想近距离看看几位伙伴，可以说紫金神龙他们在这个世上是与他最有默契的，当年种种往事他不可能忘却。

当辰南牵着龙儿的小手来到三头神兽近前时，立刻引起了他们的注意。他们三个皆涌起一种极其怪异的感觉，眼前之人似曾相识，但就是想不起来。辰南的气息完全变了，灵魂都已经残破，且今日宴会的主角之一便是"辰南"，三头神兽无论如何也猜不到眼前之人的身份，只能狐疑地相互看了看。

龙儿道："老爷爷，这是痞子龙叔叔，这是小凤凰姐姐，这是龙宝宝弟弟。""痛苦呀，为什么每次到了我这里都降一级呢？"对此介绍，龙宝宝非常不满，但是也没有办法。辰南与三头神兽对望一眼后，似多年不见的老朋友一般，非常自然地熟络了起来，相互间连续碰杯。随后，紫金神龙对龙儿道："小龙儿今日是不是又想找我拼酒啊？你父亲呢，我们想见他，这个混蛋家伙居然一声不响消失了十三年，真是可恶！"龙儿道："他在和法祖还有那个德猛商量事情，要等一会儿才能出现。拼酒就拼酒，谁怕谁！"

辰南发现龙儿有着乖巧善良的一面，同时也有着他所不了解的一面，比如现在他豪气地运用神通招引来两大桶酒水，与紫金神龙一人一桶，毫不含糊地痛饮起来。这个小酒鬼，辰南笑了起来，想起了他小时候用酒水换奶水的事情，很温馨但却是很久远的事情了。

正在这个时候，一个非常不和谐的声音打断了在场几人的欢声笑语："四脚蛇，你居然还敢跑到这里来！"一个身材高挑、杀气腾腾的金发男子，大步走了过来。"我当是谁啊，不就是一个斗神吗？哦，快达到神王阶了？不过还不够分量啊，去呼朋唤友吧，龙大爷我接着就是。上次本龙还没杀过瘾呢！"紫金神龙在这一刻格外强势，杀机毕露，惊得附近的人都赶紧退避。

"呵呵！"娇媚的笑声传来，南宫仙儿袅袅娜娜，莲步款款向这里走来，妖娆之体透发着无尽的魅惑，绝世妩媚的容颜上，一双水汪汪的大眼更是勾魂夺魄。她笑吟吟地对着那个陌生男子说道："你还真是胆大包天，居然敢在这种场合大闹，怪不得你们神灵谷的人会被人打上门，主脑人物之一被斩首，你们的没落不是没有道理啊！"面对南宫仙儿的冷嘲热讽，那名男子无比羞愤。

他们这一脉都是自人间破碎虚空上来的斗神与法神，被西方神域认可，聚合在一个名为神灵谷的地方，由神域派出的神王高手领导，与各主神殿平起平坐，同时也有天使侍候。痞子龙的大仇人就是当中的一位神王，他深深知道敌人的厉害，一直隐忍未报仇，七年前在祭拜小白龙时，老痞子实在忍耐不住了。

在龙宝宝与小凤凰的陪同下，他来到西方天界，苦等多日，终于等到那个神王落单，他恶狠狠地迎击了上去，一场惨战过后终于将对方灭杀。自此之后，他便被西方天界许多神灵通缉。"你们都过来！"高挑的男子见南宫仙儿似乎来助阵，一声喝喊，立刻有二十几名神灵快速走来，将紫金神龙他们包围在了里面。

"谁谁谁!!! 谁在找我朋友的麻烦？"这个时候，不远处一条身影站了起来。一个酒肉和尚吃得满嘴流油，左手一只大肉肘子，吃得那叫一个香啊！他右手一坛美酒，摇摇晃晃就走了过来，快与龙宝宝有的一拼了，正是玄奘和尚。"想生死大战吗？我喜欢，五阴魔狱好久没有生命祭献了。"一个冰冷的声音再次传来，大魔酷酷地走来。"嘿嘿!"混天小魔王非敌非友地走了过来。随后，白发男子东方长明，好战狂女李若兰也纷纷走了过来。最后，死神潜龙与龙舞也自远处慢慢逼近而来。

这里的空气一片紧张，大有一触即发的趋势。不过，神灵谷一方显然都出了冷汗，他们人数虽然多，但是另一方走来的人，不是神王就是神皇啊，他们大气都不敢出。最后在神域内几位老一辈人物的调解下，这些人终于找了个台阶灰溜溜地走了。

紧张的片刻引得仙园内许多神灵观望，不过随着事态的平息，仙园内很快恢复了常态，但是却将当年的一批熟人全部聚集到了一起。众人的目光不可避免地全部落在了辰南的身上，每一个人都有一种错觉，觉得这是一个熟人，但是谁都无法想起他究竟是谁。辰南觉得这样下去早晚要暴露身份。他想找借口离开这里，但是突然间感觉一阵晕眩，险些栽倒在地。

龙儿一声惊呼，急忙扶住了他，龙舞则快速穿过人群，紧张地来到他的近前，关切地搀扶住了他。这微妙的举动令在场的几人都有些狐疑。辰南道："没事，我想找个地方坐一会儿。"龙舞与龙儿急忙将他扶到不远处的一张椅子上。而这个时候，辰南慢慢地闭上了双眼，因为心神已经远去，已经飞向了邪恶辰南那里。

此刻，邪恶辰南正与法祖还有德猛在一座悬浮的岛屿之上，这乃是神域内的众神为表法祖尊崇而建造的。悬浮的岛屿就处在神域上空，周围白云浮动，岛屿之上奇花盛开，瑶草铺地，仙鹤飞舞，白猿欢跳，寿龟匍匐，这里简直就是一方世外净土。唯有法祖非常看重的人才能有机会登上此地。

今日，法祖与德猛在这里谈论着第五界的形势，邪恶辰南虽然也时不时说上几句，但是明显不怎么感兴趣。

他内心很不宁静，在一遍又一遍地搜索着体内的唤魔元气，想要彻底找出那让他寝食难安的不好预兆的隐秘。终于，他在心海深处，破开重重混沌，寻到了一些端倪！身体的力量疯狂涌动起来，将旁边的法祖与德猛惊得立时坐起，他们发现辰南的脸色极其不好看，不理会两人，竟然神情凝重地独自打坐起来。法祖冷笑道："传说中的天阶心魔产生了吗？"他双目中凶光大盛，几次举起手掌，但是都被德猛那冷酷的眼神阻止了，最后两人全部退走了，留下邪恶辰南一人独自静静打坐。

邪恶辰南在神识海深处猛然大喝了一声："《唤魔经》啊《唤魔经》，果真另有玄虚，居然能够与太上忘情对抗！你给我出来，被唤来的魔，我不管你来自哪里、到底是谁，都给我滚出来，滚出我的心海，滚出我的神识海！"

神识海中未被触碰过的地带犹如外界未被开放过的混沌一般，蒙蒙一片。邪恶辰南不断地崩碎神识混沌海，快速地朝着那点滴气息冲去。他无比愤怒，以为自己是蜕变出的唯一，没想到还有一个唤来的魔比他隐得更深！他不相信《唤魔经》比得上《太上忘情录》，但是现在事实摆在眼前，让他不得不震惊与愤怒。

"轰！"邪恶辰南轰出一片开阔的神识海，终于找到了令他不安的根源。"哈哈哈哈哈……"嚣张狂妄的冷笑自前方的神识海深处响起。一个黑发青年男子赤裸着躯体，如魔神一般冷冷地盯着邪恶辰南。"该死！

竟然真的隐在我的神识海深处！"邪恶辰南愤怒地咆哮着。

这个时候，本体辰南的思感被快速拉扯着，飞到了此地。他看到两个年轻的辰南正在冷冷地对峙着，白发者他知道乃是《太上忘情录》的产物，那黑发者透发着无尽的魔气，从来没见过，但是却可以感觉到他的强大与可怕。

魔！看到黑发辰南的一瞬间，本体辰南不知道为何，立刻想到了这个字。不错，那确实是一个魔！无论是体魄，还是气质，任何人第一时间看到他，都会生出这样的想法。而白发辰南却是邪气滔天！一个魔，一个邪，两者对立！

"唤魔而来的辰南！""太上而来的辰南！"两个辰南各自冷冷地开口，随后共同望向辰南。辰南从来没有想到《唤魔经》竟然也能够蜕变出一个个体生命，这超出了辰家典籍的记载。对此，他真的感觉很意外，忍不住问道："你是如何产生的？""哈哈！"黑发魔性辰南仰天狂笑，嚣张不可一世，最后冷冷地道，"这要多谢太上忘情玄功，没有它的压迫就不会有我，哈哈，真是很有趣的事情，我是压抑的魔性大爆发！"

"你们……"辰南声音冰冷，在远处凝视他们，过了很长时间，才缓缓开口道，"想死的话，就去决斗吧！谁胜谁活！""哈哈……""哈哈……哈哈哈……"黑发魔性辰南与白发邪恶辰南同时大笑，他们有些轻蔑地看着本体辰南，道："你命不久矣，无论谁能胜出，你都要死去！"

黑发辰南是压抑的魔性大爆发！唤魔心法十三年来暗暗运转，严格来说已经超脱了《唤魔经》，被《太上忘情录》生生压制得变异，它汲取了部分太上的精粹，不然也不可能生生再蜕变出一个魔性辰南。"哈哈哈哈哈……"黑发魔性辰南狂笑着，比之白发邪恶辰南还要张狂，他似乎根本不惧白发辰南，口中不断大笑道："你以本体为源，我以你为源，终究是我更上一层楼，你注定是一个悲剧，将成为我脚踏的台阶！"

"做梦吧！唤魔怎么比得上太上，我还以为真的唤来了一个魔呢！哼，原来不过是个蜕变的小丑而已，今日你死定了！"白发辰南针锋相对。"哈哈，等你真的成为太上，再如此口出狂言吧。"黑发辰南狂态毕露。白发辰南道："同样，如果哪一天，《唤魔经》真的唤来一个真魔，你再出来撒野不迟，不然你在我眼中只是个跳梁小丑！"他们尽管都发现了对方的强大，但是口中却不断打击对方，想要在气势上先占据上风，从中可以看出他们不敢小觑对方，真的有些势均力敌。

本体辰南静静地看着他们，衰老的身体与他们那充满活力的强健身体形成了强烈的对比，不过此刻看不出他心灵波动，他似风化的岩石一般。如果说辰南心中没有感慨，那是不可能的，看着他们，他仿佛看到了巅峰时代的自己，钢筋铁骨般的躯体，强横无比的力量，现在一切都是那么遥远。

白发邪恶辰南怒吼道："多说无益，生死决战吧！"黑发魔性辰南也是冷笑连连道："正有此意！""太上无情！"白发邪恶辰南身随心动，他的身体淡如虚影，快速地在神识海中动作着，以身体结出一道道法印，身体成就强大的"势"！一股磅礴的力量，顿时如怒海狂啸一般，喷发而出！

"真魔无相！"黑发魔性辰南，同样一声大喝，整个人朦朦胧胧，一身化出千万条虚影，而后又重聚在一起，如幻魔一般不断移动，速度快到了匪夷所思的境界，最后他竟然消失在了神识海中！不要说白发邪恶辰南，就是衰老的本体辰南也知道，魔性辰南速度太快了，快到任何人都已经看不到他了。

无情对无相！这是太上忘情功首次对决唤魔功！白发邪恶辰南的动作越来越缓慢，身体不断地做着各种复杂的动作，一道道强大的法印由心而生，由身而成！黑发魔性辰南的动作则越来越快，已经彻底化入苍冥中，早已不见丝毫踪迹。

"砰！"黑发辰南最先发动攻击，以匪夷所思的速度攻了一记掌刀。白发邪恶辰南虽然动作缓慢，但却恰到好处地以掌结印，挡住了那记掌刀。神识海中怒海狂啸，卷起阵阵朦胧光辉，强大的精神波动不断涌动。本体辰南在遥远的地方观望，倒也无大碍。而这股强大的精神波动，却冲出了白发邪恶辰南的本体，冲出体表，在外界激荡开来。可怕的神识威压顿时笼罩了这座悬空的神岛。这乃是法祖的修炼之所，仅有有限几人能够登临这里，此刻除辰南外，唯有法祖与德猛在这里。

两人虽然距离邪恶的白发辰南很远，但是在第一时间感应到了这股强大的精神波动，他们顿时一愣，感觉到了那股强大的战意，好似辰南遇到了罕世大敌一般。两大天阶高手快速冲了过去，如果真有让辰南为难的高手，恐怕唯有第五界强敌。但是冲到近前后，他们发现预料错误，邪恶辰南独自一人静坐，并无第二人。

"你看他这是怎么了？我怎么感觉他体内有两股强大的精神波动呢？"法祖询问道。他眼中寒光闪烁，很想降下一道天阶禁咒魔法，彻底将这大敌轰杀。但是德猛显然很看重辰南，不可能让他出手。德猛露出思索的神态，最后叹道："辰兄果然天纵奇才啊，竟然自己与自己战斗，这种法门我等学不来。他应该正处于修炼的紧要关头，还是不要打搅他了。"

邪恶辰南体内的两个对立的辰南都听闻到了外面的评论，嘿嘿冷笑不予评价，这哪里是什么修炼，分明是生死大战啊！不然谁会如此无聊，自己与自己战斗！然而，那容颜苍老、身体佝偻的本体辰南却露出了思索的神态，德猛的话语让他陷入沉思中。白发邪恶辰南与黑发魔性辰南，一个动作缓慢，以法印对决，一个速度快到极致，身若无形，化入苍冥中。

慢对快！快战慢！蓦然间，白发邪恶辰南大喝道："这样的精神对决无趣，我们去外面，真正大战一场，决一生死！""你说得轻巧，我还没有炼出体魄呢。"黑发魔性辰南冷哼。"废物！"白发辰南轻蔑地冷笑。魔性辰南道："你说什么，找死！"苍冥中，蓦然刮起阵阵天风，一只巨大的手掌拍落而下，方圆千百丈大小，遮笼在白发辰南的头顶上空。

白发辰南道："我在说你是废物，居然还没有修炼出体魄。哼，这样更好办了，我强行驱除你。在我的体内，这可由不了你！九天十地——太上驱魔！"《太上忘情录》本就对精神修炼要求极为苛刻，一般来说根本不可能会让外敌侵入自己的心海中。随着白发辰南一声大喝，神识海中顿时巨浪滔天，黑发辰南化入苍冥中的影迹快速显现了出来。

他被一股巨大的力量生生禁锢了，而那只巨大的手掌也被定在了空中，此刻他显现出了顶天立地般的恐怖身影。他的那种极限速度再也发挥不出来了，一个难以想象的可怕力量撕扯着他，似乎要将他粉碎。

黑发魔性辰南知道，再也不能继续停在这里了，不然下场只能是毁灭！聚集起全身的力量，他发出一声可怕的咆哮声，身体快速缩小，而后化成针形，瞬间突破了神识海的封锁，冲出了白发辰南的体魄。一道混沌光芒闪现在这座悬空的神岛上，黑发魔性辰南没有躯体，只能以这种形态显现。

"哈哈哈哈哈……"白发邪恶辰南大笑着睁开了双眼，自地上一跃而起，残酷地冷笑着，面对着那道混沌光芒，道："你连身体都还没有修炼出来，如何与我争斗？今日让你灰飞烟灭！"魔性辰南道："嘿嘿，你太小看我了，有上好的身体供我借用。"白发辰南道："别人的身体，终究不行，乃是下乘！"黑发魔性辰南冷笑道："如果是本源之体呢，哈哈……"混沌光芒一闪而灭，快速自神岛上消失了。白发辰南大叫了一声不好，飞快追随而去。而神岛上法祖与德猛皆露出了狐疑的神色，他们已经听到了刚才的叫喊声，似乎真的有一个强敌啊！

仙园内，气氛无比祥和欢乐，众多神灵频频碰杯，天使侍者不断穿梭其间，为众多神灵服务。仙园中心地带以及高空中，更是有许多天使在翩然起舞，许多西方神灵也下场了，这样的情景平时很难有，因此吸引了不少人的目光。

没有人注意到，一道微弱的混沌光芒一闪而没，冲入了仙园中。苍老的本体辰南突然颤动了一下，而后睁开了双目，透发出两道湛湛神光，再也不似先前那般浑浊，一股强大的力量瞬时爆发而出。周围的桌椅全部被一股强大的压力震碎了，龙舞、龙儿也被掀飞了出去，周围的神灵同样被逼得噔噔连续后退。

白发苍苍的辰南缓缓站起，整个人透发出一股如山似岳般的气势，再也没有一丝衰老的病态，此刻他仿佛一个钢铁浇铸而成的魔体一般。仙园内所有人都感觉到了他的强大与可怕，一股发自灵魂的战栗让许多仙神皆惶恐不安，所有人的目光全部聚焦到了他的身上。

"辰……你……"龙舞惊诧地望着他。"老爷爷，你怎么了？"龙儿也惊讶地问道，小脸上满是不解之色。"哈哈哈哈哈……"魔性辰南此刻掌控了辰南的衰老本体，仰天大笑，而后缓缓腾空而起，与高空中的一道人影对面而立。所有人都惊讶不已，这个身份不明的白发老人，竟然要与消失十三年的强大"辰南"对战，任谁也能够看清他们之间一触即发的紧张形势。

"爸爸，老爷爷……"龙儿在下面大叫，但是两人都没有应答。现在，他们哪还顾得了那么多，都想置对方于死地。潜龙与龙舞对望了一眼，他们都露出了忧虑。至于其他人，都非常不解，根本不知道这个白发苍苍的老者到底是何方神圣，竟然也达到了天阶之境！现在，八魂的力量被两个辰南平分了，他们的战力势均力敌。

此刻，本体辰南的神识似乎一分为二，一部分回归了本体，与魔性辰南同在，一部分依然停驻在邪恶辰南体内，与他共体，恍惚间他能够与两人沟通，他处在一种极其玄妙的状态。"太上绝情！"邪恶辰南大喝。魔性辰南冷笑连连，道："无情无用，换绝情，我看你直接换忘情吧，不然你根本不是我的对手！"在刹那间，两人激战在一起。这一次邪恶辰南不再动作缓慢，速度与魔性辰南相差无几，在空中留下一道道残影，快得让人根本无法看清。

众多神灵只能听到不断的拳掌轰击的声响，还有一道道可怖的能量撕裂虚空的景象，最后高空沸腾了，两大天阶高手的大战让这里成了一处可怕的能量漩涡地带。几名不小心被卷入高空的天使在刹那间化为了粉尘，彻底湮灭在了高空中。

"太上伏魔！"邪恶辰南终于再展玄学，茫茫星空竟然在白日闪耀了出来，一道影迹是如此高大圣洁，就像一个伟岸的圣人一般，在那茫茫星海中冲飞而来。在天际俯冲而下，他伸开一只千百丈大小的手掌，向着魔性辰南拍落下来。仙园内所有神灵无不大惊失色，他们对这种巨大的手掌最为敏感，万年前的一场灭世般的恐怖灾难让那个时期的神灵几乎死亡殆尽。而引起那场灾难变故的，似乎就有无边无际的巨大兽爪，高空中的虽然是人手，但是依然让许多神灵感觉到了恐惧。

"哈哈哈哈哈……太上吗？真的有这种存在吗？"魔性辰南没有惊惧，反而仰天大笑着，注视着那越来越近的高大身影，最后他大喝了一声："唤——我——真——魔！"一个无比巨大的魔影忽然显现在魔性辰南身后，如山岳般高大，一条手臂伸展开来如一道山岭一般。一声魔啸震慑天地间，而后如山岳般的魔影腾空而起，向着天际那飞来的"太上"迎去！即便高天之上有太阳，但是灿灿星空依然显现了出来，这是一种极其怪异的景象，太阳仿佛失去了光彩，变得有些暗淡了起来。

无尽的星辰，高悬于天际，茫茫星海展现在众人眼前，这等异事即便众多神灵，也感到很邪异。更让他们感到不安的是，那两道巨大的影迹在灿灿星空中冲到了一起！太上伏魔竟然自茫茫星海中召唤来一个巨大的神圣影像，虽然朦朦胧胧，但是所有人都感觉到了一股超乎想象的威压，让众神都有些惶恐感。

太上，古老的传说，残缺的神话，虽然不少人都听到过这个名字，但是已经没有人知道到底是怎么回事，没有人能够确切地说出其中隐含了什么样的秘密。而那魔影就更加奇特了，居然在刹那间俯仰天地间，能够与"太上"一争高下，足以说明他的强大与可怕，但最为可怕的是，所有人都没有听说过他，更不可能有人知道他的来历。众人知道，魔性辰南与邪恶辰南所施展的功法已经超脱了寻常意义上的对决，他们似乎在施展某种古老的魔咒，将曾经存在于这个世间的强者残魂召唤了过来，让他们进行大战！也许仅仅有少数几人能明白这一切。

本体辰南虽然思感被分为了两部分，但是却能够清晰地思考，能够感知两个对决中的辰南的想法。太上，那不是他所了解的，而那巨大的魔影他却了解颇深，那就是辰家要复活的先祖啊！那个巨大的魔像，便是他飘荡在世间的残魂能量，被短暂地聚集了起来。他能够与太上一争高下！毫无疑问，辰祖是曾经真实存在过的，那太上是不是就是当年的天人呢？本体辰南心中思绪万千。

此刻，高天之下，无尽的星空中，两道巨大的影像已经大战在了一起，他们动作之玄妙，让诸神都为之目瞪口呆，每一个细小的动作都有着很深的用意，绝不会浪费半点力气。即便他们没有力量，单凭这种如下棋般的深谋远虑的出手，就已经让人深深感到恐怖了，更遑论他们能够借助星辰光芒的毁灭之力！

两个巨大的身影，在星空中幻化成点点光芒，动作早已超出了众人视力能够捕捉到的极限之速。不过，那毁灭性的力量并没有扩散开来，一击不中就全部收敛或消散，半点元气都没有浪费。仙园上空魔性辰南与邪恶辰南都消失了，最终都融入了天际那两道巨大的影像中，与"太上"和"真魔"分别合在了一起。此刻他们已经分不清是自己，还是那太上和真魔，即便本体辰南的神识也有些模糊了，他似乎觉得自己不再是局外人，亲身参与到了这场激烈的大战中，仿佛已经化成了两大传说中的高手。

远空，神岛之上，法祖与德猛脸色阴晴不定，密切地注视着两道虚淡的影子。过了好久，法祖才长出了一口气，道："还好，我差点被镇住。以为他们真的阴魂不散，而复活了呢！"看得出法祖方才非常紧张，可以想象太上与辰祖在过去必然是非常"有故事的人"。德猛脸色依然阴晴不定，不时地皱眉头，似乎在思索着什么，过了好半天才道："太上、辰祖、七绝天女等等是不是还有重见天日之时呢？"法祖闻听此言，身体顿时僵硬，扭过头一字一顿道："不——可——能——的！""嘿嘿，但愿吧！"德猛显得有些心不在焉。

高天之上，斗转星移，在短短一瞬间，魔性辰南与邪恶辰南也不知道大战了多少回合。不仅邪恶辰南能够借助漫天的星斗来克制敌手，魔性辰南与真魔合一后也能够借助星辰之力。众人仰望，只见星光道道，宛如烈焰在燃烧，又似火山在喷发，极其绚烂，但是没有人真当作美景去欣赏，那是生死大战啊！动辄就能够毁灭无数的生灵，那看似瑰美的"烟火"乃是最为可怕的毁灭性力量，因为方才点点星芒轰落而下，瞬间将一队巡逻的天使战队轰击得灰飞烟灭，其威力可想而知。"浪费啊，这么强的力量，应该去轰击封印中的黑起他们。"德猛低声自语着。

"太上——灭绝！"邪恶辰南在那巨大的影迹中突然大喝，"一切都该结束了，去死吧！"显然，他动用了目前能够施展的最强力量，太上的右手突然渐渐清晰了起来，仿佛变成了一个有血有肉的真正实体。巨大的手掌向着空中巨魔疯狂拍去！"轰！"星空下，那顶天立地的巨大魔像被轰击得在一瞬间断为了两截，发出了恐怖至极的咆哮声。巨大的啸声震耳欲聋，穿金裂石，让仙园内众多神灵都痛苦地捂住了双耳，许多人都感觉天旋地转，天地仿佛摇动了起来。

巨大的"真魔"被轰为两段，显得痛苦不堪，但是不肯就此淡化消失，他在疯狂地运转魔气，天地间在刹那间暗了下来，如同末日来临了一般，这片天地再无一丝光彩，即便是神魔有天眼神通，但此刻也伸手不见五指。月亮之上，四祖与五祖通过记忆水晶看到这一切后，激动得差点跳起来。

"这简直不可思议！"

"那个老人竟然能够将《唤魔经》修炼到如此境地，这实在无法想象！如果他与辰南对换过来还差不多！"

"哈哈哈……"巨大的狂笑声震荡天地，仙园上空断为两截的真魔在疯狂地吼啸着，搅动起无尽的毁灭之力。他虽然断为两截，但是依然向着太上冲去，下方的众多神灵已经看不到上面发生了什么，但是却知道两大神秘影迹的大战结果恐怕即将见分晓。"魔吞天地！"一声大吼震得仙园内狂风大作，飞沙走石，许多神灵都被飓风刮走了。

神岛上法祖与德猛双目中寒芒闪动，密切地注视着这一切，眼下也唯有他们二人能够看清大战的景象。断为两截的辰南竟然慢慢消融在了天地间，他融入了暗无天日的魔气中，向着太上包裹吞噬而去。吞噬一切！无尽的星辰之光，全部暗淡，近乎寂灭！嚣狂的魔笑响彻天地间。无尽的黑暗中，仿佛有一只无形的大手伸向了太上。

一声怒吼从太上那里发出，他感觉自己仿佛被一个巨大的太古凶兽吞噬了！身体仿佛要被熔炼了一般，虚淡的身影近乎破碎，即将崩溃！"哈哈，魔吞天地，到了极致境界，便将成真！更不要说你这一个太上虚身！"魔性辰南的冰冷声音再次响起。漫天的魔气渐渐散去了，仙园内的神灵仰头观望，发现太上的身影似乎被禁锢了，定在了星空中，而他的外围一道道如烟似雾般的恐怖黑色魂影，聚合在一起生生把太上吞没了。仙园内的众多神灵惊骇不已，太上！所谓的太上，眼看不行了！

"啊——"一声咆哮，太上虚影崩碎了，巨大的影迹在刹那间幻灭，同时他将无尽的魂影也都崩散了！两败俱伤的打法！就在众人都以为战斗结束之际，无尽星光中太上早先凝成实体的那只手掌突然幻化而出，他竟然没有最终毁灭，疯狂地向着正在慢慢扩散的魔云拍去。"嗷吼！"凄厉的吼啸简直要震碎人的耳鼓。一个巨大的头颅在魔云中幻化而出，躲开了那太上的一掌，从高天俯冲而下，要向着仙园冲来，不过却被法祖与德猛快速阻挡住了。

巨大的魔头发出一声咆哮，掉头飞向不远处的一座神山，无尽的魔气笼罩而下，在刹那间，那神光闪烁的山峰变得光秃秃一片，所有奇葩瑶草神树都枯萎了，那上面数百个守护的天使，也在瞬间化为了骷髅，所有的生命元气都被魔头吞噬了。而后，他继续向着别的山峰飞腾而去，所过之处毁灭一切！太上似乎无比焦急，仅存的那只巨大手掌疯狂尾随在后，想要将那巨大的魔头毁灭，但是总是相差一步。最后，在连续吞噬了十座神山之后，巨大的魔头停了下来，发出天崩地裂般的吼啸，向着巨大的手掌吞噬而去。

"魔吞天地！"无声无息，那巨大的手掌竟然被魔头一寸寸吞噬进了巨口中，慢慢消融了！太上竟然彻底被吞噬了！这个可怕的场面深深震撼了所有人，仙园内不少修者有些惊恐地望着那巨大的魔头。魔头如山岳般大小，在高空中一阵盘旋，影像慢慢淡去，露出了苍老的辰南本体，当然面容是被修改过的。与此同时，星空消失了，高天之上，邪恶的白发辰南如泥塑木雕一般，静静地矗立在空中。

魔性辰南冲天而起，来到了白发邪恶辰南近前，用手轻轻一推，邪恶辰南如同粉末一般，纷纷扬扬，竟然化成了灰烬，飘散在空中，不过却透发出无尽的光辉，射入了本源辰南的体内。在这一刻，辰南的思感已经全部回归了本体内，他亲眼见证了这一切。他没有想到，修炼《唤魔经》的魔性辰南竟然胜出，那太上忘情辰南却彻底灰飞烟灭了！

随着那邪恶辰南湮灭，他的生命精华再次回归了本源辰南体内，在这一刻本体辰南感觉自己那衰老的躯体似乎恢复了些许活力，但是更多的生命精华隐入了他的身体深处，竟然再也寻不到点滴气息。与此同时，这个身体内惨胜的魔性辰南脸色骤变，他也在这具躯体内竟然感应不到那涌入的庞大生命精华躲在哪里！在这一刻，他忽然有一种感觉，这看似衰老的躯体，似乎有着许多他不了解的秘密。

"父亲——"龙儿大叫着冲了上来，小脸上满是泪水，就要和辰南拼命。与此同时，大魔、玄奘、紫金神龙、龙宝宝等全部飞上了高空，即将与辰南血战。月亮之上，辰家众人更是一片哀声。

本源体内，辰南对着魔性辰南道："力量依然是你的，但现在我来主导思维。不过现在请你让这具身体暂时年轻起来！""嘿嘿，暂借你生命。"魔性辰南冷笑着，这对于他来说很好办，他具有强大的魂能，不过眨眼间就将苍老的辰南复原了年轻时的样子，满头白发也变得乌黑光亮了，而且隐去的容颜也恢复了过来，气息也彻底扭转。

高空中那个白发苍苍的老者，在一刹那间竟然变成了年轻时的辰南，双目不再浑浊，躯体不再佝偻，此刻一如十三年前那般英气逼人！整个人如一把出鞘的利剑一般！"父亲……"冲过来的龙儿大惊失色。大魔、玄奘等人也都目瞪口呆。紫金神龙大叫了一声："不要以为变个样子，就能逃避我们的追杀！""偶米头发！"龙宝宝将一双大眼瞪得溜圆。

"泥鳅，难道你感觉不到我的气息吗，你看我是别人冒充的吗？"辰南淡淡地笑着道，"我方才不过是杀死了一个心魔而已，那并不是真正的我！"听到这里，本源体内重伤的魔性辰南，心中一阵颤动，他不知道为何有一种非常不好的预感，将来他会不会也成为一个所谓的"心魔"呢？

"父亲，原来是你！"龙儿小脸上满是泪水，一下子就扑了过来，他哽咽着，喃喃道，"我一直在奇怪，那个老爷爷为何如此熟悉，让我有一种心痛的感觉，原来，原来是父亲！"大魔、玄奘、紫金神龙一个个都飞了过来，分别十三年了，今日终于重逢，有着太多的话想说，有着太多的疑问想问。唯有龙宝宝与小凤凰，能够和龙儿一样，赖在辰南的身上，两个小家伙都幻化出本体，一左一右落在他的肩头。南宫仙儿、东方长明、李若兰、混天小魔王等人也全部飞了上来，将辰南团团包围。

远处，龙舞静静地站在虚空中，潜龙陪伴在她的身边，他们不知道经过今日之后，辰南的身份究竟要怎样变化。在更远处，还有一个女子的身影，她有着如玉般的羽翼，竟然是消失多年的圣战天使纳兰若水。最终，法祖与德猛将辰南解救了出来，他们也有许多问题要问辰南。方才就连他们也都迷惑了，那强大的辰南竟然灰飞烟灭，衰败的老人竟然陡然间成为一个新的辰南，这似乎有着许多的秘密。

宴会继续进行，仙园内再次恢复了欢乐祥和的气氛，但是人们不会忘记方才太上对真魔的大战场景。

"没什么可说的，那不过是我家传玄功的一点隐秘而已，这似乎不好向外人透露吧。"辰南淡淡回应道。"我怎么看到了太上的影迹呢？你的心魔怎么会修习《太上忘情录》？"法祖不舍地追问着。旁边的德猛也是定定地望着辰南，迫切希望他给出答案。

辰南道："碰巧得到了所谓的天界第一奇功《太上忘情录》而已，十三年前你就见识过了。法祖，我知道你在想什么，你曾经揣摩过妖祖金蛹的蜕变大法，这《太上忘情录》肯定对你充满了诱惑。我这人比较直接，直说吧，可以给你！"辰南看到法祖露出不可思议的神色，接着道："不是白给你，你需要向我提供一个线索。""什么线索？"法祖迫切地问道。

"生命源泉！"辰南觉得自己的未来实在太渺茫了，方才通过心语，他与魔性辰南沟通过了，他要为雨馨，以及衰弱的八魂，做一件重要的事情！

生命源泉，即便是神灵，也只能感叹，这传说中的圣品，从来只在人们口中流传，真实存在于天界的，不过是散落的数十滴而已，那根本不能称之为"泉"啊！活死人肉白骨，修补重创者的灵魂，这乃是天阶以下高手梦寐以求的瑰宝啊，谁不想得到？即便是天阶高手，也都不能免俗，无不想据为己有。因为，生命源泉虽然不能立刻对天阶强者的伤势起到作用，但是如果长年累月浸泡其中，终究是能够慢慢疗复好伤势的。本应消逝的时间祖神与空间祖神，在无天之日重现于世，就是最好的例子。

"你想寻找传说中的生命源泉？"法祖双目中露出两道寒光，一眨不眨地盯着辰南。"不要这么吃惊好不好，目光也不要这么锐利，不知道的人还以为你和我之间有什么呢。"随着暂时恢复本貌，辰南似乎也不再那么暮气沉沉。旁边的第五界君王德猛似乎对这一界的事情了解颇多，他也听说过生命源泉，露出十分关注的神色，可见这一瑰宝有多大的吸引力。

"你还是换一个条件吧。"法祖没有什么犹豫，直接拒绝了辰南的这个交换条件。"为什么？"辰南盯着他，似乎想要看透他的内心世界，想要弄清他到底是否有所了解。法祖开口道："即便提供一些线索，你也根本无法寻到。"想寻找到生命源泉，肯定是非常艰难的事情，不然法祖自己恐怕也早已寻觅去了。但是，辰南不能放弃这个机会，错过了现在，不知道还有没有时间去等待，因为他的生命随时可能会随风而逝。

法祖在太古时期就已经名震天下，他乃是西方的名宿，历经无天之日后，现在没有人比他了解得更多，想要寻找生命源泉，只能让他提供一些线索。法祖道："生命源泉曾经在人间汩汩而流，也曾经在天界自由流淌，它是无根之泉，当它消失后，没有人能够预料到它下一次会在哪里出现。只能等它出现在世人眼前，而不能由人去寻觅它。"听法祖说出这些话，德猛的双目中不禁露出失望的神色，看得出他也很在意这传说中的泉眼。

辰南并没有放弃，依然追问道："可是，上一次生命源泉消失后，时间祖神与空间祖神是怎样找到的，难道说是圣泉恰好出现在了他们身前？"法祖一时无言以对，过了好长时间，才缓缓开口道："我曾经有过许多猜测，但最终都被否定了。不过结合各种关于生命源泉的记载，以及重伤垂死的时间祖神与空间祖神两人最后做的事情。我大概猜测出了一些模糊的线索，不过说出来没什么价值，故此我一直埋在心底。"

德猛又开始关注了起来，辰南还没有说什么，他已经开口询问了："你到底有了什么猜测，究竟找出了怎样的线索呢？"辰南一瞬不瞬地盯着法祖，只要有一线希望，他都要努力去争取，为雨馨、为八魂，也为他自己。

法祖道："所谓的无根之泉，应该不仅仅是空间上的不断转移，我怀疑它在时间上是移动的。那圣泉之眼，此刻很有可能在过去、在将来，而非现在这片时空！"这简直如天方夜谭一般，法祖这些话语，惊得德猛与辰南久久未语，这也太过神奇与邪异了吧！这样的泉眼，怎么去寻觅，怎么能够找到？！

"这根本无法寻觅，条件太过苛刻了！"德猛无比失望。辰南也叹了一口气，恐怕唯有精通时间魔法与空间魔法的两位祖神联手合作，才能够以大神通去搜寻生命源泉吧。"真的是不可能做到的事情啊。"辰南唯有仰天长叹。法祖道："也不是绝对没有机会。如果寻觅到时空大神的遗宝，也许能够达成心愿。"

"时空大神？"辰南露出疑惑。法祖道："那是时间祖神与空间祖神的师尊。当然，他在更早的时候，就彻底灰飞烟灭了。"法祖解释道，"当年时间祖神与空间祖神，他们二人都已经是将死之身，不可能联手施展出终极时空魔法，不可能进行时空穿梭。从他们消失前的情况看，他们收集到了时空大神当年留下的遗宝，如此才逆转了时空，寻到了生命源泉。"无论是辰南，还是德猛，都感觉很玄秘，对于他们这种修为的人来说，实在是少有的事情。

辰南双目猛睁，顿时透发出两道灿灿神光，向着法祖射去。法祖罗凯尔脸色骤变，他以为辰南要偷袭他，在原地留下一道残影闪了出去。"不要躲开，这是《太上忘情录》的心法，共有十卷，现在我传你第一卷。"当他听到辰南的传音时，法祖立即露出了喜色，回到了原地。一道精神烙印，深深印在他的神识海深处。当然，法祖不会知道，这仅有的一卷，少了其中最重要的一篇精华。辰南对他没有什么好印象，法祖这个人实在不够高尚，他可不想最终弄出个可怕的大患。

做完这些，辰南对法祖道："我知道你是能够提供线索的，你可谓步步为营啊，先是否定没有线索，而后慢慢给我希望，一步步来达到你的目的。我知道你想要我的《太上忘情录》，我说过我这人比较直接，可以给你此功法，但是你也不要再转弯抹角了。直接给我想要的，如果达成心愿，我绝不会食言，定然给全你想要的心法。"

法祖露出一丝尴尬之色，最后笑道："我也喜欢豪爽的人，这样看来我未免太小家子气了。好，那我就直说吧。当年的时空大神留下数宗秘宝，不用想也知道那些瑰宝与时间、空间有关。他的弟子时间祖神与空间祖神，最后寻觅生命源泉前，去时空大神的安息之所，苦苦搜寻，终于寻觅到两件宝物——时间之匙与空间之锥。时空大神总共用生命祭炼出三件最得意之作。"

听到这里，德猛自语道："三去其二，剩下一件能有什么用。"法祖笑了，道："前两件合在一起，才能够扭转时空，第三件一件足矣，它便是——时空塔。是时空大神生平最得意之作！"辰南听他说完，没有露出惊喜之色，反而问道："我有些不相信你说的话，如果有这样三件可以扭转时空的瑰宝，岂不要世间大乱。我相信时间魔法与空间魔法，它们应该能够作用到一个人或一片空间。但如像你所说那般，瑰宝可以扭转时空，那么未免太可怕了。照这样说的话，回到过去那岂不是能够改变现有的历史？"

法祖笑着摇了摇头道："辰南，你的战力确实很强大，但是你对修炼界的一些秘闻却知之甚少，过于忧虑了。即便时空大神复活，也不敢说能够彻底扭转时空，能够改变过去、现在、将来，更不要说他留下的秘宝了。三件宝物能够穿梭时空，但是当事人就像一个过客，根本不能随心所欲做些什么。似梦幻空花，似南柯一梦，在时空的长河中，留不下点滴浪花，能够见证，却不能够参与。"

听完这些，辰南还没有说话，德猛已经阴沉着脸色，道："你不觉得你说的前后矛盾吗？时间祖神与空间祖神，他们是怎么成功的？"辰南也面色不善地看着他，觉得法祖怎么看怎么像个大忽悠！法祖道："我知道你们会有疑问，但我还没有说完。我所说的'过客'，也不是绝对的。当你不改变曾经的历史，如果能够将自己的灵魂奉献给那时空瑰宝，那么是可以做些什么的！"

"什么？！"德猛惊呼，这样的条件，谁会去做，谁能去交换？他忍不住问道："这样说来，时间祖神与空间祖神，虽然成功活下来了，但是此刻的他们，已经身属时间之匙与空间之锥？！""如果没有意外，应该是这样吧。当然，这都是我的猜测。"法祖点着头道。德猛立刻放弃了，原来他甚至想不惜代价，将第五界的另外几位君王都叫过来，就是抢也要得到时空塔，从而寻觅到生命源泉。但是条件太过苛刻了！

辰南没有表态，陷入了沉思。他感觉到了一股阴谋的味道，当然不是缘于法祖，而是缘于所谓的时空大神。怎么看都觉得他留下的瑰宝太过邪异了。该不会是如《太上忘情录》《唤魔经》那般吧？借此来成全……越想越有这种可能。尽管想到了很多，但是辰南决定坚持到底，不计代价！到了现在，他颇有一股虱子多了不怕咬的气概，反正《唤魔经》《太上忘情录》已经上身了，也不在乎再多一个时空塔！

虽然太上辰南被轰杀了，但是辰南知道，消逝并不等于太上之厄结束了，因为太上功法还在运转，结束的只是一次蜕变而已。"说吧，时空塔是否也在时空大神的安息之地，那安息之地又在哪里？"辰南望着法祖。德猛有些吃惊，没有想到辰南依然没有放弃。法祖也露出一丝意外之色，道："在小六道中。"

"永恒的森林？！"辰南有些吃惊，他曾经去过那里，后来从四祖与五祖口中才得知，那里是传说中的小六道。"唔，现在是这个叫法。"法祖点了点头。"寻到那时空塔，是不是立刻可以扭转时空，没有其他限制吧？"辰南问道。"没有，不过很难找到，而且小六道中充满了危险啊。"法祖叹道，"即便经过了无天之日，即便魔主当年也在小六道中占了一道，我想现在那小六道中，似乎也不可能被清理得干干净净吧。"

辰南没有说什么，在接下来的时间里，他来到仙园中与故友推杯换盏。他没有说出十三年来的处境，谎称自己在与心魔战斗，在修炼，他不想让众人担心。他将龙儿抱在大腿上，与小家伙也连连碰了几杯，更不限制他与众人狂饮。紫金神龙免不了嗷嗷乱叫，大酒缸与龙儿频频碰撞，龙宝宝也是酒气熏人，小凤凰则很腼腆，化成了一个文静的小姑娘，笑着看着他们。

玄奘满嘴流油，荤腥不忌，酒肉穿肠，大魔也难得地豪饮起来，板着的面孔也在一次次碰杯中融化。南宫仙儿这个尤物，在酒桌上依然风情万种，一双媚眼四处放电，如果不是龙儿坐在辰南的大腿上，估计她定然会取而代之。潜龙和龙舞没有酗酒，有些担忧地看着辰南。混天小魔王、东方长明、李若兰则不断地与辰南拼酒，明言在战力上现在不及他，要在酒桌上放倒他。

他们这里喧嚣不堪，一点也不像修炼有成的强者，倒像是凡俗界的人。其他处的神灵目瞪口呆，但是没有人会傻呵呵地上去说什么。

开玩笑，谁敢去惹？这帮人都是可怕的好战狂人啊！许久不见的青禅古魔与佛祖，这对师徒已经和好，他们也走了过来，与辰南碰了一杯，虽然话语很简单，但是想要和好之意很明显。几大邪道的老魔王也遥遥举杯示意了一下，他们不奢望化敌为友，但也不得不示意下，现下辰南如此强势，让他们心惊肉跳。

"父亲，我怎么觉得你又要离开我啊？"龙儿喝得小脸红扑扑，边说着边不忘记再次喝下一大杯，而后仰着头可怜兮兮地道，"父亲，你不要离开我好不好？"辰南看到他这个样子，感觉又好笑又有些心痛，道："我们父子俩再喝一杯。"龙儿道："好的，父亲干杯。"说完父子两人又痛饮了一大杯。

"哎呀，坏了，临出来时母亲担心我，想要时刻看到我，在我身上放了记忆水晶，痛苦呀！"龙儿苦着小脸，取出了记忆水晶。月亮之上，一座秀丽的山峦上，梦可儿已经是满头黑线。当看到辰南通过记忆水晶冲她笑时，她立刻慌乱地退后了几步。"父亲，你还没说呢，你是不是又要离开龙儿了？"小家伙明显喝得舌头都大了，小脸红扑扑的像个大苹果。

"啥米事情？"龙宝宝晃晃悠悠飞了过来，眨动着一双大眼，有些醉醺醺地道，"有事情找我呀，我是三教合一的教主……"说到这里小东西开始打酒嗝，摇摆着落在了辰南的肩头，道："让我的信徒去摆平……"这个时候，所有人都放下了酒杯，定定地看着辰南，大魔道："辰南，你真的要离开吗，不会又要消失一段时间吧？"

辰南道："也许会离开一段时间。""父亲，我要和你在一起。"龙儿似乎酒醒了不少，立刻搂住了辰南的脖子，生怕一松手就失去他，样子分外惹人怜爱。"有什么事情说出来，我们大家一起帮你解决……"众人纷纷出言。

而这个时候，法祖与德猛走了过来，法祖罗凯尔道："我们两人也去，让他们也去吧，然后再带上神域内的一些高手。即便需要战斗，也不用他们出手，我们三个人应该足够了。让他们帮助搜寻。"

众人了然道：

"果然要离去……"

"有事我们一起扛……"

看到大魔、玄奘等人如此，辰南很感动。三头神兽更是站到了他的身边。法祖都已经这样说出来了，辰南无法拒绝这帮朋友的好意。这一日，辰南、法祖、德猛三位天阶强者，带领着数百高手，自神域内出发，向着人间界那永恒的森林飞去。这引得两界所有修者观望，人们知道定然将有大事件发生！

生命源泉，这一旷世瑰宝，如果有可能得到，天阶高手也不惜折腰，但是它如那梦幻空花、镜花水月一般，给人以无限遐思，却遥不可及。今日，辰南以《太上忘情录》第一卷功法为定金，终于从法祖的口中得到了重要的线索。为了得到《太上忘情录》的后续功法，法祖也不惜下大本钱，决定陪辰南去那凶险的小六道中走上一遭。来自第五界的君王德猛也随同前往，看得出他有心尝试，但却不愿去达成那苛刻的条件，最后只能跟着前去观望，看能否出现机缘。

大魔、玄奘、潜龙、南宫仙儿、龙舞等人坚决要同行，就是那敌友难明的混天小魔王项天、沉睡万载复活的东方长明、好战狂女李若兰也想要看个究竟。紫金神龙、龙宝宝、小凤凰那更是要同行的。龙儿则是寸步不离地跟在辰南身后，生怕他再次独自离开。青禅古魔、佛祖以及几大邪道圣地的老魔王同样想要去见识一番。法祖从神域内也挑了数百位强者，浩浩荡荡的大军很快来到了人间界的永恒的森林。

这是一片无边无际的原始森林，占了整片西土大陆很大一部分地域，从来没有人彻底穿越这片森林。而永恒的森林，就处在这片原始森林的深处。当然，所谓的永恒的森林，并不占据这片森林多少地域，它完全是一片独立的世界，是一个空间重叠的地带，原始森林深处的一块地域，不过是它与人间界相连的一个切入点而已。

永恒的禁忌森林阴沉沉一片，虽然是在正午的阳光下，但众人却感觉到了一丝阴森森的寒意，那里仿佛有重重魔影在缭绕，而且越是仔细观察，越是发觉什么也看不清，即便是仙神，心灵也受到了侵扰。

远处的大山中猿啼虎啸，而近在眼前的永恒的森林入口，却死气沉沉。明明是烈日炎炎，没有半丝阻挡，但那片区域却仿佛掩藏进了一片巨大的阴影中，面对的仿佛是一处无比空旷沉寂的死地！就在众人将要进去的时候，远空中突然飞来大片的云朵，一批修者快速飞来。

"表哥！"一个青年大声喊着，已经泪眼模糊。辰南回头观望，来人竟然是一别多年的东海神王李道真。当年天界匆匆一别之后，由于种种原因，两人便再没相见过。十三年来李道真一直在月亮之上修炼。今日，辰南沉寂十三年后复出，李道真得到消息，带着四祖与五祖交给他的一帮辰家子弟，来这里相助辰南。两人感慨都是颇多，万载后重逢，直至今日他们才可以毫无顾忌地交谈。但是，到了如今，纵有千言万语，仿佛都不知该如何开口了。辰南用力抱了抱他，而后拍了拍他的肩头，一切尽在不言中。

永恒的森林中，出现在众强者眼前的第一道关卡，就是那"黄泉"。死寂的森林中，一条泛着邪恶气息的黄色大河，奔腾咆哮，发出震耳欲聋的响声，横贯眼前。黄色的河水如尸水一般，让人望之便浑身不舒服，有一种想呕吐的感觉。辰南与那魔性辰南已经达成了协议，暂借他的力量，即便寻觅到时空塔，奉献给邪塔的也是本体辰南的灵魂，魔性辰南求之不得。

来到这里之后，辰南做的第一件事情便是炼化了那面雕刻着"黄泉"两字的巨大石碑，这乃是古盾石敢当的部分残片，当年来这里时辰南曾经收走过一片，不过还有遗落。奔腾的黄泉尸水，如雷鸣般强烈，同时透发出阵阵让人恶心的气息，里面鬼影绰绰，可以看到不少骷髅在浮浮沉沉，但是没有一个鬼物冲出来，他们似乎感觉到了这次来敌的强大。众人顺利来到了奈何桥，不是他们非要步行不可，实在是这里禁制非常多与强大，迫使他们只能从唯一的通路奈何桥通过黄泉。

法祖、德猛，还有辰南不愿多事，没有去强行破除禁制。数百人走过全部由白骨堆砌而成的奈何桥，来到了对岸。入眼是一望无际的血红，传说中的亡魂之花彼岸花遍地开放，将前方的世界映衬得如此凄然与悲凉。这一次，出现的彼岸花并未像上次那般化出恶形，众神顺利通过。前路在望，众人继续前进。

不多时，一片无比静寂的血海出现在前方，无边无际，一眼望不到头，海面很平静，没有丝毫波动。不过，那茫茫血色，实在太吓人了，即便众神也不禁大皱眉头，如果这血海是真实存在的，那到底需要多少生灵的鲜血啊？光想象就让人觉得可怕！

一面巨大的石碑矗立在血海前，上面雕刻着两个古朴苍劲的大字：苦海。这两个字已经说明了眼前的血海为何地，古意盎然的两个大字似乎透发出一股悲天悯人的气息，在劝解着人们苦海回头，莫要执迷不悟。

来到这里之后，法祖露出了凝重的神色，道："这里可不像先前那般好通过，这乃是小六道中的一处重地，血海是真实存在的，是亿万万生灵的血液汇聚而成的。传说在过去，所有死去的人的血液，都有部分会凝聚到这里。当然，对于这里的历史，我们没有必要去深究。但是，所有人都要小心。因为这片血海中，还埋葬着许多强者的骸骨，说不定你我他的前世枯骨就在里面。唔，希望这片血海被魔主清理得差不多了，不然恐怕有麻烦。"

听到这里，辰南不禁看向了人群中的佛祖，当年他在这里便曾遇到过佛祖的前身骸骨。佛祖被辰南盯得有些不自然，口中诵了一声佛号道："贫僧当年遗留在人间的前世臭皮囊曾进入这里探寻，但是一去不返。"辰南没有说什么，再次望向了血海，他觉得上次能够顺利通过，全靠太极神魔图出来震慑，不然指不定最后会出现何等厉害的人物呢，毕竟出来的第一人就是佛祖前身啊！

这一次，当然是辰南、法祖、德猛在前开路，众人跟随在他们的身后。数百人浩浩荡荡出现在血海上空时，死寂的血海再难保持平静了，茫茫无际的血海，如同沸腾了一般，海水激烈地汹涌澎湃起来，翻卷起冲天的大浪。无边血浪，格外刺目！在那翻涌的血水中，更有无数的雪白骸骨，沉沉浮浮，红白相映，即便是众神望之，也立时感觉阵阵森然可怕的气息迎面扑来！

法祖神情凝重地望着茫茫血海深处，自言自语道："不好的预感啊，我似乎感应到了某些熟人的气息。"在他说话时，血海深处，怒浪滔天，万千魂魄在哀号，无数的雪白骨爪自血海中不断探出，疯狂舞动着。阵阵巨大的龙啸如天崩地裂一般，震耳欲聋，从远方不断传来。

隐约间看到一块块如山岳般巨大的骨块不断自海水中冲出，在高空中拼组！

众神纷纷惊呼出声："难道是天龙？""天龙骸骨吗？""不会真的是天龙重组吧？"……

法祖一阵出神，最后叹了一口气，道："不仅仅是天龙，确切地说是——天龙骑士！"

无尽的血浪在翻滚，声声天崩地裂般的龙啸，从血海深处传来，每一次血色大浪涌动都会让众多强者倒吸阵阵凉气。那天龙的骸骨未免太过庞大了，每一块都似小山一般，这样的残骨如果完整地拼凑在一起，那真是无边无际的一道山岭啊。

一望无际的血海，也不知道藏着多少秘密，刚刚飞入不过数百里之遥，竟然要引得传说中的天龙骑士出场了。近了，终于近了！一副如雪岭般的庞大骸骨，在高空中上下舞动着，荡起阵阵罡风，魔云随之动荡，血海更是骇浪惊空。

天龙已经重组完毕，巨大的骨骼甚是吓人。眼前众人虽然都是神灵，但除了法祖、德猛外，几乎没有人在此之前亲眼看到过天龙。那简直是一座空中堡垒，一座移动的巨山啊！与一般的西方神龙形状有着很大的区别，虽然明明是西方的天龙，但是身材却有些修长，倒有些像东方的神龙体形，龙体堪称完美。一对龙翼骨更是闪烁着晶莹的光辉。当然这绝不是神灵龙，这是完完全全的西方天龙骸骨。

看到这头白骨天龙，辰南不自觉地回头看了看龙宝宝，小东西正舒服地待在他的肩头，消化着天界宴会中那些美酒与美食。龙儿、紫金神龙、小凤凰也都看着它。"干吗都看我？"它小声嘟囔道，一双大眼亮晶晶。"小龙哥哥你要是恢复成天龙身，也是那么庞大吗？"小凤凰天真地问道。

龙宝宝使劲眨动着大眼，难得地露出一副不好意思的神态。法祖听到小凤凰的话，惊异地转过身来，问道："天龙？""偶米头发，正是我大德大威宝宝天龙！"龙宝宝露出一副庄重神圣的姿态，仿似一个得道高人一般。不过紧接着它似乎想起了什么，跟别人可以这样无所顾忌地说出来，没人会当真，但是眼前的人是法祖啊，它当年似乎与之有过交集。它急忙用一只金黄色的小爪子捂住了嘴巴。

法祖彻底转过身躯，一眨不眨地盯着龙宝宝，最后哈哈大笑道："你竟然是当年那个神棍？哈哈，竟然变成了这个样子，真是有趣啊！哈哈……"小龙似乎非常不乐意，不满地嘟囔道："你才是神棍呢，你们全家都是神棍，你们全族都是神棍！"辰南一直在戒备着，看到法祖没有露出杀意，才放下心来，似乎法祖与龙宝宝当年没有仇怨。

法祖哈哈大笑不停，不断说着有趣，最后扭转过了身躯，神情凝重地注视着远空的天龙，大喝道："罗凯尔在此，前方是否是故人？"所谓的天龙骑士并没有出现，巨大的天龙身影舞动而来，海啸瞬间暴发，席卷上了高天，飓风也跟着肆虐。

"罗凯尔？似乎还有些记忆。"天龙周身上下闪烁着淡淡的光辉，在血海上空的黑云中，显得格外醒目。那如山岳般的巨大龙头上，一双巨眼中，碧绿的光芒透发而出，它的头颅中更是有一团灵魂之火在跳动。法祖瞳孔一阵收缩，凝视着眼前的天龙，过了好长时间幽幽叹了一口气，道："神圣天龙骑士瑞斯曼座下的神圣天龙兰斯凯？！"众人完全能够从法祖的语气中，感受到瑞斯曼不是一个简单的人物，不然他绝不会是这种口气！

"不错，正是。唔，我想起来了，你当年挑战过瑞斯曼，不过却被他打得惨败而归。"神圣天龙一口道出当年的情况，根本不给法祖留什么面子。法祖并没有恼怒，心平气和地道："不错，那一次我确实惨败，也正是因为那一战才让我有了不小的突破。瑞斯曼在何处，他为何不出来见我？你们身为当年的天阶强者，应该有足够的能力脱离这片血海吧，即便是重组真身，也应该不是很困难。"

"一入血海，终身再难回头，罗凯尔，你应该听说过这则传说吧。"幽幽叹息自海底传出，声音中有着一丝沧桑，有着一丝森然。

"瑞斯曼？！"法祖大叫。但是，血海恢复了平静，瑞斯曼再无声音传出，"传说竟然是真的，血海的主人到底是谁呢？唔，这里应该算是小六道中的修罗道地域，那人是谁……"法祖一阵蹙眉，最后双目泛着凶光，道，"管他是谁，反正应该已经陨落了！瑞斯曼你想要拦我的话，尽快将你那些破碎的骨头重组起来，组成天阶的身体，亲自来战，不然这天龙将被我粉碎。"

瑞斯曼没有回应，神圣天龙已经咆哮了起来，阵阵强大的龙吼，直震得风云变幻，天地失色。一条巨大的骨尾以横扫千军之势，猛力向着法祖抽来，无数的亡魂影迹在骨尾的周围闪现，发出阵阵让人头皮发麻的凄厉嚎叫。

"哼！"法祖冷哼一声，轻轻挥手，一片炽烈天火瞬间烧红了半边天空，无尽的鬼魅魂影，全部哀号着、翻滚着惶恐地逃窜而去。唯有那巨大的天龙骨尾独自甩抽而来。法祖再次抬手，一只土色巨手破裂虚空被召唤而出，丰沛的土元素浩荡在天空中，巨手狠狠向着龙尾抓去。

"吼——"巨大的天龙啸声响彻血海，天龙巨尾与土元素巨掌纠缠在了一起，三次摆尾才崩碎那巨大的土元素手掌。"神圣天龙兰斯凯，如果你肉身还在，或许还有与我一战的实力，但是现在的你绝不是我的对手。"法祖大喝，整个人站在空中，虽然很瘦弱，但是却透发出无尽的威压，一对蝶翼轻轻扇动，那原本骇浪滔天的血海，竟然被他生生压制得平静了下来。

就在神圣天龙兰斯凯仰天怒吼，要再次冲击之际，一个稚嫩的声音，略显模糊地嘟囔道："兰斯凯？"声音虽然低，但是却清晰地传到了神圣天龙的灵魂波动中，它扭头观望，一阵出神，而后失声道："大德大威！"紧接着它大叫了起来："神棍，还我的天龙宝藏！"真是怨念滔天啊，即便无尽的岁月过去了，它还清晰地记得，大吼道："敢拿我的宝藏去换酒，我杀了你……"

"你才是神棍，你们家才是神棍，你们一族都是神棍……"龙宝宝毫不示弱地回应道。所有人愕然，这实在不可思议啊！龙宝宝与神圣天龙竟然是旧识，唯有法祖嘿嘿笑着。"你这神棍……"神圣天龙兰斯凯的鼻孔中不断向外喷火。

"今天竟然连续见到两位故人，真是难得啊。"海底再次发出了叹息声。接着海水沸腾了起来，宝光闪闪的一片残骨冲出了血海，在天空中快速重组完毕。一个雪白的骷髅，立身于神圣天龙兰斯凯的背上，没有透发出丝毫能量波动，但是却给人一股无形的强大压迫感，这是一种重若万钧的"势"！他的双目中透发出点点光芒，定定地看着龙宝宝与法祖，而后轻轻叹息道："我不想拦截你们，但是如今我不过是一个傀儡而已，如果出现你们这般的强敌，我身不由己要出战。没什么可说的，出手无情，你们做好战斗准备吧。"

龙宝宝舒服地待在辰南的肩头，小声嘟囔道："我又不认识你，要打和那罗凯尔打去。"法祖还没有说话，第五界的君王德猛冷笑了起来，道："似乎是当年最强的龙骑士之一，不过到底还是身殒了，让我来领教一下吧。"法祖想要说什么，但是眼中光芒闪烁，最后什么也没说，任德猛飞上前去。

"沉寂无尽岁月，今日又要迎来激烈一战啊！"瑞斯曼说到这里，忽然仰天长啸，一股不屈不挠的战意直冲霄汉，身下的天龙也同时仰天咆哮，发出震耳欲聋的滚滚音波。"穿我太古甲胄，持我昔日战矛……"瑞斯曼大声吟唱着，透发出一股苍凉的霸气。德猛立时感觉大事不妙，他竟然发现那一人一龙爆发出无比璀璨的神光，照耀得整片天空一片神圣通明，所有的魔云全部散去了，就连那血海中的凶煞气息似乎也减弱了不少。

高天之上，那如雪岭般的天龙骸骨竟然在慢慢生长出血肉，那雪白的巨大骨骼不断发出闷雷般的响声，骨节在移动，血肉在滋长！而天龙骑士瑞斯曼的骸骨上也生出了血肉，无尽的神圣光辉照耀天地间，洒落下漫天的霞光。

"嗷吼——"随着一声巨大的龙啸，所有人心中都震撼无比，一个满身鳞甲、光芒万丈、闪烁着灿灿光辉的巨大天龙活生生地矗立在天地间！金色的龙体像是黄金浇铸而成的一般，显得无比强大而有力，一对巨大的金色龙翼绵绵无尽，直插入云端！头上那对弯曲的巨大龙角，更是光芒璀璨，闪烁着让人胆寒的可怕光芒，那可是号称无坚不摧的天龙角啊！在它的背上，一个伟岸的青年男子慢慢显现而出。雪白的骷髅再现活力，恢复生机！

强健的体魄闪烁着光辉，一条条如虬龙般的肌肉蕴含着难以想象的力量，修长完美的体魄没有一丝赘肉，完全是按照黄金比例生成的强大体魄。血海中光华大作，一件件黄金甲胄冲天而起，闪烁着无比耀眼的光芒。神圣铠甲快速向着瑞斯曼冲去，当罩向他时发出阵阵天雷般的轰鸣。很快，一个身着黄金战甲、手持黄金战矛的伟岸身影，出现在众人眼前，金色的长发随风舞动，坚毅英俊的面容上，一双眸子透发出两道璀璨神芒，整个人透发着万丈光辉！

天龙与天龙骑士竟然完全复活了！他们身上神光冲天，仿佛熊熊燃烧的无尽黄金大火在跳动！这是一个天阶强者中的佼佼者，不用任何人说，现场谁都能够感觉到。德猛暗暗后悔，万万没有想到，以为手到擒来的衰弱残骨，竟然在刹那间蜕变！"嗷吼——"天龙咆哮，巨大的龙翼鼓荡起阵阵天风！瑞斯曼这个太古强者复活了！他仰天发出一声咆哮，被冲击到远空的无尽魔云全部涌动了起来，快速聚集而来。在众人惊骇的目光中，无尽的魔云竟然被天龙骑士瑞斯曼一口吞了下去！

"希望不要让我失望啊！"天龙骑士瑞斯曼大喝，同时天龙也跟着咆哮起来，当真是声势浩大到极点，整片血海居然在快速地上涨，涌动上了半空！

天龙之威浩浩荡荡，整片血海都在它的威压之下平静了下来，庞大的天龙身金芒万丈，如一条无尽的黄金山脉一般，双翼伸展开来更是遮蔽了高天！这是一幅极其震撼的画面！那巨大的龙啸声仿佛自那太古划破时空传来，悠长而震耳欲聋！神圣天龙兰斯凯再现了它太古时期的巅峰实力！

天龙骑士瑞斯曼，这个号称天龙骑士中的顶级强者站在天龙的头顶之上，健硕的身体充满了无尽活力，一如当年那般拥有着无穷的力量，金色的长发，仿佛金色的火焰一般舞动着。但是，他眼中满是沧桑之色，有着无尽的落寞，更有一丝悲凉！给人一股英雄末路般的感觉。

苍凉霸气的天龙骑士瑞斯曼！辰南心中深深悸动了，在天龙骑士身上发觉了似曾相识的感觉，瑞斯曼一如他十三年前那般，似乎想要放逐自己的生命走向尽头。英雄迟暮般的悲凉！瑞斯曼想要寻死，想要借这次机会结束自己的生命！辰南张了张嘴，想要说什么，但是最终他什么也没有说，他理解此刻瑞斯曼的心情，对方要在最后的光辉一战中解脱！他要用武者特有的方式战死！

瑞斯曼口中那句"希望不要让我失望啊"连说了三遍。听在不同人的耳中有着不同的含义。辰南已在默默无声地为他送行，这是对强者的礼敬，这样的天龙骑士值得尊敬！但是，听在君王德猛的耳中，却感觉是一种讽刺，他认为天龙骑士瑞斯曼瞧不起他。这让他大怒，堂堂第五界君王德猛，虽然战力不是天下第一，但是毕竟是一方君王啊，连黑起都敢算计。

　　"瑞斯曼，不要以为你复活了，就真的天下无敌了，我要让你为自己的傲慢无礼，付出血与生命的代价！"德猛抽出了自己的神剑，遥遥指向高天之上的天龙骑士。"我的血液不会那么轻易流尽，希望你足够强大！"伟岸的瑞斯曼站在天龙头顶之上，手中的黄金战矛透发出炽烈的光芒。他与天龙仿佛连接成了一体，透发出无尽璀璨的神光，就像一团天火在世间熊熊燃烧，沉寂了千古的战意一朝觉醒，直冲霄汉！

　　"君王怒，伏尸百万！"德猛大吼，他冲天而起，手中神剑直斩那天龙头顶的瑞斯曼。"天龙骑士动，天塌地陷！"瑞斯曼同样大吼，手中的黄金战矛，陡然间放大到千丈，如一根捅破了天的巨柱一般，砸碎虚空，猛力抽了下来，狠狠击砸在德猛手中的神剑之上。

　　"当！"一声石破天惊的巨响，在血海上空爆发而出，顿时引得血海大浪袭天。神剑与那战矛虽然体积相差悬殊，但是毕竟都掌控在两名天阶强者手中，所以发挥出的威力几乎相近，直震得远空中的神灵身躯都颤抖了起来。激烈的天阶大战爆发！

　　千丈黄金战矛被天龙骑士瑞斯曼握在手中，没有一点笨重的感觉，如一道金色的闪电一般，撕裂一片片虚空，巨大的矛锋闪烁着夺目的光芒，将君王德猛笼罩在了里面。德猛竟然被逼得手忙脚乱，几次都险些被那巨大的矛锋扫中，他的身体上已经被可怕的罡风压迫得渗出了丝丝血迹。

　　这对德猛来说是一种耻辱，先前认为对方轻视他，现在又落了下风，让他难以忍耐。一声厉啸，手中神剑荡起千万重剑影，幻化出无尽的璀璨剑芒，生生震开了那巨大的矛锋。他破碎虚空，直接出现在了天龙的上空。德猛冷笑连连，他认为天龙骑士太笨拙了，只要能够突破到近前，一切都好办了。然而一切都非他所想那般。在他还没有来得及再进一步采取任何行动之际，他惊愕地发现，瑞斯曼脚下那庞大的黄金天龙竟然发生了巨大的变化。

如山岭般巨大的天龙，竟然爆发出无比绚烂的光辉，整体化成了一把巨大的金锐——龙翼流金锐！金锐被天龙骑士瑞斯曼幻化出的巨大手掌紧紧握着，朝着高空猛力地劈来！德猛惊得急忙躲避，但是龙翼流金锐的龙翼是活的，竟然改变方向狠狠旋斩而回，当场将措手不及的德猛拦腰斩为两段。

耻辱！德猛羞愤地仰天怒吼，快速重组了身体，出现在远空，持神剑怒视着瑞斯曼。天龙骑士瑞斯曼如山似岳般沉稳，左手持千丈黄金战矛，右手持着巨大的龙翼流金锐，静静立在高空中，冷冷地对着德猛道："再来！"听在辰南耳中那是英雄末路的悲壮，但听在第五界君王德猛耳中，那却是赤裸裸的羞辱。

"杀！"德猛持着神剑再次向前杀去，一扫刚才的劣势，周围涌动着的千重魔云跟着他快速涌向天龙骑士。神剑与战矛激烈交锋更是不断压制龙翼流金锐，然而就在这个时候，一声天龙咆哮响起。神圣天龙兰斯凯脱离了瑞斯曼，幻化出了本体。在瑞斯曼手中的黄金战矛压下德猛手中的神剑之际，神圣天龙那巨大的龙尾如一条山岭一般甩抽了过来，那万万钧的力量简直不可想象，如泰山压顶一般在一瞬间就将德猛砸入了下方的血海中，激起冲天的大浪。

德猛愤怒至极，搅动起巨大的血浪，冲了出来，直朝着神圣天龙杀去。天龙兰斯凯庞大的龙躯一阵摇动，爆发出一片刺眼的黄金神光，猛然间它化成了一个高大的男子，手中两把由天龙角幻化成的黄金刀，猛力砍向德猛。神剑与黄金刀触碰后响声震天，德猛感觉手臂险些失去知觉，与一头天龙比气力，那真是太悬殊了。与此同时，瑞斯曼的黄金战矛又攻至，险些将德猛洞穿个透心凉！巨大的矛锋击碎他半个肩头，将他扫飞。

德猛已经出离了愤怒，大声咆哮道："我原以为不动用真正的力量就能收拾你，看来你逼我出绝杀啊，那我们就真正地决一死战吧！"说到这里，德猛手中长剑一化二，二化四……化成了千千万万，在他的前方成为一片密集的剑林！"碎天剑阵！"万千道神剑，在空中排列出一组复杂的剑阵，而后神光耀天，发出阵阵"哧哧"破空之响，向着天龙骑士瑞斯曼冲去。面对这声势浩大的剑阵，天龙骑士也皱起了眉头，自语道："斗战圣界的碎天阵！另一界的人，这是怎么回事？"

在自语的同时，他用黄金战矛划破空间，将万千道神剑全部打入了破碎的虚空中。然而，碎天剑阵威力无穷，那破碎的空间并不能吞噬它，所有的神剑再次刺破空间，冲了出来，笔直地朝着瑞斯曼与天龙杀去。这一切都发生在刹那间，天龙发出阵阵咆哮声，挥动着两把黄金刀，但终究不能阻挡碎天剑阵。在崩碎了无数把神剑之后，依然有数十把神剑洞穿了瑞斯曼与神圣天龙，让他们在空中碎裂。

"嗷吼！"一声咆哮，天龙重组身体，幻化出了庞大的本体，瑞斯曼屹立在它的龙头之上，大喝道："既然不想进行常规的战斗了，进行决战我也奉陪！"这个时候，远空观战的神灵都忍不住打了个寒战，他们感觉到一股铺天盖地的强大气息，浩浩荡荡自天龙骑士那里爆发而出，席卷整片天地，他与天龙仿佛燃烧起来了一般，无尽的黄金斗气直冲霄汉！

最后，他们竟然幻化出另一种战斗姿态！瑞斯曼与手中的黄金战矛变成了一个巨大的矛刃，而天龙的庞大体魄则变成了矛杆，如一道金色的长岭一般，轻轻一颤动，天地都为之动荡！德猛脸色骤变，碎天剑阵再次发出，向着高天冲杀而去。

"轰隆隆！"天雷阵阵，巨大的黄金战矛飞快刺了下来！始一接触到剑阵，就崩碎片片虚空，捣碎成百上千把神剑，笔直地刺向德猛。"杀！"德猛脸色骤变，使出浑身解数，操控漫天的神剑，但是却根本不能阻挡那堪称可捅破天地的巨大战矛。

"啊——"终究，德猛被巨大的黄金战矛破碎了身体，魂魄遭受重创！"瑞斯曼手下留情！"法祖在远处大叫，他可不想这个盟友现在就死去。天龙骑士瑞斯曼在高天之上显现出了本体，手持黄金战矛立在巨大的天龙头顶之上，一人一龙透发着莫大的威压，当真有矛问天下唯我独尊的英雄气概。

"瑞斯曼你这是在求死吗？我感觉你心生死志，到底是怎么回事？"法祖问道，他也同样察觉了天龙骑士的异常，感觉到了那种英雄末路般的悲凉情绪。"嗷吼——"神圣天龙兰斯凯仰天悲啸，瑞斯曼静静地立在天龙头上，金色的长发随风而动，此刻看起来是如此落寞。

瑞斯曼道："我本应在太古那一战时就彻底湮灭，但是进入血海后灵魂得以保存下来，不过却永远不能脱离这里，永远不能恢复血肉之躯，一旦血肉恢复便只剩下了一天的生命。长久以来，只能如死物一般苟活，还要如傀儡一般守护血海。当然，我并不恨血海的主人，他定下血海之规则后就消失了，一切都是既定的规则在奴役我。这种生活，我早已受够了，我要堂堂正正地战死，结束这屈辱的残命！"

"你果然在求死！"法祖叹了一口气，颇有些伤感。德猛惊怒交加，神情无比复杂，重组身体后立在虚空中，打量着那天龙骑士中的顶峰强者。远处众多神灵一阵黯然，尤其是神域内的众神，这可是西方当年最前排的强者啊，今日竟然要英雄末路，生命走到了尽头。

"在我死之前，我想要弄明白一件事情，为何斗战圣界的强者来到了这里？"天龙骑士瑞斯曼脸色严肃，而后双目射出两道璀璨的光芒，向着众神照耀而去。很快，众多画面与信息映入瑞斯曼的脑海中，短暂的时间内他已经知道了曾经发生的一切，道："原来如此，第六界未动，第五界却成了祸乱。"

瑞斯曼非常愤慨，自语道："人间界是各界强者的摇篮，其实六道中许多强者都源于这里。没有想到，竟然有人想要破灭这一界，黑起他很强吗？我知道仅有的一天生命该如何度过了！"瑞斯曼仰天长啸，透发出冲天的战意，口中唱起一首古老的战歌，其意悲凉无比。很显然，他将要进入第五界，想去大战黑起！

瑞斯曼道："罗凯尔，你说我与黑起孰弱孰强？！"法祖一阵张口结舌，不知道如何回答将死的天龙骑士。"我知道了，我不是他的对手。"天龙骑士瑞斯曼仰天大笑，有些苍凉，大声喊道，"不管他多强，他既然想屠戮我人间，即便不是他的对手，我也要用这残命与他进行最终一场血战！如此战死，便是我最好的归宿！"

"他被封印了……"这个时候，德猛也对天龙骑士涌起了一丝敬意。"那就让你们的人把我也封印进去！"天龙骑士大吼，脚下的天龙也跟着仰天咆哮。远处，众神无不心情沉重，天龙骑士竟然要如此战死！所有人都发自真心地对他涌起一股敬意。辰南不由自主上前，他对天龙骑士是真心地敬佩，将方天画戟递了上去，道："用这把凶兵吧！"

"不用，多谢了，人折，战矛也将折，如此足矣，不用其他兵器！"天龙骑士瑞斯曼拒绝了辰南的好意。这个时候他脚下的神圣天龙兰斯凯，定定地看着辰南肩头的龙宝宝，发出了一声叹息，道："你为何总是如此迷糊呢？哪一天能够真正地好好修炼呢？你是我龙族的天才，是唯一有望超越天龙皇的人，但是你总是如此的'特立独行'。"天龙兰斯凯似乎找不到好的形容词，只能用"特立独行"来形容龙宝宝。

"偶米头发！"龙宝宝一双大眼瞪得溜圆，不解地望着兰斯凯。"看到你如此浑浑噩噩的样子，我真想和你决战！"神圣天龙有些愤怒地望着小龙，随后叹了一口气道："算了，也不怪你，你似乎忘记了过去。不过……"兰斯凯说到这里，天龙目顿时凌厉了起来，喝道："无论如何，熊熊燃烧的天龙魂不能灭！今日，我帮你点燃那最强的天龙魂吧，期待你早日回归！嗷吼——"说到这里，神圣天龙兰斯凯发出一声惊天动地的咆哮，双目中射出两道灵魂圣火，冲进了龙宝宝那双瞪得滚圆的大眼中。

做完这一切，神圣天龙兰斯凯似乎无比虚弱，而辰南肩头的龙宝宝则发生了惊人的变化，小龙如同燃烧起来一般，周身黄金天火不断跳动，透发出无比强大的气息。即便它不断控制体内的能量，但也根本无法阻挡熊熊燃烧的黄金烈焰！神圣天龙兰斯凯对有些担心的辰南道："它没事，这是它沉寂的战魂在苏醒，直至有一天它的天龙魂之火燃烧到极点！天龙战魂真正回归！"

"偶米头发，兰斯凯，对不起……你不要走呀，我赔你天龙宝藏……"龙宝宝喃喃着，浑身黄金天火燃烧，趴在辰南的肩头陷入了沉睡中，一双大眼滚落下两串晶莹的泪珠。"你到底还是想起了我……"在这离别之际，神圣天龙兰斯凯也非常伤感，这将是永别啊！

"杀向第五界！"天龙骑士瑞斯曼一声大吼，天地动荡！神圣天龙一声咆哮，腾空而起，向着血海外冲去！"燃烧吧，战魂！"神圣天龙咆哮。天龙骑士瑞斯曼则唱着那古老而悲凉的战歌。一人一龙已经远去多时了，但是众神的心中却沉重不已，耳畔仿佛一直在回响着那苍凉的古老战歌！

相遇传说中的天龙骑士，龙宝宝无疑是唯一的受益者。此刻，小龙沉睡在辰南的肩头，如小可怜一般蜷缩着，一双大眼下挂着两滴晶莹的泪珠，口中不断地喃喃着："兰斯凯，对不起，你不要走，我还你天龙宝藏……"小龙身上的黄金天火璀璨而又明亮，那是它沉睡的战魂在熊熊燃烧，所有人都知道，这个小东西恐怕离真正觉醒不远了！也许要不了多久，这个天地间就会出现一个振翼翱翔的天龙！

有些人即便整天面对，也难以在人心中留下深刻的印象，有些人不过仅仅相处片刻，但是却能够让人一生深深牢记。天龙骑士瑞斯曼与神圣天龙兰斯凯无疑便是后者，众神与他们相处了不过半个多时辰，但是现场所有人这一生都不会忘记他们了。

这个太古天龙骑士的言行让所有人的心为之悸动！苍凉的歌声与那高大的背影永远留在了众神的心间。法祖遥遥对着远空一拜，众神见他如此，也纷纷无声地拜了一拜。辰南有些溺爱地将龙宝宝抱在怀里，率领众人继续前进。毫无疑问，这无边无际的血海是小六道中一个关键的所在，不可能仅仅一个天龙骑士拦路！

一望无际的血海，当年辰南与紫金神龙他们可是足足飞行了几天才离开这里啊！德猛脸色阴沉，因为一场毫无必要的战斗让他伤了元气，心情不是很痛快。法祖与辰南则各有所思，三大天阶高手全都没有说话。如果不是龙儿与小凤凰，还有紫金神龙跟在辰南身边，气氛定然会很沉闷。"老头，瑞斯曼是不是当年的最强龙骑士？"紫金神龙可真是天不怕地不怕，西方神域诸神对法祖恭敬有加，老瘪子完全是另一派作风。法祖罗凯尔瞪了他一眼，冷哼一声道："当然不是！"而后便再也不说话了。

后方的诸神情不自禁吸了口凉气，龙骑士当中的顶级强者瑞斯曼，已经非常强大了。最起码能够压制住君王德猛，但是他却不是龙骑士当中的最强者，可以想象那最强者定然无比了得，恐怕是能与黑起争锋的人物。这样的人也不知道如今身在何方，不知道他是否还活着，如果当年这样的强者都还在，也许无须担忧来自第五界的威胁了。辰南清楚地记得，在无天之日，人间西土曾经发出过天龙啸声，那是否便是最强的天龙骑士呢？

在茫茫血海中，飞行了多半日，无尽的血雾开始弥漫开来，天地间到处都是血色。"父亲……"龙儿仰着小脸，拉着辰南的衣角，看着他道，"这里有一个强敌。"辰南将龙宝宝放在肩头，溺爱地将龙儿抱了起来，道："嗯，你能够有这种感觉，已经很不错了，不愧小天阶。"法祖冷哼了一声，大喝道："烈焰焚天！"无尽的天火瞬时弥漫在整片天空中，影影绰绰的魂影被烧得漫天哀号，许多枯骨从高天之上坠落而下。

"何人阻拦？！"法祖大喝。漫天的血光消失了，魂影也都归入了血海中，前方一座岛屿出现在众神视线中。远远望去，那里郁郁葱葱，岛上满是植被，充满了无限的生机，与死气沉沉的血海相比，显得格格不入。"父亲……"龙儿想要说什么。辰南抱着他笑了笑，道："没事，我们这里有三个天阶高手，难道还对付不了他一个人吗？"

辰南已经敏锐地觉察到，在那座葱碧翠绿的岛屿之上覆盖着一股很强的力量！这小六道当真藏龙卧虎啊，他不得不如此感叹。他将陷入沉睡中的龙宝宝送入了多年未开的内天地。法祖点指着一个西方神灵喝道："你上去看看！"这明显是要他当炮灰啊，可怜的六翼天使苦着脸，但也没有任何办法，迅速飞了过去。无声无息间，那片郁郁葱葱的森林就将六翼天使吞没了。他进去之后很久，都没有发出任何动静，就好像从来没有发生过任何事情一般。

法祖大怒，漫天飞火流星铺天盖地而下，向着那神秘的岛屿轰去。无尽的火焰从天而降，飞落到郁郁葱葱的海岛之上，但是却根本无法将之毁灭，绿色依旧，火焰难以伤害它分毫。当法祖大怒发出火系天阶禁咒时，海岛之上绿色神光冲天，整座海岛仿佛活了一般，竟然离开了海面，飞上高天，巨大的岛屿向着法祖压落而来。

法祖恼怒，这是赤裸裸的挑衅啊！他不能容忍有人在徒子徒孙面前冒犯他的威严。"暴风裂地！"风系与土系双重禁咒混合魔法被法祖打出。单一的天阶禁咒已经是非常可怕的灭世魔法了，混合魔法可不是简单叠加那般简单。高天之上顿时是无尽的巨大蓝色风刃，每一道风刃都能够砍断一座高山，威力可想而知。同时，可怕的土系魔法，随着土元素的浩荡，似乎要生生撕裂那海岛。

"轰！"高天之上终于发出一股巨大的轰鸣声。海岛上面的无尽绿光全部崩散了，所有的植被全部被毁灭，但是巨大的海岛却安然无恙，不过却再没有耀眼的光透出了。那些青碧翠绿的树木被摧毁后，露出了海岛的真容，竟然是一个巨大的石岛！上面笼罩着淡淡朦胧的光辉，在空中沉沉浮浮。

辰南双目中光芒闪烁，看出了石岛的来历，竟然与那石敢当气息相同，方才不过是被人以大法力遮掩了而已。毫无疑问，这是古盾石敢当的主体部分！今次进入永恒的森林，他已经收集到了"黄泉""苦海"两面石碑，如果加上这古盾的主体的话，那真的是彻底集全了古盾。

辰南一步迈出，当空而立，右手探出，一个巨大的光掌立刻幻化而出，看得许多神灵阵阵心惊。那巨大的手掌竟然遮笼了天地，将这座石岛覆盖在里面，生生抓了起来！而后无尽的璀璨光华爆发而出，辰南以大法力炼化古盾，这里顿时能量汹涌澎湃。隐伏在暗中的那个天阶高手，并没有出手，似乎已经试探出了众人的实力，不急于出手了。

"轰"的一声巨响，石岛快速变小，化成半个残盾，出现在辰南身旁，围绕着他不断地旋转。最后，辰南将它轻轻握在手中，送给了龙儿，他与法祖并排站在一起，对着血海喊道："暗中的朋友请出来吧。"一声龙吟自血海中响起，声音并不是多么巨大，但是却比之神圣天龙兰斯凯透发出的威势还要强上一分！

血海浪涛涌动，但并不是多么剧烈，无声无息间分开了，上百段小山般的骨节缓缓飞出了血海，在高空中不断碰撞，发出阵阵脆响，连接到了一起。如此出场，可以说非常平淡，但是现场所有人都感觉到了一股莫大的威压，一股强大的"势"笼罩在海面上！

出场并不声势浩大，但是实力却足够惊人！让所有的神灵都无比紧张！那一节节如小山般的白骨终于重组在了一起，这竟然是一头东方的神龙，或者说是一条东方的天龙！一具东方天龙骸骨，展现出了天阶的实力！当场将不少神灵镇住了！

东方天龙的数量实在太稀少了，真的是伸手数得过来。目前，除却紫金神龙，还有龙宝宝这个神灵龙，以及变身的龙儿外，再无第四条！而眼前，竟然出现一个天阶级的，焉能不让人震惊！"嗷呜！"紫金神龙仰天就是一声嚎叫，实在有些激动啊，大声喊道："那谁谁谁，您老人家是哪位啊？"

巨大的东方天龙将雪白的骨架轻轻一动，顿时发出阵阵轰响，如山岳般的巨大头颅望向紫金神龙，传出阵阵精神波动，叹息道："没有想到，还能见到我的族人。我真正是谁，早已不知，不过我后来有了一个名字叫骨龙。"

高天之上，一大片神灵顿时险些晕倒。这竟然是与金蛹、凤凰天女等并列的太上妖祖骨龙！不过，从骨龙的话语中，人们再次发现了一个惊人的秘密，骨龙真如其名，真的就是一具骷髅。它是由"骨"而生的妖，它的前身是谁，它也不知道，它是一个再生的妖！这绝对是一个震世的消息！妖祖骨龙的前世，应该是一个难以想象的强者！毕竟，一具骸骨就成了妖祖啊，如果再现它当年真正的天龙身份，相信会吓倒一群人。

"有意思啊。"法祖点着头道，"定然是太古时期的天龙，但是我对东方那些隐修的强者，并不都了解。"辰南并没有在骨龙身上发现丝毫杀意，静看事态发展。"我要粉碎了，我感觉到了太古的天龙魂在召唤，我要回归了。"骨龙发出的精神波动让众神大惊。太古的天龙魂在召唤？！它乃是由骨而生的妖，这样岂不是意味着将要死去？骨龙将要死去，但是并不悲观，它身上残留的天龙力量，将要回归本源，可以说是死，也可以说是一次新生！法祖与辰南皆非常震惊，天龙魂在觉醒，一个未知的东方天龙将要回归了！

"无意间闯入血海，被奴役数千年了，此次天龙魂召唤我回归，正好由此解脱。其实，我早该离开这里了，但是我已经推算出将要在这里遇到故人，一直没有离去，今日了却最后一桩心愿吧。"骨龙那雪岭般庞大的躯体，发出"轰隆隆"的响声，向着辰南这里探来。当然并不是找辰南，也不是找紫金神龙，而是找小凤凰！

"你要干吗？"小凤凰怯怯地问道，躲在辰南的身后，在他的肩头露出一个小脑袋。骨龙晃动着巨大的龙头，轻声道："我方才已经看到了天龙骑士瑞斯曼的一切，我看到了神圣天龙兰斯凯为曾经的天龙点燃战魂的经过。今日，我将兵解，回归本源，现在就为故人做些什么吧。凤凰啊，你有一半的力量失落在人间，不过是半魂涅槃而已，你一定要找到另外的半魂啊。今日我也为你点燃体内的不死凤凰之魂吧！"

"嗷吼！"一声巨大的龙吟，上冲九天，下荡九幽，响彻天地间！骨龙那巨大的龙目中射出两道灿灿神光，冲进了小凤凰的双眼中。胆怯的小凤凰还没明白怎么回事，整个躯体就剧烈燃烧了起来，同时透发出七彩神光！战魂在燃烧！它如同龙宝宝的天龙之魂觉醒一般，透发出莫大的威压。

看到紫金神龙眼巴巴地望着它，变得有些虚弱的骨龙晃动着巨大的龙骨，道："各人有各人的机缘！解脱了，我将去也，嗷吼——"在一声巨大的龙吟声中，骨龙庞大的躯体在空中爆碎，化成点点光芒，汇聚成一道道神光，向着血海之外飞去，飞出了永恒的森林，径直朝着遥远的东土冲去。骨龙回归本源了！所有人脑海中都在消化着这则信息，妖祖的身份不过是它的一个过渡期而已，那不是它真正的身份！

"血海之门就在我镇守的海底。"骨龙微弱的余音自远方传来。"进军海底！"辰南手中方天画戟猛力劈落而下，血海顿时被分开了一条通道！他当先冲了下去。

在血海中前进，无尽的骷髅出现在众神周围，向着他们疯狂扑来。不过却被法祖以水系天阶禁咒——深蓝守护，阻挡在了外面。巨大的蓝色晶罩，护着众人来到了海底。一座座巨大的石雕出现在海底，似乎记载了太古时期的某些重大事件，不过众人没有心情看，因为前方一个巨大的空间之门出现在一片巍峨的宫殿上空，血色的门户紧紧地关闭着！

不得不说，血海之下，真的是奇异无比，竟然有大片大片的建筑物。高大巍峨的宫殿连绵不绝，也不知道是在哪个时代建成的，浸泡在血水中竟然没有丝毫毁损的迹象。当然，也就是众神能够看清，如果是一般人即便潜到海底，也无法透过血色看到下方的真实地貌。

连绵不绝的宫殿，全部都是用上好的材质建设而成的，透发着庄严神圣的气息，即便是在这煞气冲天的海水中！而那空间之门就悬在这片无尽宫殿的上空，巨门紧紧闭合着，笼罩着淡淡朦胧的光辉，给人以无限神秘感。

一位西方主神忍不住狠狠地打出了一道掌力，结果非但未能撼动那道巨门分毫，空间之门还反弹出一股强绝无比的力量，将那位主神震飞。此后，便再也没有神灵敢轻易尝试了，因为诸神看到辰南、法祖、德猛都没有急于出手。目前的三位天阶高手，正在打量连绵不绝的宫殿，以及不远处那一座座巨大的石雕。

那些石雕似乎比宏伟的海底宫殿更加久远，它们都早已近乎碎裂了，但是却被一股未明的力量凝聚着，使裂纹无数的石雕能够依然矗立。渐渐地，众神也被吸引了，由开始时的不在意到关注，不过仅仅片刻时间。巨大的石雕似乎记叙了一些断断续续的故事，这些雕刻的人物有西方的魔法师，有东方的武者，有天龙骑士，也有一身冲出数个元婴的修道者。

看得出那些被雕刻出来的人物都是当年的顶级修炼者，他们似乎是在相互残杀，又像是在绝望中自保而迷失了神志，导致乱战。人物刻画得非常传神，将他们的绝望、迷乱显现得如真人再现一般。"你认识那些人吗？"辰南询问法祖。法祖摇了摇头，道："除了一两个人外，其他一概不认识，似乎是虚构的，没什么参考价值。"说完这些，法祖便不再看了，不过辰南却不怎么相信这个家伙的话。

宏伟的宫殿以及巨大的雕像附近，没有骷髅靠近，他们在较远处张牙舞爪，远远望去白茫茫一片。虽然在血海深处，但是众神依然能够听到他们的凄厉吼啸，因为那是源于精神波动的，巨大的吼啸震得整片血海都沸腾了，让人感觉头皮发麻。德猛双目中光芒闪动，显然也不怎么相信法祖的话语，猛然间抽出了神剑，对着一座巨大的雕像就劈了下去。

神剑遇到了一股阻力，但是君王级的力量难以防住，快速将一个魔法师的雕像斩断了，巨大的雕像轰然倒在海底，倒下的半截雕像摔得四分五裂。这并没有什么特别的，真正特别之处在于，残碎的雕像内竟然摔出了残骨！那残骨之上似乎附着着一丝微弱的神识波动，骷髅头的眼窝中有点点光芒在闪动，无比迷茫地打量着四周。

"你在干什么?！"法祖咆哮着，对于德猛如此做法异常愤怒。德猛没有说什么，举起手中的神剑，便向着那残骨劈去。"当！"残缺不全的骷髅虽然被斩成了两段，但却发出了无比刺耳的声响，可以想象它有多么坚硬。德猛这一剑虽然没有尽全力，但这毕竟是一个天阶高手发出的力量啊，如果是一般的骷髅定然会立刻化为粉尘。不用想也知道了，这残骨大有来历。

德猛放弃了这具骷髅骨，快如鬼魅一般，冲向了其他雕像，手起剑落，瞬间劈碎五座巨大的雕像。其中四具雕像中是空的，什么也没有，而第五具则如最开始那具一般，滚落出一地残骨，闪烁着淡淡的光辉。这一次法祖冷冷地拦住了德猛，再也不给他机会破坏，寒声道："你这是干什么？"

德猛道："没什么，只是有些好奇，想看看这些雕像到底隐藏了怎样的秘密。""够了，你不就是想迫我说出吗？那我就告诉你吧。"法祖看着那些石雕，道，"这些雕像乃是一座座坟墓，完全是按照太古时期的风俗兴建的。有些墓是空的，那说明没有收集到主人的残碎尸体。"

德猛笑了起来，道："不就是死人的坟墓吗，反正也死去多时了，破坏几座也没什么大不了的。"法祖冷声道："你这是对死者的亵渎，而且你根本不了解，这种葬法意在为死者招魂，如果他们还有较强的灵识飘荡在天地间，也许有一天他们会重新聚集到这里，也许会有奇迹发生！"

"果然啊，我就知道不简单，几十座雕像坟墓，竟然有这等隐秘。"德猛自语道，"即便有几个坟墓不是空的，即便那几人真能够活过来，恐怕也已经沧海桑田，天地大变样了。能够改变什么呢?！""哼！"法祖没有说什么，只是冷哼了一声。

在此过程中，辰南一直没有说话，深信法祖绝不会护佑一些无用的残骨。从血海中那些张牙舞爪的骷髅不敢接近这里可看出，这片区域有着明显的震慑力。是否意味着这片石雕坟墓中，有些人已经聚集了部分强大的残魂呢？辰南没有什么表示，但却深深记住了这个地方，也许将来这里会派上用场！

接下来，法祖、德猛、辰南三人飞到了空间之门近前，想要轰开这神秘的门户。然而就在这个时候，下方那连绵不绝的殿宇竟然透发出一股磅礴的力量，开始撕扯三人，要将他们粉碎，无尽刺目的光芒自各个殿宇中聚集到空间之门前方，将法祖、德猛、辰南三人笼罩在里面。

德猛冷笑道："竟然有阵法，可惜时间最是无情，古阵中的力量早已衰退了，不可能封印我们。"三位天阶强者在殿宇上空各展绝学，打出一片无比绚烂的光芒，将所有聚集到这里的力量全部轰散了。海底暗流汹涌，海面之上大浪滔天！血海中无尽的骷髅骨全部在挣扎哀号，随着沸腾的海水沉沉浮浮。最终，海底连绵不绝的宫殿倒下了大半，古阵法彻底失去了效用。

法祖虽然身为太古强者，但始终不知道血海真正的主人是谁，现在竟然发现了血海之门，攻入里面或许将有所发现，不过他同时担心里面有真正的危险，如果血海的主人隐居在那里，那麻烦可真是大了。可是他们不得不穿越血海之境，他清楚地知道那些传说，时空大神所占据的一道，必经血海之境。德猛也很期待，想要看看当年人间的六位最强者模拟大六道而创建的小六道到底隐藏了怎样的秘密。

辰南手持方天画戟居中，法祖居右，德猛居左，三人开始积聚力量。绵绵不绝的海底宫殿上空，爆发出无比绚烂的光辉。随着法祖口中咒文念诵完毕，辰南与德猛也同时出手了，魔法、真元力同时爆发！

"轰隆隆！"像发生了沉闷的大地震，又像火山喷发了一般，海底波涛狂涌，海底宫殿成片成片地崩塌，众神如怒浪中飘摇的小舟一般，在血海中随波逐流！而那成千上万的血海骷髅，更是疯狂地舞动了起来，在这一刻他们突破了禁制，吼啸着全部冲了过来。不过，面对三大高手联合打出的可怕力量，大部分骷髅都崩碎了，仅有少数冲了过来。

万鬼之鬼，万魔之魔！未碎裂的乃是血海中真正的强者，它们不断地发生着惊人的变化，爆发出阵阵凶煞气息，而后全部崩裂，上百具鬼中之魔王最精粹的部分融合在了一起，形成了十具雪白的骷骨。

他们是血海中万鬼大军的精粹，是许多鬼王的融合产物！"嗷吼——"十具骷髅骨咆哮着，向着辰南他们冲去，远处的众多神灵都有些心惊！一切都是徒劳的，十个鬼王即便再强大，也难以承受三位天阶高手的轰击，他们最后的冲杀就像那绚丽的烟花绽放一般，空留下瑰丽的一幕！"轰！"在十个鬼王爆碎之际，上方那巨大的空间之门也崩裂了！那巨大的神秘门户，如飞灰一般湮灭。

神秘的空间之门在众人的眼前敞开！朦朦胧胧的青光在里面闪闪烁烁，一股沧桑的古意迎面扑来，这个空间之门也不知道多少年未被人打开过了，充满了岁月沉淀的气息，仿似亿万万年那般久远！令人惊异的是，无尽的血海之水竟然没有灌向敞开的空间之门，那里仿佛有一层透明的墙壁阻挡着血水。没有什么多余的话语，辰南手中绝世凶兵方天画戟高高举起，大喝道："冲！"说罢，他当先冲了进去。

淡淡光华能够阻挡血水，但根本无法阻挡辰南，法祖与德猛紧跟在他的身后，三大天阶高手开道，后面的神灵跟着蜂拥而入。在众神离去后，这片海底世界，一座裂纹满满的石雕，突然碎裂下一大块，里面一个残尸睁开了双目。

血海之门，神秘的面纱被剥落了。众人在空间通道内不过穿行了半刻钟，就来到一片极其奇异的空间。前一刻还是血红一片的大海，下一刻他们竟然进入了一片金色的沙漠中。虽然没有烈日当空悬挂，但是金色的沙漠中依然如白昼一般明亮，而且温度高得吓人，如果普通人光脚走在上面，恐怕很快会有肉香飘出。

"这是？"不仅众神愕然，德猛也露出不解之色，神秘的空间之门背后，难道就是一片炽热的沙漠吗？在这里真的看不出其他生命印记。"搜！"法祖对着神域跟随而来的强者喊道。这些可都是神灵啊，虽然他们无法对抗天阶高手，但是进行搜寻工作，那可真是大材小用。众神快速分散开去，朝着四面八方飞去，开始在金色的大沙漠中搜索。

"唔，该训练出一批战力惊天的追随者了。"法祖自语。德猛看着他，道："早就听说过人间界有些古老的秘法，训练出的侍从能够联手合击天阶高手，想必法祖定然有这门秘法了，日后还要请教，希望不吝赐教啊。"虽然知道法祖不可能给他这种方法，但是德猛还是先打起了预防针，留待以后想办法。

"报！"远处快速飞来一个六翼天使，大声喊道，"西南五十里发现一面绝壁！那里给人一股非常特别的感觉……"三位天阶高手率领众神浩浩荡荡向着那里飞去。只见无边无际的沙漠中，一面高有百丈的绝壁突兀地立在那里，给人以非常不协调的感觉，要知道这可是茫茫无际的大沙漠啊，竟然出现了一座峭壁。

众神冲到近前，察觉到了六翼天使所说的特殊感觉，这里似乎有着微弱的生命波动，但是却让人寻不到任何踪迹。德猛冷笑，大吼了一声，天阶大神通展现而出，打出漫天的光华，青色的光辉瞬间笼罩了这片绝壁。蓦然间，异变发生。绝壁之上竟然有身影在流动，而且显现出了几个大字。

德猛大喝："去死吧！"在喝喊中，他手中神剑直指绝壁之上不断闪现的虚影，整个人似一道电芒一般冲了上去。法祖大惊失色，因为他认出了那几个太古字迹，他大喝道："不要！那是七绝天女啊！"

德猛毫无保留，尽全力攻了上去，绚烂的光芒将整座绝壁彻底淹没了，毫无疑问他想灭杀石壁中人！法祖大喊的话语虽然传到了德猛的耳际，但是已经晚了，他已经收不住手了。辰南并没有说什么，一直在旁冷冷观看。他对德猛实在没有好感，现在法祖喊出那人竟然是七绝天女，他也不会立即上前相助德猛。

明显可以看出，德猛藏有祸心，他在血海宫殿之时，就出手无情，看似莽撞嗜杀，但用意却很毒辣，他在尽一切可能的灭杀人间界的高手。那些雕像中的人有可能会复原，而这石壁中的高手，显然也是类似的太古重伤高手。德猛想要在第一时间灭杀他们，为日后扫除障碍，不得不说他想得很多、很远，黑起等人如果被灭杀，他恐怕会比太古七君王还要过分，定然会征战人间界。他想要灭杀人间的高手，现在遇到了只在历代传闻中出现的七绝天女，辰南乐得德猛大吃苦头。

德猛此刻也是后悔不已，暗暗责怪自己太莽撞了，传说中的七绝天女可不仅仅威震太古时期的人间界啊，就是在第五界也留下了赫赫威名，她究竟属于哪一界那是很难说的。她即便是重伤了，恐怕也是最难啃的骨头！德猛虽然暗暗叫苦，但是一切都已经晚了，因为他的剑已经触及了那面百丈高的石壁，锋芒刺向了石壁中那条人影。

"轰！"一声巨响，在这片金色的大沙漠中爆发开来，德猛连同手中的神剑竟然冲进了石壁中，那里爆发出一片刺目的光芒，让所有神灵都难以睁开双目。直至刺眼的光芒消失，所有人才再次直视石壁。绝壁之上，竟然如水波一般，泛起淡淡涟漪，石壁在颤动，它将德猛吞噬了。现在可以清晰地看到，石壁中竟然多了一条人影，虽然看不清容貌，但是可以明显地辨认出那是德猛。

他正在接受着最为狂暴的攻击，在石壁中不断躲避，竟然毫无还手之力。众神清晰地看到，一只纤手狠狠抽在了德猛的头上，或者说是脸上，将他打飞。而后一股无形的力量，撕扯德猛，将他再次拉回那个身躯婀娜的身影近前，修长的玉腿横扫，德猛仰头翻飞，口中有血水喷出……

这是一幅极其怪诞的场景，堂堂天阶高手竟然被困在如水波般的石壁中，被人打得毫无还手之力，很难组织起有效的反抗！或者可以说，德猛在被狂虐！没有声音传出，没有剧烈的能量波动，一切都像皮影戏一般，只能看到淡淡的影子在飞快动作着。这实在有些匪夷所思，堂堂天阶高手竟然会被如此打击，这让人除了震惊还是震惊，众神的大脑有些混乱了，七绝天女未免太过可怕了！

德猛还在被蹂躏，根本没有做出任何有效的反抗，简直快被石壁中的倩影撕裂了。那修长柔美的仙影，看似无比婀娜动人，但是出手之毒辣让人咋舌。石壁一阵剧烈摇动，所有人都看到德猛的一条臂膀被生生卸了下来，没有惨呼，没有能量爆发，一切都被古怪的石壁隔绝了，一串串血花映在石壁上，如一团团云影一般。可以想象，此刻德猛正在受着何等悲惨的煎熬。

一个天阶高手啊，竟然被打得如此凄惨。在这一刻所有人都知道了七绝天女的可怕！传说在那太古洪荒时期，七绝天女一身修为傲视天下，但是她对此并不满足，发誓要掌控世间一切，她要成为终极的最强者！她以盖世大神通，创出七绝功法，一身化七身，融入苍冥中，待到有朝一日七身逐一归来，再聚一起，那时她将功行圆满，将成为最为可怕的存在。

今日机缘巧合，众神来到了这片金色的大沙漠中，竟然见到了传说中的七绝天女，也不知道她是一缕化身，还是融合过几次的天女，其展现的实力让人只能赞叹。如果不是这面特殊的石壁隔绝了一切，众神定然能够看到一幅灭世大战般的场景。

法祖双目中寒光闪动，他知道不能让德猛死在这里，但是显然不想立刻出手，要让德猛多受些磨难，他看了看辰南，露出一丝心照不宣的笑意。不过，辰南还是有些忧虑的，七绝天女如此强横，即便是他与法祖同时出手又如何，三人能够对抗传说中的人物吗？

"你有办法？"辰南询问法祖，看出了对方的从容。"没有想象中那么严重。"法祖道，"这绝壁内是七绝天女的天下，但出了这绝壁她可就显现不出这么大的神通了。"辰南奇道："此话怎讲？"

法祖露出无比忧虑的神色，道："没有想到啊，传说中的七绝天女终要回归了，我以为她早已消亡在历史当中了。唉……"他长叹了一口气，道："传说中的七绝天女，在那遥远的过去，其实已融合了五大化身，不过还远远未成功，在那个时候被人生生击散了。传说几个残缺的化身被封死了，也有人说她残缺的化身为自保而自我封印了。今日看到这石壁，我终于相信了后一则传闻，这是当年的七绝天女以大神通修出的绝对空间！在石壁中她就是主宰者，即便她重伤在身！"

一切都如法祖所说的那样，七绝天女在绝壁中是真正的主宰者，德猛被灭杀得没有半点脾气，他根本还不上手，仿似两者之间有着一条天堑鸿沟一般。德猛在怀疑，这七绝天女是否能够如此对付黑起呢？

他不知道一切都是因为这片绝对空间的原因，他以为自己在七绝天女面前如蝼蚁那般弱小，根本无法与对方交手。按照法祖所说，只能远攻石壁，使之崩碎，万万不能冲入里面。法祖与辰南没有急于出手，都想让德猛受些苦难。众神已经看得胆战心惊，他们不了解情况，看到第五界的君王如同木偶一般被操控虐杀，实在难以想象那传说中的七绝天女到底强横到了何种程度。

石壁内人影闪动，德猛高挑的身躯被一双纤细的手举了起来，而后被生生撕裂了！那绝美的仙影，映在石壁上充满了美感，但是其行为却是如此残暴，让众神心中发冷。传说中的七绝天女如此嗜杀，如果她恢复功力冲出来，真的不是一件幸事啊。恍惚间众神已经听到了君王德猛凄厉的惨叫声，一个君王竟然被蹂躏至如此境地！

看着那道仙影，将君王德猛重组的身体连续撕碎了五次，法祖与辰南才决定出手。德猛现在不能死，还需要他对付黑起等人。现在给他的教训足够了，相信他不敢再动歪心思了。不过，他们也无意对抗七绝天女，毕竟那是传说的可怕存在啊。即便身为天阶高手，如果实力没有达到黑起那般境界，也万万不可与七绝天女为敌。

辰南与法祖各自控制着自己的力量，开始攻击绝壁上的一点，想要撕开一道裂缝将德猛救出来。但是他们所打出的力量，如泥牛入海一般消失，被石壁全部吞噬了，它像个无底洞一般。

"裂！"辰南大喝。"震！"法祖也同时大叫。他们改变了能量的运转方式，让力量呈螺旋形前进。效果很明显，石壁顿时被撕开一道口子，里面顿时传出了德猛凄厉的惨叫声，以及一串清脆动听的笑声。

这实在邪异无比！众神通过那道裂缝，匆匆一瞥，看到一个绝美的身影，踏着一地的碎尸在轻笑，血淋淋的场景惨不忍睹。残暴冷酷的天女啊！就连辰南与法祖也有些发怵，这是一个盖世女魔王啊，一旦她七身合一，恐怕会在这个世间搅动起一股滔天血浪。不过，辰南和法祖又同时想到，如果将她放逐进第五界，那又会怎样呢？

此刻，容不得他们多想，还是先将德猛救出来要紧，两大天阶高手皆动用了巅峰力量。这片大沙漠中，七彩虹芒不断展现，漫天都是光彩。那是法祖连续发动的七系魔法禁咒，以及辰南动用八魂的法则所致。不得不如此，不然那面石壁根本无法破碎。

"啊——"凄厉的惨叫声传入众神的耳际，辰南与法祖终于撕裂一道缝隙，用全身的力量支撑着，给德猛时间逃出。德猛的身躯早已粉碎了，终于见到逃路，所有血肉凭空幻灭，冲了出来，急急如丧家之犬，在外面重组好躯体后，他悲惨地仰天怒吼着，发泄着心中的屈辱与不满，他何曾有过这样的遭遇啊。

不过，不仅仅是德猛冲了出来，七绝天女竟然也从容步出！"呵呵！"清脆的笑声回荡在沙漠上空，一道绝美的身影清丽出尘，悬浮在空中，似那皎洁的明月一般，透发着淡淡朦胧的光辉，整个人是如此圣洁，没有半点杀气，让人根本无法想到，方才她在虐杀一个君王！

辰南倒吸了一口凉气，低声问法祖道："你不是说她不会出来吗，她不是要在那绝对空间中休养吗？"所谓人的名树的影，面对传说中的禁忌存在——七绝天女，法祖也早已变色，口中喃喃道："我怎知她会出来呢，出乎意料……"

"哈哈……"七绝天女看到众神战战兢兢的样子，不禁大笑起来，口中不断自语着。众神尽管听不懂，但是却能够通过精神思感知道是什么意思。"哈哈，今天不仅得到一个玩具供我宰杀，没有想到竟然有人助我脱困了，哈哈……"闻听此话，法祖脸色顿时惨白，他与辰南的举动竟然成全了对方，放出了禁忌存在——七绝天女！对方早就想出来了，奈何被困无法脱身。

"哈哈，七身同聚当世，哈哈，我功将成！"虽然大笑声依然非常优美动听，但是众神却感觉到阵阵寒冷。随着她的大笑，她身体四周那淡淡朦胧的光辉渐渐消失了，露出了她的真容。

震撼！满头乌发光可鉴人，左边的脸颊如玉一般晶莹，美绝寰宇，右边的脸上没有半丝血肉，竟然是骷髅！看似完美的仙躯同样如此，有些部位的皮肤晶莹剔透，而有些地方则是白骨森森，这是怎样的一副躯体啊，就好像是一位绝代佳人与一具白骨各取一部分拼凑起来的一般！

七绝天女道："哈哈，终于脱困了，我被自己困了这么多年。历经无尽岁月，才分解出部分魂魄出去，如今，你们让我解脱了，剩余的残魂将会与以前的残魂重聚，再现我七绝之身！"虽然身在炎热的沙漠中，众神却感觉脊背凉飕飕。

七绝天女冷冷地扫视了一遍众神，而后身躯在刹那间消失在原地，快速杀向德猛、辰南、法祖。三大高手防备多时，见这位传说中的禁忌存在冲来，三人全部动用了巅峰的力量向她轰杀。辰南手中方天画戟撕裂虚空，宛如天外飞来一般，突兀地出现在七绝天女身前。法祖连续打出七道禁咒魔法，漫天都是绚烂的光芒，仿佛无尽的星辰在闪耀。德猛惧怕而又惊怒，碎天剑阵祭出，漫天都是神剑之芒。

然而出乎所有人的预料，七绝天女并不闪避，主动迎向了那些可怕的攻击能量。她的身体如水中月一般，随着动荡的能量而碎裂了，在空中留下一道道残碎的影迹。"哈哈，多谢你们为我分开这五道残魂，现在终于可以寻找在世间的五魂了。他日，我若能够七身合一，你们将是我的首席功臣！哈哈……"空中五道残魂分了开来，她们都是绝世天女，不过没有让人看清容貌就快速消失了。

原以为要经历一场难以想象的可怕大战，但是结果却如此出人意料。虽然没有经历惨烈的大战，但是法祖的脸色却非常不好看，他自语道："骗局啊，谁说七绝天女之七身不能够同时出现在一世，完全是在误导世人啊！这五具化身早已分离出了部分魂能，显现在世间了。如今彻底脱困，残魂将要分别补充进那五人体内啊。七绝天女的七身竟然真的可能要合一了，她到底还是来到了这个世上！"

辰南心中复杂无比，七绝天女与他有着莫大的关联啊，梦可儿就是七身之一，如果有朝一日那五身归来，发现其中的秘密，必然与他不死不休！

"小舞，你怎么了？！"人群中潜龙焦急地喊着。辰南心中一惊，快速冲进了人群。只见绝美的龙舞紧紧地闭着双眼，一股无法揣测的磅礴力量在她的躯体内流转着，晶莹如玉的皮肤透发出无比璀璨的光辉，她轻轻蹙着眉，在昏迷中不断喃喃着什么。

辰南大叫一声不好，急忙自潜龙怀里接过龙舞，向着她体内输送元气，但是为时已晚。一股磅礴的力量在刹那间自龙舞体内爆发而出，将辰南等人都冲击了出去。龙舞闭着美目，悬浮在虚空中，黑亮的长发无风自动，身上透发出一股七彩之光，光芒越来越璀璨，最后整片沙漠都笼罩上了灿灿光辉！

"她、她竟然是七绝之身？！"德猛又惊又怒，同时有一丝恐惧。法祖也无比震惊，他虽然已经猜测到，七绝天女的化身定然都已经在人世显现，但是没有想到近在咫尺就有一个！在这一刻所有人都惊呆了，近在咫尺的龙舞竟然是天女之身，她竟然是传说中的七绝天女！

龙舞静静地飘浮在空中，唯有满头黑亮的长发轻轻舞动着，将她衬托得更加飘逸出尘。倾国倾城的容颜，如玉一般晶莹，淡淡的光华在流动。修长的玉体笼罩着朦胧的圣洁光辉，让她看起来是如此出尘。

众神都在惊叹于她的美丽以及那高洁的气质，让许多美丽的女性神灵都自惭形秽。但是，秀丽无双的龙舞竟然是七绝天女，让众神无不心惊！

"小舞她怎么会是七绝天女呢？！"死神潜龙在这一刻难以保持平静，他激动得身躯都颤抖了起来，大声喊道："我与她乃是兄妹，她可不是天地精气所化，她绝对是有血有肉的一个人类女子。"潜龙不接受这个事实，同时也怕法祖与德猛同时进攻，到了那时恐怕即便辰南相阻，也将无济于事。

"杀掉她！"德猛双目中顿时透发出两道冷冽的光芒。对付一个具有五魂的七绝天女，他只能被虐杀。但是对付一个正在觉醒的天女，他还是很有把握的。如果能够联合辰南与法祖，那么灭掉眼前的龙舞，定然是十拿九稳的事情。方才在绝壁中，七绝天女的强悍简直吓破了他的胆，绝不能让这样一个可怕的敌人更上一层楼，不然德猛感觉以后没有人能够对付七绝天女！

辰南没有出声，用行动做出了回答，手中大戟横在身前，他挡在了龙舞身前，他绝不可能让任何人伤害到龙舞分毫，曾经的十年守候，曾经的三年不离不弃的照料，他就是死也不可能让人伤到龙舞一根头发。"辰南，你这是作甚？"德猛手提神剑，面色不善。在石壁中七绝天女给他的伤害太大了，他想借助这次机会好好地洗刷耻辱。

"她于我恩情重如山，谁想动手，先踏着我的尸体过去吧！"辰南说得斩钉截铁，同时话语非常冰冷。潜龙更是吼道："德猛，你敢动我妹妹一根指头，我即便不敌于你，也让你明白神皇之怒！必以我血让你付出一定的代价！""呵呵，不过神皇而已，你即便动怒又如何？哈哈……"德猛大笑了起来。

潜龙高挑的身影周围魔气涌动，周身上下宛如有冥火在熊熊燃烧，他举起手中雪亮刺目的死神镰刀，寒声道："我确实是神皇，但是我师魔主曾对我说，如若我要搏命，杀亲、杀己，来杀敌，最起码也能够给高我一阶的高手造成一定的创伤！""魔主？！"德猛的双目中立时透发出两道可怕的光芒，道，"竟然是魔主的弟子，我知道他拼命时的魔功……"

潜龙的话语不仅让德猛心中吃惊，同时也让众神与法祖大感意外，经过无天之日后，千古魔主之名早已传遍天下，那绝对称得上天下最狂之人啊。一日之内请走了两界所有的天阶高手，这实在太疯狂了！潜龙身为他的弟子，不看僧面也要看佛面啊，现在灭了潜龙，千年之后魔主回归，谁都难以承受他的盖世魔威！

"哈哈，魔主的弟子又如何？第三界可不是一个善地啊，许多天大的英雄都折在那里，那是强者的放逐之地。魔主强行拘禁那么多天阶高手进入第三界，现在他在第三界能好过吗？恐怕他每日都被人追杀吧。再加上第三界本就险恶无比，他能活过百年就不错了！"说到这里，德猛看向法祖，道，"七绝天女根本不知道属于哪一界，以她无法无天、视天下苍生如草芥的个性，她的最终回归将是一场可怕的灾难。我想我们应该联手，从现在开始——除去她的化身。"

"有道理，七绝天女不是善类啊！"法祖点着头，"龙舞体内本就有七绝残魂，方才冲出的五具残魂当中的一具，现在已经和她融合了。一切都是骗局啊，谁说七绝天女不可能出现在一世，谁说她不可以转世投胎而生？！"听到他这样说，来自神域的西方神灵无不唯他马首是瞻，所有西方神灵都做好了战斗的准备，他们知道可能将有一场恶战。

因为辰南这个天阶高手太强势了，当年灭松赞德布、战黑起、杀尼仲、废阿里德，一人前后灭杀了三位太古君王，更是追杀得法祖上天入地无处可逃。龙儿小脸绷得紧紧的，并排站在了辰南的身边。紫金神龙也大步上前，来到了辰南的身边。大魔、玄奘、李道真也没有多说什么，与他们站到了一起。

德猛道："辰南，我们是朋友，没有必要为了一个女人翻脸，你我都是天阶境界，可以万古长存，你我的友谊能够与天地齐寿，这世间什么样的女子没有，何必为了这样一个不祥的女人而翻脸呢？"辰南很干脆，因为眼下多说无益，只是冷冷地道："少废话！天——阶——大——召——唤——术！"随着咒语默念完毕，虚空崩碎，一个顶天立地的巨大鬼影出现在这片沙漠中，时隔十三年，辰南再次召唤天鬼。

庞大的如山岳般的巨大骷髅，着实镇住了不少神域高手，有些人清楚地记得当年元素火神被这天阶大召唤术折磨得求生不得求死不能的情景。不仅天鬼自己来了，在他那宽阔如岭的肩头，还站着一条身影，竟然是一别多年的活死人古思，这么多年来他一直在跟随天鬼修炼，眼下见到辰南当真是喜出望外，立时飞了下来。

从紫金神龙口中简要得知了情况后，如今已经达到神王境界的古思大手一挥，裂开了自己的内天地，顿时阴风怒号，无数的僵尸、鬼魄冲了出来，这些都是在丰都山隐修的老尸，有不少鬼魅的修为，让神灵都要退避。这一次被召唤，古思将他们全部带了过来。虽然不能对付天阶高手，这种气势还是让人不敢小觑的。

这个时候，辰南忽然感觉内天地有异动，急忙打开了内天地，龙宝宝与小凤凰都冲了出来。两个小家伙现在都是小天阶高手，体内的天阶战魂之火已经被点燃，他们曾经的战斗意识在觉醒。

"偶米头发，原来我真的能够透过内天地感知外面的一切。我也来！宝宝天龙——大召唤术！"随着小龙的喝喊，虚空崩碎，自空间通道内出来一大队人马。竟然是人间光明教会的强者，神王老教皇，天堂内的神秘老者，两头能够吞噬神王的噬神兽，还有一道淡淡的虚影——光明教会第一代教皇！在他们的身后更是跟着不少的强者。十三年来发生了太多的事情，龙宝宝几次回到光明教会，第一代光明教皇为他准备了一座祭台，告知它如果有事可以直接召唤。

"我也来！"紫金神龙像是想起了什么，大喊道，"龙大爷——天阶大召唤术！不死老强，出来吧！"他直接裂开了内天地，放出了一个身材一丈多高的猛人，竟然是当年的第五界信使。"他还没有死？"当年不少人都见过这个不死老强。

紫金神龙气道："他要死了才怪呢！天阶高手啊，一个不死老强，号称第五界后期的神话，虽然为德猛一方报信，但这个家伙以前在说谎，他不是德猛一方的人，属于中立一方，不愿卷入双方的战斗，跑到我们这一界避难来了。他赖在我的内天地，混吃混喝，不肯离去，气死龙了！"

不死老强看到德猛后，下意识地退了几步，"幽怨"地看着紫金神龙，道："龙兄，你也太不够意思了吧？！"紫金神龙大怒，道："这么多年来，你吃我的，喝我的，穿我的，霸着我的内天地不肯离去。今日不用你对付德猛老小子，你就给我揍那帮自以为是的主神就行，如果那帮家伙敢冲上来，你就狠狠地教训那群王八蛋！"老痞子的话语非常粗鄙，气得德猛与一干西方神灵对他怒目而视。德猛看了看不死老强，却没有说什么。

辰南一方，虽然天阶实力不敌德猛一方，但是在人数与气势上，与他们不相上下。辰南站在最前列，准备杀己来杀敌的潜龙在他旁边，龙儿、小凤凰、龙宝宝三个小天阶高手紧紧站在辰南身边。大魔、玄奘、古思等在后，眼看就要发生一场大混战。远处，还有一批中立的神灵，快速躲出去很远。

"哈哈，兵对兵将对将！"一直没有明确表态的法祖，现在做出这样的决定，毫不出人意料。如果不是为了得到《太上忘情录》，他会比德猛先表态。辰南跃上高天，与德猛和法祖对峙，龙儿、小凤凰、龙宝宝三个小天阶高手，还有天鬼跟了上来。潜龙想要冲上来，但被辰南强行推了回去，让他在龙舞近前守护。

"你们退后，在旁辅助！"辰南大喝，自己提着方天画戟冲了上去，绝世凶戟崩碎空间，杀向德猛。凶戟刹那间放大，千丈大戟直斩德猛腰腹，同时辰南也毫不客气地给法祖来了个"三千大世界"，让他周围的空间崩碎，无尽的能量乱流将他包围。虽然一路上经历许多的事情，但并没有浪费多少时间，离八魂离体还有一天的时间。

显然这两记攻杀根本不可能奈何两位天阶高手，二人快速冲了出来，漫天绚烂的魔法攻击与无尽的神剑之芒攻向辰南。天鬼与三个小天阶高手急忙出手，帮助辰南化解攻击。

"气吞山河！"辰南大喝，却着实让法祖与德猛一惊，之前他们曾经看到过"魔吞天下"之威势，将那太上虚影都吞噬了，眼下类似的功法怎不让他们心惊！不过，这气吞山河显然不同于前者，但也是匪夷所思的功法，无尽的魔气汹涌澎湃，撕裂开一片幽冥之域，直接将法祖封锁在了里面，那一重接着一重的滔天魔气在里面不断轰击法祖。

辰南快速向着德猛冲去。德猛先与天龙骑士大战，又被七绝天女蹂躏，早已伤了元气，辰南想集中全力先对付他。"吼——"一声大吼，辰南身后出现一道顶天立地的巨大魔影，辰南并没有与之融合，但是巨大的黑影却随着辰南的动作而动作。凶戟力劈而下，那万丈高的巨大魔影手中出现了一把黝黑无光的魔兵，也狠狠地向着德猛劈去。

德猛真的被吓了一跳，辰祖的影子着实让他心惊！"法祖，我助你出困，我们联手灭他！"德猛没有正面与辰南对决，快速劈出神剑，帮助法祖脱困。两大天阶高手里应外合，瞬间将那片幽冥之域崩碎。看到两人再次联手，辰南仰天长啸，大喝道："魔吞天下！"身后的魔影力拔山兮气盖世！透发出如汪洋般的魔气，瞬间将大地笼罩在无尽的黑暗中，向着法祖与德猛吞噬而去。

九天十地，唯我魔尊！这是一种气势！那巨大的魔影仿佛真的能够吞噬天地！它瞬间便将德猛与法祖笼罩。如果辰南修为够深，这无疑是很致命的绝杀，但是他毕竟不是太古高手，八魂今日连续征战，早有些疲弱了，这个时候再施展这等威势的功法，明显不支。虽然将两大天阶高手吞没了，但是那堪比天高的魔影却渐渐地虚淡了下来。混战的西方神域高手不禁转忧为喜。大魔、玄奘等人则一脸沉重。然而就在这个时候，清脆的笑声划过天际，媚到人骨子里的笑声，让许多神灵心中都荡漾起阵阵涟漪。

南宫仙儿艳冠天下，长长的衣裙在空中摇曳着，柔美的仙躯横空而过，颠倒众生的姿容让众神都阵阵沉醉。这个颠倒众生的尤物，肌肤胜雪，容颜无双，她妩媚地笑着，竟然穿过了三大高手拼战之地。无尽的魔气以及法祖与德猛反抗魔影打出的恐怖能量流，居然没有伤到她分毫。不仅众神震惊，就是辰南、法祖、德猛三大天阶高手，也无比吃惊。能够安然无恙地穿过三大高手的战场，无疑需要具有天阶修为！但是，南宫仙儿她凭什么具有？

"三位何必大动干戈，可否听我一言？呵呵……"娇媚的笑声响在三人耳际。这个时候，那顶天立地的魔影又虚淡了不少，辰南适时收手。法祖与德猛脱困，三大高手对峙起来。法祖像是想起了什么，惊道："南宫仙儿？！我还以为是巧合呢，原来果真是你！"听他这样一说，不仅众神惊愕，就连德猛与辰南也惊讶不已，要知道法祖可是太古时期的强者啊，他以这种口吻惊呼出声，南宫仙儿岂不是与他同时代的人物？！

"呵呵……"妩媚的笑声，让许多神灵感觉筋酥骨软，绝世媚态让人招架不住。"想不到啊，想不到！"法祖连连惊叹，道，"我以为当年的情欲道祖神，号称万花丛中过片叶不沾身的南宫仙儿早已陨落了呢，不想你竟然没有消逝，再次觉醒了！"这可是一个大事件，情欲道祖神再现世间！而且竟然是现在情欲道的一名弟子！

不要说众神，就是辰南也被惊住了，他与南宫仙儿有过一段交集，了解得比众神要多。起先她不过是人间界的一个高手而已，而后听说她是万年前的情欲道祖神转世，成为当今情欲道的一派之主。现在，她竟然又成了情欲道的祖神！这真是一个百变魔女啊！

"说来侥幸，我是一步步找回自己的力量的，从迷失中觉醒归来……"南宫仙儿虽然没有细说，但是不难想象其中的复杂经过，"你们三人根本无须争斗，我有一个折中的办法，可以解决你们的矛盾。呵呵，前方就是时空大神的禁地，怎么能够在这个时候内讧呢？"南宫仙儿娇媚地笑着。

德猛问道："你有什么办法解决？"南宫仙儿道："嘻嘻，我们四位天阶高手联手，压制龙舞体内的七绝天女灵识，永远让龙舞为主导。既解除了你们的忧虑，又让辰南的小情人毫发无损，凭空得到一身天阶力量，这不是两全其美的办法吗？呵呵……"辰南当然同意，德猛与法祖一阵沉默，最后也全部点头。

"想要压制我？哼，没那么容易！"静静悬浮在空中的绝美女子睁开了双眼，龙舞的气质早已大变样，本来如水的眸子，此刻透发出两道冷冽的寒光。

第三章
万年动荡

"七绝天身，谁人能灭？！你们妄想封我灵识，真是不自量力！"绝美的龙舞冷酷地笑着，在这一刻她与昔日大不相同，双目中的寒光令人心胆皆颤，周身涌动着一股冰冷的气息，除了四大天阶高手之外，所有人都感觉阵阵不安。

"小舞，你这是？！"潜龙显得有些痛苦，最后咆哮道，"七绝天女，你滚出我妹妹的身体，不要打她的主意，有本事出来与我决战！"

"哈哈……"七绝天女附身的龙舞大笑了起来，道，"我亲爱的哥哥，我就是龙舞，龙舞本就是七绝天女啊，不过许多事情'她'都不清楚罢了。如今另一半残魂归来，会同她体内沉睡的力量，将再现当年的天女修为境界。放心吧，我亲爱的哥哥，我在原本那个'她'的记忆中看到了这些年的经历。我不会忘却你们的，你、父母依然是我的亲人，我会给你们无上荣耀，至于其他人就没有那么好的运气了！"

"你压制了小舞的灵识，你将她放出来！"潜龙怒吼，便要冲上去。

"哥哥，你……快走，她太强了……"强势的龙舞突然气势一变，露出了原本的神色，不过仅仅存在了刹那，便又再次变了回去。潜龙、辰南等都无比欣喜，这说明龙舞并没有被融合，现在不过是被压制罢了。辰南大喝，提着绝世凶戟率先冲了上去，南宫仙儿、法祖、德猛这个时候也跟着上前，现在他们不能有什么私心，既然已经得罪七绝天女，那么出手一定要成功，不然后患无穷。

"哈哈！"强势的龙舞大笑，绝美的容颜冰冷无比，不屑地扫视着四大天阶高手，道，"即便人多又如何？要知道天阶高手之间的实力也是有着巨大差别的，即便你们联手，也和我有着天堑鸿沟般的差距！"这番话语可谓狂妄无比，却让德猛阵阵心惊，毕竟他曾经吃过对方的苦头。

众神也是无比惊骇，要知道这才不过是七绝天女的七身之一啊，如果真如她所说那般，一人就足以对抗四大天阶高手，那么她如果真正合一，可不是叠加那般简单啊！想一想就足以让众神心惊！那是何等的概念，真是整片天地都难以承载的力量啊！

"辰南，她在虚张声势，在拖延时间……不要给她时间……"龙舞再次发出了声音，至为关键地点出了七绝天女此刻真实的状态。七绝天女正在龙舞体内，想要融合她，却也成功点燃了沉寂在龙舞体内最深处的力量，那半条七绝残魂的力量因而觉醒了，天女正在抢夺！毕竟龙舞的修为原本相差天阶境界过远，即使有了庞大的力量也争斗不过那另外侵入她身体的半魂，一直被压制着。

辰南手中凶戟横扫而下，不过不是劈砍，上面蕴含着一股强绝的封印力量，当巨大的戟刃扫到龙舞身畔时，封印的力量像绚烂的星芒一般遮笼了下去。龙舞双目中神芒迸射，长发突然倒竖了起来，身体爆发出一片七彩神光，迅速将辰南的封印力量全部打散。不过众神都已经看出，她的身体并没有动，依然静静地立在虚空中。

看到这里，法祖与德猛同时大笑，也毫不保留地向着龙舞攻去。南宫仙儿更是娇笑连连，这个绝世尤物到了这种时刻还不忘记展现出颠倒众生的魅惑手段，让一大群观战的仙神看得如痴如醉。

很显然七绝天女真的在虚张声势，此刻她还不能够完全掌控龙舞的身体，竟然不能够有效地移动，只能被动地透发出神光抵挡。四大天阶高手抓住这难得的机会，怎么会放过呢！四人齐动，全都打出一道道封印的力量，从四个方向向着龙舞压迫而去，将七彩神芒压迫得越来越暗淡，最后七彩神光只能透发出龙舞躯体半尺远，即将被彻底逼回体内。

德猛双目中凶光不断闪动，几次想出手灭杀龙舞，这可是难得的机会啊，现在出手定然能够击破龙舞体内的灵魂。不过他终究还是忍了下来，因为他知道既然能够压制七绝天女，法祖不会再和他联手而得罪辰南了，只他自己一人实在不好犯险惹怒辰南。

灭杀强敌仅需尽全力攻击即可，而封印就复杂多了，颇有让人有力不知如何使的感觉，因此四大高手虽然有天阶力量，但是也不可能立刻封印七绝天女。以一己之力抗衡四位天阶高手，足以说明七绝天女的可怕。毕竟这可不是还没有完全掌控己身潜力的梦可儿啊，这乃是在太古时就觉醒的天女！

"啊——"七绝天女不断清啸，但是奈何身躯根本动弹不得，只能被动地防御。她身体外的七彩光芒越来越暗淡了，最后终于光芒一敛，全部被逼回了体内。高天之上，四大高手如电光一般冲了上去，八条手掌齐拍，在龙舞身上布下一道道禁制，终于暂时封印了天女的力量。而后南宫仙儿道："现在不用担心她的力量了，我们要动用神识出击了。"

南宫仙儿说得没错，想要粉碎七绝天女的灵识，唯有以神识的力量决战，唯有四大天阶高手联手攻进去。众神守护在附近，保护着四大高手不受打扰。因为四人要施法，动用神识之力，他们的身体会短暂地失去主导。

在这一刻，辰南、南宫仙儿、德猛、法祖四人的双眼中都透发出璀璨如虹的光芒，纷纷顺着龙舞的眼冲了进去。这是他们化形而成的神识，全部冲进龙舞的心海。如混沌般的心海中，绝美的龙舞被困在混沌夹缝中，而一个与龙舞模样异常相似的女子就站在她的身旁，似乎想要炼化龙舞，打出一道道璀璨的光芒，毫无疑问那便是七绝天女。

"七绝天女，今日你灵识将寂灭！"德猛大吼。仇人见面分外眼红，他第一个冲了上去。南宫仙儿娇笑道："七绝天女威震天下，今日有幸得见化身，真是荣幸啊！不过龙舞先一步来到这个世上，我觉得你没有必要再出来了。将你的半魂力量赠与她，不是也很完美吗？"法祖没有说什么，紧随德猛冲了上去。

"呀——"七绝天女仰天长啸，与法祖和德猛激烈大战在一起。辰南快速冲进了混沌，将龙舞解救了出来，而后与南宫仙儿一同冲了上去。几人杀得昏天暗地，这实在是惊人的场面！七绝天女不愧是和太上、辰祖等并列的最富传奇的至尊强者！

但是，七绝天女再强，她也只是七身之一而已，无论如何也无法对抗四位天阶高手，如果单凭一具化身就压下四人，那真是逆天了！苦苦挣扎无果后，她终于被四人压制了下去，被捆缚后她大声喝道："你们敢算计我，要知道你们即便制住了我，也根本不能毁灭我！最多让我重堕轮回而已，他日我归来时你们都将形神俱灭。哼，要知道我还有六具化身呢！"

　　"哈哈……"南宫仙儿也大笑了起来，没有再展现颠倒众生的媚态，反而一脸严肃地道，"你不可能堕入轮回，今日龙舞将彻底取代你！哈哈，未来也许会出现七身合一的七绝，但是绝不是原来的那个天女了，这将是一个全新的七绝天女！""你做梦！"天女惊怒，不过还是非常忐忑的。毕竟，龙舞乃是她的半魂而生，虽然从来没有被唤起过去的记忆，也没有汲取到隐藏在体内的庞大力量，但是她的身体的确是天女啊，如果有外人帮助，取而代之是非常可能的！

　　"行动吧！没什么好说的！"辰南率先发动攻击，炽烈的光芒瞬间照亮了这片神识海！四大高手开始一起出手！"啊……"天女惨叫，大喝道，"我不会放过你们的，你们知道我是谁吗？我是你们口中的第六界的——女皇！如果我有意外，他日我界百万天兵将踏平整片人间界！到时候，没有人能够护佑你们！"

　　这真的是一个石破天惊的消息，第六界即便在太古强者眼中也很神秘，没有想到今日竟然听闻如此震世的信息，太古时期就威震天下的七绝天女竟然是第六界的女皇！但是，事情已经至此，四人不可能停下来，唯有坚持到底！

　　"啊……召唤……六……"天女断断续续地大叫。龙舞突然惊叫道："阻止她！"辰南身上的光芒瞬间炽烈了一倍，将天女淹没了，她终究没有喊出来。南宫仙儿、德猛、法祖也都一阵吃惊，全部再次提升功力，璀璨的光芒彻底将天女淹没了。直到这时，龙舞才心有余悸地道："刚才我与她神识相通，她似乎要自毁灵魂，召唤可怕的力量！"

　　最终，天女的命运没有任何悬念，她的灵识被击散了，而庞大的天阶力量全部被打入龙舞体内，其中大半的力量都被暂时封印了，因为龙舞还不能完全掌控，需要日后挖掘。天女的传承并没有断，从此以后龙舞就是七位天女之一!

德猛、南宫仙儿、法祖退出了龙舞的神识海。虽然不过短短的一个时辰,但是对于龙舞来说可谓劫后余生,她静静地注视着辰南,似乎有千言万语想说,但是不知道如何开口。如今辰南看似强势,但是其实生死未卜,许多话到了嘴边又都止住了。

辰南走到她的身边,轻轻将她的一丝乱发抚平,道:"一切都会好起来的!"随后,辰南退出了她的神识海,在高天之上,他做了同样的动作,将那缕飘起的秀发帮她抚好,而后飞向了前方。因为这个时候,法祖、南宫仙儿、德猛已经快消失了。

时空大神的领域,即将出现。沙漠的尽头是一片混沌地带,一道空间之门定在混沌间,上面有两个大字若隐若现。法祖轻声念道:"时空……"毫无疑问,这道空间之门连通着时空大神所占的那一道!将要离开这片沙漠了,但是到现在众人也不知道血海修罗界到底属于谁,是属于传说中的七绝天女吗?不能肯定。

四大天阶高手开道,众神通过了时空之门。不愧为时空大神的地域,在空间通道中,人们都有一股时空错乱的感觉,觉得仿佛过了亿万年那般久远,又觉得才仅仅一瞬间。"轰!"一声大响,另一端的时空之门大开。众神从时空通道内冲出,来到了一个奇异的世界!

清清小河如玉带一般碧翠,蜿蜒流淌,水声叮咚作响,似欢快的音符在跳动,一直消失在远方。水中五颜六色的鹅卵石,像彩画一般艳丽。鱼儿遇人不惊,在小河中游来游去,溅起一朵朵浪花。无尽的花朵在绽放,五颜六色,姹紫嫣红,馥郁芬芳的清香在空中弥漫,花香阵阵,沁人心脾。婉转的鸟鸣声清脆悦耳,像那最美妙的歌声在随风荡漾。

远处,如蓝宝石般的小湖反射着点点光华,是如此瑰美。一切都是那样祥和与安宁,如此圣境当真让人沉醉。与之前的血海、沙漠对比,眼前这一切实在太美丽了,前后对比变化之大让人咋舌。这就是时空大神的领域吗?这就是所谓的小六道中的一道?众神沉浸在眼前的圣境中,即便天界的仙园,比起这里似乎也少了些许安宁与祥和。

众神踏着芬芳花草，向着这片空间的深处走去，一路上胜景无数，神光闪烁的宝树，遇人不惊的珍禽异兽……如同一个童话世界一般。随着一路探索前进，众神发现了一件非常让人吃惊的事情，五彩缤纷的花朵绚烂地绽放，经历过最美的时刻，而后它们便发生了惊人的逆转，由盛极开放，到回归原点——花蕾。

这个场景实在让人惊异无比，所有的花朵都如此，本在绚烂至极地奔放盛开，但不会持续太长时间，便又慢慢逆转变成了含苞待放、娇嫩欲滴的花蕾。它们类似轮回般，周而复始，重复着从盛开的花朵到含苞待放的花蕾的变化，一切是如此清新与奇异。

所有人都降落在花草芬芳的圣地，闻着沁人心脾的花香，听着婉转的鸟鸣，众神全部闭上了眼睛，用心去感悟。时空大神乃是当年的巅峰人物！其两个弟子时间祖神与空间祖神，就号称西方无敌了，可以想象他的成就。花香鸟语的世界忽然慢慢静了下来，鸟鸣声渐渐消失了，空中飘落下漫天的花雨，晶莹的花瓣闪烁着圣洁的光辉。

"当"一声悠悠钟声，在这片空间响起，声音绕耳不绝，让众神顿时如醍醐灌顶一般，心间一片澄明。所有人都心有所感，这是发自心灵的钟声，这是时空大神的馈赠，一种妙不可言的感觉在众神心间涌起。

这是太古时传奇人物时空大神通过遗留的钟声向众神传递了一种境界，每个人感悟都不尽相同，各有各的收获。即便是法祖、南宫仙儿、德猛这种天阶人物，也是有所收获的，他们在悠悠钟声里，感应到了时空大神当年的一段精神烙印，那是前辈高手的智慧结晶，透过时空自太古悠悠而来。

辰南也心有所获，悠悠钟声仿佛阵阵海浪，回响在他的耳旁，眼前似乎浮现出潮起潮落的景象。那潮起潮落，就像人生起伏，没有人总能站在世界巅峰，而苦寂的低谷也不是恒久不变的，辰南心中有感，他这么多年来的经历，不就像潮起潮落吗？时间慢慢流逝，这片空间的一颗阳星，如太阳般慢慢西落进混沌当中，天色暗淡了下来。"咚！"沉闷的鼓声响起，再次让众神心中涌起奇异的感悟，时空大神传达出另一种精神境界，这馈赠让所有人受益。

几颗小星在夜空中闪烁，众神各自沉浸在自己的精神世界中。辰南感慨颇多，潮起潮落，星辰幻灭，世间一切莫不如此，繁盛到极致，而后回归原点，生老病死，兴衰荣辱，莫不包含于此。暮鼓晨钟，时空大神跨越千万年传来的精神让辰南百感交集。他曾经横行于天地间，傲视三界众生，但到头来却在最底层苦苦挣扎。人情冷暖，世态炎凉，他历经种种磨难，如凄风冷雨中的残烛一般幻灭不定。所有人都有收获，不过因各人心境不同，所获也不同罢了。一天过去了，众神在这片奇异的空间中，依然在沉寂感悟。落花纷飞，淡淡忧伤的气息弥漫开来。

　　一日过后，法祖、德猛、南宫仙儿突然纷纷惊呼："我看到了！""时空宝藏！""天赐机缘！"三位天阶高手如此失态，可以想象他们的心绪有多么激动，众神都被惊得醒了过来。辰南明白他们为何如此激动，因为他方才也看到了一幅画面，一幅跨越千古传来的画面！依稀间，他似乎听到了时空大神气壮山河的一声悲啸，自毁百世修为，逆转乾坤，颠倒阴阳，以形神俱灭的代价，为诸神打开一条血色通路。

　　时空大神彻底消逝前曾经拼却最后剩余的一点力量，在这片空间显化而出，将他两个弟子带到了这里，与他们话别。然而，让他没有想到的是，时间祖神与空间祖神竟然在最后关头抢走了他那暗淡的时间之心与空间之心。时空大神愕然、心痛无比，发出一声愤怒的悲笑，瞬间他白发三千丈，在那一刻时空大神老泪纵横，颤抖着道："我想给你们更多，但是，没想到！没想到！"他就此悲伤消逝，只留下最后的一句："你们会后悔的，留待有缘……"

　　从那画面中可以看到，时间祖神与空间祖神懊恼无比，互相愤恨地抱怨着：

　　"该死的，没有想到传说是真的，竟然真有时空宝藏！"

　　"可恨啊！应该就在这片天地中，我不相信永远地失去了机会！"

　　……

　　"时空宝藏！"法祖、德猛、南宫仙儿同时大喝，显而易见他们都志在必得。"哈哈哈……"一声狂笑自辰南那里响起，一个黑发男子自辰南体内分离了出来。魔性辰南化出了自己的身体，离开了本体辰南，魔焰滔天，狂妄不可一世，大笑道："时空宝藏是我的！"

"父亲……"龙儿焦急无比，看看魔性辰南，又看看本体辰南，小脸急得通红。"偶米头发！"龙宝宝、紫金神龙、小凤凰吃惊无比。大魔、玄奘等一阵愕然，龙舞、潜龙则充满了忧虑。所有人都被惊呆了，居然有两个辰南，难道又是一个心魔？！

就在那一瞬间，本体辰南那漆黑如墨的长发突然间变得雪白，而那原本光滑的皮肤也渐渐堆积起重重叠叠的皱纹，在这一刻他变得苍老无比，再次变回了那个迟暮的老人！白发苍苍，身躯佝偻，老眼浑浊，在漫天飞舞的落花中，辰南显得形单影孤。在这一刻，所有人都说不出话来了。不过，恍惚间，众神都觉得辰南与那白发三千丈的时空大神是何其相似啊！

"当……""咚……"跨越千古的钟声与鼓声突然同时响起，凄然衰老的辰南忽然被一股力量拉起，慢慢浮到了空中，周围有无数晶莹剔透的花瓣在飞舞，花雨纷纷扬扬地飘洒着。众神一阵惊异，感觉似乎是这片空间的力量让这些花雨发生了奇异的变化，而围绕着辰南飘落。

他们不知道，也正是这片花雨的力量让衰老无力的辰南飘浮到了空中。对于此变化，辰南也不知道究竟为何，不过他的心态很平静，没有露出任何波动。现场不是没有人知道，最起码龙舞与潜龙就知道，无比担忧地看着辰南。龙舞想要冲过去，但是被潜龙阻止了，低声劝慰道："也许在这特殊的地域，有特别的转机，他现在没有什么危险，不要过去打扰。"

魔性辰南当然也知道一切，嘿嘿冷笑着，不过现在绝不会对本体辰南出手的，因为他虽然修炼了肉体，但是以后一段时间还有借助本体辰南的地方。虽然看到了辰南被这片空间的力量送上了高天，但是魔性辰南不认为本体辰南有与他争夺时空宝藏的实力，他认为真正的大敌乃是法祖、德猛以及南宫仙儿。

法祖、德猛、南宫仙儿三大天阶高手的眼中皆射出神光，在本体辰南与魔性辰南身上来回扫视。他们凭着本能的直觉已经发现本体辰南的修为近乎为零，分明是一个普通人，而魔性辰南的修为则等于之前辰南的修为。这实在是一件奇异的事情，三大高手怎么会看不出魔性辰南的心性与之前大不相同呢，很明显如果有一个是心魔的话，黑发辰南必然是。但是，有这样强大的心魔吗？心魔居然抢夺了所有本体的力量，本体已经近乎是一个废人，生命力极其衰弱！

即便强如三人，也闹不明白两个人到底是怎么回事，他们不可能知道真正的辰南曾经经历的事情，辰南真实修为早已废掉了。显而易见，三人没有将苍老的白发辰南放在心上，他们戒备的是黑发辰南，毕竟他才具有天阶修为。当然，四个天阶高手是互相戒备的，并不是说单独针对某一人。

"九天十地，唯我魔尊！天地大搜索！"魔性辰南第一个行动起来，大喝过后一道道淡淡的魔影自他的身体分出，向着四面八方而去，消失在地下与高天。"上穷碧落下黄泉！"南宫仙儿此刻神色非常严肃，也是冷冷喝道，与她平日妖娆妩媚的样子截然相反，神识已经探向了整片空间。"精神风暴！"法祖大喝，精神魔法出击，灵魂波动如涟漪一般向着四面八方探索而去。德猛同样大喝道："嘿嘿，有缘者得之！"他整个人化成一道光影，以不可思议的速度在整片空间移动着，留下无数道残影。

四大天阶高手对宝藏都是志在必得，在每一个角落都透发出精神波动，想要去呼应时空大神留下的精神烙印从而触发机缘，开启神秘的空间之门。时空大神即便对于天阶高手来说，也是高高在上、值得仰望的存在，如果能够得到他遗留的宝藏，那绝对是一重大礼，会让他们的修为再作突破。

"当……"鼓声已经停息了，但悠扬的钟声不绝，虽然并不是多么浩大，但是直指人心海，如振聋发聩的天音一般，漫天晶莹的花瓣在钟声中飘舞。辰南如一个看客一般，漫天的花瓣令他飘浮在虚空，他静静地观看着四大高手，心无波澜地注视着一切，以他现在的身体状况来说，根本无法与四人争锋的。众神则表情不一，也关注着四大天阶高手。

龙儿在本体辰南与魔性辰南身上来回看着，最后腾空而起飞到了本体辰南身边，虽然这个父亲白发苍苍没有半丝功力，但是龙儿感觉这才是自己真正的父亲，他能够在这迟暮老人身上感觉到父亲般的慈爱。紫金神龙、龙宝宝、小凤凰当然也觉察到这衰弱的辰南才是真正的辰南，不过他们并没有过去，三头神兽与潜龙、大魔、玄奘等人飞上了高天，远远围在他的四周守护着。他们感觉辰南或许有些机缘，在附近为他守护最为合宜。

"父亲……"龙儿大眼噙满了泪水，如玉的小脸上满是激动之色，伸开小手去触摸辰南褶皱的脸颊。辰南拉住他的小手，道："孩子，不要哭，人都有生老病死的时候。""可是父亲的修为那么高，怎么会发生这样的事情呢？"龙儿的大眼中不断掉着眼泪。

"这世间许多事情，都不是以我们的意志为转移的，今日我有这样的下场，谁能提前预料呢。你快长大了，不要轻易落泪，如果你想让父亲开心，以后就努力变强吧！在这个世界上，虽然有许多我们难以掌控的神秘力量，但是把自身绝对实力升至最强，依然可以打破各种神秘的条条框框！"说完这些，辰南溺爱地摸了摸他柔顺的长发。

"我会变强，我要变得最强！我要保护父亲！"龙儿紧紧地握着小拳头。"去吧，一会儿这里可能有什么变故发生。"辰南轻轻地推了一下他。"不，我要在这里守护父亲！"龙儿不肯离去。辰南劝导道："傻孩子，父亲现在不会有危险。父亲现在虽然已经没有力量，但是与生俱来的直觉还在，你在这里不会起到任何作用的。不要让父亲担心，快去吧……"

龙儿无法违背辰南的话，流着泪不舍地离开了。龙儿刚刚离去，漫天的花瓣忽然剧烈狂飞起来，像一阵龙卷风一般环绕在辰南的周围，钟声更加剧烈了，同时鼓声也再次响起，"当……""咚……"

四大天阶高手同时震惊，怎么会这样呢？时空大神跨越千万年传来的精神烙印，居然出现在辰南附近。魔性辰南、法祖、德猛、南宫仙儿都向着本体辰南冲去，四人在花雨形成的旋风外注视着辰南，如有宝藏显露，他们会在第一时间冲上去！悠扬的钟声、沉闷的鼓声不断鸣响，辰南周围的空间突然慢慢破碎了，无数的光华缓慢透发而出，像是一道道涟漪一般，以辰南为中心向着四面八方慢慢波动而去。四大高手就要冲上前去，忽然间一声巨大的钟声在他们的心间爆发了开来，直震得四人身形一阵摇颤，险些摔落下虚空去。

四周破碎的空间仿佛是正在打开的无尽的空间之门，祥和的圣音传出，比最好的仙乐还要优美动听。一道道霞光如彩虹般从里面洒出来，许多小天使飘然飞出，围绕着辰南飞舞，洒下漫天绚烂的光辉。四大天阶高手一时间被镇住了，他们终于知道所谓时空宝藏藏在哪里了！

　　这可是时空大神遗留的重宝啊，以他最擅长的大神通，怎么可能会将宝藏留在这片时空呢？重宝存放在未知的时间与空间内，这真是跨越时空的宝藏啊！在另一片时空中，也许在过去，也许在将来！现在空间之门打开了，就在辰南附近，而那些如孩童般的小天使，正是自神秘的空间飞出。

　　"当……"一道空间之门透发出万丈黄金神光，冲出一个巨大的黄金钟，足有一间房屋大小，缕缕钟音不绝，无尽黄金神光冲天，围绕着辰南沉沉浮浮，不断旋转。德猛第一个冲了上去，这可是时空大神遗留的重宝啊，这黄金钟绝不可能是凡物！

　　但是奇异的事情发生了，他虽然穿过了漫天的花雨，但是无论怎样努力飞行，都无法靠近那口神钟。本来他的速度可以瞬间万里，天涯海角刹那即到，但是当他飞到黄金钟附近时，如蝼蚁在缓慢前进一般，几乎停止。围绕辰南旋转的黄金钟本来不算多快，但是相比德猛来说，仿似光速了！

　　众神都惊呆了，德猛居然像是被定住了身形一般，在原地不动。显然，德猛自己也发现了异常，如此蜗牛般的速度让他羞愧无比，但是他根本不知道发生了什么，快过光电般的速度居然降落至如此境界！德猛气得大吼，而后倒飞而去，当远离那片黄金神光时，速度又恢复如常了。

　　一切均缘于黄金钟！这是所有人的看法，这是时空大神的法宝啊，它改变了时间，延缓德猛的飞行速度，这绝对是一件重宝！"哈哈！"魔性辰南大笑，顿时让德猛更加羞愧，他居然无法奈何一件死物。法祖第二个冲了上去，他看到这件黄金钟也是一阵眼热啊，改变时间的法宝，如果来防护太古君王黑起的攻击，不知道效果会如何呢！

　　法祖将天阶守护魔法布在了自己的周围，同时将强大的攻击型禁咒魔法打向黄金钟，但是奇异的事情再次发生，所有绚烂的魔法攻击都如同美丽的色彩一般，定格在黄金钟透发的神光内，它们在以可以忽略不计的速度前行。而法祖也被定在神光之外，同德猛一般难以前进一步，他感觉时间仿佛缓慢地停了下来，自己成了永恒中的一粒微尘。

"大家一起上！"南宫仙儿娇喝道。很显然单凭一个天阶高手的力量根本无法取得黄金神钟，四人联手先攻破再说，至于如何分配那只钟事后再说。四大高手一起向前冲去，围绕着辰南缓慢旋转的黄金神钟立时发出了急促的钟声，速度明显快了起来。但是四股强大的压力让黄金神光顿时收敛了许多，暗淡了下来，惊得附近的小天使慌乱无比。不过就在这时鼓声大作，一面如房屋般大小的青色神鼓自空间之门内冲出，透发出无尽杀伐之气，震得四大天阶高手身形顿时一滞。青色神鼓与黄金神钟合到了一起，钟鼓齐鸣，黄金神光与青色霞光顿时冲天而起，向外荡漾开来，将辰南护在了里面。

"嘿嘿！"魔性辰南冷笑，突然舍去三大高手，冲向本体辰南。在他的认知中，他与辰南同宗同源，那两件瑰宝定然不会排斥他，只要他再次融入辰南的体内，那两件至宝就是他的了。然而，黄金钟与青色鼓根本不认可他，黄金神光与青色霞光立时将他定在了空中，令他一步也不能靠前。"该死！怎么会这样？！"魔性辰南大吼。"呵呵！"南宫仙儿笑声如银铃，娇声道："还是联手吧！"至此，四大强者彻底联手，四股天阶的力量爆发而出，黄金钟与青色鼓立时光芒暗淡，它们即便再神异，但面对的毕竟是四大天阶高手啊！

"当……""咚……"高天之上，钟声与鼓声越来越急促，钟鼓围绕着辰南不断旋转。最后，周围那些空间之门全部打开，一片绚烂的光芒充斥在高天之上，一个鸟语花香的世界呈现而出，如海市蜃楼一般浮现在虚空中，奇葩盛开，五色神光闪耀，宝树摇曳，青碧神光照射，而辰南就在这片圣境之中，周围有众多的小天使守护。

"时空宝藏！"四大高手同时惊呼，时空宝藏全部显现了！远处，众神更是神驰目眩！"得'晨钟暮鼓'者，得宝藏！"白发三千丈的时空大神，在这片虚空中显现出幻象，而后如涟漪般渐渐消散而去。"当……"黄金钟光芒万丈，而后崩碎，化成一道道黄金符咒。"咚……"青色神鼓也告瓦解，化成一道道青色的神符。金色与青色神符缠绕在一起，向着本体辰南冲去，想要进入他的身体。

四大高手同时变色，齐声大吼，各自施展大神通，想要阻止这一切。本已冲进辰南体内的灿灿神芒竟然生生被四大高手拉扯出来大半，而后双方在空中僵持，金色与青色的古老神符依然透发着悠扬的钟声与沉闷的鼓响，灿灿光芒照耀天地间！

高天之上像是飘浮着一个极乐世界，这处圣境内的仙葩透发着五色十光，照耀得天空一片绚烂夺目，宝树更是哗啦啦作响，洒下漫天的神光，许多小天使在里面飞舞着，若隐若现的琼楼玉宇隐伏在翠崖间。不过这里的气氛却是无比紧张，四大天阶高手同时出手，与本体辰南僵持着，不时爆发出阵阵可怕的天阶波动。

黄金晨钟与青色暮鼓化成璀璨的金色与青色神符，本已经冲进辰南体内大半，但是生生被四大天阶高手以无上大神通拉扯了出来。四人方才听得清清楚楚，时空大神留下的精神烙印说得很明白，得晨钟暮鼓者得宝藏，绝不能让那本体辰南先得到。四人相当不服气，一个衰败的老朽居然不费一丝力气就险些彻底获得了钟鼓，他们倍感不忿。法祖已经吟诵出数道天阶魔法，附近魔法元素的力量汹涌澎湃，近乎禁锢了本体辰南周围的空间。但是绚烂的魔法光芒在靠近那神符后，也被禁锢了，这是时间的禁锢，魔法元素波动近乎停止！

"当……""咚……"悠扬钟声不绝，沉闷鼓声不断，辰南周围无数落花在飞舞，他依然静静地看着四大高手各展神通。德猛更是祭出碎天剑阵，不断冲击着那晨钟暮鼓化成的神符，想要破开它们的时间力量。漫天璀璨的剑芒就像那一条条彩虹一般，自他身前贯通到那些神符近旁，但却像是摆设一般，起不到多少作用，难以再进一步。

魔性辰南啸声震天，无尽的魔气翻滚着，自他的身体爆发而出，黑压压的让人感觉阵阵沉闷，他已经召唤出真魔，一个巨大的魔影俯冲而下，向着本体辰南吞噬而去。不过经过连番大战，八魂的力量早已衰弱不堪，已经没有足够的力量供给那巨大的魔影施展，魔性辰南自己虽然也法力高深，但以他为主攻力量，还是不能有效突破神符。

南宫仙儿展现出的大神通，更是绚烂夺目，颇有一股让人眼花缭乱、神驰目眩的感觉。粉红色的云霞自她身体爆发而出，如一道道绕指柔束向着神符缠去，看似妖艳无比，但是却是可怕的杀招，粉红色的绕指柔束竟然压迫得神符一阵退缩，光芒暗淡了少许。一个天阶高手，或许攻不破晨钟暮鼓化成的神符，但是四大高手联手就不同了，待到他们合力而行时，不仅神符全部自辰南体内抽出，而且竟然有渐渐被击破之势。

蓦然间，四大高手同时大喝，无尽的能量全力推进，神符透发出的璀璨光芒，瞬间暗淡到了最低点，它们再次显化出了本体，成为了一口黄金钟和一面青色鼓。两件瑰宝被四大高手生生从辰南那里拉扯了过来，其上的神光近乎消敛了，再也没有透发出改变时间的大神通。法祖、德猛、魔性辰南、南宫仙儿一拥而上，开始相互攻击，争抢两件瑰宝。

辰南依然静静悬浮在虚空中，默默地看着这一切，不过此刻他不再是一个局外人，因为奇妙的变化正在他体内发生。晨钟暮鼓冲进过他的身体，虽然最后被拉扯了出来，但是四大高手不会知道，有一股金色的光华与青色的神芒敛在了辰南那衰老的身体内。晨钟暮鼓留下的力量沟通了外在的天地，成为了辰南与外面时空连接的纽带，悬浮在高天的圣境与他产生了奇妙的联系。恍惚间，他立身于一片虚空中，而后星光璀璨，漫天的星辰不断闪耀，一道道星光向他激射而来。随后风云变幻，不仅星光聚集而来，无尽的星辰也开始汇聚而来，声势当真惊天动地！

辰南神情恍惚，努力提起精神，再次放眼观看，星辰早已不见，但是高天之上浮现的圣境确实在向他不断挤压而来。这片净土竟然在慢慢收缩，有大部分地域消失在了他的身体四周，他的身体似乎正在吞噬这片藏有宝藏的圣境！众神立时惊呼，四大天阶高手更是无比震惊与愤怒，他们不再争夺两件瑰宝，全部向辰南冲去，想要阻止这一切。但是，一切都显得那么不可思议！

当德猛祭出碎天剑阵，无数道剑芒劈杀向辰南时，所有的剑芒竟然掉转方向，从辰南的周围破空而去，连他的衣角都没有擦到。法祖也出手了，漫天的魔法攻击从四面八方狂涌向辰南，刺眼的光芒照耀天地间，仿佛要崩碎这片天地一般，然而依然对辰南无效！辰南四周出现一道道空间隧道，所有涌动而来的魔法能量都被吞噬了，而后沿着这些空间通道从另一个方向喷发而出。

"是空间的力量！"南宫仙儿惊呼。方才那黄金钟与青色鼓显现出了时间的可怕力量，现在辰南周围正在缩小的圣境则显现出了空间的力量！天阶高手的攻击，就像没有着力点一般，根本无法抵达辰南所在的那片空间，他仿似屹立在亿万里之外。法祖也懂施展空间魔法与时间魔法，然而面对这种空间与时间的本源力量，他的那些法术显得太幼稚了，根本无法与之相比！

魔性辰南咆哮连连，认为这一切都应该是他的，而不是那个被他淘汰了的衰老辰南，他不计后果地施展出"魔吞天地"。但是那巨大的魔影没有强大的力量供给，实在太暗淡了，不但无法吞噬辰南周围的那片空间，反而越来越虚淡，直至最后慢慢消失。南宫仙儿也在竭尽全力地阻止，奈何一道道绕指柔束始终无法靠近，不断被转移到另一片空间！辰南终于知道发生了什么，高天之上悬浮的净土竟然慢慢融入了他的内天地中，与之完美地融合在一起。最后高天之上如海市蜃楼般的影像全部消失在辰南的体内。在外人看来，等于辰南吞噬了那片藏有宝藏的虚空！

"当……""咚……"黄金晨钟与青色暮鼓破碎，以无法阻挡的势头冲进了辰南体内，四大高手惊怒交加，却根本无可奈何。高天之上，辰南的周围，所有的小天使化成点点光芒消失了，而后传出阵阵天龙啸声，震得这片虚空都在颤动，一头由白光凝聚而成的巨大天龙，在辰南周围不断飞腾咆哮。上面端坐着白发苍苍的时空大神虚影，这是跨越千古的精神烙印所呈现出的能量光影。"留待有缘……留待身残体废……与我最后命运相仿者……"而后他便彻底地消失了。白光凝聚而成的天龙爆发开来，化成一道道光束，扩散进辰南的内天地。

"该死的！"德猛气得愤怒地咆哮，"怎么会这样？！时空大神你这个老混蛋！"法祖也早已脸色铁青，身躯都颤抖了起来，他乃是一名魔法祖神，如果能够得到前辈人物的馈赠，那么魔法境界定然会再上一层楼，就是达到时空大神那等境界，也不是没有可能。

时空魔法老祖留下的宝藏，怎么没有让他这个祖神得到呢？这实在太不公平了，法祖抑制不住地咆哮起来。南宫仙儿俏脸上也满是遗憾之色，不过她没有像那两人一般失态，慢慢飘向了远空，既然已经成为定局，她不想再继续蹚这浑水了。魔性辰南则像狼一般盯着本体辰南，伺机而动！只要回归本体，一切都是他的，一切都能挽回！

此刻，辰南被一股神秘的力量包裹着，虚空中的身体渐渐淡去了，他进入了自己的内天地，此刻的内天地已经大变样，变得无比广阔，早已望不到尽头，与那片融合进来的净土完美合一！晨钟与暮鼓化成一道道神符，没入了这片天地的各个角落。辰南并没有感觉获得任何力量，但是他惊异地发觉，自己似乎已经能够掌控时空！

前方，那一片片姹紫嫣红的鲜花随着他的心念而盛开衰败，远处的雷神殿随着他的意志不断移换方位。一时间，辰南沉浸在自己的内天地中，感悟着这奇妙的变化。直至后来他终于明白，所谓的时空宝藏就是时空的本源力量！而它们就蕴含在晨钟暮鼓与那片圣境中，融合了它们就等于融合了时空本源之心！而就在这个时候，他也终于知道，所谓的"时空塔"就是这片融合进来的时空！很显然，法祖所知有限，并不了解真正的时空塔到底是什么，那根本不是一个物理存在的瑰宝啊！真正的时空宝藏已经融合在了辰南身上！

当辰南再次浮现而出时，法祖与德猛同时咆哮着，向他冲了过来。他们不可能甘心宝藏被一个近乎废残的人得到，在这一刻他们想把辰南粉碎，以后的合作者完全可以改换为魔性辰南。本体辰南现在的确没有半丝战力，但是面对两个天阶高手的毁灭性攻击，他淡定而从容，心念始一动，悠扬的钟声与沉闷的鼓声便在周围传荡开来，所有绚烂的剑芒与魔法元素能量几乎都被定住了。而后，辰南身前的虚空也破碎了，辰南将无尽的毁灭性能量传送到了未知的空间。

辰南很想将这些力量反向传送回德猛与法祖那里，但是他发觉所谓的时空本源力量只作用在他周围附近。虽然不能远攻，但却是最好的防御力量！远处，南宫仙儿美目连泛异彩，知道自己的预感是对的，也许衰老的辰南比魔性辰南更加可怕。法祖与德猛惊怒无比，化成两道光芒冲了过来，在不远处打出重重可怕的毁灭性力量，想要粉碎辰南。但是辰南稳如泰山，立身在虚空中随手轻划，钟鼓悠扬，空间变幻，法祖那漫天的绚烂魔法攻击，如泡影一般在虚空中不断幻灭，消失得无影无踪。德猛那无尽神剑之光也都冲进了一片片未知的空间中，如泥牛入海一般没有翻起半点浪花就消失得无影无踪。

众神目瞪口呆！在这一刻，他们感觉那衰老的辰南太可怕了，如此从容镇定地立于虚空中，轻描淡写便将两大高手的可怕攻击全部化解了。真是深不可测！在这一刻，衰老的辰南彻底镇住了众神。德猛与法祖气喘如牛，最后羞恼无比地停了下来。

辰南虽然知道时空大神留下的本源定然非凡，但是没想到竟然抵挡住了两大天阶高手。他立身于虚空中，神念一动，时间逆转，作用在自己的身上。满头白发渐渐变黑，佝偻的身体也挺直了起来，短短一瞬间辰南恢复到了年轻时的状态！不过，他体内依然空空如也，没有一丝战力，生命之能也如一个普通的年轻人一般。尽管如此，辰南已经非常满意了，现在几乎摆脱了生老病死的威胁。

"父亲小心！"龙儿在远空大叫，同时许多人也惊呼。"哈哈！"魔性辰南得意地大笑，成功迫近而后冲入了本体辰南的体中。但是，在辰南的神识海中，魔性辰南的笑声戛然而止，他发现本体辰南正静静地看着他，没有一点惧色。

"时空宝藏是我的，你把它藏在了哪里？"魔性辰南发现，现在再也不似先前那般能够感应到本体辰南的思感了。"啊，怎么会这样？！"魔性辰南恐惧地大叫起来，发现自己的身体正在慢慢缩小！本体辰南则淡淡地笑着走了过来，一只手将他提了起来，而后另一只手居然高高举起，拍落在他的小屁股上！

本体辰南将他当作什么了？当成一个顽皮淘气的孩童吗？！魔性辰南险些气昏过去，更是险些气得吐出鲜血，但是却没有力气挣开，他胡乱舞动着小手，怒骂道："你这废物放开我！"当声音喊出来后，他立时惊呆了，居然是童音！魔性辰南不可思议地停止了挣扎，眼睛一眨不眨地看着自己的一双小手，而后再看向辰南的大手，这不是错觉！不是辰南变得高大了，是他真的变得幼小了，成了一个孩童！

"怎么会这样？！"魔性辰南气愤地大叫，"你动用了时间的力量？你把我变小了！我要杀了你！"魔性辰南如负气的孩童一般，大声地吼叫了起来，但是他的力量已经在时间逆转的过程中消退了，他只能如孩子一般大叫，却什么也做不了。本体辰南放开了他，用心去感应魔性辰南弥散开来的力量，他清楚地感应到浑厚的战力被自己的身体吸收了，但是当他尝试运转时，却发觉那些力量不知道躲在了哪里，根本无法寻觅到。就如同当日，邪恶的太上辰南的生命力回归本体时一样，战力被本体吸收，但是不知道最终藏在了哪个角落。

辰南本想彻底将魔性辰南归于虚无的，但是忽然间笑了起来，觉得有必要留下这个家伙。灵光一现间，他似乎看到了一条彻底回归的道路！不过这个笑容在孩童般的魔性辰南眼中，却是如此毛骨悚然！魔性辰南道："你……你笑什么，你想怎样？！"辰南没有理他，将他捆缚在了神识海中，而后自己离开了。

辰南在高天之上，无恙地睁开双眼时，他发觉体外有淡淡朦胧的光辉笼罩着，法祖与德猛正懊恼地立身于不远处。很显然，他们方才又出手了，结果徒劳无功！辰南的眼神清澈明亮，扫视着四方。众神立刻得知这不是那嚣张狂妄的魔性辰南，这是本体辰南。"法祖、德猛兄，我们来亲近亲近！"辰南笑着向两人飞去。辰南虽然没有战力，但是控制己身周围的空间与时间，却也能够飞行。

法祖与德猛是什么样的人，都早已人老成精，看到魔性辰南像是飞蛾扑火般消失了，他们立刻知道绝不能靠近对方！身形闪动，两人如避瘟疫般，逃出去数千丈。辰南道："两位，我没有恶意，方才发生的事情就此揭过吧，我想请你们同回上古，回归过去，说不定会有惊人的际遇。"

法祖与德猛对此刻的辰南还真是有些顾忌，虽然在他身上感觉不到丝毫战力，但是魔性辰南连个水泡都没有冒就彻底被压制了，怎不让他们心惊。"辰南，按照约定，我帮你找到时空塔，你该将那《太上忘情录》交给我了吧。"法祖脸皮之厚，让人不得不惊叹，在说这些话时丝毫不脸红。"哈哈……"辰南大笑了起来，道，"法祖，我将内天地敞开，将《太上忘情录》掷于里面，你敢来取吗？"法祖有些恼怒，道："你是不是想反悔？"

现在的辰南心态很平静，不急不缓地道："我邀请你们和我一起逆转时空，怎么你却说到《太上忘情录》去了？如果要细说的话，请你告诉我，你是如何帮我得到时空塔的？我只记得方才你与德猛不断出手攻击我，想要将我置于死地。你究竟是在帮我，还是想杀死我？"

"这是误会！"法祖道，"方才你应该明白，你一分为二，谁知道哪个才是真正的你，在我看来白发苍苍的人更似是心魔，因为那个时候你根本没有力量在身，如果是本体不可能这么衰弱。"法祖总算找了个蹩脚的理由。德猛也笑着道："一切都是误会啊，辰兄，方才我们的确想争夺瑰宝，毕竟那是时空大神的遗产，谁不想得到？同时，也是想帮你，我们都认为那时你才是真正的心魔，而那个黑发辰南才是真正的你。所以，我们与他联手，从没有攻击过他。"

这些理由虽然不是很好，但最起码可以让自己有台阶下。毕竟，现在不是翻脸的时候，辰南不想撕破脸皮，所以也没有揪着把柄不放。而德猛他们现在已经知道，时空宝藏从此离他们远去了，如果不发生特殊事件恐怕永远没有机会了。这件事情可以告一段落了，毕竟他们还有共同的大敌黑起等人，实在还不是决裂的时候。辰南道："这样吧，以前的事情，我可以既往不咎，从此一笔揭过。不过，法祖你若是想要《太上忘情录》，需要和我走上一趟。从前我也是那样说的，需寻觅到生命源泉才能将奇书移交给你，在此过程中你要一直帮助我。"

开玩笑，回到过去或前往将来，那可不是儿戏，天知道在那未知的时空会发生什么！虽然传说，这样的旅行像是一场虚幻的泡影一般，不能改变什么，也无力改变什么，但是其中还是存在许多未知的因素，难保不会发生些意外。法祖是一百二十个不乐意。

"如果你不愿就算了！不过，我可以告诉你，《太上忘情录》共十卷，你才得到了不过一卷而已，那一卷对你只有坏处没有好处，你不可能从中窥测到什么高深的奥秘。"辰南确实想拉上法祖，穿梭时空充满了未知的变数，他希望这个老古董能够随行，毕竟老家伙经得多、见得广，必要时还是能够起到一些作用的。

法祖沉吟了起来，他确实迫切想得到《太上忘情录》，如果依照这部功法修炼，再次发生蜕变，那么他的修为将直冲顶楼，比之得到时空宝藏也不遑多让。在法祖无比矛盾挣扎的时候，德猛却做出了出乎辰南意料的决定，他大笑道："哈哈，我对辰兄弟一向钦佩，我们都是永恒不灭的存在，友情与天地同寿，我决定陪你走上一遭，朋友间本就应该相互照应。"不知道的人还以为德猛多么仗义呢，但是辰南知道这个家伙乃是个奸诈之辈，绝不会无故做无用功，他肯随同而去定然有着自己的打算。

德猛回过头来，对法祖道："方才我们与辰兄弟发生了误会，现在他需要帮助，我们理应全力出手相助才对。"法祖一阵无语，觉得这个第五界君王也实在太无耻了吧，好人都让他做了。想了又想，法祖点头同意，所谓富贵险中求，要想做人上人，不付出一定的代价怎么能行呢？只要日后能够得到《太上忘情录》，冒一定的风险还是值得的！见他点头同意，德猛转过身来，对辰南大笑道："想必辰兄已经完全获悉时空塔的秘密。"辰南笑了笑，没有说什么，对于这个居心叵测的家伙，还是保留一些神秘为好，没有必要、更无须向他解释。

"想要得到生命源泉，我觉得不应该回到过去，还是穿梭向未来吧。"德猛提出这样的建议。他迫切想知道未来会发生什么，毕竟眼下六界的局势实在太复杂与混乱了。他不知道将来与黑起等人的战斗究竟是哪方最终胜利。如果能够穿越到未来，定然可以了解到更多的信息，回来从容布置，改变未来！法祖听闻他这样建议，要去未来，而不是过去，他双眼也顿时亮了起来，立刻知道了德猛在打什么主意，这也是他所乐见的。

"呵呵！"南宫仙儿娇笑着，莲步款款，风情万种，自远空袅袅娜娜地走来。娇艳无双的容颜是如此妩媚动人，让下方那些盛开的鲜艳花朵都变得黯然失色。乌黑亮丽的长发随风飘扬，雪白的肌肤吹弹欲破，一双大眼水汪汪无比勾人，红润的双唇是如此性感，可谓有着颠倒众生的容颜与气质。如果她没有高绝的修为，生在人间乱世中，定然是祸国殃民的红颜祸水。只是，她有着足够的实力，无须仰仗任何帝王，自己也能够魅惑众生。南宫仙儿听到他们的谈话，当然知道德猛他们的打算，她身为天阶高手，同样非常想知道自己未来的命运，她道："我也和你们同去，多一个人便多一份力量。"

辰南怎么会不知道他们的打算呢，对此只是笑了笑，道："我们如果真的能够穿梭进未来的时空，那么无疑等于知道了自己的命运。过早地知道自己的命运，可不是一件好事啊。""无妨，我们很想知道。"南宫仙儿娇笑着。辰南道："但是，在未来我不知道如何去寻觅那生命源泉，我知道在太古时期，生命源泉曾经在西方显现，造就了后来的西方神灵。只要时间吻合，我是可以寻觅到的，但是如果去未来，我却一点头绪也没有。"显然，辰南不想去未来，想回归太古！

法祖等人立时眉头紧皱，太古时期，那可是天下最为混乱的年代啊，太古诸神陨落无数，众强在那个时代逐步退出了历史的舞台，在那个时候变数实在太多了，危险也实在太大了。法祖道："辰南，我不得不提醒你，传说，如果真能够逆转时空，无论是跨越到未来，还是穿梭到过去，都只能充当如空气般的看客。不过，这也并不是绝对的！万一遇到时空大神全盛时期那种级数的太古狂人，说不定我们会遭遇不测！那些人是难以想象的变数！在那太古诸神闪耀的黄金年代，一定有这样的存在，是不可预料的变数！""是的，最保险的办法，便是去将来搜索！"德猛也劝导。

辰南道："可是，将来岁月无尽，空间广大，怎么才能去搜索呢？那可真比大海捞针还要困难万千倍！我想我是能够控制时空的，不会让你们因为跟着我而发生不测。这样吧，我们先回到过去寻觅生命源泉，回归之后我定然满足你们的愿望，去看看你们每个人的命运，我知道这才是你们心中所想。"辰南不希望在自己走后，留下三个立场不明的天阶高手在这个世上，毕竟这个时空还有他的家人与朋友，如果法祖与德猛突施黑手，那将是天大的遗憾。

南宫仙儿轻笑道："呵呵，辰南你要知道，未来千年内将发生一系列剧变。难道你不想提前看看吗？你寻觅生命源泉是为了什么？如果未来千年有剧变发生，你不怕今日的一切努力都是徒劳的吗？"德猛神色严肃，附和道："不错，种种迹象表明，七绝天女、太上以及你们辰家老祖这等人物早晚会回归的。而且千年内，进入第三界的强者也都应该回归了。第五界'太古七君王之乱'，以及未知的第六界等都将有惊变发生，必须要尽早知道未来千年的重大变化！可以说，未来千年不亚于太古时期的大混乱时代！"

法祖也郑重地点头，道："不错，宁可不看我们个人的命运，也要看看未来千年的大局势，未来可以料想但却无法预测的大风暴，牵扯实在太多了，必须要尽早了解到！"辰南被他们说得心动了，抛却三人的私心在作祟外，未来千年真的实在太重要了，仿似古老的轮回一般，又将进入大混乱年代！

"好吧，就先看看未来千年，到底都有哪些惊天变故发生。"辰南终于点头。"父亲，我也要去！"龙儿飞了过来。此外，紫金神龙、龙宝宝、小凤凰、大魔、玄奘、潜龙等所有与辰南有关的人，也都飞到了近前，要求共同前往。但是，辰南只能婉言拒绝，不可能让这么多亲人朋友同去，如果真发生意外，后果不可想象。由他与另三位天阶高手前往足够了。

辰南四周的空间发生了剧烈扭曲，渐渐模糊起来，时间开始飞快流逝，弯曲扭转的空间将法祖、德猛、南宫仙儿以及辰南吞噬了进去。高天之上，一片混沌光芒不断闪耀，四人步入了时空通道中，即将穿越时空而去！然而就在这个时候，一股浩瀚莫测、根本无法揣度的能量波动，突兀地出现在时空大神创下的这一通道中。

现场众神感觉天崩地裂了一般，一股莫大威压让他们惊惧无比。一只巨大的手掌突然崩碎虚空，迫入了这片天地，出现在众神眼中。遮天蔽日，毫不夸张，巨大的手掌瞬间就盖住了整片天空，随后猛力拍动了一下，巨大手掌瞬间碎裂了时空，而后探入了进去！它竟然一把将方才消失的四大天阶高手生生抓了出来！

这个场面实在太震撼了，巨大的手掌遮天蔽日，居然突破时空生生将辰南等四人抓了出来！法祖、德猛、南宫仙儿三人在高天之上奋力挣开那巨大的手掌，突破虚空飞了出去。而辰南的影迹也慢慢淡化再从一片虚空中显现出来。堪称是石破天惊的画面，下方的众神几乎傻掉，四大天阶高手本已进入时空隧道，就要突破虚空而去，但是居然被人如此一把抓了出来！

那巨大的手掌是谁的？他到底是何方神圣？四大天阶高手亲身感受到了这一切，心中更是震惊无比！一开始，他们还不知道怎么回事，突然发现时空隧道崩碎了，还以为发生了意外，穿越失败了呢。不承想，下一刻他们被一只巨大的手掌遮笼，生生被拘禁了出来！巨大的手掌呈土黄色，透发着淡淡的光芒，遮笼在这片高天之上，能有数千丈大小，透发着一股摄人心魄的强势气息。那种威压是不加掩饰的！让众神都有一种心惊胆战的感觉。从形状上来看，与常人的手掌并无两样，就是颜色有些差异，而且巨大得让人不敢相信。

四人虽然心中震惊，但不可能如众神那般心中大乱，法祖等人都经历过大风浪，什么样的事情没有见过？如此巨大的手掌，于他们来说并不稀奇，因为他们也曾经看到过有人显化出这样遮天蔽日的手掌。真正让他们吃惊的是，虽然说四人没有防备，但是巨掌的主人突破时空隧道，生生将四大天阶高手拘禁出来，这份功力无论如何也比四人当中的任何一人都要强横得多！要知道经过无天之日后，人间与天界的天阶高手几乎绝迹了，唯留天鬼、法祖这等以特殊状态存在的人物。

巨掌的主人到底是谁？这是冥冥中的主宰者吗？难道此举冒犯了他的威严？四大高手同时想到了传说中的苍天、黄天等，不会真的是这样的主宰者吧？毕竟，他们要穿越到未来，等于得窥天机。如果真有主宰者这种存在，定是不允许这严重挑衅了他的底线的行径！不过，四人倒是不大相信巨掌的主人是所谓的主宰者！他们同时想到了另一个问题，无天之日真的将所有天阶高手都请进第三界了吗？难道没有一条漏网之鱼吗？

貌似眼前的就是一条大鱼啊！魔主没有发现他，或者他可能无惧魔主！不自觉地，法祖与德猛站在一起，南宫仙儿也与辰南并肩而立，他们感觉到了强大的压力，一个人根本无望战胜对方，两三个人齐上也没有把握。这神秘巨掌的主人非常可怕，恐怕不会弱于黑起！只是，未等四大高手有所动作，空中那巨大的手掌忽然间慢慢淡去了，就像渐渐失去了色彩的泡影，在空中只留下一道残影，而后彻底消失。

这是怎么回事？所有人都神情凝重地搜索着四方，想要寻觅到那巨掌的气息，但是众神失望了，他们什么也没有找到，仿似这巨掌从来没有出现过一般。辰南、法祖、南宫仙儿、德猛四人，同样再也感应不到那种如汪洋般的力量了。"应该是小六道中的高手，他一直隐伏在永恒的森林。"法祖神色非常不自然。这里可是当年天下的最强者亲自创建的啊！分掌小六道的人物，魔主、时空大神，哪一个不是震古烁今之辈？想必方才显化的人物大有来历！

南宫仙儿满是疑惑，道："不会吧，小六道经历过一次大破灭，那些人似乎都已经离开了这里，怎么还会有人在这里呢？"法祖皱着眉头，道："如果是后来者，情况依然不妙啊。当年的六位神尊魔主，虽然不在这里了，但是依然没有人敢挑衅他们的威严，轻易冒犯。当然也有一种可能，也许是当年小六道主人的朋友一直隐居在这里。"敢挑衅魔主威严的人，有吗？没有人能够回答。至此，辰南不得不感叹，传说中的小六道果然深不可测啊！

"跨越到未来，等于死亡……"突然间，巨大的声音从天穹传来，在整片天地中不断回荡，如黄钟大吕一般振聋发聩。众神震惊，都努力地寻找声源。"敢问，你是谁？"法祖面露凝重之色，仰望着无尽的苍穹。他虽然是太古强者，但是面对眼前这个无形之人，心中依然有一丝惧意。"我是谁不重要，重要的是你们不能跨越进未来！"声音像是雷声一般，在空中久久回荡，这仿佛真的是一个主宰者，在居高临下地俯视着众生，传达着他的意志。

"哼！"德猛冷哼了一声，手持神剑冲天而起，人剑合一，直指那无尽苍穹，璀璨的剑芒照亮了整片天空。"轰！"不过未等他飞上云霄，那只巨大的手掌再次破碎虚空出现了，瞬间拍碎了漫天的剑光，绚烂的光芒似流星雨般快速消失，而德猛也被那只巨爪狠狠地拍落。"砰！"德猛重重地砸进大地之中，地表裂开一道道巨大的裂缝。德猛自碎裂的大地中爬出来，吐出一口血沫，飞到法祖、辰南、南宫仙儿的身边，道："不好和黑起比较孰弱孰强，但肯定不是所谓的主宰者。"四大天阶高手相互看了看。南宫仙儿面向苍穹，道："请你给出一个理由，为什么不可以跨入未来！"

"我是在救你们，因为一旦你们进入时空隧道，冲向未来，必死无疑！"巨大的手掌消失了，但声音依然自苍穹中传来，道，"知道时空大神是怎么陨落的吗？他就是为了给一干最强的太古诸神打开一条通往未来的时空隧道逃生，才粉身碎骨形神俱灭的！进入未来界，远比回到过去凶险百倍！我想如果我不出现，你们一旦跨入未来界，得知将要发生的事情，再回到现在这片时空时，定然会有趋吉避凶的潜意识。这等于变向改变未来！一旦如此，你们会立刻粉身碎骨形神俱灭，将会落得和时空大神一般的下场。"四大天阶高手都感觉冷汗流了出来。

那如雷声般激荡的声音自苍穹之上滚滚浩荡而下，接着道："当年即便强如时空大神，也很少穿梭进未来时空，因为回归后一旦改变些许未来，就要付出惨痛的代价。回到过去，相对来说是安全的，因为你所见证的事情都已经发生，即便回到现在这片时空，你也已经无法改变什么。"

法祖曾经对辰南讲过，借助时空塔进行时空穿梭，将会有某些影响。但是现在看来，法祖所知有限，不过一鳞半爪而已，远远比不上眼前的神秘人。辰南认真地请教道："回到过去，能否改变什么呢？"

"无论你是回到过去，还是跨入将来，只要你肯付出生命代价，应该可以在那片时空改变些什么。不过有一个大前提是，不能改变大时代进程，不然你只能白白付出生命代价。"巨大的声音在天地间回荡，无论是四大天阶高手，还是众神都感觉无比神秘。

辰南感觉这个神秘人对时空的了解很透彻，忍不住再次问道："我不去未来，不回过去，仅在这片时空，运用时空本源的力量，有些事情为何依然无法改变？"对方道："你是指方才对你的幼子，以及那头小龙和小凤凰运用时间法则之事吗？"辰南神情一滞，没想到对方洞若观火，这一切都没有逃过他的眼睛。在获得时空本源力量后，辰南的确想利用时间的力量帮助龙宝宝以及小凤凰，让他们的战魂提前燃烧到顶点，彻底唤醒最强战力，但是不知道为何没有成功。像是知道他心中在想什么，苍穹之上传来那闷雷般的声音。

那个声音又道："因为你虽然得到了时空本源的力量，但是还远不能同时空大神相提并论。一个天阶高手等于一个宝藏，你认为你真的能够凭借一个时空宝藏来无限制造出无尽的宝藏吗？就你目前的状态来说，一个宝藏就是一个宝藏，不可能凭空造就出多个宝藏！"道理就是如此简单，时空本源力量虽然神异，但是也不可能借此凭空造就天阶高手！以他目前的状态来说，一个"宝藏"始终是一个"宝藏"，不可能再生出多个"宝藏"！

"破坏容易，复建难！"苍穹上的神秘人最后如此感叹。辰南心中一动，沉入神识海中，想尝试恢复魔性辰南的力量，果然是"破坏容易，复建难"！以他目前的状态来说，很难恢复魔性辰南的力量。很长一段时间后，四大天阶高手面面相觑，这神秘人貌似不是敌人。不过，即便是对太古诸强颇有了解的法祖与南宫仙儿，也无法猜测出对方到底是谁！

"师父，师父是你吗？"就在这个时候，众神中忽然有人激动地大喊。这突兀的声音惊得所有人差点傻掉，即便是辰南、法祖、德猛、南宫仙儿也无比愕然，四大天阶高手同时转头观望，终于发现了那人是谁。竟然是大魔，曾经的东土执法者与守护者！众神露出不可思议的神色，望着正在仰望苍穹大声喊叫的大魔，这未免太匪夷所思了，让人吃惊得无语！

辰南心中异常震动，他曾经听大魔对他讲过，在无天之日发生前，大魔的师父就曾经提前预警，告知他天地将有大变发生，让他早做准备。这件事情辰南记得清清楚楚，当时他心中就充满了疑问，大魔的师父到底是何方神圣？居然能够知道魔主将要做出大动作，这有些让人难以相信。现在，神秘巨爪出现，大魔喊他为师，天啊，这真的是一件无比疯狂的事情啊！这个神秘人不是修为比魔主高得太多了，就是与魔主有着莫大联系的人！

大魔道："师父，是你吗？我感觉到了你的气息。虽然你每次都梦中传功，但是我依然记得清清楚楚。"大魔的话语再次让众神骇然，简简单单的梦中传功便造就了一个神皇啊！大魔的话语再次让辰南想起了一些事情。大魔曾经说过，他进入过这片永恒的森林，最后全身而退。辰南心中恍然，恐怕与这神秘人有关啊！

就在这个时候，虚空崩碎，巨爪突兀显现而出，遮天盖地笼罩而下，瞬间出现在众神头顶上方，当众神从惊骇中清醒过来之际，大魔已经失去了踪影。直至过去了很久，现场众神依然无语。

就在众神发愣之际，虚空无声无息将四大天阶吞没了进去，南宫仙儿、法祖、德猛惊呼："辰南你在干什么？""快停下，你要做什么？""我们可不想与你回到过去！"在时空隧道中，三人便要打碎虚空。

辰南急忙喝止："千万不要动，你们乱动的话，可能会落入未知的时空，我如果寻不到你们，这等于在改变历史，改变了过去，是要付出生命代价的！"其实，三大天阶高手大可发力冲出去，就如同巨爪破碎虚空将他们拘禁出去一般，因为时空隧道还没有彻底向过去逆转。但是，三人对于此中种种，了解有限，一时间都被镇住了。

"诸位，我们去见证历史上的重大谜团吧！"辰南脸上露出淡淡的笑意，能够将三大高手拐进来，暂时不再担忧人间与天界了。三大天阶高手皆破口大骂，脸色铁青。

辰南道："第一目的地——神魔陵园！"辰南心中很激动，去太古时代，必然要经历万年前的那段岁月，他要亲眼看看神魔陵园的隐秘！

在这时空隧道中，周围一片蒙蒙混沌之光，闪烁着神秘的光彩。四大天阶高手一时间都无语，南宫仙儿、德猛、法祖在生闷气。当时空真正开始逆转后，他们才知道上当了，早先完全有机会逃出去。三人皆愤愤地看着辰南，恨不得立刻大打出手，将他生吞活剥。但是，时间已经逆转，他们真的不敢做出任何动作，生怕一不小心改变什么而造成历史的转变，修为到了他们这等地步，其实更加珍惜自己的生命。

即将回到过去，辰南心潮澎湃。"逆转了！"南宫仙儿惊叫道，"时间在飞快倒退！"这个时候，四大天阶高手已经明显感觉出了时空隧道中的异常。他们正以常人难以想象的速度前进，身体几乎变成了透明的片状物，最后更是仿似分解了一般，唯有意识还停在这片虚空中。周围星光闪耀，时空隧道消失了，一道混沌神光包裹着他们，在璀璨的星辰间穿行。速度是那样快，片片流星雨像美丽的烟花一般，在周围绚烂绽放。

一颗颗水蓝色的星辰离他们如此之近，仿佛一颗颗珍珠般闪耀，星空如此璀璨而美丽。这样近距离观望，那种感觉是难以言表的。"轰！"一颗星辰爆开了，盛极而衰，最后绚烂的光芒照亮了整片星空，在四大高手双眼中不过闪耀了一下而已，瞬间就消失了。因为混沌之光的速度太快了，早已超越了光速，如果不是四人法力高深，根本不可能看到那星光幻灭。

他们在星空下前进，在历史长河中逆流而上！看遍星辰幻灭，时间流逝，四人进入了历史时空！"轰隆隆！"像是开天辟地般的巨响，在众人的耳畔划过，漫天的星辰全部敛去了，四人眼前光芒大盛，随后时空隧道显现崩裂，他们来到了历史的一片时空中。入眼，一座座高大的墓碑矗立在夕阳下，周围漫天的花瓣在飞撒。雪白的花瓣如玉一般晶莹，纷纷扬扬，漫天舞动，飘落而下，淡淡忧伤的气息弥漫在这片空间。夕阳的迟暮，落花的忧伤，让这里充斥着一股说不清道不明的悲意。

"神魔陵园？！"南宫仙儿惊叫。无尽的神魔墓群遍布四周，满地皆是如茵的绿草与芬芳的鲜花，让这片墓地显得如此与众不同。周围高大的雪枫树郁郁葱葱，枝条上一串串洁白如玉的花朵，透发着淡淡的馨香，随风摇曳而落，在陵园中飞撒。相传，雪枫树乃是已逝神魔灵气所化，那落花是神魔的眼泪。

"该死，我恨啊！"德猛大叫。他乃是第五界君王，却莫名其妙跟着辰南跑回了人间界的历史空间中，如果有意外发生，那将不堪设想。他恶狠狠地转过身来，面对着辰南，道："辰南，你干的好事！"辰南淡淡地道："小心，不要动怒！君王一怒，伏尸百万，你如果不小心改变了历史，我们四人都要死！"德猛举起了手掌，真想狠狠地拍在辰南的头上，最后却只能无力地放下。

陵园中不仅仅有他们四人，还有些前来祭拜已逝神魔的修者。让四人大感意外的是，那些人视他们如空气，仿似看不到他们一般。最终，四人经过一番试探，发觉这并不是他们的错觉，这个时空的人根本看不到他们，从他们这里走过，竟然直直穿过了他们的身体，他们真如透明空气一般。法祖做了一个小小的尝试，想要施展魔法轰碎一棵雪枫树，只是魔法仅仅进行了一半，他就停下了，因为一个小小的魔法竟然需要吞噬他大量的生命元气！果然如传说那般，在历史中想要改变什么，都是需要以生命为代价的！

"这大概是什么年代？"南宫仙儿问道。此刻，这个绝世媚女虽然依然亭亭玉立，袅袅娜娜，透发着无限诱惑，但是明显可以看出，不似先前那般从容与镇定了。辰南回答道："距离现实时空，大概一百年到一千年之间！""什么？！误差这么大？"南宫仙儿惊怒，道，"你不会告诉我，时间不在你的精确掌握中吧？"

辰南道："是这样，我也没有想到会如此。"听到辰南如此回答，三大天阶高手都有一种抓狂的感觉，沿着历史长河逆向而上还可以，但是如果顺流而回呢？能回归现实时空吗？该不会无法精确定位吧？！南宫仙儿、法祖、德猛感觉眼前一黑，险些昏迷过去。真如此的话，他们岂不是无法回归了？！三人立刻扑了上去，顾不得身份，想要活活掐死辰南。还好，辰南掌握有时空本源力量，第一时间消失在了原地。

辰南道："现在我无法精确定位时间，不代表以后不能改进。"听到他这样说，三人才停住身形，不过看到他一副从容不迫的样子，三人还是恨得牙根痒痒。辰南笑了笑，道："神魔陵园有着天大的秘密，它如何产生的乃是史上一大悬案，我们既然从这片时空经过，就彻底解开它的谜团吧！"其实，辰南最想解开的是自己的生死之谜，想看看到底是谁在做局，到底是谁在他身上做了手脚，致使体生太极神魔图！辰南道："嘿，差点忘记一件事情，先去看看他。"

三大天阶高手虽然不满，但是眼下也没有什么办法。三人跟着辰南向着墓园外走去，穿过郁郁葱葱的雪枫林，前方出现三间茅屋。这个时候，一个身材佝偻、满面皱纹堆积的老人，正好从屋内走出。辰南还没什么表示，法祖双眼立时瞪圆了，惊道："这个变态居然还好好的活着？！"他是无天之日后才出世的，因此不知道守墓老人前期显现过身影的事情。

"你认识他？"辰南问道。法祖道："当然！真是变态，别人都身受重伤才沉睡，他不但没有死，而且貌似精力充沛，在这里悠然自得，真是变态恒久远，越活越变态！""他到底有着怎样的身份？"辰南忍不住好奇地问道。法祖道："他是东方的强者，你该问情欲道的祖神。"南宫仙儿道："我怎么知道，他比我高一辈，只知道许多人叫他'老不死'。"听到南宫仙儿说出这个名字，辰南感觉真是太贴切了！

就在四人注视着"老不死"之际，守墓老人突然扭转过身躯，双目中爆射出两道神光，向四人这里望来。辰南急忙用时空本源之力，带着四人远离这里。在高天之上，法祖道："这个老不死的，真是变态，他不会能够感应到我们吧？可是，我们对于这个时空的人来说，等于空气啊。他的双目居然能够透过时空？！"辰南也是阵阵惊异，他一直都没有看到过守墓老人真正的实力，不知道他的修为到底有多强，但是方才那两道神光爆射而出后，他心中猛力震动了一下。

半个时辰之后，四人再次潜行到茅屋附近，守墓老人正在自语："貌似哪个混蛋在窥视我，我一个糟老头子有什么好看的。嗯，似乎又来了。""轰！"一个青色的掌印，突兀地破碎虚空，冲到了辰南他们近前，狠狠印在了德猛的屁股上。

辰南二话不说，带着三人立刻又远遁了。他心中不得不惊叹，这老头子也太变态了，神识也太敏锐了，竟然真的能够感应到本应为"透明空气"的异时空访客！远离了那里，德猛才忍不住"嗷"的一声大叫起来，捂着屁股在原地又蹦又跳。他可是堂堂第五界的一个君王啊！现在他愤怒、屈辱到极点，屁股直接被轰得开花，他破口大骂起来："如果可以在这里战斗，我和你不死不休！你个老不死的。"南宫仙儿笑得花枝乱颤，辰南与法祖也是忍俊不禁。

法祖叹了一口气，道："算了吧，这个老不死深不可测啊，如此安然无恙地躲避过重重劫难，说明他绝不是简单的家伙，恐怕没有人确切知道他的真实修为，也许所有人都低估了他。"他们没有再去看守墓老人，而是出现在神魔陵园遥远的上空。辰南开始进行时空逆转，不过这一次空间坐标未变，只进行时间的跨越，定位为千年前的神魔陵园。

空间不变，时间如水波般荡漾开来，而后他们逆流而上，眼前的场景不断变换，在这片陵园中，一批又一批的拜祭者不断往来。当然他们看到最多的身影，还是那守墓老人。这千年间，神魔陵园内除了一次神魔尸体暴动，被守墓老人镇压，并没有什么特别的事情。辰南再次开始定位时间，坐标为五千年前的神魔陵园。

时间飞快倒退，场景不断变换，很快穿越到了五千年前。在这个过程中，似乎依然没有什么特别的事情发生。不过，辰南却闭上了眼睛，仔细搜索脑海中的画面，蓦然间睁开了双眼，道："你们是否觉察出有一个人不对？！"其他三人也都是天阶高手，记忆与精神力之强大超乎想象，曾经看到的画面在他们脑海中飞快流转了一遍。而后三人同时惊道："有一个人，每过千年都要出现一次，似乎每次都要在那座没有墓碑的小坟旁转上一圈。"

那是一个朦胧的身影，如果不仔细回想，根本无法注意到他。五千年来，他的容貌似乎没有发生任何改变，似乎是一个青年。之所以说成"似乎"，是因为四人在努力回想他的样子时，发觉根本无从忆起，越是努力回想，他的身影越虚淡，这是一种极其怪异的感觉，仿佛那道身影正在慢慢从他们脑海中挣脱而去。

"古怪！"南宫仙儿秀眉微皱，道，"这个人似乎有些无法揣测！"法祖也点头道："这的确是一个怪人！"辰南虽然表面看起来很平静，但是心中却非常激动，这个人貌似大有来历啊，每隔千年出现在陵园中走上一遭，且每次都在他的小坟前绕上一圈。如果说这个人是普通的修者，那是绝不可能的！

德猛也点头道："有些意思，这似乎是一种传说的大神通，能够让自己的身影在别人心中渐渐淡去，直至了无痕迹。关键是他发觉我们了吗？为何对我们施展这种神通呢？唔，可以肯定的是这是一个天阶高手。"法祖道："也许他对所有人都施展了这种神通，不希望自己的容貌在任何人心中留下印象。如此说来，这是一个大有来头的人，似乎不想让任何人知道他来过这里。"

南宫仙儿道："你们忘了一点，五千年来这里始终有一个老变态，那个老不死始终守在这里，我想这个神秘人可能主要是防范守墓老人看出他的底细。"辰南道："几位，我说过，神魔陵园乃是一个有着天大隐秘的所在，乃是历史上的一大悬案。我觉得我们应该彻查一下，现在碰到这样一个神秘人，很有必要查出他的身份。我想我们从头开始，重新观探一遍这五千年，我们四人一定要将他牢牢锁定，注意一下他的每一个小细节。"辰南当然要查清这个人，毕竟这个人似乎对他曾经沉睡的小坟有一些特别的关注啊！

众人这次是沿着历史长河顺流而行的，虽然辰南无法精确定位为五千年，但是四千几百年的进程还是可以确保的，一路顺流而下距离现实时空数百年时停了下来。这绝对是一个浩瀚的时间长河，也就是四位天阶高手尚可，一般人很难承受那庞大的信息量。

尽管这是一片墓园，但五千年来也是有着众多高手前来祭拜的。

即便四人为天阶高手，也不得不有选择性地自记忆中删除无用的信息。努力回想顺流而下这一路的经过，四人面面相觑，他们发现那条人影依然很模糊，似乎始终难以清晰捕捉到容貌。"逆流而上，定格在他出现的那个时间段附近，不要跨越太长的年份！"南宫仙儿如此建议道，这个妖女心中也生起了非常强的好奇心，想看看这到底是何方神圣。辰南当然会竭尽全力来追寻这个人的身影，再次逆转时空。

时间逆流而行，不过跨度缩短了很多，以百年为单位逆流而上。直至，在某一个百年段，闪现出那个人的身影，他们立刻停了下来，再次以十年段划分，而后又以一年段划分……直至最后精确到分秒，终于定格在神秘人出现的那一刻的画面上。神魔陵园四季如春，这是一个风和日丽的清晨，点点朝霞洒落在陵园中，沾染着露珠的鲜花绿草格外清新。

守墓老人不在，墓园中唯有一个高大魁伟的青年，足足比常人高出一头半。整个人身躯近乎完美，修长的体魄给人以强大的力感，如钢铁浇铸而成的一般。辰南、法祖、德猛、南宫仙儿在远处，静静地看着这个青年男子，本能的直觉告诉他们，眼前之人非常不一般！他们静等青年回身，想要观看到他的容貌。然而，当青年回转身躯时，他们一下子愣住了。能够看到他长眉入鬓，也能够看到他那双星辰般明亮的眸子，但是却无法真正看清他的容貌！仿佛有一层淡淡的云雾遮笼在他的面前，让四大天阶高手的天眼通都无法穿透！

仔细凝视发觉，那似乎不是云雾，只是一股未明的力量在阻挡着四人的视线。这是一种非常奇异的感觉，明明人就站在你不远处，没有任何障碍物阻隔，但是你就是无法看清对方的真容。灿若星辰般的眸子偶尔转动间也会流露出无比沧桑之感，显现出一种看破人世浮沉的心境。这是一个极其特殊的青年，四大高手竟然无法看透！而且越是凝目注视，越是感觉对方的身影越来越飘忽，渐渐有消失在四人眼前的趋势。随后，伟岸的身影在陵园内走了一遭，又绕着辰南的小坟转了一圈，他似是有意又像是无意，向着高天之上望来。

四人心中齐震，感觉对方似乎能够看透他们！这真是有些可怕，其灵觉似乎比守墓老人还要变态！不过，神秘青年在看了他们一眼后，便将目光转向了别处。四大天阶高手的眼神却一眨不眨地看着对方，想要看个究竟、看个通透。只是，越是如此，对方的身影越虚淡，最后竟然如一缕轻烟，慢慢消失在了众人眼前！四大高手居然无法探知他的去向！

法祖一阵无语。南宫仙儿美目连连泛出异彩，道："真是一个谜一样的人。"德猛道："再重新经历一遍！"辰南摇了摇头，道："没有必要，去下一个'千年'，去看看他到底有何动作！"这个神秘莫测的青年深深勾起了四大天阶高手的好奇心。

时间再次逆向而流，经过一次次划分时间区域，仔细捕捉两千年前的画面，四人终于定位到了青年人在那一时期出现的画面。他们在高天之上静静地观看着。他们依然不知道这个青年人如何出场的，似乎是无尽的轻烟与虚影慢慢在远方凝聚而来的，又像是凭空自原地幻化而出的，仿佛一直就站在那里一般，让人捉摸不定！整个人就像一团迷雾！容貌让人无法看清，且来无影去无踪！四人都皱起了眉头，似乎这人真的无法看透啊！

这一次，青年人依然是在陵园内转了一圈，而后围绕着小坟走了一遭，随后淡淡地向着高天之上的四人看了一眼，最后渐渐淡化而去，像雾霭一般飘散了，在四大天阶高手面前消失得无影无踪。四人面面相觑，都露出了不安的神色，这个神秘人貌似是个了不得的人物！

辰南道："三千年前！"没有获得任何有价值的线索，四人再次跨越千年，开始逆着时间长河而上。这一次，依然像前两次那般，神秘的青年人在陵园内完成同样的事情后，淡淡向着空中望了一眼，随风而去。他们还是没有任何收获！

"四千年前！"……"五千年前！"……"六千年前！"……直至，到了七千年前，四人才终有所获！

神秘青年在陵园内转了一圈，绕着辰南的小坟走了一遭，向空中扫了一眼，而后将要消失的刹那，守墓老人恰好走进陵园。他的身影虽然虚淡而去，但是守墓老人还是清晰地捕捉到了，露出非常吃惊的神色，失声惊呼："怎么可能，我方才看到了他！不会是我眼花了吧？！"看得出守墓老人是非常震惊的，似乎有些不相信所看到的一切。四大天阶高手一阵头大，变态恒久远的守墓老人居然都露出了这种神色，这个人的来头恐怕大得吓人！四人快速远遁了，因为守墓老人似乎觉察到了有人在窥视。

离开神魔陵园很远之后，法祖忧心忡忡地道："我觉得我们可以放弃了，不能再追查这个人的身份了，毫无疑问这是一个非常可怕的存在！远高于我们当中的任何一人，我们在这片时空根本无法出手，即便想联手对付他都不可能。他能够跨越时空看透我们！我想这种级数的存在，定然是太古中的禁忌人物！如果惹毛了他，恐怕他会崩碎时空，将我们永远拘禁在历史长河中。"德猛也点头道："回到古代的时空，最危险的事情，就是遇到这种顶级的人物！"

"无妨，不管他是不是如猜测那般强，我觉得他并不想对付我们，不然早就出手了。"辰南说什么也不可能放弃的，直觉告诉他这个人似乎与他的复生有关。最终，四人向着八千年前穿越而去，这个时空内守墓老人还没有来到神魔陵园。不过，四人在这个时间段，虽然看到了那个神秘青年，但是并没有任何收获。随后，九千年前也是如此。最后，辰南激动地大喊道："一万年前！"当四人穿越到一万年前时，眼前的景象让他们无比震惊。

"轰——"黑暗的天空中，一道道巨大的雷电从天而降，无数巨大的光柱贯通了天上人间！阴风怒号，神哭鬼啸，神魔陵园内，鬼影绰绰，森然无比！一个高大的身影如神似魔地站在辰南的小坟前，双手不断变幻出各种禁忌法诀。辰南、法祖、德猛、南宫仙儿顿时惊呆了，这个场面实在太震撼了。

天空中，雷光阵阵！神魔陵园内，无数的神魔尸体在暴动，所有神魔都在凄厉地吼啸着，墓碑全部倒塌在地上，坟墓全部龟裂开，无数的神魔尸体全都挣扎了出来。入目，遍地尸骸！这里不光有已埋葬的神魔尸体，而且好像刚刚经历过一场战斗，还有许多被撕裂的修者尸体，刚刚死去的生命的碎散开来的残体惨不忍睹，整座神魔陵园像是一个修罗场！

辰南一眨不眨地盯着自己的小坟，那里有一个伟岸的身影，透发着莫大的威压，狂发无风乱舞，手中结出一道道法印，像是一个盖世魔尊一般矗立在那里。暴动的神魔尸体，没有一具敢靠前一步！此人透发出莫大的压力，震慑得众多神魔尸骸都战战兢兢。力拔山兮气盖世！这完全是一种气势，即便他整个人不动，即便不结出任何法印，整个人也依然如山似岳般，让人仰望！这是一种气吞山河、唯我独尊的气概！

这是谁？不光辰南有这样的疑问，南宫仙儿、法祖、德猛心中也这样自问。不过，仅仅片刻后，他们同时神情剧震，尽管气质大变样，但是他们还是认出来了，此人竟然是之前见到的神秘青年！此刻，他的气质与数千年后大不相同，反差实在太大了，令四大高手初时都没有认出来！数千年后，他像是一缕淡淡的清风，而现在他则像是万万钧的巨山，压迫得人喘不过气来，此刻他气吞山河，大有天下尽在我掌中的气势！他手中法印不断，高天之上的巨大雷电也不断，天雷轰鸣之响笼罩在神魔陵园上空，漫天的雷光将黑夜都快变成了白昼。

"雷海动天！"随着一声大喝，漫天雷电连成了一片，天际一片通明，黑夜彻底变成了白昼！雷声已经响成一片，天地间巨大轰鸣不断！这是辰南他们第一次听到他开口说话，虽然是青年的声音，但是却透发着无上威严，他将无数道雷光汇聚到了一起，透发出的强大威压让辰南、法祖、南宫仙儿、德猛都感觉阵阵心惊！

"众神归位！"又是一声大喝。暴动的神魔尸体全部吓得战战兢兢，而后爬回了龟裂的坟墓中，方才还喧嚣不堪的神魔陵园顿时安静了，再无神魔吼啸之音。"雷贯天地！"无尽的雷光铺天盖地而下，不过并不是毁灭什么，一道道天雷光束劈落在神魔陵园中，径直钻入了地下，而后这片陵园剧烈动荡了起来，所有神魔墓全都开始变换方位，按照特有的规律运动！

法祖倒吸了一口凉气，道："他用雷光沟通了大地祖脉之灵根，神魔陵园之下可谓万灵之根！所有的神魔墓都在按照复杂难明的规律排列，他似乎在布阵法！"德猛、南宫仙儿同样震惊无比。辰南心潮澎湃，这个人多半与他有着莫大的关联！

整片神魔陵园都在动荡，所有神魔墓都在重新排列顺序，唯有辰南的那座没有墓碑的小墓依然静静不动。而那条高大的身影就站在小墓边上，在以大法力运转这一切。这一切都是在以小墓为中心而进行的，所有神魔墓都在不断地变换方位。直至最后通天的雷光全部收敛，大地完全平复下来，墓群已经彻底变换了方位。法祖、德猛他们看了又看，也没有明白这些神魔墓这样排列到底有何妙用，不知道这是什么样的古阵法。

伟岸的青年男子冷冷地向着辰南他们这个方向扫视了一眼，顿时让他们感觉遍体生寒，不过对方仅仅看了一眼又转过头去。四人面面相觑，知道对方定然早已察觉到了他们！"天枢、天璇、天玑、天权、玉衡、开阳、摇光！"气势盖天下的神秘青年大喝道，"北斗降临！"他双手不断结印，而后向着那灿灿星空印去，一道道光华射向星空，而后引领着北斗七星的光华从天而降，七道光柱照耀在陵园内的一片坟墓之上。

"紫微、太微、天市！"他再次大喝道。无限星空中三颗巨星照射下三道璀璨的光柱，绚烂的光辉洒落在神魔陵园的一角。接下来，威势滔天的青年男子不断结印，将天空中所有出名的星群神光，全部引到了神魔陵园，令这里星光灿烂，亮如白昼，所有墓群都笼罩在星辉中。唯有正中的那座没有墓碑的小墓没点滴星光洒落，明显地与众不同，竟然在白昼般的星光下，有着一道小小的阴影。

法祖震惊得都有些颤抖了，话语断断续续道："这似乎是传说中的绝阵，聚敛漫天星辰的些许精魂，让它们沉浸在这片墓园中。此后每当夜间星辰出现后，这里便会与星空相呼应，无形中聚集无限星辰神力进入这片陵园。"德猛也惊得连连点头，道："应该是如此，这个人非常可怕，端的是无比了得！"

"神秘而强大无比的人啊！"南宫仙儿也感叹道。法祖郑重地点头，道："这个人应该不会弱于魔主，他到底是谁？我们曾经在数千年后的时空中，看到他每隔千年就出现一次，这样一个强大的人，他到底在布置什么，有着怎样的目的？"此刻，恐怕唯有辰南知道些底细。这个人能不强吗？如果没有猜错的话，应该是他一手布下的局，太极神魔图恐怕就是由此而诞生的！至于他辰南是否因此而活就不好说了，因为从以前得到的信息看，他的复活与他父亲也有着很大的关联。

"这次应该没有遗漏了吧，总比上次以及辰战布下的阵法强得多吧。人世浮沉，沧海桑田，有朝一日，天宝自成！"神秘人如此自语着，而后朝着辰南他们的藏身处冷冷扫了一眼，随后凭空消失了。辰南激动地想大叫，最后忍住汹涌澎湃的心绪，对着其他三人道："继续逆转时间长河，去一万一千年前，一定要查出这个人到底是谁，一定要知道究竟都有哪些人布局于神魔陵园，一定要知道是谁修建了这座陵园！"

"一万一千年！"辰南大喝，他决定再次逆转时空，去那神魔陵园创建时看个究竟。此刻，神魔陵园内笼罩着漫天的星光，唯有那座小坟显得与众不同，压抑的阴影在星光中独自形成，所有光线居然都无法透入。法祖、德猛、南宫仙儿皆变色，实在不愿意再探查下去了，那个神秘无比的青年人给他们造成了太大的震撼，那绝对是一个堪比魔主的人物。他们深深知道，逆转时空时最危险的事情莫过于遇到这种级别的高手，因为这种人是有能力穿透、扭转时空的，万一他恼怒出手，他们恐怕会死无葬身之地，彻底湮灭在这片历史时空中。

"不要查了，这种人我们万万招惹不得！"法祖大叫。德猛也是满脸焦急之色地大喊道："不要查下去了，神魔陵园就是隐藏着天大的秘密也与我们无关，不能再探查了！"但是已经来不及了，辰南已经逆转时空，时间如流水一般在他们这片空间流淌而过，空间在扭曲变形，周围笼罩上了朦朦胧胧的混沌之光。随后，一幅幅画面向着他们冲来，时间开始逆向流转了。神魔陵园一万年前到一万一千年前发生的事情，开始像水波一般蔓延而来，笼罩在众人的周围，庞大的信息量铺天盖地。

在这千年时间内，曾经有不少仙神来过这里，他们似乎对这座陵园非常吃惊，每一位到此的神灵都在小心探索着，似乎想要发现什么有用的线索。尽管三人非常不满，但是也没有办法了，时间已经逆转，现在已经无法改变，他们只能集中精神关注着这一切。

他们哪里知道辰南此刻的心情，他乃是自神魔陵园复活而出的，而且似乎有人对他动了手脚，以他的身体为鼎炉，想让太极神魔图来到这个世上，他迫切想破开这个局，想知道其中到底隐含了怎样的秘密。虽然辰南一直以为他沉睡了万年之久，但是从这一次逆转时空来看，要多于万年，最起码现在已经快接近一万一千年了。

这一次逆转的千年间，最常见的便是神魔的影迹，他们都在探索着什么。四大天阶高手更是看到，有些脾气暴躁的神魔甚至动手，想要拆掉这片陵园看个究竟，然而后果是可怕的，竟然引来十方雷电与无尽星光中的毁灭之力！巨大的雷电光柱，与突然在高天之上显现的星空，汇聚成一道道可怕的神光铺天盖地而下，瞬间就将那几个神魔劈成了飞灰！场面是极其震撼的！

时间在飞快逆转，一万一千年前很快就到了，时间定格在这里，出现一幅奇异的画面！辰南急忙调整时间流向，探索这个时间段内的重大神秘事件！神魔陵园神秘的面纱再次被揭开一角！陵园内鲜花芬芳，绿草如茵，四周的雪枫树才刚刚一人多高，不过也有无尽的落花在飞舞，已逝神魔灵气化成的神树，证明陵园刚刚修建不久。

辰南的小墓已经存在，不过在这一刻有人却将它扒开了！一个高大的身影如雾霭凝聚而成的一般在神魔陵园内凭空幻化而出，正是先前见到的那个神秘人！他亲手扒开了辰南的小墓！泥土被撒落在四周，随着墓穴渐渐被挖开，远处正在偷偷观望的辰南，心一下子提到了嗓子眼！他是由这个墓穴复活而出的，现在似乎终于要知道当年的一些神秘往事了！德猛、法祖、南宫仙儿惊异地望着这一切，也非常迫切地想知道神秘青年到底想干什么！

神秘青年终于彻底扒开了小墓，而后从里面将一个年轻人抱了出来。辰南的心几乎停止跳动，那个人就是他啊！南宫仙儿、德猛、法祖更是惊得险些大叫出来，他们实在无法想象，在这距离现实时空一万一千年的岁月间，竟然看到了辰南被人从墓穴中挖出来！这实在太过匪夷所思了！辰南是万年前的人，是在万年后复活的，这在天界曾经闹得沸沸扬扬，南宫仙儿不是没有听说过，但是万万没有想到，对方消失的那一万年竟然是在神魔陵园中沉睡！那个神秘的小墓竟然属于辰南！

三大天阶高手脸色奇怪地望着辰南，实在不理解这一切，希望从辰南的脸上发现什么，但是看到的是对方无比激动的神色。现在他们终于知道辰南为何坚持要探索神魔陵园的秘密了，其中竟然隐藏着这样的重大隐情！神秘青年冷冷地向着高空扫来，对着四大天阶高手微微皱了皱眉，似乎想要说什么，但终究忍了下来。他将辰南放在地面上，摇头自语道："布置得不是很理想。"说罢，他的双手透发出七彩神光，一道接着一道打入辰南的体内，辰南的身体近乎透明化了，隐约间可以看到他身体内有一点金色和一点黑色光亮在飞快地移动。

远处，辰南差点大叫出声，毫无疑问那便是太极神魔图的雏形！法祖、南宫仙儿、德猛一瞬不瞬地盯着陵园。这个时候，陵园内发生了惊人的变故，那神秘青年竟然将辰南抛上了高天，无限星空竟然出现在高天之上！明明是白天，但是无尽的璀璨星辰全部显现而出，如一颗颗宝石一般点缀在苍穹之上。神秘青年乱发飞扬，在这一刻他透发出的气势，堪称霸绝天地，无尽的威压向着十方扩展而去！

这一刻，天在摇，地在动！恍惚间，四大天阶高手看到那漫天的星辰都晃动了起来，仿佛随时会坠落而下！这震古烁今的功力让见过大场面的法祖与德猛也惊得目瞪口呆，他们感觉到了一股深深的惧意！

"轰隆隆！"不是错觉，天际的星辰竟然真的在摇动，随着神秘青年飞上高天，更是有不少流星陨落，这是何等的气势，星辰都要因他而动！在这一刻，辰南已经被他打入了无尽星光中，所有星芒全部聚集到辰南身上。同时神秘青年大喝道："穿越宇宙洪荒，炼化天地玄黄！"四大天阶高手彻底震惊了，在那高天之上，他们感应到了时间能量的波动，而且竟然是正反两极同时运转，一种似乎是正向时间的运转，而另一种却是逆向时空而行！

无尽的混沌之光自未来与过去同时向着高天之上的"辰南尸体"涌动而去，最后将他包裹在了里面！在星光与混沌之光掩映间，辰南的尸体越飞越高，最后竟然仿佛融入了茫茫星空中，而那神秘青年始终跟随左右，护持着他。他似乎是在进行一种非常神秘而浩大的仪式！显而易见，辰南的尸体被注入了无尽的力量，来自浩瀚星海的无尽星光和来自过去与未来的混沌之光全部被那神秘人打入了辰南尸体内。

这一切看在辰南眼中，他终于知道神秘人是他复活的最关键人物！这个人到底是谁？他有着怎样的身份？辰南无从知道，不过他却将这神秘人的手法全部记在了脑海中，隐约间他发现对方似乎有意给他看。旁边的法祖、德猛、南宫仙儿貌似都无法透视那人身前的神秘力量，从他们焦急而又恼怒的神色中可以猜测出他们的遗憾。"该死，这种以心灵之力结出的法印，让我看一眼也好啊！"德猛愤恨地自语着。

"六道轮回！"就在这个时候，高天之上那个神秘青年一声大喝，漫天星辰全部消失，辰南自那苍穹之上直落而下，快速跌进了小墓中。而在小墓的周围，六扇漆黑的大门敞开了，无尽的阴风吹了出来，森然的气息笼罩整片天地，一道道残碎的灵魂片段被生生打入了小坟中！神秘男子飞了下来，就站在小坟前，以无上大法力控制着六扇神秘的门户，黑森森的六道门户不知道连向何方，但是它们透发出的波动让远处的四大天阶高手都感觉阵阵不安。

"该不会是连接着小六道的吧？"法祖惊疑不定。"这个人是谁？竟然能够有如此逆天的大神通，居然能够拘禁来已经粉碎的灵魂残片，不可想象！"德猛身为第五界君王，也发出了如此感叹，可想而知这个神秘人有多么可怕。

六道神秘门户内不断飘出残碎的灵魂片段全被打入了辰南尸体内！"轮回！"神秘男子最后大叫了一声，而后无尽的泥土撒落而下，将辰南掩埋在了里面。六道神秘门户自原地消失，神秘男子也随风而逝，仿佛这里什么也没有发生过一般。辰南心中又是焦急又是惶恐，显然他的复活始终都贯穿着这个神秘人，每过千年出现一次，还曾经布下这么多的先手。

事已至此，他无法停下，时空再次逆转，目标一万二千年前！时间飞逝而过，其间辰南大叫了一声，他竟然在这次的千年光阴中，看到了他父亲的影迹。只是，时间过得飞快，那个片段很快过去了，他们快速出现在了一万二千年前。眼前的场景出乎四大天阶高手的意料，这里一片平坦，根本没有神魔陵园。

辰南心中一喜，竟然超越了源头，终于可以知道到底是谁修建了这座陵园。时间开始顺流，不久之后一幅幅可怕的画面出现在他们的眼前，天空中一只巨大的兽爪横空肆虐，每一击都有成片的神魔陨落而下！辰南惊呼，这定然就是守墓老人口中说的那个神秘毁灭者，也是五祖口中的未知神秘力量！

辰南开始顺流而下，定位的时间段在一万一千五百年前，这段画面飞快地过去了。"父亲！"辰南再也忍不住了，画面清晰浮现后，他看到了一代天骄辰战！神魔陵园似乎刚刚修建好，因为一个个墓穴才被埋好，有些坟墓的墓碑还没有立上。辰战满脸疲惫之色，身上满是血污，似乎刚刚经历过一场惨烈的大战，他的双手抱着一具年轻的尸体，一步步走入神魔陵园。毫无疑问，那年轻的尸体就是当年的辰南！

辰战抱着辰南立身在陵园正中，面对着前方六道神秘门户。六道神秘门户全部洞开，里面阴森恐怖，漆黑一片。辰战没有任何言语，就那样静静地站在那里。不远处四大天阶高手一阵吃惊，六道神秘门户是突兀地出现的，毫无疑问就是先前看到的神秘男子喝喊出的"六道轮回"门。让四大天阶高手震惊的是，他们竟然不知道六道轮回门是如何出现的，而辰战却一点也不吃惊，仿佛早已知道六道轮回门的存在。

"开始吧！"辰战低沉地说出这几个字，似乎与六道轮回门早有协议，现在不过是来实施而已！说完这些，他淡淡地向着高天之上的四大高手藏身处扫视了一眼。"轰！"一声巨响，六道神秘的门户顿时放大了千百倍，笼罩在整片陵园上空，彻底将辰战的身影挡去了，就是高天之上的四大天阶高手也无法窥视出分毫。

乌云翻滚，六道神秘的门户内，魂影绰绰，无数的怨灵在哀号。森然的气息，滚动的魔云，彻底掩盖了神魔陵园。而后更加奇异的事情发生了，六股清泉自六扇门户内，突然涌动而出，向着下方的陵园垂落而去。"生命源泉！"法祖突然大叫道，双目立刻瞪了起来。辰南也是无比震惊，原本想回归太古，想要去那个混乱年代寻找生命源泉，但是为了探查他复活之谜，竟然在神魔陵园发现了这无根之泉！

"天啊，这到底是怎么回事？！"南宫仙儿也一阵失声惊叫。德猛也露出了不可思议的神色，实在不明白六道轮回门内为何有生命源泉涌动而出。六股清泉如六道小小的瀑布直落而下，但是四大天阶高手却无法看透下方发生了什么。只能看到无尽的魔云在翻滚，阵阵天雷之响在轰鸣，无尽的魂魄在哀号。辰南心中波澜起伏，他的生死之谜已经揭开了一半，果然是他父亲将他送到这里的，而且亲身参与了这一切。只是，不知道辰战是否为此而妥协了什么。看得出六道轮回门背后有着强大的人或力量在支撑，已知，必然有那个每隔千年就现身一次的神秘青年！

"呜呜……"

"嗷……"

神哭魔啸，神魔陵园一阵大乱，在那重重黑雾中，可以隐约看到所有的坟墓中的尸骸似乎都冲了出来，在黑云中疯狂挣扎着。"众神齐聚，徒做嫁衣！"一声幽幽叹息，自神魔陵园中传出。高天之上的四大天阶高手，竟然完全没有听清这到底是谁发出的。在此后一个时辰之内，神魔陵园彻底沸腾了！万千神魔在恸哭吼啸！

直至六道轮回门内的生命源泉流干，一切才慢慢平静下来。当无尽的魔云散去之后，神魔陵园内所有挣扎的神魔尸骸已经全部回归了墓穴，而原地又出现了一个没有墓碑的小坟。辰战已经不知去向。过了许久之后，高天之上，法祖、德猛、南宫仙儿才猛地回头望向辰南，三人几乎同时喝道："你到底有着怎样的秘密，他们为何要如此对你？！"

辰南静静地立在虚空中，默默无言，什么也没有说，最后突然逆转了时空。四大天阶高手出现在了众神陨落的年代！"轰！"一只铺天盖地的巨爪朝着四人抓来！显然，它已经发现四人！如此景象太过异常！

巨大的兽爪崩碎虚空，遮天蔽日笼罩而下，将四大高手全部覆盖，滚滚雷声在激荡，无尽的魔云在翻涌，一派末日来临般的景象。这等场景实在太邪异了，四大高手万万没有想到会被巨大的兽爪攻击。辰南第一时间展开了空间的力量，虚空中仿佛有一道道涟漪在荡漾，他的身影快速淡化而去，间不容发地躲开了那巨爪。法祖一声大叫，将天际禁咒魔法不断打出，无尽的魔法能量逆空而上，迎向恐怖的巨爪。南宫仙儿、德猛也是攻击不断，对抗着可怕的袭击。

"轰隆隆！"除了辰南险而又险地擦边离开漩涡之外，三大天阶高手同时被巨爪盖了下去，被一股强悍到顶点的力量劈中了。巨大的压力让他们齐齐坠落，向着低空翻飞而去。不过，那巨大的兽爪也被他们最后的反击力量崩飞向高空，被生生抵挡了回去。

"该死的，辰南他在做什么？！"

"居然回到了这种可怕的时刻！"

……

三人狼狈地稳住身形，愤怒地诅咒着。突然出现的巨掌大大出乎他们的意料，它居然能够穿透时空来对付他们这三个异时空访客。他们虽然将巨掌架了出去，但这毕竟是在历史的时空中啊，他们无法吸纳这个时空的天地元气，所动用的力量完全是自己的本命元气，而消耗之巨比之平时要多上太多，元气流逝的速度让他们感觉非常恐怖，再也不想进行第二击了！

辰南自从见识到六道轮回门以及那汩汩而流的生命源泉，知道了他复活的大概原因后，他迫切想知道其中的最终隐秘，想知道那神秘的男子到底是谁。他毫不迟疑地进行了时空的逆转，回到了那众神陨落的年代，他要从源头观看神魔陵园是如何产生的！尽管三大天阶高手在抱怨诅咒他，但是辰南毫不在意，到了现在他根本不可能收手，现在一切都无法停下来了，没有人能够阻挡他探寻真相。

"那巨爪到底是什么东西？"辰南迎着三大天阶高手不善的目光，出现在他们身前。此刻场景非常可怕，昏暗的天空中，神魔的影迹在纵横，大片的仙神在陨落，就在他们不远处，那巨大的兽爪像是秋风扫落叶一般横扫一切！没有任何一个仙神能够阻挡那种威势！偶尔有强势的神魔对抗巨爪，但最后都如大海中翻腾的一叶小舟般，在滔天巨浪中猛力颠簸几下，最后彻底覆灭。这如世界末日般的场景，即便是四大天阶高手都感觉惊心动魄。

"该死的，你干的好事。这就是所谓的'天之灭世'吧！苍天已死，难道是黄天吗？可是他似乎也不在了呀！"法祖气愤地大叫。德猛也无比恼怒地道："辰南你想自杀我们不拦你，但是不要把我们拖下水，这相当于自毁啊。在这历史时空中，有些力量是需要千方百计去躲避的，你却带着我们一起主动向上撞！"

"轰！"那无边无际的巨大兽爪带动着无尽的风雷再次笼罩而来。莫大的威压让四大天阶高手顿时变色。这一次，四人早有准备，顾不得再诅咒，纷纷展开大神通破空而去，躲避开了那巨大的兽爪。如果是平时，他们或许有信心一战，但是在这无法真正动用己身力量的情况下，他们只有逃的份。

德猛简直后悔死了，实在不该招惹上辰南啊，现在被带到这个时空，等于对方的替身，拥有太强大的修为，现在可不是什么好事情，他在分担着辰南的危险。然而就在这个时候，辰南他们看到了一条熟悉的影迹，守墓老人居然出现在远空，一只巨掌如巨浪一般在他的后面兜着屁股追杀他！南宫仙儿倒吸了一口凉气，惊道："第二只巨掌！"

"冲到老不死的那里去！"德猛大叫。四大天阶高手狂冲而去，身后那巨大的手掌在拍落一片仙神之后，紧紧锁定他们跟了下去。毫无疑问，即便四大高手因为时空的原因，显露的强势气息并不是多么重，但是还是被巨掌感知为超越神魔的强势存在，紧追不舍。

守墓老人大呼小叫，但是并没有慌乱之色，面对一个巨掌的追杀，倒也还算从容。不过，当他看到另一只巨爪轰杀而至时，终于有些变了颜色。他回头盯着四大天阶高手的藏身之处，大叫道："该死的，竟敢算计我老人家，别以为我不知道你们躲在那里！"显然，守墓老人能够感知有四个强势人物在暗中，但是似乎没有发觉他们乃是异时空访客。"可恶！"守墓老人大叫，被一只巨爪死死地攥在了里面，但是他所展现出的实力太超乎人的意料了。他原本瘦弱的身躯居然暴涨了起来，最后竟然生生将那只巨爪撑开了，而后一脚踹飞了一只兽爪。这实在太变态了！

"那真的是所谓的天的手掌吗？"辰南狐疑地望着法祖，又看了看不远处发狂的守墓老人。"这个变态！"法祖首先对守墓老人这样评价，而后露出思索的神态，道："应该是所谓的天的化身吧，但是即便如此，那样恐怖的力量也是无法想象的！这个变态恒久远的老不死，其真实修为实在太惊人了，恐怕是少数有资格向魔主叫板的人物。他居然无惧天之化身。"说到后来，法祖的声音渐渐低了下来，微不可闻地道："难道天也分级吗？"

"哼，我老人家历经千劫百难，什么大风大浪没有经历过，难道真的以为可以将我收回去吗？"守墓老人高大的身影，在这一刻如山似岳一般矗立在天地间，直欲撑爆这片天地！在这一刻他气势强盛到顶点！不再躲避两只巨爪，开始展开巅峰的力量进行反击，居然几次将那两只兽爪打落进异空间。"哼，我曾经见证过苍天之死，看到过黄天被封，你这不知道是什么玩意的鬼东西，与他们还是有些距离的，你灭不了我老人家。尤其是现在你分出数具化身的时刻……"守墓老人在这一刻一点也不像辰南认识的那个老人，他高逾万丈，周身上下神光大盛，照亮了整片天地，与那两只巨掌打得昏天暗地！

暂时摆脱了那两只巨掌，辰南他们四人远远地躲开去，看着发狂的守墓老人大战那神秘巨爪。不过，那惊天动地的大战并没有持续多久，虚空便崩碎了，守墓老人与两只巨爪打入了天界。直至他们消失了很长一段时间，法祖才自语道："这个变态……"两只巨爪虽然被守墓老人牵制一起消失了，但是世界末日的场景并没有改变，虚空还在崩碎，仙神依然在陨落，他们互相残杀，像是疯了一般激烈大战。

瘟疫！这像一场可怕的瘟疫！发生在众神间的瘟疫！所有的神魔似乎都疯了，他们在相互残杀！辰南、德猛、法祖、南宫仙儿他们无法明白到底发生了什么，只看到众神皆双目血红，似乎丧失了理智，神魔尸体不断从高空坠落而下。

显然，这里是一个主战场！众神陨落的战场！而这个地方，就是原来的神魔陵园。突然间，南宫仙儿惊叫了起来，指着下方颤声道："神魔陵园形成了！"辰南、法祖、德猛皆心中大惊，最为神秘的神魔陵园究竟是怎样形成的困扰无数代人，后世几乎没有人知道它的来历，没有人知道它是何人修建的。四大天阶高手，皆震惊地望着下方。只见坠落而下的神魔尸体像是被一股无名的力量招引一般，全部向着一个地域聚集而去，那里的地面不断抖动，像是海浪般在翻涌。每当一具神魔尸骸坠落在那里，地面便会裂开一道缝隙，将那神魔尸体吞没，而后涌动起一个小土包。

辰南实在不敢相信自己的眼睛，神魔陵园竟然是天生自成的？！真相让人难以相信，那到底是怎样的一股神秘力量啊！为何会造成这种结果呢？神魔陵园属天成？打死也不信！辰南恨不得冲下去，轰碎那大地来看个究竟。法祖、南宫仙儿显然也被镇住了，千古之谜不会如此简单吧，这个结果出乎他们的意料。

德猛失声喃喃道："下方有一个大人物！"法祖像是想起了什么，

道："不错，我们在穿越时空时，曾经看到那个神秘人，汇聚无尽雷光与星辰之力，聚集到神魔陵园，那个时候神魔陵园地下的恐怖力量暴露了。这片地下蕴藏着这片大陆的祖脉灵根，乃是一个拥有无尽灵气的宝藏源头！现在看来似乎有人沉睡在里面。"南宫仙儿失声惊呼："难道……是他？！"

辰南脑海中顿时闪现出那个高大的身影，毫无疑问，那个神秘青年嫌疑最大，不仅是因为他功力实在太恐怖了，还因为他每隔千年出现一次，每一次都无声无息，让人无法探寻。现在看来，他极有可能就藏身在神魔陵园的地下！他到底是谁？四大天阶高手感觉一阵头大，这样一个功力盖世的人，恐怕来头大得吓人啊，居然能够栖居在这片大陆的地下祖脉灵根中。

"轰隆隆！"正在这个时候，远处突然传来阵阵天雷轰鸣，一股异样的波动自天际传来，远方似乎发生了无比激烈的大战。"天阶高手！"法祖双目立刻瞪了起来。"是天阶高手，而且我感应到了一丝熟悉的气息！"南宫仙儿惊讶无比。而就在这个时候，下方正在成形的神魔陵园中，突然爆发出一股滔天的魔气，一股无比愤怒的情绪突然冲天而起，弥漫在整片空间。无尽的魔气像汪洋一般笼罩了大地，整片神魔陵园都被覆盖在了黑暗中。

"那个人要冲出来！"德猛惊呼。四大天阶高手都感觉到了这可怕的气息，即将成形的神魔陵园下方传出的可怕波动，实在太剧烈了，像是一个盖世妖魔将重临人间一般，比方才灭世巨爪的气息还要恐怖。"轰！"乱石穿空，无尽的神魔尸体自下方崩飞了上来，那刚刚成形的神魔陵园崩碎了，一个高大的男子带动着汪洋般的魔气冲天而起。

果然是那神秘男子！但是，此刻他的气质不同于每千年出现一次时的淡然，也不像他为辰南尸体凝聚星辰之力时的凝重。此刻，如果用最简单的字词来形容他的话，那就是狂态毕露、唯我独尊。这种气吞山河、舍我其谁的气势，绝非惺惺作态，这完全是本心的体现，是自然流露而出的，是与生俱来的气质！

这个人生来就狂傲，是那种傲视众生的超然存在！他的出现让天地间的元气猛烈激荡，这一界仿佛承受不住他的力量一般，似乎随时会崩碎。他乱发狂舞，带动着滔天的魔气，在一瞬间自四大天阶高手眼前消失了，一点气息都没有留下，无影无踪。

"不会吧?！"南宫仙儿对这名神秘男子也充满了好奇，想要观看他到底想要做什么，但没有想到立刻失去了对方的影迹。只能说这个人的修为太恐怖了，让人无法锁定他的气息。"他应该是因为天际尽头那个天阶高手而出现的。"辰南凭着本能的直觉，下了这样的结论，而后快速向着那个方向飞去。其他三人在后也追了下去。

正如辰南所料，这个神秘青年确实是因此而现。当辰南他们以极限速度冲出去千里之遥时，看到了一幅让人震惊的画面。高大的神秘男子一拳逆天向上轰击而去，璀璨的光柱直冲霄汉，这是一种霸绝天地、唯我独尊的气概。他一拳打破人界与天界的隔离空间，高天之上一只遮笼天地的巨大兽爪，竟然被他生生轰碎了！辰南、法祖、德猛、南宫仙儿四人皆倒吸了一口凉气！太强了！这个人的实力，超出了四人的想象！

"所谓的'天'你不是我的对手！"高大的神秘男子，就这样矗立在虚空中，仰头点指着那个崩碎的巨手。这种威凌天下的气势，实在是让远处的辰南热血沸腾，男人当如此，气吞山河，天都不放在眼里！而直到这个时候，辰南等人才发现，那神秘青年左手揽着一个昏迷的年轻女子，秀丽的容颜让日月都要为之失色，飘逸出尘的气质如琼花玉树一般清新，即便在昏迷中身上也笼罩着淡淡的圣洁霞辉。

神秘男子轻轻呼唤着什么，那狂傲的神色难得显现出丝丝温柔，显然这个如仙子般的年轻女子与他有着莫大的关联。长长的睫毛轻轻眨动，年轻女子睁开了如水般的眸子，当她看到青年人时似乎极度震惊，双目立刻湿润了，无声地流泪，一把搂住了青年的脖子。她似乎想要叫出什么，但是却被青年立刻阻止了。她又是哭又是笑，似乎不敢相信眼前的事实，看得出这个绝代仙子激动到了极点。

神秘青年溺爱地刮了刮她的琼鼻，而后用手轻轻划开了一片空间，一个霞光万道、瑞彩千条的空间之门出现在空中，彩雾氤氲飘动，漫天花瓣飞撒，他将年轻女子送进了那片未知的空间中。远处，南宫仙儿似乎在苦苦思索着，最后失声惊呼道："我想起来了，在那太古时期，我曾经远远地看到过那个女子，她是神女独孤小月！"而这个时候，神秘青年露出了睥睨天下的盖世强者姿态，对着虚空冷笑连连。

神秘青年男子到底是谁？这是四大天阶高手迫切想知道的秘密，毫无疑问这谜底的吸引力实在太大了！法祖、德猛、南宫仙儿、辰南都一眨不眨地盯着那伟岸的男子，从其透发出的气势看，那绝对是六界当中的最顶峰人物。

"轰隆隆！"那崩碎的巨掌重新组合完毕，兽爪之上覆盖着大片的鳞甲，锋利的巨爪像耸立的刀山一般寒光森森，摄人心魄。面对这一切，神秘男子冷笑连连，似乎丝毫没有将那巨爪放在眼中，冷冷喝道："盛极而衰，又想来一次大破灭吗？哼，你还真等不及了。太古诸神都将在一万年后开始陆续回归，你现在是先清场吗？不过这个化身未免太过无用了！远远比不上那苍天与黄天，今日我帮你粉碎他吧。"

绝对地嚣狂！面对这传说中的"天之手"，神秘青年没有感觉到丝毫威胁，将他当成土鸡瓦狗一般。光影一闪，他自原地消失了，即便强如四大天阶高手，都没有捕捉到他的影迹，这不是破碎虚空而去，这完全是极限的速度！隐约间辰南他们感觉到了时间的力量。没错，那的确是时间的力量在波动！当速度快到极限，时间都将为之改变。现在四大高手感觉一阵阵冒冷汗，这个青年显然对于时空有着精深的研究，发现他们并非巧合。说不定对方不仅能够感觉到他们的气息，还能够看到他们的具体容貌——如果是这样的话，辰南感觉身体一阵僵硬！

一万多年间，对方为了他的复活可是出了大力啊，既然每次出现都发现他这个异时空访客，看到了他的容貌与小墓中的尸体一模一样，那岂不是说对方洞悉了未来？！现在，辰南感觉阵阵心惊！传说中的可以观测未来，预料将要发生的事情，似乎并非传说啊。像这种大神通的人便是能够从一些事情当中觉察到的。甚至，他们如果足够强的话，是不是可以直接看透时空的阻隔呢？这种境界光想想就可怕，辰南无法再推测下去了，如果许多事情真的成立的话，现在的他是不是一切都在被人掌控关注呢？这是一种非常不好的预感啊！

"轰！"炽烈的光芒照亮了昏暗的天空，那神秘影迹突兀地出现在巨爪近前，而后如那无坚不摧的刀锋一般，整个人竟然直直穿透了巨爪，身体似刀刃一般绽放出万丈光芒，生生将之割裂成数段！

绝对的力量与绝对的速度！神秘男子轻松破灭天之巨爪！这个场面无疑是极其震撼的，居然有人能够弑天！这一次神秘男子根本没有给那巨爪重组的机会，他在高天之上发出一声长啸，一股莫大威压如海啸一般激荡十方，上至九天，下至九幽，传遍整片人间界。可以感觉到一股可怕的力量在这片区域爆发了开来，他将那巨爪粉碎再粉碎！最后撕裂开上千道空间之门，将那些粉末分别打入不同的空间中。"人，如果足够强，天也奈何不了！"法祖惊叹着。德猛则呆呆发愣，有些不相信眼前的事实。

"显出你的全形吧，不然根本不值得我亲自动手！"神秘男子的言语中透出强大的自信。不过，高天之上却是一阵沉寂，好半天都没有发出任何声息，唯有远方不断有神魔坠落而下。辰南四人确是被深深镇住了，这是何等的豪情，面对让众神陨落的毁灭之手，丝毫不看在眼中！"众强不在，这是一个寂寞的年代。他朝风云际会之际，轮回将彻底结束，一切都将步入新纪元！"神秘男子在高天之上悠悠自语。

"他说这些是什么意思？"德猛问道。南宫仙儿露出思索的神色，道："他也曾经说过，众强在一万年后将陆续回归，那不就是我们的现实时空吗？是不是说，我们的那个年代将开始一场轰轰烈烈的剧变呢？"法祖道："我有一种预感，他说的都是真的，一万年后众强回归，可能将再现太古辉煌时代，一个大时代将再次来临，将有天翻地覆的历史大事件发生！"

辰南也心有所感，他清楚地记得魔主所做的一系列事件，守墓老人曾经说过需要千年他们才能从第三界回归，这个时间段和神秘男子所说的时间几乎吻合啊！他所说的那些强者定然包括那些人，而且还应该有其他人。"法祖，你知道他所说的太古诸神，是否就是魔主请入第三界的人呢？"辰南不确定地问道。法祖道："不完全是，还差了许多！"

辰南感觉非常奇怪，道："那他所说的太古诸强到底去了哪里呢？"法祖也露出了思索的神态，道："那些人，时空大神为他们打开了一条血路，他们……"说到这里，法祖像是想起了什么，吃惊地睁大了双眼。

与此同时，德猛、南宫仙儿、辰南似乎也知道他将要说什么，也露出了不可思议的神色。四大天阶高手同时惊呼道："未陨落的太古诸神，他们在时空隧道中穿行。他们被时空大神传送到了未来！"是的，四人一致得出了这样的结论，消失的太古诸强似乎真的在进行时空旅行，他们在时空隧道中躲避过了当年必死的命运！

"这是真的吗？"四人虽然都得出了这样的结论，但是很难相信。辰南道："也许真是如此吧！不然那些太古神都到哪里去了呢？不可能沉寂这么多年都不出世啊，也许当中有些人自时空通道中逃了出来，但是绝大多数人始终在穿行！"这是一个骇人听闻的消息！高天之上那个神秘人说一万年后一切都将有个了断，那岂不是说那些人将在那个时代结束空间旅行，在那个时代显现？！

"轰！"高天崩碎了，一股莫大的威压笼罩而下，天界中降下一个庞然大物，显现在高空中神秘男子的前方！这是一个高有万丈的人形物，不过其样貌丑陋不堪，浑身上下覆盖满了青色的角质鳞甲，头上长有五只锋利的银角，两眼似两个血色湖泊般巨大，阔口中利齿似一道道小岭一般，当真是狰狞恐怖到极点。他左右共生有十六条手臂，但是此刻明显有几条断臂，显然还没有完全收回来，似乎正在别处大战。每条手臂都如一道山岭一般太过粗长巨大了，上面锋利的爪指都如刀山一般。这是什么样的生物？难道这就是天的本来面目？辰南等四大天阶高手，心中充满了震撼，这是他们第一次面对这等强绝的古怪生物！

"原来真的只是一缕邪恶化身啊！你远远不够，将这次的几个化身全都聚集而来吧。不然你不够我砍！"神秘男子站在虚空中，点指着这高大的怪物，丝毫不将他放在眼中。自始至终，那高万丈的怪物都没有任何言语，只是双眸死死地盯着神秘男子，透发出一股毁灭性的可怕气息。

"杀！"一声大喝突然爆发，那神秘男子已经向着万丈高的怪物杀去，猛烈的能量直搅得天旋地转。那里竟然出现一道道混沌之光，随后无尽的混沌涌现而出，将那里淹没了。大毁灭！这是超绝的大法力攻击，那片空间已经彻底崩溃了，回归原始！

"不好！"四大天阶高手大叫，这种力量已经超越了某种极限，对于他们来说太危险了，那种力量已经能够扭转时空，对于他们这四位异时空访客来说是毁灭性的大杀器！一不小心，就会将他们打入未知的能量乱流空间中，让他们找不到回头路。四人再也顾不得观战，转身便逃，那神秘男子与万丈怪物的攻击太过可怕！直至飞逃出去数百里，四人才回头观望，发现遥远的天边已经白茫茫一片，整片天地都仿佛要回归混沌了一般，那大战实在太过激烈了。四人睁开天目，远远望却发现那无尽混沌之中，神秘男子似发狂的魔王一般，居然已经将那高逾万丈的怪物生生撕裂了，正在与那数十段残躯在纠缠厮杀！

"非人非神非魔啊！"四大天阶高手只能这样感叹，神秘男子太强大了！战斗的结果已经没有悬念，最后无尽的魔气笼罩了那里，四大天阶高手竟然无法穿透那重魔雾，恍惚间那神秘男子化身成了一个与天齐高的巨人，在无尽的魔气中不断咆哮。看不到什么，但结果已知，无须再看下去了，四人返回了神魔陵园。这的确是一个奇异的所在，尽管神秘男子已经离开了这里，但是这片地域依然在颤动，将四面八方的神魔尸骸招引而来，自主埋葬陨落的神魔！地面裂开，神魔尸体坠落进去，隆起小土包。

"想对付我老人家，你还不够资格！"这个时候，守墓老人再次显现而出了，已经恢复成了原身，他扭碎了一直和他缠斗的巨大兽爪。时间在加速，辰南控制时间力量，让它正向流转。他已经知道了众神陨落的原因，是天之手在灭世。尽管那不过是冰山一角，还有许多大的疑问，但是已经没有必要再关注下去了，因为目前不会有结果，现在他要去取得生命源泉。时间在加速而行，一幅幅画面在他们眼前浮现，神魔陵园看似自然而成，但是他们知道一切源于那个神秘人！突然，一幅画面让辰南愣住了，他操控时间的力量进入了这段时空中。

神魔陵园内，鲜花芬芳，绿草如茵，雪枫树才刚刚破土而出不太高。一股清泉汩汩而流，透发出无尽的生之气息。"生命源泉！"四大天阶高手同时大叫。那生命源泉竟然在神魔陵园中流淌着，这实在太不可思议了！为什么会这样？似乎像是回应他们一般，那神秘青年男子突兀地幻化而出，站在神魔陵园的生命源泉旁，自语道："盛极而衰，衰极而兴。众神陨落，无尽神魔之力凝聚成生命源泉，有谁知道号称生命本源的泉水，乃是神魔尸骸中流出的精华呢？"远处四大天阶高手目瞪口呆！

生命源泉竟然是由死去的神魔精华汇聚而成的，果然是生死相依啊，生之极尽便是死，死之极尽便是生！无声无息间，六道轮回门浮现在神秘男子周围，它们像是干涸的沙漠一般，开始疯狂吞噬生命源泉。辰南大叫了一声，就要冲上去，他这次穿越时空最主要的目的，便是要收集这生命源泉，去复活真正的雨馨，去帮助辰家八魂！

但是，想在历史时空中做些什么，都是要付出生命代价的！就在辰南刚要有所动作时，那神秘男子竟然淡淡地向他扫了一眼，而后一掌将法祖、德猛、南宫仙儿全部打飞了出去，三人惊骇地发现他们瞬间已经远离神魔陵园数十里。唯有辰南留了下来，神秘男子自言自语道："生命源泉将尽藏天宝中，掌控天宝便掌控生命源泉！"一时间，辰南被深深地震撼了，对方虽然像是在自语，但显而易见在说与他听！这太恐怖了！

"你不仅能够感应到我的气息，还能够看到我的样子，知道我来自哪里？"辰南的声音有些颤抖，他一步一步走到神秘男子身前。"时空由无尽片段组成，尽管有着可怕的限制，但是偶尔还是能够捕捉到未来的残碎片段的。"神秘男子依然在轻声自言自语，但是听在辰南耳中那简直像惊雷一般在轰响啊。这是跨越时空的对话！神秘男子似乎不想触碰某些禁忌规则，但是他已经委婉无误地告诉了辰南，他能够看到感知到他的一切。

"你到底是谁？"辰南深深震撼了，这个神秘人似乎能够推算出将来发生的许多事情，这真的只是偶尔捕捉到的片段吗？神秘男子转过身来静静地看着他，但是却什么也没有说，而后身形渐渐淡去，只留下六道轮回门在吞噬生命源泉。当法祖、德猛、南宫仙儿再次飞回神魔陵园时，六道轮回门已经彻底将生命源泉吞噬了得干干净净，慢慢消失在虚空中。

三人被那神秘男子一掌拍飞，虽然恼怒，但是却丝毫不敢在陵园中撒野，那人实在太可怕了。在这异时空中，他们不能动用元气出手，对方如果想杀死他们，真的不会费多少气力！很久很久之后，辰南才从沉思中醒转过来，而这个时候神魔陵园之外，一个伟岸的男子抱着一具年轻的尸体，一步一步走了进来，正是辰战！时间流转到了这里，已经和先前所见到的画面重合了，辰南知道已经没有必要再继续下去了，他对着三大天阶高手喊道："我们去太古吧！"

"去太古？！小子你疯了！"法祖吃惊地望着他，遇到一个神秘人已经让他心惊胆战了，如果去了太古，天知道还会遇到什么样的人物。南宫仙儿也激烈反对，道："不行，不能再犯险了，你的目的已经达到了，太古时期太凶险了。万一遇到传说中的苍天、黄天等，我们将死无葬身之地！"

辰南迫切想回到太古时期，弄明白一些事情，道："诸位，你们不愿意在未来掌握主动吗？如果清楚地知道太古发生了什么，知道太古诸神回归将采取哪些动作，我们不是占得了先机吗？我们可以从容布置，早做准备！"说实话，辰南确实有想将三大天阶高手"交待"在古代的想法，毕竟这三人都不是善类啊，但是他怕因此而改变历史，不过有需要冒险的地方当然要带上他们了。

时间在逆转，空间在虚淡，最后四大天阶高手齐声大叫，他们穿梭进时空通道中，混沌之光闪烁，随后漫天星光照耀。他们在未知的历史时空下极速穿行，目的地是太古时代任意一地方！"该死的，我想杀了你！"德猛气得大叫。如果没有见识过神秘人，他或许不这么激动，但是现在他已经深深知道，逆转时空回到古代，不比进入未来世界安全，同样充满了巨大的危险。法祖和南宫仙儿也都脸色铁青，他们面色不善地看着辰南，如果不是穿越时空需要辰南掌控，他们真想立刻出手对付他。

浩瀚星空，璀璨星辰闪耀，四大天阶高手在这古代世界中逆着岁月的轨迹冲向太古。也不知道过了多久，四人皆感觉到了一股明显不同的气氛，那是沧桑古朴的气息，那是无尽岁月的沉淀，那是无限时间的起点。太古接近了，他们即将回到那诸神闪耀的年代，也是最后灿烂辉煌的时刻，这是无比纷繁复杂的大时代！在灿烂的星光消逝后，在无尽的混沌神光泯灭后，一片苍茫大地出现在四大天阶高手眼中，无尽沧桑沉重的气息浩荡而来，这便是那太古时代的神州！

近了！又近了！四大天阶高手即将冲入神话传说中的太古时代！将见证曾经的辉煌岁月！但是，就在这个时候，空中传来阵阵波动，一股浩瀚如海的力量铺天盖地而来，彻底阻断了他们的前路。无尽混沌光芒闪现，彻底封锁了前方的时空！时间、空间被截断了！四大高手无比震惊，有无法想象的力量断绝了通往太古时代的道路！

"这是怎么回事？"尽管德猛非常不愿意进入太古时代，但是此刻的突发状况同样让他心中充满了疑问，想要弄个究竟。南宫仙儿妩媚的容颜上，那无限风情渐渐敛去了，慢慢露出无比凝重之态，道："这超乎想象的力量，隔断一切！不过似乎不是单纯地针对我们，而是为了阻断所有人！"法祖也惊疑不定地道："是的，有些存在不愿意后人来到太古探寻！"

"是什么人布下的呢？"辰南静静地立在虚空中，望着前方无尽的混沌，恍惚间还能够看到一片模糊的大地就在前方。对于这个问题，其他三人心中都没底，这实在不好猜测。不过无论如何，布下如此大结界的人，定然法力无边。也许是太古高手布下的，也许是他们的敌对力量！四人默默互看了一眼，都没有开口，过了很长时间，他们最终猜到了最为可能的一种情况，这似乎是所谓的"主宰者"封印了太古！唯有这个虚无缥缈的存在似乎才有这样的力量！

辰南想要突破试试看，结果惹得另外三大天阶高手脸色骤变，不过还好没有什么事情发生。混沌结界实在太坚固了，时间与空间的力量都难以奈何它。如此近距离地逼近太古，但终究被隔断在外，不光是辰南，就连另外三人也多少有些遗憾。法祖与南宫仙儿虽然也是太古人物，但是许多重大隐秘他们是不知道的。辰南感叹道："看来我们真的将无功而返了！"正当辰南将要离去之际，蒙蒙混沌中突然迸发出一片刺目的光芒，一阵海啸般的波动浩荡而出，四道神圣光辉突破混沌将要冲出来。

德猛吃惊地睁大了双目，颤声道："是太古世界冲过来的四股力量！"那的确是影影绰绰的太古时空中穿透过来的四道璀璨神力，它们突破了封印的混沌地带，向着四大天阶高手冲来。四人顿时紧张又激动。

"轰轰轰轰！"四声巨响，太古时空都摇动了起来，那四道力量冲了过来！灿灿神光消失了，四片青叶从上飘落而下，映衬在无尽混沌前，显得如此奇异。突破而来的竟然是四片青叶！四大高手下意识地伸手去接，上面已经没有任何神力了，在冲破混沌封印的过程中，已经耗尽了。

"咔嚓！"一声脆响，一片青叶突然粉碎了，它虽然冲过了混沌封印，但终究还是没有承受住那恐怖的力量，最终毁灭了。四大天阶高手感觉万分可惜！飘落而下的三片青叶被他们接在手中，这是很寻常的叶片，不过是之前被人注入了无上的神力而已。青色的叶片上，是触目惊心的血渍，一叶一血字！分别是："生""灭""众"！

这是何意？四大天阶高手同时皱眉，太古世界有高手向他们传递某种信息，但是缺少了一片青叶似乎很难理解。南宫仙儿自语道："按照不同顺序组合起来，有着不同的意思啊，'众灭生''众生灭''生众灭'……'灭众生'！如果用排除法，似乎只剩下'众生灭'与'灭众生'还算连贯。可是，第四片叶子破碎了，无法还原，它是一个变数啊！缺少那一字，意义将可能相差十万八千里！"她说得没错，第四个字是个变数！

第四叶变数，最不可预测，那是最为关键一字，可惜它破灭了，让四大天阶高手不能得到最终信息。他们也想打穿混沌封印，传过去消息，但是四人却徒劳无功。而那太古世界，也再没有任何力量波动透发过来。四大天阶高手充满了无尽的遗憾，有人要向他们传达什么啊，但是他们最终没有收到完整的信息，可惜了。

第四章
血戮青天

　　时间在飞快流逝，四人沿着历史长河超越光速前进，要彻底回归了。无限的历史时空下，辰南他们快速穿越飞行。自太古而回，到距现实时空一万年、八千年、五千年……直至百年。辰南已经能够很好地控制时间与空间的力量，不会再像开始那般出现误差，目的地定位在初始地——时空大神的那片空间。八十年、六十年、四十年……一年，眼看即将彻底回归，但就在这个时候，时间的长河中，在无限星辰照耀下，一个庞然大物张牙舞爪地向着他们冲来！

　　"该死的，那是什么？"德猛惊得大叫。辰南、法祖、南宫仙儿也立刻变色，在穿越时空时就怕出现可怕的变故，无疑他们非常不幸地遇到了。那是一条足有千丈长的虫体，通体墨绿，闪烁着妖异的光芒，它竟然破入了空间通道中，朝着辰南他们腾飞而来。法祖大叫："快！我想起来了，这是时空妖兽，快回到现实时空中，不然我们麻烦大了。"在无尽的时空中，有一种妖兽出没于混沌中，能够吞噬各种能量，可以轻易破入时空隧道中。毫无疑问，辰南他们非常不幸地遇到了这样世所罕见的洪荒妖兽，它飘浮在幽暗的时空隧道中无尽岁月了，今日恰巧遇到归途中的辰南他们。

　　法祖倒不是惧怕这种洪荒妖兽的实力，只是在这历史时空中他们无法动用力量，但这种可怕的妖兽却不受丝毫限制。不过好在距离现实时空的岁月非常近了，当时空妖兽逼近时空间碎裂了，无尽的光芒闪耀着，辰南他们冲出了时空通道。一片惊呼声传来，在时空大神的空间内的众神才看到辰南他们四人消失，而紧接着又发现他们回归了。

是的，尽管辰南他们在历史时空中漂流了很长一段时间，但是在现实时空中时间却根本没有发生任何变化。

众人议论纷纷："那是什么？""天啊，是龙吗？""太丑陋了，不是龙，是一条虫子！"……

除了辰南他们四人顺利回归外，一个不速之客跟着偷渡了过来，时空妖兽尾随着四人来到了现实世界。辰南、法祖、德猛、南宫仙儿都想出手立刻灭杀这条千丈长的妖兽。

墨绿色的虫体妖气冲天，体内蕴含恐怖的力量，堪比一个天阶高手。显然它是有智慧的生物，看到四大天阶高手向它靠拢，它意识到了危险，如蛇一般盘绕起来，悬浮到高天之上。不过这里毕竟有四大天阶高手，对付它这样一个妖兽是不会有任何意外的。然而，就在这个时候，高天之上忽然传来一道惊叹声："时空妖兽，这等绝世神宠居然跟来了，不要杀它！"

无论是辰南四人，还是这片空间的众神，都听出了这道声音是何人所发，竟然是大魔的师父——魔师。一只巨大的手掌从天而降，一把将那千丈长的时空妖兽抓到了手中，未等这妖兽激烈反抗，巨大的手掌划开一片空间，将之丢了进去。时空妖兽消失了，巨掌也消失了。不过，紧接着光芒一闪，高天之上射下一道璀璨的光柱，一条人影沿着灿灿神光冲了下来，出现在地面上的四大高手近前。

这是一个高大的青年，长发如墨，剑眉入鬓，面如刀削，但是没有人会将他当成一个年轻人，从他那双沧桑的眸子可以看出，他必然是一个经历了无尽岁月的强者。"魔主？！"辰南惊叫了起来，这个人除了一头黑发与魔主的白发不同之外，长相几乎一模一样。法祖、南宫仙儿也惊愕无比，最后他们像是想起了什么，纷纷失声道："是你，你居然没有死？！""你没有被你的哥哥魔主杀死？！"

南宫仙儿与法祖震惊到极点，不可思议地看着眼前之人，有些不相信这一切。辰南也是无比吃惊，看着这与魔主容貌几乎一致的人，他几乎真的把对方当成了那个千古狂人。"你不是被魔主杀死了吗？"法祖感觉有些口干舌燥，这可是传说中的超绝强者啊，是千古魔主的亲弟弟，是一个早应死在太古时期的高手，怎么又好好地复活而出了呢？！

南宫仙儿也惊疑不定，道："传说魔主杀亲、杀己来杀敌，用近乎自残的功法，收集庞大的能量来重创敌人，你不是死在那一役了吗？！"

魔师道："传说并不可靠，我是险些死去，但是我兄长宁可自己灵魂近乎粉碎，也保存下了我的灵魂，使我安然逃过那一劫。"和魔主一般雄伟的身躯，透发着可怕的"势"，他的话语很平淡，他虽然向众神解释了原因，但是却仿佛在说着一件微不足道的事情。远处众神目瞪口呆，这是谁？魔主的亲弟弟啊！即便无法相比魔主，但是能差到哪里去呢？绝对是天下间有数的高手之一！众神惊愕过后立时沸腾了，都望着魔师，一眨不眨地注视着他。辰南更是激动无比，这可是传说中的强绝人物啊！

南宫仙儿、法祖虽然在那太古时期，没有与眼前这人打过交道，但是也曾照面过，也听闻过他的事迹，这绝对是一个强者，如果第五界黑起再来犯，这个人绝对有能力与之相抗！德猛却是脸色变了又变，这莫名其妙出现的太古高手，让他心中惴惴不安，不知道以后会带来怎样的影响。

辰南有许多话想询问魔师，魔主将之留在人间界，肯定有深意啊。但是，当初第五界来犯之时，他为什么没有出手呢？魔师似乎能够看透辰南所想，道："我才从沉睡中醒来，以前黑起来犯时我不方便出手，如果他再来定然与他一会！"接着，他不给辰南发问的机会，道："那时穴妖兽，乃是最为难得一见的洪荒异种，能够得之实乃天幸啊，哈哈……"说到这里，他忍不住大笑了起来，看得出他情绪波动非常剧烈。能够让一个超绝强者如此失态，可想而知那妖兽的重要性。

"知道吗？它能够穿透时空的力量阻隔，是破毁封印的圣物！"魔师没有细说究竟要用时空妖兽做什么，但是从他激动的样子可以看出，定然有大用处。好久之后，魔师敛去了笑容，一脸无比郑重之色地盯着四大天阶高手，道："我在你们身上感觉到了故人的气息！"看得出他之所以现身，原因就在于此。两道可怕的光芒自他双目中透发而出，在四大天阶高手身上扫视着。

三片青叶分别自南宫仙儿、德猛、法祖的身上冲飞而起，透发出三道璀璨的神光，而后飘落而下，向着魔师手中落去。绿色神光敛去后，绿叶变得很普通，不过那上面触目惊心的血渍让魔师立刻变了脸色，他的神情激动无比，道："是他！"

"众！灭！生！"魔师神情凝重地看着青叶上的血字，一字一顿，他神情凝重到极点，最后露出了苦苦思索的神态。辰南忍不住开口道："本有四片青叶，但是第四片青叶爆碎了！"魔师听闻此话，双目中爆射出两道可怕的光芒，而后无言地望向天际，过了很久才长叹道："变数，变数啊！第四叶注定将成为千古变数！可能将要影响未来的一切啊！"

"有这么严重吗？"德猛虽然不是这一界的人，但是听闻魔师的话语后，依然充满了好奇心。"当然！"魔师脸色有些阴沉，长长地叹了一口气，道，"如果你们知道那个人是谁，就知道这四叶传书有多么重要了。""那人是谁？"听到这里，四大天阶高手忍不住同时问了出来。魔师道："你们详细告诉我在太古时期的遭遇！"辰南将回归太古时所遇到的一切详细述说了一遍。

"该死！"魔师双拳狠狠地捶在了一起，时空大神遗留的这片空间顿时剧烈动荡起来，远处的诸神东倒西歪，险些被那狂暴的能量轰飞。德猛脸色骤变，暗暗震惊于人间界高手之强横。魔师道："那是跨越时空的传音啊！那人在太古时期便捕捉到了未来的某些片段，用青叶传言于你们，他也许在向后人预警，也许在提示我们该如何做！"

听闻魔师如此说，所有人都感觉非常震惊，那人并不是看到辰南他们前去，才打出四片青叶的，而是早已推算出某些未来的片段，而在太古时期就打出了四片青叶！而辰南等他们经过无尽岁月，逆转时空而去，刚好接到。这是何等的神通，当真是功参造化啊！跨越千古传言，简直有些让人难以想象。

"那人是谁？"四大天阶高手忍不住同时问道。魔师道："大神——独孤败天！"听闻此话，不仅辰南等四人被镇住了，众神也是呆呆发愣啊，自从无天之日过后，许多太古时期强者的名字开始在两界流传，大神独孤败天这个神上之神，对于众多神灵来说简直如雷贯耳！没有人不知道这位太古禁忌大神的威名。

"居然是他！"法祖艰难地咽下一口唾液，看着魔师手中的三片青叶，他一阵发愣。南宫仙儿、辰南、德猛心中也是波澜起伏。传说中的大神独孤败天打出的四字真言啊，他们居然跨越时空接到了那人的三片青叶，这实在太震撼了！

"唰！"光芒一闪，魔师凭空消失了，这份功力让德猛与法祖等人自愧弗如。一时间这片空间内鸦雀无声，过了好久众神似乎才回过神来。"大神独孤败天不是消逝了吗？"德猛小心翼翼地问道，他可能不知道人间界其他太古高手，但绝不可能不知道独孤败天与魔主，要知道这两人当年都曾转战过六界啊，第五界有关于他们的许多传说！

"应该消逝了吧。"法祖神情有些恍惚地道，"也许是在他生命最后时刻看破了什么，所以打出了四片青叶留给后人。"南宫仙儿却迟疑起来，道："到了现在，我有些不相信那些传说了，魔师都还好好地活在这个世上，天知道独孤败天有朝一日是否也会归来呢！"辰南一句话也没说，他静静地思考着这一切。

听闻南宫仙儿的话语后，德猛甚是不自然，那种人物回归，他这个君王的野心，当真是要老老实实地收敛。法祖犹豫了片刻，道："应该不会出现了吧，魔主曾说过独孤败天陨落了。"

这一次四大天阶高手率领众神来到小六道，寻找时空大神的遗宝，以进行时空穿越寻觅生命源泉，就这样落幕了。法祖虽然想得到《太上忘情录》，但是被辰南婉拒了，理由便是在时空大神的空间内，屡屡被其攻击，穿越时空前往古代也没有得到生命源泉，没有达到之前所说的条件。法祖气恼地率领西方的神灵第一时间离去了，德猛也紧随着跟了出去。受辰南委托，南宫仙儿娇笑连连，带领着玄奘等人也离去了。

辰南想一个人静静地在时空大神的空间中闭关修炼。他要看破太极神魔图的秘密，因为他知道那神秘人所说的天宝就是太极神魔图，生命源泉就蕴含在神魔图中。紫金神龙、龙宝宝、小凤凰、龙儿很想留下来，但都被辰南送走了。龙舞非常担心辰南，但是在辰南神识传音的解释中，也明白了他确实需要一个人静静参悟修炼，与潜龙一起依依不舍地离去了。

龙舞自己也需要闭关，七绝天女的功力急需她去炼化，她的身体每时每刻都在发生变化，无形中她的气质也在慢慢改变，心中曾经的依依之情似乎正在慢慢淡化。所有人都走了，唯有辰南一个人留在时空大神的天地中，最后他坐在一片绿草地上，整个人陷入空灵之境。

辰南必须要参悟透太极神魔图，未来一千年六界必将有天大的事情发生，传说中的太古强者将完成时空之旅，重新来到这个世上，魔主等人也将从第三界回归。太古诸神将再现于世，一个混沌大时代将来临！他必须在这之前做好一切准备。

静寂的天地中，辰南如一尊化石一般，一动也不动。时间已经过去了三个月，他整个人已然沉浸在一种微妙的玄境中。他掌握了时间与空间的本源力量，其间不断地感悟着时空的奥秘，相对来说，三个月相当丁三万年那么漫长。他在时间长河中穿梭，他在无限空间中神游，他在神识海中寻觅。外界已经发生了不少事情，但是辰南不得而知，他整个人依然沉浸在探索的旅途中。不过，每一道经脉、每一寸肌肤都被神识浸润了，但是太极神魔图却不见踪影。以前他清楚地记得两色光球就沉浸在气海中，但是现在早已无影无踪了。

直至又过了一个月，辰南在参悟时空本源力量时差一点走上自毁的道路，才在体内感觉到了那熟悉的脉动，在那一刻神魔图显现了！辰南不计后果，神识向着体内那道神秘光团冲去。不过咫尺之遥，却仿似天涯那般遥远，仿佛隔着一片时空！辰南的神识在不断飞行，但是前方的神魔图也在不断远去，他们之间始终存在着一道无法逾越的空间。这是怎么回事？辰南心中充满了无尽的疑问，机缘巧合之下终于寻觅到了神魔图，为何可望而不可即呢？

时空！他蓦然想到了，太极神魔图虽然在他的体内，但是有时空的力量阻挡，与他的神识海隔断了！就如那被隔断的太古一般！辰南在体内运用起时空本源的力量，不断追寻着神魔图，在无尽的神识海中飞行！又是一个月！辰南感觉自己仿佛穿越了宇宙洪荒一般，仿佛经历了无尽久远的岁月，他再也坚持不下去了，停驻在神识海中无言地看着前方的太极神魔图。

令他大感惊讶的是，神魔图竟然也停了下来！但是，这个时候他实在没有力气了，感觉精疲力竭，整个人坠落而下，向着无尽的神识海深处沉去。恍惚间，他看到太极神魔图冲了过来，疯狂地旋转着，越变越大，最后竟然将他笼罩了！"该死！"辰南用最后残存的意识大叫道，太极神魔图竟然要吞噬他！"轰！"金色生之气息与黑色死亡气息震荡，太极神魔图遮笼了辰南的神识海，生猛地将他吞没了！辰南已经力竭昏迷过去，没有任何抵挡就被神魔图吞没了！

这是一片奇异的"世界"，不错，确实可以说成是世界。在外人看来，太极神魔图很小，容纳于辰南的体内，但是其内部空间无限广阔，就像芥子纳须弥一般，里面是一个无边无际的神异世界。辰南在这片浩瀚空间中如一粒微尘般渺小。在这个世界的边缘地带中，生之气息与死亡气息同时震荡，金色的光波似海浪一般涌动，让昏迷中的辰南灵识感觉阵阵温暖与舒服。但是，每当金色力量退却时，朦胧的黑色死亡力量就会涌动而来，透发着邪异的恐怖气息，令昏迷中的辰南颇有冰火两重天之感。

也不知道过了多久，辰南才悠悠醒转，四周一片空旷，无尽的虚空也不知道有多么广阔，仿佛置身于一片永恒孤寂的宇宙空间中。只是这里没有星光，没有生命，只有他一个人孤零零飘落在虚空中。时不时有淡淡金色光芒闪耀，以及黑色死亡气息涌动，这是一个无比奇异的所在。他清楚地记得自己被神魔图吞没了，现在打量着四周的景物，他瞬间明白了是怎么回事，现在是在神魔图中，原来太极神魔图内部竟然是这个样子。不对啊？不应该是如此空寂的虚空啊！太极神魔图可是吞噬了不少厉害的角色啊，里面绝不可能如此平静。

当辰南静下心来后，瞬间就感觉到了一股庞大的力量在前方呼唤着他。他在无尽的虚空中飞行，穿越不断涌动的生之气息与死亡气息，冲向了虚空的最深处。也不知道飞行了多少万里，仿似永远没有尽头，直至他快失去耐心之际，前方朦胧的光辉像一盏明灯一般照耀开来，指引着他前进的方向。那是一道混沌神芒，像一轮太阳照耀在这片无比广阔的虚空中。辰南加速飞行，快速冲了过去。

来到近前才发现那是一道门户，一个高大壮阔的混沌之门！辰南略作犹豫，而后缓慢向近前飞去，他清楚地感觉到那磅礴如海般的力量就是从这里发出的，不可揣测的力量在这混沌门内。最终，辰南飞进了混沌门内，并没有任何力量阻挡，他顺利进入。这是一片更加奇特的空间，同样的茫茫无际，不过里面不再是无比空旷，他看到了许多神殿，飘浮在虚空中，感觉到里面有一道道魂力透发而出。

忽然间，无尽的虚空中，无数的神殿全部战栗了起来，里面传出阵阵咆哮之音，万千的魂魄在哀号。一道道魂影浮现在各座神殿之上，他们目光呆滞地嘶吼着！在那一瞬间，辰南立刻明白了，这是埋葬在神魔陵园的神魔残魂！辰南一时间被镇住了，这么多的神魔残魂啊，居然都被拘禁在这里。不过，这还不是全部，他快速冲过重重殿宇，在前方又看到了一处似炼狱般的地带，无数的魂影在那里哀号挣扎。

看到这里，辰南心惊无比，这神魔图内实在太诡异了。他可以肯定，神魔图虽然将他吞没了，但是似乎并没有伤害他之意，到了现在他还依然能够行动自如，但是那些神魔魂影显然受限制，都被定在了特殊的地域，而且那些魂影显然都是残缺的。穿过炼狱地带，他看到前方更是出现了一片万魂挣扎的地带，那里的神魔残魂仿佛陷入了泥沼一般，难以自拔。

绕过这片区域，前方是一片奇异的所在，虚空中竟然飘浮着一片沙漠，点点绿色光芒在金色的沙地上闪耀着。那是一株株不知名的奇异植物，稀疏地分散在沙漠中，数里远能见到一株，每一株植物都盛开着巨大的花朵，里面包裹着一个神魔的残魂，唯有头颅露在巨大的花朵外面。辰南感觉很诧异，凭着感觉他觉得这些神魔似乎比之前看到的那些魂影强上不少。蓦然间，他的双目透发出两道神光，那些植被的根部竟然有强大的生命波动，一滴一滴的水珠洒落而下，渗入根部，竟然是生命源泉！虽然量很少，但是可以看出，这正是原始的生命源泉，它们正在慢慢凝聚而成！

"生命源泉果然是神魔之力的精华！"辰南感叹。随后，他继续向着沙漠深处飞去，不多时在沙漠深处突然看到了一个无比巨大的花朵，比之前看到的要大上许多倍。当辰南看到那巨大的花朵中露着的头颅时，他神情顿时一震，这道魂影竟然是那松赞德布！竟然是那被他第一个杀掉的太古君王。在这里居然发现了他，着实让辰南有些吃惊，太极神魔图真的是一个无比神异的天宝啊！

看到当初的可怕敌人，辰南不禁细细打量起来，松赞德布所在的花株也在滴落生命源泉。通过仔细观察，辰南发觉方才的认知是错误的，花朵中被包裹的神魔并不是在单纯地制造生命源泉。虽然不断有雨露洒落，但是通过仔细追踪发觉，那滴落的生命源泉入土之后，又从根部供给了上去，似乎形成了一个微妙的循环。辰南倒吸了一口凉气，这片沙漠中出现的稀稀落落的神魔花株，似乎并非生命源泉的制造者，神魔图并不想毁灭他们，而是让他们进行良性的循环。

"难道这些神魔有用不成？"辰南心中充满了疑惑。看着那松赞德布紧闭双目，一点知觉也没有，辰南不禁皱了皱眉头。他凭着本能的直觉看出，沙漠中出现的数量稀少的神魔都是非常强大的，似乎有着不同一般的身份，也许正是因为他们曾经无比强大，所以才会有这种不同的待遇。

辰南继续向里飞行，在无尽的沙漠中他竟然发现了几朵不弱于松赞德布的花朵，那巨大的花瓣透发着强烈的生命波动。到了此刻，辰南深深被震撼了，有如此花朵，说明这几人似乎不比松赞德布弱多少啊！都应该是绝顶强人！这神魔图实在太邪异了！这可是大手笔啊，当年居然有这等强者陨落，被葬在了神魔陵园，被太极神魔图吸纳了部分残魂。

飞行了半个多时辰，辰南来到了沙漠的中央地带，这里景象大不相同，竟然出现了一片绿洲！那里生长着大量青碧翠绿的植物，透发着冲天的神光。远远望去，灿灿绿芒像通天巨柱一般！庞大的生命波动，如汪洋一般在这里震荡。辰南毫不犹豫地冲进绿光中，各种闻所未闻见所未见的神树灵草遍布在每一寸土地之上。

一条清泉叮叮咚咚，发出欢快的鸣奏缓缓流淌着。辰南的眼睛顿时就直了，那竟然是——生命源泉！隔着很远，他就感觉到了浩瀚如海般的生命波动。到了这一刻，辰南忍不住发出了一声惊叹，世人苦苦追寻的生命源泉竟然在这里！传说中的无根灵泉啊！居然在他体内的神魔图中。正是由于这生命源泉的存在，才让各种仙树灵草更加神异，经过神泉的浇灌与滋润，每株植物放到外界来说，都是世所罕见的天材地宝。

看到这里，辰南一惊，这片大沙漠中，那些花朵中的神魔，似乎是被这生命源泉维系在某种特殊的状态啊！终于找到了传说中的无根之泉，辰南的心中是无比欢悦的，雨馨、辰家八魂的问题，或许有办法解决了，他看到了希望的光芒。在茂密的天材地宝中穿行，当辰南来到一个由生命源泉积聚成的小湖泊时，他立刻呆住了。

　　湖泊的周围郁郁葱葱，绿色神光冲天。就在那湖泊的上空，一个赤裸的男子，被各种藤条包裹着牢牢地禁锢在空中！辰南险些大叫出来，那不就是他吗？模样气质丝毫不差！不过，被禁锢在小湖上空的辰南似乎没有任何意识，唯有难以揣测的强大能量波动。到了现在，辰南脑中忽然灵光一现，他曾经吸收过太上辰南的魂力，也曾经将魔性辰南的力量击散在自己的体内，但是那庞大的力量最终都不知去向。

　　现在，他看着空中那个男子，心中顿时恍然，那完全是强大的魂力凝聚而成的，不仅包括了那太上辰南与魔性辰南的魂力，还包括自己当年全盛时期的力量！那些流逝的力量没有消散而去，而是积聚到了一起，被禁锢在了这里！这并非错觉，毕竟那是曾经属于辰南的力量，此刻的感觉绝不会错。

　　"啊——"辰南激动地大叫了起来，看到了重新强大起来的希望！他沉寂了十几载啊，废残之身饱受煎熬，尝遍了人世间的酸甜苦辣，终于看到了一条复归的光明大道。好久之后他才平静下来，辰南并没有鲁莽行动，既然如此强大的魂力都被禁锢在这里，说明不可能简简单单地将之放出来。

　　辰南飞天而起，来到了高空，从自己的内天地中取出方天画戟，虽然已经没有强大的力量，但是这绝世凶兵依然与他血脉相连，受他控制。锋利的戟刃朝着缠绕在残魂身上的藤蔓斩落而去，青碧翠绿的藤蔓顿时神光冲天，爆发出一道道强大的生命波动，绿色光芒居然生生将那方天画戟推拒了出去，使之根本无法靠近分毫。辰南无比惊异，这神藤很邪异，居然如此强势！完全由强大的魂力凝聚而成的辰南，悬浮在距离湖面百丈高的虚空之上，那些藤蔓皆是来自小湖的四周，它们自地面向空中延伸百余丈，牢牢地将辰南禁锢在空中。

　　"该死，这些神藤汲取了无尽的生命源泉的力量，很难斩断啊！"

辰南皱起了眉头,释放本属于自己的强大魂力看来不是一件容易的事情。最后,辰南打出了时间的力量,他能控制周身三丈范围内的时空本源力量,想用这霸道的力量破灭这些藤蔓,释放出那强大的魂力。然而,他惊异地发觉,时空本源力量虽然强绝,但是由于源源不断的生命源泉的补充,那些藤蔓根本无法破灭,所有的神藤都绽放出冲天的绿色光芒。

就在这个时候,辰南发觉那被禁锢的残魂的身体上也有绿色神光闪耀。他一阵心惊,看来事情远比他想象的复杂,这并不是单纯的禁锢啊!绿色神藤似乎在向残魂输送生命之能。这像什么?辰南怀疑地看着这一切,那残魂仿似一个还未成熟的青色果实,在等待源源不断的能量补给,是否会发生"瓜熟蒂落"的事情呢?

青色藤蔓缠绕着那残魂,透发着无尽的绿色神光,汹涌出浩瀚的力量,下方由生命源泉汇聚成的小湖也波动出无尽的生命之能。辰南无法奈何青色藤蔓,但是他不想就这样放弃,现在六界渐呈混乱之象,唯有强大的力量才能应付将来的一切,时间是最大的紧张因素,他无法等待下去了。苦苦思索之后,辰南依然没有任何办法斩断那藤蔓。

最后他缓缓降落而下,而后"扑通"一声跳入了由生命源泉汇聚而成的湖泊中。这里面蕴含着无尽的生命之能,那残魂似乎在通过藤蔓汲取它的力量。辰南也想尝试,看看能否在短时间内有意外的收获。在进入湖泊的刹那,辰南感觉仿佛回归到了本源一般,无尽的力量顺着他的每一道毛孔涌进身体,立时沉浸在一种无比欢快祥和的气氛中。

这是生命的本源啊!他失去力量后,魂力大幅度消减,现在面对这种最为纯粹的力量,简直就像一个干涸的沙漠突然被无尽的水泽滋润了一般,全身上下说不出地舒坦。沐浴在本源力量中,辰南那已经退化至常人般的身体渐渐泛起阵阵宝光,潜藏在肌体内的某些力量似乎要与外在的力量沟通。辰南感觉到了某种强大的力量似乎在复归,他甚至听到了阵阵如海啸般的声音在他耳旁轰鸣,那是绝对的力量!

这样说来,有些力量并没有彻底地失去,依然潜藏在体内?辰南心中有所明悟。他舒展开身体,全身放松下来,沉浸在生命源泉中,任无尽的生命之能洗刷着他的肉体,滋润着他的灵魂。这种机缘怎能放过呢？生命源泉对于任何人来说都是无价瑰宝。它们是神魔精华的体现，是神魔死后化出的最精粹的力量，庞大的力量汇聚在一起才形成了无根之泉。

从某种意义上来说，生命源泉是某种规律的体现。神魔在天地间成长，但他们强大到巅峰之境后，最终走向毁灭，然而他们留下生命源泉，就像留下火种一般，那是大破灭后的种子！有了这样的种子，就会再次出现大繁盛。根据传说可知，当年许多的神灵就是生命源泉创造而出的，这等于一个轮回。神魔消逝，留下源泉，新的神灵在灵泉中诞生！由此中规律可以看出，生命源泉远比世人想象的复杂啊。

辰南在生命源泉中沉沉浮浮，早已经感觉不到时间的流逝，无尽的生命之能修补着他身体内的多处暗伤。虽然在这之前，他似乎已经如一个常人一般了，衰老之态已经彻底扫去了，但是沉浸在生命源泉中他才知道暗伤有多么恐怖，他的身体中有着太多不稳定的因素。太古君王阿里德临死前留下七魄之力，七魄化成的神剑一直停留在辰南的体内，这是他当年身残体废的直接原因。阿里德的七魄始终在腐蚀着辰南的灵魂，逼得他的魂力不断外泄，不过好在太极神魔图实乃瑰宝，将所有的力量都吸入了这片神秘的空间，用生命源泉滋润那不断聚集而来的残魂。

辰南感觉不到时间的流逝，他已经在生命源泉中浸泡了一年有余，但他自己感觉才不过刹那。太古君王阿里德七魄所幻化成的煞气，已经被生命源泉渐渐炼化了，变成了无比纯净的魂力并融入了湖泊中。辰南的废残之身，从本质上来说，彻底被修复了。但是，他发现了一个无比惊人的事实，强大的力量并没有复归，或者说没有觉醒。敏锐的灵觉，能够让他感应到，肌体内似乎有一股强大的力量涌动，但是却根本无法具体捕捉到，无法与之产生联系。此外，他感觉身体虽然在不断吸收生命源泉中的无尽生命之能，但是似乎有几道无形的经脉在连接着他与那被禁锢在空中的残魂。

源源不断涌入身体内的力量，似乎顺着那些无形的经脉进入了那个被藤蔓缠绕的残魂体内。这让辰南颇为费解，明明身体内暗伤已经被疗治好了，但是为什么还会有这种情况发生呢？似乎事情远远没有他想象的那般简单啊！辰南从生命源泉中飞了出来，周身上下闪烁着灿灿宝辉，皮肤晶莹神异无比，仿佛每一寸血肉之内都充满了无尽的力量。在这一刻，辰南欣喜无比，虽然有一个庞大的力量被禁锢在体内深处，无法动用。但是，现在他感觉肉体已经恢复到了当年的状态。他现在拥有一个天阶肉体，似乎比以前还要强上几分！

如果能够唤醒体内的力量，以及吸收那被禁锢在空中的残魂之力，他感觉自己定然能够成为一个真正的天阶高手了！那时到底能够强大到何种程度他不得而知，但是应该是一个重大的突破吧。辰南心中充满了希望！不过在充满希望的同时，辰南蓦然间想到一个可怕的问题，残魂不断自他体内抽去力量该不会是如太上辰南与魔性辰南那般吧？该不会要诞生出一个全新的自己吧？想到这个问题，他心中顿时一阵发冷！所谓的变异的破而后立，不是没有这种可能！他绝不能允许这种情况发生！

隐隐推测一些不妙的情况后，他心中的喜悦与希望顿时冰冷了下来，他感觉一切都不在他的掌控中，必须要改变这种状况，绝不能徒做嫁衣！他迫切想得到本属于他自己的强大力量。辰南开始运转时空本源的力量，决定冒险尝试一番，天阶肉体爆发出璀璨的光芒，而后身影慢慢模糊了，他竟然运转时空的力量，在分解自己的躯体。既然无法破灭藤蔓，放出那被禁锢的残魂，他决定反向而行，自己融入那残魂中，来汲取尽他的力量！

这是一次冒险的举动，时空本源力量分解了他的身体，让他饱受撕心裂肺般的煎熬。点点光芒扩散开来，辰南不仅肉体分解了开来，灵魂也化成了一道道光芒，分散在空中。这是他头一次如此彻底地看清自我的力量！分解开了的身体化成了璀璨的光芒，在空中汹涌波动，透发着无与伦比的强大神力！如此浩瀚的力量让辰南感觉大吃一惊，如果这些隐藏的力量全部被他所掌控，也许他可以无惧黑起了吧！

同时，他感觉最为神秘的还是那神识海，那是类似于混沌的所在，即便分解了开来，也笼罩着淡淡薄雾，似乎有着无尽的秘密，他不能够看透！他感觉里面似乎蛰伏着另一种不同的力量。点点波动透发而出。远处，石敢当、困天索、玄武甲的魂能在沉浮！这乃是几件瑰宝的魂能！辰南知道辰家功法的秘密，现在看到几件瑰宝的残魂，他并不感觉意外，它们显现而出是理所当然的事情。

真正让他感觉意外的是，竟然没有发现裂空剑与后羿弓的魂影，这显然有些不对劲。大龙刀已经另类转生，它的力量彻底被龙儿吸收了。而现在，本应出现的裂空剑与后羿弓残魂哪里去了呢？辰南有些不解，他清楚地记得穿越历史时空时还曾经感觉到过两件神兵之魂的存在呢，现在为何不见了呢？

在辰南百思不得其解之际，天界月亮之上两个小家伙正在鬼鬼祟祟、偷偷摸摸地跑路。这是两个看起来不过两三岁的孩童，一个是小男孩，一个是小女孩，皆如粉雕玉琢的瓷娃娃一般可爱。两个小家伙粉嫩漂亮无比，长长的睫毛，大大的眼睛，挺直的琼鼻，红红的小嘴。哦，他们的嘴中都叼着奶嘴！看起来有些滑稽，不过更显可爱。

小女孩一头漂亮的乌发，眼睛像黑宝石一般闪亮，咬着奶嘴奶声奶气地道："哥哥快跑呀！"稍稍落后的小男孩，赤裸着小脚丫，咬着奶嘴含混不清地道："没事，这次没人发觉。"说话间，两个小家伙晃晃悠悠飞了起来，而后步履蹒跚地在虚空中前行，飞离了月亮，向着天界大地逃去。

如果辰南发现这两个小不点，一定会吓一大跳！只是，他现在不可能知道他们的存在，他正进行着激烈的力量争夺战！分解的身体不断向着被禁锢的残魂冲击，但是始终无法冲入那具身体。最后，他分解成光芒的躯体进入了由生命源泉聚集而成的小湖中，沿着那些藤蔓的根茎前进！

这一次，他成功了，那些藤蔓将他当成了纯粹的能量，将之吸收并送向禁锢的残魂。辰南被分解的躯体与魂能就这样进入了空中那被禁锢的残魂体内，与之融合了起来。在这一刻，辰南感觉到了残魂的愤怒，听到了他的怒吼，对方激烈地挣扎着，想要粉碎这个入侵者！辰南冷笑，这个家伙果然有可能会发展成一个全新的生命体啊！这一次他绝不可能放任之发展下去。这不同于太上辰南与魔性辰南，那两个家伙都在他体内生存发展，与他同源，他掌握时空本源力量后有办法克制。但是，眼前的残魂却不为他掌控，而且在不断地通过他吸收生命源泉的力量，而他自己却什么也没有得到。

辰南运转时空本源的力量奋力地冲击、吞噬！这本就是属于他的力量，理所当然应被收回！不过，这的确是一个无比痛苦的过程，拉锯战居然持续了整整一个月，他才渐渐占据了上风！而也就是在这个时候，他神识海中一片通明，他竟然穿透时空，看到了神魔陵园！看到了一个高大青年在盯着他！是穿越时空时在神魔陵园看到的那个神秘青年！辰南依然无法看清他的真容，一股无法挥去的力量如朦胧的云雾般，遮挡在他的脸上。

辰南大吃一惊，他相信不是他真正穿透时空看到了那个青年人，而是对方穿透时空让他看到的！神秘青年凝视了他片刻，看不出喜怒哀乐，而后便慢慢淡去了，神魔陵园也消失了。这让辰南感觉有些心惊，可以推断这个神秘青年还藏身在那神魔陵园当中！不知道他刚才为何显化而出。

他心中有一种不好的预感，这被禁锢的残魂该不会是对方为之吧？但是，不管怎样，他都要夺回来！三个月的拉锯战，辰南彻底粉碎了那残魂，将之纳入了自己的身体内，在这一刻他感觉到了强大无比的自信，浑身都涌动着如海般的力量！不过，完成这一切他发现自己取代了残魂的位置，被那青色藤蔓禁锢在了高空之中。无尽的生命之能沿着藤蔓缓缓向他体内涌动而来。辰南到了现在，还能做什么？沉睡！让强大力量自主地涌动而来！

"依依，等等我，不要那么快呀。"一个两岁小童，在空中步履蹒跚地跑着，黑亮的眼睛充满了灵气，一头乌黑的长发随风飘动，加上精致的五官，令他看起来是如此漂亮与可爱。前方一个小女孩，同样的漂亮与美丽，如最完美的神玉雕琢出来的那般精致，通体透发着灵气，一身小衣裙随风不断飘舞，正在兴高采烈地飞跑着。

"空空哥哥，你快点，快点。"小女孩不断回头叫着，秀发不断轻轻舞动。如果有人看到，两个咬着奶嘴的小童在高天之上踩着虚空，摇摇摆摆地跑动，一定会吃惊得下巴掉在地上。两个比小天使漂亮、比小仙人有灵气的小家伙，未免太过让人吃惊了，这是谁家的孩子啊？居然出生不久就能够在虚空浮升，真是有些不可思议。

两个小童已经飞临到了天界上空，不远处两个飞过的仙人看到他们，惊得嘴巴张得大大的，险些坠落下高空。其中一人好半天才回过神来，道："咬着奶嘴的小家伙居然、居然会飞？！"另一人惊得好半天才道："真是有些不可想象啊！"

"喂，前方的两位叔叔你们好。"小女童依依摇摇摆摆地在虚空中跑了过来。小童空空也跟了过来，咬着奶嘴认真地问道："请问你们知道小六道在哪里吗？"这两位仙人刚才心思百转，在刹那间动了许多心思，包括拐走这两个小家伙去当徒弟，这样钟天地之灵慧的小童，真是天地间少有的良才美质啊，如果能够培养为衣钵传人，那真是一种大机缘！

只是，当他们听到两个小童询问的话语后，立刻清醒了过来，惊得更是险些坠落下空中去，小六道那是什么地方？实力强大的神灵都不敢轻易进入，两个小童居然问这样的问题，不用多想也知道其家世恐怕太了得了。为避免生出事端，两个仙人摇了摇头，快速飞遁而走。"没有人知道呀！"两个小家伙苦着小脸，相互看了看，道："我听说好像是在人间界。""那赶紧跑吧，不然又被抓回去了。"

辰南不会知道有两个孩童已经踏上了寻找小六道的道路，正朝着他所在的地方前进。此刻，他被青藤缠绕着，正在汲取生命源泉的力量。不用他自主吸纳，那些藤蔓便会将力量输送进他的体内，虽然这是一个缓慢的过程，但是力量每时每刻都在增长，这种收获的感觉是难以言表的。他想陷入沉睡中，慢慢等待收获季节的来临，但是他发现根本无法沉睡，始终保持在一种清醒的状态。

就在这个时候，他看到了古盾石敢当的几块碎片合并在了一起，同玄武甲、困天索一起飞了过来，开始围绕着他旋转。它们似乎想要回归他的身体，但是却被青藤所挡，无法近身。在更远处，辰南还发现了大鹏神王送给他的神王翼，淡淡金色的光芒不断流动，停留在小湖的上方。

而在最远处，有一道魂影矗立于虚空中，高大的黑影处在一片黑暗中，手中持着一个人形兵器一动也不动。即便在生命源泉附近，神光闪耀，但是灿灿光芒也无法照进魂影所在的黑暗空间，他如一尊化身一般凝固不动。不过蓦然间，他竟然发出了一声低沉的咆哮，冲入生命源泉汇聚成的小湖中！这个变故让被青藤缠绕的辰南顿时一惊，急忙睁开天目观看。只见湖水一阵翻涌，涌动起阵阵灿烂的生命光辉，那持着人形兵器的魂影在里面搅动起滔天大浪。湖水竟然被他拍击得涌上了高天。

恍惚间，辰南看到了湖底的景象，他的神情顿时一惊，简直有些不敢相信自己的眼睛！生命元气剧烈波动，无尽璀璨神光直冲霄汉，湖水激荡不止，湖底再次显现而出。这一次，辰南彻底看清，方才那并不是幻觉，在那湖底竟然有几具骸骨！在骸骨的上方似乎有一两道淡淡的魂影舞动，而辰家老祖的魂影持着人形兵器，似乎在与他们对峙冲突！辰南倒吸了一口凉气，这里当真是古怪到了极点！那几具残骨到底是什么来历？为何沉浸在生命源泉中？凭着感觉他知道那绝对是大有来头的人物！

小湖不断搅动起大浪，不过最终似乎没有发生激烈的战斗，辰祖的魂影最后默默退出了小湖，矗立在湖面上空，继续默默关注生命源泉的力量，一动也不动了。这让辰南非常惊异，他知道那几具骸骨多半是神魔陵园中的神秘青年放入的。

时间过得很快，又过了三个月，辰南发觉藤蔓虽然在源源不断地运送力量，但是似乎越来越缓慢了，他感觉自己的修为定格在了这里，便不再前进了。毫无疑问，他现在已经是一个天阶高手了！但是他想百尺竿头更进一步似乎非常困难了。辰南运用时空本源的力量，分解了身体，想要逃离这藤蔓的束缚。他吃惊地发现，藤蔓像是一层无形的网，禁锢了这片空间，即便身体与灵魂化成了光芒，也无法冲离而去。

最后，没有办法，他不得不沿着那些根茎脱离而去。只是，在根茎中前行，沿着藤蔓根部逆向而行时，他遇到了极大的阻力，就像一个寻常人在大河中逆流而上一般！毕竟，他现在分解了身体啊，力量分解成上百股，在上百条藤蔓中游动，一下子变得艰难了许多，有些无法对抗的感觉。直至三日后，他才费力地自那些藤蔓的根部冲出，进入了小湖中，在里面快速重组了身体。

在这一刻，辰南忍不住仰天发出了一声长啸，身体内涌动着庞大的力量，残魂的力量彻底回归了，如今他已经是一个真正的天阶高手了！强大的感觉顿时让他涌起了当年的豪情。现在，他即便不在引动八魂上身的情况下，也是一个实实在在的天阶高手！他的身体透发出阵阵宝光，每一寸肌肤都涌动着庞大的力量，稍稍一运力，便有阵阵风雷之响自他体内爆发而出，那是汹涌澎湃的元气，是真正的天阶力量！

这个时候，古盾、玄武甲、困天索的魂影以及神王翼全部再次冲进了他的身体，而那辰祖的魂影也是光芒一闪，没入了他的体内。随后，他沉入了小湖中，在水中他看到了湖底的几具骸骨，以及两三道残魂。除了感觉到他们很强大外，再也无法得到任何信息。他尝试传出精神波动，但却被对方无视。

最终辰南决定离去了，要着手解决雨馨的问题，解决辰家八魂的问题。而就在腾空而起时，他神情一呆，发现那青色藤蔓中竟然出现一道模糊的魂影，虽然不是很清晰，但能够察觉样貌与他一般无二！"该死的，怎么又出现了一个？"辰南有些恼怒，不过在小心检查完身体后，他并没有发觉力量的流逝。面对着藤蔓中的虚淡魂影，辰南脸色阴晴不定，实在无法推测出到底为何会如此。

最终，辰南腾空而去，离开了这里！穿过这片沙漠，飞离万魂挣扎地带……最终他从那混沌之门飞了出去。在无限的虚空中连续飞行了数日，辰南惊异地发觉了九道混沌之门！每一道背后似乎都有无限广阔的空间，这一次他不过是仅仅进入了一道混沌之门而已，就有了那样的遭遇，他很难想象其他八道混沌之门背后会有怎样的秘密。

最后，在无限的虚空中飞至极速后光芒一闪，辰南感觉眼前一亮，冲出了神魔图。他出现在了时空大神的空间中，蓝蓝天空，芬芳的花草，外界真实的景物映入他的眼帘。同时，神魔图在他眼前一晃，而后隐入了他身体中，他只看到了一道残影！立在这片天地中，辰南觉得自己仿佛化成了天地，隐约间有一股天人合一的感觉！他轻轻一动，这片天地便雷声大作，风起云涌！体内那难以想象的力量，浩浩荡荡汹涌澎湃！这便是真正的天阶力量！完全属于自己的力量沟通了天地！

辰南一步迈出，瞬间就离开了时空大神的空间，进入了囚禁七绝天女的沙漠中，而后再次迈出一步，便出现在了血海中。而后刹那间，他冲出了血海，破碎出一条空间通道，瞬间就出现在了岸边。沿着原路返回，辰南那强大的神识瞬间笼罩了前方的空间，他蓦然间感觉到了一个与他血脉相连的生命波动！天阶大神通施展而出，辰南瞬间出现在百里之外！

彼岸花开得灿烂无比，远远望去一片血红，一个两岁多的小女童正在花丛中蹦蹦跳跳，手中揪了大把火红的花朵。辰南一阵惊愕，这是谁家的孩子，怎么跑到这里来了？而且她居然如此大胆，将那死亡之花当作寻常花朵采集！

"咦，你是谁呀？"小女童发现有人在靠近，转过头来，露出漂亮的脸颊。长长的睫毛，充满灵气的大眼，扑闪扑闪地不断眨动，再配上那粉嫩粉嫩的小脸，真如最最精致的瓷娃娃一般，可爱到了极点。辰南的心顿时被轻轻触动了一下，感觉这个女孩太可爱了，很想上去抱一抱。而就在这时，那种血脉相连的感觉更加强烈了，辰南忽然有一种错觉，觉得眼前的小女孩似乎是他的女儿，这种奇异的感觉让他一阵发呆。

"你到底是谁呀？你怎么会突然出现，你知道辰南大侠在哪里吗？"漂亮的小女童一双大眼不断转动，盯着辰南，看得出这是一个人小鬼大的家伙，正在动着小心眼。听到"辰南大侠"四个字，辰南一阵哭笑不得，神灵哪有用这种称谓的，他笑着道："我就是辰南……""骗人！辰南大侠才不是你这个样子！"小女孩嘴角露出了笑意，露出两个可爱的小酒窝，蹦蹦跳跳跑了过来，道，"辰南大侠有方天画戟，你有吗？"

"有，我给你看看。"辰南看她可爱，同时心里有了某种想法，便将方天画戟释放了出来。"啊，是真的！"漂亮的小女童发出一声惊呼，而后扔下彼岸花，一下子就飞了起来，抱住了辰南的脖子，娇声叫道："父亲……"辰南彻底蒙了，这个小女孩确实漂亮可爱，他从心里希望有这样一个女儿，但是那只是想想而已，眼下怎么成真了呢？

"你到底是谁家的调皮孩子？"辰南有点发傻。"嘻嘻！"小女童一看就是那种伶俐调皮的性格，她眼中闪现着慧黠的神色，道，"父亲居然不知道我的存在，依依真是伤心。"辰南一阵头大。"嘻嘻，父亲请看！"说话间，如小树袋熊般吊在辰南脖子上的可爱小女孩瞬间闪现出一道神树的虚影，而后化出一道神弓的虚影！

"啊！"辰南吃惊无比，而后自语道："羿，依，依依！"依依道："对了，名字就是这样被母亲取的。"这真是自己的孩子啊！血肉相连的感觉不会错，而且那后羿弓之魂也本是他体内的，是很好的证明，但是辰南想不明白她是如何出生的。

蓦然间，辰南想到了某种可能，梦可儿与澹台璇融合失败之后，龙儿莫名其妙跑到了澹台璇体内。而后太古君王松赞德布用情人花对付他与梦可儿，那次似乎风流荒唐了多日啊！难道说，依依便是那次……按照这种推断是极有可能的！后来梦可儿又和澹台璇进行了一次融合，那是为了让龙儿回归。想到这里的时候，辰南感觉有些荒谬，难道说龙儿回归那次，澹台璇又代梦可儿孕育了依依？

辰南感觉有些脸色发红，非常尴尬地面对这个女儿。至此，他已经彻底相信了，这肯定是自己的骨肉！不过小家伙被孕育的时间也太长了吧，居然十几年啊！小家伙正在笑嘻嘻地看着他，似乎能够猜透他在想什么一般，面对这个古灵精怪的小女儿，辰南感觉有些不自然，问道："依依，你娘还好吗？"依依道："嘻嘻，两个妈妈都很好！"完了，被这个小机灵鬼看穿了，辰南嘿嘿笑了笑，不好意思深问了。

"父亲，快去救哥哥吧，他被一个骑白虎的小恶魔抓走了！"说到这里，依依心有余悸地道，"我好不容易才逃出来。""龙儿被抓走了？"辰南大惊。"不是，是空空哥哥。现在外面很混乱，许多人在打架。""空空？啊！"辰南身体一阵摇晃，差点没栽倒，貌似又多了一个儿子！"是的，是和我一起出生的空空哥哥。"小女童笑嘻嘻地看着辰南，怎么看怎么像一个机灵鬼。辰南已经明白了，那定然是吸收了裂空剑力量的儿子。

"你哥哥被抓了，你怎么都不着急啊？"辰南向这个小机灵问道。"因为我知道，他们暂时不会伤害哥哥呀，而且我也没有力量救哥哥，他们就在外面，我想逃走找人帮忙都不行。只好在这里等父亲了。忘记告诉父亲了，我和哥哥离家出走几个月了，就是想找到父亲。唉，父亲你能找到果汁吗？我饿了……"说到这里，小侬侬咬着一个空奶嘴，可怜兮兮地望着他。这个孩子才多大啊，居然玩起了离家出走，真是两个让人不省心的小家伙。辰南自内天地采摘了一些仙果递给她，而后将她抱起，向外冲去。

永恒的森林外，确实有不少人影。辰南悄悄潜出，仔细观察之际，他神情立时一滞，他竟然看到了一别多年的小晨曦！而她似乎被人禁锢在了空中，一动也不能动。"该死的，德猛你真是欺人太甚！"辰南的火往上蹿，展开时空本源力量，瞬间消失，而后突兀地出现在匿藏身形的德猛的头顶上空，一双大脚毫不客气地踏了下去。德猛感觉有异，仰头观望，只见一双脚掌越来越大，一下子印在了他的脸上！"他妈的，我……"他气得险些晕过去。

辰南的一双大脚结结实实地印在了德猛的脸上，在这一刻他只有一个感觉，那就是：爽！舒坦到了极点！德猛憋屈得差点吐血昏迷过去，堂堂第五界君王何曾遭受过这种羞辱，如果不是危急关头他集全身力量于面部，恐怕脑壳都已经被蹬碎了。不过，现在更是难看，面皮上是清晰的鞋底印记红肿无比，就像被人盖了大印一般。

"嗷……"德猛一声怪叫，双拳更是逆天轰击而上，璀璨的光柱直接震裂虚空。但是辰南如今不仅己身有了天阶的力量，更掌握了时空本源这种超级力量，对于时间与空间的把握天地间少有人能及，如一道轻烟般消失了，可谓来无影去无踪！"他妈的，是哪个王八蛋？！我……"吃了这么大的亏，居然连敌人的影子都没有看到，德猛憋闷到了极点，忍不住破口大骂。他本就是隐身在暗中的，关注着永恒的森林上空众多仙神的激战，没有想到反倒被人袭击了！

辰南已经融入了虚空中，没有在现场留下半点痕迹，他当然不是怯战，看到德猛居然禁锢小晨曦，想抓走他最在乎的人，心中早已恼怒到了极点，他决定狠狠地羞辱一番这个狂妄阴险的第五界君王。无声无息间，虚空中化出一道虚影，向着德猛背后偷袭而去。德猛蓦地转过身躯，大声冷笑道："早就知道你还要偷袭我，你死定了！"说话间他向那道虚影猛力拍击而去，浩瀚的掌力激荡天地间，可以想象他有多么恼怒，这一击他用了全力！然而，在扑击过去的刹那，他立时后悔了！那是一道能量虚影，并不是真正的实体。与此同时，他感觉头部一阵剧痛，他妈的，又被人踩到了脑袋上！

德猛真要吐血了，在头上重若万钧的力量消失后，他以为敌人又逃走了。刚刚闪脸观看，却发觉一双大脚又无限接近了，又印在了他的脸上！没有比这更令人恼火的事情了，任是泥人也要被气爆了！不过，事实证明，确实还有比这更气人的事情，这一次大脚丫不是踩了一次，而是进行了第二次、第三次……连续在他脸上踏个不停！任德猛如何快速躲避，都没有逃离出时空本源力量作用的空间，如果不是集中全部功力于脸面之上，恐怕他早已被踏碎了。

对方似乎完全是在出气，也没有打算与他决斗，在踏了七八脚后翩然而去，停在了不远处。德猛如猛兽一般大吼着，决定亡命攻击，与对方不死不休。"嘻嘻！"坐在辰南的肩头上，依依悠闲地晃动着如玉的小脚丫，笑嘻嘻地望着德猛道，"叔叔，你的脸皮好厚呀，爹爹踩了那么多脚都踩不破。"

德猛大怒，不过当看到小依依后，眼中顿时一亮，他这次偷偷赶来，就是想悄悄抓住辰南的两个孩子，以便以后牵制他，没想到这个逃掉的小家伙又出现了。可是，当他看到小依依傍着的人时，又是一阵懊恼，那不是辰南吗？这个家伙居然出关了，貌似修为大增！但是，瞬间他又暴怒，这个该死的家伙！刚才不就是他出手的吗？错，是出脚！德猛的脸色在一瞬间连续变化了这么多次，最后大吼道："辰南你欺人太甚！你我本是盟友，今日为何在暗中算计我？！难道你想和我生死决战吗？"

正是因为第五界太古君王黑起等人的原因，辰南才没有下死手，不想和德猛生死相向。不过，气还是要出的，所以辰南故意坏他面皮，落他面子。辰南道："德猛，你还记得我是你的盟友？那你为什么欺我亲人，不仅想抓依依，而且更是亲自出手对付小晨曦，她们一个是我的女儿，一个是我的妹妹。"

远处，十几对神灵在厮杀，近处小晨曦的禁锢被解除了，看到辰南后立刻叫道："哥哥……"明亮如水的眸子中，有晶莹的泪光闪动。十几年过去了，如今再见晨曦，她已经不是那个小女童，不过她依然没有长大，现在看起来十一二岁的样子，依然保留着当年稚嫩的神色，眼神清亮无比，不过此刻蕴满了泪光，正在一瞬不瞬地看着辰南。

　　"哥哥……"小晨曦快速冲了过来，一下子扑到辰南怀中，有些委屈、有些难过地哭了起来，道："哥哥，我好想念你。这么多年都不见你，我担心、害怕，生怕再也见不到你了！呜呜……"小晨曦更加漂亮了，也更加像雨馨了！这让辰南心中颇为沉重。长长的黑发，光可鉴人，如梦似幻的容颜上笼罩着淡淡朦胧的仙雾，上苍似乎不愿这等绝世仙颜露在众生的目光下。小晨曦整个人透发着一股灵气，即便用"秋水为神玉为骨"来形容，也显得很俗气。她是天地间的灵气所化，钟天地灵慧于一身，静静地站着不动，就让这片高天都空灵了起来。这是一种难言的气质。

　　"晨曦，是哥哥不好，这么多年都没有尽到照料你的义务。"辰南在那十三年的苦境下，虽有凄凉，但也未像现在这般心酸，他觉得真的很对不住小晨曦。而且，想到小晨曦以后的命运，他就更加伤悲了。晨曦道："不，哥哥，你不要说了，晨曦知道你这么多年一直很苦，晨曦找遍了所有的地方，但就是找不到哥哥，在百花谷、在雁荡山，晨曦都等了好多年。"听到这些话语，辰南的心真的狠狠地抽动了几下，他强颜欢笑道："晨曦乖，不哭，哥哥已经好好回来了，以后再也不会让晨曦担心了。"

　　依依好奇地打量着小晨曦，一双大眼来回转动，娇声道："姐姐……""要叫姑姑。"辰南纠正道。"不嘛，就叫姐姐。"依依甜甜地叫道。小晨曦笑了起来，亲热地拉起了依依的小手。辰南百感交集啊，小晨曦终究慢慢长大了，当初她也如依依这般不过是个小童。

　　他将依依交给了小晨曦，转过身来面对德猛道："德猛，你还没有回答我呢？天下人人都知道晨曦是我妹妹，你为何趁我不在时拘禁她？"说到这里，辰南双眉已经立了起来，透发出了阵阵煞气！德猛心中一寒，同时恼怒无比，这是什么事啊！人质没有抓到，却被正主儿看到了，他被人在脸上狂踩了十几脚，印下无数道鞋底印，现在又反被对方质问，实在憋屈啊！但是，似乎他还真不占理。德猛忍着怒火，狡辩道："辰南你在时空大神的空间中闭关将近两年，大概还不知道外面发生的事情吧。某位七绝天女的魂力复苏了，她想抓小晨曦，我刚才不过是想保护她而已。"

"骗人，方才明明没有人对付我，只是你想抓我。"晨曦恼怒地瞪着他。辰南一边安慰小晨曦，一边对德猛道："好吧，就当误会吧。德猛兄，我刚刚出关，不知道修为进境如何，不如你陪我走上几遭如何？""正有此意！"德猛双目中寒光爆射。二人其实都很想除掉对方，但是因为黑起的缘故，现在都知道还不是撕破脸皮的时候，因此明明想动手教训对方，也都要找一些虚假的借口。

"爹爹不要打他面皮，他的脸皮太厚了，打不动！"依依这个小丫头，实在是个人小鬼大的小东西。小晨曦被逗笑了，拉着她向远处飞去，离开了这片战场。辰南也笑了。德猛却是脸色一阵青一阵白，这个尖牙利嘴的小丫头让他真是又气又恨，同时也很欣赏。

"为避免伤和气，十招定输赢！"辰南平静地道。"好，就十招。"德猛冷笑着点头，身体顿时爆发出一片神光，笼罩了周身三丈范围内的空间。他知道辰南掌控有时空本源的力量，便以绝对的力量布下防护罩，免得被辰南神出鬼没地偷袭。辰南笑了，这一次他可不是想检验时空本源的力量，他是想看看融合残魂后，真正的天阶实力！

"唰唰……"高天之上出现一道道残影，两大天阶高手像是流星一般，在空中幻灭移动！"轰！""砰！"……高天之上，不时爆发出一片恐怖到极点的能量波动，但又都被一股莫名的力量生生压制了回去，短短的一瞬间，两人已经过了八招。还剩下最后两招，两人都动用了绝学，无数的光芒在闪耀，最后所有的力量都归于虚无，德猛吐了一大口鲜血，头也不回地远去。

辰南的脸色也是一阵发白，他大声喊道："德猛兄，有机会我们再作交流。"说完他冷笑连连，总算为晨曦出了一口气，他知道德猛受伤不轻，最起码比他要重。而这个时候，辰南忽然有一种奇异的感觉，他看到太极神魔图在体内浮现而出，几道青色的藤蔓延伸了出来，竟然连接到了他的身体中，一股生命波动涌动而来，向着他裂开的五脏六腑浇灌而去。

这个变故，让辰南先是震惊，而后欣喜得险些大叫出来，真是天宝啊，如今才渐渐显露出些许神异之处。这个时候，那些拼战的神灵早已全部停了下来，看到辰南后，所有人都大吃一惊，而后吓得一哄而散。

"妹妹……"这个时候，远空一个小童飞快跑来。又是一个水灵灵的小家伙，大眼如黑宝石般明亮，皮肤光滑细嫩，样子漂亮而又可爱。小童咬着奶嘴，含混不清地喊道："总算逃出来了，呼……"跑到近前，他喘着气，道："那个魔女太可怕了，居然将我当成了瓷娃娃，搂得我快喘不过气来了。还好，她不知道我最大的本领就是穿越空间……咦，这是谁呀？"小家伙望着辰南，又看着依依，露出狐疑之色。

"空空哥哥，这是老爹！"依依笑嘻嘻地道。"啊，老爹？！"空空立刻睁大了双眼，呼哧呼哧地喘着气，道，"老爹，想死我了！"说罢，"嗖"的一声如树袋熊般挂在了辰南的脖子上。辰南又是高兴，又是皱眉，自己的孩子咋都这么与众不同呢？这个小东西看起来虽然不像依依那般古灵精怪，但也绝对不是一盏省油的灯。辰南捏了捏他的琼鼻，道："到底是怎么回事？"这父子见面，丝毫没有陌生的感觉，仿佛一直生活在一起一般。

空空这个小家伙，话语虽然奶声奶气，但是却让辰南感觉哭笑不得。空空道："哎呀，老爹你轻点啊！你儿子我差点被法祖那老乌龟派人抓走。我几乎跑断了小细腿才逃出去，结果没承想一头撞进了一个骑白老虎的魔女怀中。天啊，太恐怖了，她虽然笑得甜甜的，但是我感觉待在她身边，比面对法祖那老乌龟还要可怕，别人都称呼她是大妖尊！呼，总算逃出来了。"小晨曦解释道："他说的是小麻烦姐姐。我得到消息，法祖想派人暗中掳走依依和空空，我通知了小麻烦姐姐，她才派人过来相助的。刚才混战的两拨人便是西方的神灵与妖尊身边的妖灵。"

通过与晨曦简要的交谈，辰南已经明白了到底是怎么回事，这两年发生了太多的事情。楚国小公主楚钰的崛起，无疑最为神秘，功力飘升到一个让人不好揣测的境界。这期间，第五界向人间与天界迁移的高手越来越多，经常爆发冲突，眼下局面非常复杂。同时，一则古老的预言开始在神灵中流传，第六界的空间之门将慢慢敞开，将要贯通人间与天界。

隐约间，辰南已经闻到了阵阵刺鼻的血腥味，他预感到一股巨大的风暴即将席卷天地间！不过，他并不恐惧，反而涌起阵阵激昂的战意！本身的真实功力达到了天阶境界，他渴望着热血的大战！"走，我们回归月亮之上。"辰南拉起了小晨曦的手，至于两个小家伙，早已一边一个地爬到了他的肩上。天、地、人合一！光芒轻轻一闪，瞬间辰南便带着他们进入了天界。在飞向月亮之上的路上，辰南整个人突然透发出一股可怕的波动，向着西方天界浩荡而去。

遥远的西方天界神域内，悬浮于众神神殿上空的浮岛，一道魔影显现而出，对着正在修炼的法祖就是一拳。下方众神感觉天空一阵摇动，而后发现那浮岛竟然崩碎了，而后看到法祖气急败坏地喊道："天外化形！竟然有人敢在万里之外攻击我！"东方天界，辰南冷笑道："等我腾出手来，新账旧账早晚一起跟你算！"

辰南等人一起向着月亮飞去，现在辰南已经不再用那种惊人的速度飞行了，他要看一看天界大地。十三年废残，两年闭关，十五年了！人生低谷十五年，天界与人间发生了许多的事情，但是这壮丽山河却没有任何改变。辰南有一丝明悟，即便你功参造化、法力通天，也可能有陨落的那一天，但是这个世界依然存在，人、神、魔相对于浩瀚天地来说，实在太渺小了！或许，唯有达到时空大神、独孤败天大神那等境界，才能够改变什么吧！

他不会忘记残破的世界是怎样毁灭的，想到残破的世界，辰南就想到了父亲留给他的信息，以后要想办法炼化那个世界。天界大地上，一座座雄伟壮阔的山脉，一条条奔腾咆哮的大河，已经变得越来越小了，辰南他们已经升腾到了高空，向着月亮之上冲去。距离月亮越来越近，辰南心中的波澜也越来越大，离开这里十九年了，不知道今日回归，将会有怎样的事情发生。

美丽的天空中，星光璀璨，月亮遥遥在望。半刻钟后，辰南飞上了月亮，这是一处世外仙源，是天界之上的一处净土！这里没有半丝杂质，是一个极乐祥和的世界。远处，仙霞缭绕，奇花芬芳，馨香随着微风送来，青翠欲滴的宝树，轻轻摇曳，洒落下片片神辉。宏伟的巨山，壮阔的大河，瑰丽的月亮！辰家之人在月亮之上布置了许多记忆水晶，当辰南带着晨曦与两个孩子一出现时，他们立刻被辰家众人发觉了，月亮之上顿时一片沸腾。

众多的辰家子弟都飞了出来，全部冲上了高空，月亮之上一片轰动。要知道辰南如今的名气，实在太响亮了，尽管以前他们父子在辰家的地位很尴尬，但是辰南大战过几位太古君王，名传三界之后，他这个辰家主脉子弟已经被所有人接受了。

空空道："老爹你快看啊，这么多的人都来欢迎我了，唉，真是让我头疼啊，我空空怎么就这么招人喜欢呢？"辰南愕然，而后捏了捏他的鼻子，这个小家伙。而这个时候，依依已经站在了辰南的肩头，轻轻挥动起小手，娇声喊道："各位叔叔伯伯你们好，你们看我把爹爹找回来了，快快告诉老祖宗让他奖励我吧！"辰南笑了，这两个儿女，还真都不是省油的灯，明明是怕被责怪，现在一回来就先要奖励，真是以攻代守啊。

辰家众人莞尔，这两个孩子太神奇了，生下来还不到几个月就开始尝试向外溜，结果最后灌醉了两头问题龙，真的成功出逃了。结果，两个小家伙刚吵吵嚷嚷起来，远处一座绝巅之上，一位白衣女子就打出一道神光，将他们都给摄走了。"呀，漂亮妈妈！许久不见，妈妈你更漂亮了，我好想好想你呀，妈妈抱抱。"依依的嘴巴太甜了，被那神光笼罩之后，小嘴跟涂了蜜一样。空空也大喊着："娘亲你又漂亮了，哎呀，不要呀，娘亲我错了，以后不离家出走了，不要呀，我错了。老爹救命啊！"

绝巅之上始终有淡淡云雾在笼罩，就连辰南都未能分辨出那是澹台璇还是梦可儿，显然对方功力大进啊！七绝天女的力量恐怕又被吸收了不少，此刻对方多半已经或即将步入天阶境界了。辰南被隆重迎回了辰家重地，一大帮辰家子弟向他不断询问这么多年来的经历。直到四祖与五祖出现，辰南才解脱出来。安排好小晨曦后，辰南随着两位老祖进入了密室。

"坦白从宽，抗拒从严。"两位老祖笑眯眯地看着他，他们实在太高兴了，以他们的眼力怎么会看不出辰南已经真正步入天阶境界了呢，而且不是简简单单的天阶初级！到了现在，两位老祖对于复活远祖这个愿望已经看得越来越淡了。如果辰大、辰二不返回，四祖与五祖绝不会为难辰南，甚至想到时候庇护他。辰南没有什么隐瞒，将当年为何留下神兵，独自黯然离去之事交代了出来，更将穿越时空种种见闻述说了出来。

两位老祖啧啧称奇，许多事情他们也无从推测，毕竟说起来，他们的辈分还远没有法祖高呢，那个老古董都不知道的事情，四祖与五祖也无从推测。辰南道："让我为两位老祖尽些心力吧。只是不知道效果如何。"说话间，他开始动用时空本源的力量，为四祖与五祖疗伤。如今，他自己晋升入天阶之境，对于时空本源力量的理解与运用，比之当初才得到时强了许多。两位老祖被一代天骄辰战那霸道的"万古皆空"，直接从天阶之境扫落了下来，到如今还没有半点恢复的迹象。每每想到这个，两个老小孩就郁闷无比。时间的力量作用在四祖与五祖身上，朦胧的光华不断闪烁，不仅两位老祖紧张到了极点，就是辰南也很激动。

"轰！"一声巨响，密室崩碎了，时间的力量扩散了出去，附近的植被快速衰败，最后枯萎，远处不明所以的几个辰家子弟跑了过来。结果他们脚步越来越慢，最后冲到近前时，都已经变成了白发苍苍的老者，几声"鬼哭狼嚎"立刻冲上高空，这几名辰家子弟吓坏了。好在这是残余的时间力量，不然可能会直接将他们化成尘土。

"老祖宗，你们……"几个须发皆白的"老者"，佝偻着身躯艰难地开口。此刻，四祖与五祖从孩童直接变回到了十八九岁的样子，功力那是暴涨啊！但是，他们还远未恢复到巅峰境界。即便这样，两人也高兴得直接狼嚎了起来，一点也没有长辈的样子。"嗷呜……""嗷呜……"后果是直接将紫金神龙吸引了过来。"我还以为有母龙出世了，原来是你们两个。辰南，晚上喝酒，不见不散。"说罢，老痞子飞走了，他知道眼下辰南定然有许多正事要处理。

"再来！"四祖与五祖都兴奋地大叫着。辰南脸色有些苍白，他方才已经动用了极限力量，依然只恢复了两人五成的修为，破坏永远比重建难！辰南道："两位老祖，过些时日再尝试吧，今日无法再继续了。"四祖与五祖也看出了辰南的不妥，便不再要求。随后，辰南抬手打出几道神光，笼罩在了那几名辰家子弟的身上，他们被残余的时间力量作用在身上，且修为很低，所以轻易就被复归原样了。半个月后，辰家两位老祖终于彻底恢复，现在辰家一门三天阶！顿时，月亮之上一片欢呼。

在这期间，辰南从两位老祖口中得知了一些情况，月亮之上没有人知道依依与空空究竟是梦可儿还是澹台璇生的，只是知道他们是辰南的孩子无疑。对于辰南来说，这实在是一个麻烦的问题。

亭台殿宇，小桥流水，花草清新，神树奇异，这里仙霞缭绕，称得上是少有的灵地。梦可儿依然如从前那般美丽，一身白衣胜雪，如不食人间烟火的仙子一般，不过细看可以发觉，眼神中多了一丝成熟与温柔，她正在细心地指导着依依与空空练字。两个小家伙，苦着小脸，咬着奶嘴，可怜兮兮地一笔一画地写着，同时不断小声嘟囔："哥哥今天没有来学习，我们两个也该放假休息了吧？"

梦可儿蛾眉轻皱，嗔怪道："你们两个居然敢离家出走，这是对你们的惩罚，哼！"两个小家伙古灵精怪地道："娘亲你好漂亮呀！"

"娘亲，你越来越美丽了！"

看着这两个眨巴着大眼、可怜兮兮地望着她的孩子，梦可儿又是好气又是好笑。正在这个时候，辰南走了进来。

"爹爹救命啊！"

"老爹快救救我们啊！"

两个小家伙立刻大喊起来。"呵呵！"对于这两个古灵精怪的孩子，辰南是非常喜欢的，道："好了，你们解放了，出去吧，我有事情和你娘谈。"两个小家伙不等梦可儿表态，"嗖嗖"两声跑没影了。

"这些年辛苦你了。"辰南面对着梦可儿，心中百感交集。梦可儿看着辰南，也是思绪万千，他们之间的情谊实在复杂无比，很难理清。"这两个孩子……"辰南不知该如何说了。"是我们的孩子，不过澹台姐姐也等于他们的亲娘，两个孩子很奇怪，最后一年融合时，才回归过来。"梦可儿没有隐瞒。看得出她与澹台璇和好了，两人的关系似乎很亲密了。

辰南看着眼前的绝世仙颜，拉起了她的手。梦可儿望向辰南，并没有挣开，两人对视久久无语，不过一种微妙的情绪慢慢弥漫了开来。"可儿……""你能够平安回来就好！"两人几乎同时开口。梦可儿的心结，已经化开了一半……

三日后，月亮之上热闹非凡，四祖与五祖广发请帖，庆祝回归天阶。另外两个月亮上的人收到请帖是必然的。辰南真的很好奇，那两个月亮之上到底有何方神圣坐镇，这次终于将要见到了。此外，天界与人间不少强者也在受邀之列，这并不是说四祖与五祖看得上他们，他们只是想借助这个机会展示力量，上次被法祖率领众神攻击，辰家的脸面实在有些不好看。这次第一张请帖就送给了法祖，两位辰家老祖显然憋着一口气呢，想要借此机会出一出！当然，停留在人间的德猛以及恢复天阶神通的南宫仙儿，肯定也在被请之列。

这一日，众多人间与天阶的强者，向着月亮之上飞来。不过，就是在这样一个日子里，发生了意外！一把光芒璀璨、透发着无限绝望杀意的魔刀，崩碎虚空，从人间界一直冲杀到月亮之上。"绝望魔刀！""天啊，黑起杀来了！""盖世君王跨界而来了！"……所有赶到月亮之上的神灵都惊呼，那魔刀正是黑起的凶兵！透发着无限杀意，璀璨夺目的绝望魔刀悬浮于月亮之上，成为所有人关注的焦点。

黑起人并没有来，但是声音却从魔刀之上透发了出来："我脱困之日，就是辰家灭亡之时！""铮！"绝望魔刀插在了月亮上的一座绝巅之上！这是赤裸裸的蔑视啊，人未至，将魔刀先打了过来，留在了辰家，黑起实在狂妄到了极点，简直未将辰家放在眼中。

说起来也无怪乎黑起如此行事，七君王中有三人元气大伤，还未恢复之际，被辰南亲手灭杀了。让有无敌之称的太古七君王组合力量大大削弱了，他时时刻刻都想将辰南粉碎。故此，封印松动后，他做的第一件事就是如此轻蔑地发誓，要灭杀辰家。这个时候，德猛正好飞到了月亮之上，焦急地大喊道："我刚刚得到消息，黑起他们要脱困了！"

辰南冷笑着指了指绝巅之上的魔刀，道："你的消息已经晚了。""这是……"德猛很吃惊。这个时候，众多的神灵都在议论，德猛很快知道了是怎么回事。出乎所有人的意料，辰南竟然飞起拔出了绝望魔刀，而后将它禁锢，快速冲出了月亮，时空本源的力量涌动而出，让他快速失去了影迹，所有人都不知道他将要做什么。

辰南在绝望魔刀上布下了十八重封印，而后快速出现在人间界的丰都山，以无上大法力将魔刀小心地打入天坑中。而后，他腾空而去，自语道："黑起，你狂，到时候你去狠狠地狂吧！"

辰南将绝望魔刀布下十八道封印，打入丰都山的天坑中，其用意是显而易见的。黑起不是狂妄吗？敢将魔刀丢过来蔑视辰家，辰南便毫不客气地收下，交给天坑"看管"。到时候狂妄不可一世的黑起杀来之际，让他去朝天坑要吧，最好不明所以冲进去在那里"狂妄"一把！辰南快速飞回月亮之上，众神都不知道他方才去了哪里，许多人都在奇怪他将那盖世君王的魔刀送到了什么地方。

奇葩竞艳的仙园内，姹紫嫣红的花朵闪烁着绚烂的光彩，馨香阵阵，沁人心脾，五光十色的宝树也是轻轻摇曳，挂在上面的仙果传来阵阵撩人的香气。德猛端着一杯仙酿走到辰南的近前，询问道："你将那黑起的魔刀怎么处理了？"这也是众神的心声，许多人都想问但是却没有几个人有那样的资格。"那破铜烂铁被我扔掉了，黑起当它是宝，但我就是看着不顺眼，送给人间的铁匠，让它们回炉另造去了。"辰南满不在乎地说道。

任谁也知道这是不可能的！这次碰巧辰家发帖请人，黑起发绝望魔刀来袭，辰家定然不高兴，做出这种姿态是可以理解的。众人即便想破头也不会知道辰南已经为黑起布下了一个局，一个可以说是极其阴险的局！辰南并不惧怕黑起来袭，反而非常期待他早点打过来，他迫切想看看黑起惊扰那神秘难测的天坑后，双方会爆发怎样的结果！

"老爹，你在笑什么呢？"如瓷娃娃般可爱的空空不知道何时来到了辰南的身前，将他的身体当成了竹竿，正在顺着大腿往上爬呢。小家伙疑惑地道："老爹，我怎么感觉你在奸笑啊？你不会做了对不起娘亲的事情吧？""是呀，老爹你做坏事了？"如小仙子般的依依飞上了他的肩头。这两孩子真不是省油的灯，实在太调皮了，辰南刮了刮他们的鼻子，笑了笑后没有多说什么。

这个时候，龙儿走了过来，现在他看起来依然是七八岁的样子，虽然显得很稚嫩，但是无形中已经透发出了一股"势"！看样子，突破真正的天阶境界，可能会在朝夕间完成。龙儿与两个古灵精怪的小家伙比起来，稳重了许多，还真有一派兄长风范，他对辰南道："父亲，黑起发绝望魔刀示威，想必他随时会出现在人间界，我们要早作防范啊。"辰南点了点头，道："嗯，我知道，不过如今我们力量大增，已经不惧怕他。"

这是事实，如今南宫仙儿、法祖、德猛、辰南以及两位辰家老祖，加起来足以应付得了盖世君王黑起，这些人都与黑起水火难容，定然都会尽全力出手。现在的人间界，力量已经比之十五年前强太多了。即便黑起一方还有另外两位君王，但是德猛一方的人，也定然会出手牵制。此外，小六道中还隐伏着魔主的弟弟魔师，危急关头想必他定会出手。最后，龙儿牵起两个古灵精怪的小家伙将他们领走了，让辰南解放出来，能够继续与众神打招呼。

"美女们我们干杯！"紫金神龙这个无耻的老痞子，混在一群女性神灵间忙得不亦乐乎。"偶米头发！"龙宝宝羞于与他为伍，觉得太丢龙族颜面了。小家伙如从前那般，晃晃悠悠飞到了辰南的肩头，小声嘟囔着："我是三教总教主……"而后醉眼蒙眬地陷入了沉睡中。

辰南对这两条龙有着极其特殊的感情，十五年后再次与他们重逢，彼此间的感情与默契更胜往昔。他溺爱地看了看肩头的小龙，脸上漾起一抹笑意，这个小东西体内的战魂之火早已经熊熊燃烧了起来，它与龙儿一样随时可能会成为一个真正的天阶高手。远处，小凤凰化成了人形，成为一个漂亮可爱的小萝莉，正在和气质超凡脱俗的小晨曦有说有笑，引得一帮男性神灵都不住偷偷观望。

"九天净土来访！"一名辰家子弟大声禀报。"有请！"四祖在仙园中高兴地说道。如今四祖与五祖恢复了天阶功力，没有显现出当年的老人形象，各自恢复成了青年时的体魄。四祖由于当年练功不慎，险些粉身碎骨而亡，最后淬炼成一副如黄金般的体魄，通体刚健有力，闪烁着金光，除了肤色大异于常人外，他显得非常英武！而五祖此刻则是一副帅得掉渣的容貌，虽然人人都知道他已经是一个不知道活了多久岁月的老古董。但是，眼下他剑眉星目、英气逼人的样子，让人不得不艳羡。

　　辰南知道这所谓的九天净土，乃是另外一个月亮之上的人，与辰家有着良好的关系，当初在残破的世界，他曾经亲眼见到九天净土的惊天剑主与魔性辰战的大战，知道了这系人的存在。九天净土来的是三位青年，当然仅仅是外表看起来像青年，他们那深邃的眸子预示着，他们都是经过大风大浪的老辈强者。

　　"恭喜两位前辈修为恢复！"三人上前行礼。"哈哈！"五祖大笑，而后将辰南喊了过来，道，"这是傲天剑主、灭天剑主、败天剑主……""见过三位前辈。"辰南一边行礼，一边打量着他们，发觉三人都处在神皇与天阶境界之间，是名副其实的小天阶高手。这也难怪，九天净土就是有真正的天阶存在，恐怕也被魔主请到第三界去了。

　　辰南感觉很奇怪，这三人的名号未免太过狂妄了，与之前被魔性辰战炼化成神兵的惊天剑主一样，都带一个"天"字。三人看辰南的神色明显不善，五祖打圆场道："哈哈，你们不用担心，惊天剑主虽然被炼化成了兵器，被带入了第三界，但是性命无忧，早晚会复原回归的。"同时，五祖笑着对辰南介绍道："你还不知道九天净土是怎样的一个所在吧？嘿嘿，当年大神独孤败天百世轮回，逆天九转，曾经在九世留下九脉传人。九天净土，便是那九大传人的根基所在，现在上面的神灵乃是那九大传人的后辈子弟。"辰南大吃一惊，这九天净土还真是来头甚大啊！

　　天界总共有三个月亮，不过第三个月亮之上的人并没有来，虽然他们与辰家关系不错，但是这一次实在不凑巧，第三个月亮"封月"了，时间将维持五百年，在此期间强大的力量将禁锢那片月亮周围的空间，切断内外的联系。显然，那一系人预感到世道大乱，想要避世处之。对于第三个月亮之上的修炼者，辰南更加好奇，因为在此之前，他一无所知。五祖叹了一口气，道："这个月亮之上的人，来头更大呀！"不过他没有细说。

辰家所在的月亮，今日祥和无比，绝大多数神灵都是第一次来临，在此之前很少有人能够登陆此地。仙园内，众神把酒言欢，一片欢声笑语。灵草浮香，宝树绕霞，仙鹤飞舞，白猿献桃，寿鹿衔芝，让这里显得更加神圣祥和。而就在这个时候，远空传来一声长啸，巨大的魔音如惊涛拍岸一般震耳欲聋！恐怖的魔气，如海啸一般，自那天界冲上了月亮，无尽的黑暗瞬间将月亮表面吞没了！强大的魔息摄人心魄，让人胆寒！

黑起来了！在这一刻，所有人都知道，那盖世狂人，相隔十五年后，再次跨界而来！黑起绝对是震动六界的大人物，其威名之盛直追魔主、独孤败天等人！十五年过去了，这个盖世君王终于脱困了，任谁都知道这一次恐怕将有一场天大的风暴！德猛脸色骤变，他虽然知道黑起将要脱困，但是没有想到居然这么快。法祖与南宫仙儿也都是一脸凝重之色，面对这个威震千古的魔君，谁都无法轻松起来。辰南与两位辰家老祖，并没有感觉太意外，既然这个太古君王将要找辰家麻烦，早来一天与晚来一天都一样！

"吼——"巨大的魔啸震动天地！魔云吞月！远远望去，无尽的魔云，直冲而起，将那轮明月彻底吞没了，这等天地异象，惊得天界众多生灵惊恐到极点！黑起又变强了！这是场内几个天阶高手的感觉，十五年的困锁，没有削弱他的力量，反而让他修为更上一层楼。其实，这也并不奇怪，当年黑起等七人被封印在通天七柱之下，无尽岁月过去之后才脱困而出，致使元气大伤，他们需要时间来休养，只要有足够的时间，他们展现出的大神通，将远远强于辰南他们昔日所见。

"德猛、法祖、南宫仙儿，我们去迎敌！"辰南大喊道。黑起太强势了，人未至，滔天魔气已经席卷了月亮，如果让他冲上来，恐怕这轮月亮会立刻化成粉尘！现在，可不是偷懒耍滑的时候，尽管法祖与德猛奸诈无比，但此刻不得不出全力迎击，毕竟他们与黑起是死敌，两人第一时间冲了出去，南宫仙儿一阵犹豫，最终也和辰南一起冲了出去。

"今日辰家必将灭亡！辰南，你死不足惜，却让我遗憾终生，你这微不足道的后辈小子，竟然斩杀了三位太古君王，实乃该杀一万遍！"黑起点指着辰南厉声吼啸。无尽魔云在汹涌，他的背后一片黑暗，无尽的神魔影像在挣扎哀号。"哼，就怕你杀不死我，自己也如同那三人一般死于我手！"辰南冷笑，道，"多说无益，现在就结束你的性命！"

黑起冲天而起，右手拳风直接将天上的几朵云彩都轰散了，瞬间冲了过来，直捣辰南胸腹！虚空中奇异的能量波动在微微荡漾，辰南的身影慢慢虚淡了下去，黑起狂霸的一拳直接轰进了虚影中，穿过了辰南的身体。立时惹得月亮之上一片惊呼，在许多神灵眼中，黑起这一拳贯胸而入，击穿了辰南的体魄。许多人都不知道，那不过是辰南的一道残影而已。

黑起蓦地转过身躯，停在了高天之上，盯着下方的一片虚空，皱眉冷声道："时空，竟然是时空的力量！"瞬间，辰南从那片虚空中显现出了踪影。黑起露出一丝森然的笑容，道："怪不得你敢来送死，居然有这种倚仗，这貌似是时空大神的本源力量，想不到会被你得到。哼哼哼，不过尽管如此，还远远不够，想战胜我？嘿嘿，即便时空大神亲临，我也无所畏惧！受死吧！"

万万钧压顶，黑起一只大手狠狠地向下印来，巨大的手掌快速放大，将辰南周围的空间都遮笼了进去。在这一刻，辰南也仰天发出一声长啸，十五年前他都敢对抗黑起，十五年后他有何不敢呢！一片朦胧的光辉逆天而上，向着巨大的手掌迎击而去，那是辰南双手不断结印，打出的时间力量！那可怕的光芒，由淡淡朦胧变得越来越强盛，最后照耀天地间，所有人都睁不开双眼了。即便相隔很远，不少神灵都感觉到了时间似乎在飞快流逝，可想而知这争斗漩涡中的时间运行有多么恐怖！

"轰！"黑起那刚猛无匹的力量直接将辰南砸飞了出去！不过那浩瀚如海的力量，并没有全部作用在辰南的身体上，在关键时刻，他运转空间本源力量，在刹那间崩碎虚空逃出去十里之遥。

"啊——"黑起也并不是毫发无损，他发出了一声吼啸，巨大的手掌快速缩小，摆脱了那强盛无比的时间之光。不过，这一击并不是完全没有作用，他冷森森地道："没有想到啊，时间的力量竟然削去了我数十年的修为！不过仅此一次而已，再无用处！"月亮之上众神一惊，辰南的时间之光，竟然抹去黑起数十年的修为，尽管相对于他无尽的岁月来说，实在微不足道，但是能够让盖世君王黑起吃个小亏，足以说明时间之光的可怕了。

"还愣着干什么，一起杀他！"辰南冲着不远处的德猛、法祖、南宫仙儿吼道。四大高手同时向前冲去。四道波动于天地间的力量，横扫高天，滚滚天阶之力，汹涌澎湃，这片天地仿佛都要禁受不住了。不是你死就是我亡，双方都知道不可能善了！出手绝不容情！

黑起虽然强得让人胆寒，但是同时面对四大高手，也是有些吃力的，就在这个时候，四祖与五祖也冲下了月亮，两大天阶高手加入了战团，这下黑起感觉压力更大了，一人独战六位天阶高手，光想一想就让人心惊。太古君王的实力震慑世间！要知道黑起还没有彻底恢复到巅峰状态呢！"啊……"黑起仰天咆哮，乱发飞扬，他身后的四十万神魔沸腾喧嚣了起来，竟然隐隐有一魔吞噬六大天阶之势，看得远处观战的众神心惊胆战。

"虚幻空间！"法祖大喝，他乃是精神系祖神，这是近年来最为得意的精神攻击魔法，是他掌握的威力最强绝的天阶禁咒！德猛也大喝："灭绝剑阵！"无尽绚烂的剑芒如同光雨一般遮笼了天地，每一寸空间都是璀璨锋芒。"颠倒众生！"南宫仙儿也娇喝，不过这可不是媚功，这是极度升华的必杀绝技，一道道魅惑天女由无形虚体化成了有形实体，向着黑起冲击而去，那是一道道召唤而来的上古天阶精魄！四祖更是大喝道："天光普照！"他的金色躯体如太阳一般耀眼，胸前升腾起一轮刺眼的光团，向着黑起射去。"颠倒乾坤！"五祖大喝，顿时天地动荡，一股可怕的风暴逆卷天地间。

"北斗伏魔！"时隔十五年，辰南再次对黑起动用了《太上忘情录》中的绝学，七道星芒照耀而下，绚烂的七大光柱仿佛通天之柱，向着黑起激射而去。此刻辰南体内运转的功法很复杂，历经一次太上与唤魔的争锋，现在两种功法似乎都发生了变异，相互克制，相互纠缠，以一种折中的路线运转着。

六大高手同时攻击，即便是黑起也立时变色，六大高手之巅峰绝技，让他也没那么自信了。在一道道毁灭性的力量面前，黑起狂吼着，躲过了几道可怕的攻击，但是不可能全部躲过，毕竟是六人呈合围之势展开的攻击，即便他崩碎了空间，也终有几道光芒笼罩在了他的身体之上。

"神魔皆恸！"黑起大吼，四十万神魔沸腾，无尽的魂影充斥在天地间，将那冲过来的毁灭之光淹没了，尽管无数神魔魂影近乎彻底消亡了，但是黑起却彻底冲了出去。不过，最终法祖的虚幻空间精神魔法，与辰南的北斗伏魔，都狠狠地轰在黑起的身上，尽管他魔功盖世，也不可能全部化解。最终七道通天光柱将黑起定在了空中，牢牢将他困在了里面。六大天阶高手岂能放过这样的机会，皆开始狂轰滥炸，猛烈地攻击盖世君王黑起！不过，在刹那间，黑起就冲破了禁锢，七道通天神光的巨大杀伤力，被四十万神魔化解了，他并未受到太重的伤害。

辰南要的就是这种结果，逼迫黑起，但却不使其陷入绝境！果然，黑起吃了不小的亏，有些被激怒了，大喝道："魔刀何在？"他周身爆发出滔天的魔气，似乎在感应着那绝望魔刀。这个时候，其他几位天阶高手都望向了辰南，毕竟绝望魔刀是被他送走的，现在所有人都希望辰南将之藏得够隐秘，让黑起难以寻觅到。只是，他们哪里知道辰南为黑起挖了个"坑"呢！现在，就等着他往里跳了！

"黑起你那破铜烂铁让我熔了，现在已经回炉另造，等打造出一个玄金马桶送给你！"辰南大笑。黑起大怒，道："只要我不灭，我的魔刀就没有人可以粉碎。哼，魔刀在手，我将斩断时空，让你的时空本源力量如鸡肋般无味！"在说话时，他用神识不断呼唤魔刀，在他的认知中，魔刀如他的第二生命，只要神识一动就应该出现在手中。但是，今天显然有些不同寻常。不过终究被他感应到了，黑起咆哮一声，荡起无尽魔气，向着人间界杀去！

法祖等人焦急无比，在后紧追不舍，他们可不想黑起持魔刀在手。"辰南你可真的藏好了那魔刀？""能够保证黑起寻不到吗？"几位天阶高手边追赶边问辰南。"放心吧，黑起他定然寻不到！"辰南口中这样回应，但是心中却期盼着黑起赶快寻到，这一切不过是说给黑起听的而已。果然，前方黑起冷笑不断，森寒地道："辰南你们都死定了！魔刀在手，你们即便六人又如何？！我让你们尸骨无存！"

七人先后冲入了人间界，在路上辰南他们几次远距离攻击黑起，由于只有辰南知道其中的隐秘，其他人都不知道这是一个阴险的"局"，所以出手之际毫无保留，明显是想拦截黑起，不让他去寻找魔刀，可以说没有一丝破绽！七大天阶高手很快就冲到了丰都山，这里愁云惨雾，阴气笼罩四野，黑茫茫的森然煞气，遮天蔽日。

黑起已经感应到了自己那被封印的魔刀，哈哈大笑道："你们白费力气了！等着受死吧！"说到这里，他整个人化作一道黑芒，荡起滔天的魔气，向着那天坑中冲去。黑起实在太大意了，根本没有多想，再说天坑本身也并无丝毫异常波动，让人觉察不出这里有什么不对。此外，后方六人极力阻挡他，不想让其进入这片区域，同样让黑起放松了戒备。种种因素交融在一起，让黑起直接冲进了天坑！

黑起乃是盖世狂人，冲进去之后一拳向前轰去，不想让任何障碍物阻挡他！随着黑起冲入地下，轰出一拳之后，整片丰都山瞬间风云变幻，天地失色！辰南在第一时间拦住了法祖、南宫仙儿等人，大喝道："我们快退！"五大天阶高手一阵愕然，不过紧接着立刻变色，因为他们也感觉到了，地下透发上来无尽恐怖的气息，仿佛要天崩地裂一般！

丰都山像发生了海啸一般，所有山峰如波浪一般，猛烈摇动起来，成片成片地倒下，而后又涌动起新的山峰，无尽的阴煞之气瞬间笼罩天地，这里在一刹那完全被黑暗笼罩，即便强如几大天阶高手，也有伸手不见五指的感觉！六人飞快冲天而起，冲出了丰都山！

这个时候，丰都山地下传来了黑起惶恐愤怒的吼啸："他妈的，辰南，你敢坑我？！我……竟然敢阴我！"大地仿佛都要翻转过来一般，传出黑起阵阵怒吼之音，绝望魔刀在黑暗中透发出阵阵杀气！黑起似乎陷入了绝境！辰南冷声回应道："坑的就是你！"

法祖、南宫仙儿、德猛等人目瞪口呆，下方的丰都山如海水在翻涌一般，荡起滔天的魔气，即便是天阶高手都感觉阵阵心惊，无尽的黑暗彻底将下方淹没了。天坑被发现十几年了，这一次辰南终于利用它，拖住了一个第五界的君王，发挥了它应有的作用。对于神秘的天坑，即便常年生活在这里的天鬼都不了解，更不要说外人了。这一次"坑"了黑起，让他去拼命，可谓一箭双雕！

"吼——"黑起似乎遇到了难以想象的强敌，吼啸之声直贯云霄，透过重重魔云与煞气，穿越了上来。德猛使劲咽了一口唾液，感觉口中有些发干，这人间界未免太神秘与恐怖了，居然有可怕的地方能够困住黑起。而他身为第五界的君王却从来没有听说过，实在有些心惊。若是辰南日后用这些秘地对付他，后果实在不堪设想啊。

"轰！"一声惊天巨响，乱石穿空，两座大山冲出魔云，崩碎到了高天之上，声势实在太浩大了！一幅让人心惊胆战的画面映入六大天阶高手以及随后赶来的众神眼中。一条如山岭般绵绵无尽的触手舞动到了高天之上，正是它将两座山峰甩上来，并且将之崩碎的！众神都感觉头皮有些发麻，那是什么怪物啊？！居然如章鱼的触手一般，上面疙里疙瘩，凹凸不平，同时布满了黏液，横舞于高天之上，绵绵无尽，也不知道到底有多庞大！

刀光赫赫，黑起在丰都山中惊怒地吼啸不断，显然遇到了大麻烦！那把无坚不摧的绝望魔刀在无尽的黑暗中像是最狂暴的闪电一般，劈出千万道神芒，搅得山崩地裂，一派末日来临的景象！只是无尽的刀光周围是一条舞动的巨大触手，仿似天龙一般遮笼天地，生猛地将黑起压制在了下方，让他根本难以脱困而出，触手爆发出的恐怖力量让众神心胆皆颤！

即便相隔很远，即使身为天阶高手的法祖、南宫仙儿等人也都吃惊无比。"那到底是什么？"德猛心惊地问道。这未知的生物带给他非常严重的威胁感，他隐约闻到了死亡的气息，如果让他与黑起对调，恐怕现在他已经死去多时了！即便强如黑起，现在似乎也疲于招架。不止德猛一个人不明白，现场几乎所有人都不知道是怎么回事！法祖双眼眯成了两道缝隙，过了好久才道："这似乎就是所谓的天之身吧！"南宫仙儿也是眉头紧锁，绝美的容颜已经失去了往昔的妩媚之态，沉声道："似乎是与天有关的力量！"

"轰！"又是一声巨响，在无尽魔气笼罩的丰都山内再次冲起一条庞大的魔影，一条巨大的爪臂横扫高天，而后向着下方的黑起拍击而去。这不同于方才的触手，是一只兽爪，上面覆盖满了青色的鳞甲，锋利的爪刃闪烁着幽碧的光芒，如九幽冲上来的灭世鬼爪一般划过一道道让人胆寒的轨迹，而后又铺天盖地而下。四祖与五祖惊叫出声："那是神魔大劫的毁灭之手！""那是灭世之手！"

远处，青禅古魔也是瞬间变色，他乃是万年前的人物，亲身经历过那场灾难，怎会认不出这巨大的兽爪呢！不少神灵都已经骇然变色，万年前众神陨落，其中几只巨大的兽爪乃是罪魁祸首之一！而眼前，丰都山下冲出的兽爪与万年前的灭世之手似乎一模一样！万年前的祸乱之源，竟然隐藏在这里！怎不让人心惊，怎不让人胆寒！

"啊——"黑起愤怒地吼啸着，手中绝望魔刀以横扫六合之势，大战那不知名的怪物。刀芒铮铮，爆发出阵阵可怕的光芒，将许多山峰都扫平了，但是似乎很难有效伤到那祸源，那似乎是一个杀不死的怪物。法祖、德猛、南宫仙儿、辰南曾经穿越时空，回到万年前，见证过那场众神陨落的场面，曾经亲眼见到神秘男子大战天之化身，将之慑服，感受过那种种可怕的力量。但是眼下，他们惊愕地发觉，隐藏在丰都山下的怪物，似乎比那神秘男子大战的天之化身要强大许多！

"轰！"又是震动天地的巨响，一个巨大的石碑冲天而起，被那浩瀚的力量抛上了高天。不过，由于它的材质特殊，且上面布满了封印的力量，所以并没有崩碎。上面有几个大字，透发着灿灿神光，照亮了这片黑暗的丰都山。南宫仙儿吃惊无比地念道："青天，第二化身！"所有人皆震惊无比，青天第二化身，如此说来当年灭世的人物的身份岂不明确了？居然是青天！

"真的有老天爷？"德猛脸色有些发白，他在人间界待了十几年，曾经游走于凡人之间，怎么会没有听说过这个凡人口中的至高存在呢？那是远远高于众神的唯一主宰者啊！法祖也是脸色变了又变，沉声道："也许是所谓的'天'的别称吧！"南宫仙儿惊道："明显有人曾经将之封印在了这里。他虽然强大无比，但是并不可怕，毕竟曾经有人制服过他。"五祖脸色非常不好看，道："但他毕竟是老天爷的化身啊！"

"轰！"又有两条爪臂自丰都山地下伸了出来，一个是青色鳞甲覆盖的兽爪，一个是类似章鱼般的触手，现在四条爪臂横舞于丰都山内。黑起被逼得更加不堪了，老天爷的化身果真比辰南、法祖他们穿越时看到的那些灭世巨爪强大得多！

辰南感觉一阵头大，这次……似乎玩大了！现在，事情已经超出了他的掌握，究竟会演变成什么样子，已经无法预测了。眼看着黑起的魔刀越来越暗淡，他的吼啸之音似乎也微弱了许多。而就在这个时候，丰都山大地摇动得更加剧烈了，仿佛要翻上高天一般，无尽阴煞气息逆空而上，逼迫得众神全部飞快倒退而去。

"轰！"天崩地裂一般，丰都山发生了剧变。那如山岭般绵绵无尽的触手与兽爪的周围出现两只雪白如玉的手臂，与那绝世佳人的玉臂一般美得让人心惊，不过实在太大了！两条堪称完美的手臂，如两道雪岭一般，笼罩在这片高空，透发着无尽的霞光。两条手臂用力撑住丰都山地表，而后在隆隆巨响声中，一个高大的身影终于浮现而出！远空，所有人都紧张无比地关注着，想看一看所谓的老天爷的化身，到底是什么样子。

这竟然是一个高逾万丈的女体！她终于从丰都山地下彻底爬了上来，完美的体魄让人吃惊，这竟然是一个绝代佳人！老天爷的化身竟然是一个女人，出乎了所有人的预料！这种美似乎不属于尘世，惊心动魄，让人望之惊于她的完美，又慑服于她的气势！她透发着一股威严且森冷的气质！那墨绿色的长发，当真是如瀑布一般，高挂于天际，那冰冷的眸子没有任何感情，冷冷地俯视着众生。没有喜怒哀乐，看不出任何情绪波动！

这是一个望之便让人胆寒的绝美女子！当然，所说的完美，仅仅是她的容貌与修长的躯干而已，不包括她的手臂。因为她生有六条手臂，除了一对欺霜赛雪的美臂外，还有一对兽爪、一对触手生在肋下，狰狞恐怖的样子实在让人心惊。就是这样一个女子，生生压制住了黑起！她的六条手臂不断甩动，直打得高山崩塌，大地崩裂，将黑起逼迫得几乎陷入了绝境！远处，众神感觉心间冰冷无比，因为他们感觉到老天爷的化身看他们如死物一般，没有任何感情！

黑起被打入了地下，而后又被一条触手卷上了高天，就要将他勒成碎末！而一条兽爪更是夺取了他的魔刀，黑起被逼得陷入了绝望之境！德猛脸色骤变道："黑起要发狂了！"没有人比他这个第五界君王更加了解黑起，这是一个无法确切定位实力的存在，黑起若发狂，就是太古七君王中的第一人都要退避三舍！在第五界没有几人可以单独对抗陷入绝望之境而疯狂的黑起。果然，随着德猛的话音刚落，黑起浑身上下爆发出的魔气瞬间席卷了天地，四十万神魔之魂全部咆哮起来，而后一起动作，那片天空生生被崩碎了！

浩瀚的能量波动，在刹那间波及出去上千里！远方观战的众神如狂风暴雨中的落叶一般飘摇不定！黑起一怒，天地变色！他崩开了那巨大的触手，绝望魔刀也再次回到了他的手中，整个人如一个大魔尊一般身体开始暴涨起来，瞬间变得顶天立地！被逼入绝境而陷入疯狂的黑起，在六界都少有敌手！"啊——"他狂啸着，手中随同放大的绝望魔刀，狠狠地向着老天爷的第二化身劈去。那绝美的女人依然没有任何情绪波动，她如同玉石雕刻出来的一般，一双欺霜赛雪的玉掌舞动而出，竟然生猛地用两个手掌夹住了绝望魔刀！绝望魔刀竟然传来阵阵嘎嘣嘎嘣的响声，似乎随时会折断。

黑起脸色大变，狂啸一声，立时风云变幻，无尽的魔气浩荡四野，西方的群山都颤动了起来，手中绝望魔刀爆发出无比绚烂的妖异光芒，想要斩断女子的两手。说起来真的有些奇怪，青天的第二化身始终没有任何情绪波动，更没有开口说过一句话，绝美无双的容颜始终保持平静，透发着淡淡森然冷冽的气息。如果不是她出手如电，功力通天，众神定然会将她当成一个没有感情的玉雕像。见黑起魔刀颤动，狂啸震天，她的一双玉手也爆发出璀璨的光芒，死死地将魔刀定在了空中，其余的四条手臂宛如毒蛇一般，全部舞动了起来。

两条如章鱼般的触手绵绵无尽，猛力向着黑起的颈项勒去，而两只锋利的兽爪更是狠辣，分别掏向黑起的胸腹与双眼，招招夺命！看着那绝色女子美貌无双，但是出手却如此狠毒，所有人都为黑起心惊。

随着老天爷化身的出现，众神不知不觉间便偏向于黑起，毕竟这个老天爷当年可是灭世的刽子手啊！

避无可避，躲无可躲，黑起厉啸，四十万不灭的神魔之魂飞快组合在了一起，化成了一个无比巨大的魔头，一个狰狞无比、摄人心魄的巨大头像！明明是由神魔之魂凝聚而成的，但是却有实质化、肉体化的倾向，额头与脸颊之上布满了神秘魔纹。猩红的眸子闪烁着妖异的光芒，他张开巨口，露出森森獠牙，竟然以风卷残云之势，将那两对触手以及那对兽爪吸了过来，甚至想要直接吞噬老天爷的化身！

黑起与那青天第二化身都身逾万丈，而那重组成的巨大头像竟然一点也不逊色，毕竟那是四十万神魔的精魄啊！眼看巨魔头像将要吞噬女子的四条手臂，她在这个时候终于撒手，放开了绝望魔刀，身体在原地留下一道残影，快速后退。其姿势之曼妙，动作之优美，让人叹为观止，但正是这等姿态，更加突出了她的可怕，她步步是杀招！

在飞退的刹那，她身后丰都山内蕴含的无尽煞气全部沸腾了起来，隐约可以看到无尽的魂影在挣扎哀号，铺天盖地皆是！要知道，当年曾经有千万军魂埋葬于此啊，后来被人布下绝阵，阻止这里的阴气泄漏，让这里成为了天下第一阴地，将这里的鬼魂都滋润得强大无比。虽然质量比不上神魔之魂，但是数量上绝对取胜，千万魂魄厉啸，响彻天地间，让所有人都头皮发麻。

辰南看得大惊失色，他曾经引导绝地中的煞气进入方天画戟中，但是并未引入那种冤魂，现在看到千万军魂渐渐咆哮起来，他感觉内天地中的方天画戟竟然颤动了起来，似乎想要飞出去，与之和鸣！

"嗷……""吼……"森森鬼啸不断，千万军魂最终全部凝聚在了老天爷化身的周围，在她的后方仿佛有无数的黑色闪电在劈闪！黑起变色，四十万神魔之魂化成的巨大头像也咆哮起来！两大高手对峙，他们身后的无尽魂魄也在对峙，随着气氛越来越紧张，最终一声惊天动地的大响过后，双方终于再次冲到了一起。这是一场无比惨烈的大混战！千万军魂对四十万神魔之魂，青天第二化身对抗黑起！在刹那间，丰都山内，无尽煞气在涌动，而虚空更是不断崩碎，这简直是灭世战！丰都山周围的一切，被毁于一旦，连绵不绝的丰都山更是全部崩塌！这里鬼哭狼嚎，一派惨烈到极点的景象！

黑起绝望了！在以前的大战中，他不是没有遇到过强敌，但是像今天这种敌手生平罕见，四十万神魔竟然被老天爷第二化身彻底毁去了一半！不像是以前那般被轰击得虚淡化，这次是彻底灭绝！绝美的女子没有任何感情波动，六条手臂在身后千万军魂的配合下，简直就是生死轮回之手，将一重重神魔之魂打得形神俱灭！黑起自己也被老天爷生生截取了一条臂膀！手中绝望魔刀竟然出现了道道裂痕！

黑起在绝望中爆发，吼啸不断，独臂持刀，冲入了青天第二化身的怀中，他似乎知道今日将难以幸免，想要拼死相抗，让对方付出最惨痛的代价。"轰！"绝望魔刀斩在了一条触手之上，在无比绚烂的光芒中，魔刀崩碎！而那条触手也终于被无尽的光芒照耀得粉碎！紧接着，黑起的独臂与一只兽爪纠缠在一起，而后与兽爪同时爆碎，完全失去了手臂，黑起怒目而视，其盖世魔威让绝美的女子那古井无波的容颜上也终于出现了丝丝波动！

"吼——"黑起仰天悲吼，而后双脚爆碎，崩碎了缠绕在他身上的一条触手与一只兽爪。最后，他更是凶狠地张开了巨口，向着绝色女子颈项咬去。他们缠在一起，距离是如此之近，青天第二化身躲避不过，将一个肩头代替了颈项。"咔嚓！"黑起嘶吼着，恶狠狠地咬碎了她的左肩，而后自己的头颅也被那天之力量崩碎了！场面实在太惨烈了！盖世君王黑起，不得已如此拼命！黑起残碎的身体飘浮在空中，崩碎的四肢与头颅，还有那粉碎的魔刀碎块，快速聚集到了一起，不过所有人都知道黑起不可能战胜这女子了，眼下恐怕即将彻底灭亡。

青天第二化身虽然被崩碎了四条手臂，但是却又开始慢慢生长起来，欺霜赛雪的两条玉臂依然完好无损，爆发出两道璀璨霞光，向着重伤的黑起印去。"吼！"黑起似乎非常不甘，似乎不愿意死在对方手中，残躯带着碎刀，向着天坑中冲去。青天第二化身绝美的容颜在这个时候不知道为何忽然荡漾起一丝波动，猛力向着天坑中打下一股狂霸的力量。在隆隆巨响声中，黑起被打得粉身碎骨，而这个时候，天坑之下一扇混沌门户也被打了出来，不知道连通着哪里！

本已经在劫难逃的黑起魂魄，裹带着残碎的身体与魔刀的碎片，毫不犹豫地冲进了空间之门，代价是那剩余的二十万神魔之魂被当作了祭礼！"他妈的，是第六界的门户！"远处，法祖大叫，失声道，"当年大乱后，传说第六界出入的门户，被封印在了一个大凶之地！没有想到竟然是这里！"

第六界的门户！传说中神秘的第六界终于要浮出水面了！而黑起毫无疑问地进入了传说中的第六界！盖世君王黑起逃得一死，那绝色美女似乎没有任何沮丧，她打量着空间之门，而后蓦地转过身来，庞大的躯体面对着辰南与众神。在这一刻，所有人都感觉心中冒起一股凉气！辰南现在说不出心中是何种滋味，原本想借助天坑重创黑起，但是没有想到惹出一个天大的角色，将黑起都险些灭掉，现在黑起的威胁是解决掉了，但是唤来了一个更强大的敌手。

"轰！"一声巨响，丰都山上空的虚空崩碎了，一条千丈长的巨大虫体显现而出，在它的身上站着一个高大魁伟的身影，竟然是千古魔主的弟弟魔师乘坐时空妖兽赶到了！没有任何多余的话语，魔师迅速将时空妖兽收起，而后一拳向着那高逾万丈的女子杀去！刚猛的力量似惊涛拍岸，似乱石穿空！让本已全部崩碎的丰都山脉如发生了海啸一般，所有山石全部涌动起来，磅礴的力量波动让众神惊骇。辰南、南宫仙儿、德猛都曾见识过魔师的手段，知道他功参造化，似乎不比黑起弱。眼下他以全盛之力大战疲惫的青天第二化身，应该有六成胜算！

魔师已经幻化出了万丈高的魔躯，威势狂霸无比，竟然生生将那绝色女子轰倒在地，踏入了地下！这让远处众神一阵欢呼！现在没有人希望这个曾经灭杀过神魔的老天爷缓过劲来！"吼！"魔师厉啸，将那绝色女子举到了高天，想要将之撕裂！然而就在这个时候，绝色女子本已经断裂的一对触手与一对兽爪突然疯狂地长了出来，狠狠地钳制住了魔师的身体，而后那一双欺霜赛雪的玉臂更是直接向着魔师的颈项扭去！

惊变险些让魔师吃大亏，不过最终他以盖世功力生生震开了女子的缠绕，与她分开一段距离站立！青天第二化身墨绿色的长发，无风自动起来，六条手臂现在已经完好无损，周身上下爆发出阵阵青气，一股让众神战栗的"势"狂暴地涌动而出。丰都山内千万军魂咆哮，涌动起无尽的煞气，而后向着魔师吞没而去。魔师同样展现出了最强战力冲了上去，两人似乎要快速决出生死！辰南刚要招呼法祖等人一起冲上去，但就在这个时候，他一下子愣住了，在他的身旁不知道何时出现一条高大的身影，正在密切地关注着丰都山内的大战。

神秘青年！竟然是隐伏在神魔陵园的神秘青年！辰南险些大叫出来，这不是穿越时空啊，这是在现实中，两人实实在在地并肩而立！只是，让辰南大感奇异的是，他身旁的法祖、德猛、南宫仙儿、四祖与五祖，以及众神似乎根本没有发现这个青年，将他站立的地方当成了一片虚空，仿似什么也没有看到。

辰南吃惊地想要说什么，但是脸上笼罩着淡淡云雾的青年冲着他微微摇了摇头，露出一口洁白的牙齿，似乎是在微笑。而后他猛然冲天而起，以大法力将一面石碑从崩塌的大山下攫取了过来。正是那原本埋在天坑中的石碑！而后他在空中留下一道残影，擎着巨大的石碑出现在了那绝色女子的身后，狠狠地将石碑劈在她的身上，在一瞬间将之打翻在了尘埃中！

所有人都感觉吃惊无比，众神只看到那巨大的石碑自动浮起，根本没看到擎着它的神秘青年，仅仅见到石碑迅若雷电一般劈中了老天爷的化身，将之打翻在地上。即便是几大天阶高手运用天眼通观探，都没有看到任何一条可疑的身影。辰南感觉无比震惊，在他看来，神秘青年就在战场中啊，就暴露在众人的面前，在众神的天眼通注视下，神秘青年居然都能够让他们视其如无物，这份功力实在让人惊叹。

魔师冷冷地盯着神秘青年，已经敏锐地觉察到了那里有一个实力无从揣测的高手，但是无法看清其真容，无法感受其真正的元气波动。不过他知道这个神秘青年对他来说是友非敌，因为神秘青年出手的那一刻，魔师才知道老天爷对他暗藏了绝杀，神秘青年帮他化解了。容貌无双的女子暗中竟然生出了第四对手臂！她其实共有八条臂膀，方才正要偷袭魔师，而被那神秘青年瓦解了！如果不是神秘青年出手，魔师感觉自己定然要吃个大亏。

这个时候，众神也已经看到了青天第二化身新生出的那对手臂，所有人都惊骇无比。一条手臂竟然是一条东方的天龙，绵绵不绝，也不知道长有多少里，上面墨绿色的鳞甲闪烁着妖异的光芒，巨大的龙头上双目寒芒闪烁，竟然不似是死物，似乎是活着的天龙！这未免太邪异了！老天爷的化身本就是一个独立存在的生命体，但是她的身上居然还有活物，手臂是一条真正的天龙！

"吼——"一声天龙啸音，响彻天地间，青天第二化身从地上站了起来，庞大的躯体再次矗立在天地间。远处，紫金神龙与龙宝宝皆一阵愤怒，他们的族人怎么成了老天爷的一条臂膀呢？难道传说中的主宰者真的是万物的统治者，结合了各种生命体的优点？不然怎么可能一条手臂是天龙呢？！

随着老天爷站立而起，她另一侧的手臂也显露了出来，并未与天龙手臂对应，不是天龙，竟然是一条大蛇！大蛇同样如山岭一般连绵不绝，黑色的鳞甲闪烁着森然的光芒，血红的双眼凶焰跳动，巨大、火红的蛇芯格外吓人。绝杀手段被人破坏，老天爷并没有动怒，但是当她看到举着巨大石碑的神秘青年后，脸色却第一次骤变！显然她看到了来人的真正容貌，清晰地把握到了他的存在！

让所有人惊异的是，她第一次发出了声音，仰天发出一声尖啸，墨绿色的长发狂乱舞动起来，周身青气缭绕，八条手臂更是碎裂天空，狂暴舞动！很明显，她有些发狂了，似乎与神秘青年有非常深的旧怨！只是，魔师第一时间冲了上去，拦住了她的去路！巨大手掌幻化出千重，向着八臂老天爷杀去！神秘青年并没有再次进击，他看到魔师再次与青天第二化身大战在一起后，将那巨大的石碑丢在地上，而后退回了辰南的身边。

在此过程中，依然没有人看到他，即便是法祖等天阶高手，也都将他当成了透明的空气。不过所有人都知道，现场似乎隐藏着一个实力无比强大的高手。这对于众神来说是一种鼓舞，或许今天能够屠掉老天爷！毫无疑问，这是一个疯狂的想法，而且是每一个神灵都在想的问题，所谓的老天爷带给他们的只能是毁灭，现在如果有人能够将之灭杀，那可真是众神的福音啊！

看到神秘青年来到自己身旁，辰南涌起一股说不出的怪异感觉，这神秘青年带给了他太多的惊奇与震撼，到底是何方神圣呢？"你到底是谁？"辰南发出了微弱的精神波动，迫切想知道对方的身份，对于这个真正的超脱者，他有太多的问题想要寻求解答。神秘青年露出了雪白的牙齿，看不到他的真正笑容，但是明显能够感觉到他灿烂的笑意，他没有说什么，而是示意辰南观看战场。

这个时候，魔师与那青天第二化身战得激烈无比，已经到了白热化。不得不说，盖世君王黑起实力震惊六界，虽然他最终败走了，但是却真的重创了老天爷，绝色女子的力量已经明显不如开始那般强盛。现在，她面对几乎不逊色于黑起的魔师，战场已经成了平局之势，她再不似先前那般神勇，这让众神看到了希望！

"吼！"老天爷新生出的那两条手臂真是活物！那天龙咆哮一声，竟然脱离了她的身体，向着魔师冲击而去，同时那大蛇也在刹那离体而去，盘绕向魔师。而绝色女子自己更是从正中扑向敌手。事情发生得很突然，打了魔师一个措手不及，没有想到对方自断手臂，对自己实在太残忍了。

眼看平衡将被打破，众神眼前一花，那巨大的石碑再次被人举了起来，化作一道光影出现在绝色女子脑后，"砰"的一声盖了下去，直打得那庞大的躯体一阵摇晃，轰然一声栽倒在丰都山中。正面最强大的威胁，在最为紧要的关头，被人打闷棍摔倒在尘埃中，魔师压力瞬间减轻，他以绝世大神通，将一龙一蛇定在了空中，而后将那时空妖兽召唤了出来，令之破碎虚空，将龙蛇移进了未知的空间中，变相囚禁了起来。

老天爷暴怒，这一次她的情绪波动比上一次还要剧烈，她恶狠狠地转过身来，盯着辰南身旁的神秘青年，那冷冽的杀气让众神感觉阵阵胆寒。魔师哈哈大笑，虽然不知道暗中出手的人是谁，但却知道那绝对是己方的人，现在再也没有后顾之忧，尽全力出手。如此一来，大战更加惨烈了。

魔师竟然不遗余力地拼命，他的目的很简单，想要耗尽老天爷的生命力，而后将之留给暗中的神秘人。本着这样的目的，招招都惨烈无比，短短片刻间，魔师自己已经崩碎了一次，而那青天第二化身的手臂也已经被他连续绞杀了三条，一时间难以生长出来。直至最后，他再次以爆体行事，将青天第二化身也拦腰截断了！

这是大战以来绝色女子吃得最大的亏，青色的血液漫天飞溅，她终于发出了一声凄厉的惨叫，墨绿色的长发横扫天际，破碎出一道道可怕的空间大裂缝。她被重创，怒极，想尽一切办法要灭杀魔师。不过，魔师已经召唤出了时空妖兽，而后头也不回地隐入了虚空中，远遁而去。他觉得已经完成了任务，接下来神秘人定然会出手。当魔师败走后，众神心中一沉，感觉有些惶恐。不过，就在这个时候，隐伏在暗中的人终于出手了。

无声无息间，六道轮回门出现在高天之上，六道黑洞洞、无比阴森的门户，透发着无限死亡气息，封闭了高天，将那重组的青天第二化身困在了当中。"是他！"看到这熟悉而又陌生的轮回门，南宫仙儿第一个醒悟过来，她终于知道了一些情况，隐伏在暗中的人竟然是穿越时空时，多次在神魔陵园见到的神秘青年。德猛也是脸色骤变，没有想到暗中的人竟然是穿越时空时看到的那个强者，他们曾经在历史中见过，然而此刻竟然在现实中重遇了。在这一刻，德猛想到了很多，人间界不愧为传说中的强者"摇篮"啊！无天之日，竟然有高手化解了魔主的手段，依然逍遥在人世间。法祖也惊得半晌说不出话来。

神秘青年浮现出了身影，不过容貌依然无法看清。他并没有幻化成万丈高的身躯，不过即便他的躯体和老天爷的躯体相比甚是渺小，但是他整个人透发出的气势却磅礴如大海、如巨山，完全不弱于对方。没有多余的话语，两者似乎是宿敌，始一见面就立刻冲杀到了一起！激烈的大战爆发了！那渺小的身体，竟然爆发出了最为可怕的力量，其威势绝不弱于黑起与魔师，甚至更加强盛几分。

"吼！"绝色美女竟然吼啸了起来，这一刻她面目狰狞，变得非常恐怖，浑身滑嫩、润泽的皮肉，竟然在慢慢萎缩，而后龟裂，最后竟然褪掉了，露出了青光闪烁的鳞甲。绝美女子的头颅，也在刹那变成了一个满脸疙疙瘩瘩、到处都是鳞片的怪物头颅。由绝色美女到怪物的转变不过刹那间，前后反差实在太大了，惊得众神目瞪口呆，好半天无语。

随着容貌的变化，她的体形更是剧变，不再像方才那般挺秀了，此刻体形暴涨，修长的玉体变成了强壮无比的兽体！同时，除了被魔师收走的龙蛇手臂外，其他六臂再次完整地生长了出来，狂扫神秘青年。显然，她在积聚剩余的力量，想要进行最后的决战！只是，这并没有改变她的败局，半刻钟后一条触手轰然崩断，血花漫天飞溅，一道轮回门内森然气息涌动，狂猛地将那触手吞噬了进去。

"轰轰……"残碎的丰都山脉中，排山倒海般的力量在疯狂激荡。六道轮回门在空中快速旋转起来，青天第二化身的六条手臂，全部崩断，被吞噬了进去。在这一刻，逃回小六道的魔师忽然感觉小六道中天翻地覆了一般，竟然有毁灭的力量在狂乱涌动。他轻声自语道："是谁呢？是谁竟然控制了小六道？那几人不是都已经……难道当年创建小六道的六人中，还有人好好地活在这个世上？"

老天爷被截断了六臂，彻底疯狂了，再次以大神通幻化出几对手臂，向着神秘青年冲去。只是，这个时候神秘青年比她还要疯狂，他幻化出两只巨大的手掌，抓住了对方的脚踝，而后将青天第二化身倒提了起来，竟然于空中生生将老天爷劈开了！这个场面太震撼了！一个法力通天的修者，竟然将天之化身给劈了，竟然屠杀了老天爷！

神秘青年厉啸不断，再也不似开始那般沉静，现在他近乎疯狂，手段之血腥让众神都不禁战栗，只见那双巨大的手掌在老天爷的残体上不断穿插，彻底将之绞成了肉酱！天空中下起了血色暴雨，同时爆发出阵阵电闪雷鸣，这天地异象惊得众神惶恐无比。神秘青年屠杀老天了！这异象是否预示了天大的凶兆呢？！

整片丰都山都被血雨笼罩了，这一日这里血云滚滚，阴雷阵阵，一幅无比可怕的画面展现在众神眼前！老天爷那巨大的尸身，终于被神秘青年彻底绞碎了，散落到了丰都山的每一个角落，最后又由六道轮回门吞噬了进去。巨大的魂影想要冲天而起，但是却被神秘男子一掌盖了下去！这个时候，辰南体内的太极神魔图忽然间冲了出去，快速放大到千百丈，被那神秘青年擎在了手中，而后生猛地向那巨大的残魂笼罩而去。"吼——"老天爷的残魂发出最后一声吼啸，被神魔图彻底吞噬了！

屠天！今日，神秘青年竟然屠掉了老天爷！

众神呆呆发愣，无论如何也不敢相信眼前的事实，一个修炼者竟然屠掉了老天爷，竟然将天之化身给灭了！这简直如天方夜谭一般，众神不会忘记万年前的那场大灾难，当时神魔陨落，天地间悲惨一片，而源头就是这青天第二化身一类的存在啊，当年天灭了众神！现在，竟然有人灭了天！这是何等的威势？！神秘青年在众神眼中简直堪比磅礴圣山，是一个让所有神灵需要顶礼膜拜的存在！这太不可思议了，这个人功力堪称逆天！

六道轮回门如同六个洪荒猛兽一般，黑洞洞的门户森然无比，在丰都山上空不断旋转，再配上无尽的血色暴雨，还有电闪雷鸣，让远处的众神感觉阵阵胆寒与战栗。所有人都不由自主向后退去，生怕一不小心就被那六道门户吞噬进去。还有神秘青年手中擎着的巨大太极神魔图，同样让众神惊惧，方才就是它疯狂地吞噬了老天爷的魂魄，这当真是一件天宝，连天都给收了！许多人狐疑地看着辰南，而后又看向神秘人，不少人都看到那太极神魔图是从辰南那里飞出的，他们不明白神秘人与辰南到底有哪种联系。不过许多人都知道，这神魔图似乎是属于辰南的，因为在这之前见辰南曾经利用过它。

这个时候，瓢泼血雨还在狂下，巨大的闪电不断自天际劈来，仿佛是痛诉着老天之死，又仿佛将要降下天罚一般，在这一刻所有人都忐忑不已。毕竟那是天之化身啊，敢对天不敬，必受天谴！不过天谴并没有降下来，神秘青年反倒发狂了！他不断对着暗黑的高天吼啸，滚滚音波竟然将天上的雷声都生生压了下去，所有雷电更是绕着他而过，没有一丝闪电劈落在他的附近。他擎着大如山岳般的神魔图，昂然立在丰都山上空，当真有气吞山河、唯我独尊之势。而后神秘青年一招手，埋在土石中的巨大石碑飞上了高天，被他攫在了手中，猛力地向着天坑砸去。

"轰"的一声巨响，巨大的石碑在血雨中爆发出夺目的光芒，将那飘浮的混沌之门连带着砸入天坑内，而后山石翻滚，土浪涌动，天坑瞬间被填平了。慢慢地，神秘青年的吼啸声停了下来，他的身影逐渐虚淡起来，而后在不知不觉间，自众神的眼前消失了，六道轮回门随之不见。没有人捕捉到他的踪迹，没有人知道他去了哪里！而那巨大的神魔图，也随着他的消失而消失了，是逐渐在虚空中淡去的，并没有回归到辰南的身边。

一切都充满了迷雾，神秘青年来无影去无踪，留给了众神无尽的遐想。

老天爷第二化身在丰都山被灭，瞬间传遍了两界，所有修炼者都知道了这个事实，最后此事甚至传入了第五界，引得三界沸腾。血色暴雨接连降了三日三夜，整片丰都山一片血红，刺鼻的血腥味弥漫在天地间，一幅凄惨惨的景象，再加上丰都山所有山脉崩塌，这片血色的世界当然如同修罗地狱一般。

三日来，这片地域始终森然无比，血雨狂下中，电闪雷鸣中，始终有阵阵鬼音在呜咽，声音摄人心魄，骇人至极！许多留在这里观望的神灵，都感觉阵阵胆寒，脊背都在冒凉气，没有人能够寻觅到何人在哭泣，没有人能够感知到半点魂魄波动的气息。

辰南、法祖、德猛、南宫仙儿等人，也在这里守候了三天，不过他们也并没有任何发现，最后得出的结论是，老天爷的魂魄虽然被那太极神魔图吞噬了，但是可能有部分残碎的灵魂飘散在了这丰都山中，再加上这里有千万军魂，才导致那飘忽的声音让人捉摸不定。不管怎么说，三日后天气放晴了，血雨不再狂下，雷电也消失了，不过这里的阴煞气息似乎更加浓烈了。残破的丰都山彻底变成了血红色，让这里更加可怖，以前的黑雾变成了血雾。

辰南将天鬼召唤了出来，这个家伙比泥鳅还要滑溜，并没有受到丝毫伤害，相反经过一场邪异的血雨洗礼后，他的修为似乎有增强之势，连带着他的徒弟古思，还有其他鬼魅邪物都有进化之势，老天爷的血雨似乎成为了鬼魅的补品！

这件事情，在三界闹得沸沸扬扬，所有修炼者都在谈论，但是没有人能够猜测出那神秘青年到底是何方神圣。一个月过去了，这件事情虽然依然被人们广泛谈论，但是已经不似开始那般狂热。

在此期间，辰南等人曾经探究过天坑，想要看看第六界的混沌门，结果众天阶高手发现，天坑中石碑上的封印力量正在飞快消退，那混沌之门随时有可能会冲出。也不知道神秘青年是否知道这件事，难道是有意为之吗？他想让第六界与人间贯通？没有人能够猜透，就像没有人能够猜透第六界是怎样的一个世界一样。到现在为止，人们只知道至尊高手七绝天女便是来自第六界，笼统来说第六界给人的印象是——强大！

在屠天之日过去三日之后，辰南就发觉神魔图出现在了他的体内，他不可能将这件事情说出去。直到回到月亮之上，他才找四祖与五祖秘密商谈，而后紧急召唤辰家八魂上身。时间太紧迫了，第六界可能随时与人间相通，没有人知道会发生什么，还有太古诸神回归的脚步声也越来越近了，现在唯有提升绝对力量才是硬道理！

当辰南将八位老祖的残魂引入生命源泉中时，他听到了八位祖先的低吼，感觉到了他们喜悦的情绪，八位老祖沉浸在了生命源泉汇聚成的湖泊中。不过，在这期间也险些发生一场争斗，湖泊之底原本就有几具残骸，他们似乎对后来者很不满意，在生命源泉中搅动起阵阵恐怖的波动，而辰家八魂也聚集在一起，与之针锋相对地对峙。不过好在，最终双方各自退到了两侧，没有战斗起来。这让辰南惊疑不已，想必那几具残骸也在此处恢复魂力呢吧，但是他却根本不知道他们的来历，显而易见那是神秘青年弄进来的，被神秘青年看重的人无论如何也绝非等闲之辈！

二日过去后，辰南放下心来，八魂并没有离开这里，这里远比八魂的墓地适合他们休养，他期待有朝一日八魂彻底复归！但是，他知道如果没有特殊机缘，所谓的"有朝一日"恐怕将非常久远，到那时恐怕这天地间的大动荡都已经结束了。辰南退出生命源泉，发现小湖上方那个有青色藤蔓缠绕的人影又已经成形了，一个紧闭双目的"辰南"被包裹在里面。他冷冷一哼，没有采取行动，现在藤蔓中的"辰南"相对来说魂力还不算多强，还不值得他去汲取力量。

他飞出神魔图，出现在四祖与五祖面前，两位老祖都非常激动，他们知道辰南做的一切，如果能够成功，辰家必将成为六道第一世家！到那时，几乎没有人能够与之相提并论！当然，两位老祖自动忽略了太古传说中的那一家族。"两位老祖，难道复活真正的雨馨，就没有其他办法吗？"辰南的声音在颤抖，显然心中非常矛盾与痛苦。在解决辰家八魂的问题后，他准备出手复活心中的雨馨了！

四祖长叹了一口气，道："没有，真的没有啊。你要知道，生命的问题最是玄奥复杂，没有任何一人敢说百分之百的通透。想要复活一个本已经消逝的生命体，就是要付出惨重的代价的！"五祖道："天界那修炼《太上忘情录》的雨馨，十五年来一直在我们的月亮之上闭关。生活在永恒的森林外围地带，那个由灵魂种子成长起来的精灵很好寻找。如今晨曦也来了，现在你唯一要做的就是，将昆仑玄界中闭关的灵尸雨馨寻来。究竟如何选择，你自己决定吧！"

辰南左右为难，心中痛苦无比，不知道该如何做出选择，终于等到了这一日，费尽千辛万苦寻到了生命源泉，但真正要施展手段时，却是让人两难取舍。他能够对最为纯真善良的晨曦挥动屠刀吗？不能！看到雨馨能够复活的希望，他能够就此罢手吗？不能！但是，两者却是如此矛盾！他想要复活雨馨，便要挥动屠刀，杀死分化出的魂魄，使之再次融合，回归原始，令她在生命源泉中重新涅槃再生。

辰南心中痛苦极了，晨曦已经深深烙印进他的心间，但是他却知道那是雨馨的一缕魂影，如果想要复活雨馨，晨曦等人必死无疑！他该如何选择呢？在这一刻，辰南恨不得刀碎青天，来一场最为惨烈的大战。他害怕自己做出的每一个选择！整整一个月，辰南将自己关在密室中，谁也不想见，思想在不断挣扎，甚至想永远地将自己封印在此地。但是，事情不能不解决，最终那种迫切渴望见到真正的雨馨的念头牢牢地占据了上风，他不会忘记当年雨馨是如何死去的！他不会忘记当初雨馨死别前说过的那些话语。

"当你老去的时候……如果还能够想起年轻的时候，曾经认识一个叫雨馨的女孩……我会很高兴的……"微笑着流着泪而逝，是如此心酸，是如此肝肠寸断！

辰南霍地站了起来，瞬间就崩碎了石室，他决定不惜一切代价复活雨馨，哪怕将失去许多。辰南冲出了密室，飞上了高天，只见远处一个十一二岁的小女孩快速飞来，满面欢喜之色，如同一个快乐的小天使一般，她轻轻呼唤道："哥哥，你终于出来了，我好担心你。你怎么了？"

晨曦，竟然是晨曦！一个月来，她竟然一直守候在石室的外面！

辰南的心一阵剧痛，像是被利爪狠狠抓住了一般！他无颜面对晨曦，不敢面对晨曦，看到可爱善良的小晨曦，他如何下得去手，怎么能够挥动屠刀呢？！十五年前，辰南跌入人生低谷，都从来没有流过一滴泪，因为他是男人，不会为自己而伤悲，但是现在他却有一种想大哭的感觉！好久好久之后，辰南才控制着自己，情绪渐渐稳定了下来，他哑着嗓音，勉强露出一个难看的笑容，道："晨曦，是哥哥不好，让你担心了。哥哥有事情要去做，要离开一段时间。"

虽然万分痛苦，但是辰南还是决定先去永恒的森林外围地带，将那精灵圣女凯瑟琳带到月亮之上。小晨曦有些担忧地道："哥哥，你的状态真的让晨曦很担心，你遇到什么难题了吗？可以说给晨曦听，晨曦帮哥哥分忧。还有，哥哥，让我和你一起去吧，晨曦知道可能帮不上哥哥的忙，但是晨曦很想跟在哥哥的身边，晨曦已经十五年没有见到哥哥了，非常非常想念哥哥，很想每时每刻都与哥哥待在一起。"她清纯但却很憔悴的小脸关心地仰望着辰南。这些话语，这份神情，像锋利的刀刃一般斩在辰南的心间，他感觉心中好痛好痛。辰南大叫了一声，冲出了月亮，有一种肝肠寸断的感觉。

迷迷糊糊间，他来到了永恒的森林外围地带，以大法力将精灵圣女凯瑟琳拘走了，送到了月亮之上。而后，他又冲到了昆仑玄界。

茫茫昆仑山，乃是天下间有数的灵脉，不但是妖族圣地，同时聚集着不少人类修炼者，相传在那远古时期，更有古神人在这里开府讲经，实在是名闻修炼界少有的所在。三千米以下，峰青谷翠，无比秀丽，简直美如仙境一般。一旦到了五六千米以上，山峰上则会白雪皑皑，一片银装素裹。这也是昆仑山最为重要的景观之一，一座高耸入云的山峰，从山脚下到峰顶，能够体现出来四季不同的景观，非常奇特。

茫然间，辰南已经飞到了一座海拔六千米的山峰之上，这里是一片冰雪的世界。晶莹的雪花漫天飘落而下，辰南久久地站在峰顶不动，任寒风呼啸，如同一尊化石一般。今日他的心绪非常乱，他真心想让万年前那个雨馨复活归来，但是代价实在太大了，手段将会残忍无比。精灵圣女凯瑟琳与他无冤无仇，本是无忧无虑的精灵，且在那古精灵部落身为圣女，享有崇高的地位，难道为了复活雨馨，就要残忍地杀死这样一个无辜的人吗？如果那样做将是非常残忍与自私的！

当初，天界雨馨与辰南也是恩怨纠缠，他不会忘记在天界做出的一系列轰轰烈烈的事件。为了复活她，大战佛土、火拼六道魔王、去西方请各路主神帮忙、在澹台星空中招魂诛魔。曾经为了她做了那么多的事情，难道现在也要挥动屠刀，对她下手吗？辰南感觉很难做到。

当然，最最最难的还是晨曦，晨曦与他如此亲近，他如何能下得去手？从小晨曦出生那刻起，就如此依赖他，将她从百花谷中抱出的那一刻，他就曾经发下誓言，今生今世不会让任何人伤害晨曦，不然就是上穷碧落下黄泉也要诛杀对方。他为了晨曦逆转玄功，逆天七魔刀在晋国都城大战千人军队，刀劈高手陶然，怒斩龙骑士恶少。如此拼却热血与生命保护的小天使，他怎么忍心去伤害呢？！

"吼——"矗立在冰天雪地中的辰南，忽然仰天发出一声大吼，散落在身上的那些厚厚的白雪在瞬间被震落了。他的身体爆发出滚滚魔气，一双眸子闪现出无比妖异的光芒，满头乌黑的长发也疯狂地舞动着，最后竟然根根倒立了起来。他竟然有入魔的迹象！这是好久没有的事情了。辰家玄功已经与《太上忘情录》融合并行，已经不再发生逆转。而现在，辰南这种入魔迹象，绝非玄功所致，乃是心境导致的。

无尽的煞气汹涌澎湃而出，这座山巅之上魔云越来越盛，最后皑皑白雪的世界彻底陷入了黑暗中，这里阴风怒号，魔啸阵阵，实在可怕无比。"为了雨馨，即便杀遍天下所有人，也无不可！"辰南陷入了一种疯狂之境，双目中的两道幽冥之光直直射出去数里之遥！他的声音冰冷阴寒无比，在这一刻他似乎泯灭了大部分常人的感情，在这一刻他是一个实实在在的魔！两难取舍，竟然让他暂堕魔道！

辰南荡起滔天魔气，向着妖族圣地飞去，所过之处煞气弥漫，下方大山中鸟雀惊飞，走兽奔逃，更有不少修者骇然失色。早已经不是第一次来这里，辰南快速冲进了昆仑玄界入口，进入了这片花香鸟语的世界。他涌动滔天魔气而来，瞬间就惊动了昆仑众妖。一时间大小妖怪都快速冲了出来，都是熟人，辰南多次来到此地，所有妖怪都已经认识他。昆仑玄界内的四个老妖怪，看到辰南似乎异于往常，排众而出，凝视着他。

百花谷已经被四个老妖怪移进了这片玄界中，辰南望着不远处的百花谷，问道："你们可知，当年到底是何人创建了那百花谷？"他以前修为不够高深，还不能了解，但是现在达到天阶境界，堕入魔性的辰南已经感觉到百花谷绝不简单。"并不知晓。"四个老妖怪尽管和辰南交情匪浅，但是看到他进入如此态势，也都慎言。

就在这个时候，远处的山峰飞来一道白光，一头飞虎载着一个如梦似幻的仙子，来到了当场。"何人跑到我妖族圣地咆哮？"声音说不出地清脆悦耳，那清丽绝俗的容颜，更是倾城倾国，当真是罕见的绝色美女！尽管辰南已经暂堕魔道，但是记忆并不会丢失，心性也没有迷乱，他一眼认出了眼前此人，竟然是多年未曾相见的小恶魔公主。

如果说当年那个刁蛮任性的小恶魔公主，是一个含苞待放的花蕾，那么现在她就是一朵盛开的牡丹花，正处在最为绚烂与美丽的巅峰年代。当年那个蛮横的青涩小姑娘，如今已经是亭亭玉立的仙子般的人物了。当然，她的本性似乎并没有改变多少，辰南分明从她的大眼中看到了一分慧黠之色。"哼，我当年的小侍女，你不认识我了吗？"魔性辰南的声音很冷，但是却没有杀气露出，毕竟他并未迷失本性。

"大胆！竟敢对本公主如此不敬，哼哼哼，臭小子，不要以为就你的修为长进了，本尊也早已是今非昔比。说起来，你欠我一份人情呢，不久前你的两个宝贝儿女，在小六道外被德猛与法祖派人追捕，是我派遣了部分妖众，化解了他们的危难。"辰南看着小公主的样子，想起了当年种种，其刁蛮本性似乎并没有改变多少。

不过，的确像她所说的那样，其实力突破到了一个不可思议的程度，竟然是天阶！他想到了德猛说过的话，七绝天女！小公主竟然是七绝天女转世，她之所以在万年前那个时代成为昆仑妖族的妖尊，乃是因为她有着七绝天女的残魂，如今小六道的几具残魂冲出后，对应于她的那条残魂岂不是已经重组完整了？"你是七绝天女，还是原来的小公主？"辰南不禁冷声问道。

"哇哦，你知道得不少哦。"小公主露出吃惊的神色，道，"既然知道，就快来帮我。那个臭女人跟我抢夺身体，我恨死她了。不过，哈哈，她唤醒了我的力量，让我越来越强大。她没能奈何我，倒是被我吞掉了部分力量。不过，她非常讨厌，每天都烦我，每天都要和我战斗。"即便此刻堕入魔道了，辰南也不禁有些目瞪口呆，这个刁蛮的小公主还真是个百毒不侵的恶魔啊，居然将狂猛的七绝天女残魂吞噬了！实在让人无语啊！

蓦然间，小公主脸色骤变，变换成了另一种神态，冰冷地凝视着辰南。远处，端木等四个老妖怪对辰南提醒道："小心，妖尊每日间都会发作，现在似乎是另一个'她'在主导着身体。""七绝天女？"辰南冷声问道。这个时候小公主的体内传出灵魂波动："辰南，快制服她，本公主以后有厚报，我现在缠住她了，她很难动弹的。""你敢？！"而她的口中却又说出了这样冰冷的话语。

辰南没有多说什么，上来直接以大法力禁锢了这行动不便的七绝天女，道："我有何不敢？怎么说，她当年也答应过我，做我的小侍女呢。至于你这个早已该消亡的大女，根本不应该再出来，与后人争夺身体！"一股时间本源的力量直接被辰南打入了小公主的体内，他清楚地看到了两个残魂，时间的力量始一进入，彻底让小公主占据了上风，将那神识海中的魂影压制住了。"好了，将你捆缚得牢牢的，以后我慢慢炼化你！"小公主真像头上长角的小恶魔一般。

待到一切平息下来，辰南说明了来意，将要进入百花谷，小公主立刻附和，要一同进入，她想打开这昆仑玄界中神秘的空间。因为，在此之前，她也曾经进入过，但是发现似乎远比她想象的复杂。里面并不是普通神人布下的阵法，最深处似乎连通着一片奇异的空间，到了那里总是让她无功而返。最终，辰南与小公主共同进入！

百花谷外围地带，琼楼玉宇连绵不绝，如同天宫一般，同时布有许多深奥的阵法，但是这并不能够拦住两位天阶高手。直至来到最深处，一个闪烁幽幽绿芒的门户镶嵌在混沌之中，那里似乎连通着另一片世界。小公主就是在这里无功而返的，她发现无法破入那片空间之中。绿色光芒闪动的门户上，雕刻着两个大字，虽然非常古老，但是小公主曾经请教过外面的人，被人认出是：幽冥！得知这两字的含义，辰南倒吸了一口凉气，幽冥，难道是巧合吗？当初，走进这里的可是灵尸雨馨啊！对上幽冥，这当真是一种冥冥中的呼应啊！

一晃眼十几年过去了，最初灵尸雨馨还保持与外界的联系呢，还曾经与小晨曦通过话呢。但是，到后来却杳无音信了。如果是在真正的仙地，辰南还不怎么担心，但这里竟然标注着——幽冥！一阵阴风吹来，幽冥门内鬼火闪动，说不出地邪异，隐约间传出阵阵可怕的啸音！有谁知道，这古仙遗地最深处，隐藏的竟然是阴森的所在呢？

"雨馨！"辰南忍不住大吼，身体爆发出无尽的魔气。"真是吓人！"面对这处鬼地，小公主激灵灵打了个寒战，她虽然修为大进，但是心性还如从前那般。"呜呜……"阵阵呜咽之声自幽冥中传来。突然间，小公主惊得大叫起来："啊……"辰南也是一惊。一条白影无声无息出现在了他们的背后，两人如果不是天生灵识敏锐，根本不可能发觉，因为它没有半丝能量波动，也没有半丝魂魄脉动，如同虚无一般的存在。随着两人转身，白影无声无息间淡去了，根本没有让他们看清，紧接着幽冥之门内白光一闪，在阴森的绿芒掩映下，白影默默地对着他们。

"你是谁，是人还是鬼？"小公主有些底气不足。能够在天阶高手眼前有如此表现，可想而知对方绝不简单。"呜呜……"阵阵幽幽呜咽之音自那白影处发出。而后，辰南与小公主感觉眼前一花，白影再次突兀地出现在他们的侧面。这根本不是所谓的破碎空间，也远远超越瞬间移动，莫测的身法让天阶高手都感觉有些不可思议，当真如同鬼影！

辰南打出时间与空间的本源力量，想要禁锢它，但是那白影似乎知道厉害一般，无声无息退走了，而后忽上忽下、忽左忽右出现在他的周围。动作之快，超出想象！最后，这片空间到处都是白影，白茫茫一片。辰南与小公主竟然始终无法穿透白光，看透对方的真容。

"雨馨，是你吗？"辰南的声音有些颤抖，同时感觉非常悲伤，魔气受此刺激再次激荡了起来。"雨馨，好熟悉。"蓦然间，无数的白影归一，她瞬间停了下来，出现在辰南的眼前。"雨馨，真的是你！"辰南颤抖着。白影真的是那灵尸雨馨，不过此刻她显得无比迷茫，一身白衣显得有些刺眼，她依然如当年那般美丽，不过一双眸子似乎缺少了生气，多了一些幽冥之光。

"哎呀，是你，我想起来了。"在这一刻，灵尸雨馨的眸子瞬间迸发出了生气，一扫刚才的幽冥鬼气，终于像是灵气萦绕的人了，道，"我这些年一直在和人修炼，忘了许多事情，对不起。"她果然还如十几年前刚刚产生灵识时一样，如同白纸一般纯洁，说到对不起时竟然不好意思地低下了头。"你和谁修炼？"辰南感觉灵尸雨馨周身鬼气缭绕，他恨不得立刻杀掉那个人，而后拆了那幽冥。不过雨馨的话语彻底让他打消了这些念头。

"他说他是小六道的幽冥鬼主，这里连接着幽冥地狱，我就是和他修习的。可惜，他身体似乎不太好，将最后的力量给我后，就彻底地死去了。"听着灵尸雨馨如孩童般纯真的话语，辰南感觉无比震惊！这里竟然连通着小六道的幽冥地狱，而那个人竟然是一道之主！

辰南虽然暂堕魔道，但是神识并未混乱，当下道："雨馨，带我去看看他的尸体！""他不让人去看尸体，他说要自己一个人静静地走，不想让人打搅他死后的安宁。"灵尸雨馨小声道。看得出她对那人还是很敬重的，同时也能够看出她对辰南的依赖，再次见到辰南，恢复以前的记忆后，她表现出很高兴的样子，一扫鬼气森森的状态。

"雨馨，我只看他一眼，这件事非常重要，我一定要看一看！"魔性辰南尽量放缓自己的声音。小六道的一界之主啊，说什么他也要看上一看，同时他有些不相信那个人会死去！灵尸雨馨当年灵识产生后，彻底蜕变成半神之际，辰南是第一个走进她心扉的人，她早已将辰南当成了最亲近的人，听到他这些话后，略作犹豫小声答应道："好吧，不过你们跟紧我，要小心，里面很危险的！"

如果雨馨没有说错的话，那么此地其实乃是天下间最大的鬼主创下的啊！鬼主，幽冥地狱的统治者，小六道当年的创始人之一，是与时空大神、魔主等人并列的超绝存在！而雨馨竟然师承于他，十几年来一直在与他学艺！更是得他赐予了剩余的全部力量，现在的修为难以揣度！

"哇哦！"小公主惊得大叫，幽冥鬼域之门的森森绿光，像是刮骨刀一般，让她感觉灵魂疼痛无比，似乎要剥夺她的灵魂一般。这还是雨馨控制着那毁灭之光的后果呢，不然可想而知这扇门有多么恐怖，前几次小公主就是止步于此。辰南惊叹，鬼主果然了得，布下的封印竟然让天阶高手也难以越雷池一步，不愧是与魔主同一级的人物。他越来越想尽快见到那位鬼主了，这可是真正的法力通天的强绝人物啊！对方知道的隐秘定然很多，即便是开天辟地的事情，恐怕也没有什么能够隐瞒他的。辰南不相信，这样一个超绝的大人物竟然会真的死去。

他们穿过幽碧森然的鬼域之门，进入了一片奇异的世界，并没有像想象的那样，满眼白骨遍地，血浪滔天。这片世界，相对来说很平静，一点声音都没有，五颜六色的花朵飘浮在虚空中，根茎就那样裸露在空中，没有扎根进土壤中。所有的花朵都晶莹剔透，闪烁着灿灿的光芒，一眼望去姹紫嫣红一片，整片空间一片绚烂，称得上无比美丽，实在难以想象这就是鬼域。这简直是一片花的海洋啊，像极了童话世界！

"哇哦，好漂亮呀！"小公主惊叹，伸出纤纤玉手，便将一株紫色的花朵抓到了手中，而后猛力吸了一口气，道，"奇怪，这么漂亮的花朵，怎么没有香气啊？""不要乱动呀！"灵尸雨馨回头道，"这不是普通的花朵啊，这都是师父当年的鬼兵，他们战死后，师父以大法力将他们的残魂化成了花朵，希望有朝一日他们能够复活过来。""啊，是残魂？！"小公主急忙丢开了那株紫色的绚烂花朵，如避蛇蝎一般使劲地甩着玉手。

沉睡的灵魂仿佛被惊醒了，这片空间中所有五颜六色的奇葩，忽然间光芒大盛，全部颤抖起来，而后发出阵阵呜咽之音，最后旋舞着、围绕着雨馨开始沉浮。漫天的花雨是如此灿烂，当真美丽到了极点，将那纯洁得如同孩童般的雨馨的笑容衬托得更加纯真美丽，如冰雪一般晶莹，似春风一般温暖，像海水一般清澈。

辰南神色有些恍惚，恍惚间他以为当年的雨馨回来了呢！确实，灵尸雨馨褪尽一身鬼气之后，其气质与神态，真的与当年的雨馨一般无二，如果她有记忆的话，那么她就是当年的雨馨啊！《太上忘情录》，天界第一奇功，灵尸雨馨乃是被褪下的本体，追根究底的话，这就是雨馨当年的肉体啊！

　　幽冥地狱并不是很广阔，毕竟这里不过是鬼主开辟出的一处秘地而已，连通着小六道的地狱。在雨馨的带领下，辰南他们来到了鬼主的安息之地，这里有了些地狱的样子，遍地都是白骨，一条白骨大道，笔直地通向一座骨殿，周围绿色幽冥火焰在跳动。总体来说，还没有超出辰南的意料。

　　"师父就沉睡在里面，你们不要乱说话，师父说过不希望有人打扰他安息！"雨馨一脸认真的神色。辰南道："好，我们知道了。"走进白骨大殿中，里面光线无比暗淡，大殿内只有五六点鬼火在闪动，让这里显得更加阴森无比。大殿正中很简陋，并没有想象中的排位等，更没有多余的布置，唯有正中央有一座白骨高台，上面放着一个非常普通的骷髅头，看不出任何特异之处。不像其他神灵的骸骨那般是玉质或金色的，骷髅头很普通，雪白无比，没有任何光彩透发而出，更没有丝毫的能量波动，感觉不到一点灵魂的气息。

　　"这就是鬼主？"小公主围绕着骨台转了两圈，没有发现丝毫特异之色，不禁发出了疑问。"嘘！不要打扰师父安息。"雨馨小声而又认真地道。辰南道："嗯，可以让我独自一个人在这里怀着敬意，缅怀一下先圣吗？""喊！"听到辰南如此说，小公主露出一副鄙视你的神情。雨馨犹豫了一下，而后还是点头同意了。

　　骨殿中就只留下了辰南自己，他开口道："我不相信前辈已经逝去，晚辈在这里拜见前辈。"出乎辰南的预料，即便他猜测鬼主没有死去，在他的想象中对方也不会痛快地出来见他。但是他话音刚落，鬼主就应答了，传出了精神波动："拜见就免了，可不可以将你的脚移开，你踩到我的手掌了。"

　　声音是如此突兀，没有丝毫预兆，更没有丝毫灵魂脉动。辰南低头观看，果然一只手掌被踩在脚下，可是他哪里知道会是鬼主的躯体呢，看起来只是铺在白骨道上的一只普通手掌而已。辰南急忙退后，那只手掌飘浮起来，抖了几下，而后又道："可不可以请你再挪挪地方呢？你踩到我膝盖了。"晕！辰南再次后退，一条腿骨飘浮了起来。

那个声音又道："呃，还要麻烦你一下，你还踩着我的胸骨呢。"昏迷！辰南一连退出去几丈远才停下来，只见骨殿内飘浮起一大片碎骨，慢慢组合在了一起，最后辰南的脚掌被人顶了起来，他发现一只雪白的手掌飞了起来，真是让他无语！不多时，一个无头骷髅骨架在辰南身前组合完毕，最后雪白的骷髅骨迈着优雅的步子，来到骨台前小心翼翼地搬起自己的头，安装在了脖子上。这让辰南有些无言，实在不知该说什么好！

"年轻人，你有走火入魔的迹象！嗯，我来点化你一下吧。"骷髅朝着他一指，一道幽光顿时打入了辰南的体内，将他积郁的魔气慢慢融化了，让辰南恢复了常态。辰南道："前辈你果真无恙。""不是无恙，其实我已经死透了，彻底泯灭在我一念间，现在不过是死不瞑目，想看看某些事最终的结果。尤其是我发现你竟然对我那传人有杀心，我就更不能不活过来了。"鬼主说的话总是这样特别，一点也没给人阴森可怕的感觉，料想当年他是个欢乐鬼。

"前辈能够看透我心，还请指点明路。"辰南对这鬼主还是很敬重的，虽然对方似乎并没有留下多大的威名，但是既然能够和时空大神、魔主等人在小六道平起平坐，必然是天地间的最强者之一。鬼主道："说说看你到底遇到了什么问题。"当下，辰南没有任何隐瞒，将雨馨种种全都说了出来。

鬼主迈着优雅的骷髅步，背着手在骨殿中走了几圈，道："可以肯定地告诉你，《太上忘情录》练得好的话，得到的好处是巨大的，但是练不好的话危害也是巨大的，极有可能徒做嫁衣。这是那阴魂不散的天人留下的后手啊，她也许会借此复归复活，但是如果能够借此反噬她，嘿嘿……"

辰南道："我不会让天人得逞，请前辈告诉我，如何解决我眼前的难题？我实在无法取舍。"鬼主道："这个嘛，你先杀来试试看吧，没准有料想不到的事情发生呢。"听到鬼主如此说话，辰南差点揍他一顿，这种事情能杀来试试看吗？！鬼主笑道："不要急，你不是找到生命源泉了吗？如果情况不对的话，无论多么严重的伤，如果在第一时间浸入生命源泉中，都是可以复活的。嘿嘿，如果我没有猜错的话，只要你下得去手，有人会迫不及待地跳出来的。"

辰南问道："你是说天人？""没说，我什么也没说。"骷髅摇头晃脑，道，"为了我那宝贝徒弟，我送你一件礼物吧。这是定魂珠！到时候直接丢在生命源泉里就行了。"说到这里，鬼主忽然狐疑地道："我怎么在你身上感觉到了熟人的气息呢？让我看看！"说到这里，普通的骷髅骨突然爆发出一阵刺眼的绿芒，尤其是他的眼窝中幽光璀璨，直直地照射在了辰南的身上，近期发生的事情一件接着一件如同过电影一般，飞快在骨殿内显现而出。

直到丰都山大战，鬼主突然大叫了一声，那些影像快速熄灭了，他惊疑不定地道："是谁，竟然留下了后手，不让窥探？！"说到这里，他猛地集中其全部精力，双眼射出两道血光，在一刹那照射出了神秘青年的身影，而后瞬间崩溃。鬼主大叫一声："是他！竟然是他！他居然还好好地活着！"

"前辈，他是谁？"

"不要问了，你快走吧！"

"前辈，我还有许多问题想问你呢。"

"快走吧，定魂珠你拿去，我老人家准备死了，没什么可说的了。"鬼主招来一颗碧绿的珠子，丢给了辰南，而后直挺挺地倒在了地上，骨架四分五裂，其中一只脚掌踢在了辰南的屁股上，一只鬼爪狠狠地扇在了他的脊背上，直接将他盖飞。辰南、雨馨、小公主被一股不明的力量直接轰出了幽冥鬼域，被冲击得一直飞出百花谷才止住身形。

鬼主道："永远不要回来了！对了，忘记告诉你了，还有一个替补办法，如果能够寻到七绝天女的下半部功法，估计应该会有想不到的效果。快走吧，这次老夫彻底死了，永关幽冥了！"声音彻底杳去。辰南一呆，而后心中一阵跳动。

辰南道："雨馨和我去月亮之上吧。""好的，你去哪里我去哪里。"雨馨快乐地答道。对于这样一个纯真的女子，辰南如何下得去手？不过，现在似乎终于有了转机，鬼主虽然一副玩世不恭的口气，但是却给他点明了重要方向。"月亮？"小公主眼前一亮，顿时睁大了双眼，道，"本尊也想去看看。""欢迎！"辰南正想将她这个七绝天女请到月亮之上呢。告别了昆仑众妖，辰南、雨馨、小公主快速冲入天界，回到了月亮之上。

灵尸雨馨一进入月亮之上，就引发了某种变故，闭关十几年的无情仙子，似乎心生感应一般，破关而出。与此同时，精灵圣女凯瑟琳，还有善良可爱的小晨曦，也都在刹那间觉悟到了什么，四人几乎在同一时间冲向高空，而后分四个方位站立，彼此打量着。就在这一刻，月亮之上忽然间黑暗了下来，所有光芒都消失了，在那高天之上出现一个巨大的幻象——雨馨的头像！宛如有灵一般，俯视着下方！辰南怀中的定魂珠一阵剧烈跳动！

无尽的黑暗笼罩了月亮，不过持续时间并不长，短短的片刻后又快速恢复了光明，但是却惊扰了所有人。一股压抑感笼在月亮之上，众人都知道将有大事件发生。许多人都向这里冲来，不过在接近的过程中遭遇了莫大的阻力，最后都被挡在一片无形的能量屏障之外，再也难以前进分毫。这里成了一片奇异的空间，绝大多数人都无法窥探，一股奇异的能量流切断了绝大多数人的感知。

当然，这不包括四祖与五祖，以及龙儿、空空和依依，还有龙宝宝与小凤凰等小天阶以上的高手。"哇哦，怎么出现了这么多的雨馨姐姐呀？"依依一双明亮大眼使劲地眨动着，坐在四祖的肩头晃动着一双洁白如玉的小脚丫。空空坐在五祖的肩头，一副古灵精怪的样子，奶声奶气地道："老爹痛并快乐着，老妈，不，年轻漂亮的妈妈伤心无语中。"说到这里，他贼兮兮地回头看了看不远处的梦可儿。

龙儿白了他们两个一眼，道："你们两个不要调皮。""是，老哥！"两个小家伙整齐地应道，说完之后嘿嘿笑了起来，明显是两个人小鬼大的家伙。不过，当他们看到小公主笑嘻嘻地飞来时，立刻吓得大叫着逃跑了，"鬼啊，骑白虎的恶魔来了！"

晨曦、凯瑟琳、无情仙子、灵尸雨馨，分四方站立，她们的身体透发出一股无形的力量，似乎将她们联系在了一起，在这一刻她们有一股血肉相连的感觉，仿佛已经融入彼此的肌体。只是，精神思想是独立的，莫名的力量阻挡着那想要贯通的思绪。

高天之上，那巨大的幻象一阵清晰，一阵模糊，不断闪烁，若隐若现。但是她却带给了辰南极大的震撼，这是怎么回事呢？他不是第一次见到这个巨大的幻象，却始终不明白为什么会出现。定魂珠在怀中跳动得更加剧烈了，但是被他生生压制住了，鬼主曾经说过要丢在生命源泉中，那样效果将会被完全发挥。闭关十五年的无情仙子最先开口说话，因为另外三者没有人比她更清楚是怎么回事，她是不断蜕变的全新雨馨，而另外三人都是分化出去的灵魂或肉体。

"终于还是再次相见了，我以为今生今世都不会再聚一起呢。"无情仙子叹了一口气，道，"我们四人有各自的发展轨迹，努力地分了开来，不想又相遇在一起。"精灵圣女凯瑟琳狐疑地望着她，道："你在说什么，我怎么听不懂？"灵尸雨馨也满是迷茫之色，不解地望着她，喃喃道："为什么你和我长得一样呀，这是怎么回事？"天真的样子分外让人怜惜。晨曦的小脸上，有些恍然、同时有些害怕的样子，她第一个想到了辰南，求助地望着他。辰南飞上了天空，来到了小晨曦的身旁，他无言地注视着这一切。

"是你将她们寻来的吗？"无情仙子平静地询问辰南。辰南道："是的。""我知道你要做什么，你想寻回从前的雨馨，因为她隐藏在我们每一个人的心中，你想让我们四人合一！"无情仙子冷冷地对着辰南。灵尸雨馨迷茫且充满疑惑地望着辰南，那份神情让辰南倍感愧疚。

小晨曦也定定地看着他，小脸有些黯然，道："哥哥，我听说过雨馨姐姐的故事，无论你要我做什么，晨曦都会答应的。哥哥，你不要内疚，只要哥哥记得晨曦就好，和哥哥在一起的日子，晨曦感觉很快乐。"声音越来越黯然，听得辰南心如刀绞，内心充满了罪恶感。他一把将小晨曦拥在了怀中，道："晨曦，是哥哥不好，不要多想了，我不会让你受到伤害！"

在这一刻，辰南心中悲恸万分，有些人有些事也许终将永远地逝去，努力去挽回，可能会伤害更多的人。他感觉心中悲苦无比，双眼渐渐有些湿润了，拥着小晨曦望着高天之上那个忽明忽暗的巨大幻象，他低低地自语着："雨馨，你在向我昭示着什么吗？我真的无能为力啊！"雨馨是一个完美的女子，她在辰南心间的分量，是最为重要的。

无情仙子冰冷的声音传入了辰南的耳际，道："一切都晚了，太上忘情玄功分化出的个体，只要有一人达到真正的天阶之境后，分化出去的四个个体便不能同时再聚，否则将开始真正的融合！""不可能，我曾经诵读过《太上忘情录》，根本没有这样的记载。"辰南直视着无情仙子。"最后一卷，每段第一个字，连接起来，你可曾记得？"无情仙子反问道。辰南露出思索之色，默默回想，而后顿时色变，道："真的是如此，先分后合，四元不能相见。"

　　"对极了！就是这样，不过到头来，真正融合在一起的是不是你想要复活的雨馨就不得而知了！"说到这里，无情仙子手指高天之上那个巨大的幻象，道："她是谁？你能知道吗？你以为那是曾经的雨馨显化而出的吗？哼，她才是最可怕的！""她是谁？"辰南问道。

　　无情仙子道："听说过天人感应吗？天与人相通，相互感应，天能感应人事，人亦能感应上天。太上忘情玄功，修炼的过程中就是不断蜕变、自我升华，不仅是精神与肉体的，还包括与天相通，修出自己的'天'，实现最终的天人合一，就是所谓的天人！"

　　听完这些话，辰南倒吸了一口凉气，天上那巨大的雨馨幻象，难道是一个所谓的不完善的"天"吗？这未免太不可思议了。她与青天等是不是同类呢？或者说她发展到极致境界，是不是就是青天一样的存在呢？辰南惊疑不定地问道："她是太上玄功的产物？是你们修炼出来的所谓的天？她到底是怎样的一个存在？"无情仙子道："不知道，自从进行完第一次蜕变，她就在冥冥中产生了，她是不稳定的，但是每当我进行一次蜕变，她就会加强一分。"

　　辰南沉声道："我知道了，她不是你说的天人感应的天，她就是那曾经消逝的天人，你被欺骗了。到最后哪里是什么天人合一，分明是你修炼出最适合她的形体，而后她来入主而已！这不是所谓的天人合一境界，这是原本那个天人入侵！"就在这个时候，高天之上那个巨大的幻象忽然清晰起来，降下一股莫大的威压，铺天盖地，彻底笼罩了这片区域，月亮之上除了四祖与五祖之外，其他人再也无法窥探里面的景象。

　　无情仙子、灵尸雨馨、晨曦、精灵圣女凯瑟琳的周身忽然间皆光芒大盛，她们被一股无形的力量拉扯着，一起聚集而去，四人似乎要挤压在一起。辰南一拳向天轰去，尽管那头像是雨馨的模样，但是他却没有任何犹豫，复活雨馨绝不能让这天人残魂参与！璀璨的拳劲，刚猛无匹，直接轰穿了那巨大的头像，但是很快她又聚集在了一起，无比凄然地注视着辰南，神情之悲让辰南都感觉阵阵酸痛。但是，他毫不犹豫地再次挥拳，不过连续几次之后，他终于知道这种物理攻击根本无法毁灭对方，无法给对方造成任何伤害！

无情仙子、灵尸雨馨、凯瑟琳、小晨曦她们的距离越来越近了，尽管灵尸雨馨已经达到了天阶之境，无情仙子也处在天阶初级，但是那种无形的力量来自她们的灵魂，来自她们的内在本源中，外力根本无法阻挡，想不聚合在一起都不能！聚合在一起，也许当年的雨馨会觉醒，万年前那个女子会回来，但是四人恐怕都将消散，而高天之上虎视眈眈的天人残魂会是最大的受益者！不管如何，都要击退她！

这个时候，四祖与五祖都已经发现了事情无比紧迫，各自长啸不断，打破奇异能量的阻隔，冲进了这片被庞大的力量笼罩的空间。无情仙子、灵尸雨馨、凯瑟琳、小晨曦终于抵挡不住体内本源力量的呼唤，四人最终还是聚到了一起，手掌两两相抵，围成了一圈。一片无比绚烂的光芒爆发而出，四人的身影在慢慢消融，竟然隐隐有归一的趋势！

高天之上的天人残魂拼命俯冲了下来，脸上带着无比忧伤的气息，四祖与五祖厉啸不断，两人联手布下重重结界阻挡！但是结界一破再破，全部崩碎！怎么会这样，发生的一切超出了辰南的预料，根本没有举起屠刀，根本没有进入生命源泉中，竟然提前发生了融合归一的事情！眼看着四人的影迹慢慢虚淡化了，就要连接到了一起，而这个时候辰南终于感应到了太极神魔图，将之召唤了出来。太极神魔图不断变大，辰南带着它快速冲到了四女的身边！

"一切都可以改变！"辰南大吼着，动用了时空本源的力量，终于在四女归一的刹那，驾驭神魔图将她们笼罩了进去！这不是吞噬，因为辰南自己也跟着冲了进去，他在亲自引导着。他走的是生之门，并不是毁灭通道，径直穿过混沌门，向着那生命源泉的地域冲去。不过，天人残魂也同样跟着他冲了进来！辰南将怀中定魂珠打入了四女之间，暂时阻止了她们的归一。而后，他带着四女快速飞行，他冷笑着回头看了看天人残魂，既然进了这神魔图，他要让天人残魂明白，谁才是这里的主宰者！

"辰南……"悲伤的呼唤自后方传来，雨馨巨大的幻象紧追不舍，脸上的神色无比凄然，她轻轻地唤着，"不要被无情仙子欺骗，她说的一切都是假的！我是雨馨残魂，我从来没有要你复活我。我只希望你好好地活下去，还有让晨曦她们三人也快快乐乐地活下去！不要上无情仙子的当，不要被她欺骗！"辰南心中剧震，看了看暂时停止归一的四女，但是却依然没有停留，快速冲向生命源泉。

辰南飞行良久，青碧翠绿的绿洲终于出现，无尽绿色神光像是绿色的大火在熊熊燃烧一般，不过却没有任何灼热的感觉，进入这片区域后让人神清气爽，通体都舒坦无比。辰南一直在回头注视着那巨大的幻象，想从她的表情看出一些究竟。雨馨的巨大幻象跟到此地后，依然保持着凄迷的神色，唯有双目在刹那间露出一丝涟漪波动。

辰南眉头微皱，这点波动很难看出什么，他真的不想出现一点意外，不然将遗憾终生。终于到了生命源泉汇聚成的小湖上方，而这个时候巨大的幻象突然加速，辰南心中一凛，以大法力施展时空大神通，瞬间将四女移到了生命源泉中。方才那个位置，光芒一闪，巨大的幻象出现在了那里，再慢一步就被她追上了！

辰南冷冷地看着她，觉得这个幻象有问题，先前的猜想多半没有错误，她就是天人残魂！他道："你何必伪装呢？现在已经到了尽头，我已经没有了退路了，你想怎样不如直接点吧，何必如此惺惺作态呢？"雨馨幻象没有出声，正在静静地打量着这里的景物，她似乎有些吃惊，因为她看到了小湖上空青色藤蔓中缠绕着一个辰南，有些不理解这是怎么回事。她狐疑地问道："你也修炼《太上忘情录》了？"

"是的，那青色藤蔓中被捆缚的人就是新出现的太上辰南。嘿嘿，他被我制服了！即便传说中的太上玄功又如何，他根本难以奈何我这本体！"事实当然不是这样，连他自己都不知道被缠绕住的辰南到底是怎么回事，那不是魔性辰南，也不是太上辰南。不过，他想迷惑空中的巨大幻象，看看她会有何反应。

这个时候，四女浸入生命源泉中后，虚淡化的症状终于彻底扭转了，定魂珠保护着她们四人的灵魂，而生命源泉开始恢复她们的肉体。远远望去，四女的肉体渐渐恢复了光彩，她们沉浸在生命湖中，无尽生命精华化作点点光芒，融入了她们的身体，澎湃的生命元气让她们萎靡的精神也快速地好转起来。而定魂珠就在四女的中间，光芒万丈，稳固着她们的精魄，照亮了整片小湖，让这里笼罩上一片碧绿的光芒。辰南看到小湖之下，透发出阵阵波动，一圈圈涟漪在四女周围荡漾开来，他知道定然是湖底的几具骸骨，以及辰家八魂，好在涟漪荡漾开去之后，就没有任何波澜了。

高天之上沉默了许久，很长时间后巨大的幻象才幽幽开口道："看来你认定我是天人了，确如你所说那般，这里已经是尽头，她们能逃到哪里去？我不相信还会有变故发生！好吧，我承认！"天人残魂承认了，但是她的语气依然那样凄婉，没有半丝强势的味道，仿佛还在扮演雨馨那个角色。

"请你不要再惺惺作态，既然你已经承认，快快显现出你的原形吧，不要再亵渎雨馨的神态！"辰南冷喝着。在这里他不怕什么，八魂可以召唤而出，如今他已经是真正的天阶之身！如果再与八魂融合，恐怕即便是天人也无法奈何于他！再有，他感觉自己似乎可以从这片空间召唤出部分恐怖的毁灭之力。他有信心与对方一战！当然，如果可以，他是不愿意再打扰八魂的，他想让八位可怜悲情的老祖早日复原！

"没有办法啊，这次天人体魄是一个善良纯真的女子，我的性格也被重塑成这样了。唉，需要漫长的岁月才能改掉啊！"巨大的幻象幽幽地叹道，并没有急于动手，仿佛一切已经尽在她掌握之中。辰南从她的话语中得知了某些信息，惊道："你原本什么样子？""似乎是个男人吧！"天人残魂幽幽地道。辰南听闻此话，身躯一颤，这个天人还真是变态！为了复活，真是什么都不顾忌了！他想到了上一次魔性辰南与太上辰南大战的场景，太上辰南召唤来的那个所谓的"太上"似乎真的是一个男性！

"你看不起我吗？"天人残魂幽幽地道，同时幻象开始变化，成为了一道模糊的光团。想一想对方是个男性，再听到那种语气，真的让辰南起了一层鸡皮疙瘩。天人残魂忽然冷冷地笑了起来，道："不过，这个问题很好解决，因为你也修炼了《太上忘情录》，我将雨馨的太上之力转入你的体内，助你不断蜕变，成就我天人之身！"

这个时候，天人那巨大的幻象忽然明灭不定起来，最终显现出辰南的容貌，他冷冷地道："不要用那藤蔓缠绕的人迷惑我，我知道那不是太上玄功分化的你。不过，我却在你的体内感应到了太上之力，你体内有一个弱小的、被压抑得近乎破碎的残魂，那才是真正的太上玄功分化出的人格！好了，开始吧，我已经没有耐心等待下去了！"说罢，那巨大的幻象忽然间俯冲而下，向着生命湖中遮笼而下，想要汲取四女的太上魂力，而后好打入辰南的体内，开始他的天人回归大计。

辰南方想动手，但是生命湖中蓦然爆发出一股可怕的气息，湖水一阵剧烈波动，一条腿骨冲出了湖面，对着冲下来的天人残魂就是一脚！毫无疑问，这是湖底深处沉寂的几具骸骨之中的一条腿骨！要知道当初辰南第一次来这里，辰祖显化出魔影时，这几具残缺的骨头都敢与之叫板啊！现在，天人残魂冲来，没有理由惧怕！

"砰！"一条雪白的腿骨，虽然没有血肉，但是动作漂亮至极，一个侧踹，狠狠地蹬在了天人残魂的嘴巴上，发出一声清晰的脆响，仿佛瓷器碎裂了一般，天人残魂惨叫了一声，退上了高天。辰南看得真是痛快至极，方才天人残魂还大言不惭呢，现在一条腿骨冲出来就将他踹飞了！同时，他知道方才为何轰击天人无效了，物理攻击并非无效，上次是因为幻觉而已，并没有真正击中对方。方才他看得清清楚楚，那腿骨直接穿过幻影，干净利索地踹在了后方的残魂之上。

生命源泉汇聚成的小湖，充满了无尽的生命之能，汹涌澎湃的生命元气掩去了湖水中几具骸骨的生命波动，让天人残魂没有察觉，故此上来就吃了一个大亏！雪白的腿骨一击之后并没有退走，它在空中弯曲了一下，脚掌立在空中挑衅地冲着天人残魂，扬了又扬！辰南忍不住有一种想笑的感觉，天人残魂何其强大啊！眼下，一条腿骨竟然如此小觑他，真的有些滑稽，同时感觉非常解气。

天人残魂恼羞成怒，咆哮一声再次俯冲而下，面容在刹那间变得狰狞无比，他张开了血盆阔口，向着那腿骨吞噬而去。雪白的腿骨似乎忘记了躲闪，呆呆地立在原地。眼看天人残魂即将将它吞噬，然而就在这时，生命湖中再次爆发出一片璀璨的光芒。一个残缺不全的骷髅冲出了水面，一拳狠狠地再次击在天人的下巴上。

"咔嚓！"碎裂的声响再次清晰地传遍这片空间，天人惨叫着倒飞了出去，再次被人偷袭，吃了个暗亏。他已经怒发冲冠，这实在太憋屈了，堂堂的天人残魂竟然被如此羞辱！这些人到底是什么来头，竟然敢如此对他？！这个时候，四女那里发生了惊人的变化，她们的肉体已经完全复原了，精神似乎无碍了，不过却都紧闭着双眼，似乎处在某种奇妙的变化中。处在四人中间的定魂珠明灭不定，它透发出的光芒将四人联系了起来！

"惊天？！"天人残魂惊呼道，"独孤败天的九大弟子之一？！"他吃惊地望着那个残缺的骷髅。那个残缺的骷髅没有理他，而是恭敬地立在那段腿骨旁边，看样子似乎非常尊敬神秘的腿骨。看到如此情形，天人残魂纵是痴呆，也明白被他忽视的腿骨是个大人物，独孤败天的弟子都要对他如此恭敬！天人残魂非常不自然地道："该不会、该不会是那已灭亡的独孤败天吧？"

"哼！"一声重重的冷哼在腿骨处透发而出，而后一股无形的力量瞬间笼罩了天人残魂，让他不断地重复着："该不会、该不会……"时间仿佛定格在那里，天人残魂连续重复几十遍，而后才"轰"的一声打碎了某种禁锢，而后惊怒交加，道："时间的力量，时空本源的力量，你、你是时空大神？！"像是回应他一般，雪白的腿骨在空中幻灭不定，整片空间似乎都在它的禁锢中。

"竟然真的是时空大神，当年你以一己之力拯救了太古诸神，你不是彻底地形神俱灭了吗？怎么、怎么……"说到最后，天人残魂说不下去了，他没有想到传说中的最强者之一时空大神竟然没有彻底绝灭！辰南彻底被镇住了，时空大神的一条腿骨竟然在此，这实在超出了他的想象！生命源泉中的几具骸骨来头真是太大了，怪不得敢与辰祖叫板，敢毫无顾忌地踹天人残魂的脸颊！这个时候，阵阵灵魂波动透发而出，定魂珠竟然融化了，它慢慢凝聚成一条人形虚影，而后四女身体不断透发出光芒，向着定魂珠凝聚成的虚影聚集而去。

"哗啦！"生命湖中水波荡漾，又有两具不完整的骸骨冲了出来，同时另一方八条残魂也浮出了水面，他们在高空中团团将天人残魂包围了！群殴！辰南一下子就联想到了这两个字，感觉天人残魂要倒大霉了！此情此景实在出乎人的意料，三具残缺不堪的骷髅，加上时空大神的一条腿骨，还有辰家八位人杰的残魂，全部冲出了生命源泉汇聚成的小湖，齐聚高天之上，将天人残魂团团包围。这个场景让辰南有一种想大笑的冲动，真是戏剧性的变化啊，开始天人残魂还自信满满呢，现在这么多可怕的高手将之围困，看他还如何能够笑得出来。

"这是？！"天人残魂无论如何也想不到，小小的湖泊中竟然藏匿了这么多的强者，这让他简直有些无语，太逆天了！这么倒霉的事情都让他遇上了，简直没有道理啊，还让不让人活了，就是老天来了，也得要被剥下一层皮吧！

"轰！"独孤败天的弟子惊天最为火爆，第一个冲了上去，一掌向着天人胸前劈去，虽然骨掌看起来有些别扭，但是威力之强绝对让人惊叹。与其说是掌，不如说是剑，骨掌幻化出一道巨大的剑光，力劈而下，在这一刻时间仿佛停滞了，周围一切静止不动，唯有剑光飞快向着天人盖下。直至与那剑光将要挨上时，天人才一声大喝："破法！"阵阵混沌之光透体而出，巨大的形体藏身于混沌中，化解了惊天之剑。

但这才是开始，另外两具骷髅骨，分别自前后向着混沌中冲去，生生将混沌之光轰散，将天人逼了出来。而后两人合在一起，共同轰向天人，两道如彩虹般的光芒，如天龙出海一般搅动起无尽的能量骇浪席卷向天人。天人残魂暗暗叫苦，他感觉到了两道虹芒的可怕，不得已以大法力定住了两道神虹，使之生生凝聚在空中不动了，但是身后辰家八魂中的两人又攻至。

这些人没有一个是弱者！每一个人出手都需要天人谨慎应付，现在前后左右四五个人齐上，顿时让他感觉大事不妙，后方还有几人没上呢！"轰隆隆！"虚空中传出一阵可怕的波动，天人竭尽全力轰开了几人的联手之力，再次躲进混沌中被动防御起来，他现在早已不奢望取胜，如果能够逃过一劫就要烧香祭天了！

"咚！"躲在混沌中的天人，感觉头颅一阵剧痛，而后一阵晕眩，险些昏死过去，他现在是一个魂体，被人直接轰在头部，险些魂散！"该死的！"他愤怒无比，一个雪白的脚掌正站在他的头顶使劲地踩啊踩，如果不是他功力深厚，现在已经化成尘埃了。

天人羞恼无比，手掌化成神刀，横扫头顶上的那只可恶的脚掌，他知道定然是时空大神的残躯。果然，时空本源的力量一阵波动，眼看着神刀要在极速中斩断那条腿骨，它却突兀地消失了。而天人的身影却暴露了，他被时空大神一脚踩破了混沌防护，再次显现在众强身前。在出现的一刹那，天人感觉胸腹间一阵剧痛，惊天冲着他龇着牙冷笑，手掌却已经拍在他的小腹上，让他顿时倒飞了出去。

"砰！"紧接着他感觉后背被人狠狠地砸了一拳，再次改变方向飞出，辰家八魂齐动，八道法则铺天盖地而下，天人亡魂以大法力崩碎虚空，同时禁锢后方尾随的力量，想要逃匿而去。他虽然躲避过了八魂的攻击，但是并未能够成功突围而去，被两具合作无间的骷髅狠狠地自空间通道内蹭了出来，狼狈摔落而下。时空大神从旁边俯冲而至，那条腿骨不断踢出，在天人的身上连续踏了七八脚，险些让他魂魄崩碎。

实在够窝囊！堂堂的天人啊，居然被人围殴至如此狼狈境界。他一声厉啸，庞大的魂影立刻缩小了，既然要被动防御，那么身躯缩小是必然的。但是，这并不能改变什么。"哧！哧！"两道彩虹光芒再至，这一次天人正在险象环生地应付着辰家八魂，两道虹芒轻易突破他的防护力，刺进他的身体，让他顿时惨叫起来，而后魂影被撕裂了！天人痛苦地吼啸着，以莫大的法力逼出彩虹神芒，重新凝聚身体！但是，他被当成沙包的命运已经不可扭转！

"轰！"天人被一拳轰在脊背上，直直朝着惊天飞去。璀璨剑光闪动，惊天神剑将之斩得魂力衰弱，天人朝着时空大神翻滚而去。时空本源力量浩荡，时间与空间逆转，一条雪白的腿骨在天人身上不断猛踩！最终，天人这个人肉沙包飞向辰家八魂。绚烂的光芒一道接着一道，"三千大世界""两世为人""刹那永恒""寰宇尽灭"……八道可怕的法则，一重接着一重，狂轰天人，直打得他的魂魄不断崩碎，而后又痛苦地反复重组。

天人陷入了被蹂躏的轮回中，在如此多的高手包围下，他就是有通天的本领也无法对抗，同时想逃也逃不掉，只能痛苦地哀叹，无奈地忍受着。他已经觉察到，这些人似乎不想一下子解决掉他，不然恐怕他已经形神俱灭多时了，现在似乎成了众人的出气筒与沙包，诸多高手狠狠地拿他练手。

湖水中碧光闪闪，定魂珠消失了，但是在原地却凝聚出一道魂影，那是从四女身体内不断流转出的魂力凝聚而成的。某些玄妙的事情正在发生，鬼主赐予的圣物果然非同一般！辰南注视着这一切，四女并没有消失，但是隐藏在她们灵魂中的某些生命印记，正在不断地聚集到那虚淡的魂影上。生命的秘密最为玄奥，辰南渐渐感觉到了万年前雨馨的气息，竟然源于那越来越清晰的魂影。

可怜的天人，千不该、万不该跑到诸强安息之地，如果他能够独自战胜这么多的高手，那真是逆天了！辰南看得畅快淋漓至极，最后也冲了上去，开始暴扁天人，此时不出手更待何时，不然一会儿之后，恐怕天人彻底毁灭了！辰南有一种感觉，天人似乎没有想象的那般强大，不过随后他又释然了，这毕竟是天人的残魂啊，并不是完整的真身。

似乎已经知道自己的命运，但是天人并没有任何惧怕之色，他平静地冷笑道："这么多的人围攻我，我即便惨败身亡也并不丢人，不过不要以为就这样算了。所有的仇恨我们来日再报！""你还有来日？哼，今日彻底解决你！"辰南抽出了凶威大盛的方天画戟，横在了他的颈项之上，冷冽的煞气瞬间弥漫开来。"哼！"天人冷笑道，"天人就是死了，但是太上最终也会出世！今日之一切，他都会知晓，早晚会找上你们。"

"你在胡说八道什么？"辰南惊疑地望着他。"我是天人残魂没错，知道我当年为何死去吗？因为我想再次蜕变，由天人蜕变成太上！我以为我失败了，粉身碎骨而飘散在天地间。但是，现在我已经感觉到，当年的我并没有完全失败，已经成功蜕变。我不过是碎裂开的无用残魂而已，或者说是被遗弃的废魂，真正重组蜕变出的太上正在缓慢觉醒！一切修炼过《太上忘情录》的人都将成为他的养料，包括你和她们！"天人残魂点指着辰南，以及湖中的四女。

辰南半信半疑地看着他，太上，真的有太上吗？！不过，眼前顾不了那么多了，管他是不是废魂，现在最要紧的还是解决掉他，毕竟这个天人残魂的力量也非常强大，他可不想留下无穷后患！场内的几具骸骨、辰家八魂始终没有出声，不过这个时候同时抬起了手掌，随着辰南手中方天画戟劈下天人的头颅，这些骸骨与残魂都打出了自己的绝学，一时间，高天之上恐怖的波动让人胆寒！

天人被碾成了粉末，被彻底地毁灭，一股磅礴的生命精华洒落下高空，汇聚向生命源泉。在天人毁灭的一刹那，辰南蓦然间打了个冷战，他感觉某个强大的生命正在觉醒，无尽虚空中似乎劈来两道冷电在凝视他！他想到了天人说的那些话，太上似乎真的存在！辰家八魂、几具骸骨也同时心生感应，齐齐发出一阵咆哮，似乎在回应着冥冥中那个强大的存在！而后，他们全部沉浸到了生命源泉中。

而此刻湖水中一个灵动的身影慢慢漂浮了起来，宛如秋水般的眸子正在一眨不眨地凝视着辰南。辰南同样难以移开目光，与那轻灵的身影久久对视着，他们就那样静静地看着对方，在这一刻时间仿佛停滞了。跨越时空，穿越万年的呼唤，在他们的心间响起！

朦胧的身影如梦似幻，在那生命源泉上空，淡淡的薄烟在飘动，绝丽的身影仿佛踏月而来的仙子一般，静静地立在小湖之上。虽然影迹是如此模糊，但是那一双眼睛却清澈明亮无比，宛如两颗灿灿的晨星一般明亮，又如那绝世美玉闪烁的温润光泽一般滋润人心。沉鱼落雁难以形容她的绝丽姿容，闭月羞花难以形容她的无双美貌，倾城倾国难以形容她的绝代风华，她是钟天地之灵慧孕育而生的仙灵，整个人透发着一种轻灵的气质，显得无比灵动，她是天地间的瑰丽灵气之魂，集美慧于一身。

辰南定定地望着那道绝美的身影，心中纵有千言万语，此刻却一句话也说不出口。曾经苦苦追寻，杀神灭魔，上穷碧落下黄泉，更是逆转时空，追索生命源泉，这一切都是为了眼前的人复活啊！

雨馨，一个留下无限感动、萦绕无尽哀伤的名字，镌刻满了辰南的心间，于辰南来说重于自己的生命。雨馨，在辰南的人生中书写下了最为灿烂的一笔，留下了永世不可磨灭的印记。复活而出后，辰南所做的一切，有一半都是为了雨馨复活而努力，如今终于等到曾经的雨馨再现于世了！雨馨留下的感动早已无须再说，辰南看着越来越清晰的影像，千言万语最后只汇聚成两个字："雨馨……"这是灵气的凝聚，这是魂魄的重组，这是复杂难明的烙印激活重生！

　　雨馨真的回归了！一双凄迷的眸子中流落几滴晶莹的泪珠，张了张嘴却什么也喊不出来，她的魂魄还没有完全组好，她是四女心间沉睡的灵魂重组再生，但是曾经发生的事情她都知道，四女的经历就是她的经历。她知道辰南为她所做的一切，千言万语全部汇聚在目光中。此时无声胜有声，两人站在一起，相互凝视着，万年来所有的话语仿佛刹那间在他们心灵间流淌交融了。

　　四女透发向雨馨的光芒，终于渐渐暗淡了下来，四女萎靡不振地跌坐在生命源泉汇聚的小湖中，无穷无尽的生命源泉也难以使她们快速恢复过来。雨馨的身影终于清晰了，看起来和一般人并无二致，但是辰南尝试拉起她的手时，却仿佛从空气中穿过一般，什么也没有抓到！他顿时脸色一变，忧虑地问道："这是怎么回事？"曾经发生了那么多的波澜，如果努力到现在，还是一场空，那么对辰南的打击真是太大了！

　　"需要时间，生命的产生哪有那么快。"雨馨似乎很虚弱，但却很满足、很幸福、很欣慰地看着辰南，得知辰南为她所做的一切后，雨馨感觉就是现在去死，永远无法复活，也没有任何遗憾了。短短的几句话让辰南心中涌起一股热流，他知道雨馨并不是不能复活，只是需要时间，现在的魂魄还是残魂呢。

　　四女灵魂深处藏着雨馨完整的魂魄，但是如果想全部聚集出来，那将需要大量的时间。四女有独立的人格，不得不说生命本身就是一种最伟大的奇迹，它让人无法理解，让人无法真正看透，始终笼罩着最为神秘的面纱。四女是雨馨灵魂的延续与变异产生的新个体，她们并没有随着雨馨将要重组再现而消亡，她们依然将存在下去。不过，雨馨的魂力乃是她们的本源，随着雨馨的魂魄逐渐抽离而去，她们变得精神萎靡那是显而易见的事情。如果没有生命源泉这一存在，四女恐怕真的会随着雨馨的再生而彻底灭亡。

神魔精华凝聚而成的小湖将要创造一个奇迹，不仅时空大神等强者在这里休养，四女也将在这里最终完满地蜕变，让雨馨的灵魂彻底归一。生命不可承受之重，万载不堪回首的岁月终于过去，辰南心中充满了希望与光明。最后，他带着雨馨的残魂，飞出了神魔图，来到了外面光彩的世界。

"哇哦，老爹！"依依和空空被吓了一大跳，两个小鬼正在筹划第二次离家出走呢，不想辰南突兀显现而出。不远处，众人看到辰南平安出来，总算长出了一口气。在雨馨的刻意掩饰下，众人并没有发现她的魂影，没有觉察到点滴气息。

"她们？"辰家众人忍不住问道。"她们没有事情，都在休养中。"辰南秘密向四祖与五祖传音，简要说了几句，而后带着雨馨的残魂，冲出了月亮，向着人间界飞去。"老爹，等等我们啊！"空空与依依随后紧追，大声地叫着，"我看到雨馨姑姑了。"

辰南带着雨馨冲向了百花谷，而后又冲向雁荡山，将他们曾经留下过足迹的地方，全都再次游览了一遍。在这一刻，辰南感觉心绪在飞扬，终于等到雨馨复活了，他的内心充满了喜悦。

"轰！"一声剧震，雨馨身体一阵飘摇，辰南也感觉如遭雷击，他们感觉到天地间有股不可测的力量，似乎在开始觉醒！他们相互看了一眼，最后同时道："太上！"不错，正是太上！他们感觉到了太上的力量！冥冥中仿佛有一双巨大的眼睛，正在冷漠无情地注视着他们，这是跨越时间与空间的力量，如芒在背一般，让辰南与雨馨在这一瞬间感觉到了莫大的威胁，好久好久之后才渐渐淡去。

太上究竟是怎样一种存在？难道真的与天同齐了吗？或者更有甚者？辰南在这一刻感觉到了莫大的威胁，甚至有一种对绝对力量的恐惧！这种感觉以前从来没有过，他第一次感觉生命处在了对方的阴影下！与此同时，神魔陵园内众多神魔一阵咆哮，那个神秘青年，自裂开的陵园大地下，升腾到了高天之上，一双眸子扫视八方，似乎在凝重地搜索着什么！

辰南感觉体内那个残碎的太上辰南的灵魂，正在慢慢重组，他一声冷笑，瞬间出现在神识海中，在刹那间再次将之粉碎！当他回归现实时，发现雨馨露着无比忧虑的神色。从雨馨残魂复活到现在，他们并没有交谈几句话，但是两人的心却是如此近，能够从彼此的目光中感知对方的所思所想。

"雨馨不要担心，所谓的太上，终要彻底归于尘土的，你不要忧虑。"虽然这样说，但是辰南还是在第一时间将雨馨送回了神魔图中，让她在生命源泉中休养，等待四女恢复过来，好继续聚集魂力。除非太上能够破掉神魔图，不然无论如何也伤害不到雨馨，对这件天宝，他还是很有信心的！同时，这里有辰家八魂还有几具残缺不全的骸骨守护，退一万步说，就是太上真的打碎神魔图，也要和这些人先大战一场。

"不好了！"回到月亮之上，辰南就听到了辰家子弟的喊声，"空空和依依被德猛抓走了！"当听到这则消息时，辰南怒极而笑，这个德猛还真是愚蠢，竟然做出这样的事情，难道他不知道辰家现在有三个天阶高手吗？难道他想撕破脸皮吗？子弟又道："德猛说要细心教导两个孩子，想要收他们为徒。"辰南大怒，道："要收徒也轮不到他啊！"

这个时候，四祖与五祖都走了过来，四祖道："德猛是被逼无奈！他不知道用什么办法，连法祖都给弄到第五界去了！据说，第五界变天了。黑起一方受创最重的老大，虽然还远远没有恢复当年巅峰的实力，但是其爆发出的可怕波动，将当年的一位好友从沉睡中唤醒了！现在形势不妙，德猛这是想将我们都拖下水，想让我们去助阵啊。"

"该死，想逼我们就范，德猛实在可恶，如果真的解决了太古七君王的问题，我第一个杀他！"辰南对德猛实在反感到了极点，这个阴险狡诈的家伙总是惹出让人无法忍受的事情来。四祖与五祖决定，暂缓去第五界，先让对方火拼一番，料想德猛绝不敢伤害空空与依依，不然这样直接冲过去，等于被对方当成枪使。

只是，任谁也没有想到，一件无比可怕的事情发生了！德猛一方不想与对方火拼，为了保存实力竟然打开第五界之门，将太古第一君王、第三君王以及被第一君王召唤出的神秘高手引入了人间界！可以想象，最顶级强者之间的战斗，必然要死伤无数生灵，必然将要让人间界化成修罗地狱场。而辰家曾经灭杀过几位太古君王，与黑起一方是生死大敌，必然要被拖进战场第一线！

德猛一方实在太卑鄙无耻了，引太古三强入主人间！将第五界天大的祸乱转移入了这片空间！刀剑腾煞气，寒光照铁衣！月亮之上，所有辰家子弟都身披战甲，手持神兵，准备决战！其中，梦可儿为了孩子，与澹台璇融合了，在两人融合前，她们给龙舞、小公主也送去了书信！

原杜家玄界，这片崩碎的残破遗迹上空，血光冲天，无尽的冤魂在哀号，无尽的煞气在涌动，空间之门内，生命波动不断暗涌。也不知道第五界诸强到底血杀了多少生灵才打开这神秘莫测的空间之门。这毫无疑问是一种无比残忍的手法，用生祭的方法通行两个世界间，手段血腥恶毒令人发指。

德猛这一方原本共有五大天阶高手，不过被发狂的第五界太古七君王的老大灭杀了一人，而被此君唤醒的神秘强者，也以强势姿态重伤了一人。这也是德猛一方心生毒计的原因，他们不想与对方硬碰，决定祸水东引，让人间界的强者去承受那可怕的君王之怒！

此刻，德猛一方几人正守候在空间之门的旁边，他们早已过来了，这里透发着冲天的煞气！这几个人神情无比凝重地注视着那时空之门。最开始时，他们根本没有打算死守这里，按照德猛的计策，要拼尽辰家最后一丝力量，想让辰家当炮灰！因为他知道，太古七君王恨辰家更甚于他们，辰南连斩七君王中的强者，此仇此恨不共戴天。

此外，德猛知道这人间界还有其他隐伏的天阶强者，比如实力强大的魔师，还有那神秘莫测到无法揣度深浅、灭掉青天化身后隐伏在神魔陵园的巅峰高手。按照德猛的计策，他们进入人间界后就彻底隐伏起来，随便其他人怎样去争杀战斗。但是最终计划改变了。因为德猛一方的几人分析觉得这样做恐怕会彻底激怒人间界的强者，他们的险恶用心任谁都看得出。说不定魔师还有那无法揣度的神秘青年会直接找他们算账。

德猛一方的老大林达，最后决定死守这空间之门。毕竟，这是一个天然的屏障，如果能够守好，定然能够给对方造成重创，而到那时候等到辰家等人来援，便能够取得莫大的主动优势，这样也不至于彻底激怒人间界。不过，由于他们内部意见不统一，耽搁了很长一段时间，致使太古七君王中的老大楚相玉直接杀了过来！

林达绝对是天阶强者中的强人，要知道在以前的争斗过程中，每次都是他自己缠住楚相玉的，楚相玉称得上第五界的一个神话高手，是太古以后的最强者！不过，面对实力在逐渐恢复、元气在慢慢复原的太古第一君王，林达还是渐渐感到不支。在这空间之门前，太古七君王中的老大楚相玉展现出了狂暴的一面，在另两位太古君王的帮助下，险些彻底击溃林达几人的防护。不过，最终因为无法放开手脚，楚相玉等三人又被逼回了空间之门内。当然，三位太古君王也不是没有斩获。被德猛等人半绑架的法祖重伤，德猛一方原本垂危的那个强者彻底陷入昏迷中，再无战力。

当辰南提着方天画戟赶到时，双方正处在僵持不下的阶段。虽然看到情况没有想象中那么糟糕，但是辰南的心情依然难以轻松，他阴沉着脸冷冷地盯着德猛，空中无尽的煞气在涌动，辰南的长发如狂乱的黑色火焰一般舞动起来。一股无形的"势"笼罩在德猛的身上，让他感觉到了一阵胆寒，更让现场的气氛无比紧张与微妙起来。"辰兄，你误会了。"德猛心虚地笑了起来，不过怎么看都无比虚假。"德猛，你太过分了！"说到这里，辰南将绝世凶戟平端起来，锋利无比的戟刃直直对着德猛的胸口，与之相距不过半米远，德猛可以感觉到那冷森森的煞气。

"好一把绝世神兵！想必这就是第五界传说中的那块绝世神铁吧，以前曾经被松赞德布打造成威震天下的古矛，如今成了辰兄的战利品，被炼制成方天画戟，更胜往昔啊！"德猛一方的老大林达笑了起来，解围道，"辰兄，早就听闻过你的大名，十五年前我们曾经联手对敌，如今又到了我们需要共同抗敌的时刻！能够与辰兄弟这等人物并肩作战，真是人生一大快事啊！"

这个时候重伤的法祖飞到了辰南的身旁。法祖无比郁闷，平白无故被德猛拉去，结果最终险些成为炮灰，目前的伤势虽然没有想象中那么严重，但是却也急需休养一段时间。"辰兄小心啊！第五界的楚相玉非常可怕！"法祖想要就此开溜，却被一股无形的"势"笼罩着，显然林达等人不愿他就此离去。林达虽然有意化解与辰南的矛盾，但是却被他们一方的另一人破坏了。此人名为马斯，他非常不满辰南用方天画戟如此逼指德猛，忍不住阴阳怪气地开口道："辰兄，你不觉得这样徒劳地举着凶戟很累吗？差不多就放下吧，不然过犹不及啊！"

　　"你是说我不敢？"辰南森然地问道。"我是说人要有自知之明，话是不可乱说的，人也是不可以乱砍的。"马斯冷冷地嘲讽道。在他看来，辰南曾经杀过三位太古君王，将出现的楚相玉乃是辰家的大敌，现在理应好言联合他们才对，怎么敢如此无礼呢？辰南用实际行动回答了他，在一瞬间就崩碎了虚空，直接斩向德猛，森然的凶戟"噗"的一声斩去了德猛的一条左臂。

　　这是因为德猛实在太了解辰南了，在马斯说那些话的同时他就行动了起来，快速躲避，用一条手臂的代价避免了拦腰被截断的噩运，因为辰南的时空本源的力量一旦作用起来，当真快得无法想象。辰南并没有追击德猛，方天画戟笔直地朝着马斯劈去，时间与空间的力量作用在凶戟之上，空间被禁锢，时间在加速，在一瞬间就将没有防备的马斯劈为两半。绝世凶戟猛力搅动，将其残躯崩碎！

　　林达与德猛急忙各自展开大神通相阻，总算挡住了辰南接下来的必杀一击。马斯惨叫着，重组了身体，周身上下透发出一股无比强大的"势"，他的怒火汹涌到了极点，怎么也没有想到，辰南居然敢在这种情况下出手！"该死的，我要杀了你！"马斯愤怒地咆哮着，就要与辰南死战！"老二，大敌当前，不要冲动！方才是你不对，你不应该挑衅辰兄！"林达一把牢牢地抓住了他，让马斯难以撼动分毫。

　　"二哥，不要闹了，是我对不住辰兄。"德猛虽然怒火汹涌，但是现在却不是与辰南翻脸的时候，不得不假惺惺地劝解，暗中朝着马斯打眼色。辰南手中凶戟就那样直直地指着马斯，整个人透发着无尽的煞气，意思很明显：放马过来！绝对的嚣张与狂妄！马斯险些急怒攻心昏过去，但是最终他看了看林达与德猛，还是忍了下来。

辰南早就看准了这一点，在这种境地下劈碎他们的身体，还不至于让他们翻脸，既然可以出一口恶气，为什么不做呢？！辰南道："既然是误会，那我就不追究了。"辰南的话语险些让马斯吐血。辰南又道："德猛兄，将空空与依依放出来吧，我不想他们卷入这场是非中。"

德猛皮笑肉不笑地道："我当这两个孩子的师父，确实有些委屈他们，我本想让我们的老大林达教导的。既然辰兄不乐意，那就让他们随你回去吧。不过，说起来这两个孩子太活泼了，进入我的内天地后，把里面折腾得不成样子。近半日，更是让我感觉有些不舒服，真不知道他们做了什么，果真是潜力无穷啊。"当德猛打开内天地后，一声惨叫，差点没有昏过去！

"哇哦，德猛叔叔来了，你真是个好人！""德猛叔叔你好棒哦，居然有这么多的好礼物！"依依与空空两个小家伙，活蹦乱跳地正在这片内天地折腾呢，将里面原本的仙境拆得乱七八糟，明显可以看出两个小家伙得了便宜还卖乖！德猛的脸早已绿了！不是因为内天地被两个孩子翻了个底朝天，主要是因为在内天地边缘地带的混沌崩碎了，曾经被他下过十几道封印的地域，彻底洞开了！被收集、封印在里面的内天地本源力量的种子全都消失不见了！

那是在无尽的岁月中，被德猛收集起来的死去的强者的内天地本源种子力量，他想日后将之炼化，彻底融入自己的内天地，让自己的小世界无限扩展。但是，已逝强者的本源种子力量全部被两个小鬼吞噬了！当年，太古七君王就为了得到残破的世界才去人间界大战"苍天"的，他们七人有一套秘法，七人都在收集已逝强者的内天地的本源种子力量，来提升自己的修为。德猛的收藏虽然远远不可能与残破的世界相比，但是依然是一个巨大的宝藏啊！不想昔日的心血竟然被两个小鬼毁于一旦，当真让他发狂了！

辰南却是想狂笑，他怎会感应不到两个小家伙的变化？他们的小天地中充斥着无尽的灵气，扩展了很多倍，且有庞大的潜力等待着他们日后去炼化。两个小家伙自己显然也知道取得了莫大的好处，无比滑溜地跑到辰南的身旁。"哇哦，老爹，想死我了，抱抱！"如小精灵般的依依得意地笑着，扑向了辰南的怀中。空空也不甘示弱，噌噌爬上了辰南的肩头，古灵精怪地冲着德猛做鬼脸，道："德猛叔叔，谢谢你哦，不和你玩了，老爹找我们来了，我们要回家了。"

依依不忘天真无害地眨动着大眼，感谢道："德猛叔叔，谢谢你的礼物哦！"德猛的脸色在刹那间变了数次，犹豫要不要立刻翻脸，但最终忍了下来！他决定日后彻底炼化这两个小家伙，那批宝藏终究是要收回来的！辰南已经感觉到了德猛的杀意，不过他心中也在冷笑，看到底是谁杀谁吧！辰南将两个调皮捣蛋的小家伙直接丢进了自己的内天地，并严重警告他们不准胡来！

"哇哦，老爹，你这个内天地是宝贝啊！比德猛那个乱糟糟的破地方强多了，也比我们的小世界好多了！我们在这里感觉到了强大的力量，这似乎是一个深埋的宝藏啊！"两个小家伙一起惊叫。辰南对于他们的眼光还比较满意，同时两个小家伙的话给予了他提醒，也许是时候去尝试炼化那残破的世界了。

"轰！"一声剧震！仿佛天翻地覆一般！一声大喝传遍人间与天界："谁敢与我楚相玉一战？"太古七君王中的第一人，终于再次冲了出来，名字虽然带玉，但是整个人却像黑铁浇铸而成的一般，一丈五的雄健体魄黝黑无比，闪烁着可怕的幽光！他赤手空拳站立在空间之门处，但是整个人却像一把最为锋利的神兵一般逼人！四祖、五祖来了，南宫仙儿来了，梦可儿与澹台璇的合体，笼罩着朦胧的光彩也来了！

可怕的大战一触即发！

辰南的内天地还没有关闭，依依与空空能够看到外面发生的一切。两个小家伙看到梦可儿与澹台璇的合体，立时顽皮地相互吐了吐舌头，逃出了内天地，向着空中那团朦胧的彩云飞去。

"年轻漂亮的妈妈，你们也来了，依依好想你们呀！"依依如小精灵一般，飞上了天空，张开一双小手臂，一双慧黠的大眼不断眨动，娇声叫道，"最最美丽的妈妈抱抱！"空中的人既有梦可儿的思想，也有澹台璇的神识，是两者的融合体，她们同是两个精灵鬼的母亲，有云雾遮挡看不清她的绝色姿容，但是明显可以看出一双如秋水般的眸子透发出的责备与溺爱。素手轻挥，一件洁白的小衣裙取代了依依身上那早已褶皱的绿裙，而后一股柔和的力量包裹着她，将之带到了身边。

依依嘻嘻地笑着，高兴地拽着融合体的衣角，似乎不觉得合体的妈妈怪异，显然她不是第一次见到了，知道两个妈妈能分能合。空空也如一个乖宝宝一般，老老实实地跑上了虚空，甜甜地叫着："我最爱的妈妈，空空终于见到您了，您怎么越来越漂亮了呀？害得空空都不敢认您了！"这个小东西也滑溜地跑到了融合体另一侧，拽住了一片衣角。这两个小家伙真是让人又气又爱，小小年纪却总是喜欢离家出走，让人为他们担心，嘴巴却是这样甜死人不偿命，简直就是两个小人精。

"轰！"远处，传说中的太古七君王中的第一人楚相玉，威凌天下，气吞山河，一人一拳与守护在空间之门前的几大天阶高手对撞在了一起，爆发出一股无比强横的力量波动！滚滚能量风暴似怒海狂涛一般，向着四面八方辐射而去，远方连绵不绝的山脉，就像那崩碎的沙丘一般，在快速地消融分解，而后崩塌消失！场景之恐怖，让人惊骇！这强绝无匹的力量，太浩大了。林达、马斯、德猛以及重伤的法祖同时出手相阻，才堪堪拦下！

力拔山兮气盖世！楚相玉果然有绝代霸王之势！辰南看得暗暗吃惊，这个人不愧为太古七君王中的第一人！一丈五的身高，如同铁塔一般强健，整个人透发的"势"，隐隐有力压天下、唯我独尊之气概。当年，就是这个人带领七君王，应魔主等人之邀，自第五界跨界而来，与人间界一批高手大战苍天七天七夜，最终将之灭杀！那一战魔主、独孤败天等人另有强敌，没有出现在那个战场，虽然有人间界的高手帮助他们，但是楚相玉与黑起等才是真正的主力，可以说他们一战名震六界，任谁都知道了绝代霸王楚相玉与发狂无敌的盖世君王黑起。

楚相玉冷冽的眼神像两把利剑一般，跨越时空穿透向辰南，两道可怖的光芒在空中爆发出阵阵风雷之响。辰南举方天画戟相迎，两道冷芒与凶戟相撞之后，发出阵阵铿锵之音，由此可以看出楚相玉到底有多么可怕！寻常的眼光就能够杀人！"好可怕呀，真是绝世大凶人！"依依抓着融合体的衣角，有些担心地道："他想找老爹麻烦！"空空也插嘴道："等我长大了，一定要打败他！"

楚相玉眼眸回转，看到两个小家伙后，双目中精光爆闪，惊道："传说中的人竟然真的转世了！"他乃是七君王中的第一人，见识当然广博无比，自然知道大龙刀、裂空剑、后羿弓等的来历。传说中的这些瑰宝乃是当年的最强者死后的躯体，后来被后人炼成了瑰宝。这些生命曾经登顶天下，乃是天地间最强的战魂！故此，虽然历经数个神话时代，同代的人都早已成为飞灰，但他们不灭的尸身依然保留了下来。传说这些人有朝一日会归来的！当时，楚相玉还不相信，但是现在他心中一通百通，知道某些震惊天下的事情正在悄然发生。大龙刀、裂空剑、后羿弓等，远早于他出生的时代啊！

　　"有意思！"楚相玉虽然震惊，但并不惧怕，他乃是大龙刀等那一代大绝灭后兴起的旷世高手，与魔主、时空大神等人一样威震六界无敌手，他相信自己的实力，即便大破灭之前的巅峰高手回归又如何？他有信心能够与之争锋！而且，他期盼当年那个时代的高手能够回归，这样他才有机会来印证两个时期的巅峰高手到底孰强孰弱！

　　"哇哦，这个人太凶了，居然这样看着我们！"可惜，两个小家伙虽然古灵精怪，但是根本不可能忆起过去的事情，新生的他们代表新的开始，彻底和过去绝缘，只有最强的战魂之力会慢慢觉醒复归！

　　最后，盖世君王楚相玉再次将可怕的目光转移到了辰南的身上。能够成为两个图腾的父亲，辰南岂是寻常人？能够杀死三位太古君王，岂是幸运可言？他冷冷地注视着辰南，犀利的目光似乎要穿透他的身体，看透他的灵魂，最后他大声咆哮道："你就是辰南？"声音之寒冷让人心惊胆战，德猛一方所有人都将功力提升到极限，准备即将开始的大战。他们对这第一君王忌惮太深了！怕他暴起发难，无差别进攻所有人。

　　"吼——"一声大吼，楚相玉身躯暴涨起来，在刹那间顶天立地，如墨的长发如黑色的瀑布一般，垂挂于天地间，巨大的眸子冷冷地盯着辰南，道，"果然有些门道，换作旁人或许看不出，但是不包括我，果真不简单啊！"看得出太古第一君王并没有看轻辰南，似乎颇为重视。这个时候，空间之门内血光冲天，生命之能剧烈涌动，魂影在周围不断哀号挣扎。

243

林达大叫："空间之门内积聚了足够的生命之能，另外两人也将冲出来。快，大家一起上，对付楚相玉，将之逼回空间之门内！"林达、马斯、德猛、法祖、四祖、五祖、辰南一起冲了上去。梦可儿与澹台璇的融合体，最主要的目的是寻找空空与依依，如今见到两个孩子无恙，她并没有加入战场，而是在旁观战，同时紧紧地拉住了两个小家伙。

楚相玉盖世魔躯虽然庞大无比，但是快过光速，在高天之上留下一道道巨大的残影，几次以霸绝天下的掌力，将林达、四祖、德猛等人拍飞，更有几次险些将马斯直接粉碎！滔天的能量波动笼罩在楚相玉的周围，仿佛熊熊燃烧的圣火一般，将之衬托得更加勇猛无敌。抬手间虚空崩碎，跺脚间山川崩塌！这样一个人物，简直不可揣度到底有多么强大！林达、德猛等人纷纷震惊到无以复加的地步，他们不知道对方为何在这么短的时间内功力提升了一大截！简直不可战胜啊！

德猛终于想到了一个可怕的问题，吃惊地喊道："楚相玉，难道你已经彻底恢复了元气，再现了当年巅峰的力量？""巅峰？还早呢！"楚相玉冷笑，庞大的魔躯透发着滔天的魔焰，他冷声道："不过，吞噬了你们的一个君王高手，的确让我恢复了不少元气！"在第五界反击时，楚相玉狂性大发，直接扫灭了德猛一方的第三人，没有想到竟然将其吞噬了。

果然不愧太古七君王中的第一人，所有人都倒吸了一口凉气。楚相玉似乎格外关注辰南，一双大手仿佛能够穿越时空，尽管辰南掌控了时空本源的力量，但是却总是无法摆脱那双魔手，始终被对方追击着。辰南感觉一座神山仿佛压到了他的头顶上空，行动越来越迟缓，他大叫不好，这个盖世君王着重对付他，这样下去早晚非吃大亏不可。

沉浸在无尽神识海中，快速感应到了太极神魔图，辰南仰天发出一声厉啸，将那神秘莫测的天宝召唤了出来。巨大的神魔图在刹那间突然笼罩了天地，将发狂攻击而来的楚相玉在一瞬间崩飞了出去，直让那庞大的身躯在高天之上连连翻滚，狼狈不已。辰南也是身形剧震，他感觉到了神魔图的颤动，居然没有吞噬对方，仅仅震了出去而已，可以想象对方之强大！

"吼——"楚相玉双眼中透发出两道奇光，大声地吼啸着注视着神魔图，最后在空中留下一道道巨大的残影，从四面八方将辰南包围了，而后慢慢逼近。他彻底甩开了其他天阶高手，似乎对神魔图与辰南生出了莫大的兴趣，专攻辰南自己，想要抢夺这件天宝。

"轰！"天摇地动，巨大的太极神魔图如一面神盾一般爆发出金黑两色光芒，无尽的生之气息与死亡气息同时震荡，生生挡住了楚相玉霸绝天地的一拳！辰南与神魔图被震得同时向后翻飞了出去，盖世君王楚相玉的魔手也传出阵阵噼噼啪啪的响声，他在化解可怕的生死两极力量的反噬。这让他更加惊异与感兴趣了，气吞山河、唯我独尊的气概爆发而出，向辰南展开了最为狂暴的攻击！

下方的山岭一道接着一道地崩碎，空间隧道也不知道被打开了多少条，在破碎的空间中围堵辰南，疯狂的能量流浩浩荡荡、无边无际。林达暗暗传声于其他几位天阶高手，道："先不要管辰南了，我们先行封印这空间之门，阻止那两人冲过来，恢复元气的楚相玉太可怕了，绝不能让他有帮手，不然我们没有一个人能够活命！"四祖与五祖虽然担心辰南，但是也知道林达说得没错，眼下唯有暂时断绝第五界与人间界的联系，争取到短暂的时间，到时候众人齐战楚相玉或许还有几分胜算。

还好，辰南靠着神魔图，暂时不会有生命危险，四祖与五祖加入了封印空间之门的队伍。就在梦可儿与澹台璇的合体将要有所动作之际，空空与依依突然惊叫道："快看，老爹的神魔图困住那个大凶人了！"神魔图不知道为何突然间光芒爆闪，透发出无尽的璀璨神光，将再次冲击而来的楚相玉吞没了！辰南自己都感觉有些惊异，因为这超出了他的掌控，并不在他的理解之中。

不过，威力浩大的太极神魔图虽然吞没了盖世君王楚相玉，但是并没有将之粉碎，似乎根本没有伤害到他，似一个巨大的能量光罩一般，只是暂时将之困在了里面。随着楚相玉猛力地挥动铁拳，巨大的神魔图仿佛会随时崩碎一般，不断地颤动着。不过神魔图也在飞快地旋转着，如流星一般朝着远空疾驰而去。辰南大惊，紧追不舍，不知道为什么会这样。

天下极速！在刹那间，两人一图已经冲出去上万里，最后只见那神魔陵园遥遥在望，辰南一下子明白了，神秘青年再次出手了！不过，神魔陵园方向并没有杀意透发而出，辰南心中剧烈跳动，楚相玉或许能够认出那人吧？！辰南对神魔陵园中的神秘青年，越来越感觉好奇了，这个无法揣度的神秘强者，带给了他太多的震撼，如那终年缭绕的神圣巨山一般，需要让人仰望，但却无法看清、无法猜透！

太极神魔图笼罩着不断咆哮的绝代君王楚相玉，飞快来到了神魔陵园的上空，这里仿佛有着莫大的引力，牵引着神魔图飞快接近。寻常的仙神到了这里，根本不可能飞行，即便是天阶高手也能够感觉到阵阵阻力，到了这里神魔图速度放缓，辰南也跟着放缓，他一边盯着太极神魔图笼罩的楚相玉，一边俯视着不远处的神魔陵园。

青碧翠绿的雪枫树，在轻轻摇曳着，漫天洁白的花瓣在纷纷扬扬地飘洒，每当到了这里辰南都会感觉到阵阵忧伤的情绪。一排排高大的神魔墓碑，在夕阳下巍然矗立，雪枫树的花瓣如雪花一般无瑕，在陵园中随风飘洒，仿似神灵的泪水在天地间流淌，诉说着那曾经的悲伤。

一个高大魁伟的身影，在陵园中慢慢显化而出，影迹逐渐清晰起来，除了脸部让人无法看清之外，整个人显得特别伟岸。知道是一回事，亲眼见到是另一回事，神秘青年过去在神魔陵园显化万载，到了现在竟然还一直没有离去！这让辰南感觉颇为震惊，他觉得真该早一些来拜会这个男子，打探出其到底是何方神圣。神魔图像是鼓胀的气泡一般，被绝代君王楚相玉撑得似乎要爆裂了一般，金黑两色光芒不断爆闪，生死两极气息更是浩荡于天地间，可以想象这个第一君王何等了得！

神秘青年静静地面对着神魔图，而后手中连连打出十八道法印，太极神魔图爆发出一股铺天盖地的强大力量波动，而后光芒一闪突兀地消失了。太古七君王中的第一人楚相玉挣脱而出，他冷冷地凝视着神秘青年，最后似突然醒悟了一般，大声咆哮道："是你，你竟然没死？竟然是你！"

他似乎感觉有些不可思议，露出不相信的神色，而后那庞大的魔躯，快速缩小到一丈五，周身上下涌动起滔天的魔气，仿佛有无尽的冥魔之焰在腾腾跳动一般。他挥动右拳，快速向神秘青年冲去，随着右拳的摆动，整片空间仿佛塌陷了一般，整座神魔陵园的空间剧烈扭曲起来，崩碎出无数道空间大裂缝，其盖世凶威可见一斑！

神秘青年的双眼清亮无比，他似乎笑了起来，仿佛看到了他一口雪白的牙齿，笑得格外灿烂。整个人不动如松，但是动作起来却快如闪电，姿态无比潇洒飘逸，腾挪间掌影翻飞，一道道法印冲天而起，化解掉了绝代君王楚相玉的攻击。崩碎的虚空慢慢愈合了，原本如惊涛骇浪般的能量风暴，也快速平复了下来，这里变得风平浪静，仿佛什么也没有发生一般。从中不难发现他的绝世大神通，手段之高超让身为天阶高手的辰南忍不住阵阵惊叹，要知道那个对手可不是寻常人啊，那是绝代君王楚相玉！

被人化解了无敌技法，楚相玉一声咆哮，再次涌动着滔天的魔焰俯冲而来，向着神秘青年击杀而去，同时他口中似乎大叫着什么。不过，辰南却什么也没有听到，他感觉神魔陵园之中似乎浩荡起一股极为可怕的力量，湮灭了那股声音，吞没了楚相玉足以毁灭这片大地的可怕能量风暴。神秘人冲天而起，以掌对拳，在高空中留下一道道幻影，不断地与楚相玉过招，拳掌交击，天地震动！除神魔陵园外，不远处的高山全部崩塌了！

最后，神秘青年的手掌抓住了楚相玉的右拳，两人僵持在高天之上。绝代君王楚相玉似乎在大吼，满头黑发狂乱舞动，如凶神恶煞一般怒斥着什么。神秘青年面色平静，双目清亮，似乎在解说着什么，两人虽然未动，但是狂猛的能量依然如海啸一般自他们的身体处不断爆发而出。即便辰南身为天阶高手也感觉高天之上仿佛有怒海狂涛在奔腾咆哮一般，可怕的能量风暴在那无形的能量屏障内疯狂地肆虐着。

可以看出，神秘青年似乎在劝解，但是绝代君王楚相玉怒火难消，不断地吼啸，与之争吵，偶尔也会恶狠狠地瞪上辰南几眼，冷冽的寒芒透发着无尽的杀意。最终，楚相玉魔啸不断，铁拳挣开了神秘青年的手掌，与他对面而立，爆发出阵阵恐怖的波动，似乎在说着什么狠话。神秘青年静静地听完，而后点了点头，两人在刹那间再次大战起来，似乎想用这一战的结果来让对方听从自己的意见。

这一次似乎是生死大战，无比惨烈，绝代君王楚相玉化身成巨魔，疯狂吼啸舞动起来，在天空中留下一道道残影，巨大的魔爪撕裂片片虚空，崩碎出一条条空间隧道，魔影时时隐没而入消失不见。神秘青年身躯暴涨，同样顶天立地，大战绝代君王楚相玉，各种大神通层出不穷，一座座神山不知道被他从何处拘禁而来，不断镇压向楚相玉。还有一条条如匹练般的元气带，更是从地下不断腾舞而上，向着对方捆缚而去。

"吼——"楚相玉一声大吼，"看我如何颠倒乾坤！"虽然神魔陵园被笼罩上了一层神秘的力量，但是他的吼声依然清晰地传了出来。在刹那间，神魔陵园所在的区域一下子陷入了黑暗中，里面传来阵阵巨魔的吼啸。神秘青年双眼透发出两道奇光，大吼道："六道轮回！"六个森然的黑洞，无声无息出现在高天之上，仿佛能够吞噬一切，疯狂地在黑暗中旋转起来。至此，辰南再也看不到那神魔陵园中到底发生了什么，只感觉屏蔽在神魔陵园外的神秘能量光罩，随时可能崩碎。

神魔图及时飞出，飞快放大，无边无际，遮笼而下，终于将下方那即将破碎的空间彻底笼罩在了里面，避免了一场可怕的灾难。不然，一旦两大高手对决时的可怕能量冲击而出，恐怕方圆数千里都将崩碎，到时也不知道将有多少生灵惨烈绝灭。

直至一个时辰之后，无尽的黑暗才渐渐散去，绝代君王楚相玉与神秘青年当空而立，究竟谁胜谁负不得而知。神魔图慢慢消失了。"等我恢复至巅峰状态，定然要与你分个高下！"楚相玉的声音很冷，似乎有些不甘，从这些话可以推测刚才的战果。神秘人道："好啊，乐意奉陪。"楚相玉道："哼，现在就给我推演天地棋局吧，我倒要看看你有何高见。"楚相玉这些话语传入辰南的耳际，让他顿时感觉一阵心惊。推演天地棋局！让人想不惊讶都不行！

"轰隆隆！"伴随着阵阵天雷之响，重重黑幕笼罩而下，将神魔陵园遮挡得严严实实，外界根本无法窥探到分毫。幸好，这次辰南并没有被隔绝在外。六道轮回门浮现而出，六个黑森森的可怕洞口，无比幽深可怕，排列在高天之上。随着神秘青年轻轻挥动手臂，它们演化成六片模糊的空间，里面山川景物一一显现而出，似乎还有神魔在飞舞。

不过，相对于外界来说，实在太模糊了，辰南根本无法看透。

"这里！"神秘青年手中突然出现一杆令旗，掷向某一片空间中，那杆小旗在那片空间中迅速放大，化为千百丈巨旗，透发出无尽神焰，迎风招展。"还有那里！"神秘青年再次拿出一杆小旗，掷向一片模糊的空间，神芒璀璨，光芒耀眼，一杆旗帜仿佛定住了方圆数万里的土地！

"必杀之阵！""十绝死地！""七杀谷！"……随着神秘青年说出一个个古怪的不知道是地名还是阵法或者是代号的字词，一杆杆旗帜不断被他掷向那六片空间中。所有的小旗在进入那些空间之后全部迎风招展快速放大，遮笼一方广袤的土地，当真如世界中的巨大棋子一般。六片空间被投放入数百杆大旗，似乎定住了六界！随后，神秘青年以大法力推动六片空间旋转，数百杆大旗猎猎作响，全部招展起来，有的透发着无尽的神光，有的笼罩着滔天的魔焰。六界跟着一起摇动，无数残碎的画面浮现而出。

有的画面血浪滔天，白骨浮沉，整个世界化成一片血海。有的画面花香鸟语，一片祥和，成为一片神圣净土。有的画面无尽黑暗，永无天日……而后，残碎的画面变得具体，许多地方都在大战不休，不过画面实在太快了，让人难以跟进，不知道究竟发生了什么。当然，绝代君王楚相玉并不在此列，他似乎清晰地捕捉到了每一个画面、每一个瞬间、每一个小小的细节，不时点头摇头。最后，无数残碎的画面忽然间全部浮现到了高空之上，它们猛烈地冲到了一起，组建成更多无法揣测的画面，画面中的人物也彼此相互进入了对方的领域。

"启！"六片模糊的空间在变幻着莫测的轨迹，在空中不断旋转，而后又不断向一起冲击。一会儿血海沉浮，一会儿魔气滔天，一会儿光明璀璨……纷繁复杂而又无比奇异的画面，不断在神魔陵园上空浮现变幻！当真神秘无比，让人无法揣度，无法明白究竟！辰南一言不发，静静地观望着，虽然不甚明了，但是他知道此刻所看到的，定然是天地间的重大秘密！

虚空中，画面越来越庞杂，不仅有惨烈的搏杀，最后众生百态也都一一浮现了出来，真不知道所谓的天地棋局到底要推演出什么！直至到了后来，庞大的信息量让楚相玉都皱起了眉头，可是六片空间依然在转动，飞快地交融。在这期间，辰南敏锐地觉察到，一些熟人的身影在那六片空间中一闪而没！其中，竟然有他的父亲，也有他自己！到了最后，六片空间旋转得太快了，它们所映射出的画面更是飞快地流转，辰南已经跟不上了！

楚相玉双目中射出两道可怕的神光，竟然直接连接到了六片空间之上，他不住地点头与摇头，最后轻叹道："难啊，难啊，难啊！"连续三句"难啊"，六片空间停止转动，慢慢归于虚无，而后彻底消失，闪现出六道轮回门，神秘青年轻轻挥手，六个黑森森洞口慢慢淡去。随后他轻轻一拂，高天之上呈现出一片混沌地带，他点指着混沌，对楚相玉道："推演了一半，剩下的一半，无法推算了。"绝代君王楚相玉仅仅说了一个字："难！"说罢，他将一只巨大的魔手探进了混沌中，点指着里面某一片地域，道："先解决他吗？"

神秘青年与绝代君王楚相玉推演六道，堪称逆天之大神通，他们推算出了将来种种可能，实乃神鬼莫测之能。不过，尽管他们法力通天，但是也不可能详知一切，不过推演半盘棋局而已。世间种种，岂能尽如人料，一步走错，满盘皆错，他们对此非常清楚，不然楚相玉也不会连道："难难难！"一步之错，万劫不复，更何况他们所图谋的，乃是亿万生灵在内的大事件，如若失败，就等于天翻地覆，世界为之崩碎，亿万生灵覆灭。

对于绝代君王楚相玉魔手所点指的那片混沌，神秘青年久久未语，很长时间才道："杀他代价太大！"楚相玉脸上弥漫起阵阵黑气，神色冷冽无比，透发着无尽的杀意，道："早想灭他，自以为超脱六道之外，天下无敌，不过只是没有人愿意惹他罢了。将来，他绝对是一个大患，你我这些人想重建规则，但是他绝对是守旧之人！他早晚会成为死敌，与你我等不死不休！与其如此，还不如趁早解决，免得将来顾之不及，平添大患！"

神秘人果断道："当然要杀他，绝不能将大患留到将来。不过，现在却要思量好对策，不然现在去多少人，将死多少人。"绝代君王楚相玉诧异地问道："你也没有把握杀他？"神秘青年笑了笑，露出一嘴雪白的牙齿，双眼光芒湛湛有神，笑容看似很是灿烂，不过细看可以发觉，双眸中有着一丝孤寂。在刹那间，他的身体如他的脸一般，虚淡模糊起来，让人渐渐无法看清，无从捕捉他的影迹，他如一缕轻烟般，融入神魔陵园之中，了无痕迹。

随后，他又似随风而来，慢慢显化出身影，出现在原来的那片虚空中，一切都了无痕迹，让人捉摸不定，不知道刚才他归于何处，也不知道他是从哪里再次重聚而来。绝代君王楚相玉动容，他伸开手掌，轻轻地向神秘青年摸索而去，竟然一下子穿了过去！神秘青年仿似空气一般，无任何阻挡，似乎根本没有形体！

"这是……"楚相玉非常吃惊。辰南也是脸色骤变，这到底是怎么回事？难道说神秘人竟然没有身体，仅仅是一道魂影吗？这未免太不可思议了！要知道，辰南在穿越回万年前时，可是亲眼看到了他只手灭天的盖世神威啊，而且在不久前他更是以绝世大神通，将青天的第二化身打得形神俱灭！这个人，真的太强了！

"难道说你只是一缕残魂而已？"楚相玉显然非常震惊，道，"如此说来，你若真的彻底恢复，岂不是可以手掌天地了！又有什么事情做不到呢？！"神秘青年笑了，道："你未免把我想得太强大了。虽然没有躯体，仅仅一道魂影，但是我的一半灵根都在这里！什么最重要？灵识最重要！修为到了我们这般田地，只要残灵在，依然强大！"说到这里，他的双手攥成拳，轻轻触碰到一起，发出了铿锵之音。虚实一念间！

绝代君王楚相玉依然有些动容地道："今天我才发现，你非常可怕！""彼此，彼此！"神秘青年淡淡一笑。楚相玉道："虽然我们还未复巅峰之境，但是你、我，再加上黑起，我们三人应该能够杀死他！"说到黑起，楚相玉恶狠狠地朝辰南瞪来，又恨恨地盯着神秘青年，道："老二被逼入了第六界，回来恐怕还要费上一翻手脚。"神秘青年摇了摇头，道："不能冒险，要做就一战灭掉他，绝不能以残体去死拼！"

楚相玉道："那怎么办？难道留到将来，最后一起解决？"神秘青年道："让与他有因果的人重创他，未来解决他时将省却大力！"楚相玉不解，疑惑地看着神秘青年。神秘青年道："一万多年前，他曾经出手对付过一头潜力无限的天龙，天魔前去阻止，被封印三界，凤凰天女去援救，被打得再次涅槃。"听到这些话语，辰南心中一震，瞬间就想到了龙宝宝——当年的神棍大德大威天龙！

现在神秘青年居然说到了小龙，而他们要对付的大患，竟然是险些灭杀龙宝宝、凤凰天女、天魔的旷世强者！对于那个人，辰南曾经猜想过很多，但是始终无法推测出其身份，根本不知道其真正来历，而现在眼前两大高手，竟然要开始算计那个人了，真是让他震惊无比！听到这里，辰南实在忍不住了，插嘴问道："那个人到底是谁？"

楚相玉听到辰南的问话，恶狠狠地瞪了过来，恨不得立刻将之灭杀，毕竟辰南曾经杀过他几个兄弟啊。神秘青年看楚相玉想动手，立刻拦住了他，道："有些人注定是要被淘汰的，如果你顾念亲情，将来不是没有机会让他们重现，现在可不是冲动的时候。""那松赞德布呢？他被淘汰，岂不是太浪费了吗？"楚相玉怒吼。"松赞德布确实很强。"神秘青年笑了起来，道："你来看！"他用手点指，神魔图显现而出，一幅画面浮现在楚相玉的眼前。只见一片广阔无垠的大沙漠中，一朵巨大的奇葩包裹着太古君王松赞德布，生命源泉在根茎周围滴淌着。"哼！"绝代君王楚相玉重重地冷哼了一声。

神秘青年转过身来，对辰南道："这次全靠你了！我们无法出手，因为我们无法灭杀他，甚至难以伤到他。""那人是谁？我为什么能够伤得了他呢？"辰南很平静地问道。神秘青年道："他就是天阶高手当中流传的'幕后黑手'，每每在重大历史时刻出手改变某些结局！"听到神秘青年如此说，辰南心中一惊，他从四祖与五祖的口中已经得知了黑手的存在，十五年前黑手也小小地惩治了他一番，没有让他成为救世主，而险些成为千古凶狂恶人。

"黑手？！我能够重创他？！"辰南虽然晋升入天阶领域了，但是他觉得去击杀神秘青年暂时都无法对抗的黑手，是不是太儿戏了呢？！神秘青年道："不错，因为你身边的人都与他有因果。我们需要这种因果，因为我不是要你们去击杀现在的他，而是要你们回到过去重创他！回到过去，选择他最虚弱的时候，让那种虚弱变相加深加固，小小地改变他的命运！"辰南倒吸了一口凉气，回到过去是不能改变什么的，不然会付出生命的代价！

"你无须担心什么，在这个世上我害谁都不会害你！"神秘青年显得很真挚。楚相玉也冷冷地道："他不可能伤害你分毫的！"神秘青年道："他算是大患之一，为了灭他，我已经准备多年了！"说到这里，神秘青年大手一挥，六道轮回门出现，其中一扇黑洞洞的门户快速放大，无边无际遮笼天地。里面是一片血海，骇浪滔天，白骨浮沉，冤魂挣扎，一片凄惨的世界。毫无疑问，这乃是小六道中的血海！

神秘青年道："这血海中冤魂无数，其中百万生魂都是那人灭杀的，与他有着莫大的因果。如今，你可以手掌这百万生魂，带上大德大威天龙、凤凰天女，无限接近太古，去重创黑手，百万生魂将代你们而死！""百万生魂都将形神俱灭吗？"辰南问道。神秘青年道："不错，彻底湮灭！但这是他们自己的选择，你无须内疚！"神秘的"黑手"终将浮出水面，辰南终于知道龙宝宝的大仇人到底是何方神圣了。

神秘青年道："大德大威天龙看似胡闹，其实很有智谋，他创建光明教会，暗中排除万难，让教会成为了人间界大部分西方人的精神信仰。如果我没有猜错，当年他想尝试什么，就试验什么。不过，黑手觉得众生信奉一个光明神等于挑战了他这个无形主宰者的威信，便出手灭杀大德大威。现在，可将大德大威天龙，还有凤凰天女寻来，我与楚兄将想办法，让他们恢复当年的修为。你们三人携百万生魂，定可重创黑手。"回到过去改变什么，必须要付出生命的代价，不过有因果的人，副作用将减少到最低，冥冥之中似乎有某种未知的力量将"因"与"果"阐释得神秘莫测。

"偶米头发！大神棍你是谁？"龙宝宝莫名其妙被拘禁到神魔陵园，小家伙一双大眼瞪得溜圆，盯着面前的神秘青年，一点没有被抓的觉悟。"哼！"旁边的绝代君王楚相玉冷冷地哼了一声。龙宝宝转头观看，一双明亮的大眼瞪得差点凸出来，全身的金鳞都立了起来，惊叫道："盖世大魔王——小玉？！"神秘青年立刻大笑起来，远处辰南也是一阵轻笑，绝代君王楚相玉则脸色顿时铁青。

龙宝宝看到辰南，"嗖"的一声飞过去，落在他的肩头，有些担惊受怕地小声嘟囔道："不就是忘记他名字了吗？""让他觉醒的战魂彻底沸腾燃烧起来吧！"神秘青年大喝，会同绝代君王楚相玉同时出手。"你们、你们要干什么，我可不怕你们呀！"龙宝宝"嗖"的一声躲到了辰南的背后。

神秘青年一声狂啸，天摇地动，六道轮回门旋转出现，将龙宝宝拘禁到了正中，无尽汹涌澎湃的力量自六门内涌动而出。"吼！"绝代君王楚相玉一声吼啸，虚空崩裂，无尽的黑暗笼罩这里，颠倒乾坤大法将神魔陵园上空吞没了。同时，辰南感觉神魔图浮现而出，而后冲了上去，无尽的生命之能浩浩荡荡，形成一股清泉，流进了黑暗中。整整一天一夜，黑暗才渐渐散去，无尽璀璨的神光照耀天地间，一头绵绵如山岭、浩瀚如星云般的巨大天龙浮现在高天之上。

周身上下金光耀眼，东方的天龙体魄，西方的神龙翼，伸展开来无边无际，一股莫大的威压浩于天地间，龙气遮笼十方！整片东土大地，都充溢着天龙的无上气息！龙宝宝实在太庞大了，整片天空都是它的影迹，不过现在它还没有醒过来，还处在深层次的沉睡中。这个时候，神秘青年已经将小凤凰拘禁了过来，同时一位国色天香的少女也被拘禁而来。没有多余的话语，他与绝代君王楚相玉再次出手，黑暗再次笼罩天地，小凤凰与少女快速融合在一起！

这一次用了两天，才最终收功。一头巨大的火凤凰翔浮于天际，同样绵绵如山岳一般巨大！它周身七彩神光直破云霄，周围涌动的天火也分七彩，显得神圣而又威严！辰南知道，大德大威天龙与凤凰天女回归了！他们将开始征战幕后黑手。大德大威天龙力量复归了，曾经的战魂之火熊熊燃烧起来，现在的他恢复了当年巅峰的实力，莫大的龙威透发而出，浩浩荡荡传遍十方，整片东土都感觉到了这强大的龙气。凤凰天女同样回归了，七彩天火照耀天地间，无穷无尽的力量汹涌澎湃，天际一片通明。不过，此刻他们还处在沉睡中，没有醒过来。

辰南是非常激动的，不过多少有些担忧，他不知道还能不能见到那个调皮的龙宝宝了，可爱的小东西眨动着大眼的神情是多么可爱啊，他真担心曾经的一切就此一去不复返，再也看不到小龙贼兮兮的样子了。

同样，对于凤凰天女，他也有这样的感觉，小凤凰天真可爱，不知道恢复修为后，曾经的记忆是否彻底苏醒，那样的话会很复杂的。毕竟，小凤凰这一次可是融合了另一个少女啊。东方凤凰，这个神风学院的美少女，她的体内竟然蕴含了凤凰天女的另一半力量，是当年涅槃重生时的另一道传承。如今，两者合一了，真不知道觉醒的凤凰天女将是以谁为主导！这是一件很麻烦的事情。只是，一切的担忧都没有用，真正的觉醒已经开始了，结果将浮现而出。

　　"嗷吼！"巨大的天龙吼啸响彻天地，龙威无限，十方浩荡，一双巨大的眸子似两汪湖水一般清亮透彻，灼灼有神。可以明显感觉到，那庞大的天龙体魄内蕴含着无尽的力量，似乎能够毁灭一切！不过就在刹那间，无边无际的天龙之体忽然间开始缩小。最后，如绵绵山岭般的体魄竟然缩小到了一尺长，恢复成了龙宝宝般的模样，小家伙满是疑惑地打量着四周，小声道："奇怪，刚才我怎么梦到吃了好多好吃的呀，我的鸡翅呢？我的美酒呢？都到哪里去了？"

　　辰南无比高兴，哈哈大笑着冲过去，一把将小龙举过头顶，而后亲昵地将小家伙放到了肩头，龙宝宝本性依然，除了具有强大的力量之外，似乎没有发生任何变化，依然是以现在的它为主导。神秘青年道："他曾经的战斗本能与战斗技巧都已经觉醒了，不过许多过往的记忆都随风而逝了。从此，大德大威恐怕将变成宝宝天龙了。"

　　"偶米头发，世间最大最大的神棍，你在说什么呢？"小龙瞪圆了一双明亮的大眼，看着神秘青年。它知道神秘青年曾经灭杀过青天，法力无边，故此才冠之以神棍之名。神秘青年笑了笑，并未言声。而这个时候，一声凤凰鸣音突然传遍天地间，七彩凤凰觉醒了，一双凤目中顿时射出两道无比凌厉与璀璨的光芒，高天之上仿佛打了两道冷电一般。

　　高空中天火涌动，无边无际的大火仿佛将虚天都要融化，无尽的火之精华炙烤着下方的大地，青山绿水仿佛在刹那间失去了光泽，大地之上出现一道道巨大的裂痕，土地开始龟裂。神秘青年急忙出手，以大法力笼罩了这里，挡住了炎炎天火之精，不然恐怕会造成一场无法想象的灾难，将会出现赤地千里的可怕景象。

七彩光芒闪现，巨大而又神异的凤凰，忽然快速变小，不过双目中的凌厉光芒依然在闪动着，流露着一股难言的气息。直至最后，它化身成人形，成为一个倾城倾国的绝色少女。这个变化，让辰南一愣，因为他在这少女身上既感应到了东方凤凰的气息，也感应到了小凤凰的气息，这仿佛是两人的综合体。不过想想也确实应如此。他现在真不知道该怎么称呼对方了，不知道谁是主导。

　　"我是谁？"少女似乎失忆了，不过她并未露出丝毫迷茫之色，反而神色镇定无比，露出了一丝思索的神态。看样子，就可以感觉出身为上位者的从容不迫之态，仿佛一个高高在上的决断者。神秘青年点了点头，道："还好没有出什么乱子，如此甚好。"接着，他遥遥一指，一片绚烂的神芒笼罩在凤凰的周围，一幅幅场景浮现而出。曾经久远的记忆仿佛复苏了，出现在凤凰天女近前，那是她当年毁灭时的场景。

　　一道虚影身处无尽迷雾中，荡开无尽七彩神火，携无上神威，以雷霆之势打下一道近乎灭世般的可怕神光，将一只七彩凤凰打得瞬间崩溃，一声哀鸣响彻天地间，神鸟凤凰陨落。"我是凤凰天女，我是东方凤凰，我是小不点凤凰，我是合一的凤凰天女。"说到这里，她露出一丝痛苦的神色，脑海中有无尽的信息奔涌而来，相互冲击着。最后，一声清啸穿破云霄，凤凰天女眼中复归清明，自语道："我现在只是凤凰天女！"

　　立于高空之上的神秘青年，点了点头道："恭喜凤凰天女归位，将来你到底是分是合，自己决定。现在，你应该明白一切了，准备了结当年的恩怨去吧！"对于这个结果，辰南还是能够接受的，龙宝宝没有变化已经是幸事了。至于小凤凰和东方凤凰两个本源力量重新合在一起，那必然是有变故发生的，是可以预料的事情。

　　"轰隆隆！"虚空崩碎，六道轮回门闪现而出，其中一道轮回门快速放大，血海沸腾，白骨浮沉，百万生魂厉啸着，自那无尽的血海中冲腾而起，透发着无尽的血光！百万生魂吼啸，上动九天，下荡九幽，声势惊天地泣鬼神！天界、人间所有修者都强烈感应到了一股无法想象的强大怨念！这是自愿送死，甘愿形神俱灭，永世无法翻身的怨魂！他们透发的强大恨怨，即便是天阶高手都要胆寒，这个世上最可怕的力量并非神魔之力，而是众生之怨！

这股怨念似乎可以横扫一切，绝代君王楚相玉都不得不动容。黑手，一切为了击杀那幕后黑手！曾经在无数个重大的历史时刻，闪现出身影的盖世强者，被天阶高手称为幕后黑手！他以主宰者自居，雄踞混沌中。让神秘青年与绝代君王楚相玉都深深忌惮！今日，辰南、龙宝宝、凤凰天女，将要远征近太古时代，将去袭杀幕后主宰者！百万生魂沸腾，怨念充斥天地间，最后一起向辰南等三人冲去。生魂附体上身，这将是他们的第二生命，百万生魂与他们同在！

"为何不让他们去太古前袭杀那黑手？也许更能奏效！"楚相玉有些不解地问道。神秘青年叹了一口气，道："太古被隔断了！不付出巨大的代价，任何人都将被挡在太古之外！"楚相玉双目中顿时射出两道精光，很久之后才道："那就去距离太古最近的时刻吧，我想那个时候他已处在重伤中。"神秘青年将一件破碎的玉佩交给了辰南，道："无限接近太古，这方玉佩能够感应到那个人的气息，帮助你们寻到他究竟在何方！"

虚空崩碎了，辰南、龙宝宝、小凤凰携百万生魂，冲入里面，即将开始逆转时空。就在这个时候，远空传来一阵喊叫："老爹……"两个粉雕玉琢的孩子一溜小跑，快速冲到了这里，正是古灵精怪的依依与空空，他们道："老爹，最最聪明漂亮可爱的依依来帮你了！""老爹，最最勇猛无敌的空空来帮你了！"神秘青年打出一片清辉，想要阻止他们，但是空空竟然神奇地破碎了空间，领着依依穿越了过去，与辰南他们会合在了一起。

"老爹抱抱！""老爹抱抱！"两个小家伙如小树袋熊一般吊在了辰南身上。楚相玉双目中射出两道精光，道："他们居然穿过了你的封锁！"神秘青年忽然轻笑了起来，道："那个小家伙乃是大破灭前的穿天甲至尊，嘿嘿，让他们去也许会有意想不到的帮助呢，他可以破除一切阻隔！"两个小家伙道："老爹，你听到了吧，我们可能会帮你的大忙呢！""辰南，让他们去吧！"神秘青年开口道。辰南无奈，勉强同意。

"等一等！"神秘青年忽然叫住了他们，对着辰南道，"你们如果感觉事情不寻常，可以立刻抛下百万生魂代死，不要有任何犹豫，立即逃回来。"看着辰南有些迷惑的神色，神秘青年解释道："因为我怕最坏的猜想会发生，我怕他已经斩断了因果，如果是那样的话，一切无法预料！"混沌光芒闪现，辰南他们的身影渐渐消失了，龙宝宝挥舞着小爪子，喊道："大神棍再见，小玉再见！"这个小东西最会搞怪，临走前也要气气绝代君王楚相玉。神魔陵园内传来一阵爽朗的大笑与一声愤怒的咆哮。

第五章
混沌黑手

　　无尽的混沌神光闪现，一片璀璨耀眼的星空闪现而出，辰南穿行在历史的时空中，感受着星辰幻灭、兴衰交替的宇宙奇景。无限接近太古，辰南他们携百万生魂穿越时空，在这片璀璨的星空下，他感觉到了手中那块破碎的玉佩不断地闪烁着光芒，似乎在各个时期都感应到了那个无比神秘而又强大到难以想象的黑手，而对方似乎也觉察到了他们。

　　在穿行到某一历史时期时，一片蒙蒙青光闪现而出，一个无比神秘的影迹想要压制他们。不过那只是一个短暂的交集，毕竟辰南他们是在穿越时空，而那人仅仅在那一时刻的空间出现，辰南他们在他眼前似水波一般淡去。逆行向太古，无比沉重沧桑的气息浩荡而来。远远望去，一块古大陆就在前方！

　　时间到了这里戛然而止，辰南等人立时感觉一阵剧震，无尽的璀璨神光闪耀，星空幻灭消失。空中传来阵阵波动，一股浩瀚如海的力量铺天盖地而来，彻底阻断了他们的前路。无尽混沌光芒闪现，彻底封锁了前方的时空！神秘莫测的力量隔断了太古！

　　"嗖！""嗖！"空空与依依这两个小机灵鬼瞬间从辰南身上飞了出去，空空竟然一头撞进前方的混沌光中，穿入封印太古的隔断层中！辰南惊得一阵发呆，而后大声喝道："你们在干什么？！"他真的有些担心这两个调皮的小鬼。

　　依依道："老爹，快点来挖啊，我们每天做梦都会梦到这个地方，没想到竟然真的亲眼看到了。前方总是有人在呼唤我们，我们得挖过去！"辰南惊道："前方是被隔断的太古，你们是说在梦境中有这样一个地方，有人呼唤你们？"空空道："是呀！"

空空这个调皮的小鬼，竟然一头扎了进去，只露半个身子在外面，一对光洁的小脚丫，使劲地蹬踢着，似乎正在努力往里钻。这让辰南目瞪口呆，这个儿子还真是不一般！不过，最让辰南深感惊异的还是空空方才说的那些话。两个小家伙居然有这样的梦境，让人不得不深思啊。

"依依，你们不会是在骗我吧？"辰南将瓷娃娃般的依依抱了起来。"没有呀，我们真的梦到这个古怪的地方，没有想到居然真的存在。"依依笑嘻嘻地答道，而后噌噌爬到了辰南的右肩头，晃着一对洁白如玉的小脚丫，对着左肩头的龙宝宝慧黠地笑道："小龙哥哥你又胖了，要不以后我帮你减肥吧，你载着我天天飞来飞去就苗条下来了。"

"老爹，快来帮忙吧，哎哟，我挖到好东西了！"就在这个时候，空空突然大叫起来。"铿锵！"金属颤音响起，一股凌厉的杀气瞬间弥漫开来。空空在隔离层中挖出来一段寒光闪闪的残剑，它虽然已经崩碎了，但是杀气依然锋芒毕露，一看就知道是罕世凶兵。

"这等神兵恐怕唯有天阶高手才能够祭炼出来！"辰南手抚着残剑，想在上面寻到些线索，但显然徒劳无功。

"哎呀，老爹，我又挖到了一个宝贝。"空空扔出来一截断刀，同样无比锋利，杀气袭人。"这定然是太古大战，众多天阶高手陨落时，跟着崩碎的神兵。"辰南看着两件残碎的神兵，可以想象当年那场大战有多么惨烈。那是天阶高手才能进行的大战，是太古诸神消失前的最后一战，堪称最辉煌的一战！不过，距离这样震慑千古的一战已经不远了，因为当年的太古诸神即将回归，这一次恐怕将是最后的一次了结！

"哎呀，吓死我了，老爹救命啊！"就在这个时候，空空突然大叫起来。辰南以大法力瞬间将小家伙笼罩，将之护住拉了出来。"哎呀，哥哥你好恶心，怎么挖出这样的东西呀！"依依皱着弯眉，嘟着小嘴，不满地抱怨道。"偶米头发，这是天的爪子吗？"龙宝宝一双大眼瞪了起来，小声道："小了点，应该不是，我真想尝尝天的滋味呀。"

空空已经被辰南拉了出来，里面一截巨大的兽爪被他扯了出来，足有一米多长，上面疙里疙瘩，末端的锐利爪子则寒光闪闪，锋利无比。兽爪还在滴血，仿佛刚刚折断一般，显得有些恐怖。凤凰天女飞过来，双目中射出两道灿灿神芒，整个人透发出一股无比凌厉的气势，道："隔断的太古，果真有意思！这片隔离带，永远地定格在了那一瞬间！"

"不错！"辰南点头，道，"这并不仅仅是时间上的隔断，连空间也被禁锢了。时空被永远地定在了那一瞬间。""老爹，那我还要不要挖呀？"小空空愁眉苦脸，本来挖到几件残碎的神兵他还兴高采烈呢，但是挖到残碎的尸体就让他乐不起来了。"挖！"辰南特意批准。空空道："老爹，你太残忍了，居然让你的宝贝儿子挖尸体！"虽然不满地小声嘟囔着，但他还是埋头钻了进去。小家伙其实还是跃跃欲试的，想挖穿太古，看看最里面到底隐藏了怎样的秘密。

空空呼哧呼哧地挖了起来，格外卖力，不过两个时辰过去后，他才挖开一条丈许深的通道，又挖出一只兽爪和几段残碎的神兵。此外，还挖出一具冰冷的尸体，看其气态，绝对是一个陨落的天阶高手。身死后，尸体依然坚硬如精钢，地上的神兵都很难刺入，可以想象其生前功力定然无比卓绝。"偶米头发！"龙宝宝惊叹道，"隔离带貌似无比广阔，要想挖穿，真不知道需要多少年月。"而且，仅仅限于空空这个穿天甲至尊转世之身，别人是无法突破这段隔离层的。

辰南点了点头，道："走吧，我们离开这里吧，去办该办的事情。即便空空天赋异禀，也难以挖通太古，这片隔离带实在太浩瀚了。""挖通太古，舍我其谁！将来等我长大了，一定要挖穿太古，让里面的秘密大白于天下。"空空有些遗憾地发着誓言。辰南溺爱地揉了揉他的头，而后转过身来看着凤凰天女与龙宝宝，道："接下来，我们可能将要面临一个难以想象的大敌，做好战斗的准备吧！"

辰南手中那残碎的玉佩透发着点点光芒，几乎微弱不可见。辰南道："太古被隔断在前方，我们需要向回逆转，追寻神秘黑手的踪迹，时间定位在一年之后！"璀璨神光闪耀，他们沿着历史长河顺流而下，通向一年后那个无限接近太古的时刻。时间到位！残破的玉佩光华闪闪，立时发出了似警报般的鸣响，感应到了神秘黑手所在的位置！

辰南他们出现在一片残破的古大陆上，这里一片萧条，人烟稀少，仿佛经历过一场灭世大战一般，经常可以看到赤地千里、荒败不堪的古战场，有的地域方圆十万里都荒无人烟。甚至，连绿色都少见，茫茫一片大陆，被分割成很多块，绝大多数地域都已崩裂，狼藉无比。绿色生命就像沙漠中的绿洲一般少见。这是一个满目疮痍、无比残破衰败的古大陆，可以想象在那不远的过去，这里经历了多么惨烈的一场大战。

太古诸神一战，堪称灭世啊！生灵涂炭，生命的气息是如此稀少！几乎是一次大绝灭！"在北部地域！"辰南看着手中不断闪烁的玉佩，将绝世神兵方天画戟亮了出来，遥指北部区域。"老爹，让我帮你扛凶兵。"如小仙子般的依依欢快地叫着，蹦蹦跳跳，想要接手方天画戟。辰南一皱眉，看了看空空与依依，现在要去大决战啊，那是生死大战，对付的人乃是以主宰者自居的黑手，让两个孩子随同而去，实在太危险了。他道："你们两个不要跟去了，在这里等候我们。"

"老爹，你太小瞧我们了。"空空不满地道，"方才我的本事你已经看到了，如果你们被困住，我可以穿破任何封印，将你们带出去。依依的本事也大着呢，你们还没有看到，到时候你就明白了，在战斗的时候如果有依依在旁边，你们的战力会成倍地增加。"辰南狐疑地看着两个孩子，依依噘着小嘴不满地道："老爹居然不相信我们，哼！"想了想，辰南到底还是带上了他们两个，既然神秘青年都放他们进来，说明应该是有些看重的。

最北部地带，这里天寒地冻，大雪飘零，大地之上是一道道大裂缝，像是生生冻裂的，又像是被人生生劈裂出来的。"危险！"辰南大叫，这个时候玉佩光芒突然刺眼，照得这片天空都一片明亮，风雪都被定住了。高天之上，一只巨大的掌影突兀地显现而出，向着辰南他们狠狠印来。辰南运转时空本源的力量，裹带着几人在刹那间自原地消失了，瞬间出现在十几里外，遥遥地看着方才那片虚空。只见那巨大的手掌直接撕裂了虚空，而后向这里追击而来。

辰南带着众人再次远遁，他不想白费力气，百万生魂乃是为黑手本体准备的，绝非为他化身的一只手掌而已。"次元空间！"辰南一声大喝，当巨手再次印来之际，他撕裂了一片空间，那巨手正好冲击进去，而后空间闭合，将之封印在了里面。这是对时空本源力量的灵活运用。凤凰天女道："不是真正的黑手，不过是他布下的一点小小的埋伏而已！说明他的本体就在前方，他果然遭了重创，不然不可能如此小心地布下这些后手。"

飞过满目疮痍的大地，辰南他们终于来到了古大陆的最北方，到了这里他们明显感觉到一股无比庞大的威压，玉佩闪烁不停，不断示警。显然，黑手觉察到了他们，已经主动出来了！前方一片无尽的迷雾中，几座古老沧桑的雕像矗立其中，模模糊糊让人看不清。

一个无比苍老的声音传出："你们想来杀我？""不错！"辰南手擎方天画戟，大声应答。没有任何情绪波动的苍老声音传来："不自量力！我生于混沌中，天地未开，我已先生！我乃万万劫不灭之体，无人能够杀我！"黑手的话语让人不得不震惊，天地未开，他已先生，真不知道他是在说大话，还是真有此事，如若这样，还怎么打啊？此人真的成了名副其实的主宰者，生于混沌中，在开天辟地之前就已经有了灵根，世间一切生灵都在他之后。不知道神魔陵园中的神秘青年与那绝代君王楚相玉是否知道这件事情？这可是天大的消息啊！

"偶米头发，吹牛！"龙宝宝瞪圆了大眼，道，"让我看看你长得什么样子，不会是和棉花团一般的混沌吧！""大胆，竟然亵渎本尊，判你形神俱灭！"威压的喝声传来。"我本来就是杀你来的，亵渎你又如何？"龙宝宝翻着白眼，嘟囔道，"不要装神弄鬼了，听说就是你害得我天龙之体崩碎，今天我要和你算账！你这个老混蛋！"小家伙虽然奶声奶气的，但却是一本正经的样子，实在让人有些忍俊不禁，毕竟前方那迷雾中的可是传说中的神秘黑手啊！

黑手道："你是谁，我何时害得你天龙之体崩碎？我倒认识一两头天龙，但似乎其中并没有你！""你这个笨蛋，就知道吹牛！"龙宝宝毫不客气，愤愤地道，"现在你没害我呢，未来你害了我。哼，还自称主宰者呢，都不能算到未来的事情，算什么主宰者，装神弄鬼的骗子！"被一个奶声奶气的小不点咒骂，黑手一阵呆呆无语，过了很长一段时间才道：“你们竟然来自未来，我早该推算出来了。哈哈……”

隐伏在迷雾中的黑手突然大笑起来，道："在未来你们无法对抗我，才出此下策来这里杀我。嘿，你们认为有可能吗？在未来我依然存在，你们跑到这里有什么用呢？你们无法改变什么！来这里你们只会送死，你们死在这里，等于消失在未来。嘿嘿，因果完全成立！也就是说我可以杀死你们，但是你们却无法奈何我！"凤凰天女冷冰冰地开口道："杀死你的代价实在太大了，毕竟那等于改变了历史，但是我们无须杀死你，只要加剧你的伤势就足够了。让你的伤势严重恶化，持续到未来，到那时自然会有人收拾你！"

"想法不错，但是你们依然等于改变了历史，所以你们肯定要死。"黑手冰冷的声音不包含任何感情，道，"你们死得不值，即便我伤势恶化，到头来也没有人能够杀死我。让我想想究竟是谁派你们来杀我的。嗯，独孤败天不太可能，应该已经绝灭了。该不会是最疯狂的那个魔主吧？有些可能，不过不太像他的风格。难道是七绝天女重组完毕了？嘿嘿，我倒是期待见到传说中的七绝合一，看看她能否逆天地，看看她究竟达到了何等境界。嗯，辰家那个阴魂不散的老不死也有可能，难道他重组了？还有另外几个世界的人……"

听着神秘黑手一一点出天地间的强者的名字，辰南等皆有些吃惊，他说的这些人可都是强大到无法想象的存在啊。至今，这些人还没有一人表现出过巅峰实力呢，如魔主是残魂，七绝天女是分身，辰家老祖是魂影，如果这些人恢复到盛年，天地将彻底乱了！

"呔，不要啰唆，我宝宝天龙今天就是要找你报仇！"说到这里，小家伙不知道从哪里拎出来个酒坛子，咕咚咕咚喝了几大口，奶气十足地大喝道，"不要藏在迷雾里了，快出来受死吧。""轰！"龙宝宝将酒坛子砸进了迷雾中，上面不多不少蕴含了一千生魂，在迷雾中猛烈炸了开来，迷雾吹散，三尊古意盎然的雕像矗立在那里。方才辰南他们就隐约看到了这三尊雕像，不过到现在才清晰地辨认出到底是何样子。

一尊石像无头，颈项之下齐全，是一个人体。第二尊石像虽然有头，但是面部却非常平滑，就像一面石壁一般，等于没有面孔，下身是人兽合体，腰身是人的腰身，但两腿被粗壮的爪臂代替了。第三尊石像似还未完全开凿出来一般，只有一个简单人形轮廓，深深烙印在岩石中，应该算是不完全体。三尊奇异的雕像透发着古朴沧桑的气息，一看便知经历了无尽悠久的岁月。

古灵精怪的空空与依依齐齐小声道："这算什么呀，难道那个自称主宰者的家伙，还没有进化完全吗，他还是石头？"黑手道："小辈岂能明白混沌灵物。此乃我之三世寄身，乃于混沌中孕育而出，先于天地而生。""原来你没有真正的身体啊！"龙宝宝气哼哼地嘟囔道，"怪不得要跟我过意不去，原来是嫉妒我呀！"

辰南明白真正的神秘高手还没有现身呢，这不过是另类化身而已，居然先天地而生。他不敢有丝毫大意，将生魂加持在方天画戟之上，第一个冲了上去。依依一溜小跑，而后忽然化成一道绿光，缠绕到了辰南的胸前，传出稚嫩的嘻嘻笑声，道："老爹，最最漂亮的依依来帮你了！"辰南没顾得上和这个小调皮说话，手中方天画戟力劈而下，上万生魂吼啸着笼罩向一尊石像。

混沌光芒闪烁，无头雕像神圣无比，他突然活过来了，一双石臂快速伸展开来，挡住了方天画戟。"当"的一声脆响，在一刹那震开了方天画戟，耀眼的混沌神光瞬间弥漫开来，向着辰南笼罩而去。"能量转转转转！"依依突然大叫起来，无尽的混沌神光刚刚接近辰南就全部被缠绕在他胸前的绿光净化吸收了，而后化作一股柔和的力量涌进辰南的身体。辰南当真大吃一惊，这个宝贝小女儿真的让他非常意外，居然有如此神通，将对方的一次攻击完美化解，并吸收了对方的力量。不过想想当初的定地神树，他瞬间释然，当初神树可就有这种神通啊，更不要说重新转世的依依了。

"嘻嘻，老爹，我厉害吧？"宝贝小女儿化出了本体，坐在他的肩头嘻嘻地笑着。"危险！"辰南担忧地喝道。这个时候，无头石像如活人一般，敏捷地动作着，双手不断结法印，复杂的神印一道接着一道，向前印来。

"不怕！"依依兴奋地叫道，"老爹让时间混乱起来，你快攻击他，我帮你！"辰南大喝，时空本源的力量作用而出，同时凝聚生魂的方天画戟，发出阵阵啸音，力劈而下。时空仿佛错位了，辰南一会儿让时间正向而流，一会儿让时间逆向而流。方天画戟不断颤动，围绕着石像劈动。依依再次化作一道绿光，似漩涡一般缭绕着辰南，将石像攻击而来的法印，全部逆转了回去。让法印对法印，同种力量轰击起来，这片高天顿时传出阵阵颤动。

辰南手中的方天画戟更是狠狠地劈在了石像之上。这一次，他动用了十万生魂，无穷无尽的怨力笼罩而下。与此同时，神秘青年送给辰南的那件残破的玉佩，突然间光芒大盛，一道混沌神光透发而出，打向无头石像。"嘎嘣！"一声龟裂的响声是如此清晰。石像之上出现一道巨大的裂痕。不知道是依依的以彼之道还施彼身起了作用，还是怨力所致，抑或是玉佩中的混沌神光造成的伤害。

"准备果然充分啊！"神秘黑手并无半点怒意，自高天之上传下毫无感情的声音，道，"竟然将与我有因果的战魂搜集到了一起！看来我不该轻视你们啊。"说到这里，他大声喝道："三身合一！"旁边未动的两尊石像快速冲来，与那无头石像合在了一起，这是一个有头无面孔、男人腰身、怪兽腿爪的怪物，依然是石像，但是他宛如有灵了一般，比刚才分开的三尊石像生动了许多，也邪异了许多，仿佛活过来了。随后，他竟然开始变大，如同一座巨山般高大，透发着万丈神圣之光！

"嗷吼！"龙宝宝一声大喝，身躯开始暴涨，庞大的天龙躯体瞬间如无尽山岭一般遮笼在高天之上。凤凰天女同样发出一声清啸，化出了本体，一只巨大的七彩凤凰翔舞于空中，七彩天火熊熊燃烧在天际。石像透发出巨大的声音："知道吗，三尊雕像代表着过去、现在、未来，三身合一，将永恒不灭！它们虽然是我的寄身之所，但是并不比我差多少。"

无尽混沌神光爆闪，巨大的石像言即法、行即则，吼道："归于混沌，众生皆灭！"无尽的混沌神光笼罩向辰南、宝宝天龙、七彩凤凰、依依、空空。可怕的混沌之光竟然真的彻底将他们吞没在了里面，同时恐怖的灭绝之力开始浩荡，似乎要把这里化成死地，绞灭一切生命！辰南快速将空空与依依护在身边，十万生魂再次打出，与此同时，龙宝宝与凤凰天女也各自打出十万生魂，抵抗着可怕的毁灭之力。

在这无限接近太古的时代，他们无法自由发挥出自己的力量，只能通过这些生魂将自己的力量传导出去，不然他们等于在直接改变历史，会走向自毁。唯有与黑手有因果的这些生魂才能够无限抵消那种可怕的后果。就在这个时候，残破的玉佩再次闪烁出光芒，熟悉的声音响在辰南耳际，道："用太极神魔图将那石像困住，将之打向未来，我与楚相玉拼却一部分力量在历史长河中接应，将之带回现实世界灭杀。这样，你们冲破混沌就可以直接见到他的真身了。"

没有任何犹豫，神魔图被辰南打了出去，这个天宝在刹那间破碎混沌，瞬间笼罩天地间，将那巨大的石像吞没了。尽管石像仿佛随时会撑破神魔图，但是辰南依然毫不犹疑地打出了时间的力量，将之向未来传送而去，想要送回现实。在无尽的历史长河中，辰南看到了神秘青年的身影一闪而逝。看来神秘青年与楚相玉亲身参与了进来！

石像与神魔图共同消失了，漫天的混沌神光与毁灭之力也消失了，天地间复归清明。前方一个巨大的身影，无比愤怒地矗立在云端，如俯视众生的主宰者一般！他终于有了剧烈的情绪波动，厉啸道："竟敢如此！楚相玉，还有另外一个人是谁？竟然从未来赶到这里对付我！未来的我在做什么？为何没有阻止？！难道没有料到吗？！"他的话音刚落，无尽的虚空中突然混沌崩碎，一道无比绚烂的光芒照亮了这片苍茫古大陆。

一个与他声音完全相同的可怕吼声在天地间响起："斩断一切因果！"无尽神光照耀天地间！而后刹那间消逝！未来的黑手竟然穿越时空赶到这里，绝灭了一切因果，而后如风而去。云端之上那个高大的身影拨开云雾，向下俯视着，叹息道："虽然来晚了一步，不过也可以了。三世寄身之所失去也无所谓了。你们已经被斩断在这片时空中，永远不可能回去了！"

斩断一切因果！神秘黑手的未来之身竟然也来到了太古，斩断了一切因果，将辰南他们困在这片时空，他们无限接近太古，被隔离在这里！"为什么会是这样子？"辰南惊怒，那个神秘黑手未免太可怕了，竟然能够推算到有人逆转时空，来攻击太古时期的本体。想必对方已经追赶神秘青年去了吧，现实中恐怕也正在发生猛烈的激战呢。辰南他们手中的百万生魂彻底失去了作用，连回路都被人截断了！

前方，那巨大的身影矗立在云端，穿破云霄，高不可仰视，无法看到真容，他冷冷地笑道："你们真的很会找时间，害我失去了三世寄身之所，不过也是你们帮我绝灭了外物。让我更加重视本体，从此我将永无破绽。"说到这里，他的一双大手快速笼罩而下，向辰南他们抓来。

辰南他们快速出现在十里之外，不过他们刚刚从空间通道出来，那巨大的手爪已经铺天盖地而下，遮笼十方，向下轰击灭杀他们而来。高天之上一片绚烂的光芒，黑手巨大的身影昂然矗立，透发着无尽神圣的光辉，数十万生魂灰飞烟灭。无论辰南他们如何逃，神秘黑手仿佛就站立在他们身后一般，距离始终不变，似乎能够预料到他们从哪片空间冒出。

黑手道："哼，你们是无路可逃的！太古一战刚刚结束，活下来的有限几人也无法救你们。这片天地中，没有人可以阻我，其他人都已经闭死关！"辰南非常不甘，大声吼道："你到底是怎样的一种存在，你姓甚名谁？"黑手道："好，就让你们死得明白。我生于混沌，长于混沌，先天地而生，我名为广元，有些天阶高手称我为幕后主宰者，又称黑手。我俯视万物，超脱在六界之外，我乃混沌原民！"所谓的混沌原民，就是在混沌中诞生的生命体，广元这个幕后黑手终于报出了身份。他接着冷笑道："与天地为友，掌控世间秩序，引导众生方向！"

辰南斥道："与天地为友？而且，还妄想掌控天地秩序。果真想做主宰者啊，在我看来，你就是一个该千刀万剐的咸猪手！"黑手沉浮世间，每有大事件发生，必有他的身影闪现，可以说他确实掌控着绝对力量，不然不会被天阶高手冠以幕后黑手恶名。到了现在，辰南真是被追杀得上天无路入地无门。到了现在，谁能救他？在这片历史时空中，去找哪个高手呢，月亮之上的辰家吗？想到这里，辰南他们破碎虚空进入了天界，但是此时的天界似乎还是一片蛮荒，没有看到一个神灵，而那高天之上仅有的两轮月亮都被打碎了，残缺地飘浮着，根本没有人居住！

辰南想起来了，辰家最开始不是住在月亮之上，后来某人以大法力搬运来第三个月亮，才迁到了上面，现在无迹可寻啊！去死亡绝地找魔主？但是那个绝地是在东西方大陆的交界地带啊，现在两个大陆还没有连接在一起呢。他们飞遍了东土大地，也没有发现死亡绝地在何方！去西大陆永恒的森林寻觅小六道？只是他再次失望了，永恒的森林封闭着，似乎有人于其中闭死关！

还能找谁呢？刚刚经过太古大战，能够想到的人，似乎都在闭死关啊，这个时候似乎没有人能够出手，所有人都在与死亡作斗争呢！蓦然间，辰南想到了一个人——守墓老人！他是太古一战中唯一没有受伤的人，上次在穿越时空进入神魔陵园时，法祖与南宫仙儿都震惊无比，守墓老人未在太古中受到波及！然而，任辰南他们找遍大陆都没有找到守墓老人。

辰南绝望了，难道真的要死在这片历史时空中？！"老爹，你不要担心，有你最最聪明可爱的宝贝儿子在身边，保你万事大吉！"空空拍着小胸脯道。"还有最最聪明漂亮的依依。"依依也笑嘻嘻地道。辰南狐疑地看着他们两个，道："你们在说什么？"

空空道："老爹，那个混蛋虽然斩断了我们与时空的联系，但是给我时间我一定能够挖出去。只是，我们貌似没有时间了，那个要命鬼紧追不舍。不过，我们还有一个办法，那就是挖通别人的时间隧道。依依对任何能量都非常敏感，她可以感知将穿行过这片时空的时间隧道的能量。而我能够挖通任何阻挡，破除一切封印。当时间隧道出现在我面前时，我能够瞬间打开它！让它在刹那间暴露而出，我们如果能够抓到机会，搭上一趟顺风车……"

龙宝宝的一双大眼立时明亮起来，凤凰天女也露出了惊喜的神色。狼狈而逃，并不是无战力，而是无法战！依依突然大叫起来，道："天啊，老爹，我感应到一股无法想象的强大力量，真的超乎依依所能够想象的极限！我猜，是不是老爹你说过的太古诸神的时间隧道啊？！"辰南大吃一惊，他仅仅感觉到了微弱的能量波动，毕竟那是跨越时空的力量啊，转瞬即逝，没想到依依竟然能有那样的感觉，难道说真的遇上了太古诸神？！

太古一战，时空大神为诸神打开了一条时空隧道，让他们逃生而去，难道碰上了这批人？"我挖！"空空幻化成一把绝世利剑，在刹那间劈碎了虚空，时空通道破开一个大洞！在一瞬间，数十股无与伦比的强大气息铺天盖地般浩荡而出！后方追来的黑手广元被惊得生生止住了身形！一条伟岸的身影，恰在那破开的洞口处坠落了出来，一股磅礴如海的力量汹涌澎湃而出，瞬间充斥在天地间！

不过，崩碎的裂口在刹那间又闭合了，瞬间消失在茫茫空际。唯有一个高大魁伟的青年男子坠落，没有来得及回去，时空隧道不见了。他身材挺拔，比常人高出足有两头，紫色的长发随风拂动，透发着淡淡的紫光，一双眸子似星辰一般灿灿有神。身上的紫色战衣满是血迹，而且残破不堪，古铜色的皮肤暴露在外，上面更是血迹斑斑，仿似刚刚经历一场无比惨烈的大战。

他冷冷地在众人身上扫过，最后定格在黑手身上，双目中立时射出两道紫芒，如实质化的紫电一般。广元一开始很震惊，现在见时空隧道消失，他的神色又稳定了下来，他同样凝视着紫衣青年，双目也有冷电射出。高空中有电光崩现，两人眼中的光芒碰撞在一起，竟然发出"咔嚓咔嚓"的电火花，竟然真似闪电霹雷一般！显然，两人是旧识，似乎仇怨不浅。

紫衣男子露出的强大气息，如锋锐的钢刀一般逼人，整个人透发出一股凌厉无比的气势。"轰！"他与广元之间的虚空崩碎了，冷冽的眼芒就有如此威力，可以想象其高绝的修为，不愧为太古天阶强者。紫衣青年给人以强大、坚毅的感觉，但是就在刹那间，他的气质大变样，在一瞬间颠覆了他给辰南他们的第一印象。与广元第一回合的暗战结束后，他收敛了强势姿态，而后转过身来对着空空，说出了让辰南他们目瞪口呆的一句话："靠，这是谁家的倒霉孩子啊，就这样把本大爷给挖出来了？！我哭！"

刚才那如山似岳般的伟岸身影在辰南等人的心间瞬间崩塌。现在，紫衣青年就像一个放荡不羁的不良青年一般，强大气势早已收敛，痞里痞气地对着有些发蒙的小空空道："你丫谁家孩子啊？欠扁是不？我哭，你挖谁不好，你怎么把我挖出来了？不对，你怎么能乱挖呢？挖谁都不对。你知道不？你这一挖，把我快给挖死了？！我哭！信不信我现在煮了你，真是气死本大爷了！"

小空空还真被镇住了，"嗖"的一声飞到辰南身边，抱住了他的大腿，小声道："老爹，我错了，我挖出个疯子。"紫衣青年道："那倒霉孩子你说谁呢？你敢骂我是疯子？你害得我快没命了，你知道不，居然还敢骂我！过来让我打一顿屁屁！"辰南彻底傻眼，龙宝宝更是惊得睁大了双眼，凤凰天女也好不到哪里去，眼前这个人实在太奇怪了。方才还一副英雄了得的神态呢，怎么一转眼就变成一个不良青年了？

依依坐在辰南的肩头，打量着眼前的紫衣青年，趴在辰南的耳边小声道："老爹呀，小心别被他咬，会传染的。""嘿，这俩倒霉孩子，看着倒挺可爱。不过，两个小家伙，你们怎么说话呢？想气死本大爷不成。"紫衣人很感兴趣地望着他们。"你丫怎么说话呢，我们就怎么说话呢！"空空抱着辰南的大腿，振振有词地反击道，"想打我屁屁，我还想打你屁屁呢！""嘿，你个倒霉孩子，真是气死本大爷了！"紫衣青年一副不爽的样子。辰南被逗乐了，这是什么太古强者啊，怎么这样啊？怎么跟一孩子掐起来了，痞里痞气的样子，看着怎么有点紫金神龙的风格呀？

这个时候，远空的广元冷笑了起来，道："紫风，真没有想到啊，时隔一年又见面了。我记得你已经身受重伤，伤得比我还厉害，勉强未死而已。现在与我相见，你是不是知道必死了？"

"去你大爷的，你才要灰飞烟灭了呢。只许本大爷那样说，你算老几啊？黑手黑你个头，你丫就是一咸猪手，没事乱管闲事，这次更是助纣为虐。仗着自己活得久些，就真以为天下无敌了？早晚有一天灭了你这老东西。我呸，我吐你满脸莲花，我吐你满脸花露水。"紫风指着广元的鼻子破口大骂。真的是没有一点天阶高手的风范啊，简直就是一个不良青年，很有痞子龙的风范。辰南心中咯噔一下，这不会真的是紫金神龙的前世吧？当年在永恒的森林中，在那前生镜前，他与龙宝宝都曾经恍恍惚惚见了紫金神龙的前身，似乎真是一个玩世不恭的紫衣人！

广元一掌向着紫衣人劈去，巨大的手掌铺天盖地而下，磅礴的能量浩荡十方！辰南带着两个孩子，与龙宝宝和凤凰天女快速退避。紫衣青年双目中精光爆闪，收起嬉皮笑脸之色，右手呈刀状向着高天劈去，绚烂的紫芒直破云霄，与那巨大的手掌轰在了一起。紫风胸腹起伏，咳出一口鲜血，他的身体更是出现了可怕的状况，如将要裂开的瓷器一般，肉体之上出现道道可怕的缝隙！丝丝血迹溢了出来！

紫风身体一阵摇晃，叹了一口气，道："他爷爷的，本大爷怎么这么倒霉啊，被这倒霉孩子给挖了出来。唉，我还在奇怪呢，所有人都推算出我必然挂掉。但是我却平安地自战场撤离了，被时空大神安全转移。当时，所有人都在奇怪，现在我终于明白了，他妈的，某个小鬼把我又挖出来了。居然要死在你这咸猪手的手上，本大爷真是不甘啊。"

"你是强弩之末，我虽然也是重伤，但是灭你没有任何问题。"广元无喜无忧，平淡地说道。那数十人并没有都出来，现在一切又都在他掌握之中了。紫风傲气道："你这咸猪手少要吹大气，我紫风怎么说也是诸神中响当当的一位，乃是排在最前列的人物，就是我死也要让你付出一定的代价！"远处，辰南与龙宝宝相互看了一眼，两人同时道："似乎真是他的前世！"空空在远处小声道歉："对不起呀，我下次不乱挖了！"

"你个倒霉孩子，以后别让我遇上你！"紫风满不在乎地转过身去，接下来将是一场殊死的战斗啊。他似乎看得很开，并无悲伤之色，一副潇洒从容的神态。广元冷笑着道："从你现在的状态来看，我终于知道时空大神做了什么，那并不是纯粹的时间隧道。那应该是一个混乱的狭小空间，应该是与现实时间同步的一个小世界，它载着你们永恒地漂流，躲避天之责罚。直至有一天你们足够强大时回归！"

"你这咸猪手知道得还不少，不过你不可能猜对的。唉……"说到这里，紫风露出疑惑之色，看向辰南他们几个，道："你们几个怎么这么奇怪呀，你们是谁啊，来自哪里？"辰南据实回答："我们来自未来，想到这里击杀广元，不想被斩断因果，截断回路。"紫风倒吸了一口凉气，道："敢回到历史中来杀人？真是够逆天啊！即便是魔主那几个人这样做，也是有来无回啊！"

广元冷笑道："有人就是要犯险，他们知道我有三世身，有着难以斩灭的因果之力。以为将所有被我斩杀的人的魂魄收集足够，就可以在历史时空中反噬我。但是，这依然等于送死！我不要三世身了，就一个本源之我，看他们能奈我何。未来的我想必已经彻底斩灭那三世身了。不过，说到底还是有了些改变啊。百万生魂灰飞烟灭，换来这样一种变化。"说到最后，广元自语起来，道："难道这才是神秘青年想要的？"

紫风差不多明白了怎么回事，冲着辰南他们笑道："有胆量！可惜呀，我没有办法帮你们打开禁锢，让你们返回未来，我现在没有力气了。那倒霉孩子，你真不会挖人啊，你怎么就把我挖出来了呢，你要是能挖到几个伤势轻的你们也有救了。"

空空可怜兮兮地道："对不起呀，我下次会小心的。"紫风道："你个倒霉孩子，还有下次啊？下辈子我可不愿意见到你！"空空道："可是你已经见到了。""啥？"紫风惊讶地道，"你们在未来看到我了？这次没形神俱灭？"辰南接过话语，摇了摇头，道："下辈子我们做兄弟！"紫风大笑道："哇哈哈，这样啊。咸猪手来吧，本大爷已经等不及了，临死前我也要咬你一口咸猪肉！"

"哼！"广元冷笑道，"你自己早应该推算出来了，这一次你形神俱灭，永远地归于虚无！""我呸你个咸猪手，你以为什么事情都是定好的啊，那干脆你站在那里不动，等着人杀算了。反正，你自己已经推算出来了，你这次死不了。这个世界上，没有什么能够永恒不变！就连那曾经光明正大的天道都能够改变，何况别的！本大爷的命由本大爷说了算，没有人能够做主！杀！"高天之上，紫风一声狂吼，漫天紫气笼罩天地间，他视死如归地扑向广元。

这是一场惨烈的大战，紫风怀着必死之心，毫无保留地将残余力量发挥了出来，无尽的紫色元气弥漫在天地间，最后他身体终于崩溃了，彻底爆裂开来。紫色的鲜血染遍青天，凄然而又刺目，一条紫色战魂飘荡在高空，张嘴吐出一块血肉，大笑道："咸猪肉味道真是糟糕透顶！"说罢，他回过头来，对着辰南等人道："你们还有一次机会，时空大神分两批送走诸神，另一批人恐怕即将穿越过此地。这次，希望你们好运，挖出强者，干掉这个重伤的咸猪手！"

广元大怒道："一切都结束了，你永远地形神俱灭吧！"神圣霞光闪烁，快速击散了紫色战魂。紫风道："你让我永远地消逝，本大爷偏要证明给你看，千万年后我定然回归，灭你之人必是我紫风！"紫风从容而逝，辰南等人心中伤悲，虽然知道他成为了后世的紫金神龙，但眼下还是愤怒悲伤不已，恨不得立刻灭杀黑手广元。

"老爹，老爹，"依依突然叫道，"紫风说的是真的，依依真的又有极其强烈的感觉了，又有一股强大的能量穿行而来！""老爹，那我还挖不挖啊？"空空问道。辰南叹了一口气，道："不要了，太古诸神刚刚经历一场大战，都是重伤在身，让他们卷进来，凶多吉少，我们的事情我们自己解决。"

"哼，你们明白就好，你们已经改变了些许历史。百万生魂之死绝不够，你们必须自己也死去，才能够了结。"广元冷冷地道。可是，就在这个时候，虚空突然崩碎了，数十股强大的气息爆发而出，一条高大的身影坠落而下，而后虚空闭合，时空隧道消失在天际。

辰南气道："空空，我不是告诉你，不要再挖了吗？！"空空委屈道："老爹，你冤枉死我了，不要瞪我啊，不是我挖的，你刚才应该看到了，是他自己掉出来的。"辰南不明白时空隧道为何突然自己破开，而后坠落出一条人影。他实在笑不出来，上一次好赖坠落出一个活着的天阶高手啊，这一次竟然是一具尸体。只是，在辰南失望之时，广元的神情却已经凝固了，他一字一顿道："独——孤——败——天！"

不得不说，有些人即便死去无尽岁月，仍被后人永远牢记心中！仅仅凭借一个名字，就足以震慑众生！独孤败天，名震千古，被人传颂了无尽岁月，是修者眼中至高无上的存在，他像一座丰碑般矗立在修炼道路上，让所有后来者顶礼膜拜！曾经的太古禁忌大神，上天都不愿提起的存在！逆天九转，九转逆天，战百世轮回而不灭，历千劫万险依然永生，战魂之火永不停息！至强灵识永不覆灭！他曾经以逆乱八式，决战于苍茫星空，浩瀚混沌天之上，让大天地动荡，让大六界战栗，让无尽混沌崩碎，斩灭天之法身，傲视万古之神力，震古烁今。

太古一战之惨烈，超出所有人的想象，天阶高手凋零无数，真正的世间强者全部遭劫，诸神被困在永无希望的暗黑死域。大神独孤败天在这里与太古天阶高手隔绝，谁也不知道他到底遇到了怎样的强敌，一战之下竟然让传说中的第四界将近碎裂，后来加上其他几位天阶高手的战力肆虐，最终令之崩溃！

可以说，残破的世界，就是由此而成的，独孤败天那一战，是最为可怕、也最严重的导火索！也正是经此一战，黑暗死域才出现一缕光明，让时空大神有机会打出最强终极法则，逆转时空，助太古诸神逃走，使他们没有最终大绝灭。而大神独孤败天更是在最后关头以至高无上的大神通扛住了那混沌天中打下的灭世一击，最终更是冲向了那无尽的永恒天道中。

可以说，独孤败天与时空大神一般，是挽救诸神的付出者，付出的是生命！飞向无尽虚空不久后，大神独孤败天的尸体坠落而下，空留永恒不灭之身躯，整个灵识却永远地消散了，留下了永远的传说！而如今，辰南穿越太古，竟然见到了这样一幅奇异的画面。虚空崩碎，大神独孤败天的尸体显现而出！任谁也没有想到，会发生如此变故！

辰南他们无论如何也想不到，这竟然是传说中那位人物的永恒不灭的躯体。广元面色骤变，双眼中充满了不解与震惊，这实在太不可思议了！独孤败天的尸体怎么会在这里出现呢？"哇哦，这就是大神独孤败天呀！老爹他好魁伟啊，听说他乃是天地间的最强者之一，但是他现在只是一具尸体呀，怎么自己跑出来了，能救我们吗？"空空仰着小脸，看着辰南。

辰南没有答言，冲天而起，将大神独孤败天的尸体接在了怀中。他感觉如拖着一尊神山一般沉重，压得他仿佛透不过气来了，这并不是源于真正的重力，这是一种心理压力！基于对这位旷世强者的尊重，他感觉对方就是一座武道圣山！一座需要所有修者仰望的武道圣山！广元如山似岳般的高大身影，已经缩小到了常人般大小，他神情凝重地注视着辰南怀中的独孤败天，沉声道："一个丰碑似的人物陨落了，一个时代的结束。"

看得出，他是极其看重独孤败天的，虽然身处敌对立场，但是对盖世强者的尊重，让他也不得不心生感慨。不过，敌人就是敌人，即便再钦佩，也无法改变本质的立场！他话音突然转寒，道："不愧为禁忌大神，让天都为之忌惮的人物。别的天阶高手死后，将彻底地灰飞烟灭，无论是形体还是精神，都将彻底崩溃。而你竟然完整地保留下了肉体。哼哼哼，不过，既然被我遇到，那么注定将不复存在，你的一切都将永远从这个世界消失，不会留下点滴痕迹！"说到这里，广元的右手在刹那间崩碎虚空，放大千万倍，化成一只无比巨大的黑色手掌，向抱着独孤败天的辰南抓去！

辰南展开空间力量本源，空间法则施展而出，瞬间移动出去数十里，躲避着传说中的灭绝黑手印！黑手恶名传播于天阶高手之间，其高深功力可想而知，即便现在重伤在身，也绝非一般高手所能够对付的。看得出他急于毁灭独孤败天的尸体，广元在面对这个已经陨落的盖世强者时，不知道为何突然涌起阵阵心悸的感觉，甚至有丝丝恐惧。

"广元，你这只咸猪手，不配以主宰者自居，竟然想要毁灭一位死者的身体，你不觉得羞耻吗？强者有强者的尊严，你这样算什么，竟然打扰一位死者的安息！"辰南愤怒地大吼着，他心中对独孤败天充满了敬意，想竭尽全力保他尸体周全，但是光这样躲避，根本没有任何办法。"我从来不给自己留下任何威胁！这个尸体必须毁去！"广元斩钉截铁地说道，看得出其坚定的杀意是不可能改变的。

辰南更是从中听出了一些味道，他冷笑道："你害怕了，你害怕这具尸体，哼哼哼，你枉为传说中的黑手，竟然害怕一具冰冷的尸体！"广元不再多说，整个身体突然爆发出无尽混沌之光，大喝道："以我之名，万物归虚，混沌炼狱！"在这一刻，辰南周围，无尽混沌挤压而来，四周如一片混沌牢笼一般，将他生生困在了里面，远处龙宝宝、凤凰天女、空空、依依全部失声惊叫，他们怎么会看不出黑手展开了最强绝学呢？他要生生将辰南炼化，归于虚无！但是，他们根本帮不上忙，自保都成问题，而且从时间上来说，也根本来不及了。

无尽混沌之光普照，这片浩瀚的天空竟然被压缩成了不到十米见方，而且还在不断缩小中！广元可以通过神眼看穿阴阳，清楚地看透里面正在发生的一切，他嘴角渐渐露出一丝冷笑。混沌中，辰南的身体已经被压迫得露出了丝丝血迹，即便他身为天阶高手，也无法抵挡这种可怕的压力，浩瀚天空之实，归于几米见方，这种可怕的挤压任谁也无法承受。不过，他惊异地发觉，那具尸体依然无损，直至辰南的身体即将碎裂的刹那，他发觉独孤败天尸体的双眸中竟然射出两道死光！

这个变故，不仅让辰南吃惊，更是让混沌之外的广元身体一颤！不过瞬间，广元又释然了，那永恒不灭体内蕴含的庞大力量，是还未来得及消散的禁忌神魔战力！"一切都结束吧！"广元大吼。混沌神光爆发出最后一片绚烂的光芒，光华耀眼到极限之境，而后在空中慢慢消失了，只留下一点漩涡似的黑洞。广元似乎长出了一口气，自语道："终于永远地消失了！"可是，就在这个时候，惊变发生，那点即将消失的漩涡，突然剧烈颤动起来，而后无限放大！

广元脸色大变，他通过天眼清晰地看到，独孤败天的尸体竟然还没有粉碎，而辰南那碎裂成粉屑般的肉体，全部融入了独孤败天的尸体内，两者竟然融合在了一起，而后漩涡在刹那间突然崩裂开来！无尽混沌神光重现，一股浩瀚如海的力量狂暴涌动而出，独孤败天的尸体飘浮于虚空中，高大魁伟的身影，仿佛一座慢慢恢复生机的圣山一般！

高大、凝重，如山岳，似汪洋，给人无比浩瀚、深不可测的可怕感觉！莫大的威压瞬间向整片东土大陆蔓延而去！一股难以想象的力量在奔涌激荡！独孤败天的尸体，长发无风自动，双目更是在刹那间睁了开来，射出两道可怕的光芒，一股无法言喻的"势"浩荡于整片天空。广元连连倒退，而这个时候，独孤败天的尸体透发出无尽神秘莫测的力量，他一步迈出，瞬间出现在广元身前，右拳以势不可当、无坚不摧之势，在一刹那轰穿了广元的身体。

血光冲天！广元的身体四分五裂，在这片天空迸溅得到处都是，当然他不可能就此死去，身躯在刹那间重组。不过，就在这个时候，独孤败天如梦幻空花一般，再次出现在他身边，双目透发着阴森的死光，右掌像是裂天圣剑一般，力劈而下，在刹那间将广元劈成了两半。盖世神威，无可抵挡！广元震惊无比，满脸无法相信的神色，独孤败天、独孤败天啊！同时他暴怒了，以主宰者自居，但是眼下却两次被人碎身！混沌神光再次爆闪，他大喝道："天地未开，我已先生，轮回绝灭，万物死寂！"

一道死亡世界的大门即将敞开，浩瀚无匹的死亡之力荡漾开来，似乎灭世轮回真的要开始了！只是，独孤败天的尸体并没有让这种最坏的事情发生，在这一刻，他的身体暴涨到极限之境，化成了气吞山河般的万丈身躯，一口将那灭世轮回门吞进腹中。

这是怎样的实力啊，浩瀚如海的死亡力量，全部被其化入腹内。无尽的死亡元力，被他生生压制了下去，即将洞开的死亡大门更是死死关闭，最后被炼化！当然，这并不是说，尸身真的吞咽并消化了死亡界的力量，不过是让这次的开启失败了。广元慢慢冷静下来，并不沮丧与气馁，没有丝毫挫败感，他的双眼眯成两道细缝，两道犀利如刀的光芒，死死地打量着那万丈高的身躯。

尸身也没有再采取进一步的行动，就那样面无表情地看着广元，一双眸子透发着阴森冷碧的光芒，似死气，又似是寒芒，让人心胆皆寒。不过，整个尸体依然没有活力，似乎还是一具冰冷的尸体，但是其体内蕴藏的磅礴不可揣测的力量似乎在被慢慢激活，调动了起来！强大的神元力，似平静的大海下，那万丈深渊中，在剧烈涌动的能量暗流一般，又似那死气沉沉的活火山下，大裂缝中隐藏的滚滚沸腾的岩浆，渐渐发出了隆隆响声一般，随时可能会大爆发！

"混沌镜！"广元并没有急于动手，一声大喝，在他身前出现一片蒙蒙白光，而后朦胧之色尽褪，露出一方神镜，灿灿光华绽放而出，向着独孤败天照射而去。这混沌镜乃是鸿蒙混沌中的一块晶石，被广元炼化而成，本身就孕育着极其强大的灵力，再被他点缀上种种玄妙莫测的阵法，就更加不凡了。能够上照九天，下探九幽，洞穿世间一切事，称得上一宗灵宝。他想要弄明白，独孤败天到底是怎么回事，想看清独孤败天身体内的玄秘。

璀璨的神光化作一道长虹，快速冲向独孤败天的万丈尸躯，似乎想要映射透里面的一切。不过，就在这个时候，一股神秘莫测的力量突然自尸身内爆发而出，挡住了灿灿神光，而且霸道无比，瞬间将之生生击散了！"哼！"广元一声冷喝，混沌镜再次爆发出强光，向着万丈尸躯照射而去，光束无比刺眼，且激荡着可怕的能量。毫无疑问，这已经不是简简单单的探测了，这样的光束就是射在天阶高手身上，也要洞穿一个恐怖的伤口。

猛烈的强光穿过那神秘莫测的力量，险险触及独孤败天的尸体，不过就在这个时候，庞大的尸身再次动了起来，快速自原地消失。而后那一双森冷的眸子射出两道死亡之光，在刹那与强光冲击在了一起，将之崩碎于虚空中。与此同时，庞大的尸身透发出无尽的可怕元力，周围的天地元气大受影响，仿佛沸腾了一般，尸体透发出的"势"太庞大了！这等于静海深渊中的狂暴暗流冲击了上来，死气沉沉的活火山下的岩浆喷上了高空！

方才尸身不动，那是暴风雨前的宁静，在这一刻他终于狂暴起来，无尽的天地精元疯狂冲击而出！其体魄开始缩小，变成了九尺尸躯。尸身无灵，但是这一刻，其透发出的威势，足以令任何天阶高手变色！仿佛是一尊洪荒兽尊出世了一般，独孤败天的尸体变得有些可怕与恐怖起来！他的双目中射出两道惨碧的绿光，就像是那刚刚觉醒的僵尸一般！

一个敢与天抗、似丰碑般的禁忌人物，其尸身似乎化成了僵尸！这是一件无比可怕的事情。他冷冷地回过眸子，惨绿色的光芒射向广元，而后在原地留下一道残影，瞬间冲了过去。手掌透发出惨绿色的光芒，在刹那间笼罩向混沌镜。广元感觉心中阵阵惊跳，混沌镜的威力被发挥到极致境界，它飞腾而起，而后旋转于高空之上，透发出万丈神光，将冲击而来的独孤败天尸身笼罩在里面。

这乃是混沌中孕育而出的灵物，其威力浩瀚莫测，运转至极限之境，可以击溃任何阻挡，这等妙物非常罕有，也只有广元这等混沌遗民才能够掌握拥有。但是，威力绝伦的混沌镜并没有击溃独孤败天的尸身，尽管它光芒璀璨，但是在那惨碧的绿光的对抗下，全面溃败退缩而去。

独孤败天的尸身在刹那间将威力浩大的混沌镜掌控在了手中，而后双手一合，可怕的死亡煞气爆发而出，混沌镜被生生震碎！"好可惜哦！"远处，传来一个小女童的叹息，依依惋惜地眨动着大眼。此刻，凤凰天女等人的神情无比复杂，他们不相信方才辰南遇害了，辰南最有可能在这神秘莫测、鬼神皆惊的可怕尸体中。但是，这实在太不可思议了，辰南怎么能够融合进大神独孤败天的尸体中呢？那是万古不灭的神体啊，广元的威猛攻击都无法毁灭，但辰南的血肉竟然轻易融进去。

独孤败天的尸身在方才短暂的沉寂后彻底地爆发了。他双目中幽光闪动，扑向广元。可怕的速度比之崩碎虚空、穿行空间通道还要快上几分，让人根本无法躲避。在一刹那，他就冲到广元的近前，广元神色发冷，没有任何的情绪波动，身体似幻影一般，与那独孤败天的尸身周旋大战起来。如两道光束纠缠在了一起，一切都快得让人无法看清，无法看透！由于速度太快，已经超越了光速，时间发生了改变，而空间更是一片模糊，时空仿佛要剧变。不过，好在这一切并没有持续太久，独孤败天的尸身用一掌狠狠地印在广元的后心之上，直接洞穿！鲜血喷洒，天空一片血红。

广元冷哼，快速修复完毕躯体，不过等待他的却是早已准备好的必杀一击，尸身那强健有力的铁腿在刹那间横扫在他的腰际，直接将之扫断！血雾再次弥漫。"辰南，你这小辈，不要以为躲在独孤败天的尸体里，我就无法奈何你了！"广元冷森森的声音在高天之上回荡，破碎的身体正在重组。他虽然无法看透尸身内到底发生了怎样的变化，但是可以猜测到，应该是辰南的灵识在指挥着战斗，不然一具死尸即便深藏着无与伦比的强大力量，也不能如此迅捷灵活地冲杀。

"万物死寂，混沌归真！"广元的声音非常寒冷，他用了恐怖的绝灭之力，想不惜一切代价，让方圆万里沉陷崩碎，归于原始混沌中，从而彻底解决独孤败天的尸身。这个时候，独孤败天尸体的双目中幽碧森然的光芒，再次大盛起来。似乎是一种本能驱使，他的双手慢慢划动起来，以玄妙莫测的轨迹动作着。广元震惊到极点，满脸不可思议的神色，惊道："逆乱八式，这、这怎么可能，这种可怕的绝学怎么会再现呢？独孤败天已经死了，存在的不过是尸体啊，那个小子怎么可能会呢，这不可能！"

逆乱八式一出，广元再也难以保持平静，甚至露出些许慌乱，周围本来凝集起来的混沌，在这一刻开始传出阵阵咔嚓咔嚓的脆响，蒙蒙混沌渐渐碎裂开来。一切都是因为尸体双手划动出的不可复制的邪异而又恐怖的轨迹——逆乱八式！

"那个小子绝不可能会！就连独孤败天自己都还没有彻底完善这门法诀，他自己都还没有彻底通透！"广元喃喃自语着，"这应该是尸体本能！应该是这样，独孤败天曾经演化千万遍，苦苦追寻探究，虽未真正开创出，但是身体早有这样的本能反应。尸体里面蕴含着庞大的力量，被那个小子调动起来，僵硬的身体渐渐有了协调反应，本能动作就这样被打了出来。"广元像是在推测，又像是在为自己开脱。

尸体那双惨碧森然的双眼，似乎被自己的双手动作深深吸引了，聚精会神地关注着，似乎忘记了大敌广元的存在。双手依然在划动，无法复制的玄妙轨迹在虚空中不断变幻，逆乱八式正在展开！"轰！"方才结成的混沌区域彻底崩碎，恢复成朗朗晴空。逆乱八式无法揣测！高天死一般地沉寂，广元竟然被生生禁锢了，而后他周围的空间慢慢碎裂，归于无尽黑暗虚无，广元的尸体也在一寸寸地崩碎，整个人正在慢慢消失在无光的黑暗中。逆乱八式，堪称灭世之技，尸体本能就做出了如此惊天之举！

逆乱八式一出，当真是天地失色，风云变幻，实在有无法言表之大神通！强大无比的混沌遗民广元，都被牢牢禁锢了！一动也不能动！这就是绝对实力，是太古大神独孤败天无法揣测的禁忌绝学！所有的混沌都崩碎了，无尽的虚空陷入黑暗中，天地仿佛将要解体崩碎、重新再造一般！广元的身体已经被粉碎了一半，大腿以下早已消失不见，而可怕的不可揣测的力量依然在继续吞噬他不死不灭之体。

这种难言的痛苦最容易让人感觉恐惧，天地间一片黑暗，无尽的孤寂中，一股难言的压抑在蔓延，广元深深感觉到了死亡的威胁。在这之前，他从来不相信自己会死，从来不相信这个天地间有人能够如此干净利落地灭杀他，但是眼下他不由得恐惧了，他觉得自己即将湮灭在这片世界，将成为永远的过去。

对他来说，这是一件非常不可思议的事情，曾几何时他俯视众生，一切生命灵体都是他盘中的棋子，所有人类都在他的注视下成长，世间一切尽在他掌控中，他就像是这个世界的掌控者一般！但是眼下他却要死了，死在一具尸体的手中，这是他最痛苦与悲哀的事情，如果真的死在独孤败天手中，他也不觉得丢人。但是，那不过是一具尸体啊！虽然辰南的灵识似乎寄居在里面，但是毕竟不是真正的独孤败天啊！那不过是一具尸体，却凭着本能反应，打出了传说中的逆乱八式！

那是传说中的禁忌之术，是让上天都极其忌惮的神通！而且，是不完善的，是独孤败天生命的晚期开创出来的，仅仅在世人面前展现过一两次而已，是传说中最可怕的功法之一！而广元就是曾经有幸见过这种功法的人之一，那是一次无比惨烈的大战，天之法身被逆乱八式连连吞噬。每当回想起这些经过，广元都会非常不自然，他真的没有把握对付这可怕的残缺功法，但是今天他却真正经历了。

"独孤败天，难道你没死？这种可怕的禁忌绝学，为何重现于世？为什么会这样？这根本不应该存在于世间啊！"广元在说这句话时，半截身子已经彻底地灰飞烟灭，上半截身体毁灭也将在刹那间，他清楚地知道独孤败天真的陨落了，但是眼下有着太多的疑问，尸体的本能反应未免太逼真了，就像那独孤败天真的活过来了，亲自施展一般！

"轰！"一声巨响，无尽的黑暗中，广元的胸腔爆碎了，化成点点光华消失在无尽黑暗中，现在他只剩下一颗头颅，看起来分外吓人。他不是不想反抗，但是他也是重伤之身，即便他全盛时期，都没有把握对付得了逆乱八式，更何况现在呢？"轰！"又是一声爆响，广元的头颅碎裂了一半，唯有残碎的脑壳还飘浮在虚空中，逆乱八式果真神鬼莫测。无尽的黑暗中，一片死寂！最终在一声爆响声中，广元的残碎脑壳也崩碎了，彻底消失在无尽黑暗中。

远处，凤凰天女、龙宝宝相互看了一眼，都露出不可思议的神色，他们深知广元在后世依然存在，但眼下怎么崩碎消失了呢？他似乎被灭杀了，难道说历史被改变了？如果是真的，那将是一件影响无比深远的重大事件，一个掌控无数人命运的大人物被杀死在历史中，必将产生无可揣测的风暴，真的很难想象未来会有怎样可怕的变化。无尽的死寂！天空中已经没有一丝光亮，在这浩瀚的天宇间，唯有永恒孤寂的时间在缓缓流淌。

这一刻，仿似一个世纪般漫长，也不知道过了多久，无尽黑暗中一点光亮闪烁而出，如萤火虫的微弱光芒一般，在黑暗中明灭不定。而后，在刹那间爆发出一片璀璨神光，照亮了整片虚空，一声凄厉的长啸爆发而出。"独孤败天你这死鬼，竟然彻底毁灭了我自混沌中出生的本源之体，实在该死！"正是广元的声音，其悲切怒恨的情绪任谁都能够感觉到，他近乎被摧毁了，永恒不灭体崩碎了，他的实力大大地减弱了。如果不是灵识足够强大，且有一件异宝被他炼化在魂魄中，他就真的彻底地灰飞烟灭了。

　　一颗晶莹剔透的珠子在那团璀璨的光华中沉沉浮浮，一股强大的能量波动在珠子中不断地汹涌而出。广元那里虽然一片光灿灿，但是独孤败天尸身处依然是一片黑暗，在明珠照射的光华映衬下，显得更加阴森，能够模模糊糊地看到他的尸影。逆乱八式已经停了下来，他的双手依然定在空中，保持着一种奇怪的姿势，看得出这禁忌八式根本没有施展完，似乎突兀地停止了运转。残缺的心法就是残缺的心法，于关键时刻让广元喘息了过来。

　　"那是什么？"独孤败天尸身突然开口讲出了这句话，显得格外诡异。他的身体依然透发着死亡的气息，眼中更完全是死光。广元怒极而笑，道："你这小子果真没死，融入了独孤死鬼的体内，说，你为何施展出了逆乱八式，到底是怎么回事。不，那不是你施展的，说，刚才到底发生了什么？！"尸身没有任何情绪波动透发而出，平静地道："我不知道！不过，我却知道，今天你要半废！"这句话说出后，死亡气息稍稍敛去，空中传出了辰南的精神波动，再也不似方才那般死气沉沉。他盯着广元手中晶莹的珠子，道："这似乎是……"

　　"天的力量！"广元冷笑道，"想灭杀我的人何其多，但是最终都死于非命。既然你看到了我的明珠，你就知道根本无法废掉我。这乃是天珠，能够沟通天之力量。想要我死，除非先灭掉天！""天珠？"辰南露出了思索的神态，而后平静地道，"那好吧，我试试看。"他似古井无波一般，在这等生死对决中，竟然是一副置身事外般的姿态。"哼，我看你如何打破神话，如果是真正的独孤败天亲临，我无话可说，但只是你这个小子操控他的尸体的话，就不要做梦了。"说到这里，广元像是想起了什么，道："这个小子为什么能够融于他的尸体呢？"

这个时候，天宇再次暗淡了下来，无尽的黑暗笼罩了天空，唯有那颗天珠似一个璀璨的神月一般照亮了一方空间，但是也仅仅能够护持住广元的灵魂而已。逆乱八式，威压太古。整片苍茫大地，都战栗了起来。而后，一股无法揣测的力量涌向天珠。但是，这个时候，奇异的事件发生了。天珠竟然开辟出一条神秘通道，无尽的通道尽头不知道连接到了哪里，一股说不上大小强弱的能量在慢慢起伏。

当逆乱八式的毁灭之力再次禁锢向广元魂魄时，神秘莫测的通道突然激射出一道光束，不过在刹那间消散在广元三尺之外。可以想象逆乱八式有多么恐怖，激射出来的天之力量，竟然就那样被无声无息地吞没了！神秘通道，光华璀璨，似乎连接着一个极其神异的世界，在刹那间爆发的狂暴能量，比第一次不知道强盛了多少。逆乱八式的力量被生生挡住了，当然不过是暂挡而已，可怕的力量还在缓慢地向前推进！

广元一惊，感觉大事不妙。独孤败天的尸身在刹那间冲了过来，并没有因为天珠的存在而有丝毫畏惧。"广元，无论如何今日也要让你半废。"辰南如此说。突然，独孤败天的尸身爆发出一道邪异的乌光，在逆乱八式施展的同时，他已经冲进那片神秘通道中。一声震动六界的大爆炸在这一刻发生了，虽然作用范围不过在一条神秘通道内，但是浩瀚波动之远，超出想象。

天珠开辟出的通道刹那间崩塌，而后天珠暗淡了许多，在广元灵魂中一阵乱颤，广元狂吼了一声，心胆俱寒，其魂魄被可怕的力量重创得满是裂痕。在这一刻，完好的辰南竟然自尸体中显化出来，这发生得实在太突然了，此刻的他竟然毫发无损！失去辰南主导的尸身在这一刻并没有停止运转，逆乱八式依然没有停下来，那残余的一截神秘通道被打得彻底崩碎毁灭了。

广元已经顾不得这一切，亡命一般飞遁而去，在没有恢复实力前，他实在不愿意再单独面对逆乱八式了。独孤败天的尸体没有阻挡他，他似乎已经失去了行动的能力。辰南也没有拦截，因为这是在古代，不附身于独孤败天他无法施展出神力。此刻，他已经不能再融合进独孤败天体内了。直至广元消失后很久，高天突兀地开始崩碎，独孤败天的神秘尸身向着下方的大地坠落而去。

大地在沉陷，火山在喷发，大海在咆哮，独孤败天的尸体深深埋入东土大地之下，就此消失不见踪影。辰南大喝道："我们走，回归现实！"此刻被禁锢的回路已经在逆乱八式下彻底地洞开了。辰南、凤凰天女、龙宝宝以及空空和依依，如几颗流星一般，划破长空返回现实世界。在回归的路上，他大声喊道："你们记住刚才大战的地点了吗？回归后我们一定要挖出独孤败天的尸体！"

混沌光芒闪现，辰南、凤凰天女、龙宝宝，以及两个调皮的小鬼，已经穿越时空，顺流而下，即将回归现实世界。但是，就在这个时候，虚空崩碎。一抹寒光，森然无比，荡出一片恐怖波动，截断了他们的前路！那片冷森森的青光，似巨大的刀刃，又像一片死寂的湖水，光芒森然惨碧。

"黑手广元！"凤凰天女惊叫。"咸猪手！"龙宝宝也一阵吃惊，一双大眼瞪得溜圆。他们都感觉到广元的气息。辰南也大吃一惊，广元未免太神通广大了，居然追到了这里，难道他自那太古时期穿越到了现在，将要留下他们，彻底灭杀？！不可能，他不可能冒这么大的险，毕竟他已经被独孤败天粉碎了本体，怎么敢穿越到未来杀人呢？！

那现在为何？蓦然间，辰南想到现实世界的黑手广元，在历史中他并没有被消灭，后期更是曾经重创龙宝宝、小凤凰、天魔。他是现实世界最强大的人物之一。现在多半是现实世界的广元穿越回古代，在这里专门等着他们！应该就是这样！在古代，辰南他们多少该是改变了些东西，百万生魂的灰飞烟灭不是没有半点作用的，现实世界的广元早已觉察到了什么，先前就出手封印他们的回归之路。现在更是以毁灭之光截断回路，他要插手灭杀他们了！

现实中，广元的身体出现一道道裂痕，丝丝血迹渗透而出，太古时代的本源之身毁灭，让他如遭雷击！在原本的历史走向中，他的本源身体也确实近乎粉碎了，但是多少保留了些，后来他修出了后天之体，将那混沌中的先天残体融合了里面。但是现在，太古中发生了剧变，他残留在后天之体中的先天残体彻底地崩溃了，完全地分解了。

他知道他的历史多少发生了些许改变。他为此而遭受了重创！

广元额头的裂纹越来越大，最后他一声清啸，以绝世大神通再次穿向过去，故此在路上截断了返回的辰南等人。身躯遭受重创，他简单推算，已经明白了前因后果，他怒不可遏，原以为几人被彻底封死在临近太古的时空中了。但没有想到，对方竟然逃出了过去的广元的追杀，将混沌本源体破杀了。

蒙蒙的青色光芒煞气冲天，阻止辰南他们自时空隧道中跌落出来，出现在东土大陆的上空。现实世界的广元显现出青色身影，他的身体到处都是裂痕，显得分外恐怖。他道："没有想到啊，你们这样的杂鱼，竟然让我受到重创，但是一切都该结束了，这一次我看还有什么人能够救你们。"看得出他非常愤怒。他身处在青色光华中，将自己护得严严实实。"这是在古代，你根本无法动手杀我们，你不可能动用自己的力量！"辰南毫不畏惧地凝望着对方的虚影。

广元笑道："哈哈哈，你们知道得太少了。不错，这是古代，但是你我却都是从现实世界穿越时空而来的。我们都是现实中人，自然无法对付古代的人，不然自己也必死无疑。但是，你我就不同了，我们如果厮杀，与现实世界一般无二。生就是生，死就是死，出手的人不会遭到任何阻挡与惩罚。就像先前，我穿越时空，将你们封印在临近太古的时代一样，对你们虽然做了什么，但是我不会受到反噬。我们在古代大战，仅仅相当于换了个空间而已，并无太大影响。"

辰南心中吃惊，同为现实中的人，回到过去相遇，依然能够相互杀死对方，而不会改变什么，就像现实世界的两人对决一般。看得出，广元是真的要杀死辰南他们。辰南有些焦虑，逆乱八式虽然威力奇大无匹，称得上功参造化，但是眼下没有独孤败天的尸体，他该如何？他虽然详细观看过尸体的演示，但是眼下也不可能施展出来。

"尘归尘，土归土，你们永远地化成一抔黄土吧！"广元大喝。凶煞之气迷漫开来，可怕的凶光如滔滔大河一般，从四面八方向辰南他们淹没而去。辰南大吃一惊，广元比他在古代见到的那个黑手强太多了，这实在是一件无比可怕的事情！不过，想想也释然，那个时候毕竟刚刚经历过太古大战，能够活下来就不错了，几乎所有人都是吊住了一口气而已。广元身为传说中的黑手，时间过去了那么久，恢复一定的功力后当然异常可怕。

不过，辰南也并不是多么恐惧，毕竟他也能够反击了，再不似像在太古时那样，只能被动躲避。凤凰天女、龙宝宝，还有空空和依依这两个小鬼，都准备死拼了！但就在这时，虚空中忽然爆发出一片璀璨光芒，"轰"的一声，虚空再次崩碎了，太极神魔图显现而出，遮挡在了辰南他们的身前，帮助他们抵挡住了黑手的绝杀一击。与此同时，两条高大的身影显现在这片时空中，竟然是神魔陵园的神秘青年与楚相玉！

神魔图当初带着广元的三世身飞离而去，现在终又回到了辰南身边，显然三世身被神秘青年与楚相玉解决了。"楚相玉！"广元声音很冷，道，"传说中的第五界君王，你想要与我一战吗？""哼，在我眼里你不过尔耳，少在我面前装酷！"楚相玉冷声道，看得出，七君王中的第一人有着强大的自信。"哼！"广元冷哼，道，"跟我一战，你应该知道后果。过去，始终避免，现在如果你想来，尽管过来一战吧。"说到这里，他看了看楚相玉身旁的神秘青年，露出了疑惑不解的神色，他问道："你是谁？为何有似曾相识的感觉？！"

神秘青年灿烂一笑，露出满嘴雪白的牙齿，但是面容却缭绕着迷雾，让人无法看透，无法猜测。"尊天、敬地、缚人！"广元大喝，蒙蒙青光刹那间笼罩向神秘青年。"无天无法，一破、再破、万法破！"神秘青年轻喝，生死两极气息浩荡而出，击溃了蒙蒙青光。广元冷冷地注视着他，一句话也没有说，似乎想看到对方的心里去。不远处，辰南、凤凰天女、龙宝宝等早已跃跃欲试，现在他们终于能够施展出自己的力量了，早已有些克制不住了。

"太突然了，现在还不是与你了结的时候。"神秘青年开口道，"我们各自退走如何，不然后果你知道！""哼！"广元冷哼了一声。不过，这一切并未因他们的互相忌惮而收手缓和，因为楚相玉已经动了起来，他早就想与广元一战了，如今机会好不容易出现，他不想错过。

"走！"神秘青年冲着辰南他们喝道。同时，他自己也开始回归现实世界，身影渐渐淡去。楚相玉与广元之战激烈无比，他们也开始回归，在时空隧道中争斗不休，辰南隐约能够感应到一股可怕的力量，在他们身后不断爆发，追逐而来。时间如水，众人顺流而下，实在太快了，不长时间，光芒一闪，他们终于回到了现实世界，时间终于同步，而地点竟然是神魔陵园！

"轰！"广元退后，楚相玉脸色潮红，也不断飞退。这个时候，广元冷笑道："这个地下似乎有古怪，似乎是东大陆的祖脉之根，千百灵脉都扎根在此，就像万流归海一般，汇聚到这里！我的混沌本源之身一灭，顿时让我心生感触，我觉得这个祖脉当中应该有人居住！"

神秘青年没什么表示，但是楚相玉已经变色了，惊道："这里是人间东土大陆的祖脉沉寂地？千百灵脉汇聚于此？嗯，我感应到了，的确是这样！"世间，万流归海。灵脉同样如此，这里是灵脉汇集之地，不过却难以被人发觉，早已被人以大法力掩盖了，不仔细感知，根本无法觉察到。神秘青年住在这里不是没有道理的，而守墓老人也在神魔陵园一待就是数千载，也是有着深层次的原因。

在这一刻，辰南瞬间恍然，神魔陵园远非一座陵园那么简单啊，在其地下还有许多不为人知的秘密。这个时候，广元青色神光开道，混沌神芒随后，从高天之上俯冲而下，就要向神魔陵园中冲去。楚相玉正要阻挡，神秘青年却一把拉住他，没有让他跟去。广元冷哼，并不在意，傲然而又自信地道："天上地下，我都去得，这个世上没有什么地方能够挡我！"说罢，他便真的冲了下去，而后身体一闪而没，进入了地下。

楚相玉脸色黑黑的，即便他是绝代君王，但此刻也露出了剧烈的情绪波动，愤然道："看着他那副'老子天下第一'的样子，真是欠揍！我真想用鞋底抽他嘴巴子，抽到他不仅要口吐鲜血，还要口吐白沫为止！"这句话说到辰南的心里去了，他深有同感，龙宝宝更是似模似样地点头小声道："小玉说得太对了！"他声音再小也不可能逃得过绝代君王楚相玉的耳朵，顿时让其火冒三丈，双目中透发出两道凶煞焰光，怒瞪着龙宝宝，道："你这小迷糊，想要形神俱灭吗？"

"轰！"就在这个时候，神魔陵园内冲起一片绚烂的光芒。大地之下剧烈摇颤，仿佛发生了大地震一般。神魔陵园中所有的墓碑都晃动起来，墓穴内众多神魔尸体都发生了异动，似乎即将冲破而出。楚相玉与辰南等人不解，有些惊异地关注着。神秘青年则很平静，似乎一切都在意料之中。就在这个时候，地下传来了怒吼声："阵，到处都是阵！阴阳阵、离火阵、炼狱阵……九天十地绝灭大阵，该死的！想坑杀我，没门！"

"轰隆隆！"大地之下传出阵阵可怕的波动，隆隆之响不绝于耳，广元显然遇到了大麻烦！广元怒吼道："啊，该死！""哈哈……"楚相玉大笑，似乎感觉甚是解气。辰南、龙宝宝等也深有爽意，觉得这个嚣张狂妄的广元在地下受苦，实在是一件大快人心的事情。大地之下正在发生剧烈的冲突，如果不是神秘青年以大法力定住了地表，恐怕整片大地已经像海水一般翻涌沸腾了起来。阵阵混沌神光自地下透发出来，广元在下方显然承受了太大的压力，正在左冲右突。神魔陵园内的众多神魔尸体将要暴乱，但是全都被神秘青年镇压了下去。

楚相玉冷笑道："我早就想用我的脚底，狠狠地在他脸上留下几条印记了，今天虽然不是我动手的，但是真痛快啊。"说到这里，他回过头来面对神秘青年，道："你我现在出手，是不是可以灭掉他呢？"神秘青年摇了摇头，没有说什么。

楚相玉咬牙道："你我元气大伤，都还未恢复，他已经恢复得差不多了，似乎没有办法杀死他。现在，他不过被暂时困住了而已。强行袭杀他只能两败俱伤。但是，真是不甘让这个家伙走掉呀。"神秘青年开口道："他必死无疑，但不是现在！我们现在可以出手，但不要将他逼急！""哈哈，好，我一直在等待这个机会呢。"说着楚相玉就要冲下去，被神秘青年一把拉住，道："再等一等！还有个大坑等着他跳呢！"

正在这个时候，大地之下传出阵阵龙吟，整片东土大陆在这一刻都发生了轻微的颤动，所有灵山都霞光万道、瑞彩千条，呈现出异象。楚相玉震惊道："祖脉、祖脉将被激活？！"神秘青年无声地点了点头。楚相玉非常激动，道："真是不敢相信！"接着他大笑了起来，道，"哈哈，祖脉已经激活，以后真对抗那天道将增加无穷的胜算呀。对了，是不是真的有人睡在祖脉中呢？"说到这里，他一瞬不瞬地盯着神秘青年，道："该不会是你吧？！"对此，神秘青年没有回答。

这个时候地下已经翻江倒海一般，即便神秘青年以大法力定住了这片大地，也能够感觉到地下的恐怖波动。地下，崩碎与毁灭是主题，发生着剧烈的能量大碰撞。各种绝灭阵法，将广元冲击得焦头烂额，而这个时候祖脉将被激活，更加庞大的力量爆发而出，一头沉睡的龙形脉根在沉沉浮浮。最后，广元一声大吼，喝道："该死的，为什么会这样，我就不信你能奈我何！"说到这里，他不退反进，竟然生猛地向前冲去。

但是，正好赶上"龙抬头"，广元被撞得四分五裂，费尽很大心力才重组身体。他愤怒但又无奈地退走了，根本没有办法。这乃是大地之主脉，他即便法力通天也无法阻挡其重新焕发活力，这乃是整片东土大陆的灵根之源！半个时辰后，神秘青年对楚相玉道："准备出手吧！"而后，他对辰南招手，道："你也来！"

辰南飞到近前，神秘青年对他道："一会儿你是主力，我和楚相玉短暂定住广元一瞬间，你将神魔图祭出，牵引地下祖脉之力冲击广元！"这个时候，广元终于冲破了各种可怕的阵法，将要逃出地下。祖脉沉寂之地，实在太可怕了，守护阵法数不胜数，都是绝杀之阵，一般人陷入必死无疑。

"开始吧！"神秘青年大喝，他与楚相玉同时出手，灿灿光华透发而出，笼罩向神魔陵园。而这个时候广元正好冲击而出，璀璨的神光在刹那间将他定在了神魔陵园中。与此同时，辰南将神魔图打入了地下，无尽的灵力汹涌澎湃，神魔图就像是一颗龙珠一般，牵引着龙形祖脉中蕴含的无尽神力冲上了地表，在刹那间将广元吞噬。辰南透过无尽神光向地下望去，恍惚间他似乎看到半截残躯，横躺在地下，难道说祖脉中真的有人沉睡？！

灿灿光芒照耀天地间，直至半刻钟过后，广元才突围而去，没有人知道他受到了怎样的伤害，他只留下一声愤恨的怒吼。神秘青年并没有追赶，望着广元消失的背影，道："太古诸神回归前，他不可能元气尽复！他死定了。"

最后，楚相玉不知道与神秘青年达成了什么协议，退回了第五界。而德猛一方的几位君王，不知道为何，在这一日全部冲入了传说中的第六界，他们似乎是匆匆逃亡而走的。人间界似乎一下子静了下来，仿佛一切的纷争都消失了，呈现出一派祥和安宁的景象。但是，思感敏锐的人都知道，这似乎是暴风雨前的短暂宁静！离开神魔陵园后，凤凰天女飞去了神风学院，似乎要追忆某些往事，又似乎在下决心是否要重新一分为二。辰南带着龙宝宝以及两个调皮的小鬼在东土大陆的中央地带寻觅独孤败天的尸身，但是纵使他们冲进地下千百丈，运用大神通搜遍每一个角落，都没有任何发现。在临近太古那个时刻，他们与广元的战场就是在这里，但是现在却一无所获。独孤败天的尸身根本不见踪影。虽然从太古到现在已经过去了无尽的岁月，但是辰南知道独孤败天的尸身绝不可能毁灭，那是永恒的不灭体。他不是没有联想到祖脉中沉睡的人，但是他恍惚间看到的那人不过是半截残躯而已，而独孤败天的尸身是完好的，且沉入了大陆的中心地带。

最终，辰南返回了月亮之上。终于平静下来，辰南想进入神魔图中，观看雨馨的恢复情况。但是，这个时候，他看到了澹台璇、梦可儿、龙舞，她们同时出现在辰家仙园中。辰南一阵发呆，近来他在刻意回避感情之事，但是他知道终究要有个结果，他与儿女的纠葛非常复杂，一时间让他心绪难宁。正在这个时候，五祖派人来找他，说是有重大事情相商。匆匆来到两位老祖的修炼之所，辰南问道："两位老祖，到底发生了什么事情。"四祖道："魔主等人去的第三界有消息了！"

四祖与五祖如今一副正当年的容貌，如今他们都是二十几岁的青年样子。四祖全身金光闪闪，这是当年练功身体破碎后重组所致。五祖剑眉星目，英气勃发，不知道的人很难想象这是一个活了无尽岁月的老古董。此刻，他们面无表情地坐在议事厅中，没有一个辰家子弟在此服侍，就是方圆数里都没有一个人靠近这里，此刻格外安静。辰南知道第三界传回来的消息可能关系重大，不然两位老祖不可能是这副姿态。辰南隐约有一种不好的预感，似乎有不好的事情将发生在他身上。

四祖开口说话了，他的声音很低沉，每一个字都敲在辰南的心间，"远祖之魂，能够彻底复活了，但是需要……"仅仅十几个字，如五雷轰顶一般，响在辰南的耳畔，他知道早晚会有这样一天，但是没想到会来得这么突然。以前，他绝对会毫不犹豫地拒绝！但是，自从感受到辰家八魂的思感后，他有些动摇了。辰南在这一刻有些彷徨，自己的命运难道早已注定，是为了远祖的复活而生的吗？

不！我命由我不由天！这句话虽然已经被一些愤世嫉俗的少年喊得变质了，但是辰南此刻很想大喊出来，他不想将自己的命运交给别人掌控，自己的命自己掌握。"两位老祖，我现在不能去死，不然我会有太多的遗憾！我还有许多事情要去做，我要亲眼看到雨馨复活，我要亲眼看到我的孩儿长大成人！现在，没有人能让我去死！你们可以骂我是辰家的不肖子孙，可以骂我是辰家的叛徒，但是我绝不会妥协的！"辰南说得斩钉截铁。

四祖与五祖同时叹息，五祖道："我们也不想这样，但是八魂已逝，才有了这样的结果，到了最后如果……功亏一篑！"四祖也道："辰南，没有人希望你死去，你们父子都是我辰家最杰出之人，都是青年时代就进入了绝对的强者之林。但是、但是……"辰家远祖到底是怎样的一种存在呢？到了现在，辰南心中有着太多的疑问，毕竟辰家付出了如此大的代价啊！辰家八魂哪一个不是人杰？如果他们活着，一直修炼到现在，那么这天地间必然会多出八位足以撼天动地的人物！还有，辰祖到底是怎样死的呢，像他那般人物，需要十位强大的战魂来复活，生前定然是法力无边的人物，到底谁能够让他灭亡呢？

"值吗？"千言万语，到了最后，辰南只说出了这两个字，来问四祖与五祖。"值吗？"两位辰家老祖都在反复喃喃着这两个字，最后他们的眼角都已经有泪光闪烁，真的值吗？他们的父兄都是为此而付出了生命啊！都是为了那个传说中的远祖。四祖最后感叹道："从亲情上来说，这是我们身为子孙应该做的。从战力、辰家繁盛等多重角度来说的话，如果远祖复活成功，辰家在六界必将鼎盛到极点。远祖一人的战力，定然超过十魂之力。"

"他是怎么死的？"辰南直指问题本质，既然远祖那般强大，怎么会死亡呢？同时，他想到了太古传说中那最惨烈的一战，似乎并没有出现辰祖的身影。四祖道："远祖的死因不甚明了，不过你不要因此而怀疑远祖的实力，因为有迹象表明远祖他以一己之力，似乎曾经灭掉了一个真正的'天'，不是天的化身！当然这是祖上秘密流传下来的，你万不可透露出去，不然可能会引起某些祸端！"

听闻此话，辰南神情一呆，这确实是一件让人吃惊的事情啊！第五界的七位君王，当年在巅峰状态时，曾经联手灭杀了苍天。而后有传说，黄天被封印。后来，又听说青天未死。这世间到底有几个"天"？难道说六界共有六天吗？他已经见识过天之化身，但他相信真正的天，绝不是那种存在。"天"是一种代号吗？他到底是怎样的一种存在呢？他究竟是一种生命体，还是一种永恒不变的法则呢？所谓的"天"到底是怎么回事？辰南心中有太多的疑问，但是这些问题，四祖与五祖也不可能知晓。

不管怎么说，所谓的"天"强大无比，代表着一种至高无上的力量，这是众所周知的事情，辰祖居然灭掉了一个天，这份功力实在可怕！辰南像是想起了什么，惊道："两位老祖，你们说远祖已经可以复活了，我父亲在第三界，难道他已经被你们控制了？"辰老大、辰老二都已经自主进入了第三界，后来魔主更是将三祖也"请"了进去，三大天阶高手同时出手的话，辰战恐怕也不好摆脱啊，毕竟那三人是修炼了无尽岁月的老古董啊！

"你父亲没有被制服！"说到这里，五祖不知道是高兴，还是羞愧，一个后辈越来越强大，强大到辰家三位最顶级的人物都无法将之降伏！辰南道："那你们如何复活远祖呢？即便加上我也不过九魂而已，还差一魂呢？""这个，我们会想办法！"四祖与五祖支支吾吾道。辰南却腾地站了起来，厉声道："你们是不是想打龙儿、空空还有依依的主意？"早在龙儿将要出生时，辰南就听这两人说过了，龙儿等人都是天地间的最强者转生，如今融入辰家血脉中，完全可以顶替辰家原本将要出现的十魂中的任意一人。就是他自己死，也不能让自己的孩儿葬送性命，辰南面色不善地看着两个老祖。

"你误会了！"四祖与五祖可不想再发生辰战反出辰家的事件，五祖叹了一口气解释道，"龙儿他们是我们辰家的希望所在，我们怎么可能忍心他们英年早逝呢？实话相告吧，我们决定了，辰老大、二祖、三祖、四祖以及我决定粉碎灵魂，合在一起凑出一条战魂！虽然我们是被淘汰下来的失败者，但是我们毕竟是最接近十魂的人，我们五人合在一起，蕴含的远祖的魂力足以抵得上你等蕴含的魂力了。如果可以，我们体内远祖的魂力足够多的话，我们希望也能够使你免受死亡的苦难。"听闻这些话，辰南心中一痛，这是源于血脉的亲情啊，如果不是出于不得已的原因，谁愿意眼睁睁看着血亲之人去死？！四祖与五祖的这些话对辰南的触动太大了！

辰南道："好吧，如果真的需要，将来我愿意尽一份力，前提是我要见过我的父母，我要亲眼看到雨馨复归，我要看到我的孩儿们长大！""砰！"房门被撞开了。"谁谁谁敢害我老爹？我们和他没完！"一岁多的小家伙空空与依依冲了进来。在他们后面是越来越显稳重的龙儿，龙儿如今应该是十五岁的少年了，但是由于他的体质与其他孩子大不相同，依然是一副七八岁的样子，但是他的实力相对于他的年龄来说，却已经提升到了一个不可思议的高度，几乎等于一个天阶高手了！

"老祖宗，怎么回事，敢杀我老爹，今天我们、我们要欺师灭祖！"空空奶声奶气地喊着。三个孩子可不是气话，看他们的神态绝对是认真的。龙儿若有所思地道："远祖要复活，但只能用其他办法，如果想伤害我们父亲的生命，我们都不答应！""对，敢伤害老爹，我们就造反！"小仙子般的依依也毫不示弱。看着三个孩子如此，辰南欣慰地笑了，而后又板着脸，道："你们退下吧，我的事情不用你们担心。"

"不行，老爹，这次不能听你的，我们绝不能退！"空空与依依仗着自己年龄小，振振有词地拒绝道。"放心吧，我们不会害你们的父亲的。"四祖与五祖同时道。"不信！我们就是不走！"三个孩子异口同声。辰南开口向两位辰家老祖询问道："第三界的消息到底是怎样传回来的，难道说有人顺利返回了？"如果真是这样，这可是一件重大事件！天阶高手可以进入第三界，但是返回是非常艰难的。

"没有，不过却有消息传过来了。"五祖也不隐瞒，道，"你还记得辰老大与辰老二带着远祖的双眼，自主进入第三界的事情吧。辰祖的部分魂力散在了第三界，但是也有大半的魂力在人间界。如果没有把握返回，他们二人怎么会莽撞进入呢。我们辰家知道一条空间大裂缝，虽然暂时还无法贯通第三界，但是却可以用秘法传回一些消息！"这可是一件秘闻，泄露出去定然会引起一场麻烦。

"第三界现在怎样了？"辰南非常关心魔主等人在做什么。五祖道："不知道。辰老大他们并没有细说，只是说那里非常乱！天阶高手不小心也有性命之忧！"辰南听闻此话，呼地站了起来，道："残破的世界，不知道现在能否被祭炼，我现在想有足够的实力进入第三界！"一万多年过去了，他非常想见到他的父母。

拜别了两位老祖，辰南在仙园中独自漫步，远祖居然要复活了，他预感到大战的脚步越来越近了，他要有所表现才行。远处一座亭台中，梦可儿倚栏而立，她已经从两个小调皮的口中知道辰南可能要进入第三界了。辰南抬头恰好望到她，慢慢走了过去，而后与梦可儿一起绕园而行，两人没有什么话语，不过此时无声更胜有声，许多事情已经不必多说。最终，梦可儿出言道："我与你一起去吧，我也要寻找我的力量，七绝天女之神通远非融合那般简单。她还有力量失落在六界间，人间和天界已经寻不到了，也许我该去其他几界看一看。"

远处，空空与依依两个小鬼相互击掌，露出了会心的微笑。澹台璇无声地飞落到他们身旁，提着他们飞离而去。两个小家伙叫道："啊，年轻漂亮的妈妈你也要去的，到时候不要忘记带上我们啊！"

紫金神龙、龙宝宝、龙儿、空空和依依这五个家伙凑到一起，不是闲来无事，乃是准备跨界！"貌似潜龙、玄奘也要去。"龙宝宝道。"他们现在在哪儿呢？"龙儿问道。"在人间界光明教会下的地狱闯关呢，不知道在第几层，据说要历练突破。"紫金神龙道。"我们也去看看吧！"龙儿提议。"好哦好哦！"空空与依依两个偷偷溜出来的小鬼欢叫道。

将要跨界，紫金神龙他们本不想带这两个小家伙的，但是消息是他们传出来的，两个小东西滑溜得很，拿此要挟带他们去。他道："不知道辰南在那残破的世界有收获没。走！我们去十八层地狱看看！"几个人一起向着人间界冲去。

残破的世界内，大陆广阔，无边无际，甚至比人间都要大上许多，这里并非没有人烟，不过比较原始而已，发展很落后。碧波万顷，大浪滔天。此刻，辰南正悬浮在大海上空，在这里他已经悬浮了七日，用心去感应这个残破的世界的脉动，想将之与自己的内天地联系起来，从而进一步炼化！但是，七天七夜过去了，辰南始终无法将这残破的世界，与自己的内天地贯通相连。仅有的一次，让他险些粉身碎骨，就此再无感应了。早就知道这是一件无比凶险的事情，但真正开始才知道比想象中还要难。是几乎不可能完成的事情！

　　"炼化一个世界？也许这个梦想太遥远了，想必父亲当年得到残破的世界，也只是知道确切的位置吧，不可能真正融于己身的内天地，不然他怎么会抽离而出呢？我的小世界是一颗完美的世界种子，能够完成这个任务？"辰南心中很疑惑，他觉得这似乎是不可能完成的任务。最起码以他现在的修为来说，还没有那样的大神通，毕竟是要炼化一个世界啊！

　　"为什么一定要炼化呢，我也许应该有自己独特的道路！"辰南从入静中醒来，心中有了不同的想法。在这一刻，他感觉天地间忽然静了下来。他忽然有一种玄而又玄的明悟，在刹那间《太上忘情录》《唤魔经》同时浮上他的心头，两者在他心间重合起来，他不觉间打出一道道法印，双眸平静如水。没有任何力量激荡而出，但是整片一望无际的大海仿佛都被禁锢了，下方原本翻涌的大海，在这一刻突然间平静无波。

　　"我要斩太上！我要退魔！"在这一刻，辰南不知道为什么有这样一股冲动，他极其想摆脱这两种玄功！他想冲破某种封锁，走出自己的一条道路！在这一刻，忽然体会到了辰战当年的那种心境，摆脱一切，开创自己的道路！他相信如今的辰战，肯定早已撇弃了《唤魔经》！

　　辰南有这样的感悟也不足为怪，太上是怎样一种存在他还不知道，但是最起码对方是他的敌人。即便这门玄功曾经被称为天界第一奇功，但是他绝不能走这条道路了，不然活在敌人的身后，沿着敌人的道路前进，怎么可能会战胜对方呢！辰祖乃是他的祖先，按理说不是他的敌人，但是他不想活在祖先的阴影下，他体会到了他父亲那种心绪——超越远祖！想要真正超越两者，必然要走不同的道路才行！

忘！非太上忘情，而是一种精神境界的"忘"，他要让脑海中的记忆，自然淡化而去，要以一种超脱的心境来摆脱曾经固有的一切！忘！怎一个难字了得！古来多少圣贤都无法做到一个忘字。

又是半个月过去了，辰南不断打出各种法印，都是心有所感而发，但是想要摆脱太上与唤魔哪有那么容易。不过，在他思维最为混乱的时刻，忽然漫不经心地推出了一式，在刹那间让整片碧海凝固，而后倒卷到蓝天之上，虚空崩碎，大地沉陷！在那恍然一瞬间，他险些在残破的世界引起一场浩劫！

好在，不过瞬间，他无意间推出的那一式就分崩离析了，所有的一切复归原样，恍若一场梦境一般。辰南大惊，这绝非幻觉，这是一种通灵之境，他提前看到了一式挥出后的威力而已！邪异且充满神秘的一式！瞬间看到了未来片刻！感受到了一式击出后的结果！这是逆乱八式中的第一式！

辰南终于在刹那间恍悟，心中无比震惊，他挥洒出的这一式，与那逆乱八式的第一式大不相同，但是意境与结果却惊人地相似！难道这就是不可复制的第一式的真意？！辰南似乎看到了突破太上与唤魔封锁的道路，但是他知道如果走这条道路，他将开创性独自前进，绝不会沿着原逆乱八式而行！

残破的世界内，大海翻涌，辰南在这碧海蓝天之上，已经静静地悬浮了两月有余，他在苦苦地思索，如何突破固有的路线，开创出自己的道路。所谓的"悟"最为艰难，有刹那顿悟者，有苦思明悟者，莫不需要一定的契机。神似而形不似的逆乱八式第一式，自无意间打出之后，辰南便再无那种意境了，很难再有那种体会。辰南知道那不过是某种条件下触发的巧合而已，他离真正通透还差一些。

看潮起潮落，观风云变幻，察天地运行，辰南于碧波之上，体会万物之常态，思索着固有的一切。他仿佛已经融入了整片天地，自己仿佛已经是残破世界的一部分，身心沉浸到一种玄妙之境中。

灭杀太上！褪尽魔性！如何摆脱两套玄功呢？"轰！"最终，辰南身上爆发出一片灿烂的光芒，他整个人沉浸到了神识海深处。在无尽的神识海中极速飞行，而后一掌劈碎前方的一片蒙蒙混沌，将一个蚕蛹般的人形物打落了出来。

辰南道："太上辰南，我助你恢复功力！"一个白发少年自蚕蛹中破茧而出，不过八九岁的样子，他用充满仇恨的目光注视着辰南，道："我隐藏得这么好也被你发觉了！"辰南道："哼，你的一切都在我的关注下，我知道你不是那么容易死的。重新修炼的过程会很痛苦，但是终究还有能站起来的时候，你隐忍得已经算很好了。"看着深不可测的本体辰南，白发太上辰南仰着头，厉声道："你究竟想怎样？"辰南道："我说了，我想助你恢复功力！"

"你会这么好心，不怕我到最后反噬你？"白发太上辰南眼中闪烁着狼一般的光芒，凶残而又狠戾。"如果你真有那样的实力，随你！"本体辰南非常镇静。说罢，他竟然真的逆转元力，让蕴藏在身体中的强大力量向前方那道影迹冲去，开始滋润那个受创的灵魂，让他快速地壮大。

"哈哈哈哈……"太上辰南疯狂大笑道，"你这是养虎为患，到时候我绝不会因此手软！"说到底就算他绝情绝性，但终究是从辰南的人格分裂出去的，有着辰南不屈与高傲的一面。如今，这样被人救助，等于施舍一般，他心中虽然有期待，但更多的是愤怒与苦闷。不过，这一切在凶残的冷酷性情下，都不重要了。只要有机会恢复，那么他将展开疯狂的报复！"我给你机会！"本体辰南很平静，但声音却很冷。说话间，体内蕴含的本属于太上辰南的强大元力全都被打入了他的体内。

白发太上辰南仰头狂笑，在一瞬间，他已经由一个八九岁的小童变成了一个青年，他冷笑道："不要以为我还是原来的我，到如今我已经是一个真正的天阶高手了，而且不同于一般的天阶高手，我修炼的是天界第一奇功《太上忘情录》！"神识海没有任何能量波动，但无声无息间一只巨掌出现在太上辰南身旁，一掌将他扇飞了。本体辰南平静道："我现在用的是人间界的启蒙武学，三流招法！"

"你！"太上辰南听闻这句话，心中有些发堵，虽然方才是他大意，算不得什么，但毕竟被打倒了，最后道，"那好吧，我们真正地决一生死吧！"辰南笑了笑，并没有应答，而是一脚踢开了远方的一片混沌，"轰"的一声巨响，一股魔气爆发而出，一个五六岁的小童跌落出来，一双大眼满是惊怒之色。"魔性辰南？！"白发太上辰南大怒，道，"上次要不是你，我们何至于落得如此境地！""哼！"魔性辰南冷笑道，"我当是谁，原来是被我干掉的废柴！"

白发太上辰南大怒道："上次我不过是借你之手，进行第二次蜕变而已。不信的话，现在再来一战！""败了就是败了，说再多也没用！"魔性辰南不过五六岁的样子，如此狂妄实在令太上辰南窝火。本体辰南看着五六岁的魔性辰南，道："现在我也为你恢复元力！"魔性辰南道："真的？你就不怕我与他联手对付你？！"

时间法则打出，而后体内蕴含的庞大元气快速涌动而来，向着魔性辰南奔涌而去，他弱小的身体快速膨胀起来，不过短短一刻钟就由一个孩童化成了一个黑发青年，满身魔气缭绕，双目中透发着可怕的光芒。"哈哈哈哈……"这个时候，白发太上辰南与魔性辰南同时大笑了起来，他们一同向着本体辰南扑去。根本没有任何犹豫，仿似早有默契一般。

"你这自大狂，竟敢同时放我们两个出来，去死吧！""今日我们要灭杀本体，破而后立！"两人疯狂大吼着，一个邪气滔天，一个魔云压顶，当真狂霸不可一世！"紫气东来，太上封魔！"白发太上辰南一声大喝过后，神识海中充满了无尽的紫气，向着辰南笼罩而去，像绵绵无尽的山岳般逼人。"唤我真魔，魔惊天下！"魔性辰南化成千百丈巨魔，张着血盆巨口向辰南吞噬而去。

本体辰南很平静，在可怕的攻击临身的刹那，自原地消失，而后突兀地出现在太上辰南身前，一拳轰击而下，当胸贯穿而过，口中喝道："看清没？这是人间界最最常见的三流招式！"太上辰南被打穿前胸，当场凄厉吼啸，施展出无上心法，挣脱了出去。其实，辰南在他动作前已经退走了，已经出现在魔性辰南的身前，一脚踢出，正踏在他的后腰之上，当场也是穿透而过，令魔性辰南惨叫。

随后，辰南飘然而退，道："还是去现实中打吧，不然在这里你们的思感都能被我感知到，你们的所有动作都已经先被我洞悉，根本无法与我为敌。"太上辰南与魔性辰南同时冷哼，心中却是愤愤不已，以前他们与本体辰南的心灵是相通的，可以感知到彼此的思感，但是现在他们已经成了附属，完全无法感应到对方的思感了，而对方却能够知道他们在想什么。

光芒闪现，他们已经离开了辰南的神识海，出现在碧波万顷的大海上空。不过两个分化出的辰南并没有肉体，没有肉体他们是无法摆脱本体辰南的，那是他们的寄身之所，这样本体辰南不担心他们逃走。"为公平起见，我不会仗持肉体对付你们，来吧，实话告诉你们，今天你们当中有一个人要死，彻底地灭绝！"辰南冷冷地道。

"哼，那就来个彻底了结吧！"分化出的两个辰南，现在是同仇敌忾，各展最强绝学向前杀去。太上辰南大喝道："斗转星移，太上诛魔！"

"轰！"本体辰南用非常普通的一拳将太上辰南轰飞了，而后对着他道："忘记告诉你了，这里是残破的世界，没有星辰之力供你借用！"

"该死！"太上辰南大吼，道，"天地逆转，乾坤发力！诛灭！"随着他的大喝，天地仿佛要翻转过来一般，磅礴浩瀚的能量自神秘的高天与大地向着本体辰南奔涌而去，仿佛要将之撕裂一般。与此同时，魔性辰南化成千百丈巨魔杀到了，魔爪铺天盖地而下，暗黑魔气笼罩碧海上空，荡起无尽的风暴，引得下方碧海动荡，海啸冲天。

"好，就是这样！"本体辰南大喝，迎了上去，他不用太上忘情玄功，也不用《唤魔经》心法，他强行用最普通的心法，运转体内的元力，以简单而有效的人间招式，对抗两大强者。这一战直打得海啸不断，巨浪涌上了高天，大海如同沸腾了一般！高天更是不断崩碎，一幅世界末日般的景象。

大战惨烈无比，本体辰南同时大战二人，并没有任何优势，他的身体几次近乎崩裂，血染青天！最为严重的一次，更是险些粉碎！他如此做，并不是嫌命长，自寻麻烦，他要突破，他要扫除障碍，一切都要从最本质的问题入手！既然起因在太上与魔，那么他就要亲手打破这种封锁！太上辰南与魔性辰南想破而后立，本体辰南遇到的问题，何尝不是如此呢？用真正的实力，亲手灭杀太上辰南与魔性辰南，就是他的"破"！至于如何"立"，还要看他如何"悟"！

这一战打得昏天暗地，风云变幻，海陆剧震，于残破的世界来说，当真是一场大动荡！最后，他们更是打到了残破世界的边缘地带，太上辰南直接召唤来星辰之力，想要封魔！无尽璀璨星光照耀而下，全部向着本体辰南遮笼而去，当真想要将他熔炼。魔性辰南更是气吞山河，荡起无尽魔气，以盖世威压狂攻辰南。

惨烈的大战让人间与天界皆惊，许多高手向这里赶来，四祖与五祖以及痞子龙等人更第一时间赶到了现场，他们吃惊地望着大战中的三人，实在不知道该帮谁好。本体辰南浑身是血，这场激烈的大战已经持续了一天一夜，当真是一场异常艰苦的死战。最终，战场再次转回了残破的世界，本体辰南终究劈碎了太上辰南，彻底灭杀了他的灵魂，在这一刻他仿佛解开了一个心结，一种冲破封锁的快感涌上心间。

本体辰南满身都是血迹，残破的战袍随风猎猎作响，乱发更是狂舞，在这一刻本体辰南比魔性辰南更具有魔性！透发的气势无比逼人！魔性辰南叹道："死就死，没什么大不了的，这次我不用你动手，这一次我自己来！"说到这里，他就要自裁。但是，本体辰南以法力定住了他，冷冷地道："你的生死由我决定！"而后一掌击在魔性辰南的脑海，在刹那间抹杀了他全部的灵识，但是他的灵魂之躯却被保存了下来。本体辰南自语道："你的灵魂之身还不能死！"而后将之禁锢在了神识海中。

以真正实力诛杀了太上辰南，褪尽了魔性辰南，在这一刻，本体辰南有一种如释重负的感觉。他盘膝坐在碧海上空，神识一片空灵，沉浸到一种妙境之中。腐朽、不死、神魔等联想，浮现于他脑海中。人世浮沉，百代也不过匆匆一瞬间，在历史的车轮下，任何伟大的王朝、不朽的杰出建筑都将化归尘土。

人生如梦，奋斗一生，转瞬间也将腐朽。因为想不死，从而也就有了神魔纵横，为神为魔者跨出了关键性的一步，从此逃离生老病死，迈向永生不朽之境。但是，这个世界永远没有绝对，为神魔者到头来也难以逃脱那天地动荡，任你修为通神、法力无边，在那无情无欲的神魔大劫中，一样要灰飞烟灭。不死，怎样才算不死？永远，怎样才算永远？没有人能够说得清。

穿越宇宙洪荒，炼化天地玄黄，纵使摆脱六道轮回，也难逃那天地动荡！

在这一刻，辰南心中不断飘荡出这样奇怪的感悟，他的心神仿佛贯穿了宇宙洪荒，在芸芸众生之上俯视。已经感觉不到时间的流逝，辰南静静端坐云端，思感在穿越无尽的时空，在没有边界的精神领域驰骋。在这一刻，他仿佛化成了日月星辰，俯视着人世浮沉，他又仿佛化成了一粒微尘，在茫茫宇宙中独自旅行。

这种感觉实在太奇妙了。他不断有全新的体验，星空、黑暗、虚无……无尽的星空在心间闪耀，浩瀚无垠的星海透发着璀璨的星光，而后暗黑笼罩寰宇，吞噬一切光束，整片天地化成一片虚无的所在，而后归于混沌。辰南就这样神游太虚之外，在精神的世界中不断穿行。也不知道过了多久，他才醒过来。抬眼望去，天还是那天，依然湛蓝如洗，水还是那水，依然碧波万顷、浩瀚无边，地还是那地，依然广阔无边、方圆万万里。

在神游太虚的过程中，这一切都曾变过，他曾经看到天崩地裂、怒海决波、大陆漂移……眼前这一切，没有任何改变，这种常态让他恍然若梦，一切是如此熟悉而又陌生。辰南抬手向着大海中印去，无声无息间茫茫大海中出现一个巨大的掌印，压迫着海水分向四周，海水中出现一片真空地带，形状为巨大的掌印！而后，他翻掌向天，无尽碧海，竟然随之涨了起来！

下方的海水不断地上升，最后竟然连接到高天之上，一直升至辰南的脚下。一切都是无声无息，根本没有动用任何元气波动。法则！元力！一切都是统一的，内在本质相同，不过表现形式不一样罢了。就像那神秘的道术与奇诡的魔法一般，外不同内相近，表现出的种种大神通结果是一样的。

几个月的参悟，辰南并没有多大的变化，体内元力还是那么多，不过精神境界似乎提升了不少。因为他只是一个人，而非一个无所不能的主宰者。短短几个月不可能立时功参造化、六界无敌，那是不现实的！他现在已经摸索到了边缘，渐渐看清了方向，知道自己该走怎样的道路了，不再追寻前人的脚步，不再走别人走过的道路，将开创一条只属于他自己的大道！

没有任何犹豫，辰南开始摧毁体内的太上元力，开始重塑经脉，让一切恢复原样。当初，《太上忘情录》之霸道，超乎辰南的想象，摧毁了他所有的经脉，让他的身体化成了太上玄功运转的容器，与普通人的经脉构造大不相同。如今，辰南斩杀了太上辰南，绝灭了这一玄功，他要改变这一切，所有的都将复原。他并不认为太上开创出来的人体经脉图有多好，反倒认为普通的人体构造才是最佳的。

因为他是一个人，无论他的境界现在是否是神，或者超越了神，但是他是由人而来的，一切都由人开始。既然人这种生物生生不息繁衍下来，开创出一个个繁荣文明的盛世，足以说明其灵长地位。太上这种非人生物，不是辰南的目标，不是将要走的道路，一切"以人为本"，按照人体脉络图，发展出适合自己的功法。

"啊——"一声大吼，辰南浑身血肉模糊，条条经脉都突出了体肤，而后爆裂开来，浑身上下满是血迹，他就这样站在高空中，恢复着自己的躯体，努力地抹杀过去的一切！一条淡淡的影子自他身体中飘出，辰南抬手一把抓在手中，令之彻底地粉碎覆灭，太上玄功运转的一缕无情残魂彻底成为飞灰。

条条筋脉都重组，辰南的身体竟然发出了阵阵雷鸣之响，在他的周围出现一道道闪电，可怕的电光环绕着他的身体，皮肤闪烁着灿灿宝光，仿似精金浇铸而成的一般。直至最后一声惊雷爆响，辰南的身体爆发出一片绚烂的光辉，整个躯体如永恒不灭体一般强大无比，毫无疑问其内蕴含着无比可怕的力量。辰南道："走自己的路！"

升腾起的海水缓缓降落而下。云淡风轻，一切都是那样自然。辰南心有明悟，最后道："该上路了，一切都在摸索中创出。"远方，关注这里的不少人都开始向这里飞来。四祖与五祖在最前方，而后是痞子龙、龙宝宝、龙儿、空空与依依，此外还有潜龙、玄奘等人，众人快速将辰南围在了里面。

辰南当然知道他们都想进入第三界，去那传说中的强者放逐之地。但是，他有些皱眉，这么多人，但实力并不是多么强大，第三界可是天阶强者的牢狱啊，除了龙宝宝外，众人都不是真正的天阶高手，龙儿也不过天阶初级而已，如何面对那一界的凶险呢？

四祖与五祖不打算去，但是并不反对众人同去，似乎看出了辰南的担忧，四祖将辰南拉到了一旁，传音道："狮子的朋友不可能是绵羊，他们的潜力究竟有多大，没人能够说清。你要知道，当天地大动荡来临时，就像一块巨大的磁石在沙地中翻滚一般，唯有真正的铁钉才会聚集到一起，被吸附上来。强者遇到一起并非巧合，冥冥之中就是有这样一股力量，让所有在大动荡中将崭露头角的人都聚集到一起。他们既然百战不死，在最短的时间内创造奇迹，一路由人间升为天界的顶级强者，自然是有着必然的道理的！"

辰南若有所思，而后郑重点头。天地为一熔炉，为精金者越炼越精。自开天辟地以来，也不知道有多少英杰，到头来化归虚无，唯有很少一部分人顽强地活了下来，他们历经千劫万险，始终保持灵识不灭！活下者为精金！在这个大动荡的时代，在这六界大风暴即将来临的年代，所有"精金"绝不可能再沉寂了，必然都将大放异彩。虽然有可能还短暂地被泥沙蒙蔽着，但是照亮山河的那一刻也许不远了。

就在这个时候，一条高大伟岸的身影自远方走来，口中吟诵着："我有明珠一颗，久被尘劳关锁，今朝尘尽光生，照破青山万朵！"来人竟然是大魔，小六道中魔师的弟子！他居然出关了。辰南大声喊道："你要去哪里照亮山河？""我师父让我去第三界！"大魔的气质有些变化，煞气少了许多，神态从容了不少。

辰南看着眼前众人，一阵思索，谁能说这些不是蒙尘明珠呢？既然他们愿意去，何必相阻呢？当然，有些人可能注定成为尘沙，永远地湮灭在第三界中！这是个人的选择，各自结果如何，全靠他们自己。辰南大喝道："好，大家同去第三界碰机缘，但是第三界是一个特殊的所在，在进入的过程中，我们可能会在时空通道中被分散到不同地方。他日，如若不死，我们再相聚！"

大魔、玄奘、潜龙、紫金神龙、龙宝宝、龙儿、空空、依依都坚定地走了过来，而在这个时候，远空又传来喊声，龙舞飘然飞至。另一个方向，久未相见的东方长明也飞了过来。最后，澹台璇、梦可儿、小公主竟然也赶到了。人员真的很奇特，辰南不知道最后都有谁能够活下来！

在更远处，还有一些人默默注视着，这些人包括南宫仙儿、法祖、西方众神、东方修者。里面有不少辰南的旧识，比如已经在小公主的帮助下晋升入了仙人之境的楚国绝色大公主楚月，不，或者应该说是楚国现任女皇。

还有，一个淫荡风骚的家伙正站在南宫仙儿的身边，抱着一个小婴儿，对着辰南挥手道："辰南兄，你们去创造世界吧，我去创造生命。"正是抱着自己宝贝儿子的南宫吟。而他旁边赫然站着梦可儿的师姐王琳，正在死劲地掐着南宫吟的手臂。两个对立的人竟然已经结成了夫妻。不远处，混天小魔王项天神情复杂地看着辰南等人，但是并没有跟去，他决定只在天界修炼。更远处，还有圣战天使纳兰若水……

第三界是一个未知的所在，充满了无尽的神秘，非天阶高手难以进入，可想而知那里有多么可怕。辰南与龙宝宝为众人当中的最强者，理所当然要负责破碎虚空，带领众人进入传说中的第三界。一片绚烂的光芒自辰南的身体爆发而出，传说中的第三界终于洞开了，一片白茫茫的光辉照耀在天地间！

太古诸神，为百炼之精金，是自开天辟地以来始终未死的人，是真正顽强活下来的英杰。这部分人以坚毅的精神面对大毁灭，他们苦苦挣扎与反抗，只是为了活下去。大部分被困在永恒的时空隧道中，在无尽的孤寂中忍耐与等待，他们究竟何时回归很难说，虽然传说中的时间即将临近，但是变数太大了！谁能知道其间会发生什么？另一部分太古诸神在太古一战中存活了下来，并没有进入时空隧道，但当中大多数人都进入了第三界！

辰南他们破碎虚空，向着传说中的第三界进发而去。然而就在这个时候，残破的世界与人间相连的通道入口忽然被打入一片绚烂的光芒，无边无际的神秘之光在刹那间冲至眼前，笼罩了即将进入第三界的一群强者身上！辰南与龙宝宝这对破碎虚空的主力感觉身形剧震，一个浩瀚的力量与他们的力量作用在了一起，同时似乎有无数的神魔之魂在咆哮，在这一刻他们吃惊地发现，虚空破碎后出现的时空通道似乎有些扭曲了！

不过，这个时候容不得他们细想，另一界便将所有人都吞了进去！而此时，绚烂光芒急退而去，碧海上空一片平静，所有强者都消失了。观望的人一阵惊疑，不知道方才那短暂的一瞬间发生了什么变故。遥远的神魔陵园，神秘青年缓缓将退回来的绚烂光芒纳入体内，而后消失在地下祖脉中。空间通道内，无数的分岔通向另一界的各地，在这神秘的隧道内，众人被快速分开了。

唯有空空带着妹妹依依不受影响，他能够穿越一切阻挡，始终跟在辰南的身边。当然，辰南也牢牢地锁定了他们，这两个孩子太小了，他实在放心不下。原以为他们会跑到梦可儿与澹台璇的身边，但没有想到两个小家伙腻在了他的身边，一左一右爬上了他的肩头，搂住了他的脖子。空间大动荡，辰南他们跌落出空间通道。周围的身影全部消失了，唯有两个小鬼赖在他的肩头。

"哇哦，老爹快看啊，这里好恐怖呀！""老爹，我们不会下地狱了吧？"两个小鬼大呼小叫。天色无比阴暗，空中布满了铅云，灰蒙蒙一片，令这片世界显得有些压抑。附近有几座石山，光秃秃一片，没有一点绿色，石山缭绕着带状黑雾，如妖云一般有些森然。而在他们脚下则有不少枯骨，也不知道过去了多少年，这些不知道是人还是动物的骸骨都已经风化了，骨架已经出现孔洞，脚踩在上面瞬间就会令之化成骨粉。

白骨不是特别多，但分布却很广，从他们脚下一直到附近的石山，稀稀落落地散落着，令这里显得荒凉而又孤寂，同时邪异无比。空空与依依苦着小脸，同时道："这是什么鬼地方啊，原以为会很好玩呢，没有想到这么无趣，老爹，我们快离开这里吧。"辰南没有理会两个小鬼，静静打量着周围的一切，刚刚进入传说中的第三界，他格外谨慎与小心，同时联想到破碎虚空时突然而至的光芒，总觉得有些不踏实。

辰南仔细地观看着每一寸地方，带着两个古灵精怪的小家伙，爬上了一座石山，不过四五百米高，却甚是陡峭。辰南皱眉，这石山应该是大战的产物，似乎是被利器生生削落、劈砍出来的，附近的几座石山莫不是如此。这更加让他认定，这里散落的骸骨都不是简单之辈，当年恐怕最起码也有天阶初级的修为了。

当登上一座石山顶峰时，辰南立时一惊，竟然感觉到了一股不弱的生命脉动！一堆乱石丛中，巨石之下似乎有一道大裂缝，辰南一掌将之轰开。但同时一股强大的掌力向他横扫过来，威势逼人。居然有活人！辰南并不惧怕，没有费多少力气就击溃了那道掌力，同时神力运转而出，石山顶上的所有巨石都如稻草般飞向远方。山顶之上，一道大裂缝内，一个骷髅骨架匍匐在那里，身上涌动着淡淡的光芒。

"老爹，他长了翅膀，有骨翼！"空空叫道。骷髅骨架背后竟然有六对羽翼！显然是类似天使般的生物！如果没有意外的话，他可能就是十二翼天使！不过，他的骨架并非如寻常天使那般是金色的，非常普通，与常人之骨无异，但是辰南却感知到了其骸骨之坚硬，绝不下于神兵利器。这是在新奇的世界，辰南遇到的第一个智慧型生物。

辰南平静地问道："你是谁？"骷髅早已无血肉，唯有一层朦胧的光华笼罩着骸骨，他艰难地抬起头来，眼窝中有幽冥鬼焰闪动，而后露出疯狂之色，一声鬼哭神泣般的可怕嚎叫，让人头皮发麻，惨白的鬼爪恶狠狠地向辰南抓去。

两个小鬼这个时候出奇地镇静，并没有露出害怕之色，辰南一掌盖下，瞬间将鬼爪截断了。他皱了皱眉头，已经感应到了对方的精神波动，这似乎是一个疯子，心绪非常狂乱，根本无法沟通。最终，辰南发现这个骷髅早已死去了，不过是一股怨念未散而已，他强行破入对方的残存精神烙印中想要有所发现，结果只得到一条信息：杂种魔主！这个怨念不散的十二翼天使，残存的灵识中唯有这样一句话，可想而知怨气有多大。

辰南笑了，魔主被人如此咒骂，还真是新鲜。究竟发生了什么，他并不在意，天下有太多的秘密，不可能每件事情都被了解。"老爹，他手里有东西！"瓷娃娃小依依，眼神特别敏锐，提醒辰南。掰开骷髅的左手，一块小木牌落入辰南手中，两指宽、一指长，黑乎乎没有任何光泽，却透发着古朴的气息，而且非常沉重，竟然比同体积的精铁还要重上几倍。

这定然不是凡品，毕竟附近发现的一些神兵利器都已经被腐蚀得不成样子了，而过去无尽岁月后小木牌依然无恙，可称得上神异。上面雕刻着一些歪歪曲曲的蝌蚪文，辰南一个符号也不通晓，根本不知道是什么意思。

"这种字体看着有些眼熟！"空空与依依同时小声嘟囔。辰南却吓了一大跳，这两个小鬼平日在月亮之上总是逃课，根本不曾仔细练习现代字，他们说眼熟那意义就大了！两人都是大破灭前的至尊人物转生，这块小木牌极有可能是大破灭前的产物！十二翼骷髅天使打出那几掌后，就彻底地沉寂不动了。辰南持着小木牌左看右看，也难以琢磨出一些门道，不禁在地上按照上面的蝌蚪文划刻起来，在石地上划刻完毕后，突然爆发出一片绚烂的光芒，整座石山神光耀眼。

在隆隆巨响声中，石山竟然从中间断裂，峰顶载着辰南他们拔地而起，竟然飞了起来！整片阴霾的天空都被照亮了，一个巨大的石台载着辰南飞快向着东方飞去，沿途一片荒凉，是无尽的乱石岗，没有一点绿色。下方景物飞快倒退而过，耳畔风声呼呼作响。辰南不是不能飞离或者跳下石台，但是他有些吃惊，想看看被划刻上神秘符号的石台究竟想把他们带到何方。

"哇哦，好玩，好玩！""嘻嘻，太有趣了！"两个小鬼在石台上又蹦又跳，感觉非常新奇。辰南却笑不出来，他时刻关注着前方，已经做好了必要的准备。"咔嚓！"前方的乱石岗中突然出现一道道巨大的闪电，漫天电蛇飞舞，将虚空裂开一道道缝隙。

辰南道："你们两个站到我身后！"两个小家伙有时候很调皮，但这种场合却非常乖，"嗖嗖"两声跑到了辰南背后。辰南双掌不断划动，一股奇异的波动荡漾而出，这是辰南近几个月来自悟的法诀，蒙蒙光辉将所有的闪电都推了出去，石台载着他们顺利飞过。

前方是一片奇异的场景，方才还是死气沉沉呢，现在却显得生机勃勃，空中悬浮着许多植物。下方依然是乱石岗，高天之上依然是无尽灰暗的云朵，但是这之间却生机勃勃，所有的植被都浮在虚空中，这是一幅奇异的画面，让人很是不解。五颜六色的花朵，高大葱碧的绿树，它们鲜嫩欲滴，清新无比，绝非幻象，这是一片空中丛林，占地极其广阔，辰南他们穿行了十几里才到尽头。同时，他们的目的地也到了，就在前方。一道如瀑布般的天幕自无尽的云端垂落而下，那是一面巨大而又无比神秘的光壁，拦住了他们的去路。

圣洁的霞光柔和地辐射着，莹莹光壁内流转着一股怪异的力量，奇特波动慢慢荡漾开来。石台载着辰南他们直冲而来，想要就这样穿过去。"轰！"石台崩碎，光幕似乎蕴含着极其邪异的力量，在刹那间将石台化成了粉末。好在辰南早有防备，提前跳了下来，两个小家伙抓着他的衣角站在他背后，好奇地打量着眼前的一切。

这个时候，辰南忽然感觉手中的小木牌颤动了起来，他若有所悟，一步步走上前去，将小木牌触向光壁。这个时候，奇异的事情发生了，他的整条臂膀竟然毫不费力地穿透进光壁中，这小木牌似乎是一把钥匙！"哦，好耶！"身后的两个小鬼一起欢呼，攥着辰南的衣角，与他一起向光壁中走去。

辰南带着两个小鬼，持着神秘无比的小木牌顺利穿入光壁中。在前一刻，这片绚烂的光壁还如铜墙铁壁一般呢，将接近的石台都绞成了粉末，在这一刻却如水波一般柔软。走在里面感觉暖洋洋，如沐春风一般舒适，让人全身都放松，两个小家伙更是调皮地又叫又跳，这一切对于他们来说都很新奇，两个小东西本来就是因贪玩而追随来的，现在高兴得不得了。

辰南却不敢有丝毫放松，紧紧地握着手中的小木牌，生怕失落在地，那样危险就大了，说不定三人瞬间会化成粉尘。到了现在，他已经确定小木牌定然是类似钥匙般的器物，真不知道这里有着怎样的秘密，会有这样神秘的布置。光壁出乎意料地长，辰南带着两个小东西走了很长时间，都不见尽头，仿佛可以永远这样走下去。直至又过了两个时辰，还无法看到出路，辰南觉得有些不寻常了。两个小家伙更是已经失去了新鲜感，开始小声抱怨起来。不过，就在辰南心中不安的时候，光壁似乎渐渐稀薄了，仿佛已经到了边缘地带，光芒不似方才那般绚烂，能够看清不远处的道路了。

光壁越来越稀薄，直至光芒一闪，他们走出了神秘的光壁，出现在一片全新的世界。无尽的灵气迎面扑来，天地间馥郁芬芳，这简直是一片圣土！入眼处，无尽的植被全部透发着神光，奇花异草遍地皆是，神树仙藤灿灿生光，无尽的生之气息在流动，漫天的花瓣在飘舞，灵气之浓郁堪比生命源泉的所在地。不仅平地、山峦之上到处都是神异的植被，就连空中也都是无尽的花草，没有土壤、没有水分，鲜花依然姹紫嫣红，绿树依然青碧翠绿，这简直就是一片神园。一切都是那么不可思议！

辰南将强大无比的神识透发了出去，探查这片无比神秘的净土。很快，至强的神识探到了尽头，这片地域方圆能有数百里，竟是一个封闭的空间，仿佛与外界彻底地隔离。这让辰南露出了思索的神色，进入这片空间需要的小木牌，似乎是大破灭前的产物，难道说这片奇异的空间在重开天地前就已经存在，难道说这是大破灭前保留下来的一方空间？如果真是这样的话，真是让人吃惊而又期待。

这个时候，小依依渐渐露出了迷茫之色，不再像往常那般调皮，自语道："我怎么有一股熟悉的感觉呢，这里似乎怪怪的！"说到这里，她使劲抱了抱辰南的脖子，道："老爹抱抱，我不想离开老爹。"辰南根本没有注意这怪异的话语。就这样，辰南带着他们向前走去，穿过神树密林，步过仙花之海，行到了这片奇异世界的中心地带。

一幅震撼性的画面，让辰南一阵发呆。一株古树，当真可谓参天！巨大的主干，直径足有上千米，伸展开来的枝干，一直消失在天际尽头，实在巨大得让人难以相信！这当真是古往今来第一树！不过，这株古树没有半丝生机，没有一片叶子，巨大的枝干虽然伸展开来无数的枝丫，但是光秃秃一片，了无生气。沧桑古老的气息在弥漫，这株巨树仿佛亘古以来便在这里一般！

"好奇怪哦！"空空眨动着大眼，道，"这片世界，其他地方都生机勃勃，充满了无尽的灵气，唯有这里一株巨树失去活力，没有半丝生气，真是很怪异的感觉。"而这个时候，小依依仿佛失去灵魂一般，一双水灵灵的大眼盯着巨树，喃喃道："依依觉得很熟悉。"辰南心中一跳，猜到了某种可能，带着两个孩子绕着巨树开始走动。当他们转到巨树的另一面时，辰南心中一紧，看到这一面巨树的树心部分竟然被掏空了。

辰南回过头来看着肩头的小依依，心中复杂无比，如果没有猜错的话，这可能就是依依当年的本体啊！传说中，在最古老的过去，有几位至尊级的人物死去，他们的本体被炼制成了名震千古的神兵。眼前的古树缺少了树心，多半就是那神兵的原料与精魂！

"老爹，我心里好难过呀！"依依抱着辰南的脖子，在这一刻分外乖巧，有些不似寻常那个调皮的小丫头了。"依依，你怎么了？"辰南有些担忧。"老爹，我想睡觉。"小依依在辰南的肩头竟然闭上了眼睛，长长的睫毛一眨一眨的，不多时竟然进入了梦乡。"妹妹怎么了？"空空有些好奇。辰南露出思索神色。但是不多时，他便难以保持平静了。依依的身体竟然开始虚淡化，身影竟然模糊了。

"依依！""妹妹！"辰南与空空都惊叫，辰南用手想触摸依依，将之唤醒，但是发觉已经晚了。依依似一道虚影一般飘了起来，向着那株古树飞去，而这个时候她自己也醒了过来。"老爹，我也不知道自己怎么了，我想进入那株大树去睡觉。"说完这些话，依依的身影竟然没入了那株参天巨树中，而缺少的树心部分竟然渐渐平了，再无坑洼！

"还我妹妹来！"空空急了，就要冲上去。辰南一把拉住了他，道："别乱来，依依没事。"随后，辰南大叫道："依依先不要睡，快跟老爹说说话。""可是老爹，我真的很困呀。"大树中传来小依依慵懒的声音。"依依，你有没有其他特别的感觉，比如说感知到什么信息或画面？"辰南问道。依依道："没有，我就是想睡觉，想睡很长很长的时间，老爹，我真的坚持不住了，困。"

辰南道："好吧，依依你睡吧，以后老爹来接你。""好的。"依依再无声音，似乎进入了梦乡。原本死寂的古树，在这一刻轻轻颤动了一下，而后四面八方无尽的灵气全部向这里汇聚而来，远处那些神异的植被更是轻轻摇动起来，透发出璀璨的绿光，一道道光束像光雨一般汇聚而来。

"哇哦，老爹，这到底怎么了，妹妹不会变成怪树了吧，实在太震撼了。"空空惊叫。辰南心中暗道：也不知道你以后会不会有变化，如果有的话，可不是震撼那么简单了。辰南带着空空离开了这里，穿过那片树林时，发现所有草木都哗啦啦地摇颤着，无尽的灵气向那早已干裂死亡的古树涌动而去。

空空道："老爹呀，我们就把妹妹丢在这里了吗？"辰南道："不是丢，你妹妹有了大机遇，她要沉睡很久很久，以后我们来接她，你要努力呀，你妹妹以后会变得非常强大！"当来到那片光壁时，辰南发现光壁也闪烁着光芒，无尽的神芒同样向古树方向汇集而去。辰南持着小木牌领着空空顺利走出了光壁，而后略微犹豫地将小木牌使劲地打入了光壁里面的那片空间。

空空道："哇哦，老爹，你怎么把它丢进去了，以后我们怎么进去接妹妹啊？"辰南道："放心吧，以后你妹妹会从里面打开接我们进去的。不然，将那个钥匙带在身边，我实在不放心，万一失落，可能会对你妹妹有什么影响。"他们沿原路返回，穿过飘浮的植被，穿过雷区，又到了那荒芜的乱石岗所在地。用心记下这个地域，辰南带着空空冲天而起，向着远方广阔的大陆飞去。

"唉，总是和妹妹在一起，没有她在身边真是不习惯呀。"小空空一副唉声叹气的样子，道，"老爹赶紧给我添几个弟弟妹妹吧。"听到这句话，辰南身体一晃，险些坠落下去，使劲地敲了这个调皮小鬼一记，道："不许乱说！""本来就是嘛！"空空小声嘀咕，而后突然大叫起来，道，"哎呀，我感觉到了老妈的气息，老妈有难啊，老爹你英雄救美的时刻到了，看来我真的要添几个弟弟妹妹了。"

"你这小鬼！"辰南真想揍他，这孩子太调皮了，真是口无遮拦，道，"不要乱说，我都没有什么感应，你怎么可能感应到呢？！"空空道："是真的，我真的感应到老妈的气息了。你没听说过母子连心吗，虽然我不是她生的，但是她也算我半个老妈啊。不信，我们朝东南方向飞。"辰南半信半疑，带着空空朝着东南方向飞去，不多时他真的感觉到了熟悉的气息，似乎真的是澹台璇在和人战斗！

辰南直接破碎虚空，利用空间本源的力量，穿越而去，在刹那间出现在远方。下方依然是无尽的乱石林，澹台璇白衣胜雪，清丽出尘，不沾染半点尘世气息，周身透发着无尽的光芒，将她衬托得更加姿容绝世，当真如九天玄女临尘一般。与之争斗的不是人，也不是有灵识的生物，而是一座古阵，她误入乱石林中，被石阵困在了里面，一时

312

间无法脱离，乱石阵射出一道道紫色光束，如蛛网一般交织在一起，将她困在了正中央。

"最最年轻漂亮的妈妈，你最最可爱宝贝的儿子来救你了！"空空隔着老远就大叫。辰南敲了他一下，小东西嘴巴还真甜，方才没来之前还喊"老妈"呢，改口居然这么快。澹台璇看到辰南飞来，神情顿时一滞，身体透发出的绚烂光芒一阵闪烁，刹那间被乱石阵激射出的紫光推进了不少。

"漂亮妈妈不要担心，我们来了。"空空穿透空间，直接进入了阵中，想要拉着澹台璇穿越回去。但是突然发觉里面的空间被禁锢了，他竟然无法返回了。即便他擅长破开封印，但是也不可能在短时间内破出去，而紫光一道接着一道袭向他。若不是澹台璇将他护住，恐怕他就要受伤了。空空哇哇大叫："老爹快点呀，现在可不光是英雄救美女了，还要英雄救小英雄儿子了！"辰南没有冲进去，开始以大法力在外围破碎那些紫色的奇石。

"轰！"随着第一块巨石被天阶力量击碎，乱石阵一阵摇颤，交织成蛛网的紫色光束明显暗淡了些。"轰轰轰……"辰南连续挥手，随着一块块巨石崩碎，澹台璇与空空脱困而出。空空快速飞到了一旁，他在远处大叫道："老爹、漂亮妈妈，你们见面时间不多，你们慢慢聊，空空我先去前面等你们。"只是，空空还未飞走，这个时候却发生了剧变。方才的乱石阵下无声无息探出一只巨大的触手，超越了光速，在刹那间将辰南与澹台璇缠绕到了一起，拖入了一个巨大的洞穴。

突变让辰南与澹台璇都未来得及做出任何反应，就被那疙疙瘩瘩的巨大触手拖入了地下洞穴中。乱石翻滚，隆隆作响，这片石林仿佛都塌陷了下去，将那巨洞再次掩埋了。空空惊叫："哎呀，老爹老妈！章鱼怪快放开我老爹老妈！"他焦急地搓着小手，在空中来回走动。但是小家伙没敢轻举妄动，他知道辰南的修为比他强多了，辰南都被捆缚了下去，如果他贸然行动，不但帮不上忙，可能还要添乱拖累辰南。

黑暗的地下世界中，巨大的洞穴无比广阔，下方是无尽的溶洞，里面没有一丝光线，无比阴暗潮湿。不过对辰南与澹台璇来说，根本不是问题，天眼通可以扫视一切。现在，他们的状态比较尴尬，两个一直对立的男女，被那巨大的触手缠绕在一起，紧紧相贴着。辰南还好，澹台璇却是脸色一阵青一阵白，不过她不是小儿女，不可能在这种状态下尖叫，现在要想办法挣脱出去。辰南也在努力尝试崩碎巨大的触手，但是发觉根本无用，即便想要穿越空间也不行，一股奇异的力量包裹着他们，生生禁锢了这狭小的空间，可谓一座坚不可摧的牢笼。

"怎么办？"澹台璇问道。"我来想办法！"辰南暗中积蓄力量，时刻准备爆发。当看到这巨大的触手时，他立刻有不好的联想，以前不是没看到过，那不是天之化身的触手吗？巨大的触手牢牢地锁定他们，将他们拖入了更深的地底深处，下方竟然是一个深渊，仿佛无底洞一般！让人不得不感叹，这一切都实在太诡异了，天之触手出现在无底深渊中，发生得太突然了，前途难料。

在坠落下足有两千丈后，终于到了深渊之底，下方是一片开阔的洞穴，而旁边是一道滚滚沸腾的岩浆流，温度炽热无比。此外，开阔的洞穴中有数十具骸骨，都是人类的。其中竟然有几名十二翼天使，其余人类的骸骨也都闪烁着如玉的光华，这些绝不是普通人，最起码也有神皇以上，甚至天阶初级的实力。而到了这里，辰南与澹台璇也发现了这触手并非想象的那样，长不过二十几丈，远非所见到的天之化身的触手那般如山岭般绵绵不绝。

这似乎仅仅是触手的一截末梢！是断裂下来的一截末梢！没有身体，没有其他，活物仅仅是一段末梢！"为什么会这样？"澹台璇有些惊异，不过并不慌乱。辰南道："嘿，越是这样，我越觉得这里非同寻常，我们可能遇到了真正的'天身'！""你说什么？"澹台璇惊问，在这一刻忘记了两人紧紧相贴的尴尬。辰南道："我觉得这可能不是天的化身，可能是其真身的残碎片段，不然怎么可能困住我们呢！"辰南做出如此判断。

澹台璇急道："怎么办？如何脱困？"辰南道："不用急，我还有一种力量没有用，应该能够破开，它仅仅是一截残碎片段，除了坚韧结实，应该并不具备任何神通。"触手似乎没有神识，完全是凭着本能的反应，现在开始爆发出光芒，竟然要吞噬辰南与澹台璇的力量。"原来这些人都是这样死去的，真是可惜了，果真是百足之虫死而不僵！"辰南大喝道，"断！"

缠绕在辰南他们身上的触手被一股莫名的力量生生支撑了起来，而后辰南的双手不断划动，复杂而又玄秘的轨迹让这方天地几乎要崩碎了，触手被生生拘禁了起来，而后"砰"的一声震飞了出去，摔落在地。触手完全没有思感，似乎只是一种本能要吞噬辰南他们，摔落在地后再次向他们卷去。不过，这一次辰南没有再给它机会，脱离于逆乱八式第一式的法印，向前印去！

"轰！"触手在刹那间粉碎！鲜血迸溅得到处都是，沸腾的岩浆中更是涌动起一股滔天大火！"我是苍天，我是永恒不死的！"一阵微弱的精神波动传来，残碎的血肉似乎想要重组，那声音似乎是一股怨念。辰南心中一惊，这竟然是太古七君王灭掉的苍天的碎身，实在有些不可思议，不知道如何进入了这一界。他不可能给触手重组的机会，法印连续向前印去，剧烈的雷鸣声不绝于耳，最后的血肉彻底地灰飞烟灭了。就这样结束了吗？

澹台璇倾城倾国，飘逸灵动，出尘气质如琼花玉树一般清新，静静地站立在深渊之地，整个人无比空灵。"我感应到了，那是什么？"她神情凝重地问辰南。"我就知道不可能这么简单！"辰南对着奔腾的岩浆一拳向前轰去，地下整条岩浆都逆乱了，而后倒流回去！似一道巨大的火龙倒卷向那无尽的黑暗，辰南与澹台璇跳下平台，沿着岩浆退去后显露的大沟壑飞行前进。

前方火光一闪，所有沸腾的岩浆竟然凭空消失了，而后竟然喷出一道冷冽的死水！由岩石构成的沟壑都被腐蚀得不成样子。方才还是滚滚岩浆呢，现在却是极寒死水，分外怪异！辰南再次向前印去，所有死水全部倒卷而回，他们二人跟着快速冲了进去。在这尽头，他们在一个空旷的地穴中，发现了一个不可思议的场景！

一个巨大的眼球悬浮在空中，有房屋那般大小，透发着邪异的光芒，在里面竟然有岩浆与死水滚动，而后又有狂风与雷电肆虐，都是些异常可怕的画面，飞快地流转着。那绝非幻觉，因为辰南与澹台璇亲眼看到了无尽的极寒死水倒卷回了这相对来说非常渺小的眼球中！

这是怎么回事？！可以感觉到这枚巨大的眼球，震荡着一股可怕的毁灭气息！这种感觉是如此可怕，即便辰南身为天阶高手，也有一种不寒而栗之感。这是什么？难道是苍天的眼睛？！不远处，石壁上几个字证实了他们的猜想。"苍天之眼！"辰南当然不可能认得这种古老的文字，但是澹台璇传承了七绝天女的记忆，立时念出。

　　两人同时倒吸了一口凉气，毁灭的苍天，他竟然有残碎片段保留了下来，不过都没有神识入主。这也是值得庆幸的，不然有灵识的苍天残体，那定然也是非常可怕的！毕竟，他当年的毁灭，整整耗尽了七位太古君王全盛时期的功力啊！这只巨大的眼球，没有任何灵识附着，但是却有一股本能，似乎想要毁灭一切，在他的瞳孔中不断闪现出各种可怕的灾难场景！

　　"难道所谓的天罚真的和这些家伙有关吗？是他们亲自降下的？！难道不是一种普遍存在于天地间的法则力量在施为？"辰南竟然在那瞳孔中看到毁灭仙神的场景，心中不禁充满了疑惑。"轰！"滚滚岩浆突然向辰南他们喷涌而去，无穷无尽，很难想象如滔滔大河般的岩浆，是从一枚房屋大小的眼球中喷出的。辰南撕裂空间，将岩浆传送到了暗黑空间。

　　"轰！"狂暴的闪电突然自眼球爆发而出！辰南皱眉，这眼球当中有无穷灾难，难到想在他身上一一上演不成。这一次，他直接攻向了眼球，不过却等于打开了可怕的魔盒！死亡之光照射而出，毁灭的气息疯狂浩荡，可怕的神罚超乎想象地强，更有无尽的暗黑死气在一瞬间弥漫开来！整片地下深渊在一刹那变成了死域，有一股灭世般的恐怖态势！

　　在这让天阶高手都感觉难耐的死亡气息浩荡时，一股无比磅礴的生之气息突然在深渊中荡漾开来。洞穴中一片石壁崩碎了，就在隔壁，相邻死亡之眼的另一座洞穴中，一个巨大的眼球飘浮着，透发着灿灿生命之光，与死亡眼球的气息截然相反！

　　辰南与澹台璇同时震惊，又一个巨大眼球，真是出乎他们的预料。石壁之上同样刻着古老的字体："苍天之眼！"还是苍天的！一眼代表毁灭，一眼代表新生！是如此邪异而又神秘！浩荡的死亡气息，被这股庞大的生命元气生生压制了下去，或者说两者趋于平衡了！澹台璇喃喃自语道："难道就是它们将我引到这里的？""你在说什么？"辰南惊异地望着澹台璇。

澹台璇道："那乱石阵之所以困住我，是因为我想深入地下，才触发了古阵。在这之前，我就感觉这地下有奇异的力量与我有关，才寻到附近的。"说到这里，澹台璇周身上下突然爆发出一片绚烂的光芒，天阶初级的修为提升到了极致境界，她神情凝重地道："我再次感应到了！""你在说什么？"辰南惊异地望着这个清丽出尘、容貌无双的女子。澹台璇并不搭话，身体笼罩着无比圣洁的光辉，越过苍天之眼，向前方冲去。

"轰！"地下深渊发生了一次大地震，一个无比神秘的地宫浮现而出，一片七彩霞光笼罩在那里，金光万道，瑞彩千条！一对恢宏古老的巨大石门轰隆隆敞开，一个无比开阔的大殿出现在辰南与澹台璇眼前，里面到处都是雕像，有的神圣无比，有的则面部狰狞……飞舞的仙子、食人的恶魔、残暴的凶龙、可怕的恶鬼、威武的神将……各种人物千姿百态，栩栩如生，所有的雕像都无比巨大。

而这些雕像的正中央，供奉着一个无比美丽的女子，当真只能存在于艺术雕像中，现实中真的难以出现，盖世仙颜如梦似幻，且整座雕像竟然有着一股灵气，仿佛真的能复生过来一般。不知道为何，辰南从这尊女神雕像中，看到了一丝澹台璇与梦可儿的特质，他心中不禁一震，难道说这乃是当年的七绝天女雕像？！

"就是你！"澹台璇如梦呓一般，对着雕像喃喃着，神情无比恍惚。"澹台璇，你怎么了？"辰南有些吃惊，急忙大喝，想要唤醒她的神识。正中央那尊如梦似幻的女神像，突然爆发出一片圣光，向澹台璇的身体笼罩而去，雕像宛如有灵一般似乎要活过来！绚烂的光芒包裹着澹台璇，让她显得更加圣洁，她与那雕像似乎建立起了某种神秘莫测的联系。

与此同时，原本悬浮、守护在地宫之外的两颗巨大的苍天之眼，快速冲进了浩大的地宫，围绕着澹台璇开始旋转起来，似乎要融入那绚烂光辉中。辰南不知道接下来将要发生什么，并不能推测出这一切对澹台璇是好还是坏。两颗房屋大小的眼球，震荡着截然相反的气息，围绕着澹台璇不停地旋转。七彩光芒连接在澹台璇与那灵动的雕像之间，她们被霞光淹没了，仿佛构建成了某种特殊的联系。

"轰！"代表毁灭的巨大眼球突然间变了颜色，眼白快速变黑，巨大的球体到了最后漆黑如墨，仿佛一个黑洞般悬浮在空中，无尽的死亡气息弥漫开来，各种灾难的场景更是浮现而出，仿佛随时会降临在大地之上。场面变得无比邪异，辰南有些焦虑，却无法出手，他不好生猛地打断澹台璇这次不知是好还是坏的际遇。

蓦然间，如黑洞般的眼球在刹那间放大了，由房屋大小快速变成小山般大小，而后挤满了整片地宫！原本光灿灿的地宫在这一刻变得漆黑如墨，整片地下深渊都处在了绝对黑暗当中，就连天眼通都无法透过那邪异而又可怕的光芒了，辰南已经无法看清里面正在发生怎样的变化。他被一股毁灭性的力量生生推出了地宫，身处地下深渊中的边缘地带，远远地离开了那里。

"怎么会这样？！"辰南已经不能坐视不理了，毁灭之眼如此发威，他感觉情况有些不妙，不惜要打断澹台璇可能进行的某种蜕变。但就在这个时候，无尽的生之气息突然扩散开来，无尽的黑暗中升腾起一股绚烂的绿光，一个硕大的眼球如同黑夜中的太阳一般冉冉升起。

不过，这却是一颗绿色的太阳，那代表生之希望的苍天之眼，已经变了颜色，通体翠绿无比！而且，它也在迅速地变大，无尽的生之气息更加浓郁，渐渐冲淡了死亡气息。而且，它的光芒越来越盛，最后炽烈绿光竟然耀得人睁不开双眼。最终，绿色光华与那无尽的黑暗仿佛中和了一般，这片地下深渊一片昏暗，不再恐怖无光，也不再光芒耀眼。最后，地宫中两颗巨大的眼睛浮浮沉沉，几乎占据了所有的空间，一颗黑暗，一颗碧绿。恐怖的毁灭气息，与无尽的生之气息都渐渐消失了。也正是因为如此，让辰南在关键时刻收住了手，不然方才地下宫殿中可能将有一场大碰撞。

七彩光芒再次迸现，同时伴随着一声瓷器碎裂般的声响，地宫正中央的那如梦似幻的女子雕像竟然崩碎了，化作一道彩光没入了澹台璇的身体。在这一刻，澹台璇整个人在刹那间缥缈了起来，给人一种极其不真实的感觉，似乎要乘风而去。这是一种玄而又玄的感觉，她仿佛经历了一场蜕变，整个人的精气神在这一刻提升到了一种玄妙的境界，变得更加灵动了！

"澹台璇，你没事吧？"辰南在远处问道。他已经做好了战斗的准备，如果对方蜕变为原来的七绝天女了，那么恶战是避免不了的。同时，他也有些担心，不知道那两颗苍天之眼对她造成了怎样的影响。"我没事！"澹台璇周身霞光闪现，她缓缓地睁开了眸子，透射出两道如梦似幻的光芒。她整个人的气质已经大变样了，在这一刻，她比从前更加从容与淡定，充满了更加自信的神采。

"当年的七绝天女寻到了苍天之眼，这乃是苍天的最精华所在，左眼代表毁灭，右眼代表新生，完全地被七绝天女炼化了。这是她为自己而专门准备的，她要君临六界，她要统率六道，这是她留给七大天女化身的宝藏！"澹台璇静静地诉说着，无比淡定与从容，她与往常显得大不相同，到了如今她已经变成了一个深不可测的天女！

"你真的没事？"辰南有些怀疑地看着她。澹台璇道："没事，你先让开，代表毁灭与新生的双瞳，将要成为七绝天女的双瞳！"不知道为何，辰南总觉得她发生了某种变化，变得高不可攀了，变得更加神圣高洁了。不过，他相信没有不好的变故发生，依言再次向后方退去。

"轰轰……"地宫中传来阵阵雷鸣之响，毁灭之眼与新生之眼，居然快速变小，爆发出无比可怕的元气波动，而后化成了寻常眼球般大小，恢复了本来的颜色，两道炽烈的光芒一闪，两颗眼球竟然融入了澹台璇的双眼！这实在太让人吃惊了！辰南惊得立时冲了过去，喝道："你在做什么？""放心，不会有任何意外发生。"澹台璇淡淡地道，"有关苍天的一切印记都早已被抹去了，现在它将永远是我的双眼！左眼毁灭万物，右眼复生一切！"

"你……"辰南惊得有些说不出话来了。澹台璇淡淡地笑了，道："你根本不必担忧，我不会成为苍天第二的，当年的七绝天女只是为了让未来的自己更加强大而已，才找到了这些罕见的材质。等到有一天，我会完全掌控双眼的力量，仅仅双眼就拥有堪比苍天的生与死的力量，但是我不会如她那般，我只是我自己！我的力量无极限！"

地宫中光芒不断闪烁，最后只剩下了柔和的霞光，澹台璇慢慢转过身来。此刻，她的一双眸子如黑宝石一般晶莹，如海水一般深邃，让人根本无法看透，她整个人变得更加出尘与高远了。虽然她静静地站立在辰南身前，但是却令辰南有一种可望而不可即的感觉，仿佛他是地上的凡夫俗子，澹台璇却是那划空而过、越来越远的仙子一般。自从进入天阶领域后，辰南已经很久没有这样的感觉了，没有一个女子能够让他这样惊异、失神！

辰南叹道："你的变化真的很大！"澹台璇道："人总是会变的！"听到澹台璇如此说，如果是在以前，辰南定然会嗤之以鼻，觉得对方在装深沉，但是这一刻他却有一种心惊肉跳的感觉，不过还好没有预感到危险。"走吧，我们离开这里。"天女澹台璇飞出了地宫，而后回眸一瞥，左眼毁灭之光扫视而过，整片地宫在隆隆巨响声中粉碎了！辰南心中一凛，道："你这是做什么？"澹台璇道："地宫已经没有必要存在了，就让它彻底地烟消云散吧。"

辰南默默无语，随着澹台璇一起冲出了深渊，而后澹台璇再次回眸凝视，毁灭之光横扫而下，无尽的岩石崩裂，随着隆隆巨响，深渊崩塌了，荡起无尽的尘沙，成了一个露天的巨坑！"啊，老爹，你们冲出来了？"如瓷娃娃般的空空正愁眉苦脸地想办法呢，不想两人冲了上来，立刻眉开眼笑地冲了上去，道，"你们最最可爱与孝顺的儿子，正想办法救你们呢！年轻漂亮的妈妈，我来给你捶捶背。"

小家伙屁颠屁颠地跑到了澹台璇身边，却被一条洁白的衣袖挡住了，空空身形一滞，而后嘿嘿笑道："最最美丽的妈妈不用儿子孝顺，那儿子赶紧禀报第一美女妈妈一个消息吧。空空想要救你们，正想办法时，却在附近捡到一个人！""什么？"辰南一惊，道，"什么人，在哪里？"在这荒寂的乱石地域，出现人迹实在罕见。澹台璇也露出关注之色。"是个老要饭的，就在那边。"空空指着远处的乱石林道。辰南率先飞了过去，澹台璇与空空也跟随在后。

一个身躯佝偻、白发稀疏的老人，一动不动地躺在石林间，皮肤褶皱得像干瘪的橘子皮一般，整个人苍老得不成样子。"啊！"辰南大吃一惊，道，"怎么会……"竟然是那守墓老人！他心中焉能有不惊之理，一别十几年了，没有想到再次见面，会是这个样子！无所不能、自称想死都不成的守墓老人，气息混乱，昏迷不醒，衣衫更是破碎邋遢，真如一个老要饭一般，狼狈到极点。到底发生了什么？

辰南急忙飞了下去，心中非常激动，终于在这片陌生的世界见到了一个熟人！辰南道："前辈，你这是怎么了？""老爹，你认识他？"空空眨动着大眼，道，"这个老要饭刚才骗我的东西吃！太可恶了！"辰南明白守墓老人定然遇到了一系列不可想象的事情，不然以号称"老不死"的身份，何至于这样狼狈呢！"前辈你醒醒！"辰南向他体内不断地输送元气。

过了好半天，守墓老人才醒转过来，看到辰南的刹那，大叫道："我终于逃出来了，我终于逃出来了！"

第六章
轮回之门

"我终于逃出来了，哈哈……"守墓老人疯狂地大笑着，而后探出一只枯瘦如鸡爪般的手掌，伸进空空"藏宝"的内天地，抓住一大堆吃的就扯了出来，而后狼吞虎咽起来，叫着："好吃啊，好吃！这么多年都没吃过东西了，都快不知道食物是什么滋味了！""哇哦，老要饭你又偷我的东西吃！"空空急得哇哇大叫。

辰南看到守墓老人如此，真有一种哭笑不得的感觉，他是当年赫赫有名的天阶高手啊，号称老不死，诸多太古强者都陨落了，唯有他好好地活了下来，而且没有受到半点伤害，现在却是这副样子。

"小子，又见到你了，我真是高兴啊！"守墓老人边吃边含混不清地对辰南道。而后他又回过头来，看着空空道，"你是谁家的小毛头啊，够一岁了吗？不在家老老实实地待着，怎么能乱跑呢？""哇呀呀，老要饭你太坏了，抢我的东西吃，还转移话题责怪我！"空空皱着小鼻子，对守墓老人刮脸嘲笑。

"嘿嘿！"守墓老人并不觉得尴尬，反而笑了起来，转过头对辰南道，"不会是你们家的小家伙吧，不错，有股机灵劲！"辰南看守墓老人缓过来了，不再像方才那般虚弱，道："前辈，到底怎么了？怎么会落得如此狼狈呢？"

"怎么了？我老人家容易吗？！"说到这里，守墓老人真是恨得一把鼻涕一把泪，道，"为了逃离该死的第三界，我什么办法都试过了，倚仗以前有过从里面逃离的经验，这次我为了缩短时间，他青天二大爷的，我老人家差点死掉！以前我嫌命长，这次真是差点挂掉，差一点形神俱灭！好不容易出来了。哈哈，总算逃离了第三界！"

"这个，前辈，这还是第三界啊！"辰南说道。"我都遇到你们了，这里还是第三界？不要戏弄我老人家了！"守墓老人瞪眼。"老要饭，这里就是第三界，我们刚刚进来。"空空朝着守墓老人挤眼。"胡说，再说这是第三界，我跟你们急！"守墓老人仿佛不堪刺激。辰南三人无语，这老头看来真是在第三界吃尽了苦头，被刺激得不行了。

守墓老人四下打量了一番，而后哀号："呜呜，这里似乎真的不是人间界啊！"以前他无论做什么都一副乐呵呵、万事都不着急的样子，此刻大不相同了。"等等！"他突然挣扎着站了起来，惊道，"我感觉到了另类的气息，似乎是开天前大破灭前的遗迹！""前辈，你在说什么？"辰南疑惑地看着他。而澹台璇自始至终都很平静，安静地看着守墓老人他们。

"天啊，不会撞大运了吧，这里可能是大破灭前遗留下来的空间，这里绝不是第三界！"守墓老人似乎很吃惊，道，"绝对没错！早就听说过有这样奇异的残碎空间，夹在六界之间，只能偶然入之。"听他这样说，辰南也不能确定这就是第三界了，毕竟老头子进去过两次了，不可能认错。这个时候，辰南想起了破碎空间进入第三界时出现的神秘光芒，可能就是那些光芒无形中改变了他们的方位与轨迹吧！

"嘿嘿！"守墓老人笑了起来，样子有些奸诈，道，"这也是机会呀，我们去碰碰运气，说不定会弄出几件大破灭前的禁忌宝物呢！"辰南无语了，这老头子也太粗线条了吧，刚才还一副受刺激过度的样子呢，转眼就打算寻宝了。"等我老人家几天，第三界真不是人待的地方，我需要恢复元气！"守墓老人说到这里，盘腿坐在地上，而后就一动不动了。

无尽的天地元气如万流归海一般向这里汇聚而来，在空中汇聚成一道道有形的河流，远远望去分外壮观，真如一条条奔腾咆哮的大河一般。如此过了足足一个月，守墓老人才醒转过来，辰南他们也停止修炼。守墓老人看起来精神奕奕了，这个老头实在有些本领，先前不过是耗尽了体内的力量而已，而本身并未受到半点伤害，果真是深不可测！

"哈哈，恢复了，我老人家太高兴了！"守墓老人对辰南道，"臭小子，现在我才注意到，你竟然攀升到了真正的强者之列，实在出乎我的意料。"而后他又转过头来，看着澹台璇道："还有这个小姑娘也不错呀，实力也强大得很，最重要的是，有一股我无法看透的潜力！"

"为啥不说说我？"小空空不满地抱怨。"嘿嘿，小鬼不尿床了吧？哇哈哈……"守墓老人大笑，分外开心。"啥啥啥？！你这臭老头，抢我的东西吃，还敢嘲笑我！我跟你没完！"空空龇牙咧嘴地扑了上去。辰南上前道："前辈，你刚从第三界出来，请给我说说里面的情况吧，还有我怎样才能进去，我似乎进入了误区。"

守墓老人道："情况？嘿，估计打了个天翻地覆吧，刚一进入第三界，魔主残魂似乎就和那时间祖神与空间祖神干起来了，似乎陷入了不死不休的局面，其他进入的人也在混战。"辰南惊道："啊，居然是这样，那前辈你？"守墓老人道："我？我当然开溜啊，别看魔主那副状态，最终谁死他也死不了，我敢肯定有人要当花肥了！我老人家才不去凑热闹呢，他们爱修什么轮回就修什么轮回，我不掺和。我直接寻找隐秘的空间大裂缝，想办法逃回人间界！"这个老头子果然是最滑溜的人。

"小子，你想进入第三界？你有毛病啊，去那里纯粹是虐自己，那不是人待的地方啊！"守墓老人一副恨不得永远都不想提起第三界的样子。"为什么这样说呢？"辰南不解地问道。守墓老人道："第三界是六界中最为恶劣的地方，自古以来就是天阶高手的放逐地。里面元气之稀薄令人发指，实在不像一个世界，简直就是个炼狱，除了穷凶极恶之徒，根本看不到任何生命！险恶之地更是多不胜数，十个天阶高手进去，最后能活着出来三个就不错了！根本不适合修炼！"

"既然这样，魔主他们为何还要进去呢？"辰南不解。守墓老人道："正因为险恶，所以里面封印了一些极其特殊的人与物，他们肯定是想要寻找某些禁忌之物修补什么轮回门，或者想解开某些大恶人的封印。"辰南道："原来是这样，前辈你在里面可听到有关我父亲辰战的消息？"

守墓老人道："说也奇怪，我们进去的时候，那个魔身辰战就消失了。至于神性辰战，我怎么可能遇到他呢？里面之大，超乎想象。而且，我直接开溜了，不可能会遇到他。好了，给我说说这么多年来，人间界都发生了什么变化。"辰南一一道来，守墓老人认真倾听，当听到神魔陵园中居然隐藏着一个神秘青年时，老头子咒骂道："王八蛋！居然将我老人家都差点骗过，我一直觉得那里有个人，肯定是躲在那祖脉最深处！"当辰南述说穿越太古、大战广元等事后，守墓老人一阵感叹，而后道："时间过得真快啊，不想传说中太古诸神回归的年代要到了，但那毕竟只是传说啊，不知道他们能否真正回归。"

"老爹，我听到哥哥的呼唤了！"空空突然惊叫道，"哥哥似乎遇到危险了。"辰南一惊，他相信小家伙的灵觉，同时有些不解，小家伙为何能够如此敏感，先他而感觉到呢？上次发现澹台璇那是因为母子连心，这一次是因为什么呢？难道因为他们都是大破灭前的人物？"我与哥哥还有妹妹有同命锁，一人遇到危险，其他人都能够感知到，是漂亮妈妈让两位老祖为我们炼制的，让我们无论何时都要相互关爱。"空空似乎看出了辰南的不解。

辰南知道他口中的漂亮妈妈是指梦可儿，他不禁生出一丝惭愧之色，做父亲的果然没有做母亲的尽心啊。"走！"辰南让空空带路，快速向东方冲去，澹台璇没有说什么，也跟了上去。"喂喂，等等我老人家！"守墓老人大叫，也跟了上去。

辰南极速前行，很快发现遥远的东方天际尽头，一个小小的身影浑身是血，正在浴血搏命，正是龙儿。他的对手是一名身材高挑、肤色白皙的书生样人物，赫然是第五界君王德猛！看到龙儿小小的身躯之上出现许多恐怖的伤口，辰南双目顿时立了起来，一声大喝："德猛，你死定了！"

德猛悔得肠子都青了，本想神不知鬼不觉地做掉龙儿，没有想到煞星突兀地出现了。他掉头就跑，想要逃离这里！但是，三大天阶高手在这里，怎么可能让他逃离！辰南将久未动用的方天画戟握在手中，一戟横扫而去，德猛不战而退，向着澹台璇冲去，在他的认知中，澹台璇即便修为突进，也不过在神皇与天阶初级之间而已。哪知道澹台璇动都没有动一下，代表毁灭的左眼射出一道可怕的光芒，瞬间削去了他千年的功力。

德猛惊得大叫，快速改变方向朝守墓老人冲去。守墓老人一副弱不禁风的样子，随着德猛临近的气流而摇摆了起来，但是最后竟然突兀地踢出一脚，直接踹在了德猛的臀部，让他翻滚着飞回了场中央。德猛龇牙咧嘴，感觉身体仿佛要碎裂一般，他暗暗叫苦，澹台璇身为七绝天女身，具有邪异古怪的绝学也就罢了，那死老头子是从哪里来的，为何也如此可怕呢？守墓老人此刻衣衫破烂，面上乌黑，以前穿越时空时，德猛虽然见过他，但此刻早已无法辨认。

"辰南，我们和解如何？这一次我郑重道歉，我保证再也不会有类似的事情发生！"德猛知道凭真正实力，他绝对无法抗衡眼前这三位天阶高手，想要活命只能放下身段求饶。"去你的和解吧！"辰南真的动怒了，德猛这已经不是第一次出阴手了，以前是因为楚相玉等人的威胁，他不得不容忍，与对方不撕破最后的脸皮而联手。现在，楚相玉已经暂时不会向他出手了，他还有什么顾忌。

"德猛，你去死吧！"辰南大喝，与守墓老人、澹台璇同时出手，任德猛如何了得，也不可能抵挡得住！已经称不上是大战，可以说是单方面的屠杀！德猛先是被辰南一戟给劈成了两半，而后又被澹台璇的毁灭之眼轰成了碎片，刚刚重组完身体又被守墓老人一顿猛踹屁股，踢回了场中央。"老哥，我给你包扎！"空空这个小马屁精，屁颠屁颠跑到龙儿的身旁，不得不说这个小家伙很懂得讨人欢心。

"辰南，你真要杀我？"德猛被打急了，惶恐大叫道，"你如果杀了我，你也死定了，你不知道黑起还好好地活在第六界吗？你不知道楚相玉不过是暂时放过你吗？以后我们还需要合作呢！"

"合你个头！"

"噗！"回答他的是锋利的方天画戟之刃，德猛又被劈成了两半，而且这一次辰南直接重创了他的灵魂。"辰南，你真杀我？！"德猛恐慌了。"废话！你认为我在杀狗也可以！这一次新账旧账我们一起算，再让你活下去我直接死了算了！"辰南透发着冲天的杀意，眼眉都已经立了起来，德猛上次就曾向空空与依依下过手，这次居然又想向龙儿下毒手，再让他活下去天理难容。

而这个时候，守墓老人悄悄向辰南传声道："小子，你这媳妇不简单啊，我怎么觉得她获得了天之传承，真不知道是好还是坏啊！"辰南对此只能无奈地摇了摇头，他不知道该说什么。而这个时候，澹台璇的毁灭之光直接轰碎了德猛的一小部分灵魂。辰南冲了过去，就要运起自己的终极力量，彻底地毁灭德猛。

　　守墓老人大叫道："对付他这种人，有一种更好的办法，粉碎了灵识就可以了，而后打入第三界，让他去作些贡献当花肥吧！""好主意！"辰南深表赞同。"该死的，你们敢如此对我，你们不得好死。辰南，你会后悔的，我大哥他们会让你十倍代价偿还的！"德猛近乎崩溃了，疯狂大叫着，身为一个天阶高手理论上是不死的，但是现在面对三个天阶高手，他想活也不行了。

　　"啊——"德猛惨叫。身体被粉碎后，再也难以重组了，魂魄中的灵识被辰南、澹台璇、守墓老人三人同时进攻，在刹那间烟消云散了，最后守墓老人撕开一片空间，将那破碎的魂魄打入了第三界！龙儿的伤势并没有想象的那般严重，经过简单的治疗就恢复了，身为大龙刀之身，体魄当然最强悍。

　　在不远处的一座乱石岗间，一个巨大的空间之门静静地矗立着，透发着无尽的幽光。经过龙儿简要地述说，辰南他们得知，早在半个月前，潜龙、玄奘、大魔等人竟然进入了那空间之门！龙儿在这里等待他们的消息，不想半个月后却等来了德猛！毫无疑问，那是通往第六界的！

　　"哈哈，有意思呀！"守墓老人大笑了起来，道，"臭小子来帮我，今天我们想办法，让第六界与第三界贯通相连起来，建立一个单方向的空间通道，相传第六界有不少的大人物啊，我想他们实在太寂寞了，也许换个环境或许更舒坦一些！"辰南无论怎么看，都觉得守墓老人笑得甚是风骚与淫贱！不得不说，守墓老人很疯狂，居然想在第六界与第三界间构建成一个单向的空间通道，这样的话第六界高手无意间闯入，那真是等于进入了牢笼！

　　当然说起来容易做起来并不简单，首先要将附近化为混沌，隔绝这片遗地，让这里独立出来，让混沌之门的背后就是第三界。如果天阶高手从第六界顺着那空间通道一路走到尽头，最后想以天阶修为破碎虚空，那么等待他的将是有牢狱之称的可怕第三界！守墓老人从某方面来说，不可谓不老辣，第三界混乱不堪，很需要"养料"。里面的一些大凶大恶之人，才不会管你有何种身份呢，在那元气稀薄的牢笼内，任何进入的人都可能被打爆吸干。

"开始吧，小子，我需要你们的帮助！你们将这里化成混沌，我来拘禁第三界的空间屏障，使之无限贴近空间通道！""等一等！"辰南打断了守墓老人，"我有些朋友都进入这片空间，我想先寻找到他们的下落，长时间下来我怕有意外发生在他们身上。""那好吧，你要尽快，这片空间应该不算大！"守墓老人点头同意。

辰南带着龙儿向着东方飞去，而小空空这次腻在了澹台璇的身边，分两个方向前进。两大天阶高手同时散发出神识，寻找其余人的下落。这片大破灭前的遗地，说大不大，说小不小，方圆能有数十万平方公里，辰南与澹台璇的神识搜遍了每一寸土地，却并未有任何发现，倒是又发现了两条空间通道，那些人似乎都沿着两条通道离开了这片空间。后来，经过守墓老人鉴定，那两条空间通道也是通往第六界的！

潜龙、大魔、梦可儿、小公主等人，竟然进入了传说中的第六界！那里究竟是怎样的一个世界，辰南不甚明了，只是在小六道中封印七绝天女残魂之地意外得知，七绝天女便来自那一界！那一界的人似乎异常强大。辰南不知道梦可儿、小公主这样具有七绝天女魂力的人进入第六界会有怎样的际遇。

接下来，辰南与澹台璇以大法力破碎虚空，空间通道所在的地域化为混沌。守墓老人则以无上大神通强行拘禁第三界的空间屏障，使之无限贴近这片混沌，这是需要无与伦比的大法力的，辰南越来越觉得不好揣测守墓老人到底有多强大。经过三个多月的努力，在辰南与澹台璇的帮助下，守墓老人终于建成一条空间陷阱，一条单向通往第三界的空间通道就这样形成了！

老头子看着自己创建的这条通道，得意地笑了起来，道："嘿嘿，第三界这次该足够热闹了吧，嘿嘿。"他得意洋洋地笑着，不过在刹那间似醒悟过来了，"第六界的天阶高手怎么可能那么碰巧闯入这条空间通道呢？唔，看来还是我老人家亲自走上一趟比较好，给他们带带路，嘿嘿……"就这样，后世人口中臭名昭著的空间陷阱完成了第一条。

随后，剩下的两条空间通道，在守墓老人、辰南、澹台璇共同努力下，也在半年后完成了。最终检测时，发生了意外。空空这个小不点，嚷嚷着要第一个试试。虽然守墓老人笑他没有天阶神通是万万不可能划破第三界空间的，但是小空空不服气，坚决要试。结果……

"老爹救命呀！哇哦！"空空竟然能够划破第三界的空间！其实，如果细想，这并不稀奇，小家伙乃是穿山甲转生，最大的神通就是破碎一切阻挡，巅峰之境便是无视一切封印。要不然穿越回太古时，他怎么可能挖开封印太古的那条隔离界呢！守墓老人惊得目瞪口呆，辰南、澹台璇、龙儿想出手已经晚了，空空穿进了第三界！

"哇哦，我空空太倒霉了！老爹，我去找爷爷和奶奶了。漂亮妈妈、老哥，我会想你们的。"粉雕玉琢的小空空，在虚空的那一面挥舞着小手，带着哭腔。毕竟，这还是一个一岁左右的小家伙啊，虽然心智成熟得不像话，但总归是个孩子！"空空！"辰南大叫，时空本源的力量发动，想要将空空拉回来。"空儿！"澹台璇终究也难以保持平静了，毁灭之眼崩碎空间，想要阻挡空间闭合。"小弟！"龙儿也吃惊地大叫。但是，一切都晚了，空空如流星一般，在那无尽的虚空中消失了。

"怎么会这样，这个孩子方才如果再向回冲击几步距离，我就将他拉回来了！"辰南自语着。守墓老人道："顺与逆的问题，就像奔腾咆哮的大河，顺流而下容易，想要单凭一己之力逆向游回，难如登天！"想一想第三界是如此凶险，不少天阶高手在里面都难以活命，辰南真是无比担心，小空空这孩子能够顺利寻到辰战以寻得庇护吗？

"不行，我要进入第三界。"辰南突然开口。"父亲，我陪你一起去找弟弟，去寻爷爷。"龙儿也开口道。守墓老人惊道："你们疯了，那种地方实在是一个炼狱，进那里等于为自己判刑，将自己关进了牢笼！"辰南摇了摇头，道："我早就计划进去了，我早该见见我的父母了。同时，既然那里有无数的隐秘，说不定会在里面发现什么。"

辰南转过身来,对澹台璇道:"龙儿交给你了!"而后他又转头对守墓老人道:"前辈如果去第六界,还请多多关照我那几个人间界的朋友。"说到这里,辰南不容他们多说什么,直接破碎虚空,追着空空而去。"父亲!"龙儿大叫,想要追进去,但被澹台璇牢牢地抓住了。守墓老人一阵搔头,自言自语道:"我看那小鬼根本不是短命的相,这臭小子有什么可担心的,难道第三界真的很好玩吗?"说到这里,他不自禁打了个冷战。

墨云笼罩在第三界的天空,辰南终于登上了这片神秘的大地!始一进入这片空间,辰南明显感觉到了身体的战栗,这不是害怕,不是恐惧,这是激动!经久不散的古老沧桑的气息迎面扑来,他感觉到了这里是真正的强者之地!苍茫大地,千里不见寸草,黑红的土地,仿佛被血水浸染过,魔云低压,古老的气息涌动。

这片苍茫大地几乎没有植被,没有普通的动物,有的只是古老的沧桑气息与滚动的魔云。连续飞行了几天,辰南只看到几头凶兽,并未看到一条人影。直至五日后,他听到前方大地剧烈颤动,仿佛有千军万马在奔腾一般,快速向着那里冲去。

"呜呜,老爹、爷爷……"轻微的哭泣声传入辰南的耳际,他激动地快速向前飞去,竟然听到了空空的声音。前方,一群凶兽在奔腾,全都有小山般大小,小空空坐在一头凶兽的头顶,似乎在跟着它们一起逃亡。在它们的身后,一道可怕的飓风吞噬一切,所过之处连山峦都被绞碎成了粉末,没有任何物体能够阻挡。

"空空!"辰南简直不敢相信自己的眼睛,怎么这样巧合,居然在这片浩瀚的大陆这么快就见到了空空。"老爹救我!"空空伸开小手冲着他大叫,粉嫩的小脸上满是泪水。辰南快速冲了过去,但是就在刹那间,一种巨大的危机感充斥他心头,他生生止住了脚步,激动的心绪在瞬间平静下来。"虚幻破灭!"辰南大喝。随着心中宁静,眼前的一切都消失了,没有成群的凶兽,没有可怕的飓风,更没有空空!

前方只有一座巨坟,有小山般大小,而辰南竟然差一点冲进去,距离坟墓只差数米之遥就撞上了!古老、血腥、残暴、沧桑,一种混合的气息在弥漫扩散。第三界果真无比可怕！能够影响辰南心智的孤坟，可以称得上无比邪异，要知道他现在可是天阶的修为，一般的幻象怎么能够迷惑他呢？

荒芜的大地，千里不见人烟，没有一丝绿意，附近山峦起伏，土地呈现暗红色，一座巨坟矗立在这里，远远高于附近一二百米高的低矮丘陵，分外醒目。它高足有三百米，没有墓碑，没有松柏，唯有一座巨大的土包，也不知道过去了多少年月，上面暗红色的坟土都已经凝固了，仿佛化成了岩石一般。远处不时有飓风吹过，但是所有的风眼都不会靠近这里一步，在远离这里数百丈远就会被一股无形的力量震得溃散。方才就是这座巨大而又神秘的古坟影响了辰南的心智，让他出现了危险的幻觉！

他持着方天画戟，倒退出去几十步才站立在空中，俯瞰着险些撞上的巨坟，他心中充满了疑惑，这到底是何人之墓呢？居然如此巨大！辰南自复生而出以来，始终与坟墓打交道，因此看到巨坟后第一重联想，就是神魔墓！不过，肯定不是一般的神魔。很难想象里面埋葬了何等的人物，按常理来推测能够进入第三界的人，修为都在天阶以上，而这个墓主居然有如此气势逼人的巨坟，生前定然不是一个寻常之辈，不然一般的天阶高手不可能有人会给他立这样一座巨坟。

同时，辰南也有另一种联想，这巨坟中的人真的死透了吗？方才那幻觉不太像怨念所化啊，倒像是一个实力强大的人在袭扰他。修为大进后，他见惯了太多的离奇事件，许多传说中消失或已经死去的人物，到头来都渐渐显现出身影，并未真的彻底地绝灭，他认为这巨坟恐怕也会是如此一个奇异的所在，里面安葬的人恐怕没有死透，有复出的迹象。既然对方用幻象引他撞击巨坟，那恐怕是想借助他的力量破碎坟墓或破除封印。这让辰南心中很不痛快，居然想利用他，他冷哼了一声，收起方天画戟，围绕巨坟，双掌不断下拍，一道道璀璨的光芒激射而下，他连续布下十八道封印，向着巨坟飞落而去。

"尔敢！"一声大喝在辰南耳畔响起，这股强大的精神波动，如天雷一般摄人心魄。但是，这反而激起了辰南的怒意，同样喝道："何方鼠辈，乱造幻觉？现在封印你这孤魂野鬼，有何不妥，有何不敢？！"

"卑微的爬虫,敢对我不敬?我要让你形神俱灭!"威压而巨大的声音在整片天空回荡。辰南直接向巨坟吐了口唾沫,道:"哪来的精神病!爬虫?爬你个头,想让我形神俱灭,你来试试看,我就站在这里,不要光嚷不动!"

"轰!"高天之上竟然响起一声天雷,一大片神罚之光突然劈落而下,向着辰南袭去。辰南已经很久没有见到这种毁灭之光了,当初经过无天之日后,人间、天界、残破的世界相连在了一起,各种神罚与毁灭之光从此消失不见,仿佛那一次剧变破坏了天地间的某种规则一般,无论仙神晋级还是在三界间穿行,都不会像以前那般落下无尽神罚之光了。

现在,突兀地见到神罚,怎不让辰南吃惊,他惊讶到了极点。当然,这片神罚并无法击伤他,他抬手打出一道道剑气,瞬间击溃了无尽的神罚之光,大喝道:"是苍天死鬼吗?"巨坟一阵颤动,而后彻底平静下来,这片区域一片沉静,没有任何声响。因为经历得太多了,即便现在苍天在辰南眼前复活,他也不会觉得不可思议,现在虽然看到了一个似乎是"天墓"的所在,但他并没有太多的意外。

第三界有着无尽的秘密,既然魔主他们能够有计划地灭掉苍天,封印黄天,有朝一日他也未尝不可除掉一天!当然,这份豪情,目前只能在心中想想而已。魔主等曾经灭过天,这等人物都在这一界,辰南怎么会惧怕这座孤坟中的魂魄呢,他大喝道:"藏头露尾的鼠辈,你到底是不是所谓的'天',你袭扰我在先,现在怎么不吭声了,我还等着你的天罚毁灭呢!"天如果做到这个份上,那真是太落面子了,被人如此叫板,真是毫无颜面可言。

"卑微的虫子,居然敢如此对我,若不是我被封印在六界,你早已被粉碎了!"过了很久之后,那巨大的咆哮之音才再次响起。"哈哈!"辰南大笑,道,"你这大言不惭的家伙,方才还说要让我形神俱灭呢,现在怎么改口了,做不到的事情最好不要乱说!我知道你是谁了,你该不会就是传说中的那个倒霉蛋黄天吧?!"

"你竟然知道,不错,我就是黄天残魂,是被抽离出来的六分之一的魂力,你既然知道我是谁,还敢如此不敬吗?你可知道,六界将要破灭了，如果归顺于我，助我脱困，保你无恙，不然到时候六界众生全部毁灭，你将与他们一样！"黄天那巨大的声音在整片天际隆隆回荡着，当真气势浩大。

"就凭你？哼！"辰南虽然吃惊，但并未因对方是黄天而惧怕，大声冷笑道，"一个被人分解封印于六界的失败者，也敢大言不惭毁灭六界、屠尽众生，你真是会吹大气！既然你如此神通广大，为何还需要我出手助你，自己吹口气，把自己吹出来不就行了？！"辰南毫不客气地奚落着传说中的黄天。黄天气道："卑微的虫子！"辰南道："住嘴，要骂也是我来骂，你才是个虫子，被人封印还敢大言不惭，看我来炼化你！刀魔噬体！"辰南打出一道幽光，穿过封印的力量，进入了巨坟当中，这是一股吞噬性的力量，他想要尝试给予封印的黄天一击。

"卑微的虫子，你怎么可能杀死我呢？！"黄天的巨大声音在高空中激荡，显然那一击无法奈何他，隆隆声音在波动，"我虽然被封，但天道未被封，依然可以屠尽众生！就是我现在死去，也不会有任何影响，六界终将被毁！你若助我，六界破灭时，我可以保你不死！"对于黄天所说的话，辰南半信半疑，太古诸神就要回归了，而黄天却说要屠杀众生的计划即将开始，这么多年来所谓的"真正的天"都没有任何动作，难道就在等待这个时刻吗？

不过不管怎样，他怎么会臣服于这传说中被封印的黄天呢？他大喝道："我最讨厌你这种高高在上的姿态，不要以为自己真的无所不能，不然你怎么会被封印呢。不管那天道还是魔道或者邪道，毁灭六界？屠尽众生？做梦去吧！"辰南开始想办法，真想炼化这黄天，并不是他多么狂妄，而是这第三界元气稀薄，黄天被分解的部分被封印在这里无尽岁月，定然虚弱到了极点。他开始在脑海中寻找阵图，想要将黄天彻底困死在这里。

不过，就在这个时候，黄天再次发出了威严的声音，不过听在辰南耳中，让他愤怒到极点。黄天道："虽然我不想如此，但是你逼我不得不如此啊，我让小鬼醒来，让你听听他的声音。"仅仅一瞬间，辰南听到了空空的咒骂声："你这臭怪物，我才不会帮你解除封印呢！""空空？！"辰南震怒无比，喝道："你这黄天，难道就这点本事吗？挟持一个小孩子，真是无耻到极点，你不怕让天下人笑掉大牙吗？"

黄天道："没有办法，我只能如此了！你以为你之前看到的幻觉是平白无故产生的吗，如果不是抓到这个小鬼，我怎么会构造出那样的幻境呢，快帮我破开封印，不然我让这小鬼立刻灭亡！""好吧，你等着！我进入坟墓，帮你解除封印！"辰南没有任何犹豫，化身一道神光向坟墓内冲去，但是在那厚重的土层中他遇到了莫大的阻力。这个时候，黄天向他指点道："向左，有一条进入墓穴的通道。"

辰南依言前进，一条巨石堆砌而成的通道出现在他的视野中，巨石镌刻满了岁月的沧桑，通道内沉闷无比，他一步步前进，呈螺旋形通往地下。他足足走了半个时辰，才到达最终的目的地。地下墓穴中非常简单，没有任何多余的物品，巨石砌成一个无比广阔的地下平台，正中央停放着一口巨大的石棺！而小空空被牢牢地吸附在石棺之上，一动也不能动！

"老爹，不要放出这个大坏蛋！"小家伙虽然不能行动，被困在了这样幽暗恐怖的所在，但是却没有丝毫害怕的神色，一双大眼扑闪扑闪的。辰南朝他点了点头，大声冲着石棺喊道："你想怎么样？放开空空！"黄天道："我本想让你撞毁巨坟，晃动开这石棺的，既然你已经进入到了这里，那么就请直接搬开石棺吧！只要将它移开一个方位就可以。"

辰南一步步向前走去，他神目如电，发觉巨石堆砌成的地面之上，浮现着许多若有若无的太极神魔图，上面蕴含着神秘莫测的力量，这应该是封印的主要力量之一。"老爹，你不会真的要放他出来吧？这个大坏蛋逃出来，会引起大乱的，老爹，他杀不死我，你不要管我呀。"小空空大叫着。辰南没有理他，只是神情凝重地走到了石棺的近前，在这最近的距离他感觉到了一股磅礴无法揣测的能量在石棺上流动，这是封印之神力！

"不要再靠近了，站在那里就可以了，竭尽你的全力推开这石棺吧！"黄天威严的声音自森然的石棺内发出。"好，神魔图！"辰南一声大喝。昏暗阴森的地下墓穴中，突然间光芒大盛，一个巨大的太极神魔图浮现而出，遮笼在整片墓穴中，不仅将石棺吞没了进去，连带着这片墓穴也被席卷了进去，空空当然被裹带其中。

"啊——"黄天发出巨大的咆哮声，"不想让你儿子活了，快给我停下来，啊，这是……"浩瀚的波动自神魔图中不断爆发而出，一股难以想象的力量在一瞬间扩散开来，巨大的坟墓在刹那间崩碎了，自太古以来就矗立在第三界的古坟完成了它的封印使命！神魔图浮现在黑云翻滚的高空，闪烁着金黑两色光芒，生之气息与死亡气息同时波荡！

"开！"黄天大喝，似乎要震碎神魔图，巨大的太极神魔图被撑得急骤放大，似乎真的要破碎了！辰南感觉大事不妙，黄天果然可怕无比！他没有任何犹豫，提着方天画戟，自己也冲进了太极神魔图中，不过事情没有他想象的那么糟糕，当他进入的刹那，也就是太极神魔图即将崩碎的刹那，太极神魔图内一股绚烂的光芒在闪耀。通往生命源泉的那道门户关闭了！太极神魔图中共有九道混沌门，其中一条穿过众神魂魄安息之地，通往生命源泉所在地，辰南在此之前仅仅进入过这一道门户。然而，今天第二道混沌门忽然大敞大开，将那墓穴底层与石棺吞噬了进去，同时也将辰南吞噬了进去。

这片空间一片虚无，无比空旷！不过，却并非绝对空寂！在这片仿似永恒的空间中，竟然悬浮着一口血红色的巨棺！当然，并不是黄天那口，这是早已存在的！仔细感知，可以感觉到一阵微弱的脉动，源于那血红色的巨棺！九道混沌门中的第二道，其中竟然有这样一口神秘莫测的血棺，当真显得无比邪异！神秘的神魔图！它充满了太多的秘密，辰南的复活与它有着直接的关系，但是到了现在还不能够完全了解，它到底蕴含了多少玄秘？

九道混沌门如今不过打开了两道而已，第一重无尽神魔魂魄安息，更有飘浮的一片古沙漠，孕育着生命源泉这等瑰宝。第二道混沌门内没有那么复杂，空旷静寂的虚空中只有一口血红色的巨棺，比之镇压封印黄天的黑色巨棺还要高大宽阔，阵阵微弱的波动透发而出，也不知道它到底停放在这里多久了！

这是最让辰南吃惊的地方！里面沉睡着人吗？或者封印着人，抑或是封印着一个"天"？无法预知！当封印有黄天的地下墓穴与石棺进入这片空间后，仿佛天翻地覆一般，整片静寂的虚空难以保持平静，似沸腾的开水一般动荡起来。封印黄天的石棺剧烈翻滚，里面传出黄天阵阵吼啸，似乎他即将破印而出！

一声沉闷的巨响，巨大的血色棺材猛力摇动了一下，这片虚空都随之动荡。这到底是什么，难道里面真的隐藏了一个可怕的人物？血色巨棺的棺盖突然砰地弹跳了起来，一股难以言表的煞气冲腾而出，这片空旷的虚空在刹那间变得肃杀无比。黄天的石棺忽然间剧烈抖动起来，似乎他感知到了什么。辰南屏住了呼吸，将摆脱束缚的小空空护在身后，持着方天画戟静静地盯着敞开的血色巨棺，他在等待狂风暴雨的降临，凭着感觉这血色巨棺中似乎隐伏着一个超级巨魔！

"呼！"狂风大作，无尽的血雾飘散开来，巨棺周围一片血红！一股吓人的森然气息迎面扑来，巨魔出世！在血色雾气狂猛涌动之际，巨棺中伸出一只十几丈长的黑色巨爪，上面青筋突起，如一条条虬龙缠绕一般，不看颜色，光看形状，似乎是巨大的人手，但青色的指甲却似兽爪一般长而锋利，闪烁着森森寒光，长足有一两丈。

它就那样一把抓住了封印黄天的巨棺，生猛地向回扯去，最后竟然将那石棺抓入了血色巨棺中，棺吞棺！而后"哐"的一声巨响，血色巨棺闭合了，留下了一片谜一样的虚影。那黑色如鬼爪般的巨爪到底是什么样的人所拥有的？辰南根本不知道，就在方才他仅仅感觉到了一股邪异到极点的力量在波动，除此之外并没有任何特殊发觉。天眼通根本不能穿透那血色巨棺，无法看到里面的景象。

"哐哐哐！"血色巨棺突然剧烈晃动起来，里面似乎在剧烈挣动。而后辰南与空空听到了石碎的声响，似乎封印黄天的石棺碎裂了，引得父子二人立刻又万分小心地戒备起来。但是，接下来传出的声音超乎了他们的想象。令人毛骨悚然的阴冷声音冷笑了两下："嘿嘿！"而后他们就听到了黄天凄厉的惨叫："啊，不，怎么会这样，不！"接着，他们听到了骨骼碎裂的声响，以及黄天那惊恐到极点的惨嚎："啊——"虽然隔着血色巨棺，但是辰南他们仿佛闻到了刺鼻的血腥味！

"嘎嘣嘎嘣……"这种声音让人毛骨悚然，似乎有凶兽在咀嚼骨肉！残暴与血腥的气息迎面扑来！"老老老爹，我们还是离开这里吧。"小空空扯着辰南的衣角，小声嘀咕道，明显被吓住了。黄天的惨叫微弱了下来，骨裂与牙齿相磨的声响，却越来越刺耳，当真是让人头皮发麻，毕竟那棺中被封的是一个"天"啊，现在居然被不明的可怕凶人吞食！这到底是什么怪物啊？！黄天凄厉的惨嚎非常短暂，不过持续了一小会儿就彻底消失了，此后大半个时辰都是牙齿咬裂骨骼与血肉的声响。

辰南静静地听了半个时辰，小空空则直接给自己催眠，晕了过去。半个时辰之后，可怕的声音消失了，巨大的血棺透发出一股森冷的气息后，突然变得寂静无声，整片空间也变得无比空寂，没有一丝声响。被吞没进来的墓穴底层无声地分解着，化成一道道微弱的光芒飘散，所有的墓穴底层基石都灰飞烟灭了，这片空间似乎不允许一丝外来杂质存在！唯有那神秘而又可怕的巨大血棺静静地飘浮在无尽虚空中，仿佛是这片死寂世界的主宰者，虽然无声，但是盖世凶威却早已弥漫而起！最后，一股无形而又神秘的可怕力量推拒着辰南与小空空，将他们强行送出了这片空间。

绚烂光芒不断闪烁，辰南他们出现在第二道混沌门前，这第二道门虽然依然敞开着，但是一股血色光芒其实已经封闭了进出的通道，似乎要将那片可怕的空间与那恐怖的血棺永远地封印在里面！"老爹，太血腥了，太刺激了！吓得我的小心肝'扑通扑通'跳个不停，老爹，你养的那个到底是什么怪物啊，你天天去太极神魔图中给它送吃的吗？"这个小子从自我催眠中醒转了过来，明显是在跟辰南调侃。辰南赏了他一个栗暴，道："贫嘴！""这不是跟老爹拉近感情距离吗？"小家伙嬉皮笑脸，确实挺讨人喜爱的。

辰南无意间发现了第二道混沌门旁边雕刻着一个血色棺材，他心中一动，破碎空间，在第一时间来到了第一道混沌门前，仔细寻找，发现混沌门附近竟然雕刻有一座座墓碑以及一股鲜活灵动的源泉！他感觉自己实在有些疏忽大意，混沌门上似乎已经提示了里面究竟有何物。他带着空空施展出时空本源的力量，快速出现了第三道混沌门前，但是附近并无任何标记。他又冲到了第四道门前，依然没有任何标记！

辰南不死心，冲到了第五道混沌门前，这一次他大吃一惊，一阵发呆！有标记！是一个男子的刻像，是他曾经见过的一个人！第五道门上竟然雕刻着大神独孤败天的身影！辰南当真是震惊到极点，第五道混沌门上竟然有大神独孤败天的刻像，这真是一件神秘而又不可思议的事情。他心中激动无比，颤抖着伸开手掌，向着紧闭的混沌门推去。

"不会是真的吧？"小空空这个小调皮，也非常兴奋，小脸如圆圆的大苹果，粉嫩粉嫩的，长长的睫毛不断眨动，一双大眼扑闪扑闪发着光芒，"传说中的第一大神耶，我竟然要见到他了，嘿嘿，依依肯定要羡慕我，嘿嘿……"辰南用力推混沌门，但是纹丝不动，混沌门仿佛通天支柱那般牢固，加重力道，用力推去，混沌光芒爆闪，门前透发出万丈光芒，照亮了整片虚空。辰南正在犹豫是不是要真的用全力，或者说毁坏混沌门进去，但就在这个时候，他手中的石门突然被撼动了！"老爹，我帮你！"小空空如一个金光四射的宝娃娃一般，浑身透发着绚烂的光芒，名副其实地使出了吃奶的劲。"开！"辰南一声大喝。在隆隆巨响声中，混沌门竟然被缓缓推开了，混沌门高有十丈，但辰南感觉像是在推动着一座万丈高的巨山移动一般，当真是吃力到极点。

无尽的混沌光芒洒落而下，同时一股沧桑悠远的气息扑面而来！推开这一扇门，仿佛打开了一个世界，仿佛跨越了一片时空，回到了太古洪荒年代，辰南仿佛感觉到了太古诸神的气息。混沌门再无任何抵抗的力量，被辰南与空空推得大敞大开，一片静寂的虚空出现在他们面前。这里似乎真的是一个永恒静止的世界，昏暗的虚空，无半丝声息，寂静得有些可怕！放眼望去，一望无垠的灰暗世界，古老与沧桑是它的主题，在这里会让你感觉到秋风萧瑟的味道，这是沧桑与萧索的沉淀，似乎充满了一种说不出的遗憾！灰色的世界，影响人情绪的世界！

"好古怪呀，老爹，大神独孤败天在哪儿呀？"小空空好奇地打量着四周，望着浩瀚无边的陌生世界。辰南静静不动，体味着这丝沧桑，他的精神感受到了孤寂落寞的精神烙印，短短的刹那间，他仿佛经历了一个世纪那般久远，他的思感仿佛在穿越，在经历着一份别人的体验。"老爹，快看，那里似乎有一条人影！"小空空指点着浩瀚虚空中的尽头。辰南带着空空在原地留下一道残影，几次幻灭，出现在无垠的虚空中央，那里竟然真的有一个高大的人影！

高大的人影，静静地躺在虚空中！辰南与空空快速冲了过去，同时大叫："独孤……"但是，很快他们愣住了，因为来到近前后，发现那并非一个人。一缕黑亮的长发飘浮在空中，一把暗淡无光、看起来非常古朴、似剑非剑似刀非刀的奇形兵器，被衣衫包裹着悬浮在虚空中，配合上那飘动的黑发，就像是一个穿着衣衫的高大人影一般。难道是所谓的衣冠冢？！

这必然是大神独孤败天的遗物无疑。当初，在临近太古那片天空时，他们眼睁睁地看着独孤败天的尸体坠落向苍茫大地，掉入无尽深渊中，回到现实世界后虽然曾经去寻找，但最终也没有寻到一丝影迹。空空道："老爹，怎么办？要不然我们把独孤老大的兵器带出去吧，不然它在这里不见天日，岂不是埋没神兵吗？"辰南点了点头，隔空向那巨大的奇形兵器摄去，不过他感觉如拉动一座巨山那般沉重，奇形兵器当真是超乎想象地沉重，辰南费力地褪去那些衣物，持着奇形兵器舞动了起来。

"呜呜……"一阵阵异啸透发而出，仿佛魔鬼在哭号一般，空中荡漾起阵阵奇异的波动，死寂的虚空竟然慢慢晃动起来。最后，更是剧烈摇颤起来，仿佛要崩碎一般！"老爹快停下呀！"空空急忙惊叫，"独孤老大的兵器太邪门了，这片空间要被打碎了！"辰南闻言停了下来，道："我们走！"说罢，他一手拉着空空，一手持着这件神兵，离开了这片静寂的空间，出来的刹那，混沌门"轰"一声紧紧关闭。

空空道："老爹，这道门似乎有些排斥我们，但又不是十分排斥，致使我们费了很大的力气才进去。""嗯，确实如此。"辰南思索着，独孤败天的遗物落在这里，恐怕与神魔陵园的神秘青年有着莫大的联系。出了第五道混沌门，父子两人对剩余的几道就更加好奇了，各个混沌门的背后似乎都隐藏着如此惊人的秘密，他们心中难以平静。不过，很显然他们失望了，第六、第七、第八、第九四道混沌门，竟然都没有任何标记，与第三和第四道混沌门一般，无论他们用多大的力气都无法打开，甚至想毁坏混沌门，强行突破进去都不行。

辰南相信，这些混沌门虽然没有任何标记，恐怕里面会更加神秘，不然不可能牢不可破！也许打开的时机还未到吧。父子两人飞出了神魔图，金黑两色光芒一闪，太极神魔图进入了辰南的体内。两人都有一种极其不真实的感觉，黄天竟然活生生地被吃掉了，尽管没有亲眼见到那幅可怕的场景，但是感受却比真实见到还要深。

空空道："老爹，我们去找爷爷吧！嘿嘿，我们就当做了一场梦好了，过去的人再厉害，也已经成为历史了，未来的我们才是最厉害的，以后我空空就当天地间的第二高手了，后世人眼中的第一大神就让给老爹了。嘿嘿……"看到小家伙顽皮的样子，辰南不禁莞尔。

抬望眼，第三界茫茫大地，寸草不生，一片暗红色，飓风在呼啸，许多山峦都被那邪异的风眼绞碎。近处，破碎的巨坟，早已崩塌得不成样子，辰南与空空没有任何犹豫，快速冲天而起，向着这片大地的尽头飞去，他们想尽快找到辰战。辰南等待这一刻，也不知道有多久了，他心中难以平静。

"老爹呀，你说爷爷突然发现，他多了一个这么聪明无双的孙儿，他会不会大吃一惊啊，呵呵……"小家伙慧黠地笑着。辰南赏了他一个栗暴，带着他快速向着前方飞去，这里比起人间与天界大得实在太多了，即便辰南这种修为，足足飞行了十几日还没有飞到尽头，似乎可以永远这样飞行下去。

这里当真是为天阶高手准备的牢笼，寻常一界一日间便可畅游所有地域，但是第三界实在太大了，大得无边无际，没有尽头。数日间，他们并不是毫无所获，曾经感应到十几股强大的气息，有的被深深封印于巨山中，有的则是异常强大的洪荒古兽，他们并没有主动去招惹，暗暗惊叹这第三界果真非同一般。直至第十日，辰南在这片暗红色的大地之上，发现一片绚烂的光芒，他们才改变了漫无目的寻找的状况。

向着那片光芒飞去，父子二人发现光源竟然是在千里之外，可想而知光芒有多么耀眼与璀璨。千里转瞬即至，那冲天的光芒刺破了高天之上的墨云，贯通于天地间，像是一个巨大的光柱一般。二十几股强大的能量波动浩荡着，似乎有人在交战。辰南与空空快速接近，发现果真有人在进行天阶大战！这些人都非常怪异，有三十丈高的巨人，有不到三尺的长胡子矮人，还有耳朵尖尖的美丽精灵！辰南都曾经在人间界见过这些种族，似乎都是西方的种族，远古巨人、山脉矮人、森林精灵⋯⋯

想不到这第三界也有他们的身影，修为竟然晋级天阶境界，这在人间想也不敢想啊！矮人与精灵还好说，辰南知道他们是智慧的种族，都有着不凡的修炼天赋。但是，他曾经在十万大山中见过的远古巨人，兽性多于人性，似乎不太适合修炼，没有想到在第三界看到了这种"不可能"。

"什么人？！"一声大喝，比天雷还要响亮，直震得人双耳嗡嗡作响。小空空恼怒地回应道："大人！""哪里的小毛孩？"喊话的人正是三十丈高的巨人，简直像一座小山一般，身上布满了长达数尺的黄色兽毛，简直就是一个人形巨兽！端的是可怕无比！"哼，大猩猩你想欺负我这小孩不成？"空空毫不惧怕，对着远古巨人喊道，"你不怕别人笑话你吗？"

"嘿嘿⋯⋯""哈哈⋯⋯"下方传来阵阵冷森森的笑声，像是嘲笑远古巨人，又像是觉得小空空有意思。当降落而下时，辰南与空空都有些吃惊，这二十几人还真是种族各异，大都不相同！他们虽然都是人形，但用天眼通可以看出他们的本体，有不少是魔兽，似乎都是人间西方的种族。

有一个双头的魁伟男子乃是一个双头魔狼所化，波动着货真价实的天阶实力。而他旁边那人则是一条九头蛇化成的雄伟男子，显示出不凡的实力，一望而知绝不是普通的天阶初级，他满头的绿发竟然都是一条条细小的毒蛇。辰南不禁皱了皱眉头，看着这群人他有了一个不好的联想，怎么看都觉得这些人像是人间界西方远古神话中那些人物，比如这双头魔狼与九头妖蛇，乃是传说中肆虐一个时代的巨凶啊！

而旁边的远古巨人，还有那手持神斧的长胡子矮人，还有那异常漂亮的精灵女子，似乎都是些史诗级的英雄！这些可都是西方远古神话中的原形啊，怎么都聚集到了这里？放逐！一定是放逐！辰南在打量着他们，而众人也在看着他们父子。

　　"小子，你们是什么人？"九头凶蛇傲慢地问道。"我乃人间界来人！"辰南可不想与这些人冲撞，毕竟二十几个天阶高手啊，除非寿星老嫌命长。"人间界的？嘿嘿，不错，故土来人啊，不管是西方的，还是东方的，总归都是人间界。"九头蛇舔了舔嘴，露出白森森的牙齿道，"如果不是因为我们都来自同一界，我想你们会成为我的美食的，近两万年没有吃过血腥的美味了。这里偶尔发现的古兽，哪里有鲜嫩的人肉好吃啊！"这九头蛇真是变态无比，说这些话时还是人类躯体呢，但是突然吐出一条一丈多长的巨大红色蛇芯，流着口水旋了个圈，又吞了回去。持着神斧的长胡子矮人，猛力挥动巨斧，险些将那红色蛇芯劈下一段，惹得九头蛇怒目而视。怪人，一群怪人啊！

　　"你因何进入第三界的，难道六界又大乱了，你也因此而躲避了进来？"双头魔狼问道。辰南从他的话语中已经大概猜测出，这群西方历史上的超级凶人与史诗级英雄，估计就是因为六界大乱而进入第三界的。"算是吧，六界现在真的又将大乱了。"辰南回答道。空空人小嘴甜，这个时候装作孩子气十足的样子，开始询问辰战的下落，道："各位伯伯好，各位姐姐好！我真是太倒霉了，不小心就跟老爹来到了这里，这荒芜的地狱，一点也不好玩，我好可怜呀。伯伯、姐姐，你们听说过辰战吗，我在人间的时候成天听人赞颂他，听说他也进入第三界了，真想见见他呀。"

　　"辰战？"听闻这个名字后，十几个倒吸凉气的声音响起。"辰战在这里也很厉害吗？"小空空不解地问道。远古巨人如雷鸣般的声音在天空中传荡："你这小毛孩，等你真正步入我们这一领域，就知道那个后辈小子有多么可怕了！""真的？"小空空一双大眼亮晶晶。这个时候连森然的九头妖蛇都点头赞同道："当然，他的可怕无以言表，称得上是太古一战之后，后生代第一人！""那和太古诸神相比呢？"小空空希冀地问道。"一代新人换旧人！"长胡子矮人叹了一口气，道，"称得上一代天骄！我仿佛觉得自己已经老了。""哦呼！"小空空欢呼。

　　"你这小子什么来头？"双头魔狼忽然问辰南。"我只是一名刚达到天阶的修者，第五界与第六界动乱，侵入人间，我被逼入了第三界，仅此而已。"辰南回应道。"你叫什么名字？"漂亮的精灵女子忽然问道，她有着一头墨绿色的长发，整个人看起来非常灵动，显得有些飘逸出尘。辰南道："我叫辰南。"

"你也姓辰？"九头蛇惊叫了起来。"怎么了？"辰南问道。"哼，我说那小鬼怎么会打探辰战的下落呢，原来你们是辰家中人，除了那个变态家族，还有哪一家族接连出现天阶高手。"双头魔狼冷笑道，"嘿嘿，真是有意思，前不久辰家的几个老古董在这第三界可是与那辰战较量了几次呢，可惜联手都无法留下人家，哈哈，这下又有的热闹了，看来辰家又派援手来了，哈哈……"

"哼，想要离开这里，恐怕不是那么容易！"远古巨人冷冷地道，似乎对辰家人没什么好感。辰南也不多做解释，望着不远处那直入云霄的巨大光柱，问道："那是什么，方才你们为何要战斗？""那是离开这片区域的通道，但只能允许一半人通过，我们在决战，优胜的一半人有权离去，输者等待下一次机会。"精灵女子回答道。辰南问道："离开这片区域，去哪里？"

长胡子矮人看着辰南，道："当然是去中央古大陆。这里不过是第三界古大陆的一小块而已。那通天光道无法承载这么多的天阶高手，我们只能对决来定人选了。这里各个古大陆之间，唯有走通天光道最安全，不然很难到达中央古大陆的。""你们这样急着去中央古大陆干吗？"辰南感觉有些惊异。精灵女子看起来很和善，耐心地给他解疑道："传说中的'轮回门'被一个盖世大疯子修好了，现在所有强者都向中央古大陆冲去了，就连被封印的巨魔、凶人都不安宁了，时刻想着破印而出呢。"

辰南道："轮回门到底能起到什么作用？"当听到辰南再次发问，九头蛇冷森森地笑道："小子，你的问题未免太多了，难道你也想去中央古大陆吗？似乎没有你的位置呀！""哈哈！"双头魔狼一阵大笑，远古魔兽化成的修者显然同气连枝。辰南已经注意到，这二十几名天阶高手，分成了几派，精灵、矮人、远古巨人等似乎属于一派，而魔兽一方属于一派，还有其他种族的派别，比如说树人一派等。

他拉着空空的小手，对着两头魔兽之王道："我确实很想去看一看，不如你们魔兽一族让给我个名额如何？"辰南不想与二十几名天阶高手为敌，但是似乎无可避免地要与两头远古魔兽一战了。空空也拍着小手，欢快地叫道："对哦，对哦，我很想去看诸神大战啊，被放逐到这里的人也算是太古众神吧，你们就让给我们两个名额吧，让我们去中央古大陆看看太古诸神的辉煌一战吧。"

"哈哈，只要你们赢了那两个魔兽，我们翼人一族同意你们取代他们。"一个生有羽翼的鸟人似乎唯恐天下不乱，他除了生有一对羽翼外，与人类是没有任何差别的。这是一个强大的种族，传说天使就是仿照他们被创造出来的。不过，人间界的翼人已经绝灭了，这里却有两只，显然是祖宗级别的！又有人道："我们树人也同意！"

辰南笑了起来。两头魔兽之王却是恼怒无比，最后九头蛇冷森森地道："看来我有口福了，原本不想食故土来人的，现在嘿嘿……"说到这里，猩红的蛇芯再次吐了出来，滴滴答答地流着口水。"好，既然大家是这个意思，那就不要怪我们无情了！"双头魔狼也冷笑。大战一触即发！

辰南将小空空送到了远处，面对着双头魔狼与九头凶蛇。"生死不计，开始吧！"旁边的二十几名天阶高手同时大吼，声势当真惊天动地，这似乎是他们决战的一种习俗。辰南是第一次在这么多的天阶高手注视下大战，在第三界中天阶高手并不是高不可攀的存在，大家都处在同一个级别！这让辰南很振奋！这才是真正的强者之地！

"嗷吼——"双头魔狼竟然化出了本体，一座百丈长的灰色双头巨狼仰天咆哮，而后向着辰南扑击而去。九头蛇也化成了本体，长达千丈，如绵绵山岭一般，九颗巨大的头颅像是九个小山一般巨大，九道血红的蛇芯，像是九道锋利的虹芒一般刺向辰南。二打一，众人并不觉得不妥，他们平日开战时就是以派系为界限对决，不分人数多少。

第三界虽然元气稀薄，可借用的天地精气非常稀少，但是天阶高手毕竟是天阶高手，所造成的浩大声势无比惊人。双头魔狼能够释放双系天阶禁咒魔法，左头释放"风刃碎天"，直将辰南周围的空间都粉碎了，右头释放"地海连天"，暗红色大地瞬间崩裂开来，蔓延出去上千里，无尽的土石翻涌上了高天，化成一道道毁灭之光，将辰南淹没在里面。九头凶蛇的九根利舌，更是在那无尽的魔法能量中不断穿行，粉碎一切阻挡，似乎想要将辰南绞得灰飞烟灭。

辰南有信心与这两头远古魔兽一战。在这一瞬间，似是而非的逆乱八式被他推出了半式，这是属于他自己的功法，由于还没有彻底通透，和真正的逆乱八式还有一定的差距。但是足够了！此式一出，当真是风云变幻，天地失色！墨云压顶的第三界，初时沉闷得有些可怕，而后忽然爆发开来！双头魔狼的无尽魔法能量攻击，在刹那即被震得分崩离析，庞大的狼躯都被甩飞了出去，九头凶蛇更是险些被震得躯体断裂。

这是一股无形且可怕的能量波动，向着四面八方辐射而去！这是一种震慑，辰南有意为之，再让他打出接续的一式，肯定还不行，但是就是要这种恐怖的手段先来威慑对方，让他们心存顾忌！双头魔狼与九天凶蛇撞碎远处一片山峦，灰头土脸地爬了起来，再不似方才那般嚣狂，谨慎地向着辰南冲去。而这一次，一件关键的武器超乎了所有人的预料，彻底地改变了战局，就是辰南自己也远远没有想到！

他将独孤败天的遗物，那柄巨大的、似剑非剑似刀非刀的奇形兵刃握在了手里，感觉不到任何能量波动，也没有一丝特异的气息。但是，当双头魔狼与九头蛇冲来之际，辰南猛力挥出时，现场像是天崩地裂一般，一股无形的巨大威压笼罩而下，奇兵以不可揣测的绝大威力，竟然隔着非常遥远的距离，砍下了九头蛇的三颗巨头与双头狼的一颗巨头！根本没有锋芒激射而去，只有一股威压突然笼罩，于无形间斩掉了两大魔兽之王的头颅！

杀人于无形！在这一刻，所有人都觉得事情不同寻常，纷纷议论道："那是什么兵器？""独孤！""像极了传说中的独孤！""没错，与独孤败天掌中的那把独孤异常相似！"……

"嗷吼——"双头魔狼与九头凶蛇厉啸不断，他们想要重新接续头颅，但是辰南没有给他们机会。当然，他不想将事情闹得太僵，毕竟旁边还有那么多高手看着呢。他收起了传说中的"独孤"，身躯在刹那间放大到如山岳般，一把揪扯住了九头蛇如山岭般的庞大躯体，而后抡到东砸到西，直将附近的山峰砸得片片崩塌，而后更是以九头蛇的庞大躯体为鞭，猛力甩抽只剩下一头的魔狼！

"砰！""嗷吼——"猛烈的撞击蕴含着天阶高手的神通，两头凶兽惨叫。远远望去，一个巨人最后骑在山岳般的魔狼背上，猛力捶打，另一只手则狠狠地甩动蛇鞭，将附近的山峦冲击得不断崩塌。这已经是一场没有悬念的战斗！最终，辰南没有杀死两头远古魔兽祖王，以独战胜利而告终。毕竟，二十多名天阶高手在看，真的杀死两头凶兽的话可能会引起剧变。

"哦耶，老爹赢了！"空空蹦蹦跳跳地跑了过去，道，"可以让我们进入中央古大陆了吧，啊，你们不会还想让老爹与你们决战吧？"空空一双大眼睁得大大的，看着这些西方远古神话中的人物。美丽的精灵女子确实比较和善，率先开口道："不用了，本来每一族都有一个名额的，现在他们退出，正好成全了你们。"她看着空空道，"你这个小鬼没有达到天阶，威胁不到通天光道的安全，一个名额可以让你们两人通行。"

"多谢！"辰南表达谢意。"漂亮姐姐你真好！"空空也甜甜地叫道。接下来的战斗，辰南并没有参与，不过却也看得阵阵心惊，这些人当中真的有强者！那远古巨人还有那精灵女子以及一头西方天龙战力超绝！

五日后，辰南与空空随同十二位天阶高手，进入了通天光道，随着一阵炽烈的光芒闪烁而过后，他们极速穿行而去。仅仅半个时辰，他们就来到了传说中的中央古大陆！始一出现，辰南他们这些人就大吃一惊，似乎进入了众多天阶高手的战场！众多人在大战！其中一个巨大的太极神魔图是如此耀眼，就笼罩在这片战场上空，像是极其绚烂的云朵遮笼了天空一般！辰南当真是震惊到极点，那是魔主的瑰宝啊！

"这个疯子果真具有通天本领啊！"长胡子矮人望着空中的巨大太极神魔图惊叹着。"魔主，疯子……"美丽的精灵女子，也喃喃自语着，不过眼眸中却有一丝异样的波动，似乎有些微微失神。

此刻，无比广阔的大地之上，一道道可怕的能量光束在激射，能有近百股强大的气息充斥在这片空间，一场分外混乱的大战在继续着。

暗红色的土地，浓重的铅云，以及巨大的太极神魔图，在这样一种环境下，绚烂光芒不断爆闪，能量风暴不断肆虐，天阶高手大战正酣。辰南他们始一出场就引起了其他人的注意，七八道人影快速冲来，在这样的大战场地，当然不是友好接待，七八道可怕的光束直直轰击而下。

远古巨人大怒道："为何要攻击我们，我们与你们有何恩怨？"他本体足有三十丈，一发起怒来躯体更是暴涨，让人觉得他仿佛能够捅破天一般。"少说废话，既然来到这里，显然是为轮回门而来，想要进入轮回门，就先决一生死吧！"高空之上一个巨汉大喝，结实的肌肉像是一条条虬龙一般缠绕在身，看起来分外刚猛。

"轰！"远处刺眼的光芒爆闪，山峦崩塌，土石飞溅，光芒冲天。近处，同样光束一道接着一道地在空中肆虐，一切都是那样混乱。辰南心中充满了太多的疑问，这到底是怎么回事？魔主要修复的轮回门已经修好了，难道引得这帮天阶高手窥视？他们似乎要进入轮回门内，进入里面有什么好处呢？

"我们只是听到消息而来，还没决定怎样呢，你们就如此不分青红皂白地攻击我们，好，我接招！"远古巨人在咆哮，显然脾气并不算好，恼怒地挥动山岳般的巨掌，向前拍击而去。这两人一动手，随同巨汉而来的那批人和远古巨人身后的人也立刻混战了起来，隆隆巨响不绝于耳，能量光束不断激射。场面只能用一个字来形容，那就是：乱！

辰南带着空空退避了出去，暂时没有出手的意思。他非常奇怪，巨大的太极神魔图悬挂在空中，但是魔主在哪里呢？为何没有在这片大战的场地见到他的身影？这种大场面，不应该少掉他啊！此外，辰南也没有见到一个熟人，西土图腾、太古六邪等，都不见身影。不过，他不想卷入战场也不行，这是上百位天阶高手的大战，场内没有一人能够超然事外。很快就有人盯上了他，向他冲来。

辰南不得不战，但是他是选择性地战斗，想要尽快脱离这里，一名疯狂的人身狼头的天妖，与他纠缠着吼啸不断，可怕的妖族大神通也不断轰击。天狼啸月！"吼！"一个巨大的光球出现在天狼的头顶上空，如巨大的月亮一般，而后突然爆发开来，向着辰南笼罩而去，似乎要将他粉碎！这是一种极其恐怖的力量，辰南已经感应到那绝对能腐蚀人的灵魂，第三界果然可怕无比，高手层出不穷。

"独孤"适时出手，一下子劈开了笼罩而下的能量风暴，大战百余招后将天狼劈成了两半，而后不管其死活突围而去。但是，父子二人吃惊地发现，有几十人都在盯着他们，或者说盯着辰南手中的"独孤"，像狼一般双眼放光！

坏了！辰南蓦然想起这是大神独孤败天的遗物，这帮人可都是老古董啊，定然认得！而后，也不知道是谁大吼了一声，十几位天阶高手一起向着辰南冲去！有些人不在意，但是有些人非常在意这件奇兵！辰南感觉大事不妙，时空本源的力量连连施展突围而去，他快速冲离了这里，不过后方十几道人影飞快追来。现在，不可能真的硬打，辰南向着中央古大陆的南方飞去。但是，才出去千里远，却发现已经到了尽头，前方笼罩着朦胧的光辉，一片结界像苍穹般覆盖着这片暗红色的大地。他吃惊地发现，这片结界似乎只是笼罩着这片战场，方圆千里左右，他被困在了里面。

眼看后方的人追到了，辰南挥动手中"独孤"，用力向结界劈去，原本不过是抱着试试看的态度，没有想到竟然一下子劈开了，他抱着空空飞快冲了出去，而后结界闭合。"我就知道会如此！"后方追来的十几人中有人遗憾而后恼怒地道："独孤败天遗留的东西，怎么可能会是普通的神兵呢，那是弑天的凶器啊，定然能够破开这层结界，可惜没有抢到手！"

出了这片结界后，辰南眺望着这片大地，感觉到了更为恐怖的能量波动，远方在进行着惨烈的大战，而且他感觉到了熟人的气息！快速向前飞去！一道熟悉的身影映入辰南的眼帘。

"嘿嘿，臭小子，我们又见面了！"一个无比美丽的女子慵懒地躺靠在一张藤椅之上，显得是如此怪异！女子倾城倾国之色，那是毋庸置疑的，当然让人印象最深刻的是她的气质与表情，灵动中带着一丝恶作剧般的调皮，她道："你的进阶不是很快呀，这么久才进入第三界？"此女不是别人，竟然是神女独孤小萱。

"是你！"辰南有些变色。"嘿嘿，连小孩都有了。哇，真是可爱哦，小不点过来让我摸摸！"独孤小萱嘿嘿地对着小空空笑着。空空平时虽然调皮，但是此刻却有一种毛骨悚然的感觉，扭头就跑。"嘿，小家伙你跑什么呀？"纤秀的玉手在刹那间揪住了小空空，独孤小萱将他抓了回来，而后在他的小脸上揉啊揉、捏啊捏。她笑道："真可爱呀，哇哈哈，真好玩，就像个瓷娃娃一般。""不要啊，救命啊，老爹快救我呀！"空空大叫。

独孤小萱却是更加觉得快乐了，使劲地揉着空空的小脸，道："小家伙不要叫，当初你老爹和你一样。""啥？你把我老爹也当玩具？"小空空被吓住了，而后又大叫道："魔女姐姐你饶了我吧！我空空才一岁呀，你不能欺负幼童！"他又挣扎着想跑掉。辰南一阵头痛，怎么遇到她了，不过总算是遇到一个熟人。他忍不住问道："你怎么在这里？"独孤小萱道："嘿嘿，前方正在进行生死大战呢，有人想杀魔主，我在这里看看能不能帮魔主一些忙。"

魔主！竟然是魔主在大战！魔主的太极神魔图在结界内，而他本人竟然在外，这实在有些让人感觉奇异。辰南道："是时间祖神与空间祖神吗？"独孤小萱一边笑嘻嘻地揉捏着空空，一边道："光凭他们是杀不死魔主的，我方才得到一个不好的消息，他们似乎在第三界放出了一个太古巨凶！那是他们的倚仗！"辰南惊道："不行，我要去看看！"独孤小萱道："去吧。我在这里关注，那巨凶何时来，会及时通知过去的，到时候可能会有一场毁灭性的大战啊。"辰南带上空空，快速冲去。小空空简直如蒙大赦，一路上大叫着："好恐怖的女人呀！老爹，你实在太不够义气了，看着你宝贝儿子挨欺负，居然不闻不问。哼！"

远处，战场的大战实在太激烈了！恐怖的波动肆虐八方，虽然相隔很远，但是辰南却已经感觉到那滔天的气势与不灭的战意！前方血光冲天，无数的喊杀声让大地都在战栗！一片片魔云，在不断浩荡！惨烈的大战，比之刚才的战场不知道要强烈多少倍！

一条伟岸的身影浑身是血，矗立在战场中央，在混乱的大战中，在他的脚下躺着十几具尸体！鲜血在滚滚而流，冲天的血光就是死者的血液透发而出的。那人的脚下竟然有十几具尸体，这是什么概念！

那可都是天阶强者啊！那是一个高大魁伟的青年，一头白发被血色染红了一半，双眸似冷冽的刀锋一般逼人，就那样站在场中，一时间没有一个人敢靠近。正是威震千古的魔主！修罗场上到处都是喊杀声，众多的天阶高手在大战！

魔主睥睨八方，傲然立于场中央，大喝道："时间祖神、空间祖神出来吧，不要让人送死了，今日我和你们彻底地了结，为你们的师父讨一个公道！"除了魔主之外，剩下的人辰南几乎都不认识，不过当看到两道影迹突兀地出现在魔主身前时，辰南知道那定然是时间祖神与空间祖神！远处，惨烈的混战突然停了下来，所有人都安静了下来，天阶高手相互间对峙着，不过却都向这里围拢而来。人们知道终极一战将要开始了！

"时间停止！"一声大喝，时间祖神冷酷地盯着魔主。魔主周围如水波般荡漾，而后静止了下来，天地间一片安静，似乎一切都永恒地停留在这一瞬间。"空间归虚！"空间祖神同样一声大喝，魔主周围的空间竟然塌陷了，似乎将要归于原始，化成了黑暗虚无寂灭之地。

"这样还杀不死我！"魔主并未被死寂的黑暗吞噬，身体似乎是被定住了，但是双手却缓慢动作了起来，一道道可怕的能量波动浩荡而出。时空中似乎响起了一声破碎的声响，就像是精致的瓷器碎裂了一般，而后魔主周围的时空突然崩碎了，时间与空间的杀招被魔主以盖世法力破灭！与此同时，滔天的魔焰在刹那间冲腾而起，魔主的背后出现万重魔影，一个个上古凶魔在他的背后，涌动着滔天的魔气，疯狂地咆哮着！

"时空大神啊，我今天帮你清理门户！"魔主的声音无比冷酷，无上威压浩荡在第三界！"魔主，你不过是残魂而已，你杀不死我们，而今日我们却要让你永远形神俱灭！"时间祖神与空间祖神同时厉吼。"残魂灭你们也足够了！"魔主威严的话语传遍了中央古大陆，其霸气与决意让不少天阶高手都忍不住战栗！

"时间逆流斩！""空间碎裂斩！"时间祖神与空间祖神合在一起，无情地再次出手。而魔主则涌动着滔天的魔气，狂啸震天！这种霸气当真有气吞山河之概！在翻滚的无尽魔云中，一条条巨大的黑影汇聚而来，慢慢化形而出，那是太古以来飘荡在天地间的残破战魂！重重战魂，不断凝聚而来！时间祖神与空间祖神，瞬间就变了颜色，他们感觉到了莫大的威压。

自太古以来，死在第三界的强者不计其数，都是天阶以上的修为，其中包括不少震慑六道的人物，而魔主一经施展盖世魔功，竟然有无数魔魂来投，当真让他们感觉有些恐惧。魔主即便不是全盛之态也让人惊惧啊，八方战魂来尊！在隆隆巨响声中，随着魔主挥掌，无数战魂凝聚而成的巨大黑影，也跟着挥动恐怖的魔爪，仅仅这样一击就在刹那间崩碎了空间，彻底瓦解了时间祖神与空间祖神的第二次毁灭性攻击！

"吼！"一声魔啸，中央古大陆都颤动了！魔主带动着滚滚魔气，向着时间祖神与空间祖神杀去。"杀！"两神大叫。到了现在，不是你死就是我亡，他们早已没有回头路。三道人影激烈大战在一起，千古魔主同掌控时间与空间的至神之战，威荡十方，众多观战的天阶高手看得心潮澎湃！

"吼！"无数战魂凝聚而成的巨大魔影吞天噬地，张开巨口，向着时间祖神与空间祖神扑去，眼看就将他们吞入口中。而就在这个时候，第三界一阵剧烈颤动，仿佛有庞然巨凶出世了一般，无尽恐怖波动在刹那间笼罩了整片暗红色的大地。随后，一切又都平静了下来。

时间祖神与空间祖神被魔主打得吼啸不断，眼看竟然不敌！魔主万古不灭之躯，在那时间与空间禁忌力量笼罩的虚空中，虽然步履维艰，但是并未受到丝毫损伤，直将两神压制得越来越被动，两神败象早已露出，落败不过是早晚的事情。辰南在远处，被深深触动了心弦，男人当如此，叱咤风云，手掌天地，慑服天下。

"魔主你、你恢复了不少的实力？"时间祖神露出焦急之色，有些慌乱地大声叫着。"哼！"魔主冷哼。空间祖神也是惊道："太极神魔图不在你身边，你居然还能够有这样力量，看来我们被欺骗了。这么多年来，你不光是修复轮回门，你的残灵也凝聚了不少。"魔主冷笑："我说过从未将你们放在我心间，诛杀你们从不是我的忧事！"说到这里，魔主一声大吼，幻化出的一头巨魔，高有万丈，一只巨爪生生将时间祖神与空间祖神压了下去。第三界暗红色的大地不断崩碎，两神被那巨大的魔爪生生压下地层深处。盖世魔威，当真是无人能与争锋！

"哈哈！"到了现在，即便不敌，两神也不可能退缩了，他们利用时空的力量逃出地下，而后疯狂大笑道，"魔主，你以为今天能够顺利杀死我们吗？我们实话告诉你，今天你死定了。并非仅仅我们两人，想必方才你已经感应到了第三界大地的颤动。应该知道一个太古时期被封印的禁忌高手出世了！以你现在这种状态，我看你如何应对！"

魔主双目中透发出的光芒冷冽无比，道："那就让我来试试看吧！究竟是我被杀，还是你们一起成为支撑轮回门的力量，现在很难说！""嘿，魔主，你也太小看我们了，不要以为我们真的怕你！"而后他们分别大喝起来，"时间之匙！""空间之锥！"在刹那间，两人手中都光芒大盛，一股古老沧桑且可怕的气息浩荡开来，两人手中出现两件可怕的瑰宝。

远处，不少天阶高手都倒吸了一口凉气，那是当年时空大神的时间之心与空间之心凝结而成的宝物啊！当真有鬼神莫测之威！当年，能够为太古诸神打开一条逃向未来的时空隧道，全部仰仗这两件瑰宝中的瑰宝！魔主第一次露出了无比愤怒的神色，感慨地叹道："时空，你教的好徒弟啊！今天我为你雪耻，清理门户！"说到这里，他大喝道："两个弑师的无耻小人，可叹时空英雄一生，最后毁在你们手中，我真为他不值！去死吧！"

"嘿，可惜你的太极神魔图不在身边，受死的人将会是你！"两神冷笑。他们持时间之匙与空间之锥，相互交碰了一下，时空交融！毁灭性的气息浩荡而出，直取魔主！天崩地裂！第三界大震动，仿佛要崩碎一般！魔主气吞山河，背后的魔相狂吼着扑向了时间祖神与空间祖神。

与此同时，中央古大陆遥远的天际，更是传来一股铺天盖地般的可怕气息，正在以极速向着这里冲来！两神大笑，等待多时的太古巨凶终于赶来了，现在没有什么可惧怕的了，魔主败局已定。光芒闪烁，神女独孤小萱出现在这片战场，大叫道："魔主叔叔小心，一位太古凶人来了！"

太古巨凶来得实在太快了，仅仅数个喘息间，就从遥远的天际来到了战场！蒙蒙黄云，笼罩天空，带动着无尽的煞气弥漫而来，那种黄让人有一股恶心呕吐之感，仿佛黄色的尸水染遍了天际一般。"天啊，原来是他！""怎么可能，居然还没有死去！""这个可怕的巨凶，竟然也被封印在第三界！"……远处，众多天阶高手，在看到黄色煞气的刹那，竟然都已经猜到是何人了，可想而知这名巨凶的威名。

"哈哈哈哈哈……"震天的狂笑传来，如尸气般的滚滚黄云中，一条人影不断变幻，像是鬼魔一般，悬浮于场中央。神女独孤小萱叫道："魔主叔叔快把太极神魔图召唤而来吧！"魔主道："还不能！轮回门不稳，不能乱动！""魔主，你还记得我吗？想不到你我还有见面的一天啊，哈哈……"黄色煞气中身影一闪，一个全身都为土黄色的巨人冲了出来，能有十丈高。

"玄黄！记得，当然记得！"魔主与两神停止决战，悬浮于高空中道，"你生于天地玄黄二气中，怎么如今只剩黄煞，不见玄气呢？"玄黄冷笑道："玄黄演变，尊一而行，如今我自舍玄气，专修黄气！嘿，魔主，我永远记得你们几个的'恩情'啊，将我险些封死在第三界！小六道中本应有我一道，但你们却联手排斥我，今日说不得要清算总账！"远处，所有天阶高手都非常吃惊，想不到玄黄与魔主竟然还有这等恩怨，由此更可以看出其可怕的实力，当年竟然有实力问鼎小六道一道之主，那岂不是与时空大神、魔主、独孤败天、鬼主等相差无几的人物？！

魔主冷笑："让你入主小六道？嘿，我们推演天地棋局，模拟大六道，而你要去做什么呢？你包藏祸心，算计别人，岂能容你！"玄黄乃是古董中的古董，一身修为深不可测，险些被魔主等人封死在第三界，心中怨恨之深可想而知，当下冷喝道："多说无益，今日我们手底下见真章！""好，今日了结过去恩怨！"魔主即便面对三大高手，也同样豪气冲天。

这个时候，悬浮于天际的无尽黄色煞气，突然在刹那间凝聚成一杆大旗，飞到了玄黄的手中，"哗啦啦……"不断摇展，竟然崩碎了附近的高天！"玄黄旗！""是屠戮千万人的玄黄旗！"……远处众多天阶高手一阵大乱，似乎所有人都知道这杆凶旗！

"魔主叔叔，还是将太极神魔图收回来吧！"神女独孤小萱第一次面带忧色。"不行，轮回门将成，不能功亏一篑！"魔主断然拒绝了。"哈哈……"时间祖神与空间祖神全都大笑起来，魔主炼成的可怕天宝不能动用，而他们有时空大神的圣器，玄黄这个太古巨凶更是有恶名远播的绝世凶旗，在他们看来，魔主死定了！当然，最让他们底气十足的还是玄黄本人，这个超级远古巨鳄，乃是有数几个能够真正抗衡魔主的人物啊。

独孤小萱道："这不公平，你们都有瑰宝级的圣器，魔主叔叔却没有！哼，而且你们三人居然想联手对付魔主叔叔，我要参战！"玄黄冷笑："嘿嘿，这不是独孤家的丫头吗？听说你父亲已经陨落，现在魔主再逝，便真的没有人能够护佑你了！"时间祖神也森然道："嘿，当年的独孤家已经烟消云散了，没有人会再顾忌你们了！"空间祖神也冷冷笑了起来，远处众多天阶高手中也传出阵阵私语。

"是吗？我独孤家真的没落到如此境地了吗？真的连阿猫阿狗都敢来咬一口了吗？"这个时候，遥远的天际，一大片乌云疯狂卷动而来，可怕的魔气浩荡四野！冷酷无比的声音传来："天魔来也，我看看哪只阿猫阿狗在乱吠！"在场所有天阶高手大哗！天魔，竟然是天魔！独孤败天的长子！

一个黑发青年如一把绝世刀锋一般，出现在战场中央。"大哥！"独孤小萱惊喜地叫道。"哼！"天魔冷哼了一声。"嘻嘻，大哥不要那么酷酷的好不好，我真的好想念你呀。"神女独孤小萱笑得分外开心，道，"大哥，我知道你进入了第三界，不过直到今日才发现你的行踪，你终于重组了天魔身，想必也寻回自己被封印的力量了吧？""即将恢复！"天魔依然酷酷的，本性就是如此。他与魔主有些怨隙，但他的父亲却与魔主是至交，这关键时刻他毫不犹豫地站在了魔主这一方。天魔乃是独孤败天之子，更有继魔主之后第一魔之称，他的到来无疑让两方的实力平衡了不少。

"老爹……"战场外，空空眨着大眼看着辰南。辰南摸了摸他的小脸，示意他远远地避开。而后，辰南默默将"独孤"自内天地中取了出来。此物一出，惹得一片惊呼！独孤小萱更是一步冲到了近前，激动道："这是、这是，臭小子你是从哪里找到的？""从神魔陵园捡的。"辰南也不好直说。这个时候就连冷酷无情的天魔也露出了丝丝激动，一瞬不瞬地盯着辰南。魔主也是眸若刀锋，凝视着辰南与"独孤"。

"将独孤给魔主叔叔用吧！"神女独孤小萱知道现在不适合多问什么，便这样建议道。毕竟对方有玄黄这个太古巨凶，而魔主功力未复，也没有瑰宝在身，实在需要一把圣器在手。辰南没有任何犹豫，直接将"独孤"传了过去，魔主没有推辞，现在他确实需要一件圣器在手，而这把奇形兵刃号称弑天的凶器，最适合他！现在魔主一方实力可谓飙升啊，有了弑天凶器在手的魔主，对上掌有玄黄旗的太古巨凶，胜负已经很难说了！

"小子，你是什么人？"时间祖神与空间祖神冷森森地盯着辰南，直到这个时候他们才注意到这个年轻的高手。不知道为何，两人面对这个未知青年时心中涌动起一种非常不好的预感。"我是代表时空大神向你们讨命的人！"辰南声音并不是很高，平缓地说道，一步步向前走去。"臭小子，你……"独孤小萱感觉辰南未免有些太狂妄了。那两人可都是不好招惹的祖神啊。远处，上百位天阶高手更是一片哗然，这个小子是什么来历，竟敢如此大言不惭。

魔主手抚弑天凶器，情绪似乎很激动，而后竟然放声大笑起来："哈哈哈哈哈……没有想到啊，没有想到！"看得出他是发自真心地高兴与激动。所有人都不解地看着他，但是魔主却没有多说什么，盯着弑天凶器看了良久，才抬起头来，对独孤小萱与天魔道："让他去对付时间祖神与空间祖神吧！"天魔深深凝视着辰南，没有多说什么向后退去，独孤小萱也狐疑地看了看他，无声地退走了。远处，众多天阶高手更是一阵喧哗，感觉非常不解。

现在，已经没有什么可说的，实力才是硬道理！魔主持弑天凶器，向着玄黄杀去。"哗啦啦！"玄黄手中大旗招展，崩碎片片虚空，向着高天之上冲去，他要在云层之上开辟战场，大战千古魔主。这绝对是太古以后的最强之战！而这个时候，辰南也和时间祖神、空间祖神冲到了一起。相比较而言，他们的战斗似乎比铅云之上的千古大决战还要引人瞩目，所有人都想看看辰南到底是何来历，竟然敢独战两位至神！但是，辰南与两位祖神的战斗实在太诡异了，场面有些让人发蒙。

始一上来，时间祖神就将时间之匙劈出，而空间祖神更是将空间之锥砸下，看得出两神丝毫没有敢小觑辰南，似乎心存顾忌。但是两件圣器似乎对辰南没有多大作用，辰南的周围似乎是泥沼一般，所有打来的时间力量与空间力量都近乎凝固了。而两件圣器更是像要迫切归入大海的鱼儿一般，不受控制地想要脱离两神的掌控向辰南冲去。远处的众多天阶高手充满了疑惑，尤其是站在两神一方的人，感觉今天似乎不妙，想要除掉魔主恐怕非常难！

"该死的，是时空宝藏，而且被激活了！"两神怒吼，全都变了颜色。时间之匙与空间之锥竟然化成了两颗心，即将突破两神的封锁脱困而去。这一片空间彻底化成了难以挣动的沼泽，辰南与两神全都定在了那里，时间与空间似乎被封锁了！不过，辰南却是在小步地移动着，向着两神缓慢行去。

在众人不可思议的目光中，辰南缓缓抬起右拳，慢吞吞打向时间祖神的鼻梁，那简直是龟速！但是时间祖神却急得青筋暴跳，只艰难地偏移了一点点，"砰"的一声被打得鼻血长流。众多天阶高手感觉不可思议，时间祖神似乎反被时间的力量定住了！"砰！"又是缓慢的一拳，空间祖神被打了个乌眼青，如一个独眼大熊猫一般！

而这个时候，高天之上的千古之战也已经展开了，玄黄破天裂地，魔主威荡长空！魔云一动，六道战栗！这一刻，整片大六道所有至尊强者都感觉到了一丝不寻常的气息，隐约间他们感知到，六界中有特殊的事情发生了。轮回门再次创立！第三界中，太极神魔图周围，金黑两色光芒不断闪烁，轮回门确立，正在趋于稳定！轮回门就定于太极神魔图中！魔主与玄黄在无尽的铅云上空开辟出了新的战场，两位六界中的最强者都具有石破天惊之势！所有天阶高手最为震惊与期待的大战展开了！不过，目前暂时无法感知他们的战况，因为漫天黄色煞气与无尽恐怖魔气已经彻底将高天淹没了！

众人感觉到了无比可怕的威压，即便是天阶高手也忍不住战栗，仿佛有两个超级洪荒巨兽在毁灭天地一般，沉重而又恐怖的气息让所有人都快喘不过气来了！即便天眼通也无法穿透混乱的能量地带，没有人敢冲上高空接近战场，他们暂时等待大战的结果，所有人都不敢冒险去近距离观战。毕竟，那两人的身份实在太高了，破坏与毁灭力之强六道少见，谁也不想平白无故成为炮灰！而下方另一处战场也奇异无比，深深吸引了众人的目光，魔主与玄黄之战暂时无法看到，众人都在注视着辰南与时间祖神、空间祖神的大战。

只见辰南动作奇慢，比垂暮的老人还要慢上一大截，但就是这样依然能够准确无误地打在时间祖神与空间祖神的各个要害部位。时间祖神早已鼻血长流，空间祖神就像是黑眼圈的大熊猫，双眼被打得乌黑肿胀。两神双目都要喷出火来了，他们乃是时间祖神与空间祖神啊，是时空力量的掌控者，但是现在却遭时空力量反噬，被定在了这里，似乎将永恒地禁锢下去，成了辰南的活靶子。

这是一种让人极其尴尬的场面，堂堂西方诸神中的佼佼者，号称时空力量的宠儿，天阶高手中少有的强者，居然被一个后辈小子如此殴打，真是颜面尽失。远处，众多天阶高手目瞪口呆。时间之心与空间之心已经快要彻底地摆脱他们了，似乎将要抹去他们在其上留下的印记。两神知道不能再这样下去了，不然就不是丢面子的问题了，可能会引发非常可怕的后果！两神各喷出一口精血，那是包含着他们本命元气中的精华——时间命元与空间命元！两口命元喷洒在时间之心与空间之心上，让两件圣物的挣动平缓了许多，似乎有隐伏入他们身体深处的趋向。

"噗！"

"噗！"

两人再次喷出精血，光芒闪烁的时间之心与空间之心暗淡了不少，似乎将要被捆缚住了！但这却令远处众人更加感觉不可思议了，毕竟这二人乃是非常出名的两位祖神啊，是时空大神的亲传弟子，敢与重伤的魔主叫板，但眼下却在大口吐血，众人初时不明所以。还以为是辰南殴打的呢！这可真成了一个天大的笑话！堂堂两位祖神啊，居然被一个后辈青年痛揍！

当时间之心与空间之心被两神连续三口本命元气短暂压制，彻底

357

没入他们的身体后，他们终于能够动了，不过却也仅如辰南一般，仿佛在最为恶劣的泥沼中动作似的。这片空间依然被禁锢着，不过三人都是精通时空力量的人，现在可以缓慢地动作着，进行生死搏杀。由于速度放慢了下来，所以他们打出的拳掌并没有以前那般刚猛，不如从前那般具有恐怖的破坏力。三人仿佛画太极一般，动作慢吞吞，看得众多天阶高手只能面面相觑，过了好长时间才明白那里已经成为了一片永恒静止的空间，非精通时空力量的人不能进入，不然将永远定死在那里。看似节奏缓慢，却凶险到了极点。

虽然是一战二，但是辰南却让两位祖神快要抓狂了，这两人平日何曾与人近距离搏杀过，都是远距离动用时空大神通，从某种意义上来说他们是"魔法师"！现在，让两个无与伦比的强大魔法师舍弃最擅长的魔法，与一个强大的战士近距离肉搏，岂能占到便宜？这是真正的以己之短攻敌之长！辰南"缓慢"地避过时间祖神的一拳，而后慢慢地踢出右腿，脚掌慢吞吞地向着时间祖神的腰腹踹去。

时间祖神急得汗水长流，明明是非常缓慢的一脚，但他就是避不开，因为他的动作一样的缓慢，且不如对方巧妙，要害虽然堪堪躲过了，但这更让他难堪，因为在他侧身之际，对方的脚掌狠狠地蹬在了他的屁股上！"砰！"对于一个强大的祖神来说，这真是最为难堪的耻辱啊！"啊啊啊——"时间祖神羞愤地号叫了起来。

空间祖神也好不到哪里去，他同样不是精于格斗的战士，是空间魔法的祖神，现在的肉搏让他吃尽了苦头。"砰！"一记撩阴脚，虽然缓慢到了极点，但他就是没有完全避开，中招的刹那脸色惨白到极点，而后是一声非人般的长嚎："嗷呜——"远处，众多天阶高手冷汗直流，这场战斗实在太另类了！天阶高手中的顶级人物两大祖神居然被打成这样！

两神频频中招，而且都是狠招，连续几记撩阴腿让两位祖神脸都绿了！同时，飘飘拳频出，更是让两神满脸开花，可谓鼻青脸肿，鲜血长流，狼狈到极点。天阶高手们有些发傻了！这真的是顶级祖神的战斗吗？这怎么看都像市井中的泼皮在打架，一点也没有高手大战的风范。短暂的鸦雀无声，而后突然爆发出一片哄笑声。因为，时间祖神被辰南如骑马般骑在了身下，更是拉扯得空间祖神即将摔倒！

被禁锢后的永恒的空间内，一切的法术都没用了，时空被封锁！简单的物理攻击最为有效！可怜的两位祖神被辰南放倒在了地上，不断狂踩！当然，这种狂踩，是一分钟落脚两下而已。但是即便这样也足够了！虽然在这静止的空间内无法动用极致力量毁灭两神，但是这种源于精神上的打击所拥有的杀伤力同样等于毁灭。两神已经快崩溃了，他们何曾遭遇过这种场面啊，在众目睽睽下被一个后辈小子如痛揍流氓般殴打，真是想都不敢想，两人快疯了，恨不得自杀算了。

"哈哈！"远处，神女独孤小萱狂笑，当然还不忘记对着愁眉苦脸的小空空粉嫩的脸蛋揉啊揉、捏啊捏。一脸严肃的天魔也是难以抑制地露出一丝笑意，当然很快又板起了脸。很快，所有的天阶高手也都哭笑不得了。两个祖神被一个小子揍趴下了！狂殴不断，鼻血横飞，狼狈至极，实在是不可思议。

两神现在真想大哭！就在这个时候，高天之上传出了玄黄威严的声音："一开始与时间祖神和空间祖神反抗魔主的人都哪里去了？他们落难为何都不敢相助？难道你们是忌讳魔主变强了吗？哼，有我在，魔主必亡！"与此同时，高天之上的铅云崩碎了，一杆玄黄大旗猎猎作响，定在高空正中央，透发着无尽的煞气。而那把"独孤"也静静地悬浮在空中，没有任何光芒透发而出。两把圣器定住了这方天地，不然恐怕这片大陆早就崩碎了！

两条高大的身影超越光速，时间与空间都难以束缚，在这片被圣器稳住的空间中激烈战斗，一道道毁灭性的力量汹涌浩荡而出，席卷八方！战斗凶险激烈无比，令下方众多天阶高手心胆俱寒。看到玄黄确实能够独战魔主，想起他方才的那些话语，有些人已经坐不住了，向着场内冲去，想要救出时间祖神与空间祖神。

天魔一声长啸，一拳轰向一个冲来的天阶高手，顿时将之生猛地击飞，道："天魔在此，谁想救那时间祖神与空间祖神，先来过我这一关！"围观的天阶高手一阵骚乱！人群中时间祖神与空间祖神的嫡系大叫道："上！先救出时间祖神与空间祖神，他们只不过恰好被那个小子克制而已。只要救出他们，让别人对付那个小子，战斗将呈现一面倒的形势！"

混战又将开始，情况非常不利！尽管天魔与独孤小萱拦住了七八人，但还有更多人将要再向上冲！而以前为魔主而战的人却在迟疑，他们现在有些怀疑魔主的实力了，生怕自己这次站错队，因为玄黄刚才说的话太自信了。

"看来我天魔沉寂太久了！久远到已经快要让人把我遗忘了！吼……"天魔一声大吼，魔躯似钢筋铁骨一般强横，涌动着滔天的魔气冲向对手。血雨喷溅，他竟然一个猛冲，就直接将一名天阶高手崩碎了，而后一个巨大的魔相幻化在他身前，张开巨口生猛地将那天阶高手的灵魂吞噬了下去。这惨烈的手段，以及强绝无匹的实力，让不少天阶高手为之色变。独孤小萱在空中留下一道道残影，她没有天魔那般残忍，但手腕也非常高超，始一照面便将一个天阶高手封印了起来，让对方直直坠落下高空。不过，在天魔一声冷笑声中，那名高手还是送命了，他幻化出的巨大的魔相，飞快冲过去将之吞了下去！

"救出时间祖神与空间祖神，我们已经没有退路！""杀！"两神的嫡系不断鼓动着，场面立时变得混乱不堪。最后，惨烈的混战终于又开始了！

"哈哈！"高天之上玄黄狂笑，此刻他持着大旗猛烈摇动了起来，"哗啦啦！"响声不断，立时让魔主没有立身之所，因为无论魔主出现在哪里，那里的虚空就会崩裂毁灭。不愧为天地玄黄二气所化的太古巨凶，出生之日便是不灭之体，经过无尽岁月的修炼更是成为绝世凶狂，到了现在天地间真的少有人能制他。魔主一声清啸，震动第三界，手中弑天凶器在刹那间迸发出一道无比绚烂的光芒，冲破玄黄煞气杀向敌手。同时，聚集在身边的无数古老残碎战魂，全部发威吼啸，震破了无尽的黄色煞气，魔主穿过重重破碎的空间，杀到了玄黄近前。

奇兵猛力挥动而出，"当"的一声斩在了玄黄旗上！这一刻，天地仿佛要毁灭了一般，大地之上崩裂出一道道巨大的裂缝，快速蔓延出去上千里，而整片高天更是在一瞬间崩碎毁灭。这就是魔主与玄黄的实力，稍不注意打出去的毁灭性力量就险些彻底毁灭方圆数千里天地！看到玄黄与魔主的生死之战，下方所有天阶高手也都再次混战了起来。天地间一片混乱！天魔虽勇，独孤小萱虽智，但是在大混战中，也不可能掌控一切。毕竟，这是上百位天阶高手的混战啊！

就在这个时候，一个黑发青年，眸若冷电，乱发狂舞，脚踏魔云而来，气势如山似岳，仿佛是那需要仰视的主宰者一般，在刹那间冲到了近前。他即便看到了玄黄与魔主的大战，面色都没有任何波动。黑发青年根本没有刻意外放任何气息，但是一股无形的威压却已经传遍了整片战场，引得不少天阶高手纷纷侧目！

"你是何人？速速退走，不要乱蹚浑水！"一位天阶高手在刹那间挡在了黑发青年的眼前，一掌向前拍来。黑发青年双目中冷芒未有丝毫波动，右手伸出，向前探去，一幅奇异而又可怕的画面出现了，说不清是幻象还是真实的魔身。一只巨大的手爪覆盖着厚厚的黑色毛发，与黑发青年的手掌重合相叠，拍向了前方的高手，如同可怕的兽爪一般。

"咔嚓！"巨大而又恐怖的兽爪，竟然生生抓断了那人的臂膀，而后将那拦路的天阶高手又生猛地攥成了两截，血水迸溅得到处都是，场面有些血腥。一道魂影冲了出去，黑发青年并未赶尽杀绝，没有动用大神通灭杀对方魂魄。兽爪消失，黑发青年似乎从来没有动过手一般，依然冷漠地向前飞去。旁边有不少人看到了这一切，心中皆惊惧无比，杀死天阶高手也许算不得什么，但是这黑发青年隐约间却透发着一股唯我独尊的气势，藐视一切，漠视一切强敌，无视一切阻挡。现在附近的天阶高手都已经明白此人绝非常人！不可阻挡，不能匹敌！亲眼见证这一切，且明白这一切的人，不动声色地退避，为黑发青年闪开了一条道路。

黑发青年默不作声，当快要冲到辰南所在的地域时，尽管暂时没有人主动攻击他，但是这次他主动出手。对象是两名站在时空之神一方的天阶高手，他们正在疯狂进攻那片被禁锢的领域，想要将两神解救出来。一道可怕的魔光如九幽地域的毁灭之源一般，快速遮笼了两名天阶高手，两声惨叫过后两人被打得身体崩碎，而后魂魄逃向远方，开始重组身躯。这一切都显得那样可怕，几乎没有人愿意冲过来对黑发青年发起进攻，附近的天阶高手不知道为何，总觉得此人充满了恐怖的力量，似乎是一个不能招惹的人。

两位重组好身体的天阶高手虽然露出了惊恐的神色，但是其中一人最终还是冲了过来，似乎是被困的两神的嫡系。黑发青年依然没有任何言语，唯有冷酷无情地出手，一只巨大的兽爪突兀地幻化而出，猛力地抓住了那天阶高手的身躯，爆发出一团可怕的魔光，而后迸溅开来一片血光，那名天阶高手再次崩碎，且魂魄被那兽爪透发出的魔光所笼罩，生生炼化成一片云烟，而后慢慢消散了。一切都是在非常平静的情况下发生的，没有爆发出毁天灭地的气息，没有造成天崩地裂般的轰动，但是绝对的死亡杀戮依然让人感觉到了隐伏的恐怖力量，这是绝对的威慑！

远处，独孤小萱看到黑发青年，双眼中透发出一丝吃惊的光芒。而天魔则是嘿嘿冷笑了两声，似乎一切了然，又像是对熟人打了个招呼。可怕的人物漠然立于禁锢空间的外面，冷冷对着想要冲上来的天阶高手，无形中透发出的威压是如此摄人心魄。短暂的平静但却让冲到这里的九位天阶高手非常难堪，一人竟然震住了他们这么多天阶高手，这实在让人感觉有些憋屈。最终，所有人相互看了一眼，一起向前冲去！

黑发青年依然默默无声，但是双手却划出一道道神秘莫测的轨迹，一股恐怖的波动浩荡而出，九位天阶高手全部被笼罩在了里面。凭着本能他们感觉大事不妙，全都竭尽全力相抗。一片森然的魔光爆发而出，黑发青年被震得倒飞了出去，九位天阶高手纹丝未动，但是他们却深深地感觉到一阵惊惧，每一个人都流逝了数千年的功力！他们是超级老古董，数百年上千年对于他们来说，并不是多么久远，但有人竟然能够同时剥夺他们这么久的岁月，那也是非常可怕的了！想到这里，九人杀机毕露，同时喝道："一起上，彻底灭掉他！"

而这个时候，黑发青年终于开口了："如若出手，最前之人，必将毁灭！"说完这句话，他没有给九人任何思考的机会，森冷地喝道："万古皆空！"他的身体在刹那间魔气冲天，毁灭性的气息弥漫在整片战场，甚至冲上了魔主与玄黄大战的高天！冲在最前方的人在刹那间被魔光淹没了，而后所有人都看到他由一名中年人快速变到青年，而后化成孩童，最后彻底消失，彻底"成空"！剩余八人一声怪叫，都在刹那间退后，没有人愿意出现在最前方了，他们被分化了。这个神秘的黑发青年，带给了他们太多的震撼！

"父亲……"被禁锢的空间内，辰南激动地叫着，他早已看清了这一切，魔性辰战竟然出现了！这么多年过去了，他不知道为何魔性辰战还没有与神性辰战融合，这是一件令他有些不解的事情。魔性辰战冰冷的眼神似乎出现一丝暖色，但很快又消失了，只是微微地点了下头。辰南双目有些湿气，同时心中有些惊讶。这是魔性辰战，本就是冷酷无情的，当初初见时更是存在着一种原始兽性，到了如今虽然无比冰冷，却已经比以前好太多了。辰南知道魔性辰战原本并没有亲情的记忆，现在能有如此表现，已经是非常难得了，或许他有所觉悟。

魔性辰战一人在禁锢的空间外，冷冷地注视远处的混战，一股可怕的无形威压透发而出，令方才的几名敌手都不敢轻举妄动。这个时候，被禁锢的空间内已经发生了惊人的变化，时间之匙与空间之锥分别化成了时间之心与空间之心，自两位祖神的体内冲了出来，突破压制！它们闪烁着绚烂的光芒，冲进了辰南体内，令这片空间更加趋向于永恒的静止了！

时间祖神与空间祖神露出了惊恐的神色，因为他们已经一动也不能动了。相反，辰南已经快速恢复了自由之身！时间之心与空间之心同时空宝藏的力量融合在了一起，顿时让辰南幻化出一股冲天的光芒，一股强盛到极点的威压快速向四面八方笼罩而去。辰南恍惚间感觉，一个白发苍苍的老人在他心间显化而出，似乎让他代为报仇。他没有任何犹豫，浩荡起一股毁灭性的力量，向着两神淹没而去。"啊——"两神同时大叫。

高天之上玄黄惊讶，手中大旗"哗啦啦"不断摇动，打下漫天的黄色光芒，竟然将两神护在了里面，而后他吃惊地道："时空的力量？哼！"魔性辰战双目中冷芒闪烁，没有任何言语，一拳向着漫天的黄光劈去！惨烈的气息逆空而上，无尽的魔气刚猛到极点，黄光竟然被打得将近熄灭！玄黄大吃一惊，似乎没有想到下方竟然有人能够抗衡自己的玄黄旗！不过，没有熄灭的光芒依然救下了两神，将他们传送到了数千米开外，躲过了辰南的必杀一击。

玄黄冷冷地看着辰南和魔性辰战，露出了非常吃惊的神色，他一边猛力摇动大旗大战魔主，一边喝问道："那两人是谁？一个似乎充满了无尽的变数，一个人却又是如此熟悉而又陌生！"没有理会高空中的一切，打开封锁的永恒空间，辰南激动地飞到魔性辰战的近前，声音颤抖着："父亲……"

"啊，老爹，爷爷，我来了！"空空飞快冲来。空空可不管那么多，调皮地冲了过来，一下子飞上了黑发青年的肩头，抱着他的脖子道："爷爷，我想死你了！"辰南真的有些担心，这可是魔性辰战啊，他真怕空空有意外发生。

不过魔性辰战的表现超出了他预料，双眼竟然露出一丝暖意，不再那么冰冷，虽然没有说话，但是从他柔和的目光中，可以看出在这一刻，他心中是充满了溺爱的，是没有杀戮气息的。紧接着，魔性辰战的举动出乎了所有人的预料，他将小空空放了下去，而后竟然头也不回地向着高天冲去！他竟然冲向了玄黄与魔主的大战之地！下方大战的百余名天阶高手都大吃一惊，玄黄与魔主代表着毁灭，一般人避之不及，但是这黑发青年竟然要卷入漩涡中，实在太猖狂了！

"他到底是谁？"玄黄看到魔性辰战冲了上来，对魔主冷声喝问道。"我怎知！或许是终结你命运的人也说不定！"魔主同样冷声回应玄黄道："嘿，这六道中还有人能够杀死我吗？"魔性辰战冲破封锁，进入了两人的大战之地，竟然一拳向着玄黄轰去！玄黄大怒，摇动大旗，抖搂出漫天黄光，将魔性辰战吞没了，"轰"的一声血肉横飞，崩碎了开来。

"爷爷……"下方小空空惊得大叫。不过在刹那间，魔性辰战又如浴火重生的凤凰一般，气势更盛地出现在原地，周身毁灭气息在浩荡，无尽的魔光在闪烁！在这一刻，下方天阶高手的大战停止了，所有人都仰头观望。时间祖神与空间祖神第一时间也冲了上去。辰南将小空空送到安全地带，自己也飞天而上。独孤小萱、天魔同样出现在这片高天。

不过，最先冲上来的时间祖神与空间祖神刚刚飞到玄黄近前，便突然惊恐地大叫了起来，因为那杆恐怖的大旗在刹那间将他们笼罩了！凄惨的叫声没有持续多久便彻底无声了，玄黄旗却显得更加恐怖了！在这一刻，下方所有天阶高手全都惊恐无比，这玄黄凶人未免太恶毒了，对盟友都同时出手，实在狠辣无比。

魔性辰战再次出手，玄黄大旗招展，无尽黄光罩落向辰战，他的身体再次爆碎！不过，依然如上次那般，如浴火重生的凤凰一般，重组后的身体气势更上一层楼，可怕的气息明显强盛了不少。玄黄双目微皱，道："怎么回事？"他心中吃惊不小，而后再次摇动玄黄旗。就这样，魔性辰战的身体连续崩碎了九次，但是每一次重组魔躯，都要强盛于原来几分，他的气势不断攀向高峰！

高天之上玄黄大旗猎猎作响，搅动得这片天地似乎要翻滚起来！无尽的黄色煞气笼罩十方，强大的波动让整片中央古大陆都仿佛颤动了起来。而距离这片战场最近的地域，那连绵的暗红色山脉已经被一股无形的威压震碎。声势浩大至极！玄黄，这个太古巨凶，自天地玄黄二气中而生，出身占了太大的优势，可谓是永恒不灭之体！此刻，展现出如此恐怖至极的修为，并不出乎众人的意料。下方，所有天阶高手都早已避退出去很远，在远空吃惊地看着这一切。

辰战，一代天骄，虽然此刻只是魔性一面，并非完整的本体，但是却展现出了高深莫测的实力，他居然敢向玄黄叫板！这样的挑战不是没有过，总有些自命不凡之辈敢于与绝代高手生死搏杀，以期突破，提升自己的修为。但是面对玄黄、魔主这样的高手，几乎所有的挑战者只有一个下场，那就彻底灰飞烟灭！久而久之，便很少有人再向禁忌高手出手了。

魔性辰战，九死再生，在滔天的黄色煞气中，他的气势不断攀升，身体每次破碎后重组，力量都不断激增。玄黄九击，居然没有彻底灭杀他，这已经出乎所有人的意料，让人看不清辰战到底有多强！天魔、独孤小萱、魔主静静地在高天之上看着这一切，都没有说话，似乎抽身于世外一般，眼下玄黄与魔主的争斗似乎已经转变成了玄黄与辰战的战斗！辰南由开始时的担心，慢慢地平静了下来。

"你到底是谁？被我玄黄旗打散，居然九死而活！"玄黄此刻煞气滔天，无论是身体的肤色，还是发丝，都已经发生了明显的变化，变为恐怖的死黄，吓人无比。可怕的波动，更是让所有人都心惊！"我，百战不死！为战而生，为战而活，本名叫辰战！"魔性辰战黑发乱舞，第一次开口郑重说话。此刻，一股霸绝天地的气息浩荡而出，整个人像那需要人仰望的巨山一般！

"没听说过！"玄黄冷笑，似乎有些不屑，又似乎在搜索相关记忆。"今日之后，直至你死去，你将永远记得！"辰战此刻战意滔天，周身上下涌动出的魔气席卷十方，远处观战的高手都不禁变色。"哈哈！"玄黄大笑，而后面色转冷，道："好狂妄的后辈小子！让我记得？嘿嘿！"修为到了他这般境地，后代高手几乎不可能威胁到他的生死。但是玄黄对眼前的魔性辰战却格外戒备，本能的直觉早已告诉他，这不是一个普通人！

玄黄九次破碎辰战的身体后，并没有急着出手，他心中有一种不明的预感，在出手前想要推测一番，道："你找我只是为了战斗？""不错，今日来此，就是要与你一战！"魔性辰战战意再次攀上一个高峰！道："我本就是为战而生，为战而活的！"默默推演半晌，玄黄一阵焦躁，什么也没有感知到，手中玄黄大旗猛力摇动起来，引得八方云动，空间不断崩碎，他大喝道："既然如此，就让我彻底灭杀你吧，让你知道禁忌高手是不容冒犯的！"

玄黄手擎大旗，向前一步迈去，在刹那间就逼到了辰战的近前，玄黄旗笼罩而下，想要像摄取时间祖神与空间祖神那般收掉辰战。这可不是简简单单地摇落出可怕的黄色魔光，是圣器的直接袭击。要知道这等圣器如魔主手中的"独孤"，传说连天都曾经屠掉过。玄黄旗乃是类似的器物，威力之大可想而知。

魔性辰战似乎知道厉害，这一次并没有真正出手迎击，身躯在刹那间分化出千百道，漫天都是魔性辰战的影迹。玄黄旗笼罩而下时，下方的数十道虚影崩碎，真正的魔性辰战却已经远退出去千丈远。"接着！"魔主突然喝了一声，虽然仅仅只有两个字，但是却让远方观战的所有天阶高手震惊无比，他竟然将传说中的屠天圣器"独孤"抛向了辰战。

"吼！"魔性辰战没有任何犹豫，接到手中之后，仰天发出一声长啸，直震得四面海啸！"独孤"在辰战手中，依然暗淡无光，仿似普通的凡铁一般，没有任何绚烂光彩可言，但是即便这样也足够了。辰战手握"独孤"，与之仿佛凝结成了一个整体，身化一道阴森魔光，主动向着玄黄冲去！玄黄大旗猎猎作响，似乎能够摇碎整片第三界一般，直搅得天空不断崩裂，可怕的力量向着敌手笼罩而去。不过，"独孤"虽然无璀璨神光，无奇异波动，但是似乎无坚不摧，辰战持着它直接突破重重黄色光芒，与手持大旗的玄黄展开了一阵无比快速而又惊险的搏杀！

天空在摇颤，大地在抖动！四方海水在沸腾，一切都是那样可怕，仿佛末日大乱一般！"独孤"与玄黄旗不断激烈碰撞，迸发出一道道奇异的光芒，锋刃之上依然没有光芒闪现，但却不断迸发出火星，而大旗乃是天地玄黄气淬炼而成，也是火星迸溅，但两件圣物却没有破裂损毁迹象。残影漫天飞舞，玄黄与辰战超越光速，这片天地到处都是他们的影迹，由于速度达到了极致，时间与空间也随着他们的移动而受影响。在这片战场，时间竟然混乱了，而空间也已经扭曲了，这片时空似乎有崩溃的迹象！下方的高手真的震惊了，魔性辰战竟然能够短暂地与玄黄这个太古巨凶交手而没有败亡，这份功力在场之人自问，没有几个人能够达到！

"砰！"玄黄大旗招展，终于还是将魔性辰战扫飞，魔性辰战连连翻飞出去上千丈远才停下来。"你还远不是我的对手，如果真找死就上来吧！"玄黄双眼中凶光闪烁，杀机毕露。辰南平静的心绪被打破了，急忙冲了上去，问道："父亲，你没事吧？"魔性辰战轻轻推开了他，双目如刀锋一般锐利，透发着摄人心魄的魔光，冷冷地盯着玄黄道："我是在战斗中生存、成长的！"说到这里，他的战意更加高昂，双目中的光芒也变了，似乎无比炽热。这不是在寻死，这是兴奋与激动，果真是天生的斗战圣者！

"好，我成全你，你最好的归宿就是死于战场！"玄黄大喝，大旗招展，横扫辰战而来，直觉告诉他，这个人绝不能留下！玄黄旗威力实在太大了，这样以横扫千军之势席卷而来，竟然在刹那间截断了高天！虚空崩裂出一道可怕大裂缝，快速涌动出无尽的混沌光芒，竟然分成了上下两片天地！这是必杀之式！辰战手中"独孤"直指旗端，虽然在刹那定住了大旗，但最终还是"砰"的一声巨响，反被大旗震开，被混沌光芒淹没。远空，天阶高手们震惊，这绝杀太恐怖了，几乎没有人确信自己能够在这样的一击之下守住！寻常天阶高手定然要形神俱灭。

直至玄黄大旗竖起，静止不动之后，截断高空的大裂缝已经化成了混沌，似乎分成了两片世界，实在恐怖至极！"嘎嘣！"一声破碎的声响，混沌中崩开一片空间，魔性辰战竟然未死，冲了出来。不过他的身体却已经自腰腹处被截成了两段。

"你竟然还未死？！"玄黄惊怒，虽然重创了敌手，但是没有彻底灭杀对方，让他非常吃惊与愤怒。"我是杀不死的！"魔性辰战的声音很冷，两段断开的躯体在刹那间重组了一起。高天之上，近距离观战的魔主竟然露出了一丝微笑，与他平日那种威盖天下的气势大不相同。

"嘿，杀不死？！今天我就来灭杀你，从来没有我杀不死的人！"玄黄已经暴怒了，他的敌手乃是魔主，这突然出现的魔性辰战超出了他的预料，心中无法推测出的未明感觉让他觉得唯有彻底抹去眼前此人的痕迹，才最为安心。一声巨响，割裂高天的混沌地带崩碎了，玄黄一步上前，大喝道："绝灭！"可怕大旗翻卷着，铺天盖地般向着辰战压落而下。

"万——古——皆——空！"魔性辰战一字一顿，手中"独孤"向前挑去！一股毁灭的气息在刹那间爆发开来，无尽的魔光与玄黄气在刹那间淹没了这片空间，这方天地终于崩溃了！仿佛要灭世一般！这个时候，魔主终于再次动作起来，双手打出一道道玄秘的法印，彻底禁锢了崩溃的空间，将那股毁灭性的力量封锁住了，不然那将是一场无法想象的可怕灾难！远处的高手深深被震撼了，这魔性辰战的实力超出了他们的想象，竟然与玄黄进行了这样一记大拼杀！一个后代高手竟然有如此实力，实在不可想象！一代人杰啊！

毁灭性的光芒终于慢慢消失了，在那被魔主封锁的空间内，玄黄持大旗怒发冲冠，那魔性辰战竟然生生硬扛了下来，他无法忍受！那可怕的"万古皆空"，居然让他受了些许伤害！魔性辰战浑身都是血迹，看得出再次遭受了重创，但是他整个人并没有萎靡不振，反而像那熊熊燃烧的烈火被浇上了沸油一般，战意更加高昂旺盛了。战魂之火熊熊燃烧，不屈不灭！

玄黄绝世凶焰滔天，气势也暴涨，他已经愤怒到极点，一心想快速杀死魔性辰南，却不料会如此。他转头喝问着魔主，道："你知道为什么？为什么会这样？！"魔主威压天下，冷笑道："嘿，他不过是魔性主体而已，除非你将神性主体与之共同灭掉，不然恐怕真的会永恒不灭！不过就目前来说，神性主体与魔性主体应该在相互躲避不见！"

玄黄的声音冷酷无比，道："我不信灭不了他！"他仰天咆哮，无尽的黄色煞气翻涌，而后玄黄旗离手飞去，在空中暴涨成千丈长的通天巨旗，将魔性辰战笼罩在了里面。魔性辰战手擎"独孤"，道："杀不死我，必让你血溅三界！"魔性辰战真的自信而又冷酷，面对玄黄这等高手竟然夷然不惧，乱发狂舞，战意滔天！

"杀！"玄黄大怒，一声吼啸，千丈通天巨旗猎猎作响，开始疯狂灭杀辰战！"亘古匆匆！"魔性辰战在这一刻也是一声大吼，竟然打出了这样一记法则。惊得远处的天阶高手们纷纷惊呼，就连魔主也是目射冷芒，似乎想起了什么。"轰隆隆！"一声巨响，通天巨旗竟然被"亘古匆匆"打得翻飞了出去，就连玄黄也吐了一口鲜血，倒飞而去。辰战昂然立于天地间，虽然身上有前后透亮的十八个血洞，却外放出一股气吞天下的气势！

远处的高手彻底被镇住了，有人惊呼道："太古洪荒时，似乎有人用过这样的法则！""似乎是一个无名高手！""传说那并不是完整的法则，他预言后世必将有人完整打出！"……

玄黄咆哮震天，完全出离愤怒。魔性辰战也是一声长啸。为战而生，为战而活！魔啸一声，八方云动，试问天下，谁与争锋？！魔威惊六界，霸气壮山河！辰战，一代天骄人物，其魔性之体在这一刻，可谓百战不死的斗魔，战意凌云霄，气势荡九天，引得十方云动！周身上下，十八个前后透亮的血洞，显示出他身受重伤，但并没有让人觉得他狼狈与弱小，相反从那横扫八荒的强势气息来看，其魔躯显得更加高大了，仿佛矗立在天地间的永不可战胜的斗战圣者一般！

"吼！"一声魔啸，中央古大陆都仿佛颤动了起来！手中"独孤"遥指玄黄，逼人杀意，似无坚不摧的刀锋一般，摄人心魄。玄黄擦净嘴角的鲜血，手持猎猎作响的大旗，整个人爆发出一股戾气，到了此刻，玄黄已经没有什么可说的了，今日他已经彻底失去了颜面。如果不能够将眼前这太古以后的"绝对第一人"灭杀，那么他将无脸面对众多天阶高手，所谓的不可挑战的禁忌人物将成为一个笑柄！黄色煞气笼罩四方，黄色光芒竟然已经化成如黄色尸水般的液体，高天之上已经没有云雾，现在惨烈的黄煞恶水在汹涌澎湃着。这实在是无比惊异的景象，高天之上大浪涌动，仿佛无尽的恶水凝聚成了一片海洋一般。

"辰战受死！"再也没有过多的言论，玄黄知道与其用言语来表达他的愤怒，远不如用实际行动来证明一切更重要。他站在大浪滔天的黄色恶水上空，抖动着绝世凶旗，当前无尽风浪，向着辰战涌动而去，漫天的黄色恶水，几乎在刹那间将辰战淹没了里面。无尽的魔气直贯长空，辰战在恶水中似一个顶天立地的巨人一般，又像是一条呼风唤雨的神龙，将漫天的海水搅动得旋转了起来。

场面之浩大让远处所有天阶高手都瞠目结舌，因为他们发现整片天空都在抖动，无尽的恶水如果洒落向暗红色的大地，整片第三界恐怕都有成为沼泽的噩运。无尽的幽冥火焰自辰战的身体爆发而出，黑色森然的大火在刹那间就席卷了天地，竟然在无尽的恶水中熊熊燃烧了起来。这是传说中能够燃尽一切的魔火！

中央古大陆上空，滚滚烟火与恶水交织在一起，不断地激烈浩荡，席卷了整片天空，看起来惨烈无比，这异象实在恐怖到极点。最终，无尽的魔火熄灭了，辰战再遭重创，但是漫天的黄色恶水也被炼化了大半，剩余的部分已经难以涌动起波浪。又是一次惨烈的交锋。辰战虽遭重创，但却有虽败犹荣之势，这是所有天阶高手的想法，他们觉得辰战给玄黄造成的压力越来越大了！这是一个永不屈服的斗战圣者，只要不死，气势就越来越盛！也许真如他自己所说那般，为战而生，为战而活！天生的不灭战魂！

"好！"玄黄最终的怒火仅仅化成了这样一个冰冷的字眼，手中绝世凶旗被他掷于高天正中央，在刹那间爆发出无比刺眼的黄色光芒！

"煞气吞天地，一百零八魔将，现世吧！"玄黄大旗涌动起滔天的煞气，在刹那间崩碎开来，在所有人惊愕的目光中，一百零八杆通天大旗矗立在天地间，每一杆绝世凶旗都长足有千丈，煞风狂涌于天地间。高天之上，荡起无尽的罡风，在死亡黄光中，一百零八杆绝世凶旗像是一百零八道魔相一般，将整片天空都挤满了。通天凶旗遮天蔽日，死死地将辰战困在了中央！

这绝世凶阵本是为魔主准备的，但眼下却用来对付辰战了。他的整体实力绝对远高于辰战，但是辰战的体质与灵魂实在太怪了，几次都本应形神俱灭，但却都安然无恙地活了下来。这让他知道寻常的方法根本无法杀死此人，便将这绝世凶阵祭出，准备干净利索地让辰战化为飞灰。

一百零八杆凶旗，遮天蔽日，猎猎作响，摇碎了天地，这方天地一片昏暗。最为可怕的是，许多凶旗之上都有狰狞的影像显现了出来，其中赫然有时间祖神与空间祖神！远处的天阶高手一阵大乱，玄黄的手段未免太暴戾与可怕了，竟然将不少太古天阶强者炼化成了旗魂，这等邪异手段真是人神共愤！

一百零八杆凶旗，如果全部被炼制，那岂不是说将有一百零八位天阶强者要遭遇惨事，这实在太可怕了！想一想他方才所说的一百零八魔将，必是如此无疑！还好，不过少数大旗已经有精魂在浮现而已，大多数都还是仅仅有煞气笼罩。现在，所有人都将玄黄视为最危险可怕的人物，如果真让他聚集起一百零八魔将，六界真的彻底大乱了！怪不得当年魔主等人要将他封死在第三界，此人实在是祸乱天地的巨凶，理当封死！

"吼！"被一百零八杆绝世凶旗围困在正中央，辰战显然遇到了天大的麻烦，一道道毁灭之光比任何的攻击都要凶险百倍！尤其是封印有天阶高手的凶旗，更是凌厉到极点，激射出的毁灭之光令辰战的身体几次被洞穿！但是，他依然是不屈不服，在绝世凶阵中纵横冲杀！

"化为飞灰吧！"玄黄露出一丝冷笑，没有人比他更了解凶旗的威力，如果真的能够集成一百零八魔将，他敢单人逆天！远处，众多天阶高手心惊胆战，这等阵法如果换成他们会怎样？许多人不自觉在擦冷汗！

辰战像是暴风雨中的雄鹰一般，在遮天蔽日的凶阵中冲杀。但是，随着一条条精魂自凶旗中显化而出，他遇到了天大的麻烦，那些可都是成名的天阶高手啊！被炼化后他们步调一致，有规律地按照凶旗的指挥攻击，就更加难以对抗了！"万——古——皆——空！"黑发辰战，入鬓的剑眉倒竖，双目中冷芒爆射，乱发无风自动，浑身都是血迹，魔气汹涌澎湃！战意席卷天地！一招万古皆空，的确称得上笑傲万古的绝学，虽然没有将扑上去的十几条精魂击溃，没有将他们打回原始之态，但是却有效地将众人崩飞了出去。

十几杆千丈凶旗剧烈摇动起来，险些被打得翻飞出去。玄黄惊怒，这个辰战未免太不好对付了，想一想又释然了。一百零八魔将组成的绝世凶阵，还远未臻圆满境界，还需要太多的精魂来填充。眼下，辰战绝对是一个非常好的人选，不灭的战魂封入凶旗中定然可以让凶旗威力激增。高天之上，罡风涌动，虚空崩碎，煞气澎湃，黑黄的天空格外恐怖，吓人无比！这个时候，凶旗中的厉害角色开始显化而出，时间祖神与空间祖神，与十几位天阶高手，在大旗的护佑下，将要展开最为凶狠的攻击，准备吞噬辰战！

魔性辰战已经感知了这一切，这一次他仰天长啸了一声，大喝道："玄黄不过如此，今日领教完毕！"而后魔音贯穿中央古大陆："亘——古-一刹——刹！"无比玄秘而又可怕的法则并不是攻向众人，而是作用给了自己，他逆转阴阳、错乱时空，竟然贯穿了千古绝阵，打出一条通道，逃出了一百零八杆凶旗笼罩的范围！亘古刹刹，果真是大神通！不愧是众多天阶高手议论的神秘玄法！

玄黄惊怒，眼看就要将辰战吞噬了，没有想到对方竟然生生逃了出来，他知道绝阵还远未吸收到足够的战魂，远远没有达到那惊天地泣鬼神的可怕境界，但是围困住一个高手应该足够了啊！他回想着"亘古刹刹"，也不禁几次变色，想不到这传说中不完善的法则，竟然有这么大的威力，实乃自保的绝学！"你想不战而退吗？"玄黄大喝，想要用天阶高手的颜面捆缚住辰战。

但是，辰战来也强势，退也强势，依然是那样自信无比，以手掌天地般的强势之态，喝道："你杀不死我！你只战胜了我魔性的一面，你还未见到我神性之体！"说罢，浑身是血的辰战，留下手中"独孤"，而后如划破长空的流星一般，消失在茫茫第三界！留下了一个不可磨灭的身影，永远地烙印进众人的心海！辰南默默注视辰战远去，没有多说什么，他知道这魔性辰战觉醒的是战斗的本能，父子亲情等等的一切，也许还没有记忆呢。

今日辰战之表现，出乎所有人的意料，竟然以一己之力大战玄黄而没有被杀死，而且战意越来越高昂，气势越来越强盛，这实在是让所有天阶高手都目瞪口呆。要知道玄黄乃是太古巨凶啊，可是能与小六道六位道主平起平坐的人物，古往今来少有的禁忌高手，打遍六界难逢抗手，而辰战不过是后世的高手而已，这种战果实在算打破了某种固有的观念，向世人证明，后世人杰是可以与太古洪荒人物一战的！辰战虽败犹荣，因为这不是他全部的实力！

一百零八杆千丈凶旗遮笼了这片天地，滚滚煞气涌动，看起来惨烈无比。这个时候，魔主一把抓住"独孤"，一步迈入了可怕的绝阵中，从容地走了进去！不愧为千古魔主！威压六界，气吞天地！"玄黄，彻底来个了结吧！"魔主冷冷地道，语态平静无比，但是威严摄人心魄，即便是远处的天阶高手也都胆战心惊。

魔主满头银发，容貌英俊，冷酷无比，如绝世魔刀一般逼人！玄黄知道生死之战开始了。魔主敢自陷绝阵中，显示出了其自傲与旷古绝今的修为，他是从容与自信的！一百零八杆凶旗疯狂旋转起来，玄黄已经将力量提升到极限，不死不休！漫天煞气翻滚，整片中央古大陆都在颤动！盖世的威压，惊得这片大陆上所有天阶高手心中都剧震不已，这第三界中许多被封印的人物，更是长啸不断，似乎要挣破那太古牢笼，冲出暗黑无光的封印之地。风云变幻，天地失色！千古绝阵中，魔主如山似岳，对抗着一道道死亡之光，更是生生硬扛下来一道道精魂的联手攻击！

魔主似乎被捆缚住了，在凶阵中不断纵横冲杀，似乎处于下风，毕竟玄黄本人还未亲临阵中呢！但是，辰南却发现了一个微妙的情况，盖世魔主似乎在带动着整片绝阵移动！一百零八杆凶旗同时缓慢随着魔主的步调而向某一方向前进着！几乎所有人都没有注意这个细节，因为绝世凶阵并没有被破掉，而且煞气越来越重了！

　　直至不知不觉间，一片结界地带出现在玄黄眼中，他才感觉情况似乎有些不对，一声大吼，他冲进了千古绝阵，在凶阵中与魔主再次交起手来！这个时候，所有观战的天阶高手也都发现了这个问题，不知不觉间他们已经远离了原来的战场！是魔主在主导着这一切！他竟然在带动着整座阵法移动！光芒闪烁，绝世凶阵被带入了结界中，所有天阶高手略作犹豫，也跟了进去，但是他们很快发觉进来容易出去难，竟然无法返回了！里面有不少天阶高手在争斗，而最为惹人注目的是一个巨大的太极神魔图悬浮在空中！

　　"摄！"这个时候魔主一声大喝，巨大的太极神魔图中爆发出一片恐怖的光芒，在刹那间打入了凶阵中，将魔主抓在手中的一条精魂摄取了回去！玄黄大怒，吼道："魔主，你果然好算计啊，看一看是你吞噬了我，还是我吞噬了你！"魔主当年到底是怎样陨落的，有多种说法。在天阶高手中流传最为广泛的是，魔主只手屠天，生生灭掉了一天，并将其精魂作为战利品，牢牢深锁！这种传说是有一定依据的，神秘无限的死亡绝地，据说除了魔主的力量之外，还深深地隐藏着另一种可怕的力量，传说那便是魔主屠掉的"天"。

　　对于天之精魄，魔主采取的方法似乎是纳为己有，有人推测他之所以能够复活，和那天之精魄也许有着莫大的关联，毕竟死而复生这种奇迹实在太少见了，如果没有特殊的机缘是不可能发生的。最大的一种可能是，当年魔主将灵魂的一点印记，打入被抽离出灵识的天之精魄内，让其庞大的命元成为他再生的富饶土壤，使他得以最终来到这个世上！

　　辰南曾经深入死亡绝地数次，有一次更是直接进入魔主那从天界贯通入人间的墓穴，深深感觉到了另一股可怕的力量，听到了哗啦啦的铁链声响，似乎真的有一个强大的生命体被牢牢锁住了。所以，对于魔主屠天的传说，辰南还是有些相信的。现在，他的残魂之体竟然生生将千古凶阵带着来到了既定的所在，可以想象他的可怕。这让玄黄暴怒无比，魔主的实力超乎了他的预料。在他想象中，魔主不过是垂死之身而已，只要他与之硬拼，坚持到最后，形神俱灭的人是谁可想而知。

神秘的太极神魔图无比巨大，笼罩在广阔的天空之上，金黑两色光芒不断涌动，仿佛有着巨大的魔力，透发出一股极其可怕的气息。玄黄大喝道："魔主，这就是你费尽心机炼制成的天宝吗？嘿，我倒要看看有何奇异之处！"此刻，一百零八杆绝世凶旗外放出的气息铺天盖地，摄人心魄，如一百零八个千丈高的巨人一般，矗立在天地间。煞气翻滚，虚空不断崩碎！

一道道魂影在绝世凶阵内闪现而出，那都是当年的太古强者，他们仰天咆哮，声震第三界，声势浩大至极，毁灭性的气息笼罩十方。虽然方才被魔主用太极神魔图生生摄取走了一条精魂，但是剩余的二十几条战魂仿佛扎根于凶阵中一般，魔主几次尝试都未果。玄黄长啸，方圆千里皆动荡，魔主在凶阵中遇到了大麻烦！二十条魂影就相当于二十几位天阶高手，而且他们此刻在阵中被人掌控，完全按照玄黄的意志而动，威力更加浩大。

魔主毕竟是魔主，不愧为震慑千古的人物！他知道不可能同时面对这么多高手的冲击，周身上下黑雾弥漫，而后在刹那间魔气滔天，无尽幽冥魔焰在他的身前背后翻滚着，一声大喝，他的身体突然化为虚无，而后绝世凶阵中突然裂开一道道大裂缝，虚空中崩碎出一条条邪异的空间通道。以凶阵为中心，通向阵外！"这是……"玄黄大惊。

魔主的墓穴，贯通天界与人间，可想而知他的手段有多么高绝，现在不过是在同一界贯通出十几条空间通道而已，对于他来说并不难。每一条空间通道都突兀地将一名外界观战的天阶高手吞噬了进去，在刹那间将他们吸纳入绝世凶阵中。魔主竟然在借力，而且是强行借取！被空间通道突然吞噬进绝世凶阵的人，无不变色，所有人都有骂娘的冲动！即便是天阶高手，在可怕的凶阵中也是凶多吉少啊！不过，好在共有十余人在疏忽的情况下被请入了空间通道内，他们合在一起的力量岂容小觑，强大的力量顿时在凶阵中搅动起无边风浪。

受阵中十余人的牵引，魔主的压力大减！现在，场外的天阶高手不在少数，从原来的战场跟从魔主进入结界中的能有百余人，而原来此地也有上百人。现在，混战彻底结束了，所有人在观看这两大太古顶峰人物的大战，而且都远远避退开去，生怕一不小心被卷入阵中。

"魔主，你让我很失望！难道就这么一点道行吗？"玄黄对于魔主借力，非常愤怒。"哼，你祭炼这等凶阵，吞噬这么多的天阶高手，难道不是借力吗？"魔主手持"独孤"，在大阵中与玄黄不紧不慢地对决。"我明白了，你在拖延时间！"玄黄似乎恍然大悟一般，他看了看高空中缓慢转动的太极神魔图，道，"你在等那太极神魔图彻底稳定下来！嘿，我不会给你机会！"说到这里，玄黄一声吼啸，一百零八杆凶旗在刹那间崩碎了，而后全部融入玄黄的体内，最后再次化形而出，玄黄则消失了，他与大旗融合在了一起，此刻的一百零八杆凶旗早已跟他不分彼此。

"想要拼命了？！"魔主也终于变了颜色，一声长啸，身躯暴涨，巨掌笼罩而下，生生撕裂开大阵一角，一步跨出了绝阵。现在，不能在凶旗的包围中作战了，不然等同于被玄黄吞噬了，毕竟对方已经身旗合一！阵中的十几名天阶高手，有四人在刹那崩碎，余者快速逃离凶阵而去。

"血杀无形！"漫天的旗影在闪烁。就在刹那间，九杆巨旗贯穿了魔主，竟然钉在了他的身上，闪烁着无比妖异的光芒，似乎在吞噬他的力量。"魔主，你死定了！"其余九十九杆凶旗则围拢而来，共同激射出 道道毁火之光，笼罩向魔主。魔主仿佛被定在原地，最终九十九杆凶旗也快速缩小，贯穿进了他的身体，魔主如刺猬一般，满身鲜血淋漓！这一切都发生在一瞬间，实在太快了，所有天阶高手震惊无比，难道魔主就这样被灭杀了？！辰南、天魔、独孤小萱也吃惊无比，三人就要上前。

而就在这个时候，几乎将崩碎的魔主突然不顾一切，冲天而起，向着高天之上的巨大太极神魔图冲去。玄黄震惊，一百零八杆凶旗，剧烈晃动起来，想要挣脱出魔主的身体，但是到了此刻却发现难以撼动分毫。而玄黄已经与凶旗融合在一起，这意味着他也被捆缚在了魔主的体内。"轰！"一声巨响，在刺目的光芒中，魔主冲入了太极神魔图！

"啊——"玄黄大叫，道，"魔主，你敢阴我！"他知道自己太大意了，虽然猜测出魔主一直在拖延时间，但是没有想到还有这种亡命之术，居然不顾自己的生死而诱惑于他。"砰！"在太极神魔图中，一百零八杆凶旗的光芒慢慢暗淡，太极神魔图在吞噬他的力量。玄黄顾不得一切了，竭尽所能地大吼着，而后猛烈地爆裂开来，凶旗与魔主同时崩碎，神魔图内一片血肉模糊，两大高手的大战实在太惨烈了！玄黄将功力提升到了极限，拼着元气大伤的后果，化成黄色光芒带着残旗向外冲击而去！最终，折损了部分凶旗中的残魂，他终究还是冲出了神魔图！而这个时候，十几道精魂被太极神魔图吞噬后，整个神魔图剧烈颤动。

魔主的躯体快速重组完毕，他仰天发出一声大笑，白色长发随风而动，神情说不出地激动，他知道隐藏在太极神魔图中的轮回门暂时定住了！他飞离太极神魔图，立身于图前，与前方的玄黄对峙，在这一刻他终于可以毫无顾忌地动用自己的圣器了！玄黄将凶旗排列在身前，恼怒无比，他费尽心力炼化而来的天阶精魄，不想被魔主摄去一小半，成全了神魔图。

"杀！"玄黄大旗对神魔图！两人都各自融入自己的圣器中！眼看着巨大的太极神魔图将要吞噬掉十杆凶旗，玄黄惊怒无比，快速自爆一杆，破碎神魔图一角，飞速后退！这是一个尴尬的场面，玄黄逃不是，攻也不是！魔主冷笑，道："玄黄，这次有神魔图在此，如果你落败就不是被封印的下场了，即便你是玄黄二气所化，具有永恒不灭之躯，但是这次还是难逃彻底灭亡的下场了！"神魔图再次向着凶旗吞噬而去！两者似乎势均力敌，在空中崩碎一片片空间，似乎都难以奈何对方！

然而就在这个时候，无声无息间，在玄黄的背后，又一个巨大的神魔图缓缓浮现而出，截断了他的去路！远处，所有天阶高手哗然，彻底目瞪口呆！又是一个神魔图！这有些不可思议！不过，细看可以发觉，两个神魔图并不相同，虽然看似一样，但透发出的波动却相差甚远。"这是？！"玄黄震惊了！远处，辰南静静地看着这一切，方才他不过是动了一下心念而已，没有想到他体内的神魔图就横空出世了。

玄黄飞退，想要逃离这里，魔主与神魔图已经让他难以匹敌了，现在又多了一个神魔图，实在让他有些不敢想象那种可怕的后果。但是魔主岂会给他机会逃跑！他引导神魔图笼罩而下，在刹那间吞噬进十八杆凶旗！而辰南体内冲出的神魔图，同样绽放出千万道光芒，吞噬进十几杆凶旗。两者疯狂吞噬玄黄的力量！

玄黄终于有了恐惧的感觉，感觉大难临头了。所有凶旗都顾不得了，他舍弃了凶旗，身体一化二，二化四……化成千千万万，漫天都是虚影，想要逃离这里！只是，太极神魔图太霸道了，两个太极神魔图笼罩了天地，将所有的玄黄影迹都吞没了，竟然没有一条化身逃离出去。"哈哈……"整个第三界都回荡着魔主的笑声。

玄黄竟然被彻底吞噬了！本来他与魔主势均力敌，但是看到第二个神魔图出现，出于恐惧的心理，他无心再战，只顾逃亡，彻底溃败了。"魔主，你……"愤怒的吼啸声自两个太极神魔图中传出。但是不过片刻便变成了惨叫，玄黄在被分解，灵魂印记在崩溃，将永远消逝！"好恶毒的神魔图！"这是他最后的吼啸。而后便彻底烟消云散了。一种奇异的感觉涌上辰南的心头，他发觉神魔图吞噬玄黄的力量后，似乎发生了一些变化，似乎有九道混沌门中的一扇，闪烁出了光芒。

魔主立身于万丈高空中，身后是巨大的缓慢旋转的太极神魔图，而辰南的太极神魔图却慢慢自虚空中淡去了，无声无息间回到了辰南的体内。第三界一阵大乱，各个封印之地，所有巨凶都在疯狂吼啸，似乎想要立刻冲破封印，整片第三界都剧烈摇颤了起来。"今日，我将定轮回门！"魔主立身于高空中大喝道。巨大的太极神魔图，在空中不断幻灭，最后竟然凝聚成一道光灿灿的巨门，高足有百丈，巨门表面虽然绚烂无比，但是里面无比黑暗，像是连接着无尽虚空一般，说不出地邪异与森然。

太极神魔图与隐藏在其中的轮回门融合在了一起！在这一刻，一股奇异的波动传遍了第三界！不仅如此，大六道中所有至尊高手，无论是沉睡的，还是苦修的，在这一刻都惊得睁开了双眼，他们感觉六界中将有天大的事件发生！轮回门到底有着何等的作用？引得天阶高手都无比向往，从第三界各个分大陆赶到中央古大陆，可想而知对于天阶高手必然有着莫大的好处。

辰南不知道其中的究竟，现在唯有静静地看着，观望事态的发展，此刻小空空已经跑到了辰南的身边。这个时候，所有的天阶高手都沸腾了起来，所有人都一瞬不瞬地盯着空中那巨大的轮回门，眼中都绽放着炽热的光芒，仿佛有一个绝代美女情人站在眼前一般。

魔主当空而立，大喝道："我知道许多人都已经封困在第三界无尽岁月，如今传说中的轮回门已经被我融入天宝太极神魔图中，这是你们走出第三界的希望所在。如果你们想离开这片荒寂的牢狱，那么就请你们助我彻底还原轮回门，这是你们唯一的希望。"现场众多天阶高手一片哗然，他们纷纷大叫着，神情激动、兴奋、高兴……复杂无比。而辰南也终于从他们的喊声中，得知了所谓的轮回门到底有何种作用。

传说中的轮回门乃是与天地同生，是这个世间最不可理解的神秘事物，它不在六道中，但却与六道相连，贯穿着大六界。不然，六界间相互进出，非常困难，但有这轮回门的存在，彻底让六界畅通无阻，仿佛是天然的捷径。只是，在那遥远的过去，轮回门不知为何崩碎了，六界间立刻相互孤立起来。轮回门破碎后，有些世界间，相对容易沟通，但有些世界间则非常困难，彼此间的联系顿时近乎中断。

如今，魔主重新定轮回门，怎不让这些天阶高手震惊，所有人都亢奋无比，这意味着他们将摆脱第三界这个天然牢狱，将重返光明瑰丽的美好世界。当然，从他们兴奋的喊叫声中，可以发觉轮回门远非仅仅是贯通六界这一功能，它实在太神秘莫测了。

"轮回门是天地间最强战魂的再生之门，传说它能够唤醒死寂的灵魂，只要不是彻底地湮灭于六道中，它便能够让那些至尊战魂的残碎灵识慢慢重聚，让他们再次来到这个世上。"这是一个天阶高手的自语声，清晰地传到了辰南的耳际，让他吃惊无比。"轮回门神秘莫测，它不在六道之中，仅有通道与六界相连，魔主这个疯子是如何修复的呢？"这是一个非常激动，但却带有疑问的声音。

"掌控轮回门就等于掌控了六界的大门！轮回门还有多重隐秘，它又称作通天之门，在其内有通天之路，可以直达'天'之所在！"又是一个让人震惊的消息，辰南心中涌起阵阵波澜，实在难以平静下来，从这些天阶高手短暂的议论声中，就已经得知了这么多隐秘，可想而知轮回门到底有多么神异！

"嘿嘿，魔主修复轮回门最大的心愿，恐怕你们都没有猜测出来吧。相传，轮回门最是奇诡莫测，魔主多半是用来接引迷失在逆乱时空中的太古诸神！"又是一个石破天惊的消息。辰南心思百转，他知道轮回门的秘密恐怕远不止这些。

这个时候，魔主立身于高空中大喝道："想重返六界，现在请齐心合力，最大限度地将你们的灵力打入轮回门，助它彻底修复！这不是一两个太古高手能够做到的，百位以上太古强者都不见得能够成功。放眼六界，也唯有这如牢笼般的第三界才会有这么多的助力，如今是我们大家齐心合力的时候了！"所有人都知道，这轮回门乃是与天地同生的，当年不知道什么原因崩碎了，想要它重新恢复原样，恐怕不知道要吞噬多少灵力呢。第三界高手虽多，但是没有人肯补充轮回门所需。

魔主扫视着众人，嘴角泛出一丝冷笑，道："我想有些人应该已经猜到，我为何选择在第三界修复轮回门。轮回门需要的庞大灵力是难以想象的，它一旦运转起来将不分个体强弱，会无差别抽取所有能够汲取到的力量。如果是在人间，定然会引起大乱，所有生灵都将是被剥夺生命元气的对象。人间许多地方可能会化成沙漠，化成死域。但是第三界就不同了，我想天阶高手即便奉献出大半元气，也不会对本身造成任何危害的。而且，这里本来就是牢笼，没有任何植被，不会造成任何毁灭性破坏。"

众多天阶高手经魔主这样一说，心中不禁警惕起来，无差别抽取灵力？岂不是说轮回门将主动汲取元气，并非单单靠众人"施舍"。所有人都感觉到不妙，本来有些人心怀叵测，他们不想在此过程中出力，想坐享其成。"轰！"没有给众人过多思考时间，高天之上的巨大轮回门一阵颤动，而后疯狂旋转起来，刹那间在高空中搅动出一个巨大的漩涡，八方元气凝聚而来。

第三界灵气非常稀薄。相比较而言，众多的天阶高手体内蕴含的力量，超乎想象地强大。轮回门在刹那间便感应到了诸强的庞大元气。尽管有些人在封印自己的力量，想要掩饰强大的生命元气，但是轮回门乃是与天地同生的超然存在，他们的自我封锁根本无效！轮回门开始无差别吞噬元气！在这一刻上百人同时惊呼，庞大的生命元气如水流一般向着天空中的巨大漩涡翻涌而去。随后，以这里为中心，轮回门化成的漩涡，强烈旋转着，快速向着远方蔓延！

中央古大陆顿时刮起一道道能量风暴，尽管这个世界元气稀薄，但是空间实在太广阔了，积少成多，中央古大陆都颤动起来，凡是这片世界的生命体，力量都在飞快流逝。就连许多封印之地，那些被封印的古魔与凶神都为此作出了巨大贡献！封印之地的力量在流泻，被封印者更是成了被剥夺的对象。无差别，席卷一切！随后，狂暴漫延向第三界其他大陆，无尽的元气在汹涌澎湃，整个第三界在剧烈大动荡！

这是一场难以想象的狂澜！超乎了所有人的预料。在这太古以来便形成的可怕牢笼内，凡是生命体都在疯狂地流逝能量，所有的天阶高手都感觉到了恐惧，力量流失得太猛烈了，照这样下去恐怕有些人会生命元气枯竭而亡。这是一场可怕的灾难！轮回门所需要的能量超乎想象！如果是在人间界，恐怕无尽的植被都已经化成了粉末，成千上万的普通百姓可能已经化成皮包骨，整片人间恐怕都会被毁去大半！

第三界本就是一个死寂的牢笼，如今轮回门疯狂肆虐整片大地，所有的天地精气都几乎被吸光了。众多天阶高手更是苦不堪言，无不在心中大骂魔主为疯子，这哪里是救众人，这完全是在毁灭啊，有不少天阶高手的力量已经干涸了，马上就快要支撑不住了。"砰！"终于有天阶高手油尽灯枯，他的灵魂都化成了灰烬，全身更是粉碎，所有的力量都被抽离而去。"轰！"又是一个天阶高手崩裂了开来，一身灵力全部被轮回门吞噬！

"停下！""住手！"……到了现在，所有天阶高手都惊恐了，如果再这样下去，恐怕没有人能够活命。轮回门太恐怖了！此刻，没有人能够幸免于这场灾难。辰南也在苦苦支撑，不过还好他体内有神魔图，他将小空空送进了生命源泉中，不然小家伙恐怕无法坚持住。点点生命元气，不断自他体内的神魔图中涌动而出，补充着他耗尽的能量。

一个时辰、两个时辰……直至一天过去后，十余名天阶高手崩碎，永远地化成了尘沙，天阶高手也难以抵挡！不过，这个时候，吞噬一切能量的风暴终于停止了！这可是面向整片第三世界的风暴啊，也不知道轮回门到底吞噬了多少能量。到了此刻，所有的天阶高手几乎都难以站立了，都透支过度了。就连魔主也不例外，此刻他高大的魔躯也有些摇颤！

第三世界，经过这一日，发生了剧变！许多封印之地已经不再牢固，在那遥远的过去，被永封在这片大地之上的古老的传说中的人物，将有可能陆续出世！轮回门定在空中，不再那么绚烂，璀璨的光芒似乎内敛了，让它看起来更加真实。魔主疲惫地立身在空中，大声道："轮回已定！但不知道还是不是当年的轮回，可有人愿意返回人间？"众多天阶高手面面相觑，没有一人愿意动弹，现在上去等于做实验的小白鼠啊！

"既然没有人愿意，我自己亲自来试！"说罢，魔主飞身入轮回门中。高达百丈的轮回门，里面一片黑暗，魔主的雄伟身躯没入进去后，如泥牛入海一般没有泛起丝毫波澜。死一般地沉寂！所有人都在静静等待。但是，众人等待了十几日，却没有等到任何结果，魔主似乎从此永远地消失了。

"嗷吼——"遥远的古大陆各处，突然传出阵阵吼啸，不少封印之地传来阵阵动荡，许多可怕的人物在冲击封印，甚至有人已经冲了出来！远方，已经传来了战斗的声响，似乎有人在交手。第三界渐渐大乱起来。这些被封印的人物，都可谓太古时期的超级强者，虽然不一定有玄黄强大，但是实力绝对不会弱。

轮回门下，众多天阶高手中终于有人动了，一人大喝道："我可不想在第三界待下去了，那些凶人一个接着一个地出世，我先一步逃回人间界了！"他冲入了轮回门中，但是这一次与魔主进去时无声无息完全不同，他刚刚飞入轮回门就发生了剧烈的爆裂声响，那人竟然在一瞬间崩碎了，形神俱灭，所有的力量都被吞噬！

"吼——"恐怖吼啸再次传来，一个皮包骨的老尸，浑身骨架凸现，高足有百丈，自远方迈着大步冲来，他竟然想吞噬这里的天阶高手的血精，很快就与众多天阶高手大战在了一起！"嗷——"一头巨大的魔狼，长足有千丈，高能有数百丈，奔跑而来，双目中凶光毕露，也冲向了这里的天阶高手。"咚！"一头独眼巨人高足有千丈，迈着沉重的步子而来，大地都在战栗……太古时期封印的凶狂之物都陆续出世了。显然他们失去了太多的元气，想要灭杀眼前的天阶高手们补充所需。更多的邪异人物在向这里赶来。

混战爆发！那些都是太古凶神，是非常强大的存在，众多天阶高手都不愿与他们对敌，有人再次尝试冲进轮回门内，想要就此离开第三界。但是，接连三人都崩碎在了轮回门内，仿佛那里是一个禁区一般。直至第四人成功，人们才终于看到一线希望。不过大部分人都犹豫了，生还率实在太低了，即便没有当场爆碎，那活下的一人也不知道能否顺利通向其他各界呢。

辰南并不急于离开第三界，事实上他倒想留下来观看破印而出的太古凶神的争锋，但是轮回门更加吸引他。最终，他飞向了轮回门，想要探明一切。在冲入的刹那，无尽的黑暗包裹了他，即便他有天眼大神通，但也无法看清一切。隐约间，他感觉到了一条条神秘的空间通道，他想冲过去，却未能如愿，在这轮回门内神秘的力量主导着一切。他不由自主随波逐流，而后被一股大力推向了一片能量漩涡中。无尽的黑暗，仿佛成为了永恒，时间仿佛停滞了一般，辰南感觉不到时间的流逝，觉得一切都仿佛永远地定在那里。直至一道刺目的光芒闪现而出，一股清新的空气扑入口鼻中，他整个人跌入了碧波万顷的水域中。

天空湛蓝无比，如蓝宝石一般笼罩在头顶上空。灵气浩荡，比第三界不知道要浓郁多少倍。碧波万顷，平静如镜。清新的空气缓缓流动，灵气无比浓郁。

辰南深感诧异，前一刻他还在天昏地暗的第三界呢，暗红色的大地无比贫瘠，天地间精气稀薄得难以想象。而下一刻，他却进入了这样一方奇异的空间，这是一个充满阳光的光明世界，这里应该是一片平静的海洋。巨鱼在腾跃，海鸟在飞翔，尽显勃勃生机，前后对比实在太大了。蓝色的海洋给人以无限遐想，走出那如太古牢笼般的世界，出现在这样一片生动和谐的环境中，真是让人有恍然若梦的感觉。

轮回门果真奇异无比，辰南飘浮在海水上空，静静思索着，他现在不知身在何地，难道说通过轮回门，已经让他回到了人间界？似乎不太像，天界、第五界、残破的世界、传说中的第六界？都有可能。当然，还有另一种可能，那就是"天之所在"，传说轮回门内有通天之路。

在第三界中，他损耗了太多的元气，那神秘而又可怕的轮回门如不见底的深渊一般，吞噬一切能量。辰南一开始有生命源泉补充，但后来他强行中断了两者的联系，因为他担心长时间下去，生命源泉可能会干涸。现在正是补充元气的好时候，他站在大海上空，引导着浓郁的天地精气贯体而入。

无尽的天地精气顿时如万流归海、百鸟回林一般，从四面八方汇聚而来，七彩霞光照耀天地间，将这里映射得一片通明。就连那平静的大海也涌动了起来，碧浪翻滚，水汽弥漫，在阳光的照耀下，绚烂多彩，这片空间仿佛仙境一般美丽。

辰南稍作调息便有所恢复。环顾四周，他发现海底好似有宫殿群，进入到大海深处后，他不禁为之一愣，下方实在太瑰丽了！令人有一股如梦似幻的感觉！一切都显得那样不真实。海底世界中，并不黑暗，相反光灿灿，一片无比广阔的宫殿矗立在海底世界中，完全由五颜六色、晶莹剔透的珊瑚建造而成，实在太瑰美了！更有许多磨盘大小的珍珠，充当建筑材料，让这里更加绚烂夺目！这简直如同童话世界一般！水晶宫、白玉殿、珊瑚塔、珍珠楼……碧海之下，连绵不绝的琼楼玉宇，绽放着璀璨的光芒，让人几乎怀疑在梦中。

沿途，辰南破除了诸多护持阵法和陷阱，随后大步走入了瑰丽的宫殿中。在极其绚烂的宫殿中，一切都是那样不可思议，走在千万珍珠镶嵌而成的平坦道路上，感受着灵气氤氲的宝殿波动，看着两旁各种闻所未闻、见所未见的海底植物，辰南感觉心旷神怡。虽然在海底，但那些植物并不比陆地上的奇花异草逊色，一株株五颜六色的奇树，排列在珍珠路的两旁，霞光千万道，上面挂满了各色晶莹剔透的果实，即便相隔着海水也能够闻到那沁人心脾的果香。

辰南随便摘了几个，刚刚放入口中便融化了，奇异的果实化成一股馥郁芬芳的液体，流进了他的百脉中，补充着他的稀薄的元气。说是洞天福地，都已经小觑了这个地方，当真是天阶圣地！穿过重重殿宇楼台，走过一座座如梦似幻的亭台楼阁，辰南终于进入了这片瑰丽宫殿的中心地带，在这里他感应到了一丝熟悉的波动，在刹那间他心中恍然。身体化成一道光影，冲进了珍珠铺地、各色宝石堆砌而成的中央大殿，在五颜六色的霞光中，大殿是如此瑰美与神异！

一座座精美的雕像，排列在大殿中，有海龙、水怪、仙女、巨龟、天神……各式各样，千姿百态，惟妙惟肖，虽然透发着古老的气息，但宛如有灵一般，似乎随时会复活过来。辰南并没有在这些虽然绚丽但却透发沧桑气息的雕像上多看一眼，因为他的心神完全被正中央的女子吸引住了。

女子肌肤晶莹如玉，光润滑嫩，修长的玉体静静斜躺在一张白玉床上，纵是石人见此都难以平静。绝世无双的美貌让凡俗界的一切美好事物都显得庸俗。这种美超尘脱俗，不沾染半点尘世气息，如墨的长发自然下垂着，倾城倾国的容颜，似那最精致的玉雕一般，没有一丝瑕疵。

她闭着美目，似在沉睡，长长的睫毛在微微眨动，仿佛随时可能会醒来一般，琼鼻挺秀，红唇润泽，当真美到极点，同时显得圣洁无比。容颜圣洁，但躯体却诱惑到极点，坚挺的双峰傲然而立，盈盈一握的细腰，似细柳一般柔嫩，挺翘的玉臀浑圆无比，修长无双的玉腿笔直纤秀，一双玉足更是秀小美丽无双，就连指甲都闪烁着玉光，透发着无限的诱惑。这当真是一个绝世神女！两种气质截然相反，单看美丽无双的容颜圣洁到极点，让人生不起半丝亵渎之意；再看那魔鬼般的身材，就是潜修多年的老古董也要心旌荡漾。

"澹台璇！"辰南心中无比吃惊，虽然从那八爪章鱼说到七绝圣地时，他就已经猜测出了一些，但是看到澹台璇在这里，他还是吃惊不小。她仿佛从沉睡中醒转过来一般，长长的睫毛不断眨动，而后睁开了双目，美眸迷蒙，虽有光彩闪烁，但更多的是疑惑，最后她似乎彻底醒转了过来，看到了站在大殿中的辰南，秀手快速挥动，一个纤秀的掌印飞快朝着辰南的脸颊印去。

"啪！"辰南以掌相抗，挡住了那灿灿掌印，他并没有回避，依然静静地注视着大殿中那绝世妖娆之躯。"大胆！"虽然是娇喝，但声音却如天籁般动听。澹台璇直坐而起，胸前玉峰一阵摇颤，更加惑人心神。此刻，她透发着一股异样的神情，圣洁与妩媚并存，说不出地动人。"竟敢亵渎本宫，该当形神俱灭！"话语充满了威严，让人不会有丝毫怀疑。她俯视着辰南，就像俯视着蝼蚁一般，神情有一丝淡淡的漠然，给人一股无比超脱之感，就像那高高在上的主宰者一般。

"你不是澹台璇？"辰南凝视着绝世神女。"澹台璇？"女子似乎露出了思索的神色，而后露出无比愤怒之意，娇喝道，"原来如此，你竟敢亵渎天女化身！"说到这里，左眼透发出一道毁灭之光，激射向辰南，整片宫殿在这片光芒的笼罩下暗淡了下来。辰南大吃一惊，这是苍天之眼，左眼代表毁灭，右眼代表新生，这样看来眼前的女子是澹台璇！时空宝藏的力量荡漾而出，辰南生生接下了这毁灭性的一击！

辰南与她在这珍珠铺地、玉石围墙的璀璨大殿内正在进行着快速的交锋，两人似乎又不愿毁去这瑰美的宫殿，都在小范围内控制自己的力量，在绚烂的光芒中只能看到两道朦胧的影迹，不断触碰交击。两人一边战斗一边用言语刺激对方，辰南已经从澹台璇的口中得知，这里竟然是第六界！轮回门果然有一定的作用，虽然不似先前那般灵效，可以让通行者自主平安地通往六道之中，但这次修复后显然也是与六界贯通的，不过似乎却不以穿行者的意志为转移，而是被轮回门随机传送。

"澹台璇，你也进入了第六界，你可曾看到龙舞、玄奘等人，还有龙儿呢？他不是与你在一起的吗？"虽然猜测澹台璇在追寻七绝力量的过程中，发生了一些意想不到的蜕变，但是辰南还是忍不住询问她一些迫切想知道的事情。"我怎知！"澹台璇神情漠然中带着一丝羞恼。"龙儿也是你的孩子啊！"辰南由于担心而有些发怒，便毫不留情地打击道。"你住嘴！"此刻，澹台璇显然还记得曾经发生过的事情，不会忘记自己是三个小孩子的妈妈。虽然知道辰南是在故意打击她，但她依然无法释怀，毕竟曾经发生了许多事情，是无法改变的事实。

"澹台璇，在你身上到底发生了什么？"辰南忍不住喝问。"哼，我将追寻天地间的极致力量，追溯本源，我正走在回归的道路上！"澹台璇神情肃穆，端庄圣洁无比，虽然在激战，但是依然能够感受到她的变化，仿佛她真的将要脱离尘世而去，成为那高高在上、高不可攀的超脱者一般。

"澹台璇，你已经迷失了自我，你知道你真正是谁吗？你不是七绝天女，你只是澹台璇！你完全被所谓的极致力量遮蔽了双眼！在你的眼中除了力量之外还有什么？你可曾记得这万年来的点点滴滴？你可曾记得你是当年的澹台仙子，你可曾记得当年你一步步前进，被同辈中人仰慕为奇女子。你早已忘记这些小事，但那才是真正的你。你现在不过是一个追求力量的奴隶！"辰南这样大喝，希望能够唤醒澹台璇曾经的心绪，当然也是抱着一定真感情的，从心底来说澹台璇给他的感觉是最奇特的，因为这是他第一个喜欢上的女子，虽然后来走向对立，走向缓和，走向复杂。但这似乎是每个男人都要经历的一场心境，将那曾经最喜欢的人渐渐淡忘，直至远去。

在这一刻，澹台璇仿佛受到了一定的触动，难得露出一丝真感情，道："我即澹台，澹台即我，我在蜕变，超脱自我，曾经的一切永在我心中，但有些事情终将慢慢消散。辰南，你扰乱了我的心绪，打扰了我宁静的心海，本应将你永远地从世间抹杀，让你永不能阻我前进之路。但是，显然我还做不到，有些事情还不能真正放下，我给你一个机会。在我踏上回归七绝真身的过程中，我不杀你，你也不要阻挡我，彼此留一丝余地！"

辰南冷笑："你以为能够杀得了我吗？再者，你将来是否要融合其他人呢，比如梦可儿、龙舞等？如果是这样，你我现在就是死敌了。其实，我早该想到你果真还是原来的你，不过是你心中某些欲望觉醒了，你在强迫自己努力改变！"

"七绝合一后，我会寻找通天之路，踏上天之所在，如果你不阻挡我的道路，念在龙儿、空空、依依的分上，我们不会是仇敌。"说到这里，她眼中难得露出一丝柔色，这也算是一种表态了吧，如果辰南不阻挡她，甚至相助于她，那么她也算是肯定了她与空空、依依和辰南的关系。这或许算是一种不小的诱惑吧，称尊六道的七绝天女可能会成为他的伴侣，且是辰南曾经第一个喜欢上的女子。

但是辰南是不可能答应的，他不会容忍梦可儿、龙舞等人的融合消逝。他从澹台璇的话语中，得知了一个重要的消息，那就是"通天之路"。在第三界时，他已经从那些天阶高手口中得知，轮回门内有通天之路，当时他还未在意，现在从得到了七绝天女传承的澹台璇口中再次听闻，他不得不注意了。关于轮回门的具体隐秘，只有第三界的部分高手得知，就是六道中的其他天阶高手，都很少有人知晓。辰南不知道澹台璇所说的通天之路是否要经过轮回门。

"辰南，看来你我真的要彻底对立了！"澹台璇那倾城倾国的容颜渐渐冰冷了下来，以俯视者的姿态漠然地看着辰南。辰南叹了一口气，保留在心底的一丝感情终于要消散了，万年前那个让他为之倾心的女子已经彻底地远去了，曾经第一次心动的声响化成了一个无言的句号。"澹台璇，对不起了，既然你执意七绝合一，那么我现在就将你囚禁起来吧！"辰南双手划出一道神秘莫测的轨迹，感悟于逆乱八式的第一式，将要迸发而出！

澹台璇冷笑，眼中射出了寒光，此刻如女修罗一般，透发出一股让人不寒而栗的可怕战意。"你太小看我了，此地乃是七绝圣地之一，我在这里已经修炼多日，今日终将收功，前往下一个修炼圣地，寻找七绝真身留下的宝藏！"随着澹台璇冰冷的话语完毕，整片海底世界都颤动了起来，而后在一片无比璀璨夺目的光芒中，珍珠楼、白玉殿、珊瑚塔等等玉块宝雕琢、精建而成的海底宫殿轰然崩碎了。

这片无比神秘的瑰丽殿宇，彻底完成了它们的使命，粉碎的各种灵宝迸发出无尽的灵气，汇聚成一道道七彩霞光，向着正中央的澹台璇笼罩而去。海底宫殿封印的力量，全部注入了澹台璇的体内，这一刻她的气势更盛了，整个人说不出地飘逸灵动。一件彩衣罩落在她身上，风华绝代的澹台璇傲然立于海底世界中，与辰南对峙。远处那八爪章鱼怪心惊胆战，它知道自己的守护重任完成了，今日可以解脱离开这里了，不过目前还一动也不敢动。

"杀！"辰南大喝，玄秘掌印，带动着整片汪洋都疯狂涌动起来，浩瀚的力量向着澹台璇笼罩而去，想要将她粉碎在这海底世界中。"哼，正要借你力量！"澹台璇一声大喝，自己也打出一道道璀璨神光，引导着辰南的力量，两者快速汇合在一起，形成一个巨大能量漩涡，而后猛然注入了海底，一个巨大的七星阵图浮现而出，闪烁着妖异的光芒，照亮了整片海底世界。

海水都仿佛沸腾起来了一般，远远望去，蓝色的海洋仿佛已经化成了一片通明的神玉，说不出地璀璨夺目。在这一刻，辰南忽然感觉天旋地转，身不由己向着那阵图中坠落而去，澹台璇更是早已进入了阵中。辰南一阵恼怒，澹台璇无论怎样变，她精于算计的一面都没有改变，到了现在居然还在谋算他的力量，来帮助她打开古老的阵图！在灿灿光芒闪烁之后，是无尽的黑暗与死寂，他与澹台璇仿佛进入了一片永远没有尽头的死域。就这样以短暂的极速穿行了半刻钟后，辰南感觉眼前光芒闪烁，他重新来到了光明世界。

眼前的一切，无比玄秘，入眼是璀璨的绿光，灿灿光芒耀得人睁不开双眼。这是茫茫大海中的一座岛屿，不过这里似乎与先前的海洋相差了十万八千里，两者相距必然无比遥远。因为这里的海水不是蓝色的，是如墨一般的黑色，充满了无尽的死气！这座海岛之上，到处都是植被，都透发着绿光，但却不是灵气，这是一股能够渗透进骨子里的邪火，是绿色的邪异火焰，场景异常神秘！

辰南感觉到了肉体的灼痛，但是火焰还无法真正伤害到他的天阶肉躯，让他感觉不妙的是绿色的邪火，它燃烧进了他的身体，仿佛在炙烤着他的精神灵识一般！邪异的火焰直接攻击人的思感！明明是有形之质，但却是如此可怕与怪异！澹台璇圣洁如明月，在绿色的邪火中静静飘浮于天空，是如此高洁动人。只是在苦苦思索感悟半晌之后，她脸色骤变，转过头来，对辰南道："你现在就离开这里，我不与你为难！"

辰南道："我倒想离开呢，你自己试试看？"闻听此言，澹台璇更加不安了，打出几道力量，但是皆被一股无形的压力阻挡在了岛内，根本无法冲进那茫茫黑海中。"这是什么地方？为何这些火焰燃我肉体，烧我精神灵识？"辰南喝问澹台璇。"这是七绝炼身之所，斩情绝欲之地，对于七绝天女来说，谁能够通过试炼，将来在合一时，谁就是主导者！但是，你实在不该跟进来。我必须先杀死你，不然你将扰我修行！"说到这里，澹台璇充满了无限杀机，道，"现在，我已经没有选择！"

看到澹台璇化成一道虹芒冲来，辰南在刹那间瞬移离去，投身无尽绿色植被中，那里耀眼的绿色光芒直冲天际。他不是惧怕澹台璇，是在拖延时间，既然是对方的炼身之所，那么肯定有许多厉害的考验，他要尽可能地等待时机来临。澹台璇显然也知道时间紧迫，没有丝毫犹豫就冲了进去，但是进入这里后她万分后悔，这里无尽的绿色火焰黏稠如液体，将她定在了无尽的绿色植被中，而辰南也早已被绿光定在了林地间。

在这一刻，辰南与澹台璇都陷入了精神磨砺中！只是，澹台璇更甚一些，毕竟这是为她准备的试炼。"不！怎么会这样？！"澹台璇惊恐尖叫，七情六欲滚滚而来，她如何斩灭？最可怕的是，她感觉到一股欲望之火，炙烤着她的无瑕玉体，她竟然有些身不由己地向着辰南那个方向移动。

"这是一种力量，这是一种残酷的磨砺，我一定能够顺利成为七绝至尊！"澹台璇咬牙定住了身形，在无尽的绿色邪火中修炼真身。火焰燃尽了她的衣衫，晶莹如玉的皮肤在绿色火光中显得更加润泽滑嫩，透发着无限的诱惑。辰南也在忍受着莫大的痛苦，咬牙切齿道："澹台璇，你算计来算计去，这一次恐怕把你自己也算计进来了！"

"嘎嘣！"辰南将牙齿咬得都快要碎裂了，此刻已经是满头大汗，浑身的衣衫早已被燃尽，汗水来不及化成雾气，就彻底被烈火炙烤得消失了。重重精神幻象向他笼罩而来，他仿佛看到黑起手持绝望魔刀杀来，又仿佛看到玄黄持大旗摇动而来。在重重杀戮中，更有一道道天女影像向他冲来，赤裸着身躯透发着无限的诱惑，让他在杀戮重重的紧张时刻，心旌微微荡漾，这是极其可怕的折磨。紧张可怕的杀戮与那无限诱惑同时并存，明明知道这是一种幻象，但是却无法摆脱，仿佛真实存在一般。

另一边，澹台璇更甚，彩衣早已在烈火下化为灰烬，曼妙的娇躯像那最精致的瓷器一般，闪烁着让人神驰目眩的光泽，透发着无限的诱惑，真可谓魅惑众生！这本就是对她而专设的试炼，可想而知此刻澹台璇所遭受的精神历练有多么恐怖，七情六欲纷至沓来，让她多年古井无波的心绪在这一刻，先如那荡漾的湖泊一般，而后又如那翻腾的海啸一般，越来越激烈。"辰南，你去死！"澹台璇终于动了起来，以强绝的大法力打破了禁锢，她想先制住辰南，免得她神志不清后发生"意外"。

辰南虽然也被岛上的奇异力量所禁锢，但当生命受到威胁后，无穷的潜力还是让他破除禁锢行动了起来，抵挡着澹台璇的进攻。周围的绿色植被被两人不断粉碎，但是绿色火焰非但没有减少，反而更加炽烈了。原先绿色邪火乃是自植被中燃烧而起的，现在邪火直接从地表冒出，熊熊燃烧的绿火将他们淹没了。

两人动作迅疾如电，如火焰精灵一般在交锋。也不知道过了多久，辰南与澹台璇均感觉大事不妙，他们的精神思感越来越焦躁。两人再次快速分开，努力调节。不过稍稍好过一些，很快他们又冲到了一起，就这样这场大战断断续续持续了十天十夜。到最后他们终于彻底停了下来，两个人已经被绿色邪火折腾得没有任何力气，辰南难以打出时空宝藏的力量，澹台璇的毁灭之眼也已经无效。辰南大口地喘着粗气。而另一边，澹台璇也是精疲力竭，但可怕的试炼却才刚刚进入艰难阶段而已，七情六欲铺天盖地而来。

大口喘气的两人，努力地向着对方爬去，似乎真要不死不休。这是一幅让人惊愕的画面，两个赤身裸体的男女，本身在经受着莫大的考验，精神灵识在忍受着煎熬，但是他们却依然想攻杀对方。辰南强健的体魄闪烁着古铜色的宝辉，充满了无尽的力感。

澹台璇肌肤胜雪，晶莹如玉，闪烁着惑人的光泽，如凝脂一般滑润细嫩，修长曼妙的躯体如蛇一般在摆动。在无限的春光诱惑中，透发出一股可怕的杀机，一双玉腿似剪刀一般摆出！"砰"的一声将辰南绞起，令之翻飞了起来，而后修长笔直的赤裸玉腿，再次狠狠砸下，誓要一击必杀！攻击之强劲出乎辰南的意料，那剪刀一般的玉腿将他绞起时，他感觉到了一阵剧烈的疼痛，脊椎骨与肋骨竟然全部折断了，而后砸下的那一脚更是让他胸骨寸断，灵魂都遭受了重创。

辰南忍受着剧烈的疼痛，想要召唤神魔图出战，但是这一次太极神魔图像是死寂了一般，没有半丝反应。辰南不得不忍受着剧痛翻滚了出去，用残存的力量疗治好了折断的骨骼，疼痛让他的神识稍微清醒了一些，同样是在地上翻滚着前进，高高抬起一脚猛力砸向澹台璇。"砰！"澹台璇竭尽全力，一双欺霜赛雪的玉臂交叉着，挡住了这一脚，恨声道："你这卑鄙的家伙，今日与你清算！"闪烁着彩芒的双掌再次击出，想要截断辰南踢出的那条右腿。辰南不得不快速收腿，而后滚向一旁。到了现在，两人虽然都已经是强弩之末，十天的争斗已经耗尽了他们的力量，但毕竟是天阶高手，出手威力无穷。

一边恶毒地骂着，两个人一边撕扯到了一起，他们眼下失去了毁灭性的力量，但也远比一般的仙神强大，在近距离内贴身肉搏起来。

不知道何时，绿色的光焰已经转变成了淡淡的粉红色。澹台璇看到后一阵惊叫，试炼七情六欲的火焰，不知道何时早已开始了情欲这一关的考验！绿色丛林中，粉红色火焰在燃烧，两个气息混乱、喘着粗气的男女纠缠着，咒骂着，翻滚着，以极其香艳的姿势缠绕在一起，这是一场另类的男女之战。

不知道从什么时候起，一种极其微妙的气氛开始蔓延，最后他们似乎狂乱了起来，他们相互恶毒地咒骂着，相互间激烈地厮打着，最后竟然滚在一起进入了丛林，发出了让人脸红心跳的奇怪声响。生死大战，最后演变成了原始的男女之战，这个结果让人很难想象。这是一幅让人瞠目结舌的画面，已经疯狂融合在一起的两人做着原始的纠缠，翻滚挣扎着想要把对手压在身下控制住，这似乎也是一场战斗，关乎颜面的战斗，一场男女的战斗。

粉红色的光芒笼罩在海岛上空，这里充满了暧昧的色彩，充斥着一股怪异的气氛。惊心动魄的喘息声，久久不停息，海岛上空的粉红色火焰，却已经开始慢慢收敛，向着丛林中不断为颜面而"战斗"的两人包裹而去。慢慢地，粉红色的火焰化成了实质性的液体，而后固化！唯有外围还称得上是火焰，但内部虽然炽热到极点，却已经不是烈火，积聚成了一个粉红色的巨茧！

当两个狂乱的天阶高手，为了谁上谁下而大打出手、出言恶骂之际，粉红色巨茧已经彻底地将他们包裹了。狂乱的男女之战，狂乱的海岛。直至过了几日，喘息声已经停止了，海岛上一片安静，狂乱战斗的两人似乎已经歇战了，粉红色的巨茧发生了变化，这个直径能有十米的巨茧外围，粉红色火焰开始向蓝色转变，最后在半日内彻底过渡到了蓝色！

不过，这一次并不是整片岛屿都变成了蓝色，只有那巨茧以及附近变色而已。似乎全岛的火焰精华全部集中到了这里。现象反常，试炼更加凶险。不过，此刻的两个男女，已经是神游太虚，虽然融合在一起，不过躯体暂时都已经静止不动了，唯有神识进入到一种奇妙的境界，在蓝色巨茧营造的幻境中纷争抗斗。毫无疑问，辰南也随着澹台璇进行了"七绝试炼"，进行着一次质的蜕变！

数日后，蓝色巨茧化成了橙色，依然光芒璀璨冲天，腾腾烈焰在外围缭绕。巨茧的颜色就这样不断变化，从橙色又变成了紫色……七彩光芒一一过渡！而巨茧透发出的波动也越来越强烈！很显然，试炼已经接近尾声了，如果两人能够挺过这一次，那么将完成一次蜕变！直至最后，七色光芒逐一闪现过后，巨茧外的烈焰突然熄灭了，而后又在刹那间疯狂燃烧起来，七种光彩同时激荡而起，直冲霄汉！

巨茧变得绚烂无比，已经成为了一个璀璨无比的光球，七彩虹芒照耀天地间，如一轮七彩太阳一般夺目。而巨茧内的两人显然在这个时候清醒了过来，咒骂与打斗的声响再次传出，不过由于两人融合在一起，很快打斗声已经变了味道，喘息声再次响起，当然咒骂与厮打依然不断，清醒中的狂乱！直至最后，七彩光芒耀天的巨茧在刹那间膨胀起来，而后突然爆裂开来！整座海岛每一寸空间都充满了无尽的灵气，浩瀚的能量波动如汪洋一般广博，铺天盖地般荡漾。

一对青年男女赤裸着身躯，惊恐地尖叫着在空中快速分了开来，而后各自开始疯狂吸纳无尽的灵气！七彩光芒恍若有灵一般，化成一道道灵龙，缠绕向澹台璇与辰南，不仅无尽的元气贯入他们的体内，而且在他们的体表不断凝聚，似乎成了一副古老的战甲，闪烁着金属般的灿灿神光。

不过，最终只是澹台璇的体表形成了沧桑古朴的玄秘战甲，冷光闪耀的银白色甲胄，将她衬托得无比高洁，同时流露出一股英姿飒爽的气概，且隐约间流露出一丝灵动与飘逸，说不出地动人。辰南不但没有凝聚成古老神秘的战甲，相反他的皮肤开始龟裂，而后开始破开，他那强健的体魄蜕下一层老皮，新生出一层宝辉闪烁的古铜色皮肤，犹如万古不灭之躯新生了一般！这的确是一次蜕变！

　　澹台璇的肌体新生，比辰南来得稍微晚一些，当沧桑玄秘的战甲彻底凝聚而成后，隐入了她的身体。直到这个时候，她的皮肤才开始龟裂，最后新生出一副无比滑嫩的肌肤，比之新出生的婴儿还要细嫩，同时闪烁着晶莹的玉光，预示着这同样是永恒不灭之体。辰南与澹台璇一般，获得了一次莫大的机遇，只不过是没有玄秘战甲而已，不过这对于他来说已经算是恩赐了！他感觉到了新生肌体的强大，浑身上下仿佛有着用不完的力量，迫切想要寻到盖世魔王黑起与太古巨凶玄黄这样的高手大战一番，来检验一下自己究竟提升到了何等境界。

　　当一切光芒都消失后，澹台璇睁开了双眼，看着自己新生的曼妙玉体，回想起曾经发生的事情，发出了一声刺耳的尖叫："不，不可能！"玄秘的银色战甲浮现而出，遮挡住了她玲珑起伏的娇躯，而后羞怒无比的她直接晕了过去，从高空中直直坠落而下，砸得大地都裂开一道道缝隙。辰南也清醒了过来，神色无比复杂，慢慢走到澹台璇的近前，将掌刀高高举起，就要劈落而下，但是最终他无奈地收了起来，转身大步离去。

　　此刻，被禁锢的海岛已经没有力量阻挡，辰南冲天而起，很快就飞出了海岛，在内天地中取出一套衣服，穿在身上向着遥远的北方飞去。下方黑色海洋剧烈涌动，无尽的死气缭绕，但是辰南不愿节外生枝，不想惹出什么麻烦，没有去探究。

图书在版编目（CIP）数据

神墓 7：精修典藏版 / 辰东著 . -- 北京：作家出版社
2021.11（2022. 8 重印）

（网络文学名作典藏丛书）

ISBN 978 - 7 - 5212 - 1546 - 5

Ⅰ . ①神… Ⅱ . ①辰… Ⅲ . ①长篇小说 - 中国 - 当代
Ⅳ. ①I247. 5

中国版本图书馆 CIP 数据核字（2021）第 196594 号

神墓 7：精修典藏版

总 策 划： 何 弘 张亚丽
主 编： 肖惊鸿
作 者： 辰 东
责任编辑： 袁艺方 王 烨
装帧设计： 天行云翼·宋晓亮
出版发行： 作家出版社有限公司
社 址： 北京农展馆南里 10 号 **邮 编：** 100125
电话传真： 86 - 10 - 65067186（发行中心及邮购部）
　　　　　86 - 10 - 65004079（总编室）
E - mail: zuojia@zuojia. net. cn
http: // www. zuojiachubanshe. com
印 刷： 唐山嘉德印刷有限公司
成品尺寸： 152 × 230
字 数： 330 千
印 张： 25
版 次： 2021 年 11 月第 1 版
印 次： 2022 年 8 月第 3 次印刷
ISBN 978 - 7 - 5212 - 1546 - 5
定 价： 42. 00 元